LORNA FREEMAN
Die Verpflichtung

Buch

Hase ist ein einfacher Soldat der Grenzpatrouille, nur ein weiterer Junge vom Land in der Armee des Königs von Iversterre. Da stößt sein Trupp auf einen Faena – einen der magischen Wächter der Grenzlande. Dieser fordert Hilfe bei der Suche nach menschlichen Mördern, die in die Grenzlande eingedrungen sind. Hase, der in den Grenzlanden aufgewachsen ist, erkennt sofort die Größe der Verbrechen – und deren mögliche Konsequenzen.
Denn wenn die Grenzlande, angestachelt durch diesen Frevel, erneut gegen die Menschen von Iversterre in den Krieg ziehen, werden sie diese vernichten ...

Autorin

Lorna Freeman begann bereits in jungen Jahren, fantastische Geschichten zu lesen. Zwar wurde sie nicht dort geboren, doch die meiste Zeit ihres Lebens verbrachte sie in Kalifornien, dem Land des Sonnenscheins und der Erdbeben.

Weitere Titel in Vorbereitung.

Lorna Freeman
Die Verpflichtung

Grenzlande 1

Roman

Aus dem Englischen
von Wolfgang Thon

blanvalet

Die amerikanische Originalausgabe erschien unter dem Titel
»Borderlands Novel 01. Covenants« bei Roc, New York.

FSC
Mix
Produktgruppe aus vorbildlich
bewirtschafteten Wäldern und
anderen kontrollierten Herkünften

Zert.-Nr. SGS-COC-1940
www.fsc.org
© 1996 Forest Stewardship Council

Verlagsgruppe Random House FSC-DEU-OIOO
Das für dieses Buch verwendete FSC-zertifizierte Papier
Holmen Book Cream liefert Holmen Paper, Hallstavik, Schweden.

1. Auflage
Deutsche Erstausgabe März 2009
Copyright © der Originalausgabe 2004 by Lorna Freeman
All rights reserved including the right of reproduction in
whole or in part in any form.
This edition published by arrangement with NAL Signet,
a member of Penguin Group (USA) Inc.
Copyright © der deutschsprachigen Ausgabe by Blanvalet
in der Verlagsgruppe Random House GmbH, München
Umschlaggestaltung: HildenDesign München
Umschlagfoto: © Per Haagensen
Redaktion: Rainer Michael Rahn
Lektorat: Holger Kappel
Herstellung: RF
Satz: deutsch-türkischer fotosatz, Berlin
Druck und Einband: GGP Media GmbH, Pößneck
Printed in Germany
ISBN: 978-3-442-26592-3

www.blanvalet.de

Für Mom und Dad,
die mir immer Bücher statt Süßigkeiten kaufen würden.

1

Wir hatten uns verirrt. Wir waren auf einer Routinepatrouille unterwegs, einer wie hundert andere, aber diesmal hatten wir irgendwie den Rückweg verpasst, während wir dafür sorgten, dass in den Bergen über der kleinen Stadt Freston keine Banditen herumlungerten. Ich kundschaftete die Gegend ein Stück vor meiner Truppe aus, war von meinen Kameraden als Freiwilliger bestimmt worden, weil ich ja aus dem Grenzgebiet stammte – ein Kind der Erde wäre oder irgend so ein Unsinn, von dem immer in den Straßentheatern die Rede war. Aber Unsinn oder nicht, nachdem wir über eine Woche herumgeirrt waren, ohne auch nur einen einzigen uns bekannten Orientierungspunkt zu Gesicht zu bekommen, war mein Hauptmann so verzweifelt, dass er sich tatsächlich daran klammerte, ich könnte einen Weg nach Hause finden, allein mithilfe meiner Nase. Aber ich hatte meine Geschicklichkeit als Fährtenleser in den tiefer liegenden Wäldern erlernt, nicht hier weit oberhalb der Baumgrenze, wo das Einzige, das ein bisschen höher wuchs als Gras, irgendwelches verkümmertes Gestrüpp war. Ich hatte keine Ahnung, wo wir waren, und ich hatte keinen Schimmer, wo ich eine Ahnung hernehmen sollte.

Ich ritt einen Pfad hinauf, der dem verdammt ähnelte, den wir am Vortag schon einige Male hoch- und runtergeritten waren, noch häufiger am Tag zuvor und wenigstens einmal an dem Tag davor. Mein Wallach erklomm ihn mit Leichtigkeit wegen des vertrauten Terrains, da er und der Pfad sich mittlerweile so gut kannten, und ich musste ihn nicht einmal zügeln, als wir den Kamm erreichten. Ich zog im beißend kalten Frühlingswind die Schultern hoch, wendete mein Pferd, um die Gegend erneut zu betrachten, und starrte auf den Faena, der vor mir stand und zurückstarrte.

An der Grenze wimmelte es von heiligen Leuten und Priestern, alle mit ihren eigenen Lehren und Ritualen, die sich gerade genug unterschieden, um erbitterte Streitigkeiten unter ihnen auszulösen, sobald sie sich über den Weg liefen. Einmal, als Kind, hatte ich staunend bei einer Feierlichen Zusammenkunft zugesehen, wie der Hexer Gless kopfüber an mir vorüberflog, von unsichtbaren Händen an den Knöcheln gehalten, während seine zeremonielle Robe um seine Ohren flatterte, weil er auf einer Pause bei der Anrufung bestanden hatte, die »Steht mit den Hühnern auf« blasphemisch fand.

Aber mit den Faena legte sich keiner an.

Faena stammten von allen Grenzlandrassen ab. Teils Priester, teils Reichsverweser, teils Rechtsprecher, waren sie die Kette, in die der Schuss der Grenze eingewoben war. Die Faena waren im letzten Krieg mit Iversterre vor der Armee der Grenzlande marschiert, hatten gebetet und Lobpreisungen gesungen. Sie waren alle zurückgekommen, im Gegensatz zu dem größten Teil der Königlichen Armee von Iversterre. Die Faena, die den Forst und den Weiler um das Anwesen meiner Familie herum durchwandelte, war eine Eschenbaumelfe. Sie hatte es einmal mit einem ganzen Nest von Trappern aufgenommen, nachdem ein Wolf bei ihr eine Eingabe wegen der Pelze gemacht hatte, welche die Trapper erbeutet hatten und die früher einmal seinen Familienmitgliedern gehört hatten. Als sie mit ihnen fertig war, predigten die Trapper von Frömmigkeit, Reinheit und der Unantastbarkeit des Landes. Sagte ich schon, dass sich besser niemand mit einem Faena anlegte?

Dieser hier war ein Berglöwe.

Er stand aufrecht auf zwei Beinen, war etwas größer als ich und trug bunte Perlen und Federn in dem rötlichen Fell um seinen Kopf und in seinen spitzen Ohren. Seine bernsteinfarbenen Augen glühten in der Sonne, und sein Schwanz zuckte im Wind. Nachdem er sich vergewissert hatte, dass er meine ungeteilte Aufmerksamkeit besaß, griff er in eine Innentasche seines Mantels und zog eine Serviette heraus, die er auseinanderfaltete und aus der er einige Honigkekse zutage förderte. Ich stieg ab und strich die Falten aus meinem Überrock.

»Hase«, sagte ich und legte meine Handflächen aneinander.

»Laurel«, brummte er und drückte seine Tatzen zusammen.

»Ihr wandelt durch dieses Gebiet?«, erkundigte ich mich.

»Im Augenblick«, antwortete Laurel. Er lächelte, was seine langen, spitzen Reißzähne entblößte, und bot mir Honigkekse an. Ich nahm einen; er nahm den anderen und hockte sich hin, um zu essen.

Ich hockte mich neben ihn und aß ebenfalls, während ich die Zügel meines Pferdes fest in den Händen hielt, falls es auf die Idee kommen sollte abzuzischen. Aber mein kauender Kumpan schien es nicht weiter zu stören, denn es senkte nur den Kopf und zupfte an einem Grasbüschel. Als Laurel seinen Honigkeks gegessen hatte, wandte er sich zur Seite, ergriff einen Wasserschlauch und trank einen tiefen Zug, bevor er ihn mir reichte. Ich nahm ihn – das Wasser war kühl und lief meine trockene Kehle hinunter. Ich seufzte, als ich fertig war, und wischte mir den Mund ab. Als ich ihm den Schlauch zurückgab, holte ich Luft, um etwas zu sagen, aber in dem Moment hörte ich das Klappern von Hufen auf steinigem Boden und fester Erde. Ich drehte mich um und sah, wie mein Trupp den Pfad heraufkam.

»Da ist er, Sir«, sagte Leutnant Groskin.

Die Grenzlande waren zwar nicht direkt eine Bastion der Toleranz, aber die meisten hatten gelernt, die in Ruhe zu lassen, die einen selbst in Ruhe ließen – und wenn jemand vorhatte, Essen und Trinken zu teilen, dann wusste man, dass man soeben die Chance bekommen hatte, einen der vielfältigen Mahl-Pakte zu schließen. Sie konnten eine Stunde lang halten, aber auch bis zum Ende der jeweiligen Geschlechter. Sic! Also störte es mich nicht, dass ich, ein Mensch, mit jemandem aß und trank, der sich anschließend die Tatzen zierlich mit seiner Katzenzunge säuberte – aber es störte die Truppe. Als sie uns umzingelte, waren jede Menge Geräusche von geöffneten Schnallen, singendem Metall und Waffengeklapper zu hören.

Hauptmann Suiden beugte sich in seinem Sattel vor. »Was geht hier vor, Hase?«

Ich stand auf und schüttelte meine Hosenbeine herunter. Diese verdammte Uniform schien irgendwie nie richtig zu sitzen.

»Wir haben uns verirrt«, antwortete ich. Ich hörte das Klappen von Helmvisieren, die heruntergelassen wurden, und beeilte mich mit meiner Erklärung. »Und ich dachte mir, dass diese Person hier uns vielleicht helfen könnte, einen Weg hier heraus zu finden, Sir.«

Der Hauptmann starrte mich an. »Woher wollen Sie wissen, dass sie uns nicht direkt in ihren Kochtopf führt?«

»Ganz recht«, knurrte Groskin.

Ich wollte etwas erwidern, aber bevor ich auch nur ein Wort herausbekam, stand Laurel Faena auf. Seine Perlen und Federn klapperten und flatterten, als er sich elegant vor dem Hauptmann verbeugte und mit seinem Schwanz die Balance hielt. In einer Tatze hielt er einen großen geschnitzten Stab, der ebenfalls mit Federn, Perlen und verknoteten Tüchern geschmückt war. Dann verbeugte er sich auch vor mir, etwas kürzer, und berührte mit einer Tatze seinen Mund und seine Brust. Die Geste kannte ich: Mahl-Pakt. Ich tat das Gleiche und spürte die Blicke der anderen auf mir lasten. Als ich mich wieder aufrichtete, sah ich, wie Laurel auf die Phalanx der Soldaten zu und dann durch die Gasse ging, die sie mit ihren Pferden bildeten, bis er auf unseren Leutnant stieß.

Leutnant Groskin war zur Bergpatrouille versetzt worden, weil er irgendwann in seiner militärischen Karriere den falschen Leuten auf die Zehen getreten war; also war er sich selbst nur treu, als er sich auf den Sattelknauf lehnte, die Hand auf dem Schwertgriff und ein dreckiges Grinsen im Gesicht.

»Und wohin willst du gehen …?« Der Leutnant brach überrascht ab, als sein Pferd Feind (ein sehr passender Name, übrigens) bockte, zur Seite sprang, leise wieherte und dann einen langen Hals machte, um mit seinen weichen Lippen sanft Laurels Ohr zu liebkosen, als der Berglöwe vorbeiging.

»Na famos«, flüsterte Reiter Jeffen neben mir.

Ich zuckte nicht mit der Wimper, als wir uns allesamt umdrehten und dem Faena folgten, als würde er uns an der Leine führen. Er blieb am Rand des steilen Pfades stehen, den zunächst ich und anschließend meine Kameraden heraufgeritten waren, und streckte den Arm aus. Ein kollektives Stöhnen entrang sich meiner Truppe, und mir verging der Wunsch zu lachen, und zwar gründlich.

Wir waren mehrere Tage lang diesen pockenverseuchten Pfad hinauf- und hinuntergetrabt und hatten jedes Mal nur Berge und noch mehr Berge gesehen. Jetzt plötzlich mündete der Pfad in eine Straße, die den Berghang hinab zu einem Flickwerk aus Höfen, Wäldern und Besitzen führte, welche Freston umgaben, das in einem schüsselartigen Tal lag. In der Stadt selbst konnten wir die grünen Gärten sehen, die Plätze und die von Bäumen gesäumten Alleen, die sich gegen die roten Dachziegel der Häuser, die blauen Dächer der Geschäfte und die goldenen der Regierungsgebäude abhoben. Wir konnten die Karawanen sehen, die über die Königsstraße zum Königstor zogen, das zu dem größten Markplatz führte. Wir sahen sogar die ausgeblichenen roten Ziegel der Königlichen Garnison in der Nähe des Westtores und in der Mitte der von einer Mauer geschützten Stadt die hohen silbernen und kristallenen Türme der Kirche, die in der Sonne glitzerten. All das war kaum zu übersehen. Wir starrten darauf und konnten schon das höhnische Johlen hören, das uns bei unserer Rückkehr zur Basis begrüßen würde.

Groskin hatte sich von seiner Begegnung mit dem Faena erholt und trieb sein Pferd neben das des Hauptmanns. »Ein Hinterhalt von einem Magier würde von den Kameraden weit wohlwollender aufgenommen, Sir, als wenn wir zugeben müssten, dass wir in der ganzen letzten Woche unserem eigenen Hintern nachgejagt sind. Und das in Sichtweite der Garnison, Sir.«

Hauptmann Suiden drehte sich um und sah Laurel scharf an, der den Blick des Hauptmannes gelassen erwiderte. Schließlich seufzte unser Chef und trieb sein Pferd an.

»Sagen Sie den Männern, sie sollen sich in Bewegung setzen, Leutnant.« Er ritt den Pfad hinab, und der Schweif seines Pferdes wehte wie ein Wimpel hinter ihm her.

Groskin kam kaum dazu, den Befehl weiterzugeben, als die gesamte Truppe dem Hauptmann auch schon folgte und sich mühte, ihn nicht zu überholen. Ich stieß den Atem aus und stieg auf mein Pferd. Gerade als ich meiner Truppe folgen wollte, fühlte ich eine Berührung in meiner Handfläche. Ich blickte in meine Hand und sah eine rote Feder, drehte mich um und sah Laurel Faena an, der meinen Blick starr erwiderte. Dann berührte er erneut seinen Mund und sein Herz, griff an seinen Stock und strich über die restlichen Federn, die dort hingen. Ich hatte soeben mich und meine gesamten zukünftigen

Sprösslinge bis in alle Ewigkeit einem Pakt verpflichtet. Zum Teufel. Sic!

»Augen vorwärts, Reiter!«, knurrte Leutnant Groskin hinter mir.

Ich drehte mich wieder nach vorn um, und Groskin lenkte sein Pferd neben das meine.

»Sie sind so verflucht leichtsinnig, Hase«, begann er. »Dieses Ding ...«

»Laurel Faena, Sir«, unterbrach ich ihn.

»... hätte Sie auf sechs verschiedene Arten verspeisen können, ohne auch nur einen Schweißtropfen zu vergießen – falls es überhaupt schwitzt.«

»Wir haben einen Mahl-Pakt geschlossen, Sir.«

»Einen Pakt? Mit einem Magischen?« Groskin sah mich an und bemerkte die Feder. »Ist das was Ernstes?«

Ich nickte. »Ja, Sir.«

»Was haben Sie sich denn jetzt schon wieder eingebrockt, Hase?« Leutnant Groskin runzelte die Stirn. »Hat das Konsequenzen für die Truppe?«

»Das weiß ich nicht, Sir. Jedenfalls haben wir uns alle verirrt und reiten jetzt nach Hause.«

»Verfluchte Pocken und Verdammnis!«, fluchte Leutnant Groskin und fuhr sich mit der Hand übers Gesicht. »Wir müssen es dem Hauptmann stecken – und dem Kommandeur, wenn wir zurückkommen. Wenn alle aufgehört haben zu lachen.«

»Jawohl, Sir«, erwiderte ich. Ich schwöre, dass ich den Wind kichern hörte.

2

Es war nicht so schlimm, wie wir erwartet hatten, als wir an diesem Nachmittag schließlich zu unserer Garnison zurückkehrten. Oh nein. Es war viel schlimmer.

Nach etwa einem Tag Verspätung hatte Kommandeur Ebner vermutet, dass wir durch die Widrigkeiten der Natur aufgehalten worden wären, durch Erdrutsche oder einen plötzlichen Sturm. Nach drei Tagen machte er sich Sorgen, ob wir vielleicht verletzt waren oder Pferde verloren hatten. Nach acht Tagen war er überzeugt, dass da draußen in den Bergen ein Krieg tobte und er uns retten müsste. Er saß auf seinem Pferd und hatte gerade seine Rede an die Männer beendet, in der er ihnen mitgeteilt hatte, dass sie losreiten und das Massaker rächen würden, das man an uns verübt hatte, als wir durch die Tore der Garnison in den Pferdehof trotteten. Als er uns sah, stieß er einen lauten Schrei aus. Sein mächtiger Schnauzbart bebte vor Erleichterung. Aber das Zittern hörte auf, als er das Fehlen von Verbänden, Wunden oder irgendeines anderen Anzeichens für eine epische Schlacht an uns sah, die davon hätten zeugen können, dass wir uns freigekämpft hatten, um die Stadt vor den gewaltigen Horden zu warnen, die sich auf sie zu stürzen im Begriff waren. Wir hatten uns nicht mal beim Rasieren geschnitten.

»Hauptmann Suiden!«, brüllte Kommandeur Ebner. Seine Stimme hallte durch den Hof.

»Sir!«, antwortete unser Hauptmann.

»Sie haben sich eine Woche verspätet«, stellte der Kommandeur fest.

»Jawohl, Sir!«

»Und?«

Es war faszinierend zu beobachten, wie das Gelächter in den

Ecken des Hofs begann und langsam zur Mitte hin anschwoll, beinahe so wie ein Stein in einem Teich Wellen erzeugt, nur umgekehrt. Als Hauptmann Suiden berichtet hatte, wie wir durch die Berge geirrt waren und den Heimweg nicht hatten finden können, hielten sich unsere Möchtegern-Retter die Seiten vor Lachen, während sie keuchend und johlend in ihren Sätteln schwankten. Das Lachen verstummte jedoch schlagartig, als Suiden zu dem Teil kam, in dem er schilderte, wie wir den Faena getroffen hatten. Ich hielt die Luft an, bis mir klar wurde, dass er die Sache mit dem Mahl-Bund auslassen würde. Etliche der eher sittenstrengeren Reiter warfen mir bereits schiefe Blicke zu, da ich schließlich in den Grenzlanden aufgewachsen war. Mir war es ganz lieb, wenn sie nicht erfuhren, dass ich einen Pakt mit einem Wesen geschlossen hatte, das sie ohne zu zögern für dämonisch erklären würden. Ich schloss meine Finger um die Feder, die ich in der Hand hielt, und schickte ein inständiges Stoßgebet gen Himmel, dass niemand von meiner Truppe gehört hatte, was ich Groskin erzählt hatte. Und dass Groskin Suiden nichts gesagt hatte.

»Ein Magischer«, meinte Kommandeur Ebner und strich sich über seinen Schnauzbart. »So nah an der Stadt.«

»Jawohl, Sir«, bestätigte Suiden.

»Schicken Sie Ihre Männer weg, Hauptmann, und kommen Sie mit.« Kommandeur Ebner wendete sein Pferd und bemerkte die Reiter, die immer noch im Pferdehof standen. Er gab ein Handzeichen, und die anderen Hauptleute befahlen den Männern abzusitzen.

»Leutnant Groskin«, sagte Hauptmann Suiden. »Die Männer sollen wegtreten.« Dann folgte er dem Kommandeur zu den Stallungen.

Wir warteten kaum auf Groskins geblafftes: »Wegtreten!«, bevor wir wie Käfer davonhuschten, die unter einem aufgehobenen Stein aufgeschreckt worden waren.

Es war natürlich zu viel der Hoffnung, dass die Pferdeknechte nicht gehört hätten, was passiert war, aber es gelang mir, einigermaßen unversehrt aus den Stallungen zu entkommen. Ich trug nur einen blauen Fleck davon, als ich aus Versehen gegen den Stallburschen Hedley stieß, der gerade eine komische Geschichte über blinde Reiter zum Besten gab. Ich entschuldigte mich und half ihm hoch, aber dabei rammte ich ihn doch aus Versehen tatsächlich noch einmal. Ich Tollpatsch, ich! Ich marschierte zu meiner Baracke und ging zu meiner Pritsche. Die Feder musste versteckt werden, und ich dachte mir, der beste Platz dafür wäre mein Spind. Ich tat, als würde ich meine Uniform wechseln, schob die Feder zwischen meine Unterhosen, holte zum ersten Mal seit Tagen tief Luft und stieß sie erleichtert wieder aus.

»Himmel, Hase, benimm dich nicht wie ein Mädchen! Ein bisschen Dreck wird dich schon nicht umbringen!«

Ich sah hoch. Jeff stand an seiner Pritsche direkt neben meiner. Er grinste mich an. »Wer hätte gedacht, dass ein Kerl aus den Grenzlanden so ein Geck wäre?«

»Heho, wenn du ab und zu mal baden würdest, dann hättest du vielleicht, ich sage vielleicht, auch mal Glück.« Ich grinste ihn an, als ich meinen Bademantel überwarf und den Spind schloss. »Andererseits vielleicht auch nicht. Auch ein Bad würde deine Visage nicht verschönern.«

»Friss Sand, du Pfau!«, konterte Jeff. »Die entzückendsten Frauen gelüstet es nach meinem üppigen ... Körper.«

»Na klar.« Ich drehte mich herum, in der Absicht, ins Bad zu gehen und im Dampf zu verschwinden. »Sie bräuchten aber erst eine Schaufel, damit sie ihn überhaupt finden ...«

»Grenzland-Auswurf!«

Mist. Ich blieb stehen. Leutnant Slevoic versperrte mir den Weg. Leutnant Groskin liebte es, vornehme Söhnchen einzuschüchtern. Slevoic genoss es, sie zu verprügeln. Neben ihm stand Ryson und hinter ihnen Slevoics andere Schmarotzer und Speichellecker.

»Sir!«, sagte ich.

»Habe gehört, dass Sie mit einem magischen Mutanten gefüßelt haben, Auswurf«, begrüßte Slevoic mich.

»Hauptmann Suiden hat mir nicht gestattet, darüber zu reden, Sir.« Ich beobachtete, wie Ryson das dämliche Grinsen verging.

Slevoic lachte und beugte sich drohend vor. »Er ist aber gar nicht da …!«

»Achtung, der Hauptmann!«

Ich bemühte mich, mir bei diesem Ruf meine Erleichterung nicht anmerken zu lassen. Ich blickte zur Seite, in der Erwartung, Hauptmann Suiden an der Tür zu sehen, starrte jedoch bereits in sein Gesicht. Slevoic und seine Kumpane waren so darauf konzentriert gewesen, mich einzuschüchtern, dass sie nicht bemerkt hatten, wie der Hauptmann näher kam, und offenbar hatte niemand sich bemüßigt gefühlt, sie zu warnen. Ich erstarrte, während der Blick des Hauptmanns von meinem Gesicht glitt.

»Reiter Ryson.«

»Sir!«

»Sie melden sich sofort beim Stallmeister zum Ausmisten!«

Ich hütete mich zu grinsen, als Ryson eiligst die Baracke verließ. Mist schaufeln und Zaumzeug säubern, während er den komischen Geschichten vom Stallburschen Hedley lauschen musste, könnte seine Lust herumzuschleichen ein wenig zügeln.

Der Blick des Hauptmanns richtete sich wieder auf mich, und er runzelte die Stirn, als er meinen Bademantel sah. »Reiter Hase.«

»Sir!«

»Ich nehme an, es gibt einen Grund, weshalb Sie das da tragen?«

»Ich wollte ins Bad, Sir!«

»Verstehe. Ich hoffe doch, das hat noch einen Moment Zeit, hm?« Er drehte sich zu Slevoic um. »Sie haben sicher einen triftigen Grund, Leutnant, sich in meinen Baracken herumzudrücken?«

»Wir wollten nur unsere Freunde besuchen, Sir«, erwiderte Slevoic.

»Ach?« Suiden hob die Brauen. »Und Sie erwarten, hier welche zu finden?« Slevoic öffnete den Mund, aber der Hauptmann unterbrach ihn. »Wegtreten, Leutnant. Sofort!«

Suiden schwieg zehn Sekunden, nachdem Leutnant Slevoic und seine Kumpane verschwunden waren. Anschließend sagte er nur, dass wir warten würden, bis Leutnant Groskin aus den Stallungen zurückkam, was kurz darauf passierte. Hauptmann Suiden überzeugte sich, dass wir vollzählig waren, und befahl Groskin dann, die Tür zu schließen.

»Hören Sie zu, Männer. Sie bleiben auf Befehl des Kommandeurs in der Baracke. Sie werden sie weder verlassen noch Besucher empfangen. Das Abendessen wird hierher gebracht.« Der Blick des Hauptmanns streifte meinen Bademantel. »Außerdem genügend Wasser, für alle, die sich waschen wollen. Leutnant Groskin bleibt hier, um dafür zu sorgen, dass diese Befehle befolgt werden. Das ist alles.«

»Hauptmann?«, meldete Groskin sich zu Wort.

»Ich rede mit Ihnen, wenn ich zurückkomme, Leutnant.« Hauptmann Suiden drehte sich zu mir herum. »Hase, bei Fuß!«

»Bitte um Erlaubnis, meine Uniform anziehen zu dürfen, Sir«, erwiderte ich.

Hauptmann Suiden ließ sich tatsächlich zu einem Grinsen hinreißen. »Erlaubnis verweigert. Kommandeur Ebner wird über den Bademantel hinwegkommen, aber er wollte uns schon vor ein paar Minuten sehen.« Damit drehte er sich um und schritt zur Tür. Ich folgte ihm.

Als wir im Quartier des Kommandeurs ankamen, wurden wir sofort in sein Büro geführt. Wir standen stramm. Das Kerzenlicht ließ das lebhafte Blau, Rot und Violett meines Bademantels leuchten, und ich fragte mich, was der Kommandeur über mich gehört hatte, weil sein Schnauzbart sich keinen Millimeter rührte.

»Rühren. Setzen, Männer«, sagte Kommandeur Ebner, nachdem sein Bursche die Tür geschlossen hatte. Wir warteten, bis er saß; dann nahmen wir auf den Stühlen Platz, die vor seinem Schreibtisch standen. Ich überzeugte mich, dass mein Bademantel nirgendwo aufklaffte, denn schließlich wollte ich vor meinen Vorgesetzten nicht wie ein Exhibitionist wirken.

Der Kommandeur fischte ein Blatt Papier von einem ordentlich aufgeschichteten Stapel. »Reiter Hase, kein Patronymikon. Vater Lord Rafe ibn Chause, dritter Bruder des derzeitigen Lord Chause; Mutter Lady Hilga eso Flavan, Tochter des derzeitigen Lord Flavan ...«

»Sie haben die Namen Zweibaum und Lerche angenommen, Sir«, warf ich ein.

»... die vor dreißig Jahren ihre Titel abgelegt haben und ins Grenzland gezogen sind, um Bauern ...«, Kommandeur Ebner las ein bisschen weiter, »und Weber zu werden.« Er seufzte und legte das Blatt Papier zur Seite. »Warum haben Sie die Grenzlande verlassen, Reiter Hase?«

Wie rebelliert man gegen Rebellen? Meine Eltern hatten sämtliche Privilegien abgelegt, die ihnen ihr Rang und ihre gesellschaftliche Stellung gewährten, und hatten ihre Familie in den Grenzlanden großgezogen, frei von Heucheleien und bedrückender Konformität, um die Erde, die Früchte des Ackers und das

Wild zu genießen, das frei und wild lebte, unverdorben von dem Einfluss menschlicher Herrschaft. Sic!

Also, wie sollte man das toppen? Ich bin weggelaufen, in die Stadt, und habe mich als Reiter bei der Königlichen Armee von König Jusson Goldauge gemeldet.

»Ich wollte die Welt sehen, Sir«, antwortete ich.

Kommandeur Ebner blickte wieder auf das Papier. »Zweiunddreißig Linien zum Thron von der Chause-Seite und vierzig von der der Flavans.« Er sah mich an. »Sie hätten in Iversly in die Armee eintreten und Offizier werden können, vielleicht sogar in des Königs Garde.«

»Ich bin kein Aristokrat, Sir. Ich bin ein Bauernsohn.«

Er warf einen Blick auf meinen Bademantel. »Hmm. Sicher.« Er lehnte sich auf seinem Stuhl zurück. »Sie haben auf dieser Patrouille einen Faena getroffen.«

»Jawohl, Sir.«

»Kennen Sie die Geschichte von Iversterre?«, erkundigte sich Kommandeur Ebner.

»Jawohl, Sir, jedenfalls die neueste Version.«

»Hmm, klar«, knurrte der Kommandeur. »Wir haben auch unsere eigene Version. Die Wahrheit liegt vermutlich irgendwo in der Mitte.«

Ich widersprach im Stillen, als ich mich an die uralten Geschichten der Elfen erinnerte, von Verfolgungen, Brandschatzungen und Massakern.

»Es gab hier auch einmal Magische«, fuhr Kommandeur Ebner fort. »Aber als das Königreich expandierte, haben sich die Magischen zurückgezogen – bis Iversterre das erreichte, was jetzt die Grenzlande sind. Dann ist die Hölle ausgebrochen.«

»Der Grenzkrieg, Hase«, warf Hauptmann Suiden ein.

»Ja«, bestätigte Kommandeur Ebner, »und die Armee der Grenzlande wurde von diesen Magischen, den Faena, angeführt.« Er strich sich den Schnauzbart glatt. »Man hat uns verflucht gründlich den Hintern versohlt, Reiter, und wir wurden ohne Abendessen ins Bett geschickt. Es war eine sehr schockierende und demütigende Niederlage. Wir hatten Glück, dass sie uns erlaubten, um Frieden zu bitten, und jetzt ignorieren wir die Grenzlande und hoffen inständig, dass sie uns ebenfalls links liegen lassen.«

Was sie nicht taten. Die Grenzlande waren sich ihres südlichen Nachbarn sehr wohl bewusst, so wie man einen Kieselstein im Schuh oder ein Sandkorn im Auge schwerlich vergessen kann.

»Mein Großvater war einer der Glücklichen, die lebend zurückkehrten«, erklärte Ebner. »Opa hat uns Geschichten erzählt, wie selbst die Bäume …« Er unterbrach sich. »Na ja, genug davon.«

»Jawohl, Sir«, sagte ich.

Kommandeur Ebner beugte sich vor. »Und jetzt kommt eine meiner Einheiten mit einer einwöchigen Verspätung von einer Routinepatrouille zurück und erzählt mir, dass sie sich einen halben Tagesritt und fast in Sichtweite der Heimat verirrt hat und dass dort ein Magischer, ein Faena!, herumgelaufen ist, wo vor der Zeit meines Großvaters keiner war, und dass ein Reiter einen Pakt mit dem Wesen geschlossen hat. Wonach dieser Faena besagter Truppe den Heimweg zeigte. Was glauben Sie wohl, wird der Lordkommandeur dazu sagen, hm?«

»Ehm«, erwiderte ich.

»Genau.« Ebner lehnte sich auf seinem Stuhl zurück, und ich beobachtete, wie er auf seinem Schnurrbart herumkaute. Hauptmann Suiden starrte angelegentlich auf eine Kerze. Der Garnisonskommandeur seufzte. »Na gut, es gibt keinen anderen Weg. Wir müssen rausfinden, was da vorgeht.«

»Sir?«

»Und da Sie der Einzige sind, der auch nur ein bisschen mehr über diese Faena weiß als das, was in alten Kriegsgeschichten und Kindermärchen erzählt wird, werde ich Sie dort rausschicken.«

»Mich, Sir?«

»Hauptmann?«

»Sir«, antwortete Hauptmann Suiden.

»Sie und Ihre Männer rücken morgen früh ab und reiten dorthin zurück, wo Sie diesen Magischen aufgegabelt haben.«

»Jawohl, Sir.«

»Dann finden Sie raus, was passiert ist, und erstatten Meldung.« Kommandeur Ebner stand auf. Wir auch. »Ich vertraue Ihrem Urteilsvermögen, Suiden.« Der Schnauzbart des Kommandeurs presste sich flach gegen seine Wangen. »Fangen Sie um Himmels willen keinen neuen Krieg an. Ich möchte nicht gegen Bäume kämpfen müssen!«

3

Das Trompetensignal weckte uns bei Sonnenaufgang. Ich konnte Ryson riechen, der drei Pritschen weiter lag. Er stank nach seinem Dienstausflug in die Stallungen. Offenbar war er ins Bett gefallen, ohne sich auszuziehen.

Als ich aufstand und mich durch meine Morgentoilette mühte, spürte ich Blicke auf mir. Man hatte mich nach meinem Treffen mit Kommandeur und Hauptmann nicht ausgehorcht, weil Groskin Suidens Ausgangsverbot erweitert und uns untersagt hatte zu tratschen. Deshalb hingen Spekulationen in der Luft, die sich allesamt auf mich bezogen. Schließlich flüchtete ich vor den verstohlenen Blicken, indem ich mich auf meine Pritsche setzte und meine Morgengebete absolvierte.

»Achtung, Offizier!«

Bei diesem Ruf beendete ich meine Gebete, öffnete die Augen und stand auf. Ich war zwar nicht der Letzte, aber es genügte, um Leutnant Groskin aufzufallen, der dem Hauptmann in den Saal gefolgt war. Ich warf einen prüfenden Blick auf meine Hose, um mich zu überzeugen, dass sie ordentlich über den Stiefeln hing, und als ich hochblickte, bemerkte ich, dass der Leutnant tief Luft holte.

»Leutnant«, sagte Hauptmann Suiden.

Groskin stammelte, als die Luft aus seinen Lungen wich.

»Rührt Euch!«, befahl Hauptmann Suiden. Er wartete, bis wir entspannter waren. »Unser Urlaub wurde gestrichen.«

Jetzt schnappte die Truppe nach Luft, während wir unseren Hauptmann anstarrten. Er erwiderte unsere Blicke mit seinen ruhigen braunen Augen.

»Machen Sie sich für eine längere Expedition bereit. Das Ziel unserer Mission wird Ihnen unterwegs erklärt. Das ist alles. Leutnant Groskin, folgen Sie mir.« Die beiden verließen den Saal.

Ich trat an meinen Spind, um zu packen, und ignorierte die aufgebrachten Blicke meiner Kameraden.

»Was geht hier vor, Hase?«, flüsterte Jeff mir zu.

»Ich darf nicht darüber reden, Jeff.« Ich beugte mich vor und machte meinen Spind auf.

»Es ist alles nur wegen dieser verdammten Feder, stimmt's?«

Ich richtete mich so schnell auf, dass meine Bandscheiben knackten, und starrte Jeff an. »Du warst an meinem Spind?«

»Nein. Ich habe dich mit ihr gesehen. Sie ist knallrot, Hase, genau wie die, die der Magische hatte«, antwortete Jeff.

Ich blickte auf meine triste graue Uniform hinunter und mir wurde klar, dass die Feder darauf förmlich glühen würde. Doch ich hob rasch wieder den Kopf, als das Aroma von Pferdedung mich umhüllte.

»Grenzland-Auswurf«, stieß Ryson hervor und drängte sich gegen mich. »Was zum Teufel hast du da gemacht?« Der Rest der Truppe versammelte sich um uns und spitzte die Ohren.

»Verschwinde, Ryson«, sagte ich und hob meine Arme, um ihn zurückzustoßen.

»Was ist hier los?«, knurrte Leutnant Groskin hinter uns.

Ich ließ meine Arme sinken, und meine Bandscheiben knackten wieder, als ich Haltung annahm.

»Sir! Wir haben uns nur gerade gefragt, ob Reiter Hase etwas mit unserem gestrichenen Urlaub zu tun haben könnte, Sir!«

Ich unterdrückte einen Seufzer. Ryson hatte noch weniger Hirn als ein schwachsinniges Schaf.

»Ah! Also glauben Sie, dass Reiter Hase dem Kommandeur sagt, was zu tun ist, ja?«, erkundigte sich Groskin. Mein Rückgrat knirschte fast unter seinem Lächeln.

»Sir, nein, Sir! Aber vielleicht hatte er ja etwas damit zu tun, dass wir uns überhaupt verirrt haben, Sir!«, antwortete Ryson schnell.

Groskins Lächeln wurde noch breiter, und irgendwie kam es mir vor, als würden seine Eckzähne wachsen. »Wie das, Reiter?«

»Ehm ... weil er aus den Grenzlanden stammt, Sir?«

»Und?«

»Vielleicht kennt er ja, also ... ich meine, er betet immer, Sir!«

»Und deshalb haben wir uns verirrt, ja?«

Ich betete inständig darum, dass Groskins Reaktion auf Rysons Blödheit nicht auch mich treffen würde.

»Er hat eine Feder, Sir. Von dem Magischen«, erklärte Jeff.

Ich fühlte mich, als hätte mir jemand in den Magen geschlagen.

»Und Sie glauben, das wüssten wir nicht?«

Es war so leise im Saal, dass man die Flaggen auf dem Exerzierplatz in dem lauen Lüftchen gegen die Masten klatschen hörte. Drinnen standen wir alle so stramm, dass man uns als Lineale hätte benutzen können. Unsere Mienen waren wie in Stein gemeißelt. Ich hörte, wie der Leutnant förmlich schnurrte, als er uns betrachtete. In dem Moment wurde mir klar, dass wir sein Ideal erreicht hatten – wir waren vollkommen eingeschüchtert.

»Ryson, Sie stinken wie Pferdemist.« Groskin ging zu einem Wasserfass und trat gegen die Seite, um herauszufinden, wie viel Wasser noch darin war. »Sie waschen sich, Ihr Bettzeug, Ihre Uniform und alles, was Sie angefasst haben, bevor wir abrücken. Ist das klar, Reiter Ryson?«

»Jawohl, Sir.«

»Ich kann Sie nicht hören.«

»Sir, jawohl, Sir!«

»Und die anderen: Packt gefälligst!«

Wir packten.

Nach dem Frühstück warf ich noch einmal einen Blick in meinen Spind, um mich zu überzeugen, dass ich nichts vergessen hatte. Ich sah die Feder, deren Rot sich gegen das Weiß meiner Unterhosen abhob. Ich nahm sie hoch, und nach einem kurzen Moment zog ich eine Nadel aus meinem Nähzeug und befestigte sie damit an meinem Überrock. Als ich mich umdrehte, sah ich, dass ich mich im Mittelpunkt ungeteilten Interesses befand, also grinste ich und zeigte alle meine weißen Zähne.

»Ein alter Grenzlandbrauch!«

Wir sammelten uns vor unserem Abzug im Pferdehof. Die Sonne lugte gerade über die Mauern der Garnison. Kommandeur Ebner war ebenfalls anwesend, und sein Schnauzbart lag steif auf seinen Wangen. Unsere Gesichter waren ein wenig hager, bis auf das von Leutnant Groskin, der immer noch zu schnurren schien, und das von Hauptmann Suiden, das grimmig aussah wie immer. Der Blick seiner braunen Augen ruhte kurz auf meiner roten Feder, dann ging er weiter und inspizierte den Rest der Truppe.

Zufrieden befahl der Hauptmann Leutnant Groskin, die Befehle zum Abrücken zu geben. Er wartete, bis wir uns alle in Bewegung gesetzt hatten, salutierte vor Kommandeur Ebner und schloss sich uns an. Der Kommandeur sagte kein Wort, als wir an ihm vorbeiritten. Vermutlich stand er überhaupt nur wegen der dramatischen Wirkung da. Ich hörte bereits die zukünftigen Barden über unsere Mission singen:

Die Sonne schien strahlend an jenem schicksalhaften Morgen,
Als die tapfren Jungs in den Krieg ritten,
Oh, Schnauzbart, der uns in der sanften Brise zum Abschied
  nachwinkte ...

Die Melancholie verging, und ich musste gegen ein Lachen ankämpfen, nur für den Fall, dass Suiden nicht vielleicht doch ein Auge im Hinterkopf hatte. Ich war mit Faena aufgewachsen und wusste, dass ein einzelner Faena noch lange keinen Krieg bedeutete. Es sei denn, ihm war zuvor der Krieg erklärt worden, und Kommandeur Ebner hatte gesagt, dass wir das nicht tun würden. Das hoffte ich stark – mich gelüstete es ebenfalls nicht, gegen Bäume zu kämpfen.

4

Wir erreichten die Bergwiesen, als die Sonne gerade noch eine Handbreit über dem Horizont schwebte. Ich sah mich um. Es kam mir vor, als wäre ein ganzes Lebensalter verstrichen, seit wir hier gewesen waren, obwohl es erst gestern gewesen war. Auf Befehl des Leutnants stieg ich ab und ging zu der Stelle hinüber, an der Laurel und ich die Honigkekse geteilt und den Mahl-Pakt geschlossen hatten. Es überraschte mich nicht sonderlich, dass nicht die kleinste Spur von ihm zu sehen war.

Mir stieg ein schwacher Stallgeruch in die Nase. Ryson ignorierte mich, als er an mir vorbeiging. Sein Rock war immer noch feucht. Seine Uniformen waren alle schmutzig gewesen, und er hatte eine noch feuchte anlegen müssen, nachdem Groskin ihm befohlen hatte, sich zu reinigen. Mich fröstelte mitfühlend.

»Hört zu, Männer!«, rief Groskin. »Der Hauptmann hat Ihnen etwas mitzuteilen.« Er sah mich und winkte mich zu sich. »Hase, der Hauptmann will, dass Sie bei ihm bleiben.« Ich folgte dem Leutnant zu Hauptmann Suiden und stellte mich neben ihn. Groskin baute sich zu meiner anderen Seite auf. Der Hauptmann wartete, bis alle sich um uns versammelt hatten, und ich runzelte die Stirn, als mir auffiel, dass seine braunen Augen in seinem dunkelhäutigen Gesicht plötzlich hellgrün leuchteten. Damals dachte ich mir, dass sie vermutlich die letzten Sonnenstrahlen reflektierten.

»Wir haben von Kommandeur Ebner den Auftrag bekommen, die Ursache hinter unserem letzten Abenteuer zu erforschen«, verkündete Suiden. »Das schließt das Auftauchen des Magischen ein. Deshalb werden wir nach ihm suchen und Kontakt mit besagtem Magischen herstellen, uns vergewissern, warum er hier ist, ob er etwas damit zu tun hatte, dass wir uns verirrt haben, und ob er eine Bedrohung darstellt.« Der Hauptmann deutete mit einem Nicken auf mich. »Reiter Hase wird aufgrund seiner Erfahrung in den Grenzlanden für die Dauer dieser Expedition zum Leutnant befördert.«

Ich vergaß die Augen des Hauptmanns, als meine sich weiteten. Was zum Teufel sollte das?

»Aber er ist doch nur ein Bauernjunge aus den Grenzlanden!«, platzte Ryson heraus.

»*Leutnant* Hases Vater ist ibn Chause, und seine Mutter ist eso

Flavan.« Der Hauptmann wartete einen Herzschlag, während die Truppe uns verdattert anglotzte. »Noch Fragen?«

Es war eine rhetorische Frage, aber wir antworteten trotzdem: »Nein, Sir!«

»Wegtreten!«

Der Wind frischte auf und spielte mit der Feder an meinem Rock, als ich losging, um zu helfen, das Lager zu errichten, aber als ich ein Zeltbündel aufheben wollte, nahm es mir ein Reiter aus der Hand. Ich starrte ihn an, aber er erwiderte den Blick nicht.

»Sie sind jetzt Offizier, Hase«, bemerkte Leutnant Groskin, als er sich neben mir aufbaute.

»Die Pocken sollen den Offizier holen, Sir!« Ich drehte mich herum, um ein anderes Zeltbündel aufzuheben, aber sie waren bereits alle weg. Ich ging zu dem Platz, wo die Zelte errichtet wurden, wurde jedoch von meinen Kameraden ignoriert. Ich wartete ein paar Augenblicke, ob mich vielleicht jemand ansprechen würde, aber ich wurde vollkommen geschnitten und fühlte, wie ich rot anlief. Mir kam ein Bild von meinem Pa in den Sinn, als das Forstkonzil unseres Weilers sich noch unmöglicher aufgeführt hatte als üblich. Ich richtete mich auf und rümpfte die Nase.

»Leutnant Hase«, sagte Hauptmann Suiden.

Mein Kopf fuhr herum, und ich starrte ihn an, immer noch die Nase rümpfend.

»Sie müssen Ihr Zelt aufbauen, bevor es dunkel wird«, erklärte er. Die Sonne versank gerade hinter dem Horizont, und der Wind wurde stärker.

»Sir, in den Vorschriften und Regeln steht, dass die Reiter das Lager aufbauen, Sir!«, erklärte Ryson.

Dieses schaffickende Wiesel!

»Leutnant Hase hat dieselben Pflichten und Verantwortlichkeiten wie immer, außer und bis ich es anders entscheide«, antwortete Hauptmann Suiden. »Habe ich mich klar ausgedrückt, Reiter Ryson?«

Es herrschte beredtes Schweigen, als wir seine Worte verdauten.

»Habe ich mich klar ausgedrückt, Reiter Ryson?« Die Stimme des Hauptmanns war ein bisschen lauter geworden.

»Sir, jawohl, Sir!«, brüllten alle, einschließlich meiner Person, Leutnant Groskin und etlicher Pferde.

Der Hauptmann drehte sich um, und wir stießen lautlos die Luft aus. Ich ging zu meinem Zelt. Jeff stand daneben.

»Ich nehme an, wir teilen es noch, da sie kein anderes mitgebracht haben«, bemerkte er.

»Ja.« Ich warf einen Blick über meine Schulter auf die Silhouette des Hauptmanns, die sich gegen die letzten Sonnenstrahlen abhob. »Sag mal, Jeff, hast du bemerkt, dass die Augen des Hauptmanns grünlich …?« Ich brach ab, als ich Jeffs verständnislosen Blick bemerkte, und zuckte mit den Schultern. »Schon gut, vergiss es.«

Als wir das Zelt aufgebaut hatten, gingen wir zum Lagerfeuer, an dem Reiter Basel den Kochdienst übernommen hatte und Abendessen zubereitete. Über den Flammen briet Kaninchen, und ich fühlte, wie mir die Galle hochkam, als der Geruch mir in die Nase stieg. Ich ging zum Zelt zurück, wo ich meine Satteltaschen abgelegt hatte, und holte Brot, Käse und ein paar Früchte heraus. Als ich damit wieder zu den Männern hinüberging, winkte Basel mich zu sich.

»Ich habe Ihnen ein paar Möhren zurückgelegt, Leutnant.«

Ich seufzte. »Basel, du kennst mich seit Jahren. Du musst mich nicht mit Leutnant ansprechen.«

»Jawohl, Sir. Hier, bitte.« Er reichte mir einen Teller mit dampfendem Gemüse.

Ich seufzte erneut, suchte mir eine Stelle am Feuer, den Wind im Rücken, und setzte mich. Zu meiner Überraschung leistete Jeff mir Gesellschaft und sah zu, wie ich die Nahrung auf meinem Teller massakrierte. »Ist es eine Grenzlandsitte, dass du kein Fleisch ist?«

»Nein, einige von uns sind Fleischesser.« Ich dachte an die Wölfe, die Drachen und andere Lebewesen mit scharfen Zähnen. Laurel Faena hatte ebenfalls nicht so ausgesehen, als würde er sich nur von Nüssen und Beeren ernähren. Oder Honigkeksen. »Und ich esse Fisch. Es liegt daran, dass die Grenzlande die Vorstellung von dem, was ›Nahrung‹ ist, ganz schön durcheinanderbringen.« Ich schaufelte Gemüse auf die Gabel. »Da war ein Bauer in dem Weiler neben unserem, der Schweine gezüchtet hat, bis er eines Tages einem Wildschwein begegnete, einem Keiler, der den ganzen Morgen mit ihm über den Sinn des Lebens und den Zweck des Universums diskutierte. Der Bauer meinte hinterher, dass ihn das irgendwie von der Lust auf Schweineschnitzel abgebracht habe.«

»Ihr hattet also kein Vieh auf eurem Hof?«, erkundigte sich Jeff.

»Um uns zu ernähren? Nur Milchkühe und Legehennen. Aber wir hatten auch Pferde, Schafe, zwei Ziegen, Hunde und Katzen. Ganz zu schweigen von den Schlangen, Eulen und Falken, die in unseren Scheunen lebten.« Jeff starrte mich an, also erklärte ich es ihm. »Sie waren gegen das Ungeziefer da. Wo Menschen sind, sind auch Ratten und Mäuse.«

»Also war es ein echter Bauernhof«, meinte Jeff.

»Es ist ein richtiger Bauernhof. Meine Familie spielt nicht den Gutsherrn«, erklärte ich. »Sie leben von dem, was sie anbauen, und verkaufen den Rest.«

»Es ist nur ... ich meine, du weißt schon, Hase, du bist ein Fatzke.«

»Nur zu wahr«, murmelte jemand.

»Es ist ein Bauernhof.« Ich sah, dass mich keiner verstand, und versuchte es noch einmal. »Wir hatten keine Schneider für elegante Kleidung. Wir haben unsere Kleidung aus der Wolle gemacht, die unsere Schafe lieferten. Da ich drei ältere Brüder habe, musste ich meist ihre abgelegten Sachen tragen. Wenn ich sie bekam, waren sie braun, ausgebeult und kratzig – und ihr wollt sicher nicht wissen, was die selbstgemachte Seife meiner Mutter daraus gemacht hat.« Meine Haut juckte bei der Erinnerung daran. »In der Hölle, Jungs, trägt man handgestrickte Unterhosen«, sagte ich in das Gelächter hinein, »und ich habe mir jedes feine Hemd, das ich trage, selbst verdient.«

Nachdem wir fertig gegessen hatten und die Wachen eingeteilt waren, kroch ich in mein Zelt, um zu schlafen. Ich machte es mir gerade in meinem Bettzeug gemütlich, als die Klappe angehoben wurde und Jeff hereinkam. Er sagte nichts, als er in sein Bett kroch, und ich döste ein.

»Du hättest etwas sagen können«, meinte Jeff.

Ich blinzelte schläfrig. »Hä?«

»Du hast zu viele verfluchte Geheimnisse, Hase.«

»Und was, zum Beispiel?«

»Das mit deinen Eltern. Dem Magischen. Der Feder.«

Mit einem Schlag war ich hellwach. »Wir haben alle Geheimnisse …«, begann ich.

»Nicht solche. Meine Geheimnisse sind überhaupt nicht so wie deine.«

Das entsprach vermutlich absolut der Wahrheit.

»Ibn Chause e Flavan«, erklärte Jeff.

»Ich bin immer noch ich«, erwiderte ich. »Ich habe mich nicht verändert.«

»Schon möglich, aber wer *bist* du?«

5

Als ich am nächsten Morgen erwachte, war Jeff verschwunden, und sein Bettzeug lag neben seinen Satteltaschen fein säuberlich zusammengerollt in einer Ecke. Ich betete besonders sorgfältig, weil ich mir dachte, dass ich wohl jede Hilfe brauchte, die ich kriegen konnte. Dann schnappte ich mir mein Rasiermesser, die Seife und ein Handtuch, hob die Zeltplane an und trat in die Sonne hinaus. Im nächsten Moment blieb ich wie angewurzelt stehen, weil ich fast in Hauptmann Suiden hineingelaufen war. Leutnant Groskin und er standen vor meinem Zelt und starrten Laurel Faena an. Suiden hatte die Arme verschränkt, Groskin die Hand auf seinem Schwertgriff. Hinter dem Faena standen die Reiter. Ein paar machten verstohlene Gesten, mit denen sie das Böse abwenden wollten, aber die meisten hatten ihre Hände ebenfalls an ihren Schwertgriffen.

Laurel sah noch genauso aus wie bei unserer gestrigen Begegnung. Er trug denselben bestickten Umhang, denselben Stab, dieselben Federn und Perlen, die in seinen rötlichen Halspelz und seine Ohren gewoben waren. Ohren, die jetzt beide spitz nach vorn gerichtet waren, als er mich ansah. Er verbeugte sich knapp vor mir, als wären wir uns zufällig am Markttag begegnet.

»Lord Hase.«

Die Männer murmelten bei dieser Ehrenbezeugung, die mir außerdem einige böse Blicke einbrachte.

»Versichert Euren Männern, Ehrenwerter Hauptmann, dass ich nichts Böses im Schilde führe.« Laurels Stimme war ein tiefes Grollen.

»Das ist schwer zu glauben, da Ihr aufgegriffen wurdet, als Ihr durch das Lager geschlichen seid«, erwiderte Groskin, dessen Hand sich fester um den Schwertgriff schloss. Die Männer murrten zustimmend, und Ryson, der ein wenig abseits von den anderen stand, murmelte etwas, was ich nicht hören konnte. Einige Kameraden nickten jedoch und machten Anstalten, ihre Schwerter zu zücken.

Suiden warf ihnen einen Blick zu, nach dem schlagartig Ruhe einkehrte. Die Reiter, die ihre Schwerter zücken wollten, erstarrten mitten in der Bewegung. »Was führt Ihr dann im Schilde?«, erkundigte sich der Hauptmann, der seinen Blick wieder auf den Berglöwen richtete.

»Frieden«, antwortete der Faena, dessen Schnurrhaare sich an seine Wangen legten, als er uns ein, wie ich vermutete, harmloses Lächeln zeigte. Seine scharfen Reißzähne glitzerten weiß in der Sonne.

In der folgenden Stille hörte ich, wie der Wind sanft über das Gras strich. Laurel lachte, ein tiefes, fauchendes Geräusch, als er Suidens höflich-ungläubigen Blick bemerkte. »Ich sage die Wahrheit, Ehrenwerter Hauptmann. Aber vielleicht können wir darüber unter vier Augen reden?« Er deutete auf meine nackte Brust, auf der sich eine Gänsehaut breitmachte. »Nachdem Lord Hase sich angekleidet hat.«

Was zum Teufel …? Ich warf dem Faena einen gehetzten Blick zu, als er andeutete, dass ich an dieser Beratung teilnehmen sollte, aber dabei streifte mein Blick Suidens Gesicht. Der Blick des Hauptmanns schien eine Ewigkeit auf mir zu ruhen. »Sie können wegtreten, Leutnant!«, sagte er schließlich.

»Zu Befehl, Sir!« Ich war noch vor dem nächsten Herzschlag am Kochfeuer. Ich hörte, wie Groskin hinter mir den Männern zuknurrte, ihre verdammten Schwerter einzustecken, und sie anblaffte, ob sie nichts zu tun hätten und dass er ihnen eine Aufgabe geben könnte, falls sie darauf bestehen würden herumzuhängen. Dann hörte ich das Trampeln von Füßen, als die Reiter hastig davoneilten.

Ich wartete einen Moment, bis meine Atemzüge sich wieder beruhigt hatten, und fragte den diensthabenden Koch nach heißem Wasser.

»Natürlich, Leutnant«, erwiderte Basel und salutierte.

»Verflucht, Basel, lass das!«, knurrte ich ihn an.

»Zu Befehl, Sir.« Basel bückte sich und nahm eine Schüssel vom Boden. »Ich habe da drüben Erdbeeren gefunden«, – Basel deutete auf einen sonnigen Flecken neben einem Felsen, – »und sie für Ihren Porridge aufgehoben, Leutnant. Ich weiß ja, wie wählerisch Sie bei Ihrem Essen sind.«

Es geht doch nichts über Spott vor dem Frühstück. Bevor ich antworten konnte, hüllte mich eine säuerliche Duftwolke ein. Ich warf einen Blick auf meine Füße. War ich irgendwo hineingetreten?

»Es heißt *Lord* Hase, Basel«, sagte Ryson, der mehrere Reiter im Schlepptau hatte. Es war ein ziemlich großes Gefolge. Der Gestank ging von ihm aus. Seine feuchte Kleidung war stockig geworden.

»Sie riechen ranzig, Ryson«, sagte ich.

»Das kann man wohl sagen«, murmelte Rysons Zeltkamerad.

»Warum haben Sie Ihre Kleidung nicht gestern Nacht ausgezogen und am Feuer getrocknet?«, erkundigte ich mich.

»Selbstverständlich, Lord Hase.« Er klimperte mit den Wimpern. »Verzeiht uns, Lord Hase. Wir verstehen nicht so viel von Kleidung wir Ihr, Lord Hase.«

»Das ist genug, Sie schaffickendes, unzuchttreibendes Wiesel …«

Jeff packte meinen Arm und zerrte mich zur Seite. Niemand wollte Ryson anfassen, aber zwei Männer traten schützend vor ihn. Ihre Augen tränten, als der Wind umschlug. »Hast du den Verstand verloren?«, fragte Jeff mich leise. »Willst du, dass der Hauptmann oder Groskin dich hört?«

Ryson und ich hörten auf, uns gegenseitig anzugiften, und alle sahen sich suchend um. Die Spannung ebbte ab, als wir sahen, dass Suiden und Groskin immer noch bei Laurel Faena standen.

Ich befreite mich mit einem Ruck von Jeff und ging zum Feuer zurück. Das Wasser blubberte leise. Ich nahm das Waschbecken und goss etwas hinein.

»Wenn ein Faena jemanden Hoher Imperator des Universums nennen will, dessen Herrschaft niemals endet, dann sagt man eben, ja, so sei es. Sic! und fertig«, erwiderte ich und wusch rasch mein Gesicht mit einem Lappen. »Sie sehen Dinge, die kein anderer sieht. Sie leben in einer anderen Wirklichkeit.«

»Und das ist deine Wirklichkeit, Lord Hase?«, erkundigte sich Jeff.

»Weiß ich nicht. Und nenn mich nicht so.«

»Ibn Chause e Flavan. In welchem Verwandtschaftsgrad stehen die beiden Häuser zum König?«

»Zweiunddreißig Linien von Chause und vierzig von Flavan«, mischte sich Ryson ein und grinste, als ich ihn anstarte. »Es ist wirklich verblüffend, wie weit die Stimme von Kommandeur Ebner trägt, selbst aus seinem Büro heraus.«

Dieses lauschende, spionierende Wiesel …!

»Das sind also wie viele?«, meinte Jeff und zählte sie im Kopf zusammen. »Du hast zweiundsiebzig gemeinsame Vorfahren mit dem König?«

Ich kehrte Ryson und Jeff den Rücken zu und fing an, mich zu rasieren. »Lass gut sein. Meine Eltern haben alle Titel abgelegt, bevor ich geboren wurde. Ich kann nicht einfach angetanzt kommen und sie wieder aufnehmen.«

»Du hast mich gestern Nacht zum Narren gehalten«, meinte Jeff.

Ich hielt inne und erinnerte mich an meine bissige Bemerkung, als die Männer mich ausgeschlossen hatten, während sie das Lager aufbauten. Wie aufmerksam von ihm – und wie nett, mir das vor allen ins Gesicht zu schleudern. Ich beendete meine Rasur und wusch mir die Seife vom Gesicht. »Na ja, du warst so nervös ...« Ich unterbrach mich, als ich bemerkte, dass Groskin zu uns herüberkam. Laurel und Suiden verschwanden gerade im Zelt des Hauptmanns.

Ryson sah es auch und wurde blass. Er förderte ein winziges Stück Seife zutage und begann, sich auszuziehen. »Schnell, Basel, heißes Wasser. Groskin hat gedroht, dass er mich in den Strom da drüben wirft, wenn ich mich nicht wasche.«

Wir warfen einen kurzen Blick auf den Strom, der, angeschwollen von der Schneeschmelze, hinter der Weide vorüberfloss. Bei dem Gedanken, Groskin könnte auf die Idee kommen, dass wir alle ein Bad brauchten, durchfuhr uns ein kollektiver Schauer. Basel goss heißes Wasser in ein anderes Waschgeschirr, während ich meines ausleerte. Jeff schnappte sich einen Stock, hob damit Rysons Uniform in das leere Waschbecken, und Basel übergoss sie auch mit kochendem Wasser.

Ich taxierte Rysons winziges Seifenstück im Vergleich zu seinem Gestank. »Hier«, sagte ich und warf Ryson mein Handtuch und meine Seife zu.

»Das reicht nicht«, meinte Jeff. »Ich hole mehr Seife.« Er trottete davon, und ich folgte ihm nach einem Moment. Ich hatte vor, mich in meinem Zelt fertig anzukleiden und eine Weile den Unsichtbaren zu spielen.

Suiden ließ mich erst nach dem Frühstück kommen. Bis dahin beschäftigte ich mich wie die anderen hauptsächlich damit, Ausrüstung zu reinigen und zu pflegen. Es sah nicht so aus, als würden wir bald ausrücken. Ryson musste all seine Sachen noch einmal waschen, und er marschierte mit einem geborgten Handtuch durch das Lager. Diesmal hängte er seine Kleidung und sein Bettzeug über das Lagerfeuer zum Trocknen. Groskin drohte Ryson zwar damit, dass er seine Uniform wieder nass tragen müsste, und knurrte etwas über den unwürdigen Anblick von Rysons nacktem Hintern und darüber, dass das Lager wie eine Waschküche aussah, aber Rysons Zeltkamerad schilderte so leidenschaftlich die Wirkung des Gestanks von Pferdedung und Schimmel in kleinen Zelten, dass der Leutnant schließlich nachgab.

Ich stand am Rand der Weide und starrte auf die Stadt hinunter. Ich fragte mich gerade, wie wir sie bei unserer letzten Patrouille hatten übersehen können, als jemand meinen Arm berührte.

»Der Hauptmann will dich in seinem Zelt sehen, Hase«, sagte Jeff.

Ich nickte, ging zu Suidens Zelt und trat nach Aufforderung des Hauptmanns ein. Das Erste, was ich sah, nachdem sich meine Augen an das düstere Innere gewöhnt hatten, war ein silbernes Teeservice. Ich blinzelte. Meine Mutter hatte auch so eins; es war eines der wenigen Dinge, die sie aus ihrem früheren Leben herübergerettet hatte. Ich setzte mich auf den Teppich zwischen Laurel Faena und Groskin und bekam Tee in einer zierlichen Porzellantasse mit einer ebenso feinen passenden Untertasse gereicht. Groskin hielt mir einen Napf mit Zitronenscheiben hin und dann, nachdem ich eine genommen hatte, eine Zuckerschale einschließlich Zange. Als ich fertig war, stellte Groskin die Schüsseln auf das ebenfalls passende Teetablett zurück. Während ich meinen Tee mit einem silbernen Löffelchen umrührte, beobachtete ich, wie Groskin eine Tasse für Laurel einschenkte; er benahm sich wie meine Mutter. Ich senkte den Blick und berührte den Teppich – er sah aus wie ein echter Perdan. Darauf lagen dicke, bestickte Kissen, und an den Wänden des Zeltes hingen Gobelins. Ich grinste. Unser Hauptmann verstand es zu reisen.

»Amüsiert Sie etwas, Leutnant?«, erkundigte sich der Hauptmann.

Mein Grinsen erstarb. »Nein, Sir. Ich genieße nur den Tee, Sir.«

Hauptmann Suiden lehnte sich gegen ein Kissen. Ihm schien recht behaglich zu sein. »Also gut, Sro Faena, warum seid Ihr hier?«

Laurel nippte vornehm an dem Tee. »Ich bin auf dem Weg zum König.«

Der Hauptmann, Leutnant Groskin und ich erstarrten mitten im Rühren, Trinken oder Herumfuhrwerken und starrten den Faena an. Er erwiderte unseren Blick, ausdruckslos und wohlwollend, und trank noch einen Schluck Tee.

»Ihr wollt zum König«, wiederholte Suiden.

»Ja«, antwortete Laurel.

»Unserem König«, fuhr der Hauptmann fort, dem offenbar an Klärung gelegen war.

»Ja.«

»Jusson IV., genannt ›Goldauge‹, der im Augenblick in der Königlichen Stadt Iversly residiert.« Hauptmann Suiden war wirklich um absolute Gewissheit bemüht.

»Ja, dieser König.«

»Verstehe. Aus einem besonderen Grund?«

Laurel sah mich an. »Erinnert Ihr Euch, Lord Hase, an die Pelztrapper in Eurem Weiler, vor einigen Jahren?«

»Ja«, erwiderte ich. »Die Ehrenwerte Esche Faena hat das ... ehm ... abgestellt.«

»Das hat sie. Es war ein einmaliger Vorfall, richtig?«, wollte Laurel wissen.

»Ja.« Ich konnte mir gerade noch ein Schulterzucken verkneifen. »Soweit ich mich erinnere, war dies der erste derartige Zwischenfall. Und der letzte.«

»Ihr habt wahrlich ein gutes Gedächtnis, Lord Hase«, erklärte Laurel. »Wie lange seid Ihr jetzt von dort weg?«

»Seit fünf Jahren, Laurel Faena.«

»Das ist keine lange Zeit, aber was würdet Ihr sagen, wenn ich Euch mitteilte, dass seit Eurer Abreise nicht nur Trapper, sondern auch Fäller, Sklavenhändler, Jäger und andere Schmuggler die Grenzlande durchstreifen?«

Ich blinzelte. »Ehm …«

»Einem Jäger ist es sogar gelungen, den Hort von Dragoness Moraina zu erreichen.« Laurel nippte erneut an seinem Tee. »Wir haben seine sterblichen Überreste, jedenfalls das, was wir finden konnten, in einem Schuhbeutel von Schuster Rosemarie beigesetzt.«

Wir schwiegen, während wir uns das Bild ausmalten, das sich uns aufdrängte.

»Was ist ein Fäller?«, erkundigte sich Groskin nach einem Moment.

Laurel deutete mit einer Tatze auf mich.

»Fäller sind Holzschmuggler«, antwortete ich. »Das Hartholz der Grenzlande wird auf südlichen Märkten sehr geschätzt.«

»Und Bäume zu fällen ist in den Grenzlanden illegal?«, fragte Groskin.

»Jawohl, Sir. Wenn man einen Baum fällt, tötet man seinen Elf.«

Die Blicke von Hauptmann Suiden und Leutnant Groskin glitten durch das Zelt und suchten nach Dingen, die aus Holz bestanden. Sie blieben an den Zeltpfosten hängen.

»Keine Sorge, Ihr besitzt kein Elfenholz«, sagte Laurel. Er berührte den Stab, der hinter ihm lag. »Und der hier wurde mir von einer Eichenelfe geschenkt, deren Baum noch sehr lebendig ist. Ihrer Schwester ist es allerdings nicht so gut ergangen. Die Fäller haben sie erwischt.«

Hauptmann Suiden stellte seine leere Tasse ab. »Offenbar gibt es in den Grenzlanden ein ernsthaftes Problem.«

Laurel nickte. »Ein sehr ernstes Problem.« Er sah mich an. »Ihr kennt das delikate Gleichgewicht dort, Lord Hase?«

Delikates Gleichgewicht? Es war, als würde ein Bulle auf einem dünnen Seil tanzen, das zwischen zwei hohen Pfosten gespannt war. Ohne Netz. »Ja«, antwortete ich.

»Jeder hat seine eigene Idee, wie das Universum funktioniert und wie sich das auf seinem Fleckchen Erde darstellen soll, richtig?«

»Ja«, wiederholte ich.

»Und Ihr wisst auch, wie schwer es ist, dass irgendeiner irgendeinem anderen in irgendetwas zustimmt, ganz zu schweigen davon, einen allgemeinen Konsens zu erreichen?«

Ich nickte. Die Erinnerung an die Enttäuschung meines Pas sowohl über die Forstkonzile der Weiler als auch über den Hohen Rat stieg wieder in mir hoch.

»Der Hohe Rat hat ein Übereinkommen erreicht, Lord Hase«, fuhr Laurel fort. »Einstimmig.«

Mir klappte der Kiefer herunter.

»Wir werden Iversterre den Krieg erklären, wenn diese Übergriffe nicht aufhören.«

Mein Mund schloss sich mit einem vernehmlichen Klacken.

»Die Ehrenwerte Moraina hat recht eloquent ihre Meinung zum Ausdruck gebracht, was sie davon hält, Teil einer Apothekersalbe zu werden oder als Stiefel eines Edelmannes zu dienen.« Laurel leerte seine Tasse und stellte sie ab. »Und die Mondperiode beginnt bald.«

Suiden runzelte die Stirn. »Mondperiode?«

»Es ist die Zeit vom ersten Vollmond im Frühling bis zur Mittsommersonnenwende, in welcher die Geister derer erscheinen, die verraten und ermordet wurden, Sir«, sagte ich und ignorierte höflich Groskins schreckhaftes Zusammenzucken bei der Erwähnung von Geistern.

»Ich hätte gedacht, dass die dunkle Jahreszeit für das Auftauchen von Geistern passender wäre«, bemerkte Suiden.

»Die vier Jahreszeiten gehen mit den vier Elementen einher, Ehrenwerter Hauptmann«, erklärte Laurel. »Feuer und Sommer, Luft und Herbst, Wasser und Winter, Erde und Frühling. Die Erde regiert die Toten, da sie die Substanz ist, aus der wir gemacht sind und in die wir zurückkehren.« Er legte die Ohren flach an den Kopf. »Und jedes Jahr gibt es mehr und mehr Massaker ...« Er unterbrach sich und holte grollend Luft. »Euer Vater, Lord Hase, hat jedoch vor dem Hohen Rat kluge Worte gewählt. Der Ehrenwerte Zweibaum hat ebenfalls sehr eloquent über das, hmm, Blutbad des Krieges gesprochen, also hat der Hohe Rat beschlossen zu versuchen, das Problem mit diplomatischen Mitteln zu lösen. Indem er Iversterre an seinen Friedensvertrag mit uns erinnert. Ich wurde auserwählt.«

»Aber warum seid Ihr noch hier?«, fragte der Hauptmann. »Warum habt Ihr auf uns gewartet, statt in die Königliche Stadt zu gehen?«

»Dem Rat ist klar, dass meine Anwesenheit allein in Ivesterre dessen Bürger aufregen könnte. Sie dachten, eine Eskorte des Königreiches würde die Dinge vereinfachen, also wurde ich beauftragt, Lord Hase als Begleiter zu gewinnen.«

Ich fühlte das ganze Gewicht von Hauptmann Suidens Blick auf mir, schluckte, warf ihm einen Seitenblick zu – und blinzelte, denn seine Augen schienen in dem dämmrigen Zelt zu glühen.

»Warum ausgerechnet Hase?«, wollte der Hauptmann wissen. »In Veldecke, direkt an der Grenze, gibt es eine große Garnison. Ihr hättet auch dort eine Eskorte bekommen können.«

»Woher, glaubt Ihr, kommen die Schmuggler?«, fragte Laurel zurück. »Glaubt Ihr, dass die Stadtältesten die Bäume, Sklaven,

Pelze und andere Schmuggelware nicht bemerkt hätten, die auf ihrem Marktplatz feilgeboten und über ihre Straßen transportiert werden? Die Garnison ist sehr gewissenhaft, was ihre Patrouillen angeht. Glaubt Ihr, sie hätten nicht gesehen, was aus den Grenzlanden herausgebracht wird?« Seine Mähne sträubte sich. »Vielleicht hätte ich eine Eskorte bekommen. Oder aber ich wäre ausgestopft in der Eingangshalle irgendeines Adligen geendet.«

Was nicht sehr wahrscheinlich ist, dachte ich.

»Sei dem, wie es mag, Lord Hases Familie ist in den ganzen Grenzlanden bekannt und geachtet«, fuhr Laurel fort. »Und hier gilt er als Verwandter zweier mächtiger Häuser Eures Königreiches.«

Hauptmann Suiden richtete seinen Blick auf Laurel. Seine Augen glühten tatsächlich. Er nahm die Teekanne, schenkte sich noch einen Tee ein und fügte nur eine Scheibe Zitrone hinzu. »Warum habt Ihr dann nichts gesagt, als Ihr uns das erste Mal getroffen habt? Warum diese Warterei und die Ratespielchen?«

»Das ist kein Spiel, Ehrenwerter Hauptmann. Nach Euren Abenteuern wart Ihr zu aufgebracht, um Euch anzuhören, was ich zu sagen hatte. Wenn ich mich recht entsinne, habt Ihr mich beschuldigt, Euch verspeisen zu wollen, Euch und Eure Männer, und Euer Leutnant Groskin hatte eine ungewöhnliche Idee, wie Ihr sowohl verheimlichen könntet, dass Ihr Euch verirrt hattet, als auch dass sein Pferd mich mochte.«

Während Groskin plötzlich ein starkes Interesse an dem Boden seiner Teetasse entwickelte, tat Suiden diese unbedeutenden Einzelheiten mit einer Handbewegung ab. »Und wenn wir nicht zurückgekehrt wären? Was hättet Ihr dann getan?«

»Ich wäre meinem zweiten Plan gefolgt«, antwortete Laurel. »Der mein erster Plan war, bevor ich Euch hier oben fand, wie

Ihr herumirrtet.« Er sah zu, wie Suiden den Mund aufmachte und wieder schloss. »Ich wäre in die Stadt gegangen und hätte mit Eurem Kommandeur gesprochen.«

»Ich bin nur ein Bauernsohn aus den Grenzlanden, Laurel Faena«, sagte ich, während ich die Bilder des Chaos und der Aufstände unterdrückte, die dieser Plan gewiss hervorgerufen hätte. »Ganz gleich, wie mein Pa vor dem Rat dasteht. Ich sehe nicht, wie meine Anwesenheit helfen würde, aber ich kann mir sehr leicht vorstellen, wie sie Eure Absichten behindern würde. Und zwar nachhaltig.«

»Ein Bauernsohn, das ist wahr«, gab Laurel zurück. »Aber Ihr seid auch der Neffe von Lord Chause, mit zweiunddreißig Linien zum Thron des Königreiches, nicht? Der Enkel von Lord Flavan, der sogar vierzig Linien zum Thron aufweisen kann.«

»Ja, schon, aber meine Eltern haben das alles hinter sich gelassen.«

»Macht Euch das weniger zum Neffen oder Enkel?«

Ich habe einmal zwei Edelleute getroffen, die während eines Wintersturms in Freston gestrandet waren. In ihrer höhnischen Arroganz erinnerten sie mich an den Bauch einer Kröte, weich, weiß und giftig, und sie haben mich von jeglichem Wunsch kuriert, jemals meinen Titel zu beanspruchen. Und ich würde es auch jetzt nicht tun. Ich wollte etwas sagen, aber Hauptmann Suiden kam mir zuvor.

»Ihr habt gewichtige Argumente, Sro Laurel, aber Hase gehört zu meiner Truppe, und er wird auch bei ihr bleiben. Außerdem muss ich Euer Ersuchen meinem Kommandeur vortragen, bevor irgendetwas unternommen werden kann.«

»Warum? Vertraut er Eurem Urteilsvermögen nicht?«

Der Hauptmann starrte mich an. Seine Augen loderten. Ich schüttelte jedoch den Kopf. Ich hatte Laurel nichts von dem Befehl des Kommandeurs erzählt.

»Nun gebt Euch nicht so überrascht, Ehrenwerter Hauptmann. Ihr seid mit einer recht kleinen Einheit hier.«

»Kommandeur Ebner vertraut mir, dass ich Fakten herausfinde und sie ihm berichte, aber nicht, dass ich einen meiner Männer nur auf Euer Wort hin losflitzen lasse«, erklärte Hauptmann Suiden, wobei er jedes Wort betonte. Er stellte seine Teetasse ab.

»Während wir hier debattieren, wird Blut vergossen, und unser Zorn wächst, bis ein Krieg unvermeidlich ist.« Laurel deutete auf die Feder an meinem Rock. »Es gibt eine Verpflichtung.«

»Ich lasse mich weder zwingen noch manipulieren.« Der Zorn des Hauptmanns war fühlbar und lastete schwer auf uns. »Und sagt mir nicht, dass Ihr nichts damit zu tun hattet, dass wir uns verirrt haben.«

Laurel grollte, zeigte seine Reißzähne und stellte sich auf die Hinterbeine. »Ich hatte nichts damit zu tun. Ich bin kein Schwindler.«

»Unfug!«

»Sir«, ich musste alle Beherrschung aufbieten, damit meine Stimme nicht zitterte. »Wenn Laurel Faena sagt, dass er nicht daran schuld ist, dass wir uns verirrt haben, dann hat er auch keine Schuld. Er würde nicht lügen, Sir. Ebenso wenig wie Sie Verrat am König begehen würden.« Ich drehte mich zu Laurel um. Seine Pupillen hatten fast seine ganze Iris verdrängt. »Und Laurel Faena, Hauptmann Suiden hat recht. Ich bin Euch verpflichtet, aber ich schulde auch Kommandeur Ebner Gehorsam. Ich würde sein Vertrauen brechen und zum Deserteur erklärt werden, wenn ich ohne seine Erlaubnis gehen würde.« Patt. Oh, bitte Gott, betete ich, zwing mich nicht, mich entscheiden zu müssen.

»Wenn ich einen Vorschlag machen dürfte, Sir«, meldete sich Leutnant Groskin zu Wort. Er wartete, bis Hauptmann Suiden nickte, bevor er fortfuhr. »Wenn wir einen Reiter mit einem Bericht zu Kommandeur Ebner schicken? Die Pferde sind gestern nicht überanstrengt worden und konnten heute Nacht ausruhen. Wer auch immer geschickt wird, könnte vor Sonnenuntergang die Basis erreichen, und wir hätten morgen früh die Antwort des Kommandeurs, spätestens.«

Einen Moment herrschte Stille, in der sich Laurel langsam wieder setzte. Suiden sah ihn fragend an. »Ist das akzeptabel?«

»Es ist akzeptabel.«

»Dann machen Sie's«, befahl Hauptmann Suiden Groskin.

Leutnant Groskin stand auf, suchte sich vorsichtig einen Weg um die Teetassen und das Tablett herum und verließ das Zelt. Der Hauptmann nahm die Tasse mit dem kalten und vermutlich recht bitteren Tee und trank einen Schluck. Gleichzeitig fing Laurel an sich zu lecken und fuhr mit der Zunge über seine Tatze. Beide hielten mit einer Grimasse inne. Laurel ließ die Tatze sinken, während der Hauptmann die Tasse wieder hinstellte. Sie sahen sich nicht an, während wir schweigend warteten.

Kurz darauf schlug Leutnant Groskin die Zeltklappe zurück und steckte den Kopf herein. Hauptmann Suiden befahl ihm mit einer brüsken Handbewegung einzutreten.

»Ich habe Rysons Zeltkameraden geschickt«, sagte Groskin, während die Zeltklappe hinter ihm zuschlug. »Ich dachte mir, dass seine Nase eine Erholung verdient hätte.« Der Hauptmann starrte Groskin an, und das Lächeln des Leutnants erstarb. Er räusperte sich. »Ihm ist klar, Sir, dass er sich nicht aufhalten darf, sondern sofort wieder hierher zurückkommen muss, sobald er eine Antwort von Kommandeur Ebner erhalten hat. Ich habe mir außerdem die Freiheit erlaubt, Sir, ihn zu beauftragen, um zusätzlichen Proviant zu bitten, falls der Kommandeur zustimmt, dass wir den Magi … ehm, Laurel Faena begleiten.«

Leutnant Groskin, ein Mann, der Probleme löst und vorausdenkt. Mein Gehirn versuchte, sich auszuschalten.

»Sehr gut, Leutnant«, antwortete Hauptmann Suiden. »Sie und Leutnant Hase können wegtreten.«

Wir verließen das Zelt so schnell, dass die Zeltklappen noch einige Male hin und her schwangen, bevor sie zur Ruhe kamen. Groskin und ich starrten uns an, und ich fragte mich, ob ich genauso verstört dreinblickte wie er. Dann drehten wir uns um und starrten auf den Zelteingang. Laurel kam nicht heraus. Wir warteten noch einen Augenblick, bis Groskin zu dem Schluss kam, genau wie ich, dass Laurel Faena gut auf sich selbst aufpassen konnte. Wir gingen weiter, und unsere Schritte wurden zusehends schneller.

»Haben Sie das gesehen, Sir?«, fragte ich. »Wie die Augen des Hauptmanns ...«

Groskin ging noch schneller. »Ich habe ihn noch nie so wütend erlebt«, fiel er mir ins Wort.

»Aber ...«

Wir hatten Groskins Zelt erreicht, und er stürmte hinein. Ich stand da und starrte ihm nach. Plötzlich fühlte ich mich schrecklich exponiert und ging weiter, um mich zwischen den anderen Reitern zu verstecken. Ich rechnete mir aus, dass ich in der Masse sicher war.

Ich spielte für den Rest des Tages den Unsichtbaren. Aber als ich in dieser Nacht einschlief, träumte ich davon, zu Toffee verarbeitet zu werden.

6

Am nächsten Morgen wurde ich durch Hufgetrappel und laute Rufe geweckt, die über den Bergpfad hallten. Ich sah mich um. Die Sonne stand am Himmel, und Jeff war bereits weg. Also sprang ich hoch und zog mich rasch an. Doch bevor ich das Zelt verließ, nahm ich die Feder von meinem Rock und stopfte sie in meine Satteltasche. Ich ging davon aus, dass ich mich klar genug ausgedrückt hatte und es jetzt Zeit war, in Deckung zu bleiben. Ich schlich zum Kochfeuer, um nachzusehen, ob noch etwas vom Frühstück übrig war.

»Ich habe Ihnen ein paar Eier reserviert, Leutnant«, meinte Basel strahlend. »Ich mach schnell Rührei. Hab auch noch ein paar Kräuter, aus meinem Garten. Frisch gepflückt, bevor wir ausgerückt sind.«

»Es ist nicht Ihr Garten, Basel«, erwiderte ich gereizt. »Es ist der Garten der Garnison, und was dort wächst, ist nur für Offiziere …« Ich brach ab, und Basels Grinsen verstärkte sich.

»Jawohl, Leutnant, Sir. Ich habe auch Ihr Wasser fertig, wenn Sie sich rasieren wollen.«

Nachdem ich gefrühstückt und mich rasiert hatte, mischte ich mich unter die Truppe, beobachtete die Neuankömmlinge und tat so, als wäre ich die ganze Zeit hier gewesen. Aber sobald ich sah, wer mit dem Boten zurückgekommen war, verfinsterte sich meine Miene.

»Wirklich, Suiden, einen großartigen Ausblick haben Sie hier«, verkündete Hauptmann Javes. Er war abgestiegen und sah sich durch sein Lorgnon um. Er trug seine Paradeuniform und ein Schwert mit feiner Ziselierung am Griff, der vermutlich beim ersten Schlag abbrechen würde. Hauptmann Suiden und Leutnant Groskin standen in ihren Felduniformen vor ihm. Von Laurel war nichts zu sehen.

»Sieh mal, Hase«, meinte ein Reiter. »Eine verwandte Seele.«

»Wohl kaum«, antwortete Jeff näselnd, bevor ich etwas sagen konnte. Er betrachtete Hauptmann Javes' blankpolierte Stiefel. »Habbs auf dem Land? Teuflisch schlechte Manieren.«

Ich lachte schnaubend und musterte die Abteilung, bis ich

Leutnant Slevoic sah, der höhnisch in die Morgensonne grinste. Ich runzelte die Stirn. Slevoic war nicht Javes' üblicher Leutnant.

»Meine Güte«, fuhr Javes fort, »jetzt habe ich doch meinen wichtigsten Text vergessen.« Er reichte Hauptmann Suiden eine Meldertasche, die mit so vielen Siegeln und Bändern versehen war, dass sie wie ein Schmuckstück aussah. Selbst Slevoic hätte sie nicht öffnen können, ohne eine Spur zu hinterlassen.

Hauptmann Suiden nahm die Tasche entgegen, hieß die Neuen willkommen und lud Hauptmann Javes zu einem Tee ein. Dann drehte er sich um und verschwand in seinem Zelt. Leutnant Groskin sah mich und kam auf mich zu. Die Reiter um mich herum lösten sich in Luft auf.

»Ich nehme an, wir werden den Magischen begleiten«, sagte der Leutnant, als er neben mir stand.

Eine ziemlich naheliegende Annahme, angesichts der Packpferde, die den Pfad herauftrotteten. Als das letzte den Kamm erreichte, drehte ich mich um und warf Leutnant Slevoic einen Seitenblick zu. Er war abgestiegen und stand mit zwei anderen Reitern zusammen. Während ich sie beobachtete, trat Ryson zu ihnen und mischte sich in ihr Gespräch. »Verflucht«, murmelte ich und sah dann rasch zu Groskin hinüber. »Ehm, Sir.«

Groskin knurrte zustimmend. »Ja, verflucht trifft es genau.« Er sah mich an und grinste. Seine Eckzähne leuchteten weiß. »Und nennen Sie mich nicht ›Sir‹. Nur die Hauptleute sind für Sie ›Sir‹.« Er sah Slevoic an. »Auch wenn einige ›unberührbar‹ scheinen ...«

Unberührbar? Slevoic musste wahrscheinlich nicht mal baden, weil nichts an ihm hängen zu bleiben schien.

»... stehen Sie im Rang genauso hoch wie alle anderen, Hase, und lassen Sie sich nichts anderes weismachen. Ganz gleich, wie gut deren Beziehungen sein mögen.«

Jetzt sah ich Groskin stirnrunzelnd an. »Sir ... ich meine, welche Beziehungen?«

»Politik, Hase. Slevoic hat Verwandte, die dem König nahestehen. Aber die haben Sie auch.« Damit drehte er sich auf dem Absatz herum und ging in Hauptmann Suidens Zelt.

Ich drehte mich auch um und ging zu meinem Zelt. Ein kleines Nickerchen vor dem Mittagessen war jetzt genau das Richtige. Ich schlug die Klappe zurück, trat ein – und wäre fast wieder herausgesprungen. Laurel saß da, an Jeffs Bettzeug gelehnt. Er hatte meine Feder in der Hand.

»Ich entbiete Euch einen guten Morgen, Lord Hase«, sagte er.

Ich trat in das Zelt und ließ die Klappe hinter mir zufallen.

»Guten Morgen, Laurel Faena«, sagte ich, setzte mich auf mein Bettzeug und wartete.

»Ich habe mich hierher zurückgezogen, um niemandem im Weg zu sein, bis der gute Hauptmann sich entschlossen hat, mich den Neuankömmlingen vorzustellen«, erklärte Laurel und hielt die Feder hoch. »Ich habe aus Versehen Eure Satteltaschen umgestoßen, und dies hier ist herausgefallen.«

Ich erinnerte mich daran, was ich Hauptmann Suiden am Vortag über Lügen und Faena gesagt hatte, und hielt den Mund. Er reichte mir die Feder, und ich schob sie wieder in die Satteltasche.

»Ihr tragt sie nicht?«

»Ich will meine Verpflichtung Euch gegenüber damit nicht etwa für ungültig erklären, Laurel Faena.« Meine Stimme klang scharf, und ich musste mich bemühen, sie gelassener klingen zu lassen. »Aber wenn ich sie jetzt trage, könnte das als Provokation ausgelegt werden.«

»Verstehe.«

Ich zog meine Stiefel aus – die schlichte Ausführung, keine Habbs – und stellte sie neben meine Satteltaschen. Ich wollte ein

Nickerchen machen, und nichts würde mich daran hindern. Ich legte mich auf mein Bettzeug und schloss die Augen.

»Es ist schon verblüffend, wie sehr die Augen des guten Hauptmannes denen der Ehrenwerten Dragoness Moraina gleichen, vor allem, wenn sie wütend ist«, bemerkte Laurel beiläufig.

Meine Lider klappten hoch.

»Und wenn der Leutnant lächelt, erinnert er mich an meinen eigenen Vater.«

Ich stützte mich auf die Ellbogen und starrte den Berglöwen an. Wenigstens einer, der sah, was ich gesehen hatte.

»Woher kommen diese Leute, Lord Hase?«, wollte Laurel wissen.

Barden prophezeien durch ihre Lieder, während das Wissen der Magier ihre Macht ist. Drachen suchen die Perle der Weisheit, Elfen sind ihre Geschichte, ihre Stammbäume und ihre Schwerter sind heilig. Und die Faena praktizieren erhellende Fragen, die zur Erleuchtung führen, die, wenn sie mir gegenüber praktiziert werden, immer dazu führen, dass ich den Kult der Seligen Unwissenheit ins Leben rufen möchte.

Ich setzte mich auf, schluckte meine Galle hinunter und antwortete: »Aus den Grenzlanden, Laurel Faena.«

»Und davor?«, fragte Laurel weiter. Ich sah ihn verständnislos an, was er mit einem Seufzen quittierte. »Glaubt Ihr, dass wir von einem Kometenschweif abstammen, von einem Vulkan ausgespien wurden oder der Stirn einer Gottheit entsprungen sind, wie es einige Priestere lehren?«

Ich schüttelte den Kopf.

»Also, woher stammen wir?«

Wir wurden aus Staub geschaffen. »Aus dem Land.«

»Aus welchem Land?«

»Aus diesem Land.« Ich verstummte. Verdammt, ich wurde erleuchtet!

»Ja.« Laurel lächelte. »Das Land, auf dem Ivesterre jetzt liegt, dessen Bürger an demselben Ort leben und sterben wie wir und wo die Knochen und die Asche unserer Vorfahren Teil jeder Krume sind, jedes Bissens und jedes Trunks. Es ist derselbe Staub, den sie einatmen.« Er streckte eine Tatze aus, fuhr die Krallen aus und betrachtete sie angelegentlich. »Was glaubt Ihr wohl, macht das mit den Bewohnern?«

Ich dachte an Hauptmann Suidens glühende Augen, an seine Vorliebe für Tee in feinen Porzellantassen und wie vorsichtig wir immer um ihn herumschlichen; an Leutnant Groskins Schnurren und seine Reißzähne und wie die Truppe auch um ihn auf Zehenspitzen herumschlich. Verflixt und zugenäht, noch mehr Erleuchtung!

Laurel verstummte, zufrieden mit der Wirkung seiner Worte. Ich ließ mich wieder auf mein Bett zurücksinken und starrte an die Decke des Zeltes.

»Laurel Faena, wieso hat sich die Truppe verirrt?«, fragte ich nach einem Moment. Den Spieß umzudrehen war letzten Endes nur gerecht.

»Eine gute Frage, Lord Hase. Jemand hat sich eingemischt. Folglich lauten die nächsten Fragen: Wer hat das getan und warum?«

7

»Schicker Teppich, Suiden«, bemerkte Hauptmann Javes, während er den Teppich durch sein Lorgnon betrachtete.

Wir hatten uns nach dem Mittagessen in Hauptmann Suidens Zelt versammelt. Groskin kümmerte sich wieder um die Zubereitung des Tees. Ich hatte erwartet, dass Suiden für diese Beratung irgendwoher Möbel auftreiben würde, aber wir saßen wieder auf dem Zeltboden mit den dicken Kissen im Rücken. Nicht, dass ich es gewagt hätte, mich hinzuflegeln.

Javes richtete sein Lorgnon auf mich. »Auch wenn ich eher überrascht bin, dass dieser Reiter an unserer kleinen Beratung teilnimmt, was?«

Ich versuchte mir die Wirkung seines grauenvoll vergrößerten Auges nicht anmerken zu lassen und war froh, dass ich dem Impuls widerstanden hatte, mir selbst ein solches Glas zu kaufen.

»Hase wurde im Feld zum Leutnant befördert«, erklärte Hauptmann Suiden. Mir fiel auf, dass er zu erwähnen vergaß, dass diese Beförderung nur für die Dauer dieser Mission galt.

Javes ließ das Glas sinken und kniff einen Moment sein Auge nachdenklich zusammen. Dann hob er das Lorgnon und setzte seine Blöder-Arsch-Rolle fort. »Oh. Dann gratuliere ich, Leutnant Hase. Schönes Spektakel.«

»Danke, Sir.«

Die Zeltklappe wurde zurückgeschlagen, und ich hörte die Worte: »Reiter Jeffen eskortiert den Magi ... Laurel Faena, Sir.«

Hauptmann Javes richtete sein Lorgnon auf Laurel, als der ins Zelt trat. Laurel verbeugte sich sehr elegant, während sein langer Schweif aus dem Zelteingang hinausragte.

»Guten Tag, Ehrenwerte Hauptleute und Leutnants.« Laurel verbeugte sich noch einmal, knapper diesmal. »Guten Tag, Lord Hase.«

Hauptmann Javes drehte sich herum und starrte mich an. Sein Lorgnon baumelte vergessen an dem Band um seinen Hals, während sich Leutnant Slevoic an seinem Tee verschluckte. Offenbar hatte Ryson versäumt, diesen Tratsch weiterzugeben.

»Ibn Chause e Flavan«, murmelte Groskin. Er schnurrte schon wieder.

Laurel setzte sich zufrieden neben Hauptmann Suiden. Sein leises Schnurren war jedenfalls nicht zu überhören.

»Chause und Flavan! Warum ...?« Hauptmann Javes unterbrach sich und drehte sich zu Suiden um. »Natürlich mussten Sie ihn befördern. Ich meine, sobald Sie es herausgefunden haben ...«

»Ich habe es schon immer gewusst, Javes«, erwiderte Suiden. »Kommandeur Ebner ebenfalls. Es war kein Geheimnis.«

»Aber ein gewöhnlicher Reiter!«

»Es war das, was Hase wollte, und damals konnten wir ihm den Gefallen tun. Aber die Zeiten haben sich geändert.« Suiden griff in die offene Meldertasche und zog die Dokumente heraus. Sie waren ebenfalls mit zahlreichen Bändern und Siegeln verschlossen. Kommandeur Ebner hatte offenbar sichergehen wollen, dass keine Zweifel aufkamen, von wem die Befehle stammten, und verhindern wollen, dass jemand Fälschungen hineinschmuggelte. »Sollen wir über unsere Mission sprechen?«

Es verhielt sich genauso, wie Groskin und ich vermutet hatten. Wir sollten Laurel Faena in die Königliche Stadt bringen. Die beiden zusammengelegten Abteilungen sollten eine angemessene Eskorte bieten und dafür sorgen, dass er sicher dort ankam. Javes nahm mit ausdruckslosem Gesicht zur Kenntnis, dass Hauptmann Suiden das Kommando hatte.

»Kommandeur Ebner schreibt, dass er die Nachricht von unserer bevorstehenden Ankunft an den Hof weitergeleitet hat«, fuhr Suiden fort. »Er hat außerdem Boten zu den verschiedenen Stadtgouverneuren geschickt, die sie über unsere mögliche Anwesenheit in ihrem Zuständigkeitsbereich informieren und sie bitten sollen, uns wenn nötig Hilfe zu leisten.«

So viel dazu, dass dies eine verdeckte Operation sein sollte.

»Leutnant Groskin«, sagte Suiden, »bitte bringen Sie mir die Karten.« Groskin stand auf und ging in den hinteren Teil des Zeltes. Er kam mit einer ledernen Röhre zurück, die er dem Hauptmann reichte. Suiden öffnete sie, zog die zusammengerollten Karten heraus und legte sie vor sich auf den freigeräumten Teppich. »Leutnant Hase, wenn Sie bitte die Tür öffnen würden, damit etwas mehr Licht hereinkommt.«

Als ich aufstand, hörte ich leise Schritte auf dem Gras. Ich zog die Klappen zurück und spähte hinaus, um nachzusehen, wer so dumm war, den Hauptmann zu bespitzeln, aber ich konnte nichts Ungewöhnliches entdecken. Also zog ich mich wieder zurück. Der Hauptmann wartete, bis ich mich gesetzt hatte.

»Wir sind hier.« Hauptmann Suiden deutete auf eine winzige Stelle im oberen Teil der Karte und fuhr dann mit dem Finger nach Süden. »Dort liegt Iversly.« Er tippte einmal mit dem Finger auf die Krone, welche die Position der Stadt darstellte. »Der Kommandeur schlägt vor, dass wir dem Bergpfad zum Gresh Transom folgen, den Transom bis zur Königsstraße nehmen und ihr folgen, bis wir Gresh erreichen. Von dort segeln wir auf dem Banson bis zur Königlichen Stadt.« Er sah Hauptmann Javes und Laurel Faena an. »Das sollte etwa drei Wochen dauern. Ist das akzeptabel?«

»Ja«, sagte Hauptmann Javes.

»Es ist akzeptabel«, antwortete Laurel.

»Sehr gut.« Suiden deutete auf die Karten, und Leutnant Groskin rollte sie zusammen. »Wir brechen morgen nach dem Frühstück auf.«

Der Hauptmann entließ uns mit einem Nicken, und wir verließen das Zelt. Laurel ging zum Fluss, vermutlich, um zu meditieren, und Hauptmann Javes ging zu den Pferden, wo er vermutlich nach seinem sehen wollte. Ich erwartete, dass Leutnant Slevoic ihm folgen würde, doch zu meiner Überraschung blieb er neben mir stehen.

»Du bist also ein Blaublüter, Auswurf.«

Eigentlich kam das gar nicht so überraschend.

Man hätte annehmen sollen, dass Slevoic mit seinem Hang, anderen wehzutun, wie ein Bösewicht aus dem Varieté aussah, aber seine blauen Augen und sein offenes Gesicht verrieten nichts von der Boshaftigkeit, die dahinter lauerte, als er mich anstarrte.

»Kusch, Slev«, sagte Groskin neben mir.

Diesmal war Slevoic überrascht. »Ich dachte, Sie mögen keine Junker.«

»Nur die Dummen nicht, die Soldat spielen. Hase ist nicht dumm – bis auf die Sache mit seinen Klamotten.«

In diesem passenden Moment tauchte Hauptmann Suiden aus seinem Zelt auf.

»Ah, Leutnants, ich habe vergessen zu erwähnen, dass ich zum Abendessen einen Bericht über unsere Logistik haben will.«

»Zu Befehl, Sir«, sagten wir unisono.

Slevoic salutierte und ging zu seinem Zelt. Der Hauptmann blieb neben uns stehen, als wir ihm nachsahen, drehte sich dann um und verschwand wieder in seinem Zelt.

8

Es war eine schöne Nacht auf der Weide, aber ich wäre froh gewesen, eine andere Umgebung zu sehen, die nicht gleich zu verschwinden drohte. Die Leutnants und ich hatten den Versorgungsbericht angefertigt – ich hatte hauptsächlich zugehört und mitgeschrieben, wie Groskin und Slevoic über Proviant, Packpferde und Dienstpläne redeten –, und wir übergaben ihn pünktlich Hauptmann Suiden. Er hatte die Offiziere und Laurel in sein Zelt gebeten, wo diesmal ein Klapptisch und entsprechende Stühle aufgebaut waren. Wir aßen Forellen und Gemüse, was Basel wundervoll zubereitet hatte. Der Fisch machte mir kein Problem, deshalb blieb ich diesmal von dummen Bemerkungen seitens Javes und Slevoic verschont. Sie beäugten Laurel zwar verstohlen, aber er aß ebenso manierlich, wie er Tee trank, und er schnurrte erfreut über die Größe seiner Portion. Es war ein harmloses Essen mit zivilisierter Unterhaltung. Als wir fertig waren, hatte ich es eilig hinauszukommen, zu meinen Kameraden. Ihr Gelächter hatte die Mahlzeit gewürzt, und ich wollte die Witze hören.

»Moment mal, Hase.« Groskin packte mich am Ellbogen.

Leutnant Slevoic drückte sich an uns vorbei und ging zu seinem Zelt. Ich sah die Flamme, als er sich einen Stumpen anzündete, und kurz darauf drang der beißende Geruch von Tabak zu uns.

»Sie sind jetzt ein Offizier«, erklärte Groskin. »Sie können nicht mit den Jungs abhängen.«

Ich starrte ihn an. Natürlich hatte er recht, Offiziere mischten sich nicht unter einfache Reiter. Ich versuchte es trotzdem. »Ich kann doch meine Kameraden nicht einfach vor den Kopf stoßen«, meinte ich. »Wenn das hier vorbei ist, bin ich wieder ein einfacher Reiter.«

»Glauben Sie wirklich, dass man das zulässt?«

Wieder ertönte Gelächter am Lagerfeuer. Ein Reiter holte seine Quetschkommode, ein anderer eine Blechflöte, und sie spielten, während die anderen ein zotiges Lied über die Tochter eines Admirals sangen, die die Infanterie verachtete, aber der Marine schöne Augen machte. Ich versuchte es noch mal.

»Aber der Hauptmann hat gesagt, ich sollte behandelt werden wie immer.«

»Nein«, widersprach Groskin liebenswürdig. »Er sagte, dass Sie dieselben Pflichten und Aufgaben haben, Leutnant. Bis er es anders entscheidet. Und das wird er. Er hat sogar schon damit angefangen.«

Zum zweiten Mal seit ebenso vielen Tagen hatte ich das Gefühl, als hätte mir jemand in den Magen geboxt. Sie begannen die dritte Strophe, und ich hörte Jeffs wackligen Tenor, der anschwoll und sich dann überschlug. Groskin schüttelte meinen Ellbogen mitfühlend, ließ ihn los und ging zu seinem Zelt.

Mit einem ausgezeichneten Gefühl für Timing trat Hauptmann Javes aus Suidens Zelt.

»Oh, hallo Hase.« Er zupfte an seinen Handschuhen. »Begleiten Sie mich zu meinem Zelt?«

Nein, dachte ich. Verpiss dich.

»Jawohl, Sir«, erwiderte ich und fiel neben ihm in den Gleichschritt.

»Es gehen große Veränderungen vor, was? Beförderungen, Magische, Missionen und das alles.« Javes blieb vor seinem offenen Zelt stehen, an dem eine Laterne hing, deren Licht über uns fiel. »Ich würde Sie ja zu einem Drink einladen, aber Sie sehen ziemlich fertig aus.« Er schwieg, doch ich sagte nichts. Schließlich legte er sein dümmliches Grinsen auf und sagte: »Dann gute Nacht, Leutnant.«

Ich musste mich zusammenreißen, um nicht zu meinem Zelt zurückzustampfen. Dort warf ich mich auf mein Bettzeug, nachdem ich meine Uniform auf meine Satteltaschen geschleudert hatte. Ich lag brütend da, bis mein Zeltkamerad hereinkam. Er machte es sich auf seinem Bett gemütlich, und dann herrschte Ruhe.

»Gute Nacht, Lord Hase«, sagte Laurel.

Ich schoss förmlich in die Senkrechte.

»Was zur pockigen Hölle tut Ihr hier?«

»Rysons Zeltkamerad hat ein Extra-Zelt mitgebracht«, meinte Laurel amüsiert. »Offenbar konnte er Rysons Ausdünstungen nicht mehr ertragen. Reiter Jeffen ist bei ihm eingezogen.«

Ich ließ mich zurücksinken, im Stich gelassen und dem Untergang geweiht.

»Also, der gute Hauptmann wollte, dass ich bei Euch schlafe, falls jemand auf die Idee käme, während der Nachtwachen umherzustreifen.«

Der Gedanke, dass meine Kameraden bewacht werden mussten, riss mich aus meinem Selbstmitleid. Dann fiel mir ein, dass sie nicht mehr meine Kameraden waren, sondern auf der anderen Seite der gewaltigen Kluft standen, die einfache Reiter von Offizieren trennt. Außerdem waren Slevoic und Ryson da und ihre Kumpane. Ich lag da und starrte lange an die Decke des Zeltes.

9

Der nächste Morgen dämmerte strahlend und klar. Hauptmann Javes' Truppe trug Banner und Wimpel, die vor dem blauen Himmel und den ziehenden Wolken großartig aussahen, als sie im Wind flatterten und klatschten. Wir hatten unsere Wimpel nicht mitgebracht, weil wir es für überflüssig gehalten hatten, Bergziegen zu beeindrucken. Javes sah auch großartig aus, in seiner frischen Felduniform, seinen Stiefeln – diesmal Colbies, die auch für Exkursionen auf dem Land geeignet waren –, einem bestickten Umhang und, zu meiner Überraschung, einem recht zweckdienlichen Schwert, das seinen Zeremoniesäbel ersetzte. Das alles wurde von einer Kappe abgerundet, an der die Insignien der Truppe samt Federn befestigt waren und die keck auf seinen von Pomade schimmernden blonden Locken saß.

Das Wetter jedoch zeigte sich so launisch, wie der Frühling in den Bergen nur sein kann. Eben noch waren die Wolken makellos weiß, im nächsten Moment bestand der Himmel aus einer soliden dunkelgrauen Schicht. Es begann mit einem Tröpfeln, aber schon bald goss es wie aus Eimern. Der Regen klebte Javes' Kappe auf seine Kopfhaut, und die Feder hing tropfnass in sein Gesicht. Die nächsten Tage schliefen wir in tropfenden Zelten auf durchweichtem Boden in feuchtes Bettzeug gewickelt, weil der Regen keinerlei Anstalten machte nachzulassen.

Es war nicht das erste Mal, dass meine Truppe bei schlechtem Wetter reiten musste. Wir befanden uns an der untersten Stelle der Hackordnung der Garnison, und widrige Bedingungen während unserer Patrouillenritte waren für uns normal. Javes' Leute ritten dagegen vorwiegend Patrouille auf der Königsstraße, ein recht bequemer Dienst, der an Schoßhündchen, Arschkriecher und diejenigen vergeben wurde, die gute Beziehungen hatten. Es war nicht weiter überraschend, dass sie anfingen, sich zu beschweren, aber es schockierte mich, dass ich auch Murren aus meiner eigenen Truppe hörte – und mehr als einmal verstummten meine alten Kameraden schlagartig, wenn sie mich kommen sahen.

Ich versuchte ein einziges Mal, aus Jeff herauszuquetschen, was da vorging.

»Sag, Hase, warum sind wir hier?«, erkundigte sich Jeff.

»Wir eskortieren Laurel Faena.«

»Es ist recht passend, dass wir uns verirrt haben und diese Raubkatze genau im richtigen Moment auftauchte, um uns den Weg nach Hause zu zeigen. Und dann ist da noch Eure Verpflichtung, die Feder und all das. Was hast du uns da eingebrockt?«

»Ich? Ich habe nichts gemacht. Außerdem bringen wir einen Botschafter zum Königshof. Wir sind schließlich nicht auf einem Himmelfahrtskommando.«

»Ein Botschafter, der sein eigenes Süppchen kocht und die Brühe so würzt, wie er sie haben will.«

»Du willst nicht in die Königliche Stadt?«
»Nicht so. Aber ob ich will oder nicht, spielt keine Rolle.«
Ich blinzelte und dachte mir, dass dies eine gute Zusammenfassung des Daseins eines Soldaten war. »Aber Jeff ...«
»Du weißt, was ich meine. Wir werden manipuliert.«
»Laurel hat gesagt, dass er nichts damit zu tun hatte, dass wir uns verirrt haben.«
»Natürlich sagt er das. Aber es *war* Magie, Hase.«
»Schon, aber Faena lügen nicht.«
Jeff starrte mich einen Moment an und wollte sich dann von mir abwenden. Ich hielt ihn am Arm fest.
»Verdammt, Jeff ...!«
Er versteifte sich, drehte sich herum und salutierte zackig. »Jawohl, Sir!«
Diesmal starrte ich ihn an, wollte ihm klarmachen, dass auch ich nass war, mich kalt und elend fühlte. Dass Hauptmann Suiden weder mir noch Laurel erlauben würde, seine Truppe zu manipulieren, genauso wenig wie er es von Javes dulden würde. Oder Slevoic. Dass ich kein Leutnant sein wollte, schon gar kein Blaublüter, und ebenso wenig glücklich darüber war, dass die Probleme der Grenzlande mich eingeholt hatten, genauso wie die Truppe. Aber Jeffs Augen blickten starr in die Ferne, und ich hatte das Gefühl, ein graues Tuch legte sich über mich. Ich ließ seinen Arm los.
»Vergiss es«, sagte ich und ging weg.
Später am Abend hörte ich, wie jemand flüsterte, dass ich Jeff befohlen hätte, stundenlang einen Felsen im Regen zu bewachen, bis Slevoic sich schließlich seiner erbarmte und ihn wegtreten ließ.

10

Wir brauchten vier Tage, bis wir zur Königsstraße kamen, statt der berechneten zwei. Als wir schließlich am Nachmittag die Ebene erreichten, hatte der Regen aufgehört, und die Sonne brach durch die Wolken – ein sehr willkommener Anblick. Aber wir waren ein recht mitgenommener Haufen, und alle rochen wie Ryson. Als wir schließlich auf die Straße ritten, befahl Hauptmann Suiden anzuhalten und musterte uns.

»Wir werden auf keinen Fall in diesem Zustand nach Gresh reiten.« Er wendete sein Pferd in die entgegengesetzte Richtung. »Wir werden uns in dem Zwischenposten trocknen und auf Vordermann bringen. Er ist nur ein paar Meilen weit entfernt.«

Wir erreichten den Posten, als die ersten Sterne bereits am Himmel funkelten. Laurel Faena, der die ganze Zeit neben mir hergelaufen war, folgte mir in die Stallungen und dann in das Gebäude des Postens. Dort sah er sich mit funkelnden Augen um. Jemand hatte ein Feuer im Kamin angezündet, und die Wärme war sehr willkommen, obwohl der Gestank sich verstärkte, als der Dampf von unserer Kleidung aufstieg.

Wir teilten Waschdienste ein, und Basel übernahm das Kochen. Wer ihm nicht half, wusch. Man hatte wieder Kaninchen gefangen, und Basel machte daraus einen Eintopf. Der Geruch trieb mich in die hinterste Ecke des Postens, wo ich meine Ärmel hochkrempelte und denen half, die unsere Kleidung auf den Waschbrettern schrubbten. Während ich bis zu den Ellbogen in Seifenlauge steckte, warf ich ab und zu einen prüfenden Blick auf Laurel. Er saß auf einer Bank, hatte Nähzeug vor sich und reparierte seinen Umhang. Wenn er einen Faden vernäht hatte, fuhr er eine Kralle aus und trennte ihn ab. Niemand machte Anstalten, sich ihm aufzudrängen.

Als der Eintopf fertig war, teilte Basel vier stämmige Reiter ein, welche die Portionen ausgeben sollten, um eine Stampede zu verhindern. Ich holte Brot aus meinen Satteltaschen, schaffte es, den Schimmel abzukratzen, und danach ein Stück Käse, bei dem ich dieselbe Prozedur wiederholte, sowie zwei schrumpelige Äpfel. Dann ging ich zu der Waschecke, weil die Seifenlauge den Geruch von gekochtem Fleisch überlagerte. Dort fand Groskin mich.

»Basel hat ein paar Kartoffeln für Sie gebacken«, sagte er und reichte mir zwei auf einem Teller.

»Danke.« Ich legte meinen Käse auf die Kartoffeln und beobachtete zufrieden, wie er schmolz. Groskin setzte sich neben mich, und wir aßen in behaglichem Schweigen. Nach einem Moment leistete uns Laurel Gesellschaft, dann kamen die beiden Hauptleute und setzten sich uns gegenüber. Als Letzter schlenderte Slevoic heran, zögerte, setzte sich dann neben Groskin und aß.

Hauptmann Javes kaute den letzten Bissen seines Eintopfs, tupfte sich den Mund mit einem Taschentuch ab, das am Rand mit Spitze gesäumt war, und sah mich an. »Sagen Sie, Hase, warum sitzen Sie hier so weit weg vom Feuer?«

»Leutnant Hase isst kein Fleisch, außer Fisch«, antwortete Hauptmann Suiden an meiner Stelle. Seine Stimme hallte durch den ganzen Raum und bis in alle vier Ecken. »Ich nehme an, dass er versucht hat, dem Geruch des Eintopfs auszuweichen, und sich nicht vor irgendjemandem verstecken wollte.« Er kratzte mit dem Löffel den Boden seines Napfes leer. »Aber ich höre, dass Sie jemandem befohlen haben, einen Felsen zu bewachen, Leutnant?«

Ich war sicher, dass Hauptmann Suiden alles darüber gewusst hatte, und zwar unmittelbar, nachdem es passiert war, aber ich antwortete trotzdem. »Reiter Jeffen war ein Nervenbündel, also habe ich ihm gesagt, er soll dort stehen bleiben, bis er seine Nervosität überwunden hat, Sir.«

Bis jetzt klapperten die Löffel im Essgeschirr, aber das hörte schlagartig auf, als Jeff aufsprang und sein leerer Napf klappernd zu Boden fiel. »Ehm ...«

Ich grinste, als ihm klar wurde, dass er einen vorgesetzten Offizier nicht gut einen Lügner nennen konnte. Jedenfalls nicht vor anderen vorgesetzten Offizieren.

»Ja, Reiter Jeffen?«, fragte Hauptmann Suiden.

»Ganz so war es nicht, Sir ...« Also konnte er mich doch einen Lügner nennen, wenn auch durch die Hintertür.

»Was war nicht ganz so?«

»Ich war kein Nervenbündel, Sir.«

»Ach? Also hat Leutnant Hase Sie gezwungen, mitten im strömenden Regen einen Felsbrocken zu bewachen?«

»Nein, Sir.«

»Nein was?«

»Ich habe keinen Felsen bewacht, Sir. Er hat mich nicht gezwungen, irgendwas zu bewachen. Und ich bin auch kein Nervenbündel.«

»Also, Leutnant, Reiter Jeffen sagt, Sie hätten ihn nicht gezwungen, einen Felsen zu bewachen. Und er wäre auch kein Nervenbündel«, sagte Hauptmann Suiden mit vollkommen ernstem Gesicht. Er drehte sich um und gab einem der Köche zu verstehen, ihm noch einen Napf Eintopf zu bringen.

»Ich dachte, es wäre Reiter Jeffen gewesen, Sir. Aber in dem Regen könnte ich mich getäuscht haben.«

»Verstehe.« Hauptmann Suiden legte den Löffel weg und stand auf. »Ist hier jemand, dem von Leutnant Hase befohlen wurde, Felsen oder andere unbelebte Objekte – damit meine ich Dinge, die sich nicht bewegen – zu bewachen?«, präzisierte er, als einige verständnislos die Stirnen runzelten.

Niemand sagte ein Wort.

»Vielleicht weiß Leutnant Slevoic ja Genaueres, Sir«, mischte sich Groskin ein. »Ich habe gehört, er wäre derjenige gewesen, der den Posten von seinem Dienst entbunden hat.«

Slevoic starrte Groskin ausdruckslos an. »Nein, ich habe niemanden davon entbunden, einen Felsen zu bewachen.« Er sah Hauptmann Suiden an und setzte hinzu: »Sir.«

»Niemanden?« Der Hauptmann setzte sich wieder und nahm seinen Löffel in die Hand. »Vielleicht haben Sie in dem Regen ein Pferd für einen Reiter gehalten, Leutnant Hase. Das kann leicht passieren.«

»Ich könnte die Pferde fragen, Ehrenwerter Hauptmann«, bot Laurel an.

Zum ersten Mal, seit ich unter ihm diente, erlebte ich, dass Hauptmann Suiden aus der Fassung geriet. »Ihr könnt ...? Die Pferde können ...?« Er schüttelte den Kopf. »Nein, vielen Dank.« Er häufte etwas Eintopf auf den Löffel, starrte das Stück Kaninchenfleisch an, das darauf lag, und legte es schweigend in den Napf zurück.

11

Am nächsten Morgen regnete es wieder, und wir starrten mürrisch in das Unwetter. Lange, leidende Gesichter wandten sich zu den Hauptleuten um, in der Hoffnung, sie würden uns den Sturm in dem gemütlichen Wegposten aussitzen lassen – und es sah so aus, als würden sie genau das tun, denn die Hauptleute wollten ebenso wenig durchnässt werden wie wir.

Ich fand ein Plätteisen, mit dem ich meine Kleidung bügeln konnte. Meine guten Sachen hatte ich in Freston gelassen, weil wir in die Berge ritten, aber ich wollte nicht, dass Hauptmann Javes allen Glanz einsackte. Ich stand in meiner Unterhose da und fuhr mit dem Plätteisen über die Falten und Manschetten meiner Hose. Meine eigene flotte Kappe mit der Feder daran lag daneben. Sie war als Nächstes dran.

»Pfau«, sagte jemand im Vorbeigehen. Noch nicht, dachte ich, aber bald. Ich legte meine Hose behutsam neben meinen bereits gepressten Uniformrock und breitete mein Hemd aus.

»Leutnant Hase, haben Sie zufällig etwas von meinem Proviant gesehen?«, fragte Basel, als er neben mich trat. Er duftete nach Kräutern und Grünzeug.

»Nur Hase, bitte. Nein, habe ich nicht.« Ich drehte das Hemd um und plättete die Front. »Warum?«

»Ich vermisse zwei Säcke, Sir.« Basels Miene war besorgt. »Ich habe sie gesucht, konnte sie aber nicht finden.«

Ich stellte das Plätteisen aufrecht hin und sah mich um. Mein Blick fiel auf Ryson, der von den Stallungen kam und zwei Säcke trug. »Da«, sagte ich. »Sie müssen vergessen worden sein, als wir die Pferde abgeladen haben.« Ich griff wieder nach dem Plätteisen, aber im selben Moment hob Ryson die Säcke an. Er hatte Schlamm auf der Hose. Ich runzelte die Stirn. Sie hätte nicht schmutzig sein dürfen, weil wir jedes schlammbespritzte Kleidungsstück gestern Abend gewaschen hatten. Meine runzlige Haut bewies es. Außerdem konnte man sich nur auf eine Art und Weise so mit Schlamm bespritzen, nämlich wenn man ein Pferd ritt. Und zwar im Galopp. Der Schlamm schimmerte schwach im Lampenlicht. Er war ganz frisch.

»Ich habe ihn gestern Nacht mit Slevoic gesehen, Sir«, sagte Basel leise, der Ryson ebenfalls anstarrte. »Sie schienen eine recht angeregte Diskussion zu führen.«

Ich suchte Slevoic, der sich auf der Rückseite des Raumes zu Ryson schlich. Es lief mir kalt über den Rücken. Ich nahm meine

Hose und zog sie an. »Wie angeregt?«, fragte ich Basel, als ich mein Hemd hochhielt. Es war nicht so glatt, wie es mir lieb gewesen wäre, aber die meisten Falten waren ausgebügelt. Ich zog es mir über den Kopf und dann meinen Rock über.

»Ich konnte es nicht genau hören, Leutnant«, erwiderte Basel, der seine Stimme noch weiter gesenkt hatte. »Aber es schien, als hätte Slevoic ihm Anweisungen gegeben.«

Ich nickte, als ich mir meine Mütze schnappte, und sah mich erneut um, bis ich Hauptmann Suiden sah. Ich ging rasch zu ihm, aber gerade als ich ihn erreicht hatte, ertönte ein Ruf von einem der armen Teufel, die draußen Wache hielten.

»Reiter im Anmarsch!«

Hauptmann Suiden sah mich an, und ich deutete mit einem Nicken auf Ryson und Slevoic. Der Hauptmann kniff die Augen zusammen, bevor er sich an die Leute wandte. »Alle anziehen. Wir bekommen Besuch.«

Ich machte mich hastig auf die Suche nach Laurel und fand ihn in den Stallungen, wo er mit ein paar Reitern würfelte, hier, wo Suiden sie nicht sehen konnte. Nicht, dass Suiden etwas gegen Glücksspiel gehabt hätte. Aber er war der Meinung, dass man nicht während des Dienstes würfeln sollte. Oder außerhalb des Dienstes. Oder in der Garnison. Oder außerhalb der Garnison. Oder wenn man wach war. Oder lebte.

»Wir bekommen Besuch«, sagte ich zu den Männern, als sie aufsprangen und salutierten. Die Würfel verschwanden, und Laurel ergriff seinen Stab, der in einer Ecke lehnte. Ich scheuchte ihn in das Postenhaus, wo er sich zu Hauptmann Suiden und Javes gesellte. Seine Federn und Perlen saßen makellos. Ich setzte meine Mütze auf und trat zu Groskin und Slevoic, die hinter den Hauptleuten standen. Die Türen flogen auf.

»Gouverneurin Hoelt von Gresh!«

Wir nahmen Haltung an, als die Gouverneurin und ihr Tross

hereinmarschierten. Sie erschraken, als sie Laurel Faena sahen. Hinter mir raschelte es hektisch, als die halb bekleideten Reiter sich beeilten, ihre Garderobe zu vervollständigen. Zu Gouverneurin Hoelts Ehre muss man sagen, dass sie nur unmerklich zögerte, bevor sie zu uns kam – trotz der nackten Haut der Männer, die allerdings zunehmend hinter Uniformtuch verschwand, und trotz Laurel. Ihre Adjutanten blieben an der Tür stehen.

Suiden verbeugte sich und legte die Hand aufs Herz. »Heil Ihnen, Gouverneurin Hoelt. Ich bin Hauptmann Suiden von der berittenen Freston Berg-Patrouille. Darf ich Ihnen Botschafter Laurel Faena …«, Laurel verbeugte sich, »und Hauptmann Javes vorstellen, von der berittenen Freston Königsstraßen-Patrouille.« Hauptmann Javes verbeugte sich ebenfalls.

Gouverneurin Hoelt verbeugte sich auch. »Heil Ihnen, Hauptmann Suiden, Hauptmann Javes und … Botschafter Laurel …«

»Reiter im Anmarsch!«

»Gehören sie zu Ihrem Tross?«, erkundigte sich Hauptmann Suiden.

Ein Ausdruck äußerster Frustration flog über Hoelts Gesicht. »Nein.« Sie rang um ihre Fassung. »Ich meine, nein, sie gehören nicht zu mir.«

»Verstehe.«

Die Tür flog erneut auf.

»Doyen Allwyn von Gresh!«

Erneut verbeugten wir uns, einschließlich Gouverneurin Hoelt und ihres Trosses, als der Kirchenmann mit seinem Gefolge hereinmarschiert kam. Sie schraken bei Laurels Anblick ebenfalls zusammen. Die Kleriker drängten sich neben den Adjutanten der Gouverneurin an der Tür, während Doyen Allwyn zu uns trat. Gouverneurin Hoelt und er beäugten einander misstrauisch. Das Kerzenlicht schimmerte auf der silbernen Stickerei am langen

Wams des Doyen, als er sich zu den Hauptleuten herumdrehte. Er schlug zweimal mit seinem Amtsstab auf den Boden, sodass die kleinen, silbernen Glöckchen, die daran befestigt waren, klingelten.

Hauptmann Suiden verbeugte sich erneut. »Doyen Allwyn ...!«

»Reiter im Anmarsch!«

Hauptmann Suiden seufzte. »Ich nehme an, sie gehören zu keinem von Ihnen beiden?«

Doyen Allwyn schüttelte den Kopf, während Gouverneurin Hoelt nur resigniert die Achseln zuckte.

Erneut drehten wir alle uns zur Tür um und warteten. Die Wachen versuchten, sie aufzustoßen, aber sie traf einen der Adjutanten der Gouverneurin und prallte wieder zurück. Nach einem Moment öffnete sie sich langsam und knarrend. Ein Wachposten steckte den Kopf herein, das Schwert in der Hand.

»Alles in Ordnung«, beruhigte ihn Hauptmann Suiden. »Meldet sie an, wer es auch sein mag!«

Nachdem sich der Posten überzeugt hatte, dass wir nicht alle von unseren unerwarteten Gästen niedergemetzelt worden waren, öffnete er die Tür ganz.

»Major Verne vom Oberkommando Gresh!«

Major Verne und seine Soldaten versuchten hereinzukommen, aber die Begleiter der Gouverneurin und die Kleriker drängten sich in der Tür. Wir sahen nur den Helmschmuck des Majors, der ihre Köpfe überragte.

»Platz da, ihr Tölpel!«

Zwei Kleriker traten hastig zur Seite, und Major Verne drängte sich hindurch. Er blieb ebenfalls wie angewurzelt stehen, was an Laurel gelegen haben könnte oder auch an der finsteren Miene von Doyen Allwyn. Major Verne errötete und verbeugte sich.

»Verzeihung, Doyen.« Er richtete sich auf, zupfte seinen Wappenrock zurecht, der in dem kurzen Tumult am Eingang verrutscht war, und kam zu uns.

Hauptmann Suiden salutierte und wartete, ob noch mehr Gäste angekündigt würden. Als die Wachen stumm blieben, streckte er die Hand aus. »Botschafter Laurel, Hauptmann Suiden, Hauptmann Javes.«

»Wo ist Lord Chause ...?«

»Segenswünsche, Botschafter Laurel ...«

»Kommandeur Freser wartet auf Ihre Meldung, Hauptmann Suiden ...«

Unsere drei Gäste schrien durcheinander, und Major Verne lag deutlich vorn, was die Lautstärke anging. Dennoch gewann Doyen Allwyn, als er mit seinem Stab heftig auf den Boden pochte. Sehr heftig. In der schlagartig einkehrenden Stille riss eine Glocke ab und landete mit einem Klingeln vor Laurels Füßen. Die Kleriker keuchten entsetzt, als er sich bückte und sie aufhob. Seine Tatze schloss sich um die Glocke. Laurel sah zu dem Doyen hoch, der den Magischen finster anstarrte, weil er so ungeniert ein heiliges Objekt anfasste. Ich runzelte ebenfalls die Stirn über die offenkundige Gedankenlosigkeit des Faena und zupfte ihn, hoffentlich von den anderen unbemerkt, vorsichtig an seinem Schwanz.

»Das ist ein höchst interessanter Stab, Doyen Allwyn«, meinte Laurel, der mich vollkommen ignorierte. »Eiche, hm? Darf ich fragen, woher Ihr ihn habt?«

Ich betrachtete den Amtsstab genauer und wirbelte zu dem Doyen herum. »Mörder!«, schrie ich, während es in der Ferne donnerte.

12

»Natürlich wusste ich nicht, dass es Grenzland-Eiche war«, behauptete Doyen Allwyn und musterte seinen Stab, der auf einem über dem Tisch ausgebreiteten Umhang lag.

»Seid Ihr sicher, dass es Elfenholz ist?«, erkundigte sich Hauptmann Javes.

Ich antwortete nicht, weil mir Hauptmann Suidens durchdringender Blick mitteilte, dass ich bereits zu viel gesagt hatte. Laurel streckte eine Tatze aus und fuhr damit über den Stab, ohne ihn allerdings zu berühren.

»Seht selbst, Ehrenwerter Hauptmann. Was glaubt Ihr, ist das wohl?«

Das in Todesqualen verzerrte Gesicht der Elfe starrte uns an.

»Es könnte auch eine rein zufällige Maserung sein«, meinte Javes und betrachtete den Stab durch sein Lorgnon. »Ich hatte einmal ein Himmelbett, dessen Maserung einen Windreiter unter vollen Segeln zeigte. Sogar die Takelage war zu erkennen.«

Ich warf dem Hauptmann einen Seitenblick zu und wollte auf Abstand zu ihm gehen, aber Groskin packte meinen Arm und hielt mich fest. Der Donner kam näher, und das Prasseln des Regens verwandelte sich in das Hämmern von Hagelkörnern.

Laurel legte seinen Stab neben den anderen. Der Stab des Doyen erzitterte immer wieder, wie unter Hieben, und das Schellen der Glocken hätte fast den Donner übertönt. Der Mund der toten Elfe bewegte sich in einem lautlosen Schrei, und in dem Lärm des Sturmes konnte ich das Krachen eines gefällten Baumes hören.

»Prudence Eiches letzte Augenblicke«, erklärte Laurel.

»Abscheulich!«, stieß Gouverneurin Hoelt mit zitternder Stimme hervor. »Verbrennt ihn!« Zustimmendes Gemurmel brandete auf, und die Kleriker fingen an zu beten, während die anderen versuchten, mit Gesten das Böse abzuwehren.

Laurel nahm seinen Stab, reichte ihn mir und wickelte den anderen Stab behutsam in den Umhang. »Nein, Ehrenwerte Gouverneurin, das wäre nicht klug. Wir wissen nicht, was dann freigesetzt würde.« Er zog einen Tuchstreifen aus seinem Umhang und band ihn um den eingewickelten Stab. »Außerdem möchte Verity Eiche zweifellos, dass die Leiche ihrer Schwester nach Hause gebracht wird.« Er nahm Perlen und Federn von seinem Stab und befestigte sie an dem Streifen. Dann fuhr er mit der Hand über den Stab, und ich blinzelte, als ich die schimmernde Spur bemerkte, die er in der Luft hinterließ.

»Die heiligen Glocken!«, flüsterte ein Kleriker.

Laurel sah Doyen Allwyn an. »Wenn Ihr es wünscht, Ehrenwerter Ältester, werde ich die Glocken für Euch entfernen, zu einem günstigeren Zeitpunkt. Ich empfehle Euch jedoch dringend, sie anschließend zu läutern.« Er griff nach seinem Stab. »Ich schlage weiterhin vor, dass Ihr und alle, die mit Prudences Leiche zu tun gehabt haben, sich ebenfalls läutern.«

»Sagt, Botschafter Laurel«, mischte sich Hauptmann Javes ein, »warum könnt Ihr einen solchen Stab besitzen?«

»Wie ich Hauptmann Suiden und Leutnant Groskin bereits sagte, ist die Elfe, die ihn mir gab, noch bei bester Gesundheit«, erwiderte Laurel und kniff die Augen zusammen. »Wir Faena müssen uns Zeremonien und Ritualen unterziehen, bevor uns ein solcher Stab ausgehändigt wird, richtig, Lord Hase?«

Die schwere Last auf meinen Schultern hob sich ein wenig, als ich Laurel angrinste. Ein Kleriker wandte sich angewidert ab. »Orgien«, murmelte er.

»Zeremonien!«, konterte ich. »Daran ist nichts Ausschweifendes.« Mein Grinsen verstärkte sich. »Meine verehrten Eltern hätten sich niemals zu so etwas Schamlosem herabgelassen.«

Man konnte zwar die Nachkommen aus einem Haus entfernen, nicht aber das Haus aus den Nachkommen, obwohl mein Grinsen noch breiter wurde, als ich an eine solche Zeremonie und die Geburt meiner kleinen Schwester neun Monate danach dachte. Plötzlich fing ich Hauptmann Suidens Blick auf, und mein Grinsen erlosch.

Der Hauptmann deutete auf den eingewickelten Stab. »Ist er jetzt sicher?«

Laurel nickte. Seine Perlen klickten. »Ja, Ehrenwerter Hauptmann. Die Zauber beschützen uns.«

Das Hämmern des Hagels war lauter geworden, und es blitzte und donnerte beinahe gleichzeitig.

»Groskin, lassen Sie die Wachen hereinkommen«, befahl Hauptmann Suiden. Groskin öffnete die Tür, und die Wachen, die sich in dem spärlichen Schutz des Eingangs drängten, fielen förmlich in den Raum. Wir sahen, wie hinter ihnen große Hagelkörner auf den Boden hämmerten.

»Messirs, Major«, fuhr Suiden fort. »Ich schlage vor, dass wir den Sturm abwarten.« Ein Blitz und ein Donnerschlag unterstrichen seine Worte, und alle nickten zustimmend. »Botschafter Laurel, ich schlage weiterhin vor, dass wir den Stab aus unserem Wohnquartier entfernen. Ich will nicht despektierlich wirken, aber es wäre einfacher, wenn der Leichnam der Elfe woanders ruhen würde.«

Laurel legte die Ohren flach an den Kopf. »Und wo wäre das?«

»In den Stallungen ist es gemütlich und trocken«, meinte Suiden.

Laurel schwieg einen Moment; dann richteten sich seine Ohren langsam wieder auf. »Ich kann einsehen, dass die Anwesenheit der Leiche für Unbehagen sorgen würde. Einverstanden.« Laurel reichte mir seinen Stab und griff nach dem anderen.

»Leutnant Hase, bitte begleiten Sie Botschafter Laurel«, fuhr Hauptmann Suiden fort. »Sie haben für den Rest des heutigen Dienstplans Wache.«

13

Wir brachen am nächsten Morgen nach Gresh auf. Ich hatte den Rest des gestrigen Tages und fast die ganze Nacht Wache bei den Pferden und dem Totenstab gehalten. Tagsüber war es nicht so schlimm gewesen, aber des Nachts ... Ich wusste sehr genau, wo der Stab lag, denn die Härchen auf meinem Körper deuteten immer in seine Richtung, ganz gleich, wo ich stand. Es erleichterte meine Lage nicht besonders, dass nur das Gewitter, das sich über uns austobte, mir Licht spendete. Ich wusste nicht, was schlimmer war: mit dem Rücken zu dem Stab zu stehen und mir vorzustellen, was hinter mir vorging, oder ihn anzusehen und mich zu fragen, was ich in dem Licht der Blitze sehen mochte. Schließlich fand ich einen Kompromiss und stellte mich seitlich dazu auf, dicht genug an dem Postenhaus und den Stalltüren, damit ich die Flucht ergreifen konnte, wenn es sein musste. Ich wurde schließlich ein paar Stunden vor Tagesanbruch abgelöst, aber als ich eingeschlafen war, träumte ich vom Kegeln, und jedes Mal, wenn der Ball einen Kegel traf, schrie ein Baum und starb.

Es überraschte mich nicht sonderlich, dass ich bei den Packtieren und Ersatzpferden reiten musste. Hauptmann Suiden war immer noch verärgert über mich, weil ich den Doyen einen Mörder genannt hatte. Verblüfft war ich jedoch über meinen ebenfalls in Ungnade gefallenen Gefährten. Slevoic. Sein prachtvolles Pferd tänzelte, schnaubte und brach scheuend zur Seite aus. Ich warf einen Blick auf die Flanken des Pferdes, die von Slevoics Sporen bluteten. Hinter ihm kam Javes heran, auf einem noch hübscheren Pferd.

Slevoic zügelte wütend sein Pferd. »Ich habe nur eine Nachricht zu meiner Familie in Gresh geschickt, Hauptmann!«, protestierte er. »Um sie wissen zu lassen, dass ich in die Stadt komme. Das ist alles.«

Na klar, dachte ich. Das Auftauchen der Gäste aus Gresh war reiner Zufall, vor allem, da sie Ryson auf dem Fuß folgten. Slevoic musste meine Miene entschlüsselt haben, denn er warf mir einen finsteren Blick zu. »Bastard von einem Auswurf ...!«

»Ich bin ganz sicher, dass es so ist, wie Sie sagen, alter Junge«, unterbrach Javes ihn irgendwie geistesabwesend. »Aber Sie wissen ja, Befehlskette, Erlaubnis und dergleichen. Fragen Sie das nächste Mal einfach vorher, hm?« Er grinste Slevoic dümmlich an. »Und jetzt übernehmen Sie die Nachhut.«

Einen Moment erwartete ich fast, dass Slevoic sich Javes' direktem Befehl widersetzen würde. Aber er warf mir nur einen düsteren Blick zu, rammte seinem Pferd wütend die Sporen in die Flanke und ritt an das Ende unserer Kolonne – wo er durch den Schlamm und den Kot unserer Pferde reiten musste. Froh, dass ich nicht Slevoics Pferd war, sorgte ich dafür, dass das Grinsen aus meinem Gesicht verschwunden war, bevor ich Hauptmann Javes ansah, der mich mit einem dümmlichen Grinsen beäugte. »Weitermachen, Leutnant«, sagte er, bevor er an die Spitze der Kolonne zurücktritt.

Wir erreichten Gresh am späten Nachmittag. Als wir die letzte Anhöhe vor der Stadt hinunterritten, konnte ich sie betrachten, wie sie sich zu beiden Seiten des Banson ausbreitete. Der Fluss glänzte golden im Licht der untergehenden Sonne auf seinem Weg durch die Stadt. Schiffe segelten darauf oder wurden gestakt. Ochsengespanne zogen schwer beladene Barken zu den mit himmelblauen Dachziegeln gedeckten Lagerhäusern am Hafen. Kleine Kähne und Ruderboote schlängelten sich zwischen den Schiffen hindurch. Die ganze Stadt vibrierte vor Energie, da drei wichtige Handelsrouten hier zusammenliefen. Wir sahen die gelben Fliesen des Theaterviertels, ein ganzes Viertel, wo Freston nur ein einziges Schauspielhaus besaß, verschiedene Marktplätze und in der Mitte die silbernen und kristallenen Kirchtürme, die in den Strahlen der untergehenden Sonne zu glühen schienen.

Wir ritten durch das Blumentor in die Stadt hinein, das seinen Namen wahrlich verdient hatte. Direkt dahinter lag das Viertel der Parfumeure, und wir wurden mit Gerüchen von Blumen, Gewürzen, Moschus, Zitrus und Kräutern bombardiert, die aus den Buden und Geschäften drangen, die jetzt bereits schlossen. Späte Kunden standen auf dem noch geöffneten Markt vor Tabletts mit zarten Blüten. Sie würdigten uns kaum eines Blickes, sondern setzten ihr Feilschen fort, nur um sich dann die Nackenmuskeln zu zerren, wenn sie herumfuhren und Laurel anstarrten.

Welche Nachrichten vom Wegposten auch immer nach Gresh übermittelt worden sein mochten, von dem Faena hatte offenbar niemand den Bürgern erzählt.

Wir erreichten die Garnison, als die letzten Sonnenstrahlen über die Dächer der Stadt fielen. Ich erwartete, dass Gouverneurin Hoelt und Doyen Allwyn sich aus unserer Kolonne verabschieden und zu ihren jeweiligen Amtssitzen reiten würden, aber sie blieben und ritten mit uns durch die Tore der Garnison. Dort wurden wir in der heraufziehenden Dämmerung vom Standortkommandanten empfangen. Nachdem sie sich gegrüßt hatten, drehte sich Hauptmann Suiden um und winkte mich zu sich heran.

»Das ist Leutnant Hase, Kommandeur Freser«, erklärte Hauptmann Suiden, als ich zu ihnen ritt und absaß. Der Blick des Kommandeurs blieb an der Feder auf meiner Kappe haften, als ich salutierte.

»Leutnant Hase«, sagte Freser. »Was ist das für eine Geschichte? Ein Mordvorwurf?«

Hinter dem Kommandeur erkannte ich einen der Soldaten, die mit Major Verne auf dem Wegposten eingetroffen waren. Offenbar hatte wenigstens eine Person dem Hagelsturm getrotzt. Ich sah Hauptmann Suiden an, doch der blieb stumm. Also holte ich tief Luft. »Diese Frage könnte Botschafter Laurel besser beantworten, Sir.«

»Aber Sie haben diese Anschuldigung doch erhoben, richtig?«, fragte Freser.

Der Innenhof war voller Menschen, und ich sah, dass dreimal so viel Leute wie notwendig die Laternen anzündeten, während sie mich anstarrten. »Ich habe den Doyen nicht beschuldigt, Sir. Nicht wirklich. Ich habe nur … eine Leiche gesehen, was mich überrascht hat.«

»Aber diese Leiche war im Besitz von Doyen Allwyn?«

»Jawohl Sir, und Botschafter Laurel wird mit König Jusson genau über dieses Thema reden.«

»Verstehe«, erwiderte Freser.

»Da keine Beschwerde erhoben wird«, sagte Doyen Allwyn, »werden wir uns jetzt entfernen.«

Eine Falte bildete sich zwischen den Augenbrauen des Kommandeurs, aber er konnte den Doyen nicht aufhalten, da ich nicht einmal vorsichtig andeutete, dass er den Frieden gefährdet hätte. Die Kleriker sammelten sich und wendeten ihre Pferde.

»Wir werden diesen höchst bestürzenden Vorfall untersuchen, Botschafter«, sagte Doyen Allwyn zu Laurel, »und wir werden Euch das Ergebnis dieser Untersuchung unverzüglich mitteilen.«

Laurel verbeugte sich. »Danke, Ehrenwerter Ältester. Falls Ihr mich morgen früh aufsuchen wollt – bis dahin habe ich die Glocken sicherlich entfernt.«

Doyen Allwyns Blick glitt zu dem Stab hinüber. »Ja, selbstverständlich.« Der Wind frischte auf, als es dunkel wurde, und ein kalter Windstoß fuhr unter unsere Umhänge. Doyen Allwyn fröstelte. »Bis morgen. Segenswünsche.« Doyen Allwyn wackelte mit den Fingern, wendete sein Pferd und rammte ihm seine Fersen in die Flanke. Wenige Momente später waren er und seine Kleriker außer Sicht, und das Echo ihrer Hufschläge entfernte sich.

»Nun, das war ein kurzer Segenswunsch«, erklärte Gouverneurin Hoelt, deren Augen im Licht der Laternen funkelten. »Ich muss auch weiterreiten. Der Rat wartet gewiss schon auf meinen Bericht.« Sie verneigte sich. »Ich werde morgen ebenfalls vorbeikommen.«

Nachdem die Gouverneurin davongeritten war, drehte sich Kommandeur Freser zu Hauptmann Suiden um und deutete auf einen Soldaten, der neben ihnen stand. »Sie wollen sich sicher einrichten, Hauptmann. Mein Adjutant wird Ihnen Ihre Quartiere zeigen.«

Wir wurden zu einer freien Baracke geführt, der man ansah, dass sie hastig geräumt worden war. Als wir sie inspizierten, wandte sich Fresers Adjutant an Laurel. »Der Kommandeur hat für Euch ein besonderes Quartier vorbereitet, Botschafter Laurel.«

»Nein«, mischte sich Hauptmann Suiden ein, der mitgehört hatte. »Mit Eurer Erlaubnis, Botschafter, aber Ihr solltet bei uns bleiben.«

Laurel nickte. »Ja, Ehrenwerter Hauptmann.«

Suiden sah sich suchend um, bis sein Blick mich fand, obwohl ich mich nach Kräften bemühte, unsichtbar zu sein. »Danke«, sagte er zu dem Adjutanten, »aber Leutnant Hase wird sich um die Bedürfnisse des Botschafters kümmern.«

Dem Adjutanten blieb nichts anderes übrig, als zu salutieren und davonzumarschieren, nachdem er versprochen hatte, dass jemand kommen und uns die Messe und die Bäder zeigen würde. Der Hauptmann wartete, bis er außer Hörweite war, und klopfte dann auf seine Taschen. »Der Teufel soll mich holen, aber ich habe offenbar meine Geldbörse verloren. Vielleicht habe ich sie im Stall fallen lassen. Reiter Jeffen, bitte sehen Sie doch für mich dort nach.«

Wir hörten, wie sich draußen vor der Tür hastige Schritte entfernten.

»Oh, da ist sie ja«, meinte Suiden, und Jeff drehte um. »Aber«, fuhr Suiden fort, »seien Sie so nett, und bleiben Sie an der Tür stehen.« Jeff trat neben die Tür und spähte durch einen Spalt hinaus.

Hauptmann Suiden sah Laurel an. »Wo ist der Stab?«

Laurel deutete auf die Ecke, in welcher der Stab lehnte.

»Ich frage Euch erneut: Wie gefährlich ist er?«

»Er ist vollkommen geschützt, Ehrenwerter Hauptmann.«

»Danach habe ich nicht gefragt.« Der Hauptmann runzelte die Stirn. »Ihr habt Euch sehr beeilt, ihn dem Doyen wegzunehmen. Und genauso schnell habt Ihr ihn mit Schutzzaubern belegt. Und Ihr wolltet nicht zulassen, dass sie die Glocken abnahmen.« Er trat in die Ecke und starrte den nach wie vor eingewickelten Stab an. »Also sagt es mir: Wie gefährlich ist er?«

»Er wird niemanden in Flammen aufgehen lassen oder ihn mit Pocken verhexen, falls Euch das durch den Kopf geht«, erwiderte Laurel und trat neben ihn. »Aber er ist sehr gefährlich.« Er schüttelte den Kopf, dass die Perlen in seiner Mähne klickten und die Federn flogen. »Prudence Eiche war sehr mächtig in ihrer Gabe ...« Er bemerkte Suidens Blick. »Ihr nennt es Magie, Ehrenwerter Hauptmann.« Der Faena schlug sanft den Umhang von dem Stab zurück und deutete auf den im Schrei aufgerissenen Mund der Elfe. »Was glaubt Ihr, tat sie, als sie den ersten Biss der Axt spürte? Hat sie ihre Fäller gesegnet? Freundlich von denen gesprochen, die von dem Mord an ihr profitierten, während sie sich mit Güte und Licht umhüllte?« Die Raubkatze zuckte mit den Schultern. »Wenn er nicht mit Zaubern geschützt wäre, würde ich ihn nicht auch nur in meiner Nähe haben wollen.«

Ich starrte den Totenstab an und fragte mich, wie sie hatte getötet werden können, wenn sie so mächtig war. Hauptmann Suiden warf mir einen kurzen Seitenblick zu, sah dann zu Laurel zurück und öffnete den Mund.

»Aber wenn er so schrecklich ist, warum bringen wir ihn dann in die Königliche Stadt?«, wollte Hauptmann Javes wissen, bevor Suiden etwas sagen konnte.

»Ich kann ihn nicht hierlassen, Ehrenwerter Hauptmann.«

»Dann schafft ihn doch in die Grenzlande zurück«, schlug Javes vor.

»Wenn ich zu diesem Zeitpunkt mit der Leiche der verehrten Prudence zurückkehren würde, vor allem, so wie sie jetzt aussieht, dann wäre ein Krieg unausweichlich.« Laurel seufzte. »So liefert sie wenigstens ein gutes Argument vor Eurem König.«

Hauptmann Suiden warf mir einen weiteren Blick zu, drehte sich herum und wandte sich an die anderen Reiter. »Sie haben alle Botschafter Laurels Worte gehört. Niemand wird auch nur daran denken, den Stab anzurühren, es sei denn, auf Anweisung und unter der Anleitung des Botschafters.« Er sah Ryson und Slevoic an, die nebeneinanderstanden. »Sollte ich jemanden dabei erwischen, dass er sich meinem direkten Befehl widersetzt, wird diese Person den Tag verfluchen, an dem ihre Mutter ihren Vater das erste Mal anlächelte.«

Wir vertrieben uns die Zeit, indem wir unsere Ausrüstung verstauten, bis der angekündigte Adjutant zurückkam. Ich war mehr an den Bädern als an der Messe interessiert, vor allem jedoch an Schlaf, aber ich war bereit, wenigstens mit einem Blick in die Messe zu überprüfen, was sie so im Angebot hatten. Als der Adjutant des Kommandeurs zurückkam, sprang ich von meiner Pritsche auf.

»Der Hauptmann will Sie sprechen, Hase«, sagte Groskin.

Also ging ich in die Stube, in der Suiden mit Javes und Laurel Faena zusammensaß. »Sie übernehmen den Wachdienst, Leutnant«, erklärte Suiden.

Ich weiß nicht, wie mein Gesicht aussah, aber Suiden schickte alle weg, und sie gingen ohne Protest, selbst Javes.

»Setzen.« Hauptmann Suiden deutete auf die Pritsche gegenüber seiner.

Ich setzte mich und starrte über die Schulter des Hauptmanns.

»Nennen Sie mir den Unterschied zwischen Wissen und Mutmaßen, Leutnant.«

»Wissen bedeutet, sich sicher zu sein, Mutmaßen bedeutet, etwas zu vermuten, Sir.«

»Seht gut. Und bündig.« Ich hörte, wie der Hauptmann sich auf seiner Pritsche bequemer hinlegte. »Also, Javes kann vermuten, warum Slevoic Ryson gestern nach Gresh geschickt hat. Er kann auch eine Vermutung über den Grund dafür anstellen, vor allem, weil Gouverneurin Hoelt so enttäuscht war, als ihr klar wurde, dass sie nicht unsere einzige Besucherin war. Aber er hat keinerlei Beweise dafür, und folglich ist seine Reaktion darauf eingeschränkt.«

»Aber Slevoic hat gelogen«, erwiderte ich wütend. »Aus welchem Grund auch immer er Ryson geschickt hat, bestimmt nicht, um seine Verwandten von seiner bevorstehenden Ankunft zu unterrichten, Sir.«

»Sehr wahrscheinlich nicht«, erwiderte Suiden gelassen. »Aber glauben Sie ja nicht, dass Slevoic nicht scharenweise Leute aus dem Hut zaubern könnte, die bei den Bärten ihrer Väter schwören würden, dass sie seine Cousins und Cousinen wären, dass er sie von seiner Ankunft benachrichtigt hätte und dass er ein wunderbarer Mensch ist.«

Ich starrte stirnrunzelnd an die gegenüberliegende Wand.

»Sie dagegen, Hase, mit ihrem Geschrei und Gekreische vor allen Leuten …« Die Pritsche knarrte wieder. »Ist Ihnen klar, was sich im Pferdehof mit Kommandeur Freser zugetragen hat?«

Ich überwand schließlich meine Gereiztheit und sah den Hauptmann an. »Er hat versucht, mir zu entlocken, dass Doyen Allwyn in den Mord an Prudence Eiche verwickelt war.«

»Sehr gut, ausgezeichnet«, erwiderte Suiden ruhig. »Politik, Hase. Der Kommandeur wollte Sie benutzen, um hier in Gresh die Oberhand über die Kirche zu gewinnen. Er hat es sehr plump angefangen, und Sie konnten ihm ausweichen, aber Sie haben sich angreifbar gemacht, als Sie da herumgebrüllt haben, ohne nachzudenken.«

Hauptmann Suiden hielt einen Moment inne. »Gresh ist eine Provinzstadt, die sich selbst vorgaukelt, Größe zu besitzen, ganz gleich, ob sie sich als Tor zur Zivilisation ausgibt. Wenn Sie hier schon so leicht in die Falle zu locken sind, wie soll es Ihnen dann ergehen, wenn wir Iversly erreichen?« Er stand auf. »Denken Sie nach, Leutnant, bevor Sie hirnlos in etwas hineinlaufen, was Sie hätten kommen sehen müssen.«

»Jawohl, Sir.« Ich stand auf. »Es hat mich nur überrascht und so weiter.«

»Das denke ich mir, Leutnant. Aber vergessen Sie eines nicht, ganz gleich was oder wer der Stab in den Grenzlanden war: Hier ist er nur ein Amtsstab, dessen einzige Besonderheit seine Glöckchen sind.«

14

Am nächsten Morgen beendete Hauptmann Suiden die Vorbereitungen für unsere Fahrt den Banson hinab, und am frühen Nachmittag gingen wir an Bord des Flussbootes. Ich hatte den Morgen über meine unfreiwillige Pflicht als Laurels Adjutant erledigt. Durch einen sehr komplizierten Tanz des Magischen und des Weltlichen – Laurel mit Schutzzaubern und ich mit Zangen – hatten wir die Glocken von dem Totenstab entfernt und sie für Doyen Allwyn beiseitegelegt, aber er tauchte nicht auf, bevor wir zum Schiff abrücken mussten. Nachdem ich an Bord gegangen war, stellte ich mich an die Reling und kehrte unseren Gästen den Rücken zu. Leider funktionierte es nicht, denn ich wurde gesehen.

»Ho, Leutnant Hase«, rief Kommandeur Freser und winkte mich zu sich.

Ho?, dachte ich, trottete zu ihnen hinüber und machte Anstalten zu salutieren.

»Lassen Sie das, Mylord«, unterbrach der Kommandeur mich lächelnd. »Also, was halten Sie von unserer schönen Stadt?«

Hoho, dachte ich. Jemand hat ihm gesteckt, wer ich bin. »Sie ist sehr hübsch, Sir.«

»Eine Schande, nicht wahr, Major Verne, dass Sie keine Zeit für eine kleine Besichtigung haben. Aber ich nehme an, dass Gresh im Vergleich zu Iversly verblasst.« Freser machte eine Kunstpause. »Ich war selbst nie da. Wie ist die Königliche Stadt denn so?«

»Leutnant Hase ist seit wie vielen Jahren in Freston stationiert? Fünf, Mylord?«, erkundigte sich Hauptmann Javes.

Ich nickte. »Jawohl, Sir.«

»Ich bin sicher, dass sich Iversly in dieser Zeit sehr verändert hat«, erklärte er.

Ich bedachte Javes mit meiner Version eines nichtssagenden Lächelns und nickte erneut über seine ebenso nichtssagende Antwort. Kommandeur Fresers Lächeln franste an den Rändern ein wenig aus, während Major Verne mit einem Finger über seinen Schnauzbart fuhr.

»Nun, lassen wir diese Stadtvergleiche auf sich beruhen«, meinte Gouverneurin Hoelt. »Ich bin überzeugt, dass Ihre Familie sich freut, Sie wiederzusehen.«

Mein Lächeln strahlte wie eine ganze Kompanie von Nichts-Sagern. »Jawohl, Madam.«

Die Gouverneurin verzog frustriert den Mund, als Laurel leise grollte und mit einer Tatze über seinen Schnurrbart fuhr. Als die Gouverneurin frische Beute witterte, strahlte sie. »Ah, Botschafter Laurel. Konntet Ihr die Glocken vom Amtsstab Doyen Allwyns entfernen?«

»Ja, Ehrenwerte Gouverneurin.«

»Gut«, mischte sich Kommandeur Freser ein. »Aber ich habe den Doyen heute Morgen noch nicht gesehen. Hat er sie schon bekommen?«

»Nein, Ehrenwerter Kommandeur. Wir mussten abrücken, bevor er eintraf. Ich habe sie mitgebracht, weil ich sie nicht in der Kaserne lassen wollte. Es bekümmert mich ein wenig, dass ich für solch mächtige Kirchensymbole verantwortlich bin.« Laurel runzelte die Stirn und rieb sich nachdenklich das Kinn. Dann strahlte er. »Vielleicht könnt Ihr sie ja dem Ältesten übergeben, Kommandeur Freser, oder Ihr, Gouverneurin Hoelt.«

Die Gesichter der beiden Angesprochenen verzerrten sich vor Entsetzen.

»Oh, keine Angst«, beruhigte Laurel sie hastig. »Ich bin fast sicher, dass sie ungefährlich sind.«

Einen winzigen Moment lang wirkte Javes aufrichtig amüsiert, und ich drehte den Kopf zur Seite, in Richtung Hafen, um mein

Grinsen zu verstecken – und sah dann noch einmal genauer hin. Doyen Allwyn. Er trug eine einfache braune Kutte und stand am Fallreep, allein, mit seinem Gepäck vor seinen Füßen.

»Und was hat das zu bedeuten?«, knurrte Laurel neben mir.

Der wachhabende Reiter meldete den Doyen, und Hauptmann Suiden tauchte vom Achterdeck des Schiffes auf. In seinem Kielwasser folgten der Kapitän und dessen Bootsmann. »Heil Ihnen, Doyen Allwyn.« Hauptmann Suiden verbeugte sich, als der Doyen an Bord kam. Er trug sein Gepäck selbst. »Ich habe Ihre Nachricht erhalten.«

Neugierig folgte ich Kommandeur Freser und seinen Begleitern, während sie zu Suiden gingen. Als ich neben ihn trat, sagte der Hauptmann: »Leutnant Hase, bitten sorgen Sie dafür, dass das Gepäck des Doyen verstaut wird.«

Ich nickte und bückte mich, um dem Doyen das Gepäck aus der Hand zu nehmen. »Zu Befehl, Sir.«

»Zeigen Sie mir einfach nur, wohin ich muss«, unterbrach Doyen Allwyn mich. »Ich trage es selbst.« Er sah meine überraschte Miene und lächelte, während er seine Reisetaschen anhob und mir unter Deck folgte. »Buße durch einen Akt der Demut, mit der man den Stolz abtötet. Damit beginnt meine Säuberung.«

»Sie reisen also mit uns, Eminenz?«, erkundigte ich mich.

»Ja, Mylord«, antwortete Allwyn und zeigte mir damit, dass auch er herausgefunden hatte, wer ich war. »Die Synode war recht aufgebracht über diese Angelegenheit. Sie hielt es für das Beste, den Vorfall Patriarch Pietr zu melden und ihn auch aufzufordern, den Säuberungsritus persönlich zu vollziehen.«

Mit einem Streich hatte die Kirche von Gresh einen drohenden Makel isoliert und entfernt und damit jeden möglichen Machtgewinn eliminiert, den der Stadtrat oder die Armee vielleicht hätten erzielen können, und gleichzeitig jemanden in dem Inneren Kreis positioniert, der Informationen sammeln und sie dem Oberhaupt der Heiligen Kirche taufrisch mitteilen konnte. Freser und Hoelt hatten wahrscheinlich schon Schaum vor dem Mund.

»Ich möchte mich für die Ungelegenheiten entschuldigen, Eminenz, die ich Ihnen vielleicht bereitet habe«, sagte ich, als wir die Treppe erreichten und hinabstiegen.

»Das ist nicht Ihre Schuld, Lord Hase«, erwiderte der Doyen etwas kurzatmig. Er seufzte erleichtert, als wir den Fuß der Treppe erreichten und ich die Tür zum Unterdeck aufstieß. »Aber ich muss zugeben, dass meine Demut letzte Nacht begann, als meine Kirchenfreunde ihre Roben rafften, damit sie nicht verunreinigt würden.« Er stapfte in den Laderaum und begann, nachdem er wieder zu Atem gekommen war, sein Gepäck zu verstauen. »Es war eine verblüffende Erfahrung, in so kurzer Zeit aus einer solchen Höhe so tief herabzustürzen.«

»Ich würde mich ja fragen«, erwiderte ich, »wer sich entschlossen hat, mit einem kleinen Stoß nachzuhelfen.«

»Sie meinen, wer mir den Stab gegeben hat?«, fragte Doyen Allwyn. Er legte die letzte Tasche auf die anderen und wühlte darin herum. »Auch das ist etwas, was ich dem Patriarchen unterbreiten muss.«

Das war ein recht deutliches »Frag nicht weiter«, also versuchte ich nicht, weiter nach dem Namen zu angeln – ich würde eine Weile warten. Der Doyen richtete sich auf und zog eine kleine, hölzerne Kiste aus der Tasche. »Ich glaube, das ist kein Holz aus den Grenzlanden.«

Da er sie mir hinhielt, sah ich hin. Er hatte recht. Dann öffnete Doyen Allwyn die Kiste. Sie war mit dunkelgrünem Samt ausgeschlagen.

»Für die Glocken«, meinte er und klappte den Deckel wieder zu.

»Laurel Faena kann die Kiste für Sie mit einem Schutz belegen, nachdem Sie die Glocken hineingelegt haben, Eminenz«, sagte ich und ging zur Tür. Dann blieb ich stehen. Doyen Allwyn hatte Prudences Leiche in einer Ecke des Laderaums entdeckt. Erneut sah ich die schwachen Spuren von Laurels Zauber darauf, wie ein gewaltiges Nicht-berühren-Zeichen, und wandte meinen Blick ab.

»Ist er denn hier sicher, wo jeder an ihn herankommt?«, fragte der Doyen und starrte den Stab an.

»Er ist unsicher, ganz gleich, wo er gelagert wird«, erwiderte ich, ohne mich von der Tür des Laderaums wegzurühren. »Ob ihn jemand anfasst? Nur ein Narr würde das tun, Eminenz, und so ein Narr würde das auch tun, wenn er nicht hier, sondern in der Schatzkammer des Königs eingeschlossen wäre.« Ich zuckte mit den Achseln. »Wo sonst sollten wir ihn aufbewahren? Ich will ihn jedenfalls nicht in meiner Kabine haben.«

»Was für ein unsichtbares Ding«, erklärte Doyen Allwyn. »Man sieht es an und sieht doch nur, was man erwartet.«

Ein Stab mit Glocken daran, dachte ich. »Ja, Eminenz.«

»In der Synode kam die Frage auf«, fuhr Doyen Allwyn fort, während er sich zum Gehen wandte, »wie ich ihn tragen und nicht bemerken konnte, dass etwas an ihm ungewöhnlich war.« Er wartete, bis ich die Tür geschlossen hatte. »Daraufhin habe ich ausgeführt, dass sie auch nichts Ungewöhnliches bemerkt hätten und was das wohl über sie aussagen würde?« Er lächelte. »Die Frage wurde anschließend rasch fallen gelassen.«

»Darauf wette ich«, murmelte ich.

»Es erhob sich weiterhin die Frage«, meinte er, »ob es klug von mir war, einen Magisch ... ehm, einen Grenzländer ...«

Jetzt lächelte ich. »Laurel Faena, der Faena oder der Ehrenwerte Laurel, Eminenz.«

»Laurel Faena zu treffen«, wiederholte er, »und erneut führte ich aus, dass der Stab, ob wir uns nun getroffen hätten oder nicht, dennoch ... ehm ...«

»Prudence Eiches Leichnam gewesen wäre«, sprang ich ihm zu Hilfe.

»Ja«, meinte Doyen Allwyn. »Sie haben diese Frage ebenfalls nicht weiterverfolgt.« Er grinste etwas gequält. »Ich war so aufgeregt, als ich von dem Faena hörte.« Er ging die Treppe hinauf, und ich folgte ihm. »Die meisten glauben, dass die Geschichten über die Grenzlande bloße Erfindungen sind. Es war ein Schock, als ich ihn von Angesicht zu Angesicht sah.«

»Das habe ich bemerkt, Eminenz.«

»Trotzdem hatte ich viele Fragen und hoffte, dass der Ehrenwerte Laurel ein paar Tage mein Gast sein würde«, fuhr Allwyn fort. Wir hatten das Deck erreicht und blinzelten in die Sonne. »Und dann wurde alles auf den Kopf gestellt.«

»Mein Hauptmann war auch nicht sonderlich erbaut über mich, Eminenz.«

Allwyn grinste. »Das habe ich bemerkt.« Er sah sich auf dem Schiff um. »Nun, ich sollte wohl dem Kapitän dieses Schiffes meine Aufwartung machen. Nein, nein, das ist nicht nötig«, meinte er rasch, als ich Anstalten machte, ihn zu begleiten. Sein Lächeln verstärkte sich, als er seinen Blick über die schmalen Decks gleiten ließ. »Ich bin sicher, dass ich ihn auch allein finden kann.«

Ich überzeugte mich, dass der Doyen in die richtige Richtung losmarschierte, bevor ich mich umdrehte und langsam in die entgegengesetzte Richtung davonging. Ungeachtet dessen, was Hauptmann Suiden dachte, war ich mit der Grenzland-Politik aufgewachsen, die ebenso streitsüchtig und teuflisch ist wie überall im Königreich. In jedem Getriebe steckten viele winzig kleine Rädchen, und diese besonderen Zahnräder gaben mir das Gefühl, als säße ich auf einem Rennkarren, der von durchgehenden Pferden gezogen wurde. Ich fand einen freien Platz an der Flussseite des Schiffes und lehnte mich an die Reling.

»Ho, Lord Hase!«

Es war zu gut, als dass es lange hätte dauern können. »Verpiss dich, Ryson.«

»Hach, hmöchte has hleine Häschen hallein hein?«

Bevor ich seine Kehle packen konnte, trat Jeff zwischen uns. »Hört auf, beide!«

»Harmes hleines Häschen.«

Ich versuchte, um Jeff herumzugreifen, aber es gelang ihm, mich festzuhalten. »Nicht, Hase. Du hast schon genug Ärger am Hals.«

Er hatte recht. Ich warf Ryson einen bitterbösen Blick zu, riss meinen Arm aus Jeffs Griff und strich meinen Rock glatt.

»Hleines Häschen hat heinen Hock herknittert«, sagte Ryson. »Hu hade.«

»Läuseverseuchtes, schaffickendes Wiesel …!« Ich versuchte an Jeff vorbeizukommen und landete im Schwitzkasten.

»Halt die Klappe, Ryson, sonst schiebe ich dir deine Unterhose in die Nase«, drohte Jeff, während er sich auf mich setzte.

Ich schluckte, um mein Ekelgefühl zu unterdrücken, und hörte auf, mich zu wehren. »Geh runter. Dein knochiger Hintern tut weh.«

Als ich wieder aufstand, flankierten mich ein Dachs und ein Wiesel. Ich blinzelte gegen die Nachmittagssonne, und es waren wieder Jeff und Ryson. Erschreckt trat ich einen Schritt zurück, aber Jeff packte erneut meinen Arm.

»Du weißt, was er ist, also warum lässt du dich von ihm hochnehmen?«, wollte er wissen. Sein Blick wurde eindringlicher. »Und was zur pockenverseuchten Hölle hast du dir dabei gedacht, einen Doyen Mörder zu nennen?«

»Ich habe ihn nicht Mörder genannt«, setzte ich an, während ich verzweifelt einen Ausweg suchte.

»Doch, hast du«, erklärte Jeff. Er packte mit der anderen Hand meinen Uniformrock und zog mich dicht an sich heran. »Was ist bloß los mit dir? Du bist bereits bei der verfluchten Bergpatrouille. Noch tiefer sinken kannst du nicht, es sei denn vielleicht, dass du unbedingt Latrinengruben bewachen willst.«

»Vielleicht liegt es daran, dass der Magische ihn verhext hat oder so was«, spekulierte Ryson.

»Vielleicht.« Jeff sah mich finster an.

»Hat er nicht und würde er auch nicht tun.« Ich gab den Versuch auf, den beiden zu entkommen, und funkelte sie nur wütend an. »Es wäre genauso, als würde ein Doyen die Dunklen Künste praktizieren. Schlimmer noch. Außerdem hat Suiden bereits klargemacht, dass ich äußerst dumm gehandelt habe.«

»Hach, Hauptmanns hleines Hlieblings-Häschen …«

»Ach, halt's Maul!«, sagte ich, einen Wimpernschlag vor Jeff. »Du musst mich gerade der Arschkriecherei beschuldigen, während du anderen die Stiefel leckst. Vergessen wir mich mal kurz, Ryson. Was ist mit dir? Du warst schon immer ein Wiesel, aber jetzt stehst du ganz oben auf der Liste als Kandidat für die Krone schaffickender Wiesel.«

»Ich habe nichts gemacht …«

»Und dann leckst du auch noch ausgerechnet die Stiefel des Scheußlichen Slevoic. Ich werde es mir ansehen, wenn er seine Füße schließt. Und du dazwischen zerquetscht wirst.«

»Willst du mir drohen?«

»Das muss er nicht«, meinte Jeff, der wieder zwischen uns trat. »Glaubst du etwa, der Hauptmann wüsste nicht genau, was los ist. Er hat dich doch zum Stalldienst eingeteilt. Das ist wirklich blöd, Ryson.«

»Du darfst Mist schaufeln, hm?« Ich betrachtete Ryson und

war froh, dass ich gegen den Wind stand. »Hast du Slevoic wieder geholfen, irgendwelche Botschaften zu überbringen?« Er sagte nichts, und ich zuckte mit den Schultern. »Mach, was du willst. Es ist dein Begräbnis.«

»Stimmt«, meinte Jeff, »aber du bastelst auch recht fleißig an deinem, Hase.«

Einen Moment erwiderte ich nichts. Dann löste ich mich von Jeff, drehte mich zur Reling herum und lehnte mich dagegen. »Ich bin mit Leuten wie Laurel aufgewachsen«, sagte ich. »Für mich ist sein Anblick so normal wie Haferschleim zum Frühstück. Ebenso wie Baumelfen. Die Ehrenwerte Esche Faena durchschreitet das Waldgebiet, in dem der Hof meiner Eltern liegt. Als ich noch ein Kind war, durfte ich sie begleiten.« Ich starrte auf das Wasser hinaus. »Ihr glaubt, ich wäre einfach wütend geworden? Stellt euch vor, eure Freunde wären tot und verstümmelt und schmückten eure heiligen Stätten. Oder wären zu Stühlen verarbeitet worden, auf denen wir hocken.«

Einen Moment herrschte Schweigen, dann leisteten Jeff und Ryson mir an der Reling Gesellschaft.

»Du weißt, dass ich seit fast fünf Jahren mit dir Banditen jage, und das ist das Erste, was ich von dir selbst höre, was über das Ich-bin-nur-ein-Bauernjunge-Gesabbel hinausgeht«, bemerkte Jeff.

Ich sah ihn erstaunt an.

»Mir kommt es so vor, als würdest du immer nur beobachten, immer alles zurückhalten«, fuhr Jeff fort. »Trotzdem habe ich gedacht, wir wären gute Kumpel, bis ich herausfinden musste, dass ich nicht das Geringste über dich weiß.«

»Ich habe über meine Familie geredet ...«, begann ich.

»Nur, wenn du musstest«, widersprach Jeff. »Und dann hast du auch nur so wenig wie möglich erzählt.« Er sah mich an. »Dann taucht dieser Magische auf, und plötzlich kommt alles Mögliche heraus ... Lord und Verwandschaftsgrade mit dem Königshaus und all das ...«

»Das spielt keine Rolle«, versuchte ich es erneut.

»Ach nein?«, erkundigte sich Jeff. »Der Magische glaubt das aber schon, Lord Hase ibn Chause e Flavan.«

Ich öffnete den Mund, aber es kam nichts heraus.

»Das wirft natürlich die Frage auf, ein wie guter Kamerad du eigentlich wirklich bist ...«

»Jeff ...«

»... und was du sonst noch für überflüssig hältst, mir zu erzählen.« Jeffs Blick war wütend. »Oder mir nicht anvertrauen willst.«

Ich öffnete erneut den Mund, doch in dem Moment fiel mein Blick auf Ryson, der stumm neben Jeff stand und ganz Ohr war. Ich seufzte. »Ich nehme an, wenn ich dir sage, du sollst verschwinden, suchst du dir ein geeignetes Plätzchen und belauschst mich weiter.«

Ryson warf mir einen unschuldigen Blick zu.

Jeff, der Ryson ebenfalls beobachtete, lachte, und der Ärger verschwand aus seinem Gesicht. »Du wirst irgendwann einmal zu viel herumwieseln, Junge.« Als Ryson mit den Schultern zuckte, lachte Jeff erneut und entspannte sich so weit, dass er sich ebenfalls auf die Reling lehnte. Er blickte über den Fluss. »Ich bin in einer kleinen Stadt nordwestlich von hier aufgewachsen. Wir haben Gresh immer während der Festspiele besucht.«

»Siehst du, das wusste ich nicht«, meinte ich.

»Weil du nie gefragt hast«, konterte Jeff.

Das stimmte, ich hatte ihn nie gefragt.

»Weiter nach Süden bin ich nie gekommen.« Jeff sah einem Stakkahn nach, der vorbeiglitt. »Ich habe mit den Jungs von der Straßenpatrouille geredet. Die meisten sind Südler, und ich wollte ein Gefühl dafür bekommen, wie es hier so ist.«

»Was haben sie gesagt?« Ich war gegen meinen Willen interessiert.

»Dass es hier weit zivilisierter ist als in den nördlichen Gemarkungen.« Jeff lächelte, als ich einen abfälligen Laut ausstieß.

»Ich habe sie auch gefragt, wie man diese Raubkatze empfangen würde.« Seine Miene wurde nachdenklich. »Sie sagten, sie wüssten es nicht. Im Süden glaubt man, dass Magische nur Fantasien sind.«

»Das habe ich gehört«, murmelte ich.

»Meine Familie glaubt das auch, obwohl wir im wilden Norden leben«, meinte Jeff. »Für uns sind Bäume etwas, das gefällt, zu Dingen verarbeitet oder als Brennmaterial verbrannt werden soll. Und Tiere sind entweder wild und können gejagt werden, oder sie sind zahm und können gegessen werden.« Er sah mich an. »Jetzt behauptest du und die Raubkatze etwas anderes, was vielleicht ja auch stimmt. Aber glaubst du wirklich, dass die Leute im Süden ihre Meinung ändern, nur weil du sagst, es wäre so?«

So weit hatte ich tatsächlich noch nicht vorausgedacht.

»Selbst wenn sie sehen, dass das, was du sagst, zutrifft, glaubst du, dass sie es so einfach akzeptieren? Wenn es gleichzeitig bedeutet, dass du aufstehen und sie als Mörder beschimpfen kannst?«

Ich seufzte. »Ich weiß es nicht, Jeff.«

»Der Hauptmann hat recht, Hase. Manchmal denkst du einfach nicht nach.«

15

Es wurde mit jedem Tag wärmer, als wir den Banson hinabsegelten, und schon bald konnten wir unsere Umhänge und Wollunterwäsche wegpacken. Je weiter wir uns dem zivilisierten Süden näherten, desto mehr wich der Wald bestellten Feldern, befestigte Güter und Burgen wurden von eleganten Landsitzen abgelöst, und in der Ferne konnten wir die grellbunten Dächer von Herbergen, Tavernen und anderen interessanten Orten entlang der Königsstraße sehen.

Jeff und ich vereinbarten eine Art Waffenstillstand, da wir von Suiden und Groskin ständig im Auge behalten wurden. Wir hatten ihr Gegenmittel gegen sich befehdende Reiter gesehen, und keiner von uns wollte Ryson beim Ausmisten der Pferdeboxen auf dem Schiff Gesellschaft leisten. Ich brütete allerdings über Jeffs Worte, nur für den Fall, dass wir uns unter vier Augen streiten konnten. Ich wollte ihm beweisen, dass nichts von all dem meine Schuld gewesen war.

Wir unterbrachen unsere Fahrt in Dornel, einer Stadt am Fluss zwischen Gresh und Iversly. »Wir müssen hier anlegen, Hauptmann, Sir«, erklärte der Kapitän Suiden, »weil es ein Kontrollpunkt für den Schiffsverkehr auf dem Fluss ist.« Er lächelte. Sein breiter Schnauzbart bedeckte Mund und Kinn. »Es ist zwar lästig, aber es zwingt uns Flussratten zur Ehrlichkeit. Ein wenig, jedenfalls.«

Hauptmann Suiden überbrachte diese Nachricht beim Abendessen dem Nestor von Gresh. »Ich werde den Aufenthalt in Dornel nutzen, um dem dortigen Kommandeur Meldung zu erstatten. Falls Sie ebenfalls jemanden sprechen wollen, Doyen Allwyn, wir haben Zeit.«

Doyen Allwyn nickte und bedankte sich murmelnd. Es war

eine seltsame Mischung aus Armeeoffizieren, einem Botschafter der Grenzlande und einem Doyen, die sich dort als Gäste am Tisch des Kapitäns ein Stelldichein gab. Man ging ausgesprochen höflich miteinander um, und manchmal schielte ich fast bei dem Bemühen, nicht zu gähnen. Ich hatte versucht, mich vor dem Essen in der improvisierten Offiziersmesse zu drücken, aber Hauptmann Suiden hatte mich wissen lassen, dass ich gefälligst auftauchen sollte und am Tisch zu sitzen hatte, bevor die Glocke, mit der zum Essen gerufen wurde, aufhörte zu schlagen. Er wollte sichergehen, dass Doyen Allwyns dauerhafte Erinnerung an mich die an einen ernsten, wenngleich langweiligen Tischnachbarn war, nicht die an einen wild umherblickenden Kerl, der ihn laut schreiend als Mörder titulierte.

Wir erreichten Dornel am achten Tag nach unserer Abfahrt von Gresh. Hauptmann Suiden stand neben mir, als das Boot sich der Stadt näherte. »Dornel hat mir schon immer gefallen«, meinte er. »Es ist nicht so prätentiös wie Gresh und nicht so überwältigend wie Iversly.«

»Jawohl, Sir.« In dem Sonnenlicht, das vom Wasser reflektiert wurde, konnte ich schwache Male auf seinem dunkelhäutigen Gesicht erkennen – und dann sah ich einen kurzen Moment lange, dicht geflochtene Zöpfe, prachtvolle Kleidung, Juwelen und goldene Ohrringe, die seine nüchterne Frisur und seine langweilige Uniform überlagerten. Und darunter ... Ich erinnerte mich an einen männlichen Nachkommen von Dragoness Moraina, einen beeindruckenden Eisdrachen, dessen silberweiße Schuppen in der Sonne bläulich, grünlich und rötlich schimmerten. Aber dieser Anblick war nichts im Vergleich zu dem schwarzen Drachen, den ich jetzt sah: mit grünen Augen, die ausgebreiteten Schwingen von goldenen Adern durchzogen, voll rotem Feuer und schwarzem Rauch. In einer seiner großen fünfkralligen Hände hielt er eine zierliche Teetasse, ohne sie zu zerbrechen. Ich schüttelte den Kopf, und der Hauptmann war wieder er selbst. Ich hatte einen metallischen Nachgeschmack im Mund, während mein Herz schneller schlug. Ach, zum Teufel!

»Geht es Ihnen gut, Leutnant?«

»Jawohl, Sir«, erwiderte ich und zwang mich dazu, weiter zu atmen. »Die Sonne blendet etwas.«

»Verstehe.« Hauptmann Suiden blickte wieder über den Fluss auf die Stadt. »Wenn wir das Boot verlassen, Hase, werden Sie mir nicht von der Seite weichen.«

»Sir?«

»Sie werden nicht herumspazieren, Leutnant. Ich will Sie immer im Auge behalten können. Kapiert?«

»Jawohl, Sir.«

»Sie kapieren gar nichts, stimmt's?«

»Jawohl, Sir.«

Suiden drehte sich gelassen herum und ließ seinen Blick über das Deck streifen. »Botschafter Laurel ist nicht die einzige Bombarde, die an den Königlichen Hof katapultiert wurde.« Er bemerkte meine gerunzelte Stirn und seufzte. »Sie, Hase. Schon vergessen? Ibn Chause e Flavan?«

Ah. Oh. Ja. Ich schob das, was ich gerade gesehen hatte, für den Moment beiseite und konzentrierte mich auf den Hauptmann. »Jawohl, Sir.«

»Solange Sie in Freston stationiert waren, waren Sie weit genug entfernt, damit Sie keine Rolle in der Politik des Königreiches spielen konnten. Jetzt landen Sie mittendrin.«

»Spielt es eine Rolle, dass ich kein Lord sein will, Sir?«

»Seien Sie nicht so naiv!«

»Jawohl, Sir.« Diesmal seufzte ich. Vor zwei Wochen hatte ich mir noch Sorgen gemacht, weil wir unseren Rückweg aus den Bergen nicht finden konnten. Das wirkte jetzt wie eine Bagatelle.

»Sie sind mit zwei einflussreichen Häusern verbunden und bieten so ein sehr verlockendes Ziel für ihre Feinde, Leutnant. Vielleicht sogar für ihre Verbündeten.«

Erleuchtung konnte einem also auch ohne teuflisch erhellende Fragen widerfahren. »Laurel ist also nicht zu seinem Schutz in mein Zelt gezogen, sondern er hat mich beschützt.«

Suiden lächelte dünn. »Ah, Sie sind also doch nicht so naiv.« Sein Lächeln verschwand. »Gouverneurin Hoelt hat nach ihrer Ankunft in dem Wegposten nach Ihnen gefragt. Sie waren ihr noch wichtiger als das ziemlich große Schmusekätzchen, das auf zwei Beinen vor ihr stand. Die Gouverneurin hat sich vielleicht nur bei Ihnen einschmeicheln wollen, aber da sie durch Ryson, den Slevoic heimlich zu ihr geschickt hat, von Ihrer Anwesenheit wusste, neige ich eher zu einer anderen Annahme.«

Wir näherten uns dem Kai, und ich sah, wie die Seeleute ihre Leinen bereit machten.

»Ich habe nicht vor zuzulassen, dass Ihnen etwas passiert, Leutnant.«

Ich schwieg einen Moment. »Warum wussten zunächst denn weder Doyen Allwyn noch Major Verne, wer ich bin, Sir?«

»Weil man es ihnen nicht gesagt hat.«

»Aber sie wussten genug, um zu dem Wegposten zu kommen.«

»Offenbar sind Informationen aus dem Büro der Gouverneurin durchgesickert, Leutnant. Erinnern Sie sich noch daran, wie unglücklich sie war, als die beiden auftauchten?«

»Jawohl, Sir.« Ich nickte, als mir der frustrierte Ausdruck auf dem Gesicht von Gouverneurin Hoelt einfiel.

Das Schiff stieß sanft gegen den Kai, auf dem Seeleute ausschwärmten und das Schiff festmachten.

»Allerdings muss sie geglaubt haben, die Festspiele hätten früher begonnen, als Sie den Doyen kreischend des Mordes beschuldigt haben.«

Ich habe nicht gekreischt, dachte ich.

»Also gut, Sie haben laut gerufen.«

Erschreckt zuckte mein Blick zu Suiden, der wieder dünn lächelte, während seine grünen Augen mich anfunkelten. »Ja ... Jawohl, Sir.«

16

Zollbeamte standen schon bereit, um unser Schiff zu inspizieren, nachdem wir angelegt hatten. Sie kamen sofort an Bord, als das Fallreep heruntergelassen wurde. Sie bedachten die Provinzler mit hochmütigen Blicken, doch ich konnte ihre Halswirbel fast knacken hören, als ihre Köpfe herumfuhren und sie noch einmal genauer hinsahen. Während wir das Schiff verließen, drängten sie sich an Deck, rieben sich den Nacken und starrten den Faena an.

Ich erlebte die Schlichtheit von Dornel aus erster Hand. Als wir aufbrachen, um dem Garnisonskommandeur von Dornel einen Besuch abzustatten, kamen wir auf dem Kai an Menschen vorbei, die Handkarren zu unserem Schiff schoben. Einige waren Gemeine, während andere Livrees trugen und man ihnen auch ansonsten ansah, dass sie den Reichen und Mächtigen dienten.

»Dung, Leutnant Hase«, erklärte Hauptmann Javes, der neben mir ritt.

»Wie bitte, Sir?«

Javes deutete mit einer Handbewegung auf die Menschen. »Sie holen den Pferdedung von unserem Schiff.«

Hauptmann Suiden hatte angeordnet, dass wir zur Garnison

reiten sollten; schließlich waren wir die Kavallerie. Ich sah auf mein Pferd hinunter und überlegte, was an seinem Mist wohl so besonders war, dass die Leute dafür Schlange standen.

»Sie benutzen ihn für ihre Gärten und andere Pflanzen«, erklärte Javes.

»Ach so, klar. Selbstverständlich, Sir. Aber die Stadt produziert doch bestimmt selbst genug Mist.«

»Die Menschen von Dornel glauben an das Sprichwort: Verschwende nichts, dann mangelt es dir an nichts.«

»Ha, ha, Sir.«

Javes presste kurz die Lippen zusammen, um nicht lächeln zu müssen. »Sie glauben, es ist besser, es über ihre Blumen und Gemüse zu schaufeln, als es in den Fluss zu werfen. Die Fische haben letztlich keine Verwendung dafür. Es sind sehr ordentliche und sparsame Menschen.«

Ich warf einen Blick zurück zum Schiff. Ryson würde sehr beschäftigt sein.

»Und auch sehr genügsam«, meinte Groskin, der neben Slevoic hinter uns ritt. »Innerhalb der Stadtmauern wächst genug, um alle Bewohner davon zu ernähren.« Wir ritten durch das Flusstor in die Stadt hinein, während die staunenden Wachen die Leute beiseitestießen, um uns durchzulassen. »Es gibt sogar unterirdische Zisternen, die sich füllen, wenn der Fluss während der Schneeschmelze Hochwasser führt«, fuhr Groskin fort. »Schleusen leiten den Überfluss in andere Reservoirs ab. Die Stadt hat immer genug Vorrat an Frischwasser.«

»Warum richten sie sich so sehr auf eine Belagerung ein?«, wollte Laurel wissen, der ganz vorn neben Suidens Pferd ging. Er ignorierte die erschreckten Rufe der Schaulustigen, die von den Soldaten weggedrängt wurden.

»Es gab früher Piraten, die diesen Abschnitt des Banson unsicher machten, Sir«, erklärte Groskin.

»Sagten Sie nicht, Leutnant, dass diese Piraterie wieder zugenommen hat?«, wollte Suiden wissen.

Groskin runzelte die Stirn. »Jawohl, Sir.« Er fing meinen fragenden Blick auf. »Meine Familie kommt aus dieser Gegend, Hase, und sie haben mir geschrieben, dass Piratenüberfälle in den letzten Jahren beinahe wieder an der Tagesordnung sind.«

Laurel sah sich um. »Ich sehe hier keine Spuren von Angriffen, Ehrenwerter Leutnant.«

Groskin zuckte mit den Schultern, während er sich ebenfalls umsah. »Aus irgendeinem Grund haben sie diesmal Dornel selbst noch nicht angegriffen, aber mein Vater sagt, der Bruder der Frau des Sohnes der Cousine eines Freundes hätte in einer Siedlung gelebt, welche die Piraten belagert hätten. Sie liegt nicht weit von hier.«

»So tief im Königreich?«, erkundigte sich Laurel.

»Ja, Sir«, erwiderte Groskin. »Die Garnisonstruppen und Flusspatrouillen wurden in Marsch gesetzt, um nach ihnen zu suchen, aber sind wie durch Mag ... ehm, auf höchst mysteriöse Weise verschwunden, Botschafter.«

Um uns herum lag eine Blase aus Stimmengemurmel, als wir durch die Straßen von Dornel ritten, und die Unruhe, die am Stadttor begonnen hatte, folgte uns ebenfalls in die Stadt hinein. Die Leute blickten hoch, zunächst beiläufig, dann genauer, wenn ihnen klar wurde, dass Laurel kein Kostüm trug. Und er auch nicht unser Gefangener war. Und einen wirklich großen Stock in der Hand hielt. Er lächelte über etwas, was der Hauptmann sagte, und seine Schnurrhaare schimmerten weiß. Das Stimmengemurmel weitete sich über die ganze Straße aus, und es überraschte mich nicht, als kurz darauf eine Abteilung Berittener vor uns auftauchte, die vor Geräten mit scharfen Schneiden nur so starrte.

»Ich denke, wir sollten hier anhalten und keine plötzlichen

Bewegungen machen«, schlug Hauptmann Suiden vor und zügelte sein Pferd. Wir folgten seinem Beispiel und warteten, bis die Männer uns erreicht hatten.

»Leutnant Jaxtir von der hiesigen Garnison, Dornel Patrouille.« Der Anführer hob sein Visier und salutierte. Die Männer hinter ihm ließen ihre Visiere unten und behielten ihre Waffen in der Hand.

»Hauptmann Suiden von der Garnison Freston.« Suiden salutierte ebenfalls. »Gibt es ein Problem, Leutnant?«

»Jawohl, Sir. Was ist das denn?« Leutnant Jaxtir deutete auf Laurel.

»*Er* ist Botschafter Laurel. Ich bin sicher, dass Euer Kommandeur Befehle erhalten hat, was seine Reise nach Iversly angeht.«

»Darin stand nichts darüber, dass er in meine Stadt kommt.«

»Sie sind über die Befehle an Ihren Kommandeur unterrichtet?«

Leutnant Jaxtir rückte seinen Schild zurecht. »Er hat sie seinem Stab mitgeteilt.«

»Verstehe.«

Ich sah, wie das Licht auf Jaxtirs Schild schillerte, und presste die Lippen zusammen.

»Wollen Sie uns den Weg versperren, Leutnant?«

Jaxtir rutschte erneut hin und her. Der Schild schimmerte in der Sonne, und ich biss mir auf die Innenseite der Lippe, bis sie blutig war.

»Nein, Sir. Nicht Ihnen, Hauptmann …«, meinte Jaxtir.

»Ich bin sicher, dass König Jusson und sein Lordkommandeur sehr viel Interesse an einem Leutnant zeigen werden, der es wagt, einem Botschafter am Hof des Königs die Weiterreise zu verweigern.«

Jaxtirs Schild blitzte grün und blau. Etwas wollte unbedingt meine Speiseröhre hoch, und ich schluckte es wieder herunter, mit Mühe. Offenbar hatte ich dabei ein Geräusch von mir gegeben, denn Hauptmann Javes sah mich kurz an und musterte dann Jaxtir durch sein Lorgnon. Der Schild schillerte rot.

Leutnant Jaxtir hatte eine Inspiration. »Vielleicht sollte das vor den Kommandeur gebracht werden, Hauptmann Suiden.«

»Was sollte vor den Kommandeur gebracht werden?«, erkundigte sich der Hauptmann. »Dass Sie sich uns widersetzen?«

Vielleicht war es doch keine Inspiration gewesen. Der Blick des Leutnants zuckte zu Laurel, dessen Ohren flach an seinem Kopf lagen. »Wenn Sie mir folgen würden, Sir, dann eskortiere ich Sie zum Kommandeur.«

»Danke.« Hauptmann Suiden nickte. »Botschafter Laurel, wenn Ihr so freundlich wäret?«

Wir setzten uns wieder in Bewegung.

»Ich frage mich, ob Sie unseren Reisegefährten gesehen haben, Doyen Allwyn von Gresh«, erkundigte Suiden sich beiläufig.

Wir blieben stehen.

»Ein Doyen aus Gresh reist mit Ihnen?« Leutnant Jaxtirs Stimme war tonlos.

»Er will nach Iversly, um den Patriarchen zu treffen«, erklärte Hauptmann Suiden. »Ich bin sicher, dass die Briefe, die ihn ankündigen, auf dem Postboot waren, das uns vor ein paar Tagen überholt hat.« Der Hauptmann machte eine Pause. »Er ist unterwegs, um dem Doyen von Dornel seinen Respekt zu erweisen.«

»Doyen Orso.« Jaxtir forderte seine Männer mit einer ungeduldigen Geste auf weiterzugehen.

»Oh, ist er immer noch der hiesige Doyen?« Hauptmann Suiden gab uns ebenfalls ein Zeichen weiterzureiten. »Er ist doch ein Verwandter von Ihnen, Leutnant Groskin, richtig?«

»Ein entfernter Verwandter, Sir«, antwortete Groskin. »Durch einige Heiraten meiner Cousinen – obgleich ich ihn als Kind

Onkel nannte. Ich habe Doyen Allwyn gebeten, ihm zu sagen, dass ich hier bin. Ich hatte gehofft, ihn später besuchen zu können.«

»Ich bin sicher, dass das arrangiert werden kann, Leutnant.«

Jaxtir ritt etwas vor Suiden, deshalb konnte ich seinen Schild nicht sehen, aber ich warf immer wieder Blicke darauf, wie man einen faulen Zahn mit der Zunge betastete. Offenbar war Hauptmann Javes der Blick jedoch nicht verstellt.

»Sagen Sie, Leutnant Jaxtir, Sie haben einen wirklich sehr interessanten Schild. Woraus ist er gemacht?«

Jaxtir warf einen Blick über die Schulter auf Laurel. »Aus Echsenhaut, Hauptmann.«

Elender Lügner, dachte ich.

»Oh, tut mir schrecklich leid.« Javes zeigte wieder sein dümmliches Grinsen. »Ich bin Hauptmann Javes, ebenfalls von der Garnison Freston. Das sind die Leutnants Slevoic, Groskin und Lord Hase ibn Chause e Flavan.«

Wir blieben stehen.

Leutnant Jaxtir wendete sein Pferd und starrte mich an. Ich lächelte, zeigte alle meine Zähne und sah, wie der Schild des Leutnants, der sich jetzt direkt vor meiner Nase befand, rosa schillerte.

»Er ist ebenfalls zum König in Iversly unterwegs und trifft sich auch mit all seinen Verwandten, die sich gerade zufällig am Hofe befinden.«

Leutnant Jaxtir riss vor Bestürzung den Mund auf. Diese Enthüllung musste den letzten Nagel in den Sarg jedes Plans geschlagen haben, uns in einer einsamen Gasse von Dieben und Halsabschneidern überfallen zu lassen.

»Die Garnison, Leutnant?«, fragte Hauptmann Suiden.

Jaxtir gab seinen Leuten erneut ein Zeichen, und unsere Kolonne setzte sich wieder in Bewegung.

»Ihr Schild besteht also aus Echsenhaut«, meinte Hauptmann Javes interessiert. »Ist das hier die Standardausführung?« Er betrachtete durch sein Lorgnon die anderen Soldaten von Dornel. Sie hatten alle einen Schild, wie auch ich ihn trug, nur mit dem Wappen von Dornel darauf. »Oder sind sie nur für Offiziere?«

»Nein, Sir, sie gehören nicht zur Standardausrüstung«, antwortete Jaxtir, der starr geradeaus blickte.

Javes richtete sein Lorgnon wieder auf Jaxtirs Schild. »Wie faszinierend. Ich habe noch nie eine solche Echsenhaut gesehen. Wie sind Sie daran gekommen?«

»Das weiß ich nicht mehr, Sir.«

»Ach, tatsächlich, Leutnant? Wirklich verblüffend, hm? Sich nicht daran zu erinnern, wie man an etwas so Ungewöhnliches gekommen ist.«

»Ich hatte schon immer ein schlechtes Gedächtnis, Sir.«

Leutnant Jaxtir versuchte, sich zu verdrücken, als wir durch das Tor der Garnison ritten, um den Kommandeur über unsere Ankunft zu informieren, wie er sagte, aber Hauptmann Suiden bestand darauf, ihn zu begleiten, und nahm uns ebenfalls mit.

»Oh, und vergessen Sie bitte Ihren Schild nicht, Leutnant«, bat ihn Javes.

Also marschierten wir in das Büro des Kommandeurs, Jaxtir in voller Montur.

»Kommandeur Ystan, das sind Hauptmann Suiden und Hauptmann Javes von der Garnison Freston«, sagte Jaxtir. Der Kommandeur erhob sich von dem Schreibtisch, während die Militärs unserer Gruppe salutierten. Laurel begann sich zu verbeugen, obwohl er ignoriert wurde, fuhr jedoch bei meinem Keuchen wieder hoch. Statt eines Kettenpanzers trug Kommandeur Ystan einen Panzer aus demselben Material wie Jaxtirs Schild. Laurel Faena brüllte auf.

17

»Das ist allein meine Schuld, Ehrenwerter Hauptmann«, erklärte Laurel.

Hauptmann Suiden widersprach ihm nicht. Wir standen in einem Raum und warteten auf Kommandeur Ystan, während vor der Tür Wachen postiert waren.

»Ich hätte nicht überrascht sein dürfen, schon gar nicht, nachdem ich den Schild des Leutnants gesehen habe.«

Als Laurel gebrüllt hatte, waren Soldaten in Kommandeur Ystans Büro gestürmt, während Leutnant Jaxtir sein Schwert zog und uns beschuldigte, den Kommandeur angegriffen zu haben. Was recht schwierig zu beweisen war, weil wir mit leeren Händen am anderen Ende des Zimmers standen.

»Kommandeur Ystan«, Hauptmann Suiden ignorierte Jaxtir vollkommen. »Ich bin hier auf Befehl von Kommandeur Ebner von der Garnison Freston.«

»Ja ... ich habe die Meldung vor ein paar Tagen erhalten.« Kommandeur Ystan sah uns verwirrt an.

»Dann wissen Sie ja auch, dass es sich um eine recht dringliche Angelegenheit handelt.«

»Wir wissen auch, dass es einen großen, unberechenbaren Magischen gibt, der gerade eben versucht haben könnte, etwas ... Magisches zu tun«, mischte sich Jaxtir ein und richtete sein Schwert auf Laurel. Dann drehte er den Kopf zu Ystan herum, der immer noch verwirrt hinter seinem Schreibtisch stand. »Ich schlage vor, Sir, dass wir sie unter Arrest stellen, bis wir alles geklärt haben.«

Hauptmann Suiden sagte kein Wort, als wir in einen anderen Raum geführt wurden und die Wachen Posten an der Tür bezogen. Aber sein Blick hätte eine ganze Bibliothek füllen können.

»Die Haut, die der Kommandeur als Panzer trug, und die von Jaxtirs Schild stammen von einem Angehörigen von Dragoness Morainas Brut, Sir«, erklärte ich jetzt. »Vom Drachen Gwyyn. Er war ein Eisdrache.«

»Mit dem Sie als kleiner Junge Flohhüpfen gespielt haben«, warf Slevoic ein, während er sich in einen Stuhl lümmelte.

»Nein«, gab ich zurück. »Bei meiner Geburt besaß Gwyyn ein Territorium in den Oberen Reichen. Aber er besuchte seine Mutter.« Ich sah wieder Suiden an. »Er war ein Poet, Sir, und veranstaltete jedes Mal Rezitationen, wenn er kam.«

Laurel grollte, und eine Wache warf uns über die Schulter einen Blick zu.

»Er hätte noch Jahrhunderte leben sollen. Länger noch«, fuhr ich fort. »Dragoness Moraina nähert sich ihrem ersten Jahrtausend. Tausend Jahre einer Poesie, die selbst einen rotznasigen Jungen zum Träumen bringt und ihm Sehnsucht einflößt. Drachen schreiben und lesen nicht, Sir. Es wird alles mündlich überliefert, vom Lehrer zum Schüler. Und jetzt ist alles, was Gwyyn wusste, alles, was er war, verschwunden. Seine Haut haben sie für Panzer und Schilde benutzt.«

Jetzt beobachteten uns beide Wachposten.

»Das tut mir sehr leid, Hase, Sro Laurel«, erklärte Hauptmann Suiden. »Es tut mir wirklich verdammt leid. Aber wir können weder für ihn noch für Sra Prudence etwas tun. Aber für die anderen Nachkommen von Sra Moraina können wir etwas tun – falls wir es nach Iversly schaffen.«

Laurel grollte wieder. »Ich suche Euren König nicht auf, um ihn um Schutz zu bitten.« Er wirkte besorgt. »Und ich bin jetzt nicht mehr sicher, ob meine Reise nicht ohnehin vergeblich ist.«

»Was meint Ihr damit?«, wollte Hauptmann Javes wissen.

»Ich bin hier, um einen Krieg zu verhindern, aber nach diesem Vorfall heute weiß ich nicht, ob ich das noch kann.« Er fuhr sich mit einer Tatze über den Kopf und brachte seine Perlen und Federn durcheinander. »Glaubt Ihr, dass die Ehrenwerte Moraina nicht wüsste, was mit ihrem Sohn geschehen ist? Oder es sehr bald erfährt?« Er sah mich an. »Was glaubt Ihr, wird geschehen, wenn die Elfen es herausfinden?«

»Elfen«, sagte Groskin.

»Elfen leben noch länger als Drachen«, erklärte ich. »Ewig, falls sie nicht tödlich verletzt werden. Sie erinnern sich noch daran, wie sie in Iversterre lebten – und wie sie aus dem Land vertrieben wurden.« Jetzt war ich besorgt. »Die nördlichen Clans verlesen immer noch an ihren Feiertagen ihre Todesrollen. Keiner von ihnen mag das Königreich sonderlich oder hegt freundliche Gefühle für Menschen.«

Die beiden Wachposten waren jetzt in den Raum getreten. Hauptmann Suiden betrachtete sie und trat dann ans Fenster. Er zog den Vorhang zurück, und hinter dem Fenster starrten ihn zwei weitere Wachen an. »Jemand von Ihnen muss Ihren Kommandeur suchen und ihn sofort herholen«, sagte er. »Also?«

»Ich gehe schon, Sir«, sagte einer der beiden vor dem Fenster und setzte sich in Bewegung, im Laufsschritt.

»Mich besorgt nicht nur das, was passiert, wenn ich wieder nach Hause komme«, erklärte Laurel nach einem Moment. »Sondern auch das, was wir auf unserer Reise bisher vorgefunden haben. Wenn es schon in den Provinzen so zugeht, was erwartet uns dann in der Königlichen Stadt?«

18

Kommandeur Ystan und Leutnant Jaxtir tauchten kurz darauf auf, in Begleitung von Doyen Allwyn, einem weiteren Doyen und der Gouverneurin von Dornel. Offenbar wurde die feine Kunst der Bespitzelung auch in Dornel gepflegt. Es raschelte in den Büschen, als die Wache vor dem Fenster wieder ihren Posten bezog. Der Mann wollte offenbar seinen vorzüglichen Platz in diesem Theater nicht aufgeben.

Ystan hatte die Drachenhaut ausgezogen und einen regulären Kettenpanzer unter seinem Rock angelegt. Es klirrte, als er hereinkam. Jaxtir ging neben und die anderen hinter ihm. »Hauptmann Suiden ...«

»Groskin, mein Junge! Wie geht es dir?« Der zweite Doyen hatte einen tiefen, rollenden Bariton, der Ystan einfach übertönte, als er um den Kommandeur herumtrat und Groskin umarmte.

»Ehm ... Heil auch Ihnen, Doyen Orso, Eminenz«, ächzte Groskin. Es gelang ihm, sich zu befreien, und dann zog er seinen Uniformrock glatt.

»Papperlapapp! Solche Formalitäten sind zwischen uns nicht nötig, was, Neffe?« Orso grinste und schlug Groskin auf den Rücken. Der Leutnant taumelte. »Wie geht's deiner Mutter?«

»Ihr geht es ganz gut, Onkel.«

»Und deinem Vater?«

»Auch.«

»Und deinen Brüdern? Deinen Schwestern?«

»Es geht allen gut, Onkel.«

»Ich bin Gouverneurin Somne«, unterbrach die Gouverneurin die drohende endlose Auflistung von Groskins Clan. »Heil Euch und willkommen in unserer schönen Stadt, Botschafter

Laurel ...«, sie wandte sich an mich, »und Lord Hase ibn Chause e Flavan.«

Das Spionagenetzwerk hatte offenbar Überstunden gemacht. Laurel Faena und ich verbeugten uns.

»Und was höre ich da, dass mein Neffe unter Arrest steht?«, dröhnte Doyen Orso.

»Ebenso wie Lord Hase und Botschafter Laurel?«, erkundigte sich Gouverneurin Somne.

»Ehm ...«, begann Kommandeur Ystan.

»Sie stehen nicht unter Arrest«, kam Leutnant Jaxtir ihm zu Hilfe. »Es gab einen Vorfall, und wir führen gerade eine Untersuchung durch.

Doyen Orso ließ nicht locker. »Was für einen Vorfall?«

»Das ist eine interne Angelegenheit«, erwiderte Jaxtir.

»Fein«, meinte Gouverneurin Somne. »Bis er geklärt ist, wird sich Botschafter Laurel in das Anwesen der Gouverneurin zurückziehen.«

»Ich fürchte, das können wir nicht zulassen, Gouverneurin«, meinte Jaxtir. »Der Vorfall betrifft den ... das ...«

»Botschafter unterliegen nicht der Gerichtsbarkeit des Militärs, Leutnant«, erwiderte die Gouverneurin. »Das haben sie noch nie getan.«

»Wir haben nur das Wort dieser Leute, dass es ein Botschafter ist«, gab der Leutnant glattzüngig zurück.

»Kommandeur Ebner hat Ihnen Dokumente geschickt, Kommandeur Ystan«, mischte sich Hauptmann Suiden ein.

»Ehm ...«, setzte der Kommandeur an.

»Bedauerlicherweise«, unterbrach Jaxtir sein Stammeln, »können Dokumente gefälscht werden. Nach dem, was heute Nachmittag geschehen ist, musste der Kommandeur bedauerlicherweise entscheiden, dass alle in Gewahrsam bleiben, bis ihre Identität bestätigt ist.«

»Was hast du angestellt, Neffe?«, fragte Doyen Orso Groskin.

»Das ist leider vertraulich …!«

»Botschafter Laurel und Leutnant Hase haben sich darüber erregt, dass der Kommandeur die Haut eines Freundes trug«, unterbrach Groskin Jaxtir und sah den Leutnant an. »Mich beeindrucken Sie nicht, Jungchen.«

»Sie haben sich einem direkten Befehl widersetzt …!«

»Mir scheint, als hätte ich noch keinen gehört.« Groskin verschränkte die Arme.

»Die Haut eines …«, begann der Kommandeur.

Doyen Orso und Gouverneurin Somne brüllten los.

»Bitte halten Sie ein, Ehrenwerte Herrschaften!«, blaffte Hauptmann Suiden, und alle verstummten. Er wandte sich an Ystan. »Verzeihen Sie, Kommandeur. Was sagten Sie gerade?«

Als der Kommandeur begriff, dass ihm diesmal nicht das Wort genommen würde, stammelte er: »Die Haut eines Freundes?«

»Ihr Panzerhemd und der Schild von Leutnant Jaxtir sind aus der Haut des Sohnes einer guten Freundin von Botschafter Laurel und Leutnant Lord Hase angefertigt worden«, antwortete Suiden.

Ystan drehte sich zu Jaxtir herum. »Es hieß doch, es wäre Echsenhaut.«

»Drache, Sir«, korrigierte ich ihn. »Und er war ein guter Freund.«

»Das hat man mir jedenfalls gesagt, Sir«, erwiderte Jaxtir gleichzeitig.

»Ein neues Design. Von der Königlichen Armee. Undurchlässig für Pfeile und andere Geschosse«, meinte Ystan.

Hölle!, dachte ich.

»Wenn mir die Frage gestattet ist, Ehrenwerter Kommandeur, würde ich gern etwas über die Piraten erfahren«, warf Laurel ein.

Alle verstummten erneut bei diesem plötzlichen Gedankensprung von Drachenhaut zu Piraten.

»Es gibt sehr nachhaltige Gerüchte über Belagerungen und Überfälle. Besitzt Ihr zufällig einen Beweis, dass sich diese Übergriffe tatsächlich ereignet haben?«

Ystan öffnete den Mund und wartete. Als niemand etwas sagte, meinte er: »Der beste Freund der Cousine von Jaxtirs Schwester ...«

»Nein, Ehrenwerter Kommandeur. Habt Ihr Beweise für Piraten mit eigenen Augen gesehen? Brennende Gehöfte, geplünderte Warenhäuser, gekaperte Schiffe?«

»Nein«, erwiderte Ystan und sah Gouverneurin Somne an, die ihrerseits den Kopf schüttelte.

»Ehrenwerter Ältester, habt Ihr solche Beweise gesehen?«

»Nein«, meinte Doyen Orso. »Nicht persönlich.« Er runzelte die Stirn. »Und wenn ich darüber nachdenke, hat auch keines meiner Gemeindemitglieder so etwas gesehen.«

»Ich habe ...«, begann Jaxtir.

»Wo? Bei wem?«, unterbrach Laurel ihn und deutete auf den Kommandeur, die Gouverneurin und den Doyen. »Nennen Sie Namen und Orte, die diese Leute kennen.«

»Ehm ...«

»Es gibt gar keine Piraten, Leutnant, richtig?«, fuhr Laurel fort.

»Ehm ...«

»Und wenn Alarm geschlagen wurde, dass ein Piratenschiff gesichtet worden wäre, sind die Patrouillen einem Phantom hinterhergeschickt worden, habe ich recht?« Der Faena bemerkte die verwirrten Gesichter. »Auf eine sinnlose Mission, damit sie aus dem Weg sind.« Laurel drehte sich zu der Gouverneurin und dem Kommandeur um. »Ich wäre wirklich sehr neugierig, was den Zeitplan dieser angeblichen Überfälle betrifft.«

»Was wollt Ihr damit sagen?«, erkundigte sich Gouverneurin Somne.

»Schmuggler benutzen für gewöhnlich den Neumond, um ihre Waren zu verschieben«, sagte Hauptmann Suiden.

Es herrschte Stille, während der Kommandeur und die Gouverneurin die Monatstage zählten. Schließlich riss Gouverneurin Somne überrascht den Mund zu einem »O« auf, als es ihr dämmerte. »Ja.« Ihre Augen waren ebenso rund wie ihr Mund, als sie Leutnant Jaxtir anstarrte. »Die Piraten wurden immer bei Neumond gesichtet.«

Laurel grinste, dass seine Fänge blitzten. »Während die Patrouillen nach Phantom-Piraten suchen, ist niemand da, der kontrolliert, welche Boote am Kontrollpunkt anhalten und welche nicht.« Sein Lächeln verzog sich zu einer fauchenden Grimasse. »Nicht einmal, was in und aus den Warenhäusern in Eurem Hafen geladen wird.«

»Doch, da ist eine Mannschaft«, widersprach Kommandeur Ystan. »Ich kann den Kontrollpunkt nicht unbesetzt lassen. Leutnant Jaxtirs Truppe tut dort Dienst.«

Das Schweigen des Faena war mehr als beredt.

»Aber da sind auch noch die Zollbeamten ...« Die Gouverneurin verstummte, als ihre Augen sich noch weiter öffneten. Und sich dann zu schmalen Schlitzen zusammenzogen, als sie den Leutnant ansah. »Sie haben meine Beamten bestochen!«

»Nur einer muss bestochen worden sein, Ehrenwerte Gouverneurin«, meinte Laurel. »Ich würde überprüfen, wer Dienst tut, wenn Jaxtirs Einheit Wache am Hafen hat.«

Die Augen der Gouverneurin verengten sich noch weiter. »Oh, das werde ich überprüfen, und ob ich das werde!«

Laurel grollte tief in seiner Kehle, und sein Schwanz peitschte durch die Luft. »Sieht so aus, als hätten wir gerade das erste Schmugglernest in Iversterre ausgehoben.«

19

Wir wurden von Kommandeur Ystan und unseren vormaligen Wächtern, von Gouverneurin Somne, Doyen Orso und Doyen Allwyn zum Hafen begleitet. Ystan entschuldigte sich unaufhörlich, sowohl wegen Jaxtir, der unter dem Vorwurf der Schmuggelei und Verschwörung ins Militärgefängnis geworfen worden war, als auch dafür, dass seine restlichen Offiziere auf dem Fluss mit ihren Einheiten patrouillierten, auf der Suche nach Piraten, und er deshalb keine angemessene Ehrengarde zusammenbekommen konnte.

Wir durchsuchten auch Leutnant Jaxtirs Quartier und danach den Rest des Stützpunktes nach Schmuggelware, aber außer dem Panzerhemd und dem Schild tauchte nichts weiter auf. Sie wurden auf ein Pferd gepackt, dessen Zügel Laurel Faena nahm.

Wir beschlossen, auch die Lagerhäuser zu durchsuchen. Wie Laurel gesagt hatte, konnte dort Schmuggelware liegen, ohne dass jemand etwas davon wusste. Während die Doyen auf das Schiff zurückkehrten, gingen wir anderen von Lagerhaus zu Lagerhaus. Wenn wir jemanden finden konnten, der einen Schlüssel besaß, ließen wir uns die Türen aufschließen. Wenn nicht, befahl Kommandeur Ystan seinen Männern, die Ketten und Schlösser aufzubrechen. Doch auch hier wurden wir nicht fündig.

»Jaxtir hatte zwei Wochen Zeit, die Schmuggelware wegzuschaffen«, meinte Gouverneurin Somne, als wir das letzte Lagerhaus durchsucht hatten. »Nachdem Kommandeur Ystan die Mitteilung von Kommandeur Ebner bekommen hatte.« Sie betrachtete die Fässer mit Mehl und Säcke mit Reis. »Wenn sie überhaupt hier gelagert worden ist.«

»Das stimmt, Gouverneurin«, meinte Javes, der das Lagerhaus ebenfalls durch sein Lorgnon musterte, bevor er es fallen ließ und die Stirn runzelte. »Aber warum hat sich Jaxtir dann nicht auch des Schildes und des Panzerhemdes entledigt? Er muss doch gewusst haben, dass er ein Risiko einging, dass Botschafter Laurel erkennen würde, was es war, wenn nicht sogar, wer es war.«

»Hoffart, Javes«, meinte Suiden. »Und die Gewissheit, dass man ihm eher glauben würde als einem Magischen.« Er seufzte und sah Ystan an, der gerade ein Mehlfass inspizierte. »Vermutlich wäre auch genau das passiert, hätte Hase Sro Laurels Aussage nicht bestätigt.«

Ich schlenderte nach draußen, während Ystan und Somne beteuerten, dass sie, ungeachtet der Motive Jaxtirs, das gesamte Ausmaß dieser Schandtat aufdecken würden, bis hin zu seinen Komplizen. Ich jedoch vermutete, dass sämtliche Beweise, die noch nicht vernichtet worden waren, als Ebners Mitteilung eintraf, in diesem Moment ins Feuer wanderten, während sich die Nachricht von Jaxtirs Verhaftung in der Stadt verbreitete. Außerdem dachte ich mir, dass es lange Zeit dauern würde, bis die Schmuggler in Dornel erneut aktiv werden würden, wenn überhaupt, da ihre List aufgeflogen war. Ich erreichte den Rand des Kais und starrte in das Wasser. Zum ersten Mal seit fünf Jahren sehnte ich mich nach dem Hof meiner Eltern zurück.

»Lord Hase!«, rief jemand vom Fluss herüber.

Es waren drei Männer in einem kleinen Boot. Einer hielt ein Seil in der Hand, das am Ende zu einer Schlinge gebunden war. Als ich hochblickte, warf er mir die Schleife über die Schultern. Und zog.

Ich habe immer dramatische Schilderungen verspottet, wenn jemand, dem man verboten hatte, etwas zu tun, es dennoch tat, mit vorhersehbaren Ergebnissen. Und nun stand ich selbst hier, nach Hauptmann Suidens Befehlen und Warnungen, und wurde gerade gekidnappt. Ich warf mich auf den Kai und stemmte meine Füße gegen einen Poller. Die Männer reagierten, indem noch ein zweiter das Seil packte und zog. Ich stemmte mich fester gegen den Poller und schrie mir die Lunge aus dem Leib.

Ich hörte hereilende Schritte aus dem Lagerhaus, das Trampeln von Stiefeln und etwas leichtere, schnellere Schritte. Etwas Rotbraunes, Pelziges kam neben mir zum Stehen und grub seine Klauen in das Holz des Kais. Sofort wurde das Seil schlaff, und ich hörte vom Fluss das Klatschen von Rudern und Rufe – das heißt, eigentlich waren es Schreie. Ich streifte die Schlinge ab, rollte mich hinter Laurel und spähte durch seine Beine hindurch. Zwei Männer im Boot ruderten, so schnell sie konnten; der dritte benutzte seine Hände. Laurel hob seinen Stab.

Schritte dröhnten hinter mir. Ich zog mein Stiefelmesser aus dem Schaft und wirbelte auf meinem Hintern herum, wobei ich zahllose Splitter aufsammelte. Hauptmann Suiden sah auf mich herunter und richtete den Blick dann auf den Faena.

»Tut das nicht, Sro Laurel!«

Suiden folgte Hauptmann Javes, der alles andere als dümmlich aussah und auch nicht den Hauch eines Grinsens zeigte, mit dem gezückten Schwert in der Hand. Groskin fuchtelte mit zwei Messern herum, Kommandeur Ystan und seine Leute schwangen ihre Schwerter, und als Letzter folgte Slevoic, unbewaffnet.

»Nicht«, wiederholte der Hauptmann. »Sie haben Hase nicht erwischt, und wenn Ihr jetzt Magie benutzt, würde das eine Menge Aufregung verursachen.«

Laurel grollte, ließ jedoch den Stab sinken. Suiden atmete erleichtert aus und sah auf mich herunter. »Alles in Ordnung mit Ihnen, Leutnant?«

Ich war nicht gerade im Vollbesitz meiner Würde, wie ich da hockte, während mir Laurel Faenas Schweif durch das Gesicht fegte, also versuchte ich aufzustehen. Meine Arme waren jedoch von der Schlinge aufgescheuert und schmerzten, und meine Beine zitterten, sowohl als Reaktion auf den Schock als auch vor Anstrengung. Laurel musste mich behutsam an einem Arm nehmen und der Hauptmann am anderen, als sie mir auf die Füße halfen.

Das Boot wurde bereits kleiner in der Ferne, und obwohl Ystan seine Soldaten losschickte, um ein Patrouillenboot auf seine Fährte zu setzen, vermutete ich, dass die Möchtegernentführer längst verschwunden waren, wenn sie ihre Suche begannen. Laurel blieb neben mir, als ich zum Lagerhaus zurückhumpelte, wo Ausrufe, Wutausbrüche und Beteuerungen von Mitgefühl über mich hereinbrachen, von der Gouverneurin ebenso wie vom Kommandeur. Als ich jedoch mein Pferd erreichte, blieb ich wie angewurzelt stehen.

»Sir, wenn Sie gestatten, würde ich gern mit Laurel zum Schiff gehen«, sagte ich.

Meine ausdrückliche Vorliebe für den Faena wurde mit tiefem Schweigen entgegengenommen.

»Sie laufen ein bisschen breitbeinig, Leutnant«, bemerkte Hauptmann Suiden schließlich. »Splitter?«

»Sir.«

Alle starrten auf meinen Hintern.

»Eklige Sache, diese Splitter«, meinte Ystan, der richtig gesprächig wurde, seit Jaxtir ihm nicht mehr das Wort abschnitt. »Ich hatte mal einen im Fuß. Spüre ihn immer noch.« Der Kommandeur sah mir ins Gesicht. »Entfernen Sie sie, bevor sie anfangen zu eitern.«

»Um den Leutnant kümmern wir uns, sobald er an Bord gegangen ist, Kommandeur«, antwortete Suiden an meiner Stelle.

Das Gute war, dass die Seeleute und die Truppe Landurlaub hatten. Das Schlechte war, dass sie gerade wieder eintrudelten. Es wurde beschlossen, mir die Splitter an Deck zu entfernen, wo es hell genug war. Laurel befahl mir, die Hose herunterzulassen, warf einen Blick auf meine hellhäutige Kehrseite und befahl dann einigen herumlungernden Matrosen, die jede Abwechslung genossen, die sich ihnen bot – und sei es auch mein nackter Hintern –, ein Sonnensegel aufzuspannen, damit ich keinen Sonnenbrand bekam. Doyen Allwyn hatte freiwillig seine Dienste angeboten, und er bereitete mit Laurel Seife, heißes Wasser, Handtücher, Folterinstrumente und übel stinkende Tinkturen vor. Dann hieß Laurel mich auf einen Tisch legen und hob meinen Rock.

»Der Vollmond geht auf!«, brüllte einer der Matrosen.

Laurel machte sich an die Arbeit, assistiert vom Doyen. Kurz darauf trat Suiden vor mich. Er hatte eine Tasse Tee in der Hand. »Wie geht's denn so, Leutnant?«, erkundigte er sich.

In diesem Moment zog Laurel mir einen besonders hartnäckigen Splitter heraus, und ich zuckte zusammen. »Mir geht's gut, Sir!«

»Was für süße Bäckchen! Wie bei meiner wahren Liebe!«, schrie ein anderer Matrose. Laurel musste innehalten, als sich besagte Bäckchen zusammenzogen. Suiden trank hastig einen Schluck Tee.

»Entspannt Euch, Lord Hase«, fauchte Laurel amüsiert. »Ich werde Eure Tugend gewisslich verteidigen.«

Ich grinste mit schmerzverzerrtem Gesicht, aber das Grinsen erlosch schlagartig, als Jeff und Ryson hinter Hauptmann Suiden vorbeigingen und wie angewurzelt stehen blieben. »Hase?«, stieß Jeff hervor.

»Leutnant Hase hatte eine etwas widerborstige Begegnung mit dem Kai«, erklärte Hauptmann Suiden. »Ich bin jedoch recht zuversichtlich, dass er sich vollständig davon erholen wird.«

»Jawohl, Sir.« Jeff grinste. »Dürfen wir ihm in der Stunde seiner Not Gesellschaft leisten?«

Hauptmann Suiden nippte erneut hastig an seinem Tee.

»Selbstverständlich, Reiter Jeffen. Ich bin überzeugt, dass er Ihre ... Unterstützung zu schätzen weiß.«

Ich schloss die Augen und ignorierte für die restliche Zeit die Ausrufe der zurückkehrenden Reiter, die Zoten der Matrosen und die punktgenauen Spitzen meiner Kumpel, während Laurel fleißig sämtliche fremden Objekte aus meiner Kehrseite herauspflückte. Aber ich öffnete fauchend die Augen, als er mir etwas auf die Haut schmierte, das wie ein Bienenschwarm biss.

»Wahrhaft jungfräuliches Gebiet«, bemerkte Doyen Allwyn sinnend.

Laurel beendete seine Handreichungen mit zwei letzten Tupfern. »Ihr könnt jetzt aufstehen, Lord Hase.«

Ich war vom Tisch herunter, hatte die Hose hoch- und den Rock heruntergezogen, bevor Laurel seinen Tupfer weglegen konnte. Laurel fauchte erneut, als er mit dem Doyen den Operationstisch abräumte und seine Instrumente in heißes Wasser legte. »Achtet auf die Splitter, die noch in Eurer Kleidung sind. Ich werde heute Abend vor der Bettruhe noch einmal vorbeikommen und frische Salbe auftragen«, meinte er, während er einen gefährlich aussehenden Haken wusch.

Ich nickte, drehte mich um und wollte mich so weit wie möglich entfernen, fand mich jedoch plötzlich von Angesicht zu Angesicht mit Hauptmann Suiden wieder. »Alles in Ordnung, Leutnant?«

»Jawohl, Sir.«

»Gut.« Er drehte sich um und ging in Richtung Brücke davon, nachdem er mir bedeutet hatte, ihm zu folgen. Was ich nur zu gern tat. Ich warf einen Blick über meine Schulter auf den Dachs und das Wiesel, die beide recht enttäuscht zu sein schienen, dass ihre Beute ihnen entkommen war. Ich blinzelte.

»Passen Sie auf, Hase«, sagte Suiden.

Mein Kopf ruckte herum.

»Wir werden uns später darüber unterhalten, was es bedeutet, einem Befehl zu gehorchen, aber jetzt möchten Kommandeur Ystan und Gouverneurin Somne Einzelheiten über Ihre versuchte Entführung hören.«

»Laurel Faena war ebenfalls da, Sir. Sie sollten ihn auch befragen.«

»Ja. Doch angesichts der heiklen Natur dessen, was Sro Laurel ist, haben sie sich entschlossen, ihn nicht zu involvieren.«

Ich wollte schon etwas über das Ausmaß der Blödheit einer solchen Entscheidung sagen, kam jedoch zu dem Schluss, dass ich keinen Grund hatte, mit Steinen zu werfen. Ich schloss den Mund wieder.

»Genau«, bemerkte Suiden.

Ich schilderte der Gouverneurin und dem Kommandeur alles, was ich gesehen hatte. Beide versprachen mir erneut, Untersuchungen anzustrengen, entschuldigten sich und äußerten sich erschüttert über die Unverfrorenheit von Leutnant Jaxtris Schmugglerbande. Ich behielt meine Meinung für mich, dass Jaxtir vermutlich nichts mit der versuchten Entführung zu tun hatte. Der Leutnant hatte erst erfahren, wer ich war, als Hauptmann Javes es ihm während unseres Rittes zur Garnison ein paar Stunden zuvor verraten hatte. Es war höchst unwahrscheinlich, dass Jaxtir angesichts der unverhofften Vorfälle Zeit gehabt hatte, einen Plan auszuhecken. Ich fragte mich jedoch, woher die Entführer gewusst hatten, wer ich war, und überlegte, ob sie darauf gewartet hatten, dass ich allein herumspazierte. Unwillkürlich zog ich die Schultern zusammen.

Wenigstens blieb mir die Lektion über den Gehorsam erspart, da Kommandeur Ystan, Gouverneurin Somne und Doyen Orso zum Abendessen blieben. Diesmal verlief das Dinner so lebhaft wie in einer Soldatenschänke, da Ystan richtig redselig war und jede Menge alter Armeegeschichten zum Besten gab. Er wagte es sogar, Doyen Orso niederzuschreien, als der Kirchenälteste ihn während des Desserts unterbrechen wollte. Am Ende des Essens stand Ystan auf, das Gesicht vor Triumph gerötet, und entbot einen Toast auf unseren glorreichen König, Jusson Goldauge. Ich stand ebenfalls dankbar auf – mein Hintern brannte wie Feuer –, und Laurel erhob sich höflich, um mit uns zu trinken. Anschließend ließ er sich ebenfalls zu einem Toast hinreißen.

»Auf Verständnis und Frieden, auf die Rückkehr dessen, was verloren war, auf die Enthüllung dessen, was wahr ist, und auf die Akzeptanz dessen, was wir alle geworden sind. Sic!«

In der Moritat eines Barden hätten die Kerzen jetzt blau gebrannt, oder einige wären nach einer solch kryptischen Bemerkung verfault, doch hier kehrte nur ein Augenblick der Stille ein; dann hoben meine Tischnachbarn langsam ihre Becher und tranken. Ich nehme an, Laurels Toast war vage genug, dass jeder ihn für sich deuten konnte, und außerdem, wer würde schon zugeben, dass ihm nicht an Verständnis und Frieden gelegen wäre? Mir fiel nur auf, dass Slevoics Lippen trocken waren, als er seinen Becher sinken ließ.

Während die Hauptleute unsere Gäste aus Dornel vom Schiff begleiteten, gingen Laurel und ich in den Laderaum, um nach dem Totenstab und der Drachenhaut zu sehen. Ich starrte sie an und fühlte, wie mir in unserem privaten Horrorkabinett erneut die Haare zu Berge standen. »Habt Ihr das vorhergesehen, Ehrenwerter Laurel, als wir unsere Reise angetreten haben?«

Laurel schüttelte den Kopf. »Das nicht, Lord Hase. Das ganz bestimmt nicht.« Er hob die Tatze und erneuerte die Schutzzauber.

Ich wartete, bis er fertig war. »Was habt Ihr dann vorhergesehen?«

Laurel warf mir einen Seitenblick zu, und wäre ich ein Hund gewesen, hätte sich mir das Rückenfell gesträubt. Mir schoss plötzlich durch den Kopf, wie die Grenzlande Iversterre an der Gurgel gepackt und es verheert hatten, als es sich das letzte Mal Übergriffe erlaubt hatte. Und jetzt konnten sie nicht einmal einen zerlumpten Haufen Schmuggler finden, der ihr Volk ermordete? Ich trat einen Schritt von dem Berglöwen zurück. Laurel grollte, legte die Ohren an den Kopf und zog die Augen zu Schlitzen zusammen. Dann hörte er auf. »Der Fluch des Drachen«, meinte er und sah erneut auf die Haut. »Zwist, Entzweiung, Misstrauen.« Er seufzte. »Trotz der Schutzzauber wirkt er noch.« Er hob seinen Stab und erneuerte die Zauber noch einmal. Ich sah ihm einen Moment zu, streckte die Hand aus und hielt ihn auf.

»Schützt auch die Stelle zwischen Stab und Haut«, sagte ich. Laurel starrte mich an, und ich zuckte mit den Schultern. »Fühlt Ihr nicht, wie sie sich gegenseitig aufstacheln?«

»Verstehe«, meinte Laurel langsam und hob den Stab erneut.

»Nein, nicht da.« Ich nahm seinen Arm und führte ihn an eine andere Stelle. »Hier.« Ich blieb neben ihm stehen und ließ meine Hand auf seinem Arm liegen. Ich knurrte zufrieden, als die Schutzzauber aufblitzten, entspannte mich und ließ meine Hand von Laurels Arm sinken. »So ist es besser.«

»Ja.« Laurel starrte mich erneut an.

Wir überprüften auch die Schatulle mit den heiligen Glocken, aber ihr Schutzzauber brauchte keine Auffrischung. Also löschten wir die Laternen und gingen hinaus. »So, Ehrenwerter Laurel«, sagte ich, als ich hinter ihm die Treppe aus dem Frachtraum hinaufging. »Ihr habt meine Frage noch nicht beantwortet. Was habt Ihr vorhergesehen?«

Laurel sagte nichts, bis wir an Deck waren. Dort trat er an die Reling und wartete, bis ich ihm Gesellschaft leistete. Es war eine wundervolle Nacht, die Sterne funkelten tief am Himmel, und der zunehmende Mond spiegelte sich auf den Wellenkämmen.

Ich erinnerte mich jedoch an mein vorheriges Abenteuer und trat nicht zu dicht an die Reling.

»Ich sah die Erfüllung des Auftrags des Hohen Rates«, erwiderte Laurel schließlich.

Schön und vage, genau wie sein Dinnertoast. »Und was für ein Auftrag war das?« Laurels Blick glitt wieder zu mir, aber diesmal grinste ich. »Ja, ich wage es. Ich bin an demselben verfluchten Ort aufgewachsen wie Ihr, Ehrenwerter Laurel.«

Laurel Faena fauchte; leise zunächst, doch dann griff sein Gelächter auf seinen ganzen Körper über. »Das seid Ihr, Lord Hase, das seid Ihr.« Sein Lachen erstarb zu einem gelegentlichen Schnauben. »Wie ich schon sagte, wurde ich beauftragt, Frieden zu erreichen.«

»Und wie wollt Ihr das bewerkstelligen?«

»Im Moment weiß ich das wirklich nicht.«

Faenae logen nie, aber ich fühlte, dass Laurel gerade einen kleinen Tango mit der Wahrheit aufgeführt hatte. Ich seufzte frustriert und wiederholte eine Frage, die er nur auf zwei Arten beantworten konnte. »Und Ihr hattet nichts damit zu tun, dass wir uns verirrt haben?«

»Ich hatte nichts damit zu tun, dass Ihr Euch verirrt habt«, wiederholte Laurel, während er sich auf seinen Stab stützte. »Es war ein höchst wirkungsvoller Bann, Lord Hase. Ich hätte Euch fast nicht gefunden.«

Ich stellte mir vor, wir wären noch in den Bergen, und fragte mich, ob das wirklich so schlimm gewesen wäre.

»Sagt, Lord Hase«, fuhr Laurel nach einem Moment fort, »warum habt Ihr die Grenzlande verlassen?«

»Ich wollte etwas von der Welt sehen.«

»Hmm. Klar. Die Wahrheit, wenn's Euch beliebt.«

Ich beobachtete das Spiel des Mondlichts auf den Wellen.

»Hase.«

Annahmen und Wissen. Ich nahm an, dass Laurel nicht die ganze Wahrheit gesagt hatte, und ich wusste, dass ich gelogen hatte. »Ich sollte als Schüler bei einem Magier anfangen. Entschied, dass es nichts für mich war.«

»Warum nicht?«

»Es war eine Entscheidung. Meine Entscheidung.« Die Rebellion gegen einen alten Mann mit kalten Augen, der mich betrachtete wie einen Gaul, den er kaufen wollte. Oder wie eine Mahlzeit, die er verschlingen wollte. Ich sah in die Zukunft und sah nur Schatten. »Außerdem wollte ich etwas von der Welt sehen.«

»Sehr weit seid Ihr nicht gekommen.«

Ich zuckte mit den Schultern. »Ich bin noch jung.«

Während wir uns unterhielten, hörte ich die Stimmen der Mannschaft und der Soldaten, als sie miteinander sprachen, scherzten und sich gegenseitig etwas zuriefen. Dann hörte ich in diesem Lärm meinen Namen und drehte mich herum. Leutnant Groskin kam auf mich zu.

»Er bewegt sich sogar wie mein Vater«, meinte Laurel.

Ich beobachtete Groskins geschmeidigen Gang und glaubte an Deck den Schatten eines Schwanzes zu sehen.

»Was seht Ihr, Lord Hase?«

»Nichts«, log ich.

»Treten Sie von der Reling weg«, sagte Groskin, als er uns erreichte. Er wartete nicht darauf, dass ich gehorchte, sondern packte meinen Arm und zerrte mich weg.

»Verzeiht uns, Ehrenwerter Leutnant«, sagte Laurel und verbeugte sich knapp, während er ebenfalls von der Reling wegtrat. »Wir haben nicht nachgedacht.«

»Allerdings, das habt Ihr nicht.« Groskin starrte uns an, und ich ertappte mich dabei, wie ich meinen Kopf wie ein schuldbewusster Schuljunge hängen ließ. »Hauptmann Suiden will Euch sehen, beide.« Er wartete, bis wir uns in Bewegung setzten, und begleitete uns. Vermutlich bekam ich jetzt doch meine Lektion verpasst. Unwillkürlich zog ich die Schultern hoch.

Kommandeur Ystan, Gouverneurin Somne und Doyen Orso besuchten uns am nächsten Morgen. Ich hatte die Nacht in der Kabine von Leutnant Groskin verbracht, weil Hauptmann Suiden beschlossen hatte, dass er mich ständig unter der Aufsicht des Leutnants wissen wollte. Das bedeutete, Slevoic musste in Hauptmann Javes' Kabine umziehen, und Laurel hatte die Wahl, entweder zu Hauptmann Suiden zu ziehen oder auf dem Boden unserer Kabine zu schlafen. Er entschied sich für den Boden und knurrte am Morgen etwas Unverständliches über die Gereiztheit von Drachen. Ich schlief gut, bis auf die kleine Einschränkung, dass ich auf dem Bauch schlafen musste und dass meine beiden Kojenkameraden offenbar etwas gegen frische Luft hatten, denn sie weigerten sich, das Bullauge zu öffnen. Groskin schlug mir auf die Hände, als ich es öffnen wollte.

»Nachtluft ist schlecht für die Atemwege«, behauptete Groskin. »Außerdem habe ich den Auftrag, Sie zu beschützen, Hase.«

Diesmal knurrte ich etwas über den begrenzten Luftvorrat in einer Kabine, die ich auch noch mit zwei großen Dummköpfen teilen musste. Laurel lachte darüber, und Groskin ignorierte mich.

Jetzt stand ich neben Leutnant Groskin an Deck, als Hauptmann Javes und Hauptmann Suiden die Verabschiedung unserer Gäste vornahmen. Ich ignorierte die leisen Pfiffe und die Süße-Bäckchen-Rufe der Matrosen, als ich sah, wie Ystan Suiden eine versiegelte Börse reichte.

»Für den Lordkommandeur«, sagte er. Hauptmann Suiden salutierte und versprach, den Beutel persönlich zu übergeben.

»Ich habe einen Brief an meinen guten Freund, Erzdoyen

Obruesk geschickt«, sagte Doyen Orso zu Leutnant Groskin, »der deine Ankunft in Iversly avisiert. Ich hoffe, dass du Zeit hast, dich mit ihm zu treffen.«

»Ja, Onkel«, antwortete Groskin.

Nach einer letzten Verbeugung, einem Gruß und einer Umarmung, die Groskin gerade so überlebte, waren wir unsere Gäste los, und der Kapitän gab den Befehl, Segel zu setzen.

»Nächste Station, die Königliche Stadt«, verkündete Laurel.

20

Die Hitze lastete wie Blei auf uns, als wir jedes Fleckchen Schatten nutzten, das wir finden konnten, und schlaff herumlagen; jeder Atemzug erzeugte einen Schweißausbruch. Von heißem Schweiß. Er rann wie in Bächen an unseren Körpern herab und machte uns schlapp und benommen. In dunklen Ecken fanden wir sogar Pilze, und Ryson schimmelte schon wieder. Er wusch seine Kleidung und seine Schlafrolle, aber nichts davon trocknete, also musste er sie immer und immer wieder waschen – was unterm Strich betrachtet ganz gut war. An unserem letzten Tag auf dem Banson wäre uns beinahe die Seife ausgegangen.

Wir segelten durch die Außenbezirke der Stadt. Die letzten Äcker und Landsitze waren vor einiger Zeit eingegliedert worden, und die Königsstraße, die hier parallel zum Fluss verlief, schimmerte im Himmelblau der Lagerhäuser, in das sich gelegentlich das Gold der Regierungssitze und die roten Ziegel der Armeeposten mischten. Schließlich bewältigten wir die letzte Biegung und näherten uns dem Stadtkern. Mir stieg etwas in die Nase, was mich niesen ließ.

»Das ist das Meer«, meinte Suiden, der neben mir im Bug

stand, unter einem von mehreren Sonnensegeln, die der Kapitän aufgespannt hatte. Jedes Mal, wenn ich betete, schloss ich ihn dafür in meine Segenswünsche ein. Ich wusste, dass ich wie ein Landei aussah, aber ich beugte mich trotzdem vor, um hinter der Stadt den Ozean erkennen zu können. In der Ferne schimmerte es hell.

»He-ho«, sagte ich leise. Der Duft überspülte mich, ein salziges Aroma, das Geschichten von eleganten Windreitern heraufbeschwor, die mit ihren Kapitänen verbunden und lebendig zu sein schienen. Ich fröstelte.

»Genau«, meinte Hauptmann Suiden.

»Schöner Blick auf die Stadt, was?«, meinte Hauptmann Javes, der hinter uns trat. Laurel war bei ihm. Er keuchte. Und natürlich auch die Leutnants Groskin und Slevoic.

Mir fiel auf, dass ich bei meiner Suche nach einem Fetzen Ozean die Königliche Stadt vollkommen ignoriert hatte, also richtete ich meine Sinne wieder auf Iversly. Und wurde bombardiert. »Pockige Hölle!« Ich tanzte von der Reling zurück.

»Zu viel für Eure Lordschaft?«, erkundigte sich Slevoic spöttisch.

»Und ob!« Ich konnte es mir nur mit Mühe verkneifen, mir die Hände auf die Ohren zu schlagen und meine Augen zuzukneifen. Allerdings versuchte ich, durch den Mund zu atmen, als der Duft von Blumen und Gewürzen, Latrinen und Misthaufen, Bäckereien und Garküchen, Kanalisation und Gossen den Meeresgeruch überwältigte, aber das führte nur dazu, dass ich ihn jetzt schmeckte. Zusammen mit dem chaotischen Anblick und dem Lärm war es erheblich zu viel, und ich wäre am liebsten in meine Kabine geflüchtet und hätte mich dort versteckt.

»Es ist ziemlich überwältigend, nicht wahr?«, meinte Laurel, ebenfalls sichtlich erschüttert. Er hielt sich mit einer Tatze die Nase zu.

Ich senkte den Blick. Tatsächlich, in dem grünen, öligen Wasser dümpelten tote Fische. Der Bug schnitt durch eine Welle, und ich trat noch weiter von der Reling zurück, weil ich nichts von dem Flusswasser auf mir haben wollte.

»Keine Sorge, Sro Laurel, Leutnant Hase. Ihr werdet Euch daran gewöhnen, schon aus Notwehr«, erklärte Hauptmann Suiden. Er war auch zurückgetreten, als das Wasser an Deck spritzte. Er blickte zur Seite. »Ich nehme an, wir haben noch eine Stunde Zeit, bis wir anlegen.« Er drehte sich zu Hauptmann Javes herum. »Wir sollten die Männer versammeln und ihnen die Befehle geben.«

Ich folgte den Hauptleuten, da Suidens Lektion über den Gehorsam Befehlen gegenüber sehr klar und recht spitzfindig gewesen war. Ich hörte Schritte neben mir und vermutete, es wäre Groskin.

»Also, Lord Auswurf Süßbacke, endlich sind Sie in der großen Stadt angekommen«, meinte Slevoic.

Es war also nicht Groskin. Zu meiner Verteidigung muss ich anführen, dass ich gegen das Aroma verwesenden Fisches gemischt mit dem fauligen Wasser ankämpfte. »Lassen Sie mich in Ruhe, Slevoic.«

Offenbar hatte Slevoic sich umgesehen und bemerkt, dass alle beschäftigt waren, denn er stellte mir ein Bein, damit ich über die Reling ins Wasser fallen würde. Nur behielt ich mein Gleichgewicht und rammte ihn. Aus Versehen. »Meine Güte, wie ungeschickt von mir.« Ich hielt ihm die Hand hin, um ihm aufzuhelfen, aber er schlug sie weg und rappelte sich wieder hoch.

»Leutnant Slevoic«, sagte Hauptmann Suiden.

Slevoic sah ihn mit seinen blauen Augen an.

»Sie beaufsichtigen das Entladen der Pferde.«

Einen Moment blieb Slevoic regungslos stehen; dann salutierte er und ging unter Deck. Ryson machte Anstalten, ihm zu folgen.

»Oh, hallo, wohin wollen Sie?«, erkundigte sich Hauptmann Javes.

Ryson blieb stehen. »Ich ... ich bin bei den Pferden eingeteilt, Sir.«

»Eine wahrlich hingebungsvolle Pflichterfüllung und so weiter, aber wir haben etwas anderes für Sie im Sinn.« Javes lächelte ihn dümmlich an und winkte Ryson zu sich. Ich bemerkte allerdings, dass der Hauptmann peinlichst darauf achtete, den Wind im Rücken zu haben.

Ich wurde Laurel zugeteilt, was keine große Überraschung war. Nachdem wir unser Gepäck und die mit Zaubern geschützte Fracht eingesammelt hatten, warteten wir im Schatten eines Sonnensegels und sahen zu, wie die Matrosen das Anlegen vorbereiteten. Doyen Allwyn leistete uns mit seinem eigenen Gepäck Gesellschaft, einschließlich der Schatulle mit seinen Glocken. »Wir hatten leider keine Gelegenheit zu plaudern, Botschafter Laurel«, sagte der Älteste, als er sich neben den Faena setzte.

Laurel grollte zustimmend. »Nein, hatten wir nicht.«

»Ich habe so viele Fragen.« Der Doyen seufzte und blickte auf den Fluss und die Stadt hinaus. »Ich möchte Euch ganz ehrlich gestehen, dass ich mich nicht gerade auf die nächsten Tage freue, vor allem, wenn ich Seiner Heiligkeit dem Patriarchen erzähle, was passiert ist.« Er blickte auf die Schatulle, dann auf den eingewickelten Stab und die Drachenhaut. »Was passiert«, verbesserte er sich.

Das Boot stieß an die Mole, und erneut bekam ich die Geschicklichkeit der Seeleute beim Anlegen zu sehen. Doyen Allwyn stand auf und wartete, bis wir uns ebenfalls erhoben. »Hoffentlich finden wir trotzdem noch Zeit, miteinander zu reden.«

Laurel und ich verbeugten uns.

»Danke, dass Ihr mich nicht mit Fragen danach unter Druck gesetzt habt, wer mir den Stab gegeben hat«, fuhr der Doyen fort. »Und mir erlaubt, die Angelegenheit selbst zu klären.«

»Ehrenwerter Ältester«, sagte Laurel, während er sich erneut verbeugte.

»Segenswünsche«, meinte Doyen Allwyn und wedelte mit seiner Hand über unseren Köpfen. »Möget Ihr wahrlich Frieden und Verständnis bringen.« Er drehte sich um und entfernte sich.

Wir schwiegen, als wir uns wieder setzten.

»Ihr wart also auch nicht in der Lage herauszufinden, woher der Stab gekommen ist«, fragte Laurel mich schließlich.

Ich schüttelte den Kopf. »Nein.«

Laurel seufzte, als er sich zurücklehnte und seinen Stab neben sich legte. »Also haben wir noch etwas, das wir während unseres Aufenthaltes aufdecken müssen.«

21

In der Königlichen Stadt lebten Tausende von Brieftauben, und eine von ihnen musste die Nachricht von unserer Ankunft vorausgetragen haben, denn wir wurden von einem Leutnant, einer Regierungsbeamtin und einer Schar Kleriker, die sich um einen anderen Doyen drängten, am Hafen empfangen. Mein Magen verkrampfte sich, als ich mich umblickte, ob auch jemand herumstand, der meiner Mama oder meinem Pa ähnlich sah. Aber ich erkannte niemanden, der auch nur eine schwache Familienähnlichkeit gehabt hätte. Also ging ich mit den anderen Reitern das Fallreep hinunter und hielt mich an den Stricken fest. Als ich die Mole betrat, überkam mich das Gefühl, als hätte die Stadt mich geschluckt, und ich musste den Drang unterdrücken, kehrtzumachen und wieder auf das Schiff zurückzugehen.

Ich hatte meine Befehle nicht vergessen, also ging ich dorthin, wo Hauptmann Suiden, Hauptmann Javes, Doyen Allwyn und Laurel Faena vor unserem Empfangskomitee standen. Leutnant Groskin trat neben mich; von Leutnant Slevoic war nichts zu sehen, aber mir fiel auf, dass Ryson neben einem Haufen Truhen und Kisten Wache hielt. Hinter ihnen kümmerte sich Basel um das Ausladen des Proviants.

Ich hörte Schritte, drehte mich um und sah Jeff.

»Hauptmann Suiden hat gesagt, dass ich deine ... Kehrseite bewachen soll, Hase«, meinte Jeff, als er mich erreichte. »Um jeden Angriff dämonischer Splitter abzuwehren.«

»Du kannst dir deine Scheißsplitter nehmen und sie dir ...«, begann ich.

Hauptmann Suiden trat zur Seite, und meine Aufmerksamkeit richtete sich abrupt auf ihn. »Und das ist Leutnant Lord Hase ibn Chause e Flavan.«

Erschrocken fuhr ich herum und konnte mich nicht entscheiden, ob ich salutieren oder mich verbeugen wollte. Da ich vermutlich sowieso schon wie ein Vollidiot aussehe, dachte ich, kann ich es auch gleich richtig machen, und tat beides. Ich hörte Kichern und machte mit meiner freien Hand eine rüde Geste hinter meinem Rücken.

Mein Gruß wurde nur von dem Leutnant erwidert, die Regierungsbeamtin dagegen verbeugte sich.

»Heil Euch, Lord Hase«, sagte sie. »Ich bin Losan eso Dru vom Büro des Lordkämmerers.«

Der Kleriker aus Iversly winkte mit der Hand und lächelte schmallippig. »Segenswünsche, Lord Hase. Ich bin Erzdoyen Obruesk.«

Ich blinzelte verwirrt, als ich die tiefe Bassstimme hörte, die aus diesem dürren Mann kam, der so gut wie kein Haar mehr auf seinem Eierkopf hatte, und verbeugte mich erneut. »Euer Eminenz.«

Erzdoyen Obruesks Lächeln vertiefte sich. »Und Segenswünsche, Groskin. Ihr Onkel Doyen Orso hat mich über Ihre Ankunft durch ein Billet benachrichtigt, das mit dem Postboot eingetroffen ist.«

»Heil Ihnen, Euer Eminenz«, erwiderte Groskin und verbeugte sich.

»Geht es Orso gut?«

»Ja, Euer Eminenz. Er entbietet Ihnen seine Grüße.«

»Ich bin froh, das zu hören. Ich freue mich schon darauf, mit Ihnen zu speisen, während Sie hier sind.«

Der Leutnant, der ungeduldig gewartet hatte, während der Erzdoyen sich Groskins bemächtigt hatte, drehte sich jetzt zu Suiden und Javes herum. »Es gibt einen Spruch über alle, die zu lange in der glühenden Sonne herumstehen. Wollen wir uns an einen kühleren Ort zurückziehen, Sirs?«

Der Erzdoyen warf dem Leutnant einen gereizten Blick zu und öffnete den Mund, aber Losan kam ihm zuvor. »Ja. Und ich bringe Euch, Botschafter Laurel, zur Residenz, die für Eure Botschaft vorbereitet wurde.«

Ein missbilligender Ausdruck flog über Suidens Gesicht.

»Es ist gut so, Ehrenwerter Hauptmann«, sagte Laurel.

»Ich bin für Eure Sicherheit verantwortlich, Sro Laurel«, erwiderte Suiden.

»Das stimmt. Bis ich Iversly erreicht habe. Was nun der Fall ist.« Laurel lächelte und entblößte seine strahlenden Reißzähne. Das Empfangskomitee wich zwar nicht zurück, aber sie schienen sich alle ein bisschen zurückzulehnen. Der Faena ignorierte den finsteren Blick des Erzdoyen. »Ich kann schwerlich bei Euch in der Kaserne hausen.«

»Das ist richtig, Sro Laurel, aber auch wenn Leutnant Hase als Euer Verbindungsoffizier abgestellt ist, steht er weiterhin unter meinem Kommando. Ich werde ihn nicht allein herumlaufen lassen.«

Das Empfangskomitee starrte mich jetzt an, als wäre ich ein Dorftrottel. Ich hörte erneut Kichern hinter mir und machte eine noch rüdere Geste.

»Außerdem«, fuhr Suiden fort, »waren die Befehle von Kommandeur Ebner unmissverständlich.« Er dachte einen Augenblick nach und drehte sich dann zu dem Leutnant des Empfangskomitees herum. »Ich weiß, dass vor der Botschaft Wachen stehen. Ist es möglich, dass wir diesen Dienst übernehmen?«

»Was für eine prächtige Idee«, sagte Javes. »Warum begleiten wir Botschafter Laurel nicht einfach, während Sie das klären, Leutnant?«

Ich warf Hauptmann Javes unwillkürlich einen Seitenblick zu. Er hatte wieder dieses dümmliche Grinsen auf dem Gesicht, das sich um eine winzige Nuance von seinem Leck-mich-Grinsen unterschied, aber dahinter sah ich zum ersten Mal den Wolf in der Paradeuniform.

Der Leutnant seufzte. »Wie Sie wünschen, Sirs.« Er seufzte noch einmal und nickte dann der Beamtin zu. »Wir werden Sie zur Residenz des Botschafters begleiten.« Dann richtete er seinen Blick wieder auf Suiden. »Obwohl ich bezweifle, Sir, dass Sie Ihre ganze Abteilung dort unterbringen können.«

»Ich bin sicher, dass uns da schon etwas einfällt«, erwiderte Suiden und wandte sich an Groskin. »Geben Sie den Befehl zum Aufsitzen, Leutnant.«

Auf Groskins gebrüllten Befehl hin schwangen wir uns in die Sättel und folgten dem Leutnant der Königlichen Garnison und der Beamtin. Die Kleriker blieben ebenfalls bei uns, offenbar um jede böse Absicht der Hafenbewohner fortzusegnen. Als wir durch die Straßen ritten, versuchte ich, nicht zu glotzen, aber ich sah Dinge, von denen ich bisher nur gehört und die ich damals als unwahr abgetan hatte.

»Matrosen haben etwas an sich, das Huren anzieht wie Fliegen«, meinte Groskin, als er sein Pferd neben meines lenkte und grinste – allerdings erst, nachdem er sich umgeschaut und überzeugt hatte, dass der Erzdoyen außer Hörweite war. »Bei Soldaten ist es beinahe ebenso schlimm.«

Die Prostituierten von Freston hatten nie so heruntergekommen ausgesehen wie diese armen Teufel. Vermutlich hatte es Vorzüge, in einer kleinen Stadt zu leben. Eine Hure, die von Pockennarben übersät war, fiel mir besonders ins Auge. Nachdem sie gehustet und das, was von ihren Lungen übrig geblieben war, ausgespuckt hatte, grinste sie mich an – und zeigte mir ihre schwarzen Zahnstummel. Mein Kopf ruckte nach vorn, und ich hörte ein leises Kichern hinter mir. Ich machte eine weitere rüde Geste und hatte dann Angst, dass die Hure sie sehen und sie als Einladung missverstehen könnte. Bis wir um die nächste Ecke bogen, warf ich immer wieder verstohlene Blicke über die Schulter, um mich zu überzeugen, dass sie uns nicht folgte.

Wir ritten durch die Straßen der Königlichen Stadt, und die Umgebung verbesserte sich, bis wir über breite Boulevards und große Plätze ritten. Wieder begleitete uns Stimmengemurmel, als die Stadtbewohner zweimal hinsahen und dann einen großen Bogen um unsere Abteilung machten. Sie rissen die Augen staunend auf, sobald ihnen dämmerte, dass die große Raubkatze, die auf zwei Beinen an unserer Spitze schlenderte, real war. Die Sonne brannte unbarmherzig herab, und ich fragte mich, wie Laurel die Hitze des Pflasters unter seinen nackten Tatzen ertragen konnte. Meine Zehen klappten schon vor reinem Mitgefühl hoch. Jedenfalls versuchten sie es. Ich schwitzte so stark in meinen Stiefeln, dass meine Füße fast ertranken.

Wir bogen um die Ecke und fanden uns auf einem weiteren großen Platz wieder, in seiner Mitte ein gepflegter Rasen, Blumen und beschnittene Büsche und Bäume. Wir ritten an seinem Rand entlang, bis wir ein großes Haus erreichten, vor dem wir anhielten. Losan drehte sich zu dem Faena herum.

»Eure Residenz, Botschafter.«

»Wo sind die Wachen?«, erkundigte sich Suiden. Seine Brauen küssten seinen Haaransatz.

»Ich ... ich bin sicher, dass sie bald kommen«, meinte Losan und sah den Leutnant an.

»Das fällt nicht in meine Zuständigkeit«, erwiderte der mit einem Achselzucken.

»Dann ist es wohl ganz gut, dass wir mitgekommen sind«, meinte Suiden und schwang sich von seinem Pferd. Er ging zur Tür und klopfte an. Wir warteten. Er klopfte noch einmal. Wir warteten. Er drückte die Klinke herunter, und die Tür schwang auf. Die Eingangshalle war dunkel und keine Menschenseele zu sehen. »Wo sind die Botschaftsangestellten?«

»Normalerweise bringen Botschafter ihre eigenen Leute mit«, erwiderte Losan.

»Schon, aber in Kommandeur Ebners Botschaft stand, dass Sro Laurel kein Gefolge hat.«

»Ehm ...«

Suiden seufzte und kam zu uns zurück. Er ging zu Laurel. »Dann ist es sogar sehr gut, dass wir hier sind.« Er sah Losan an. »Gehe ich recht in der Annahme, dass Sie alle Diener stellen, die der Botschafter braucht, um seine Botschaft zu leiten?«

»Und wer bezahlt ihre Gehälter?«, fragte die Beamtin, nachdem sie sich erholt hatte. Sie starrte den Faena hochmütig an, der nur mit Perlen und Federn bekleidet vor ihr stand und den Mund aufsperrte, während er in der Hitze hechelte.

Laurel verbeugte sich leicht. »Keine Sorge, Ehrenwerte ...

hrmm ... keine Sorge. Der Hohe Rat hat einkalkuliert, dass ich mich selbst versorgen muss. Mir steht mehr als genug zur Verfügung, um alle Kosten zu begleichen.«

»Das Königreich akzeptiert keine Grenzlandwährung«, sagte Losan verächtlich. »Wir haben von diesem Katzengold gehört.«

»Da ich kein Katzengold besitze, dürfte sich dieses Problem schwerlich stellen.« Laurel drehte sich um und warf einen Blick in das dunkle und kühl wirkende Haus. »Warum stehen wir hier draußen herum, wenn wir uns doch dort drinnen aufhalten können?« Er wartete keine Antwort ab und ging zur Tür.

Ich schwang mich vom Pferd, gefolgt von Groskin und Jeff. Wir überholten den Faena und betraten das Haus zuerst, ließen unsere Blicke prüfend durch die Eingangshalle gleiten. Es war, als beträte man eine kühle Höhle, und Laurel seufzte erleichtert auf, als er die Flurfliesen erreichte. »Viel, viel besser«, murmelte er und drehte sich herum. Was die Beamtin, die uns gefolgt war, veranlasste, wieder hinauszutreten.

»Süßer Fluss des Lebens ...«

Da ich annahm, dass er nicht vom Banson sprach, sah ich zu Laurel hinüber. Seine bernsteinfarbenen Augen glühten in der Dunkelheit. Das Glühen erlosch, als er einmal langsam blinzelte, und flammte dann wieder auf. Ich sah zur Tür. Unsere Eskorte hatte sich dort versammelt und starrte den Faena ebenfalls an. Die Mundwinkel des Erzdoyens senkten sich sichtlich. Hinter ihnen standen die Reiter. Ich sah Ryson beim Gepäck und dahinter Slevoic, der die Ersatzpferde am Zügel führte.

»Javes, sichern Sie doch bitte das Gelände«, sagte Suiden von der Straße aus. »Ich werde mit dem Garnisonsleutnant die Botschaften verteilen.«

Suiden ritt mit dem Leutnant und den Klerikern davon, während Doyen Allwyn uns sehnsüchtige Blicke über die Schulter zuwarf, und die Truppe marschierte in das Haus. Es war ein großes, vornehmes Haus, in dem es trotz der Hitze angenehm kühl war. Es hatte glatte Wände, bunte Fliesen und Flure mit Türbögen, war um einen Innenhof gebaut, in dem üppige Pflanzen das Licht filterten, das grün durch die Fenster hereinschien. Einige Räume im Erdgeschoss hatten verglaste Türen, und als wir sie öffneten, hörten wir das leise Plätschern des Springbrunnens, der in der Mitte des Gartens stand. Es gab Obstbäume, schattige Nischen mit Bänken, Pflastersteine, Gras, Blumen und Rankgitter. Ich blieb an der Tür stehen und sog den Duft ein, als der Wind seufzte und mir wieder der Geruch des Meeres in die Nase stieg.

Es war ein großes, vornehmes Haus – und leer. Alle Räume waren vollkommen kahl. Es gab keine Möbel, keine Vorhänge, keine Teppiche. In der Küche befanden sich weder eine Pfanne noch ein Teller oder auch nur ein Löffel. Sie hatte allerdings eine Wasserpumpe, und in dem kleinen Gemüse- und Kräutergarten, in dem Basel sofort herumkroch, stand ebenfalls eine. Aber an keiner von beiden befand sich ein Eimer. Wir durchsuchten einen kleinen Schuppen. Nicht mal ein Rechen oder eine Hacke waren zu finden.

»So was«, murmelte Jeff, der die Ecken des Schuppens inspizierte. »Sie haben sogar die Spinnweben mitgenommen.«

»Es unterliegt der Verantwortung des Botschafters, die Botschaft zu möblieren«, erklärte Losan, als Hauptmann Javes sie zur Rede stellte.

»Verstehe«, antwortete Javes. »Und falls er unbedingt einen Nachttopf braucht, bevor er Gelegenheit hatte, einen zu kaufen, was soll er dann Ihrer Meinung nach tun?«

Bei diesen Worten traten einige Männer unbehaglich von einem Fuß auf den anderen, als hätte er ihnen ihre eigenen drängenden Bedürfnisse bewusst gemacht. Der plätschernde Springbrunnen tat ein Übriges dazu.

Die Beamtin trat zu einer Tür, die versteckt unter einer Treppe lag, und öffnete sie mit einer Verbeugung. »Das Wasserklosett.« Ihre Miene erklärte uns zu Hinterwäldlern. »Es befinden sich weitere Einrichtungen dieser Art im Haus.«

»Ryson hat gedacht, es wäre ein Brunnen, und hat seinen Wasserschlauch darin gefüllt«, flüsterte Jeff hinter mir.

»Oh, ausgezeichnet. Wasserinstallationen im Haus«, erklärte Javes. »Und ...«, er deutete mit der Hand durch das Zimmer, »was ist mit dem Rest?«

»Der Botschafter ist verantwortlich ...«

»Und er wird sich auch darum kümmern«, fiel Laurel ihr ins Wort. »Wenn Ihr mir bitte den Namen eines Bankiers nennen würdet.«

»Bankier?«

»Damit ich ein Konto einrichten kann, hrmm?« Laurel blinzelte und öffnete dann seine Augen sehr weit. Seine Pupillen waren dunkel und sehr groß. Die Beamtin trat von einem Fuß auf den anderen. »Ich bin sicher«, fuhr er fort, »dass der Bankier, der dem König dient, meinen Ansprüchen genügt.«

»Das Königreich akzeptiert keine Grenzlandwährung ...«

»Ich habe Euch bereits beim ersten Mal verstanden.«

Es herrschte Schweigen, in dem Losan offenbar zu der Erkenntnis kam, dass sie den Faena schwerlich fragen konnte, was er denn wohl als Geld benutzen wollte. Und ihr dämmerte ebenfalls, dass sie ihr Willkommen hier weit über Gebühr strapaziert hatte. Laurels Schweif zuckte in die eine, dann in die andere Richtung, und sie trat erneut von einem Fuß auf den anderen.

»Sicher, Botschafter. Wann soll Eure Eskorte Euch abholen?«

»Haben wir genug Nahrung für heute Abend, Ehrenwerter Hauptmann?«

Javes sah Basel an, der nickte. »Jawohl, Sirs«, sagte er. »Für heute und auch für einige Mahlzeiten morgen.«

Laurel blinzelte. »Holt mich morgen früh ab.«

Sie machte eine rasche Verbeugung, einen noch schnelleren Schritt, und danach öffnete und schloss sich die Haustür hinter ihr noch einmal schneller. Ich war ihr gefolgt, um sicherzugehen, dass sie sich auf ihrem Weg nach draußen nicht verirrte, und wollte gerade zu den anderen zurückgehen, als sich die Haustür erneut öffnete. Ich drehte mich um und sah Slevoic, dem seine schweißnasse Uniform am Körper klebte und der von einer Wolke Pferdegeruch umgeben war. Er kam herein und trat dicht vor mich. »Na, da haben wir ja meinen Lord Auswurf Süßbacke.«

Ich stemmte mich gegen ihn. »Was für interessante Träume Sie haben, Slevoic.«

»Ich kann dir gern meine Träume erzählen, Auswurf ...«

»Nein, danke, nicht auf nüchternen Magen.«

»Oh, Slevoic, da sind Sie ja wieder.« Hauptmann Javes schlenderte in die Eingangshalle, gefolgt von Groskin. »Sind die Pferde untergebracht?«

Der Leutnant trat von mir weg. »Jawohl, Sir.«

»Sehr gut. Helfen Sie bitte Groskin bei der Raumverteilung. Und Hase ...«, Javes sah mich ebenso scharf an, wie Suiden es tat, »Sie bleiben bei mir.«

Wie angekündigt, wurde es recht eng. Einige von uns wurden in Schlafzimmern untergebracht, andere in den Dienstbotenquartieren, in den Wohnzimmern, Ankleidezimmern und Zimmern, deren Verwendung wir uns nicht vorstellen konnten. Die Einzigen, die ein Zimmer für sich hatten, waren Laurel Faena, was wir nur für gerecht hielten, denn schließlich war es seine Botschaft, und der tote Stab und die Drachenhaut, die gemeinsam in einem mit einem Schutzzauber verschlossenen Schrank ruhten, um den alle ohnehin einen großen Bogen machten.

Suiden kam zurück, als die Sonne bereits tief über dem Horizont stand und lange Schatten im Innenhof warf. Ich hatte Laurel überredet, sich auf eine der Bänke zu setzen und den kühlen Wind zu genießen. Die anderen Männer hielten das ebenfalls für eine gute Idee. Wir füllten unsere Wasserschläuche aus dem Brunnen im Garten, nachdem Faena einen Schluck aus seiner hohlen Tatze getrunken und das Wasser für frisch erklärt hatte. Groskin zwang Ryson, seinen Wasserschlauch wegzuwerfen und sich den Mund mit der restlichen Seife auszuwaschen. Dann pflückten wir Früchte von den Bäumen. Es gab alle möglichen Sorten, und Basel rieb sich die Hände vor Freude, als er von Baum zu Baum ging und das Frühstück plante. Ich gluckste vor Vergnügen, als ich Granatäpfel fand. Es war erst das zweite Mal, dass ich diese saure Frucht mit den kleinen Kernen aß, und meine Lippen und mein Kinn waren rot vom Saft, als Suiden in den Hof trat. Es herrschte einige Unruhe, als die Truppe versuchte, die Energie zu einer Ehrenbezeigung aufzubringen, aber der Hauptmann hatte Erbarmen und bedeutete uns, sitzen zu bleiben. Seine grünen Augen schimmerten in den letzten Sonnenstrahlen, als er zu mir kam und ich auf der Bank zur Seite rückte, damit er Platz hatte.

»Das war wirklich sehr interessant«, meinte Suiden.

Javes saß neben uns im Gras, nachdem er sein Taschentuch ausgebreitet hatte. Jetzt hob er den Kopf und sah Suiden mit seinen Wolfsaugen an. Ich reichte dem Hauptmann einen Granatapfel, den er mit seinem Dolch zerteilte. Er biss ab, seufzte vor Behagen, lehnte sich zurück und streckte seine Füße von sich. Er schluckte und seufzte noch einmal. »Das ist gut.« Dann lauschte er eine Weile dem Plätschern des Brunnens in dem dämmrigen Hof. »Wir sind Botschafter Laurel als Wache zugeteilt, bis er sich seine eigenen Wachen besorgt hat.«

Javes nickte, während Laurel schnurrte. »Ausgezeichnet, Ehrenwerter Hauptmann.«

»Kommandeur Leol war zwar der Meinung, dass Leutnant Hase in die Königliche Garnison verlegt werden sollte, aber ich führte aus, dass Ebner Hase zum Verbindungsoffizier für Sro Laurel ernannt hat. Und nur der Lordkommandeur oder König Jusson selbst können seinen Befehl widerrufen.«

Ich hatte mich in dem Glauben gewiegt, ignoriert zu werden, aber bei Suidens Worten verspannten sich meine Schultern.

»Also werden wir einstweilen hierbleiben«, schloss Suiden.

»Sehr gut«, meinte Javes, während er sich gegen ein Bein der Bank lehnte, das er ebenfalls mit einem Taschentuch abgedeckt hatte, und den Arm auf sein angezogenes Knie stützte. »Ihnen ist klar, dass Sie vermutlich den Rest Ihres natürlichen Lebens in Freston dienen werden, nachdem Sie Kommandeur Loel so hart zugesetzt haben.« Javes' Stimme war sehr leise.

»Es gibt schlimmere Kommandos, Javes, an schlimmeren Orten. Außerdem sehe ich auch nicht, dass Sie sich wirklich Mühe geben, versetzt zu werden.« Suiden sprach ebenfalls leise.

»Sie sagen es, mein lieber Hauptmann.«

22

Ich schlief in dieser Nacht bei Groskin, Jeff und einem anderen Reiter in einem zweiten Lagerraum. Wir wickelten uns zwar in unser Bettzeug, krochen jedoch schon bald wieder heraus, weil die Hitze unerträglich war. Groskin hatte keine Einwände, als ich die Fenster öffnete, die zum Hof hinaus lagen. Der Raum hatte Luftlöcher in der gegenüberliegenden Wand, sodass ein angenehmer Luftzug entstand. Nun war es zwar nicht mehr völlig unerträglich, kam dem aber für jemanden, der an das Klima im Gebirge gewohnt war, recht nahe.

Nach dem Frühstück am nächsten Morgen, bei dem Basel seine Fruchtkreationen präsentierte, tauchte Losan eso Dru mit zwei Schwestern aus der Verwaltung auf. Ich war gerade mit Jeff draußen im Hof und bestaunte aus sicherer Entfernung eine der großen bunten Spinnen. Wir diskutierten gerade die Chancen, ob sie den Weg in unser Schlafgemach fand. Als wir eine recht große Eidechse im Netz einer solchen Spinne zappeln sahen, wurden wir etwas kleinlauter und machten einen noch größeren Bogen um diese Tiere. Plötzlich spürte ich eine Berührung am Ellbogen, und ich wäre fast vor Schreck hochgesprungen. Ich fuhr herum, in der Erwartung, eine achtbeinige Bestie meinen Arm hinaufkrabbeln zu sehen. Stattdessen stand Groskin neben mir. Ich presste die Lippen zusammen, als er grinste.

»Hauptmann Suiden will Sie beide sehen.« Groskins Grinsen verstärkte sich. »Aber Sie haben sicher noch Zeit, Ihre Uniform zu wechseln, Hase, falls das nötig ist.«

Ich hätte ihm fast gezeigt, was eine rüde Geste ist, verkniff es mir jedoch – alte Ängste legt man nur langsam ab. Wir folgten dem Leutnant in einen Salon, in dem Suidens Perdan-Teppich ausgerollt war. Darauf standen sein Klapptisch und die passenden Stühle. Suiden stand neben Laurel, der in einem der Stühle saß. Ihm gegenüber standen Losan und die beiden anderen Beamtinnen, während Hauptmann Javes sich an die Wand neben der Tür lehnte, die zum Flur führte.

»Ah, einen Moment bitte, Männer«, sagte Suiden, als wir den Raum betraten, und drehte sich wieder zu Losan um. »Die Grenzlande sind nicht für die Unterhaltskosten der Königlichen Armee verantwortlich, und da dies keine Kaserne ist, haben wir die Erlaubnis, uns so auszustatten, wie es der Residenz eines Botschafters gebührt.«

»Wir sollten diese Pflicht übernehmen, Hauptmann.« Losan

lächelte glatt. »Das wird Sie und den Botschafter vor jeder Andeutung einer Unschicklichkeit bewahren.«

»Ach, Sie meinen, einer von Gherats Beamten soll für die Versorgung der Armee zuständig sein?«, fragte Hauptmann Javes. »Was würde wohl der Lordkommandeur dazu sagen?«

Losans Lächeln verlor ein wenig an Intensität.

»Ich werde die Konten führen«, erklärte Suiden. »Und zwar den Vorschriften entsprechend.«

»Ja, aber ...«

»Ihr übertretet Eure Befugnis, Losan eso Dru«, grollte Laurel. »Iversterre war über meine Ankunft informiert, ebenso über den Grund, weshalb ich allein gekommen bin. Dennoch wurde ich nach meinem Eintreffen in eine inakzeptable Lage gebracht, und jeder Protest wurde mit Ausflüchten, Rechtfertigungen und Spitzfindigkeiten beantwortet. Jetzt wollt Ihr Euch auch noch darin einmischen, wie ich mein Haus führe.« Laurel stand auf, ergriff seinen Stab, der in einer Ecke lehnte, und drehte sich dann zu den drei Amtsdienerinnen herum. »Das reicht. Ihr besitzt hier keinerlei Autorität.« Er ging zur Tür. »Ich bin in einer halben Stunde fertig. Bitte wartet in der Eingangshalle auf mich.«

»Ich ...«

»Reiter Jeffen, bitte führen Sie Losan und ihre Kolleginnen ins Foyer«, befahl Hauptmann Suiden.

Losan lief rot an, schloss den Mund mit einem vernehmlichen Klacken, wirbelte nach einem bösen Blick auf den Hauptmann herum und verließ hinter dem Faena den Raum. Jeff scheuchte die beiden anderen Beamtinnen hinterher.

Sobald sie verschwunden waren, befahl Suiden mir, die Türen zum Innenhof zu schließen, während sich Javes von der Wand abstieß und die Tür zum Flur zumachte. Groskin schob die Stühle so zurecht, dass sie mit der Rückenlehne zu den freien Fenstern und Glastüren standen.

»Bitte setzen Sie sich.« Suiden runzelte die Stirn, als wir gehorchten. »Ich hatte vergessen, wie ... verwickelt die hiesige Politik ist.«

Javes lachte scharf. »Verwickelt? Der Botschafter des einzigen Landes, das uns blöd und blutig prügeln kann, bekommt ein kahles Haus zur Verfügung gestellt. Ihm wird erklärt, dass sein Geld nicht akzeptiert wird, und unterstellt, dass er vermutlich jedes Kleingeld einsacken würde, das herumliegt, weshalb wir Haushaltsbücher führen sollten. Und das von einer aufgeblasenen niederen Amtsdienerin.«

»*Eso* Dru, Javes«, erwiderte Suiden.

»Schön. Von einer aufgeblasenen hochadligen niederen Amtsdienerin.«

»Es macht mir Sorgen, Sirs, dass sie ohne Bedenken verlangte, unsere Versorgung zu übernehmen«, warf Groskin ein.

»Ja«, meinte Suiden. »Da kommt man ins Grübeln.«

»Und es bereitet mir ebenfalls Kopfzerbrechen, dass wir weder von einem Kleriker aus Gresh noch aus Iversly gehört haben«, fuhr Groskin fort. »Noch von irgendjemandem sonst.«

»Sie haben recht, Leutnant«, meinte Javes. »Wo ist das Empfangskomitee geblieben? An jedem verdammten Ort, an dem wir aufgetaucht sind, sind sich die Offiziellen gegenseitig auf die Füße getreten, um den Botschafter persönlich zu begrüßen. Hier verhalten sie sich, als wäre er ein Niederer Amtsdiener, der sich nur überzeugen will, ob der Rasen gemäht und die Misthaufen abtransportiert sind.« Er sah mich an. »Und was ist mit Lord Hase? Wenn mein Papa einen verlorenen Erben irgendwo herumlaufen hätte, würde er sich wie eine Sturmflut auf ihn stürzen.«

»Ehm, Sir, ich bin eigentlich nicht der Erbe ...«

»Nein, nicht für Flavan, Hase«, unterbrach mich Javes. »Aber Lord Chause hat nur einen sehr, sehr jungen Sohn, und der

Bruder, der Nächste in der Rangfolge, ist Vizeadmiral in der Königlichen Marine und kämpft gerade mit den Turaliern um irgendwelche Handelsrouten. Außerdem ist er nicht verheiratet.«

»Er ist Witwer und kinderlos«, erläuterte Suiden.

Ich blinzelte, als mir klar wurde, wie weit vorn in der Nachfolge ich stand. »Aber mein Pa lebt noch, und ich habe drei ältere Brüder.«

»Die nicht hier sind«, gab Suiden zurück. »Sie aber schon.«

»Aber ich will nicht ...« Die Welt schien plötzlich zu schwanken.

»Dann hätten Sie in den Grenzlanden bleiben sollen«, erklärte der schwarze Drache. Der graue Wolf heulte einmal kurz, während der schwarze Panther zustimmend seine Ohren anlegte. Grüne Augen starrten mich durch einen grauen Rauchschleier an. »Warum glauben Sie wohl, sind Ihre Eltern dorthin gegangen? Es ist der einzige Ort, an dem gewisse Häuser ...«

»... oder andere Interessenten«, knurrte der Wolf.

»... sie nicht erreichen können.«

»Warum haben Sie die Grenzlande verlassen, Hase?«, grollte die Raubkatze.

»Ich wollte die Welt sehen ...« Meine Stimme brach, als mich drei verschiedene Spezies ungläubig anstarrten.

»Das haben Sie schon gesagt, aber Ihre Eltern können nicht so naiv gewesen sein, Ihnen zu verschweigen, was sie zurückgelassen haben«, erklärte der Drache.

Sie hatten es mir gesagt, richtig. Aber das, wovor ich weggelaufen war, verängstigte mich mehr als alles, was möglicherweise aus der Geschichte meines Elternhauses hätte entstehen können. An den hellen, leeren Wänden sammelten sich Schatten, und ich wurde plötzlich von einer Dunkelheit umhüllt, durch die mehrere durchsichtige Augenpaare mich anstarrten.

Ich hörte, wie der Wind durch die Bäume fuhr, etwas schien sich zu dehnen und dann mit einem Donnerschlag wieder zurückzuschnellen.

»Hase, geht's Ihnen gut?« Groskin legte seine Hand auf meinen Arm.

Ich blickte hoch. Suiden und Javes beobachteten mich besorgt. Die Sonne schien in den Raum, die Bäume vor dem Fenster bewegten sich nicht, und die einzigen Schatten waren die, welche die Mittelpfosten der Fenster und Türen warfen. Ich erschauerte. »Ich ...«

Die Tür ging auf, und Laurel trat ein. »Was ist passiert?« Er schloss die Tür hinter sich und kam hastig zu uns herüber. Seine Krallen klickten auf den Bodenfliesen. »Geht es Euch gut, Hase?«

Suiden stand auf und trat neben mich. »Leutnant Hase wurde einen Moment von der Hitze überwältigt.«

»Verstehe.« Laurel sah mich an. »Vielleicht solltet Ihr Luft holen.«

Mir fiel auf, dass ich aufgehört hatte zu atmen, und ich sog keuchend Luft ein, während ich versuchte, meinen Herzschlag zu verlangsamen. Ich hatte einen metallischen Geschmack im Mund, dann schmeckte ich Galle, und ich schluckte. Nachdem Groskin die Glastüren aufgemacht hatte, die zum Hof führten, kam er zurück und versuchte, meinen Kopf zwischen meine Knie zu drücken. Laurel schlug seine Hand weg, griff in seinen Beutel und zog einige Blätter heraus. »Hier, kaut diese.«

Ich schluckte wieder, als ich sie erkannte. »Nein«, meinte ich trotzig.

Javes runzelte die Stirn. »Was ist das?«

»Donner ohne eine Wolke am Himmel, Hase.« Laurel ignorierte die Frage des Hauptmanns. »Sagt mir, was seht Ihr?«

»Donner ohne Wolken ist bei einer solchen Hitze nicht ungewöhnlich«, meinte Suiden. »Und Ihr verabreicht ohne meine Erlaubnis meinen Männern keine Medizin.«

Ich versuchte aufzustehen, aber meine Beine gehorchten mir nicht, und ich fiel auf den Stuhl zurück. Groskin drückte eine Hand auf meine Schulter, damit ich sitzen blieb. »Es ist nur die Hitze, Sir«, antwortete ich. »Es geht mir gut.«

»Nein, es geht Euch nicht gut«, widersprach Laurel. Er sah Suiden an. »Ihr wisst, was ihm so zusetzt?«

Halt die Klappe, dachte ich. Laurel und Suiden sahen mich an, als hätte ich gebrüllt.

»Also gut«, meinte Javes schließlich. »Was geht hier vor?«

Laurel hob die Blätter hoch, und in dem Luftzug der offenen Türen roch ich den schwachen Duft von Minze. »Mentha«, erklärte er.

Suiden starrte Laurel an, dann ruckte sein Kopf zu mir herum, und auf seiner Miene zeichnete sich Verstehen ab.

»Also?«, erkundigte sich Javes, während Groskin mich stirnrunzelnd betrachtete.

»Es wird Magiern verabreicht«, erläuterte Laurel, »wenn sie beginnen, ihre volle Macht zu entwickeln.«

In dem folgenden Schweigen sickerten Laurels Worte langsam in die Gehirne der Anwesenden; dann riss Groskin seine Hand von meiner Schulter, als würde sie glühen. Javes dagegen betrachtete mich durch sein Lorgnon. »Oh, also wirklich«, murmelte er fasziniert. Dann veränderte sich seine Stimme. »Sie zittern, als hätten Sie Fieber, Hase.«

Ich fühlte mich auch so. Trotz der Hitze bibberte ich vor Kälte, und meine Zähne hatten angefangen zu klappern. Ich rappelte mich trotzdem auf und blieb diesmal stehen. »Es geht mir gleich wieder gut, Sir«, wiederholte ich, ohne Laurel und seine verdammten Blätter anzusehen. »Es ist nur die Hitze. Ein bisschen Ruhe, dann bin ich wieder auf dem Damm.«

»Sie sind also kein Magier?« Javes musterte mich immer noch durch sein Lorgnon.

Ich schüttelte den Kopf und wäre fast umgefallen. Hastig hielt ich mich an der Stuhllehne fest. »Nein, Sir«, leugnete ich. »Ich bin nur ein Bauernjunge.« Das stimmte auch. Es dauerte viele Jahre, bis ein Zauberlehrling ein Magier wurde.

»Hase ...«, begann Laurel und hielt meinen Arm fest. Ich hatte nicht die Kraft, mich aus seinem Griff zu befreien.

»Lasst ihn los, Sro Katze«, sagte Suiden und befreite meinen Arm aus Laurels Griff.

»Hauptmann!« Diesmal grollte Laurel.

»Wir haben keine Zeit, uns zu streiten«, erklärte Suiden. »Auf uns warten drei Amtsdienerinnen von Lord Gherat, um uns zur Bank zu eskortieren, also müssen wir dorthin. Es sei denn, Ihr wollt, dass sie, oder schlimmer noch Gherat, anfangen, Fragen zu stellen.« Er trat zwischen Laurel und mich und sah dann Groskin an, der einige Schritte entfernt stand. »Holen Sie jemanden, der Hase nach oben bringt, Leutnant.«

Groskin trat zur Tür und brüllte einen Befehl in den Flur. Beinahe augenblicklich tauchte ein Reiter auf. Laurel grollte tief in seiner Brust, während sein Schwanz hin und her peitschte, aber er sagte nichts, als der Reiter und ich hinausgingen, auf mein Zimmer. Wir machten einen kleinen Abstecher in die Küche, wo ich einen Becher Wasser trank und zwei Orangen aß, die Basel aus dem Hut zauberte. Nachdem ich mit wackligen Beinen die Treppe hinaufgestiegen war, schaffte ich es bis zu meinem Schlafplatz. Dort brach ich zusammen. Ich fühlte mich, als wäre ich durchgeknetet und plattgewalzt worden. Ich fuhr dennoch ruckartig hoch, als plötzlich der Geruch von Minze in meine Nase stieg. Ich griff in meine Hosentasche und zog zwei Mentha-Blätter heraus, die Laurel irgendwie dort hineingeschmuggelt hatte. Ich starrte die Blätter einen Moment an und ließ sie dann zu Boden fallen, bevor ich wieder zusammenbrach. Der Raum drehte sich um mich, bevor ich ohnmächtig wurde.

23

Ich wachte auf. Die Sonne schien hell in den Raum, und ich stöhnte. Jedes einzelne Gelenk meines Körpers tat weh, und ich hatte einen Geschmack im Mund, als wäre ich durch eine Taverne gekrochen und hätte den Boden sauber geleckt. Ich setzte mich auf, legte mich jedoch augenblicklich wieder hin, damit mein Kopf nicht von meinem Hals fiel. Dann ließ mein Magen mich wissen, dass er vernachlässigt worden war, und drohte damit, gleich zu explodieren. Ich blieb regungslos liegen und hoffte, dass sich alles beruhigen würde. In dem Moment ging die Tür auf, und Jeff spazierte herein. Er hatte das Teetablett des Hauptmanns in den Händen.

»Wie fühlst du dich?«, erkundigte sich Jeff.

Meine Antwort bestand in einem unverständlichen Krächzen.

»Wirklich, so gut?« Jeff stellte das Tablett ab, richtete mich auf und stopfte mir etwas unter Kopf und Schultern. »Ich habe dir Tee gebracht. Warte einen Moment.« Er verließ das Zimmer, kam jedoch sofort mit mehreren unterschiedlich großen Wandschirmen zurück.

Ich krächzte wieder.

»Die? Die hat einer der Jungs in einem kleinen Schrank unter der Treppe gefunden. Wer hier ausgeräumt hat, muss sie übersehen haben.« Jeff trat an meinen Schlafplatz, nahm den Teetopf und schenkte mir eine Tasse ein. Dann warf er ein paar Klumpen

Zucker hinein, rührte um und reichte mir die Tasse. Anschließend stellte er den kleineren Schirm vor die Luftöffnungen. »Sie halten alle Gartenbewohner fern, die dich vielleicht besuchen wollen«, meinte er, als er wieder zu mir trat. Er nahm die Tasse. »Mehr?«

»Ja, bitte«, flüsterte ich.

Jeff goss noch eine Tasse ein und warf wieder Zuckerstücke hinein. »Also, was ist passiert? Der Hauptmann meinte nur, du wärst krank.« Er sah mir zu, wie ich die Tasse leer trank, und schenkte nach.

»Die Hitze«, flüsterte ich.

»Oh.« Jeffs Miene verriet mir, für wie schwach er mich hielt. »Es war ziemlich heiß, denke ich. Ich dachte, ich würde schmelzen, als ich gestern nach draußen gegangen bin.« Er sah meinen fragenden Blick. »Suiden hat mich mit zur Bank genommen, weil du ja unpässlich warst.« Er grinste, als er Zucker in die Tasse warf. »Ich habe noch nie so viel Marmor gesehen.«

»Groskin ist nicht mitgegangen?«, flüsterte ich und nahm die Tasse. Ich leerte sie erneut in einem Zug.

»Doch, ist er.« Jeff runzelte leicht die Stirn. »Ich dachte, er würde zurückkommen, um nach dir zu sehen, aber dann habe ich beobachtet, wie er mit Slevoic weggegangen ist.« Jeff tat die Angelegenheiten der Leutnants mit einem Schulterzucken ab und grinste wieder. »Du hättest dabei sein sollen, Hase. Der Bankier hat die ganze Zeit davon geredet, dass er keine Grenzlandwährung annehmen und dem Botschafter auch keinen Kredit einräumen könne. Es ging um gegenseitige ...«

»Gegenseitige Vereinbarungen. Die Grenzlande und Iversterre haben keine Bankverträge miteinander geschlossen«, fiel ich ihm ins Wort. Meine Stimme hatte sich ein bisschen erholt.

»Genau.« Jeff füllte meine Tasse zum vierten Mal. »Der Botschafter ließ ihn reden, bis ihm die Worte ausgingen. Dann zog er einen Beutel aus seiner Tragetasche und schüttete einen Haufen Edelsteine vor den Bankier auf den Tisch.« Er reichte mir die Tasse. »Hauptmann Suiden meinte später, sie wären alle Erstes Wasser gewesen, was auch immer das heißen mag.«

»Spitzenklasse«, sagte ich. Meine Stimme klang fast wieder normal. Ich leerte die Tasse wieder in einem Zug.

»Wie auch immer. Als all diese Schönheiten vor ihm auf dem Tisch funkelten, sang der aufgeblasene Quatschkopf jedenfalls schnell ein anderes Liedchen.« Jeff schenkte nach.

»Vermutlich stammen sie aus dem Schatz von Dragoness Moraina«, spekulierte ich.

Jeff sah mich verblüfft an. »Die Edelsteine eines Drachen?«

»Wahrscheinlich«, meinte ich. »Sie sind die Einzigen, die so viele Edelsteine haben, dass sie die Juwelen säckeweise verteilen können, ohne welche zu vermissen.« Ich hielt meine Tasse hoch. »Also, der Bankier war verblüfft?«

Jeff goss den Rest Tee aus dem Topf in meine Tasse. »Er hätte fast da schon Herzflattern bekommen. Das kriegte er dann, als der Botschafter einen Kreditbrief aus dem Beutel zog.« Jeff beobachtete mich, während ich den letzten, recht kräftigen Tee trank. »Er stammte aus dem Qarant.«

Ich nickte und schaffte es, mich vorzubeugen und die Tasse auf dem Tablett abzusetzen. »Handelspartner.«

»Wie bitte?«

»Die Stricksachen meiner Mutter können selbst einem erwachsenen Mann die Tränen in die Augen treiben, vor allem, wenn er sie tragen muss. Aber meine Schwestern, Harmony, Sage und Flussregen ….«

»Himmel, Hase!«, warf Jeff ein.

»… verkaufen ihre Arbeit an Händler, die sie entweder in die Städte weiterverkaufen oder in den Qarant.«

»Städte?«, erkundigte sich Jeff. »Hierher?«

»Nein. Grenzlandstädte. Meistens in die der Elfen.« Ich sah Jeffs Miene. »Wir leben nicht alle im Wald. Die Elfen bauen unglaubliche Städte.« Einschließlich Iversly, jedenfalls ihnen zufolge.

Der Tee hatte meine Kopfschmerzen ein wenig gelindert und meinen Magen beruhigt, und ich richtete mich auf. »Also können wir auf den Königlichen Bankier zurückgreifen?«

»Aber ja«, meinte Jeff. »Der alte Labersack hat nur noch geflötet und ist um den Botschafter herumgetanzt. Er wäre in die Irre geführt worden, alles wäre wunderbar und er könnte all unsere Wünsche erfüllen. Vor allem, als ihm Suiden seinen Brief vom Lordkommandeur präsentierte.«

»In die Irre geführt?«, sagte ich.

»Ja, darüber sind die Hauptleute ebenfalls gestolpert. Javes murmelte etwas darüber, dass Lord Gherat versuchte, dem Botschafter Knüppel zwischen die Beine zu werfen … und uns auch. Weil der Lordkämmerer den Lordkommandeur nicht mag, vor allem deshalb nicht, weil die Armee ihm für ihre Geldmittel keine Rechenschaft schuldig ist.« Jeff wollte das Tablett abräumen. »Wir haben den Rest des Tages damit verbracht, Lebensmittel und Vorräte einzukaufen. Basel war auf mindestens fünf Märkten und hat sich noch Notizen über andere gemacht. Hauptmann Javes geht heute Möbel kaufen.« Er schnaubte verächtlich. »Ich meine, alter Junge, wer wäre besser dafür geeignet.«

»Vorsicht, Jeff«, sagte ich schwach. »Javes ist nicht der Armleuchter, der er zu sein scheint.«

Jeff zuckte mit den Schultern. Ihm waren Hauptleute egal, die sich wie Weicheier benahmen.

»Weißt du, vielleicht sollte ich Javes begleiten«, meinte ich und kalkulierte den Inhalt meiner Börse. »Er könnte wahrscheinlich Hilfe gebrauchen.«

Jeff verzog sein Gesicht und nahm das Tablett hoch. »Hauptmann Suiden sagte, dass du es versuchen würdest, sobald du hörst, dass jemand einkaufen geht.« Er wartete nicht auf meine Antwort. »Der Hauptmann hat auch gesagt, dass du Javes *vielleicht* begleiten kannst, *falls* du es schaffst, nach unten zu kommen *und* zu frühstücken *und* dein Frühstück zu behalten.«

Mit Unterstützung des Geländers schaffte ich es die Treppe hinunter, ohne zu stürzen. Jeff wartete, während ich frühstückte. Nach einer Mahlzeit aus trockenem Toast und Rührei befreite er mich von Basel, der versuchte, mich mit einem Löffel zu füttern, und brachte mich in denselben Raum, aus dem ich gestern geflüchtet war. An der Tür zögerte ich und betrachtete Hauptmann Suiden und Hauptmann Javes, die am selben Tisch saßen. Aber mein Wunsch, aus dem Haus zu kommen, war größer als mein Zaudern, also schritt ich über die Schwelle und entspannte mich, als nichts passierte.

»Noch bevor er aus dem Bett gestiegen ist, Sirs«, verkündete Jeff, der hinter mir hereingekommen war.

Ein schwaches Lächeln huschte über Javes' Gesicht.

»Wie geht es Ihnen, Leutnant?«, wollte Suiden wissen.

»Gut, Sir.«

Suiden stand auf. »Danke, Reiter.« Er wartete, bis Jeff den Raum verlassen und die Tür hinter sich geschlossen hatte. »Sie sehen eher aus, als wären Sie der Hölle entsprungen, Leutnant.«

»Sir, ich bin sicher, dass ich einen kleinen Ausflug …«

Hauptmann Javes nahm etwas vom Tisch und reichte es Suiden, der es hochhielt. Es waren die Mentha-Blätter, die ich gestern auf den Boden meines Zimmers hatte fallen lassen. Ich unterbrach mich mitten im Satz und sah zwischen den beiden hin und her.

»Groskin hat sie neben Ihrem Bett gefunden«, erklärte Suiden.

»Hatte der Botschafter recht, Hase?«, erkundigte sich Hauptmann Javes. »Sind Sie ein Magier?«

Ich blickte aus dem Fenster zum Hof und beobachtete einen gelbschwarzen Vogel mit einem orangefarbenen Hals, der durch die Zweige huschte. Der Wind wehte, und ich hörte die Blätter rascheln.

»Man hat Ihnen eine Frage gestellt, Leutnant«, meinte Suiden.

»Nein, Sir.« Der Vogel ließ sich auf einem Zweig nieder und trällerte eine Herausforderung.

»Nein, was?«, hakte Javes nach.

Der Vogel trillerte erneut, zufrieden, dass er alle Konkurrenten aus dem Feld geschlagen hatte, und begann dann, sich zu putzen. Hinter ihm kroch eine große Spinne den Stamm hoch.

»Leutnant.« Suiden.

»Nein, ich bin kein Magier. Noch nicht.« Die Spinne erreichte den Zweig und näherte sich dem Vogel. Der Vogel hob einen Flügel an und widmete sich seinem Gefieder.

»Verstehe. Und die Blätter?«, fragte Javes.

Die Spinne rückte noch ein Stück näher und setzte eines ihrer schlanken Beine neben den Fuß des Vogels, der sich mittlerweile seinen Schwanzfedern widmete. »Wie Laurel Faena sagte, Sir, werden diese Blätter Leuten verabreicht, die anfangen, ihre vollen Magierfähigkeiten zu entwickeln. Das kann eine ... traumatische Erfahrung sein, und Mentha dämpft die Symptome.«

»Symptome wie die, unter denen Sie leiden?«, wollte Suiden wissen. »Sind Sie dabei, Ihre ganze Macht zu entwickeln, Leutnant.«

Der Vogel hob den Kopf, um seine Pflege bei einem anderen Teil seines Körpers fortzusetzen, sah die Spinne, zirpte und wollte wegfliegen. »Ich ...«

Die Spinne sprang und packte den Vogel an der Kehle. Nach

kurzem Kampf zog die Spinne den immer noch schwach mit den Flügeln schlagenden Vogel den Baumstamm hinauf.

»Leutnant.«

Ein paar gelbe Federn schwebten zu Boden.

»Ich bin weggelaufen«, erklärte ich. »Habe meinen Lehrvertrag gebrochen.«

Die Hauptleute schwiegen, während sie über meine Enthüllung nachdachten. »Sie waren als Lehrling bei einem Magier, Hase?«, fragte Suiden schließlich.

»Ja«, erwiderte ich.

»Warum sind Sie weggelaufen?«, wollte Javes wissen.

»Ich hatte Angst.«

»Wovor, Leutnant?«, erkundigte sich Suiden.

»Dass ich bei lebendigem Leib aufgefressen würde.« Ich riss meinen Verstand von der Mahlzeit im Baum los und merkte, dass ich zu den Türen zum Hof gegangen war. Ich drehte mich zu den Hauptleuten herum und fühlte, wie meine Lippen zitterten, als ich mich an ein Drama erinnerte, das ich einmal auf offener Straße gesehen hatte. »Oh, er ist kein Schwarzer Magier oder ein Fürchterich. Er hat auch nicht vor, die Welt zu erobern, indem er die Tore zur Unterwelt öffnet und uns mit seinen dämonischen Büttel überschwemmt.« Ich hielt inne. »Aber er trachtet auch nicht gerade danach, den Himmel auf Erden zu schaffen.«

»Wonach trachtet er dann?«, erkundigte sich Javes.

»Nach seinem eigenen Vorteil.«

Einen Moment herrschte Stille, bis Hauptmann Suiden einen Stuhl an den Tisch zog. »Setzen Sie sich, Hase. Sie sehen aus, als würden Sie gleich umfallen.« Er setzte sich wieder und legte die Blätter auf den Tisch.

Javes hob sie hoch. »Sie sind also ein entlaufener Zauberlehrling, der seine volle Macht entwickelt, was immer das heißen mag.« Er hielt inne. »Was heißt es?«

Ich warf einen Blick auf meine Hände. »Es gibt die, welche mit der Gabe geboren wurden ...«

»Sie meinen Magie?«, fragte Javes dazwischen.

»Nein, Sir«, antwortete ich. »Das heißt, die ganzen Grenzlande sind voll von dem, was Sie ›Magie‹ nennen.« Ich musste unwillkürlich lächeln. »Nehmen Sie zum Beispiel unseren Ehrenwerten Laurel. Er ist ein Berglöwe, der reden kann und auf zwei Beinen geht. Und einen großen Stab mit sich herumschleppt.« Mein Lächeln erstarb. »Aber es gibt einige, die eine ... eine Kraft formen können ...«

»Hexerei«, sagte Suiden, der mich eindringlich beobachtete. »Sie können die Elemente herbeirufen und ihnen befehlen.«

Ich nickte. »Ja, Sir. Letzten Endes. Es kostet jedoch Jahre des Studiums, bis man dorthin gelangt.«

»Und genau das passiert Ihnen jetzt«, meinte Javes. »Wieso?«

Ich blickte wieder aus dem Fenster, konnte aber nichts in dem Baum erkennen. »Zweimal im Leben eines Magiers gewinnt sein Talent die Oberhand. Einmal in der späten Kindheit, wenn es sich zum ersten Mal manifestiert, und dann kurz vor dem Beginn des Erwachsenenlebens, wenn die Aspekte des Magiers deutlich werden.« Ich erinnerte mich an die Bestürzung meiner Familie, als ich, nachdem ich von einem plötzlichen Fieber genesen war, in einen Raum trat, die Dinge von den Regalen flogen und das Kaminfeuer sich selbst entzündete. Dann tauchte Magier Kareste auf und versprach ihnen, mich zu lehren, wie ich mein aufblühendes, wachsendes Talent kontrollieren könnte. Das tat er auch. Aber er lehrte mich auch Furcht.

»Aspekte?« Javes zog die Brauen zusammen.

»Luft, Wasser, Feuer und Erde«, meinte Suiden. »Ist das gestern passiert, Hase? Ihr Aspekt hat sich manifestiert?«

Ich erinnerte mich an das Tosen des Windes, obwohl die Bäume vollkommen regungslos dastanden. »Zum Teil«, gab ich zu.

»Zum Teil?«

Ich rutschte unruhig auf meinem Stuhl hin und her. »Ich glaube, mein Meister hat mich gefunden.«

»Und?«

»Ich habe ihn wohl erneut zurückgeschlagen.«

»Der Donnerschlag«, meinte Suiden.

Ich nickte und starrte zu Boden.

Die Hauptleute schwiegen.

»Sie sehen höllisch mies aus, Leutnant Hase«, meinte Suiden schließlich, »aber wir halten es für gut, wenn Sie ein wenig hinauskommen. Also werden Sie diesen Einkaufsbummel mitmachen.«

Ich hob den Kopf.

»Sie werden immer in meiner unmittelbaren Nähe bleiben«, sagte Javes. »Sie schlendern nicht herum, ganz gleich, wie hübsch die Klamotten in den Schaufenstern sind, klar?«

Ich nickte erneut, und Hauptmann Javes legte die beiden Mentha-Blätter wieder auf den Tisch zurück.

»Sie sagen, dass der Faena nichts mit all den Merkwürdigkeiten zu tun hat, die sich zutragen«, meinte Suiden. »Das mag stimmen, aber es ist schon ein großer Zufall, dass es angefangen hat, als er auftauchte, und ich meine damit auch das, was mit Ihnen passiert.« Er verstummte kurz. »Und Lord oder nicht, Magier-Frischling oder nicht, entlaufener Zauberlehrling oder nicht, Pakt und Federn, Schmuggel und Kriegsdrohungen hin und her, Sie stehen immer noch unter meinem Kommando. Ist das klar?«

»Sir, jawohl, Sir.«

24

Suiden befahl, dass Jeff Javes ebenfalls begleiten sollte, und schickte uns zurück auf unsere Stube, wo unsere neuen Sommeruniformen auf uns warteten. Dazu gehörte nicht wie üblich ein Helm oder eine Kappe, sondern ein Hut mit einer breiten Krempe vorn, die das Gesicht beschattete, und einem Tuch hinten, um den Nacken vor der Sonne zu schützen. Die Uniform selbst bestand aus einem sehr leichten Stoff, der winddurchlässig war, damit jedes noch so kleine Lüftchen den Körper kühlen konnte. Wir seufzten beide vor Erleichterung, als wir die Uniform angelegt hatten, weil die aus Freston sich in dieser Hitze wie ein nasses Tuch anfühlte.

»Das ist Baumwolle, Leutnant«, sagte ein Reiter, der aus dem Süden stammte, als er hörte, wie ich mich laut über das Material wunderte.

Es war noch früh, und die Sonne stieg gerade über die Dächer, als Jeff und ich Hauptmann Javes zu unseren wartenden Pferden folgten. Javes trug denselben breitkrempigen Hut und die Baumwolluniform wie wir, hatte sie jedoch durch seine Habbs-Stiefel, sein verziertes goldenes Zeremonieschwert und einen leichten Umhang ergänzt. Natürlich hatte er auch sein Lorgnon dabei; es hing an einem Band um seinen Hals.

Wir stiegen auf unsere Pferde, und Javes sah uns an. Diesmal wirkte er keine Spur dümmlich, als er Jeff und mich musterte, und wir nahmen selbst im Sattel Haltung an, während wir seinen Blick aufmerksam erwiderten. Eine Brise hob den Umhang des Hauptmanns kurz an, dann flaute sie wieder ab.

»Wir werden an Orte kommen, an denen es von Fallgruben und Fallstricken nur so wimmelt, Jungs, und zwar solchen, die schon besseren Männern als uns zum Verhängnis geworden sind.«

Wir nickten, staunend.

»Unser Feind ist schnell und gerissen, und Sie werden unvergleichlicher Raffinesse begegnen.«

Unsere Augen wurden noch größer.

»Deshalb ist es absolut unabdingbar, dass Sie erstens in der Mitte jedes Geschäftes bleiben, das wir betreten, und auf keinen Fall, ich wiederhole, auf gar keinen Fall, etwas anfassen. Zweitens werden Sie den Mund halten, bis ich Ihnen erlaube zu sprechen. Drittens: Egal, welche Schätze ein Ladenbesitzer angeblich in seinem Hinterzimmer aufbewahrt, Sie werden nicht dorthin gehen. Und viertens werden Sie kein Angebot von Schwestern, Töchtern, Kusinen, Nichten oder irgendeiner anderen weiblichen Verwandten akzeptieren, ganz gleich, was es sein mag.«

Jeff und ich sahen uns an. Wir wollten unbedingt wissen, was in den Hinterzimmern sein mochte und wie die weiblichen Verwandten wohl aussahen.

Javes grinste. »Es sei denn, natürlich, Sie wollen heiraten.«

Vergesst die Schwestern!

Der Hauptmann führte uns über breite Boulevards und Avenues, auf deren Pflaster die Hufe unserer Pferde klapperten. Es waren viele Menschen unterwegs, und je näher wir den Plätzen mit den Märkten kamen, desto betriebsamer wurde es. Die Leute gingen ihren Geschäften während des kühlen Morgens nach. Schon bald landeten wir in einer Straße, in der sich ein geöffnetes Geschäft an das andere reihte. Ich verrenkte mir fast den Hals auf der Suche nach einem Schneider.

»Geduld, Leutnant«, sagte Javes, der neben mir ritt. »Eins nach dem anderen.«

»Jawohl, Sir.« Ich ignorierte die obszönen Geräusche hinter mir.

Wir bogen um eine Ecke, und in den Schaufenstern der Geschäfte standen kunstvoll geschnitzte Stühle, Tische und

Schränke. Javes las die unauffälligen Schilder, die über den Türen hingen, und hielt vor einem an, auf dem GUAREZ UND SÖHNE stand. Darunter in kleineren Buchstaben: KÖNIGLICHER HOFLIEFERANT. Wir stiegen ab und betraten den Laden. Als wir die Tür öffneten, bimmelte eine Glocke, die darüber befestigt war. Der Ladenbesitzer tauchte jedoch nicht sofort auf, sondern wir wurden in dem nach Bienenwachs und Zitrone duftenden Laden allein gelassen, standen auf dem dicken Teppich und sogen die dezente Eleganz in uns auf. Jeff und ich drängten uns in der Mitte des Geschäftes zusammen, während Javes herumging und die Möbelstücke betrachtete. Nach einer Weile wurde ein Vorhang im Hintergrund des Geschäftes geteilt, und ein lächelnder grauhaariger Mann trat ein. »Was kann ich für Sie tun, edle Herrrn ...« Sein Lächeln dämpfte sich ein wenig, als er Jeffs einfache Kavallerie-Uniform bemerkte, doch als er mich sah, erlosch es schlagartig. »Mylord?«

»Hallo«, sagte Javes aus einer Ecke. Er hatte sein dümmlichstes Lächeln aufgesetzt. »Guarez?«

Der Mann nickte, ohne seinen Blick von mir abzuwenden.

»Ich bin Hauptmann Javes, und das ist mein Adjutant, Leutnant Lord Hase ibn Chause e Flavan ...«

Meine Miene erstarrte.

»... und wir sind hier, um Möbel für die neue Grenzland-Botschaft zu erstehen.« Javes klopfte seinen Uniformrock ab. »Moment, irgendwo habe ich einen Brief von der Bank.« Er fand ihn und reichte ihn dem Möbelschreiner, der ihn mit einer schlaffen Hand entgegennahm. Javes wartete, bis er ihn überflogen hatte, und kassierte den Brief dann rasch wieder ein. »Aber zunächst die Frage: Verwenden Sie Holz aus den Grenzlanden?«

»Nein ...«

»Prächtig, prächtig.« Javes strahlte. »Der Botschafter ist nämlich ein wenig heikel. Wenn Sie einen Grenzlandbaum fällen, ermorden Sie den Baumelf, der darin lebt.« Er sah sich in dem Geschäft um. »Ich würde ihm nur ungern eines ihrer exzellenten Möbelstücke bringen und mir dann anhören müssen, dass es die Leiche eines alten Freundes ist, Sie verstehen?«

Der Schreiner starrte Javes an. »Wir benutzen kein Holz aus den Grenzlanden.«

Javes' Lächeln wurde noch strahlender. »Dann haben Sie sicherlich nichts dagegen, wenn Lord Hase sich kurz umsieht, nein?« Das war mein Stichwort, und ich ging in dem Geschäft herum und inspizierte die Möbel. »Er stammt aus den Grenzlanden, müssen Sie wissen«, fuhr Javes mit verschwörerischer Stimme fort. »Er ist der vierte Sohn von Lord Rafe ibn Chause und Lady Hilga eso Flavan, richtig, Lord Hase?«

Ich unterbrach meinen Rundgang. »Ich bin ihr siebtes Kind, Sir«, korrigierte ich ihn. Verflucht wollte ich sein, wenn ich erlaubte, dass er meine Schwestern ausließ.

»Ach ja«, sagte Javes. »Sie sind ja zusammen acht.« Er sah aus, als hätte er gerade das Geheimnis des Lebens entdeckt. »Sieht seinem Vater schrecklich ähnlich, stimmt's?«

»Seinem Großvater«, erwiderte Guarez. Ich fühlte, wie er mich musterte und sein Blick an meiner Uniform hängen blieb, die an meinem dürren Körper herunterhing. »Er trägt sogar seine Kleidung auf die gleiche Art.«

Ich war fertig mit meinem Rundgang und schüttelte den Kopf. »Es gibt hier kein Grenzlandholz, Sir.« Ich warf einen Blick auf den mit einem Vorhang verhängten Durchgang, hinter dem vermutlich die Werkstatt lag, aber Javes machte eine abwehrende Handbewegung.

»Das ist nicht nötig. Wenn hier keines zu finden ist, wird da drin gewiss auch keines sein.« Sein Lächeln veränderte sich, wurde schmallippiger, entblößte jedoch gleichzeitig mehr Zähne. »Zudem bin ich überzeugt, dass der gute Schreiner weder Botschafter Laurel noch Lord ibn Chause beleidigen will, indem er uns geschmuggeltes Elfenholz andreht, was?«

»Nein, edle Sirs ...«

»Prächtig.« Javes strahlte wieder.

Er setzte sich dann mit Guarez zusammen und war kurz darauf in höfliches Feilschen vertieft, bei dem es um die gesamte Möblierung der Botschaft ging. Ich ging wieder in die Mitte des Geschäftes zu Jeff zurück. Ich wollte weiter darüber nachdenken, warum Javes mit mir geprotzt hatte und welche Pläne ich wohl vereitelt hatte, weil ich gestern Hauptmann Suiden nicht hatte zur Bank begleiten können. Außerdem ging mir die Bemerkung des Schreiners im Kopf herum, dass ich wie mein Großvater aussah. Ich ertappte mich dabei, dass ich überprüfte, ob meine Uniform richtig saß. Damit war ich so beschäftigt, dass mir erst nach einer Weile auffiel, dass Jeff wirklich ruhig war und nicht versuchte, die allgemeine Aufmerksamkeit mit irgendwelchen Lauten, Kichern und getuschelten Bemerkungen auf mich zu lenken, weil der Hauptmann uns befohlen hatte zu schweigen. Ich sah ihn an und begegnete seinem kalten Blick. Ich seufzte und zuckte mit den Schultern. Ich hatte nicht gewusst, dass Javes vor dem Händler mit dem Adel meiner Eltern angeben würde.

Der Hauptmann stand auf. »Ausgezeichnet, Guarez. Wir erwarten Sie heute Abend in der Botschaft.« Er wartete, bis sich der Schreiner verbeugte. »Und danke für Ihre Empfehlungen.« Er drehte sich um und gab uns ein Zeichen. »Also gut, Männer. Auf zu unserem nächsten Ziel.« Er überprüfte eine Liste, auf der die Läden eingetragen waren. »Das direkt um die Ecke liegen dürfte.«

Guarez begleitete uns zur Tür, verbeugte sich erneut, erst vor Javes und dann vor mir. »Hauptmann, Mylord.« Er schloss die Tür so dicht hinter uns, dass meine Hosenbeine im Windzug flatterten.

Dieselbe Vorstellung wiederholte sich im Teppichladen und dem Geschäft für Fensterabdeckungen, die man Rollläden nannte und die aus dünnen, polierten Holzbrettern bestanden, die fast weiß gebleicht waren. Es passierte im Geschäft für Porzellan, bei dem Silberschmied, im Wäscheladen und in anderen Geschäften. Hauptmann Javes fragte alle, ob sie Schmuggelware aus den Grenzlanden hätten, stellte mich als Lord vor, ließ mich die Ware inspizieren und feilschte dann mit den Eigentümern um die Ausstattung der Botschaft. Er zeigte seinen Kreditbrief herum, wobei er darauf achtete, dass die Geschäftsinhaber ihn nicht besabberten, und forderte sie dann auf, in die Botschaft zu kommen, damit sie sich ein Bild von der »Größe des Auftrags« machen konnten. Er erwähnte niemals, dass der Botschafter ein sprechender Berglöwe war, der auf seinen Hinterbeinen herumlief. Ich ging davon aus, dass es heute Abend bei uns eine Menge Geschrei geben würde.

Als wir den letzten Laden verließen, stand die Sonne hoch am Himmel, und ich war froh, dass wir neue, breitkrempige Hüte hatten. Ich sah zu Jeff hinüber, aber er starrte geradeaus, immer noch sauer über »Leutnant Lord Hase«. Wir stiegen auf, und er ließ sich hinter Javes und mir zurückhängen.

»Ich glaube, wir sollten zuerst unsere Pferde tränken und dann eine Taverne für uns suchen. Ich verspüre leichten Appetit«, meinte Javes.

Ich warf dem Hauptmann einen Seitenblick zu. Er bemerkte ihn und hob eine Braue. »Spucken Sie es aus oder haken Sie es ab. Aber schmollen Sie nicht, Leutnant.«

Meine Ma hatte mich auch immer beschuldigt zu schmollen, und zwar gewöhnlich dann, wenn sie mich zu etwas gezwungen hatte, was ich nicht wollte. Ich legte keinen sonderlichen Wert darauf, das Gleiche jetzt auch vom Hauptmann zu hören. »Was soll ich sagen, Sir?«

»Sie könnten fragen, was zum Teufel hier vorgeht, statt das Opferlamm zu spielen!«

»Es wäre nett gewesen, vorher informiert worden zu sein, bevor das, was hier vorgeht, vorgeht, Sir.«

»Man hätte Sie auch informiert, wenn Sie gestern Morgen nicht krank geworden wären.«

»Bevor ich zur Bank gehen sollte, Sir?«

Javes musterte mich von der Seite. »Suiden hatte recht. Sie sind doch nicht so naiv, wie Sie manchmal tun, Leutnant.«

Das beantwortete meine Frage nicht, aber ich sagte nichts weiter. Wir bogen in eine Straße ein, an deren Ende wir einen Platz sahen, in dessen Mitte ein Springbrunnen sein Wasser in einen großen Trog ergoss. Wir ritten dorthin, und einige Bürger traten zur Seite, damit wir unsere Pferde tränken konnten. Ich runzelte die Stirn. In Freston mussten die Militärs warten wie alle anderen auch, bis sie an der Reihe waren. »Kommt die Armee hier immer sofort an die Reihe?«, erkundigte ich mich bei Javes.

»Aber nein, Leutnant Lord Hase«, antwortete der, während er abstieg. Er wollte sein Pferd zum Trog führen, aber das brauchte keine Aufmunterung. Es schubste den Hauptmann zur Seite, senkte den Kopf in den Trog und soff geräuschvoll. Jeff und ich mussten uns mit dem Absteigen beeilen, sonst wären wir ins Wasser geworfen worden, als unsere Pferde hastig dem Beispiel von Javes' Gaul folgten. Javes sah sich um. »Nein«, wiederholte er. »Sie tun das nicht unsretwegen.« Er lächelte. »Sondern Ihretwegen.«

Ich blickte mich verwirrt um und begegnete dem Blick eines Mannes, der sein Pferd zurückhielt, während unsere sich satt soffen. Er zuckte zusammen und verbeugte sich leicht.

»Durch unsere klerikalen Reisegefährten, Gherats Amtsdienerinnen, die Briefe, die aus Gresh, Dornel und Freston kamen, und nach unserem Einkaufsbummel dürfte wohl jeder in der Stadt mittlerweile wissen, dass ein Enkel von Lord Flavan und Neffe des derzeitigen Lord Chause als Leutnant in der Königlichen Armee dient. Und Sie haben Guarez ja selbst gehört: Sie sind dem alten Lord wie aus dem Gesicht geschnitten.« Er hob sein Lorgnon und musterte meine Hose. »Bis auf die Bügelfalten. Sagen Sie, alter Junge, wie bekommen Sie die so scharf?«

»Wissen Sie, Sir, Slevoic hat mich das auch schon gefragt.«

Der Blödmann verschwand, und der Wolf starrte mich an. »Vorsicht, Leutnant.«

»Jawohl, Sir.«

Unsere Pferde waren, nachdem sie sich bemüht hatten, den Trog leer zu saufen, fertig, und wir stiegen auf. Javes führte uns in die nächste Straße, und da ich mich jetzt nicht mehr darauf konzentrierte, einen Schneider zu finden, oder mich wunderte, was der Hauptmann vorhatte, bemerkte ich, dass ich tatsächlich eine Menge Aufmerksamkeit erregte. Einige deuteten sogar auf mich und stießen ihre Begleiter an. Es war fast so, als hätte jemand eine Zielscheibe auf meinen Rücken geheftet, und ich musste mich zusammenreißen, um nicht die Schultern zusammenzuziehen.

»Diente dieser Ausflug dem Zweck, die Gerüchte zu bestätigen, Sir?«

»Zum Teil«, gab Javes zu. »Aber wir mussten die Botschaft wirklich möblieren.«

»Wäre es so schlimm gewesen, es einfach bei den Gerüchten zu belassen?« Verflucht, ich schmollte tatsächlich. Ich presste meine Lippen zusammen und hoffte, dass ich sie nicht zu einem Schmollmund verzogen hatte.

»Gerüchte kann man abstreiten oder abtun, Hase.« Die gelben Augen des grauen Wolfs wirkten in der strahlenden Sonne fast farblos. »Wenn Sie verschwunden wären, bevor jemand Sie tatsächlich gesehen hätte, hätte man auch Ihre Existenz abstreiten oder abtun können.«

Jetzt hatte ich das Gefühl, als hätte ich auch Zielscheiben auf Brust und Stirn. »Sch ... Schöne Bescherung, Sir. Sie meinen den Entführungsversuch?«

»Vielleicht.« Javes führte uns über einen anderen Platz, der von Garküchen gesäumt war, jedenfalls dem Geruch nach zu urteilen. »Ein Amtsdiener oder selbst ein Offizier kann bestochen werden. Aber es ist sehr schwierig, das bei einer ganzen Stadt zu schaffen.« Der Blick des Wolfs traf den meinen. »Ich will damit nicht behaupten, es wäre unmöglich, aber es bedarf eines sehr hohen Maßes an, sagen wir, Mitteln.«

Ich kaute daran herum, während wir den Platz überquerten, bis Javes vor einem Restaurant hielt, dessen Tische unter einer blau-weiß gestreiften Markise standen. Ich wartete, bis wir alle abgestiegen waren. »Aber das ist schon vorgekommen, Sir.« Ich bemerkte Javes' fragenden Blick. »Iversterre hat ein ganzes Volk verbannt.« Zwei Reiter kamen vorbei, zügelten ihre Pferde, sahen, dass ich sie anstarrte, und ritten schleunigst weiter. Die Hufe ihrer Pferde klapperten laut auf den Pflastersteinen. »Hier gelten die Völker der Grenzlande als nicht existent, außer vielleicht in fantastischen Geschichten. Ungeachtet dessen, dass dieses Königreich ihnen in einem blutigen, verlustreichen Krieg unterlegen ist. Und erst recht ungeachtet der Tatsache, dass sie hier gelebt haben, bevor sie vertrieben wurden. Und das geschah mit einem extrem hohen Aufwand an Mitteln.« Ich sah, wie eine Bedienung aus dem Restaurant sich näherte.

Hauptmann Javes drehte sich herum und blickte die Frau stirnrunzelnd an, woraufhin sie wie gelähmt erstarrte. Sein Gesicht glättete sich, er lächelte und winkte sie heran. »Kann ich Ihnen helfen, edle Sirs?« Ihr Blick fiel auf mich, und sie riss die Augen auf, während sie sich verbeugte. »Mylord?«

»Einen Tisch draußen«, sagte Javes, »wenn Sie so nett wären.« Er deutete auf einen in einer Ecke, weit weg von den anderen Gästen. »Der da sieht nett aus.«

Es war verblüffend, dass wir alle an einem runden Tisch und gleichzeitig mit dem Rücken zur Wand sitzen konnten. Meine Darbietung ging weiter, als Passanten mich genauer musterten, während die Bedienung die Spezialitäten der Küche aufzählte, unsere Bestellung aufnahm und dann im Restaurant verschwand. Eine Kutsche verlangsamte ihr Tempo, damit ihre Insassen mich in Ruhe betrachten konnten, während die Bedienung mit einem Korb Brot und einer Schüssel Öl zurückkam, das laut Javes von Oliven stammte, und dazu mit großen Gläsern Fruchtsaft und Tee. Javes sprach kurz mit ihr, sie verschwand wieder im Inneren und kam kurz darauf mit zwei Krügen zurück, an deren Außenseite das Wasser perlte. Ich berührte einen. Er war kalt.

»Sie holen aus den Bergen Eis und schiffen es über den Branson in Spezialbooten hierher«, sagte Javes, nachdem die Bedienung die Krüge auf den Tisch gestellt hatte. »Dann lagern sie es in einem speziellen Eishaus. Mir ist eingefallen, dass dieses Restaurant die kühlsten Getränke am ganzen Platz hat.« Er trank einen Schluck Saft. »Ich hatte recht.«

Die Bedienung verbeugte sich. »Danke, edler Sir.« Sie verschwand mit dem Tablett wieder im Inneren des Restaurants.

Der Hauptmann wartete, bis sie außer Hörweite war, und spießte Jeff dann mit seinem Blick förmlich auf. »Man sagt, dass es nur einen Weg für mehr als eine Person gibt, ein Geheimnis zu bewahren: den, dass alle außer einer tot sind. Wenn das, was ich jetzt sage, durchsickert, Reiter, dann werden Sie sich wünschen, tot zu sein, kapiert?«

Jeff nickte mit offenem Mund. Ich vermutete, dass es ab jetzt keine »Also wirklich«-Witze in der Kaserne mehr geben würde.

»Und ich bin sicher, Hase, dass Sie auch nichts verlauten lassen, da Sie sich ja offenbar so gut darauf verstehen, Geheimnisse zu bewahren.«

Es geht doch nichts darüber, mit den eigenen Waffen geschlagen zu werden. Ich nickte. »Jawohl, Sir.«

Javes hob sein Glas Saft, leerte es in einem langen Zug fast zur Hälfte und sah mich dann an. »Also gut. Sagen wir, dass Iversterre vielleicht ein wenig vergesslich war. Dass gewisse Ereignisse, zum Beispiel bestimmte Kriege, aus seinem Gedächtnis verschwunden sind. Mit diesem Gedächtnisschwund – vielleicht sogar wegen ihm – häufen sich Vorfälle, die, würde man erlauben, dass sie weitergehen, die Zukunft des Königreiches sehr interessant gestalten könnten. Wie würden Sie das kurieren, Leutnant?« Der graue Wolf sah mich aufmerksam an.

»Ich würde mein Bestes tun, mein Gedächtnis aufzufrischen, Sir.«

Javes nickte, nippte an seinem Saft und ließ den Blick über die Straße gleiten. »Genau das werden wir tun, und wir fangen damit heute Abend an, wenn die königlichen Kaufleute vorbeikommen, um den neuen Botschafter zu begrüßen.«

»Oh.« Ich blieb einen Moment reglos sitzen, lächelte dann, hob mein eigenes Glas und grüßte das Paar, das auf der Straße stehen geblieben war und mich anstarrte.

25

Nachdem wir unsere Mahlzeit beendet hatten, kehrten wir zur Botschaft zurück. Nach zwei Krügen Tee im Restaurant litt ich Qualen, sprang vom Pferd, als wir ankamen, und raste ins Haus. Das Wasserklosett im ersten Stock war besetzt, also sprintete ich zu dem neben meinem Zimmer und versuchte den plätschernden Springbrunnen zu ignorieren. Himmlisch! Kurz darauf kam ich heraus und stieß auf Laurel.

»Also, Lord Hase, habt Ihr Euren Schneider gefunden?«

Ich hatte meine Suche nach neuen Kleidern vollkommen vergessen. »Nein, Laurel Faena. Diesmal nicht.«

»Verstehe. Und wie fühlt Ihr Euch?«

»Mir geht's gut.«

»Wirklich? Ich kann mich nicht daran erinnern, dass Eure Augen früher so dunkle Schatten hatten.« Er senkte seinen Blick. »Und dass Eure Hände so zitterten.« Er legte ein Ohr an den Kopf. »Habt Ihr die Blätter gekaut?«

»Nein, Ehrenwerter Faena.«

Das andere Ohr klappte auch nach hinten. »Abzustreiten, was geschehen ist, kann es nicht auslöschen. Auch wenn das eine beliebte Freizeitbeschäftigung in diesem Königreich zu sein scheint, oder?«

Das war bereits das zweite Mal, dass Laurel auf eine Unterhaltung anspielte, die ich mit meinen Vorgesetzten geführt hatte, obwohl er nicht dabei gewesen war, und ich zog meine Augen zusammen.

»Nein, Lord Hase, Ihr braucht mich nicht zu verdächtigen. Ihr braucht mich nie zu verdächtigen.« Seine Ohren richteten sich wieder auf, und er blickte die Treppe hinunter. Dann heftete er seinen Blick auf mich und senkte die Stimme. »Ihr steht damit nicht allein, Hase.« Er lächelte, und seine Schnurrhaare legten sich an. »Magier sind nicht die Einzigen, die Mentha nehmen. Aber wir unterhalten uns später weiter.«

Ich hielt Laurel auf, als er um mich herumgehen wollte. »Wartet eine Minute, verdammt! Ihr könnt nicht einfach mit solchen Felsbrocken um Euch werfen und dann einfach weggehen. Was meint Ihr mit …?«

»Sieh an, sieh an. Die Grenzland-Missgeburt und seine Mutanten-Katze!«

Ich hatte Schritte auf der Treppe gehört, sie aber ignoriert, weil ich mich auf das Gespräch mit Laurel konzentriert hatte. Jetzt bekam ich die Quittung. Ich drehte mich um und sah Leutnant Slevoic mit Ryson im Schlepptau auf uns zukommen.

»Fühlen sich Mylord Auswurf heute etwas weniger unpässlich?« Slevoic zog an einem Stumpen und blies mir den Rauch ins Gesicht.

»Lassen Sie sich ausstopfen«, schlug ich ihm vor, während sich ein Stechen zwischen meinen Augen bemerkbar machte. Meine Finger begannen zu kribbeln.

»Und wer soll das machen, hm? Sie?«

»Ich sagte Ihnen schon, halten Sie mich aus Ihren Träumen heraus.«

Slevoic stand mit wenigen, schnellen Schritten unmittelbar vor mir. Mittlerweile hämmerte mir der Schädel, und ich hörte einen Windstoß, einen rauschenden, wütenden Windstoß. Was recht merkwürdig war, weil sich im Flur kein Lüftchen regte.

Slevoic sah sich um. »Weißt du was? Es ist keiner hier.« Er blies mir noch mehr Rauch ins Gesicht. »Nur du und ich, Auswurf.«

Ryson und Laurel spielten offenbar in Slevoics Universum keine Rolle. Ich trat zurück, um etwas Platz zu bekommen, und hatte das Gefühl, als würden meine Füße den Boden nicht berühren. Slevoic lächelte und leckte sich die Lippen, während er seinen Stumpen fester packte und ihn mir dorthin drücken wollte, wo es wehtat. Ich hob die Hand und fühlte, dass darin ... etwas war, während ich die Zähne fletschte.

»Nein, Hase, nicht!« Laurel packte mich, drückte meinen Arm herunter, und ich fühlte, wie er seine Tatze über meine Hand legte und die Finger geschlossen hielt.

»Was geht hier vor?«

Ryson nahm Haltung an, und Slevoic folgte seinem Beispiel, wenn auch etwas gemächlicher. Groskin und Suiden traten auf den Treppenabsatz. Ich sah mich um, jedenfalls so weit, wie Laurel es mir erlaubte. Die Türen gingen auf, und überall tauchten Gesichter auf, selbst im Hof und auf der Treppe. Jeff stand auf den Stufen. Seine Blicke erreichten gerade den zweiten Stock. Hauptmann Javes drängte sich durch die Leute auf der Treppe, bis er neben Groskin stand. Seine gelben Augen funkelten mich an.

Ich versuchte, meine Hand aus Laurels Griff zu befreien, aber er widersetzte sich, und seine Krallen drückten sich leicht in meine Haut.

»Also?« Groskin sah uns finster an, und seine Miene verdüsterte sich noch mehr, als ihm klar wurde, dass Ryson der Einzige war, der ihm unterstand.

»Beantworten Sie Leutnant Groskins Frage«, befahl Suiden, der uns der Reihe nach musterte. Als er sah, wie Laurel meine Faust umklammerte, hob er die Brauen.

Wie sollte man einem Hauptmann erklären, dass zwei seiner Leutnants dabei waren, sich gegenseitig zu ermorden oder zumindest nachhaltig zu verstümmeln, während er herumstand und nichts dagegen unternahm? Ryson öffnete den Mund, während er nach Worten suchte, die seine Haut retten könnten, aber offenbar wurde er nicht fündig. Suidens Blick kehrte zu meinem Gesicht zurück. »Leutnant Hase?«

»Leutnant Slevoic war ein wahres Nervenbündel, Sir, und ich habe versucht, ihm darüber hinwegzuhelfen.«

»Hier gibt es keine Felsen, die man bewachen könnte, Leutnant.«

»Nein, Sir.«

»Verstehe.« Der Blick des Hauptmanns glitt zu dem brennenden Stumpen in Slevoics Hand. »Leutnant Slevoic?«

»Bitte um Erlaubnis, offen sprechen zu dürfen, Sir.«

»Tun Sie das nicht immer?«, murmelte Javes.

»Ich finde, Hase übt einen negativen Einfluss auf die Truppe aus, Sir«, sagte Slevoic.

»Das stimmt«, erwiderte ich. »Er versucht immer, mir seine Träume zu erzählen, Sir.«

»Du widerlicher Auswurf ...«

»Halten Sie den Mund, Leutnant Hase, sonst lasse ich Sie von Leutnant Groskin wegbringen.«

Ich hielt den Mund, während Groskin dem Hauptmann einen sehr unglücklichen Blick zuwarf. Schweiß lief mir zwischen den Schulterblättern herunter. Es musste an dem engen Kontakt zu Laurel liegen.

»Bitte fahren Sie fort, Leutnant Slevoic.«

»Jawohl, Sir.« Slevoic richtete den Blick seiner blauen Augen auf mich. »Ich stelle Hases Loyalität in Frage. Er ist in den Grenzlanden geboren und aufgewachsen, auch wenn seine Eltern aus Iversterre stammen, und er versteht sich sehr gut mit dem Magischen ...«

»Botschafter Laurel, Leutnant«, warf Suiden ein. »Sie sollten außerdem Ihren Stumpen ausmachen, bevor Sie sich die Finger verbrennen.«

Ich seufzte enttäuscht auf, als Slevoic Ryson den Stumpen gab, der ihn in das Wasserklosett warf. Nachdem das Rauschen der Spülung verklungen war, deutete Suiden lässig auf Slevoic. »Fahren Sie fort.«

»Er ist eng mit dem Mag ... Botschafter Laurel bekannt, schließt Pakte mit ihm, tauscht Federn mit ihm, und wer weiß, was er sonst noch macht.« Slevoic hob seine Brauen. »Ist Ihnen klar, Sir, dass wir nur sein Wort und das des Mag ... Botschafters haben, dass der Stab, der Schild und der Panzer das sind, was sie behaupten? Es wurden nur aufgrund ihrer Aussage Leute angeklagt und sogar ins Gefängnis geworfen.« Er lächelte fast unmerklich. Suiden konnte es sicher nicht sehen. »Und jetzt stehen sie da und halten sich an der Hand wie ein Liebespaar.«

»Sie finden das amüsant, Leutnant?« Also gut. Der Hauptmann war dafür berüchtigt, dass er sogar um die Ecke blicken konnte.

Slevoics Lächeln erlosch, aber er starrte mich weiterhin an. Ich spielte mit dem Gedanken, mich an den Faena zu lehnen, damit er mein Gewicht hielt.

»Sie bleiben da, wo Sie sind, Hase.« Suiden sah Laurel an. »Gibt es einen Grund, warum Ihr die Hand des Leutnants haltet, Sro Laurel?«

»Er hat sich von seiner Krankheit noch nicht erholt, Ehrenwerter Hauptmann, und er zittert ziemlich stark. Ich befürchte, dass er gleich zusammenbricht.«

Jetzt, da Laurel es erwähnte, schüttelten mich Krämpfe. Der Schmerz in meinem Kopf war stärker geworden, und außerdem zuckten auch noch kleine Blitze vor meinen Augen.

»Sir«, sagte Slevoic. »Wir wissen nicht einmal, ob Hases Krankheit echt ist. Außer ihm ist niemand krank geworden.«

»Ist das der Grund, warum Sie sich mit ihm prügeln wollten, Leutnant? Mit einem brennenden Stumpen in der Hand?«

»Sir ...«

»Oder ihn jedes Mal, wenn ich hinsehe, als Auswurf, Missgeburt oder beides bezeichnen?«

»Nein, ich ...«

»Hören Sie gut zu, Slevoic, denn ich sage das nur einmal. Was Sie ihm vorwerfen, mag zutreffen ...«

Das Rauschen des Windes wurde stärker und drohte mich zu zerreißen. Laurels Griff um mich verstärkte sich, als ich schwankte.

»... oder auch nicht. Es ist eine bloße Spekulation. Es gibt keinerlei Beweise, dass Hase seinen Treueeid gebrochen hat.«

»Aber Sir ...«

»Nicht die geringsten, Leutnant. Ich weiß allerdings, dass Sie Ihr Bestes getan haben, um Unfrieden zu stiften. Ihretwegen murren die Männer, stehen tuschelnd in den Ecken herum, bilden Fraktionen und werden sogar zu Ungehorsam und Heimlichkeiten ermuntert.« Suidens Blick richtete sich auf Ryson. »Was auch immer Hase sein mag, er hat niemals die Moral der Truppe unterminiert oder gar meine Autorität.«

Slevoics Miene war vollkommen ausdruckslos. »Sir ...«

»Der Lordkommandeur ist sich sehr genau bewusst, wer Hase ist, und er weiß auch von seinen Beziehungen zu den Grenzlanden.« Suiden sah Slevoic wieder an. »Er selbst hat seine Aufnahme in die Königliche Armee befürwortet, er selbst hat ihn in Freston stationiert, und der Lordkommandeur höchstselbst hat seine Ernennung zum Verbindungsoffizier des Botschafters angeordnet. Wollen Sie den Lordkommandeur als einen Narren titulieren, Leutnant?«

»Nein, Sir.«

»Sehr weise von Ihnen, Leutnant, wirklich sehr weise.« Suiden wartete, bis er Slevoics volle Aufmerksamkeit hatte. »Sie werden hiermit in Ihrem Quartier unter Arrest gestellt, bis sie vor ein Militärgericht gestellt werden. Die Anklage lautet Angriff auf einen Offizierskameraden mit der Absicht, ihm schweren körperlichen Schaden zuzufügen ...«

»Sir!« Slevoic riss fassungslos die Augen auf, als ihm dämmerte, dass er verantwortlich gemacht wurde.

»Der brennende Stumpen, Slevoic«, meinte Suiden.

»Ich hatte ihn vollkommen vergessen, Sir!«

»Und Sie wollen ein erfahrener Soldat sein«, warf Javes ein.

»Es ist schwer, eine Faust zu ballen und nicht zu merken, dass sich darin ein glimmender Stumpen befindet, Leutnant«, gab Suiden zurück. »Ich werde außerdem einen ausführlichen

Bericht an den Lordkommandeur schicken, der Ihr Verhalten ...«

Die Krämpfe, das Hämmern in meinem Kopf und die Lichtblitze verstärkten sich, und meine Beine gaben nach. Ich rutschte durch Laurels Arme und zwang ihn zu einer schnellen Reaktion, mit der er verhinderte, dass mein Kopf auf den Boden aufschlug. Ich hörte dumpfe, hallende Ausrufe und Befehle, als würden sie vom Grund einer tiefen Zisterne kommen. Der Flur kippte, und dann fühlte ich mein Bettzeug unter meinem Kopf. Als ich die Augen öffnete und versuchte, mich zu konzentrieren, beugte sich Laurel über mich. Suiden blickte über seine Schulter. Aber ihre Gesichter verschwammen. Etwas strich über meine Lippen, und der Geruch von Minze stieg mir in die Nase. Das war mein einziger Körperteil, der noch zu funktionieren schien. Ich drehte den Kopf weg, und eine Woge von Übelkeit überrollte mich.

»Seid nicht dumm«, sagte Laurel. Er hielt mir die Mentha-Blätter erneut an die Lippen.

Ich versuchte, sie wegzuschieben, aber Laurel hielt meine Hand immer noch fest.

»Eigensinniger Trottel! Es abzustreiten wird dem kein Ende setzen! Nehmt sie!«

Ich öffnete den Mund zu einem klaren »Nein«, und im gleichen Moment stopfte Laurel die Blätter hinein und drückte mir mit der Tatze den Mund zu. Ich wollte sie ausspucken, als meine Sehkraft erneut nachließ.

»Hase, Ihre Augen sind rot, als würden die Blutgefäße gleich platzen!«, hörte ich Suidens Stimme. »Sie könnten blind werden oder sterben. Haben Sie das Bedürfnis nach einem von beiden?«

Na ja, nein, nicht wirklich, jedenfalls. Ich zögerte und gab nach. Ich zerkaute die Blätter, und der Geschmack von Minze explodierte in meinem Mund. Ich schluckte, einmal, zweimal und wartete.

»Hier.« Ich erlaubte Laurel, mir noch mehr Blätter in den Mund zu schieben, die ich auch zerkaute. Das Pochen in meinem Kopf ließ nach, und mein Magen beruhigte sich langsam. »Eigensinniger, störrischer Trottel! Hättet Ihr das bereits gestern gemacht, müsstet Ihr heute nicht mit dem Tod liebäugeln.«

Ich wollte ihm antworten, aber als der Schmerz nachließ, dämmerte ich bereits einer Ohnmacht entgegen. Meine Lider sanken herunter.

»Warum haltet Ihr seine Hand, Sro Laurel?«

»Wie lange hat Leutnant Slevoic Lord Hase bereits zugesetzt, Ehrenwerter Hauptmann?«, antwortete Laurel mit einer Gegenfrage.

Ich öffnete die Augen ein wenig. Das interessierte mich denn doch.

»Seit Slevoic nach Freston versetzt wurde, vor etwa drei Jahren.«

Ich fühlte, wie Laurel Gesten über meiner Hand machte und sie dann langsam öffnete.

»Was bei der pockenverseuchten Hölle ist das denn?«

Jetzt öffnete ich die Augen ganz. Suiden fluchte nie. Na gut, ein bisschen vielleicht, aber nie so deftig. Ich versuchte, etwas zu erkennen, aber meine Sehkraft war immer noch beeinträchtigt.

»Die Akkumulation von drei Jahren Quälerei.« Laurel machte noch ein paar Gesten. »Hätte Lord Hase damit zugeschlagen, hätten wir Leutnant Slevoic von Wänden, Boden und überall sonst noch abkratzen können, wohin sich seine Körperzellen verteilt hätten.«

Was auch immer in meiner Hand war, löste sich auf, und ich wackelte mit den Fingern. »Bewegt Euch nicht, Lord Hase.« Ich erstarrte.

»Weggelaufener, *unausgebildeter* Zauberlehrling.« Ich hörte die Sorge in Hauptmann Suidens Stimme. »Ist er eine Gefahr? Ist er in Gefahr?«

»Die Antwort auf beide Fragen lautet nein, Ehrenwerter Hauptmann.« Noch eine Geste, und das merkwürdige Gefühl ließ weiter nach. »Das Mentha wird helfen, Hases Ausgeglichenheit zu festigen, bis er seine übliche Selbstbeherrschung wiedererlangt.« Laurel fuhr mit seiner Tatze über meine Hand, und auch das Kribbeln ließ nach. »Es ist recht viel auf einmal über ihn hereingebrochen. Die Verhöhnungen und Drohungen des Leutnants waren der letzte Tropfen, der dazu führte, dass der Damm brach.« Er fuhr mit einer Kralle über die Haut meiner Handfläche und hinterließ eine brennende Spur. »Wenn wir ihn eine Weile in Ruhe lassen, wird er sich erholen. Er ist zu drachenköpfig, um etwas anderes zuzulassen.« Ich hörte, wie Laurel etwas in Wasser tauchte und auswrang und seufzte, als er einen feuchten Lappen auf meine Stirn legte. Meine Augen schlossen sich wieder, und während alles verblasste, hörte ich jemanden schnarchen. Wer das wohl war?

26

Ein Dachs beugte sich über mich. Ich sah den weißen Fleck auf seiner Stirn, als er mit der Tatze meine Schulter schüttelte. Ich dachte an die Familie, die in den Wald nahe unseres Hofs gezogen war, und wie die Ehrenwerte Esche Faena schließlich einen Waffenstillstand zwischen ihnen ausgehandelt hatte, zwischen dem Wolfsrudel und den Raubkatzen. Ich lächelte schläfrig. »Ich entbiete Euch einen guten Tag, Ehrenwerter Dachs.«

Er zog die Brauen zusammen und nahm dann ein paar Blätter

vom Nachttisch. »Hier, Hase. Suiden sagte, du solltest sie direkt nach dem Aufwachen nehmen.«

Ich griff nach den Blättern, bereit, einem direkten Befehl Folge zu leisten, obwohl er von einem pelzigen Tier kam, und freute mich, dass meine Hand nicht zitterte – auch wenn ich mir keinen Grund hätte denken können, warum sie es hätte tun sollen. Ich schob die Blätter in den Mund und kaute, genoss ihren scharfen Geschmack. Der Dachs beobachtete mich, und ich fragte mich, warum Jeff so besorgt wirkte. Ich versuchte mich aufzurichten. Jeff half mir und nahm meinen Arm. »Das wird langsam eintönig«, erklärte ich, als ich schwankend aufstand. Es überraschte mich erneut, dass ich einigermaßen sicher auf den Füßen stand, allerdings setzte jetzt die Erinnerung ein, warum das überraschend war. Ich tat einen zögernden Schritt und achtete darauf, mein Gleichgewicht zu behalten.

»Du weißt also, wer ich bin?« Jeff wirkte immer noch besorgt.

»Sei nicht albern, Jeff.«

Er sah mich an, erleichtert zunächst, doch dann verfinsterte sich seine Miene. »Was hätte ich denn denken sollen? Eben hast du mich noch Ehrenwerter Dachs genannt.«

»Oh.« Meine Gedanken rasten. »Ich habe vom Hof meiner Eltern geträumt und von den Dachsen, die in der Nähe lebten.« Ich zuckte mit den Schultern. »Ich habe dich wohl mit ihnen verwechselt.« Ich rieb mir die Hand, die ein bisschen brannte.

»Vergiss es«, meinte Jeff. »Ein Diener vom Hof ist eingetroffen, um Botschafter Laurel abzuholen.« Er zerrte mich zur Tür. »Der Hauptmann sagte, dass du in einer Viertelstunde fertig sein musst, damit du ihn begleiten kannst.«

»Aber ...« Es erschütterte mich, dass man mich von meinem Krankenlager zerrte, nur damit ich weiterhin den Verbindungsoffizier spielte.

»Hase, der Diener hat auch nach dir gefragt!«

Zur Hölle und ihrer hässlichen Mutter. Ich trabte in den Flur; als ich den Abtritt erreichte, rannte ich und rutschte ein Stück an der Tür vorbei, bis ich zum Stehen kam. Eine Viertelstunde später stürmte ich, gewaschen, rasiert und angekleidet, die Treppe hinunter, während ich hastig versuchte, meinen Gürtel zu richten.

»Da ist er endlich«, erklärte Hauptmann Suiden, als ich unten ankam. Der Mann in der königlichen Livree neben ihm verbeugte sich tief.

»Lord Hase«, sagte der Diener. »Ich bin gekommen, um Sie und Botschafter Laurel zum Palast zu eskortieren.«

»Zum König?«, fragte ich, als meine Uniform endlich richtig saß.

»Zu einem Minister des Königs, Mylord. Zur Kanzlerin für Auswärtige Angelegenheiten.« Der Diener lächelte schwach. »Wenn ich mir die Freiheit erlauben darf, ich kann wohl sagen, dass Kanzlerin Berle ein wenig verstimmt war, als sie erfuhr, dass Sie und der Botschafter eingetroffen sind, ohne dass man sie informiert hatte. Sie hat mich zu Ihnen gesandt, um Ihnen ihre Entschuldigung zu überbringen und Sie zum Hof zu geleiten.«

Das Stimmengemurmel der Händler, welche die Botschaft ausstatteten, schwoll plötzlich an; in den Lärm einer ausbrechenden Panik mischten sich einige erstickte Schreie. Ich blickte in den Flur und sah, wie Laurel Faena auftauchte, mit seinem Stab in einer Tatze.

Der ausgezeichnet ausgebildete Diener jedoch ignorierte den Aufruhr, als wäre er taub, und verbeugte sich erneut sehr tief. »Botschafter Laurel.« Über seinen gesenkten Kopf hinweg sah ich, wie Groskin sich uns näherte. Er trug das Paradegehenk des Hauptmanns, zusammen mit Schwert und Handschuhen, die er Suiden reichte. Der Hauptmann legte das Gehenk an, hängte das Schwert ein und schob dann die gelben Handschuhe in den Gürtel.

»Leutnant.« Groskin hielt mir ein anderes Schwert und Handschuhe hin. Meine Miene verfinsterte sich, sowohl wegen des »Leutnant« als auch wegen seines sichtlichen Bemühens, mich nicht zu berühren. Dann jedoch fiel mein Blick auf die Gegenstände, die er mir gab, und alle anderen Gedanken waren wie weggeblasen.

Alle Reiter werden mit einem einfachen Schwert und dunkelblauen Uniformhandschuhen ausgestattet; das mit Quasten geschmückte Offizierschwert in meiner Hand verdeutlichte mir aber die Veränderung meines Rangs so klar wie nichts anderes. Jeff war Groskin gefolgt, und ich starrte ihn an, als er mir das alte Schwertgehenk abnahm und das neue anschnallte, das Schwert richtete und sorgfältig die gelben Handschuhe über den Riemen faltete.

»Ich bin so weit, falls Ihr es wünscht, Ehrenwerte Leute«, ließ sich Laurel vernehmen.

Die Händler und die Soldaten sahen zu, wie Laurel unsere kleine Prozession zur Haustür führte. Javes kam aus dem Büro der Hauptleute, und Groskin trat zu ihm. Ihre Mienen waren ernst, aber Groskin mied meinen Blick.

»Sie übernehmen in meiner Abwesenheit das Kommando, Hauptmann Javes«, ordnete Suiden an.

»Jawohl, Hauptmann Suiden.«

Als sich die Tür hinter uns schloss, sah ich mich um. Der Totenstab und die Drachenhaut waren auf eins der Packpferde verladen worden. Jeff drückte sich an uns vorbei zu dem Hauptmann und dem Diener, Laurel Faena jedoch blieb neben mir stehen. »So beginnt es also«, sagte er leise und sah mich an. »Geht es Euch gut, Lord Hase?«

Ich nickte. »Ja, Ehrenwerter Faena. Das Mentha wirkt Wunder.«

Diesmal nickte Laurel. »Das ist gut. Ich habe noch mehr, falls Ihr es benötigt.« Er berührte meinen Arm. »Wir reden, wenn wir zurückkehren.«

Hauptmann Suiden und dem Diener war aufgefallen, dass wir zurückblieben, und sie drehten sich nach uns um.

Laurel lachte kurz. »Wir sollten jetzt besser weitergehen, damit unsere Aufpasser nicht umkehren und uns holen.« Er strich die Federn glatt und richtete die Perlen, holte tief Luft und ging dann zu den Pferden. Ich folgte ihm, nachdem ich mich überzeugt hatte, dass mein Schwert gerade hing.

Ich hatte gedacht, ich hätte bereits viel von Iversly gesehen, doch jetzt stellte ich fest, dass ich bisher nur durch einen kleinen Teil der Stadt gekommen war. Wir ritten über Marktplätze, durch von Geschäften gesäumte Straßen, unter Triumphbögen hindurch, an Monumenten und Theatern vorbei und über Brücken hinweg, welche die Nebenflüsse des Banson überspannten, die das Delta bildeten, in dem die Königliche Stadt errichtet worden war.

»Iversly ist ein Dreieck, an dessen entferntestem Ende die Königliche Residenz liegt«, bemerkte Suiden, als wir über einen weiteren Platz ritten. »Darin unterscheidet sie sich von den meisten anderen Städten, die um einen zentralen Punkt herum gebaut wurden.«

Diese Anlage einer Stadt war typisch für Elfen, dort, wo ein Stützpunkt sich einer Bedrohung entgegenstemmen musste. Der Wind drehte sich, ein salziger Duft erfüllte die Luft, und ich wunderte mich laut, wer sie wohl vom Meer aus bedroht haben mochte.

»Wir«, erklärte Suiden.

Ich wandte den Kopf und starrte den Hauptmann an.

»Augen geradeaus, Leutnant.«

Mein Kopf ruckte wieder nach vorn.

Der Faena ging neben Suiden, in der einen Hand seinen Amtsstab, in der anderen die Zügel des Packpferdes. Doch statt des Gemurmels, das uns normalerweise wie eine Blase umhüllte, wenn die große Katze unterwegs war, säumten die Bewohner diesmal die Straßen, an einigen Stellen sogar in mehreren Reihen. Die meisten beäugten Laurel, aber auch ich wurde kritisch gemustert.

»Scheint, als wäre Hauptmann Javes' Kampagne erfolgreich gewesen, Sir«, sagte ich zu Suiden. Ein Mann setzte sein Kind auf seine Schultern und deutete auf mich. Ich war versucht, dem Kleinen zuzuwinken.

»Stimmt ... und Hase, denken Sie nicht mal dran!«

Wir überquerten einen weiteren Platz, noch eine Brücke, zogen unter einem Triumphbogen hindurch, kamen um eine Ecke und ... blieben stehen. Das Ziel unserer Reise lag vor uns: die Königliche Residenz von König Jusson Goldauge. Und dahinter lag das Meer.

27

Der königliche Palast bestand aus einem gewaltigen, ausgedehnten Gebäudekomplex, mehrere Stockwerke hoch, mit Flügeln, Anbauten und Außengebäuden. Der Palast selbst war mit Gold gedeckt, aber man sah auch das Violett der Armee und die verschiedenen Blautöne der Händler. Der Diener war ein umsichtiger Führer und gestattete uns einen Moment, diese Pracht anzugaffen, bevor wir weiterritten.

Als wir näher kamen, erkannte ich über der Palastmauer die

hohen Bögen und eleganten Säulen des ursprünglichen Elfenpalastes und konnte sehen, wo sich die menschlichen Baumeister bemüht hatten, ihre zerbrechlich wirkende Schönheit nachzuahmen. Sie waren der Kunst der Elfen zwar recht nahe gekommen, dennoch war augenfällig, wo das eine endete und das andere begann. Aus dem Augenwinkel nahm ich ein Funkeln wahr und wandte den Kopf. Gegenüber den königlichen Gebäuden befand sich der Sitz des Patriarchen. Die Säulen aus Kristall und Silber glänzten hell in der Sonne. Es verwirrte mich, dass der Palast und der Patriarchensitz sich gegenüberlagen, und ich blinzelte, als ich die Spannung registrierte, die zwischen diesen beiden zu schimmern schien.

»Politik, Hase«, murmelte Suiden. »Und die Balance der Macht. Die eine bildet ein Gegengewicht zur anderen, sodass die Waage im Gleichgewicht bleibt und sich niemals der Tyrannei eines unkontrollierten Thrones oder der fanatischen Orthodoxie der Kirchenherren zuneigen kann.«

»Was ist mit der Armee, Sir?«, wollte ich wissen. »Wo hat sie ihren Platz?«

»Im Moment in der Hand des Lordkommandeurs«, antwortete Suiden.

Ich wollte fragen, was mit dem König wäre, aber ich klappte den Mund zu, als ich den interessierten Blick des Dieners auffing.

Das ganze Gelände war auf einem Felsvorsprung angesiedelt, der auf den Ozean hinausragte. Ich konnte hören, wie weit unten die Brecher an den Strand schlugen. Wir erreichten die einzige Brücke, die den Palastgraben überspannte; ich blickte hinab und sah die angespitzten Pfähle im Wasser, zwischen denen merkwürdige Fische mit scharfen Zähnen umherschwammen. Ich lenkte mein Pferd so weit in die Mitte der Brücke, wie ich konnte, ohne den Hauptmann abzudrängen. Auf der anderen Seite der Brücke befand sich das Wachtor. Wir hielten an, und ich beugte mich vor, neugierig auf das, was sich jetzt abspielen würde.

»Gäste für die Kanzlerin des Auswärtigen, Berle.«

Der wachhabende Leutnant nickte dem Diener nur zu und winkte ihn durch. Er und seine Männer salutierten jedoch zackig vor dem Hauptmann. Als wir vorbeigeritten waren, warf ich einen Blick zurück und sah, wie sie sich zusammenscharten und uns hinterherstarrten.

Der Diener führte uns über eine Allee, zwischen deren Bäumen wir Springbrunnen, Zierteiche, Lauben und schattige Laubengänge sehen konnten. Unter den Hufen der Pferde knirschte es; die Straße war mit Muscheln bestreut, die in der Morgensonne glänzten. Der Boden stieg eine Weile leicht an, und als er wieder eben wurde, bogen wir nach rechts ab, auf eine kleinere Straße, die um ein Gehölz mit blühenden Bäumen herumführte. Wir ließen sie hinter uns und sahen, dass wir einen Palastflügel erreicht hatten. Als wir abstiegen, tauchten livrierte Diener auf, die unsere Pferde in Empfang nahmen. Nach einer kurzen, hitzigen Diskussion, wer den Todesstab und die Drachenhaut tragen musste, stiegen wir die Treppe hinauf, die in das Gebäude führte. Ich ging als Letzter, schwer bepackt.

Wir wurden in einen prachtvollen Salon geführt, dessen Säulen mit Efeustuck verziert waren und in dem Käfige standen, in denen Vögel zirpten und zwitscherten. Das Deckenfresko zeigte herumtollende Nymphen – ich hörte ein Keuchen hinter mir, als Jeff registrierte, dass dort oben nackte Busen und Beine zu sehen waren. Auf dem Mosaikboden dagegen spielten Meerjungfrauen im Wasser, was einen weiteren Stoßseufzer auslöste, als Jeff bemerkte, worauf wir gingen. Die großen nach Norden gelegenen Fenster erfüllten den Raum mit einem weichen Licht. Ich sah, dass am Ende des Salons jemand an einem Tisch stand. Die Person verbeugte sich, als Laurel Faena näher kam, und als sie sich aufrichtete, blickte ich in das Gesicht einer Füchsin.

»Die Kanzlerin für Auswärtige Angelegenheiten, Berle«, verkündete der Diener. Dann schien er sich in Luft aufzulösen, als er den Raum verließ.

»Heil Euch, Botschafter Laurel«, sagte die Kanzlerin. Der Blick ihrer rotbraunen Augen zuckte über mich hinweg, blieb eine Weile an dem Hauptmann hängen und glitt dann wieder zu dem Faena zurück.

»Ehrenwerte Kanzlerin«, sagte Laurel, während er sich aus seiner Verbeugung aufrichtete. Er drehte sich um und winkte mich zu sich. »Ihr gestattet?« Als die Kanzlerin nickte, wies Laurel mich an, meine Bürde auf den Tisch zu legen. Sofort danach trat ich wieder zurück zu Jeff, der eine Stelle gefunden zu haben schien, auf die er unbesorgt seine Füße setzen konnte. Suiden trat ebenfalls zu uns.

Kanzlerin Berle betrachtete den Stab, den Schild und die Tunika. »Meine Güte, Botschafter! Was ist das?«

»Der Grund, weshalb ich mit Eurem König sprechen muss, Kanzlerin«, erwiderte Laurel. »Das sind die Reste von zwei Bewohnern der Grenzlande.«

»Verstehe.« Kanzlerin Berle starrte bestürzt und gleichzeitig fasziniert auf die Gegenstände, dann lächelte sie ironisch. »Ich wollte Sie eigentlich bitten, sich zu uns zu setzen, doch das scheint mir jetzt ein wenig unangemessen.«

Auf ein Zeichen des Hauptmanns hin packten Jeff und ich jeder einen Stuhl und zogen ihn vom Tisch weg. Die Kanzlerin lächelte wieder spöttisch. »Dem Himmel sei gedankt für diesen Erfindungsreichtum. Wollen wir?«

Trotz Suidens Vorurteil gegen Glücksspiele hatte ich einige Spiele mitgemacht, bei denen es um sehr hohe Einsätze ging und das Geschick, zu bluffen und die anderen Spieler zu lesen, ebenso gefragt war wie Geschicklichkeit und Glück. Kanzlerin Berle und Laurel Faena saßen sich gegenüber, als hätte einer seinen Familienstammsitz eingesetzt und der andere wäre entschlossen, ihn zu gewinnen. Die Kanzlerin setzte als Erste.

»Ich möchte mich entschuldigen, Botschafter Laurel. Ihr seid einen weiten Weg gekommen und habt wahrlich einen besseren Empfang verdient.«

»Danke, Ehrenwerte Kanzlerin.« Laurel erkannte den Einsatz der Kanzlerin und erhöhte ihn. »Ich muss zugeben, dass es ein wenig beunruhigend war.«

Kanzlerin Berle nickte. »Bedauerlicherweise befand ich mich nicht in der Stadt und habe erst bei meiner Rückkehr letzte Nacht von Eurer Ankunft erfahren.« Sie warf eine Karte ab. »Und im Gegensatz zum ersten Anschein bestimmt nicht die Kämmerei unsere Außenpolitik.«

So viel zu Losan eso Dru.

»Aber ich gehe davon aus, dass Ihr Euch zu Eurer Zufriedenheit eingerichtet habt?«

»Ja, Ehrenwerte Kanzlerin. Durch die Bemühungen der Hauptleute Suiden und Javes dürfte die Botschaft schon sehr bald vollständig möbliert sein.«

»Gut.« Kanzlerin Berle versteifte sich auf ihrem Stuhl. Es wurde Zeit, die Karten auf den Tisch zu legen. »Also, Botschafter, wie ich schon sagte, Ihr seid einen weiten Weg gekommen. Darf ich fragen warum?«

Laurel Faena stand auf und trat an den Tisch. Er sah mich an und hob seinen Stab. Auf ein Nicken des Hauptmanns ging ich zu ihm und nahm ihm den Stab ab. Ich schrak etwas zusammen, als sich plötzliche Wärme über meine Hand und meinen Arm ausbreitete. Laurel beugte sich vor und entfernte das Tuch von Prudence Eiches Leichnam. Die Kanzlerin stand auf und trat neben den Faena.

»Ist Euch Elfenholz bekannt, Ehrenwerte Kanzlerin?«

»Ja, Botschafter.«

Überrascht blickte ich vom Tisch hoch und begegnete dem Blick von Kanzlerin Berle, die mich über Laurels Schulter hinweg ansah.

»Dann muss ich Euch nicht erklären, was das hier ist.« Laurel fuhr mit der Hand über die tote Elfe. »Ihr Name war Prudence Eiche, Kanzlerin. Ich kannte sie und habe mit ihrer Schwester um sie getrauert, nachdem sie ermordet wurde. Ihr könnt Euch folglich meinen Schock vorstellen, als ich feststellen musste, dass ein Kirchenoberster ihren Leichnam als Amtsstab benutzte.« Laurel deutete auf die Tunika. »Oder mein Entsetzen, als ich einen Kommandeur der Königlichen Armee in der Haut des Drachen Gwyyn sah, den Sohn einer teuren Freundin.« Laurel sah hoch. »Der Kommandeur behauptete, er habe diesen Panzer von der Königlichen Waffenkammer erhalten.« Laurel ging zu seinem Stuhl zurück und setzte sich hin. »Die letzten fünf Jahre wurden wir ständig von Schmugglern überfallen …«

»Schmuggler?« Kanzlerin Berle setzte sich ebenfalls hin.

»Schmuggler und Plünderer, Ehrenwerte Kanzlerin. Sie schmuggeln Holz, Pelze, Elfenbein und Ähnliches nach Ivesterre und verkaufen es mit großem Gewinn auf den hiesigen Märkten.« Laurel hob seine Tatze, und ich gab ihm seinen Stab zurück. »Auf denen niemand nach der Herkunft von exotischen Fellen fragt oder sich Gedanken darüber macht, ob der Trank eines Apothekers wirklich einen Extrakt aus echtem Drachenherz enthält.«

»Das ist zutiefst bestürzend, Botschafter.«

»Wir selbst sind ebenfalls nicht sonderlich erfreut darüber.« Laurel beugte sich vor. »Es wird bereits von Krieg geredet.«

Einen Moment herrschte Schweigen. »Verstehe«, sagte Kanzlerin Berle schließlich. »Seid Ihr sicher, dass diese Schmuggler von hier stammen?«

»Eine berechtigte Frage. Einige Schmuggler wurden erwischt«, Laurel fletschte die Lippen und zeigte seine Reißzähne, »und ausführlich befragt. Sie alle stammten aus Iversterre. Ob auch Leute aus den Grenzlanden daran beteiligt sind?« Er zuckte mit den Schultern. »Das ist möglich, aber bisher haben wir keine Beweise dafür gefunden.«

»Verstehe«, wiederholte die Kanzlerin. Sie faltete die Hände in ihrem Schoß. »Aber sagt, Botschafter, wie passt Leutnant Hase ins Bild?«

Ich war gerade in die Betrachtung einer besonders entblößten Meerjungfrau versunken, aber mein Kopf fuhr hoch, als ich meinen Namen hörte.

Laurels Schnurrhaare legten sich erneut an, aber diesmal zeigte sein Lächeln weniger Zähne. »Der Ehrenwerte Zweibaum, Lord Rafe ibn Chause, hat nachhaltig dazu beigetragen, den Hohen Rat zu echter Diplomatie zu bewegen. Er hat seinen Sohn als Unterhändler empfohlen, sowohl wegen Lord Hases Wurzeln in den Grenzlanden als auch wegen seiner Verwandten im menschlichen Königreich.« Laurel lachte fauchend. »Die Alternative wäre gewesen, einen Tross von Grenzländern mit zu entsenden, und wir hielten es für unwahrscheinlich, dass Iversterre dafür bereit war.«

Kanzlerin Berle nickte. »Und Hauptmann Suiden?«

Laurel zog die Brauen zusammen, als er diese unerwartete Karte auf dem Tisch sah, welche die Kanzlerin soeben ausgespielt hatte. »Hauptmann Suiden?«

»Er ist der Sohn der Schwester des Amir von Tural.«

Ich konnte nicht anders und starrte – wie auch Jeff und Laurel – meinen Hauptmann an. Prinz Suiden lächelte schwach, als er sich vor der Füchsin verbeugte.

28

Ich schärfte mir nachdrücklich ein, niemals mit Laurel Faena zu spielen. Statt jedes Wissen von Hauptmann Suidens königlicher Abstammung zu leugnen oder auch nur abzustreiten, dass er mit dem Amir von Tural unter einer Decke steckte, zuckte er nur mit den Schultern.

»Ich bin überzeugt, dass Eure Armeekommandeure sehr genau wussten, wer Hauptmann Suiden ist, als sie ihn zum Befehlshaber meiner Eskorte machten.« Laurel sah Kanzlerin Berle gelassen an. »Die Vorfahren des guten Hauptmanns interessieren mich jedoch nicht. Der illegale Schmuggel dagegen schon. Die Mondperiode beginnt mit dem kommenden Vollmond, und das Blut der Ermordeten wird dann nach Vergeltung schreien. Das ist eine sehr gefährliche Zeit, Kanzlerin Berle, in der alle an Freunde und Familienangehörige erinnert werden, die abgeschlachtet wurden.«

Das Gesicht der Kanzlerin zeigte keine Regung. Noch ein Spieler, den man besser meiden sollte. »Was, Botschafter Laurel, sollen wir Euren Wünschen entsprechend unternehmen?«

»Setzt dem Schmuggel ein Ende. Aus diesem Grund erbitte ich eine Audienz beim König und seinen anderen Ratgebern.«

Kanzlerin Berle erlaubte sich ein wohlüberlegtes Stirnrunzeln. »Ich kann Euch nicht einfach bei Hofe präsentieren ...«

»Nein, Ehrenwerte Kanzlerin«, unterbrach Laurel sie. »Verzeiht mir meine Unhöflichkeit, aber wir haben keine Zeit für höfisches Gehabe und Etikette. Das hier muss sofort angesprochen werden.« Er deutete mit einer Tatze auf den Tisch hinter sich. »Wenn das da nicht aufhört, wird es Krieg geben.«

So gut ein Spieler auch sein mag, manchmal ist es das Beste, einfach die Karten hinzuwerfen und auszusteigen. Die Kanzlerin läutete nach Tee und Erfrischungen und feilschte dann mit Laurel noch höflicher, als es Hauptmann Javes mit den Geschäftsinhabern getan hatte. Schließlich einigte sie sich mit dem Botschafter darauf, dass er König Jusson in zwei Tagen treffen würde.

»Ich werde Euch morgen einen Diener schicken, der Euch die genaue Zeit mitteilt, Botschafter Laurel.« Kanzlerin Berle leerte ihre Teetasse und lächelte. »Ich werde versuchen, die Audienz so früh am Morgen wie möglich anzusetzen, damit die Hitze Euch nicht zu sehr zusetzt.«

»Das weiß ich sehr zu schätzen, Ehrenwerte Kanzlerin«, erwiderte Laurel.

Da ich Laurels Verbindungsoffizier war, erlaubte mir das Protokoll, mit ihm zu essen. Allerdings hatte ich nicht vor, das zu tun, solange mein Hauptmann und mein Kamerad danebenstehen und zusehen mussten. Auch wenn ich das letzte Mal am Vortag etwas gegessen hatte, während sie ein reichhaltiges Frühstück bekommen hatten. Trotzdem, ich war hungrig und starrte Laurel an, wollte ihn zwingen, sich zu beeilen. Was mir nicht nur einen Blick von ihm, sondern auch von Suiden einbrachte.

»Habt Geduld, Lord Hase.« Laurel stellte seine Tasse ab und erhob sich. »Sobald ich den Stab und die Drachenhaut wieder präpariert habe, gehen wir.«

»Ich ...«

Laurel lächelte. »Ich habe vergessen, dass Ihr heute noch nichts zu Euch genommen habt.« Er wandte sich an Kanzlerin Berle. »Lord Hase hat ein wenig unter dem Wetter gelitten.«

»Tut mir leid, das zu hören, Mylord«, antwortete die Kanzlerin, die nachdenklich die Stirn in Falten legte, als ihr klar wurde, dass sie etwas übersehen hatte. »Liegt es an der Hitze?«

»Ja, Kanzlerin.« Ich rieb meine Handfläche an meinem Bein, als sie anfing zu brennen.

Nachdem Laurel die Schutzzauber erneuert hatte, nahm ich den Totenstab und die Drachenhaut und trat zu dem Rest unserer kleinen Gruppe, bis Kanzlerin Berle, die mit Laurel Faena zur Tür gegangen war, ihre zeremonielle Plauderei beendet hatte. Dann sah die Kanzlerin den Hauptmann an. »Es war erfreulich, Euch wiederzusehen, Hoheit. Habt Ihr eine Nachricht für den Botschafter von Tural?«

Suiden schüttelte den Kopf. »Nein, vielen Dank, Kanzlerin. Ich bin sicher, dass ich meinen Cousin sehr bald sehen werde.«

Es war noch Vormittag, als wir den Palastflügel verließen, und die Sonne hatte ihren Zenit noch nicht erreicht. Der Diener wartete bereits mit unseren Pferden auf uns.

»Es ist schon gut«, sagte Suiden zu ihm. »Wir benötigen Ihre Begleitung nicht.«

Der Diener blickte zu ihm hoch.

»Wir werden an der Kaserne haltmachen, wo ich einen Ihrer Soldaten bitten werde, uns zurückzubegleiten.«

Man kann nicht viel anderes tun, als sich verpissen, wenn ein Prinz einem sagt, man solle sich verpissen, selbst wenn er es sehr höflich tut. Der Diener verbeugte sich und drückte die Zügel seines Pferdes einem Stallburschen in die Hand. Als wir die kleine Baumgruppe hinter uns ließen und auf die Allee einbogen, warf ich einen Blick zurück und sah, wie er mit jemandem sprach, der auf den Stufen stand. Einen Moment glaubte ich, es wäre Slevoic, und ich schrak zusammen. Doch dann drehte sich der Mann um und ging in den Palast zurück. Er war massiger als der Leutnant, und in der Sonne leuchteten graue Strähnen in seinem hellbraunen Haar. Es war nicht der Scheußliche Slevoic.

Laurel wartete, bis die Bäume uns verdeckten, dann blieb er stehen. »Ehrenwerter Hauptmann – oder sollte ich sagen, Euer Hoheit?«

»Hauptmann genügt.«

»Ich halte es nicht für weise, mich zu den königlichen Kasernen zu bringen.«

Suidens smaragdgrüne Augen leuchteten, als er den Faena ansah, und in dem hellen Sonnenlicht konnte ich die Clanzeichen auf seinem Gesicht erkennen.

»Wir reiten nicht zu der Kaserne, Sro Laurel.« Suiden trieb sein Pferd weiter. »Leutnant Hase wird in der Messe etwas essen, ich werde mich im Büro des Garnisonskommandeurs erkundigen, ob neue Mitteilungen oder Befehle vorliegen, und Reiter Jeffen wird sich um Euch kümmern, während Ihr an einem der zahlreichen Zierteiche auf dem königlichen Gelände meditiert.« Er richtete seinen Blick erneut auf Laurel. »Es wird nicht lange dauern.«

Laurel knurrte gereizt, aber mein Magen knurrte noch lauter. Schließlich lenkte er lachend ein. »Einverstanden. Aber sobald Lord Hase gegessen hat, kehren wir zur Botschaft zurück.«

Der Hauptmann nickte. »Wie Ihr wünscht, Botschafter.«

Laurel lachte erneut. »Ganz recht.«

Wir folgten der Allee zum Tor, bis wir an eine Avenue kamen, die davon abzweigte. Suiden bog darauf ein, und ich sah die violetten Ziegel der Garnison. Als wir näher kamen, wurde das Geräusch der Brecher lauter, und ich fragte, wie es wäre, das immer hören zu müssen.

»Ich bin in einer Seestadt aufgewachsen«, erwiderte Hauptmann Suiden. »Meine Familie verdankt ihren Wohlstand und ihren Einfluss dem Meer.«

»Die Handelsrouten, Sir?«

Suiden lachte, was sehr selten vorkam. »Tun Sie nicht so naiv, Hase.« Wir sahen das blaue Wasser hinter dem Felsvorsprung. Der Hauptmann ließ seinen Blick über das Wasser gleiten. »Auf See zu sein ist mit nichts zu vergleichen. Die Gezeiten, dann der erste heftige Ruck, wenn die Segel sich blähen und das Schiff einen wissen lässt, dass es sich freut, dorthin zurückzukehren, wo es die Königin ist. Wie es vor dem Wind tanzt, unter Ihren nackten Füßen singt und lacht, über die Wellen reitet, während Delfine vor seinem Bug springen. Selbst die mächtigen Stürme haben ihren Reiz, wenn man mit dem Schiff gegen das Schicksal kämpft, gegen die mächtige Faust des Ozeans und es daraus befreit, trotzig und lebendig.«

»Sic!«, erwiderte ich leise.

»Sic!«, wiederholte Suiden, der das Wort genüsslich auf der Zunge rollte. »Oh ja, *Sic!*«

Laurel hatte die Ohren gespitzt und lauschte, während Jeff sein Pferd neben das von Suiden lenkte, tief Luft holte und fragte: »Vermissen Sie es, Sir?«

Ich schloss die Augen, während mir der Gedanke durch den Kopf schoss, dass Reiter Rysons Blödheit offenbar die ganze Truppe infiziert hatte.

»Ob ich es vermisse?« Suiden klang fast amüsiert, und ich öffnete ein Auge. »Das kann man wohl behaupten. Sagen Sie, Hase, vermissen Sie die Grenzlande?«

Mein zweites Augenlid flog hoch. »Sir?«

»Reiter Jeffen wollte wissen, ob ich den Ort vermisse, an dem ich geboren und aufgewachsen bin. Vermissen Sie Ihren Geburtsort?«

Ein Bild drängte sich mir auf, als meine Eltern lächelnd zusahen, wie bleiche, alte Männer mich wegführten, und ich wollte sagen, es könnte mir nicht gleichgültiger sein. Doch dann wurde dieses Bild von anderen Visionen verdrängt. Vom Wald in seinem üppigen Frühlingsgrün. Von sommerlichen Schwimmlöchern und frischen Herbstmorgenden. Von Winternächten, heißem Cidre und den Moritaten von reisenden Barden, in denen von Schwertern und Zaubereien die Rede war. Das Schachspiel mit Dragoness Moraina, während sie von Anfang und Ende sprach und wie sich Letzteres bereits in Ersterem ahnen ließe. Der beißende Humor der Ehrenwerten Esche Faena, als ich sie bei ihren Streifzügen durch den Weiler hatte begleiten dürfen. Ich blinzelte, weil mein Blick plötzlich verschwommen war. »Ein bisschen, Sir.«

»Sie sind beide so weit weg von zu Hause«, erklärte Jeff, während wir um eine Kurve bogen, hinter der die Garnison in Sicht kam. »Und so anders als das, was Sie einst zu sein glaubten.« Er richtete sich unvermittelt stockstef im Sattel auf, als ihm einfiel, mit wem er da sprach. »Sir ...«

»Wie Leutnant Hase immer zu sagen pflegt: Ich wollte etwas von der Welt sehen«, erwiderte Suiden.

Na klar, dachte ich und wartete. Aber Suiden lächelte nur.

»Ich bin der, der ich immer gewesen bin, Ehrenwerter Jeffen«, mischte sich Laurel ein, »und der ich immer sein sollte. Zu dieser Zeit, an diesem Ort, in dieser Gesellschaft.«

In diesem Moment erreichten wir die Garnison, sodass es uns erspart blieb, darauf zu antworten. Es gab zwar kein Wachhäuschen, aber neben dem Eingang zur Garnison standen zwei Wachposten, die den Faena staunend anglotzten. Ich hörte Schritte, und im nächsten Moment tauchten zwei Stallburschen auf. Laurel verbeugte sich vor dem Hauptmann. »Ich werde Euch an jenem Teich dort erwarten.« Er deutete auf einen Teich neben der schattigen Straße, an dem eine Laube stand, von der Weinranken mit reifenden Trauben herunterhingen. »Bis dann, Euer Hoheit.« Ohne auf die Antwort des Hauptmanns zu warten, ging er davon, das Packpferd am Zügel. Nachdem Jeff vor Suiden salutiert hatte, folgte er dem Faena.

»Scheint so, als wäre Sro Laurel nicht sonderlich gut auf mich zu sprechen, weil ich ihm nicht erlaube, dass er ungestört mit Ihnen plaudern kann«, meinte Suiden, während er abstieg.

»Jawohl, Sir.« Ich stieg ebenfalls ab und fragte mich, ob er den kurzen Wortwechsel zwischen mir und Laurel gehört hatte, als wir die Botschaft verließen, oder ob er einfach nur geraten hatte.

»Ich rate niemals«, erriet Suiden meine Gedanken, reichte dem Stallburschen die Zügel seines Pferdes und ging davon.

Ich starrte ihm einen Moment nach, bis mir klar wurde, dass ich in der prallen Sonne stand. Ich drückte dem anderen Stallburschen die Zügel in die Hand und hastete den Pfad entlang. Ich holte den Hauptmann ein, als er gerade die Pforte zur Garnison betrat.

Das letzte Mal war ich in Dornel in einer Garnison gewesen, vor zwei Wochen, aber das zählte eigentlich nicht, weil wir fast die ganze Zeit bewacht worden waren. Es überraschte mich, wie heimelig ich mich in der Königlichen Garnison fühlte. Der Hauptmann führte mich an den Wachen vorbei ins Hauptgebäude. Ich sah zur Decke, aber dort gab es keine Fresken, sondern nur ein Wabenmuster. Wir passierten mehrere Abzweigungen und Durchgänge, die von dem Hauptkorridor abführten, bis wir an eine Tür kamen, vor der weitere Wachen standen. Mittlerweile knurrte mein Magen so laut, dass ich unwillkürlich hinuntersah, ob er mich nicht vielleicht grimmig anfunkelte.

»Ich wollte Sie eigentlich dem Kommandanten vorstellen, bevor Sie etwas essen«, meinte Suiden. »Aber bei den Geräuschen, die Sie von sich geben, denkt er vielleicht, Sie hätten ein wildes Tier bei sich.« Er winkte einem vorübergehenden Soldaten und trug ihm auf, mich zur Offiziersmesse zu führen. »Ich hole Sie ab, wenn ich fertig bin, Leutnant. Spazieren Sie nicht herum.«

Die Offiziersmesse war verlassen. Der morgendliche Ansturm war vorbei und der zu Mittag hatte noch nicht eingesetzt. Ich konnte mir Haferbrei mit Honig, zwei weichgekochte Eier, geröstetes Brot, Butter, Johannisbeermarmelade, einen Granatapfel, etwas, was sie Joghurt nannten, und einen großen Topf Tee unter den Nagel reißen. Dann setzte ich mich an eines der offenen Fenster, das nicht in Richtung der Stallungen lag, und machte mich daran, mir meine Beute einzuverleiben.

»Sie sind Leutnant Lord Hase, stimmt's?«

Ich blickte hoch. Ein Major sah auf mich herunter, die Teetasse noch in der Hand. Ich kaute zu Ende und schluckte, bevor ich antwortete. »Jawohl, Sir.«

Der Major setzte sich mir gegenüber an den Tisch und stellte seine Teetasse ab. »Sind Sie hierher versetzt worden?«

»Nein, Sir. Ich bin mit meinem Hauptmann hier.«

Der Major hob die Tasse, trank einen Schluck und sah sich um. »Zu dessen zweifellos mannigfachen Talenten auch gehört, dass er sich unsichtbar machen kann.«

»Er ist in einer Besprechung, Sir.«

»Verstehe. Sie begleiten den Magischen, richtig?«

Ich legte meinen Löffel nieder und antwortete. »Wir sind dem Botschafter der Grenzlande zugeteilt, Sir.«

»Verstehe.« Der Major schob den Stuhl neben mir unter dem Tisch heraus, legte seine Füße darauf und wartete, bis ich den Löffel fast in den Mund geschoben hatte. »Es ist schon irgendwie merkwürdig, nicht wahr? Das alles, meine ich.«

Ich ließ den Löffel wieder sinken. »Das weiß ich nicht, Sir.« Mein Magen knurrte, wollte wissen, warum der Fettfluss plötzlich versiegt war.

Der Major trank einen Schluck Tee. Eine Fliege flog summend durch ein Fenster herein und durch das nächste hinaus, während eine Welle sich krachend am Fuß des Felsens brach. Nur um sicherzugehen, griff ich nach den Scheiben gerösteten Brotes, butterte sie, schmierte Marmelade darauf und hob sie zum Mund.

»Sie stammen auch aus den Grenzlanden, richtig?«

Ich legte den Toast zurück und faltete meine Hände auf dem Tisch. »Jawohl, Sir.«

Der Major widmete sich wieder seinem Tee, und ich saß tatenlos da, während mein Essen kalt und weich wurde. Meine Handfläche begann zu jucken, und ich kratzte sie.

»Tut mir leid, Sir, aber wir müssen die Messe jetzt schließen, weil wir das Mittagessen vorbereiten.«

Ich riss meinen Blick von dem Major los und sah einen Soldaten mit einer Schürze und einem Handtuch neben uns stehen.

»Zu schade, Leutnant. Wenn Sie den Rang eines Hauptmanns hätten oder einen höheren, könnten Sie bleiben und zu Ende frühstücken, aber da Sie nur Leutnant sind, müssen Sie gehen.« Er trank genießerisch seinen Tee und funkelte mich über den Rand seiner Tasse an. »Und außerhalb der Messe darf man leider nichts essen.«

Das Jucken verbreitete sich über meine ganze Hand. »Verstehe.« Ich starrte den Major an. »Da mein Hauptmann gerade mit dem Garnisonskommandeur redet, ist es sicher das Beste, wenn ich in sein Büro gehe und den beiden mitteile, aus welchem Grund ich die Messe verlassen musste, bevor ich zu Ende gegessen habe. Sir.« Ich krümmte die Finger ein paar Mal und legte den Kopf auf die Seite, um die Ordonnanz ebenfalls sehen zu können.

Der Major stellte die Tasse auf den Tisch. »Werden Sie nicht unverschämt, Leutnant.«

»Nein, Sir.« Ich krümmte die Finger erneut.

Der Major sagte eine Weile nichts, bis er schließlich lächelte und aufstand. »Wissen Sie, ich bin sicher, dass wir für Sie eine Ausnahme machen können, Leutnant Hase. Bleiben Sie und beenden Sie Ihre Mahlzeit.« Er nickte und stürmte aus der Tür. Die

Ordonnanz wollte ihm folgen, aber ich hielt den Mann fest und schmierte dabei Butter auf seinen Uniformärmel.

»Einen Moment, Soldat.«

»Ich muss wirklich helfen, das Mittagessen vorzubereiten, Leutnant ...«

Ich schob den Rest des kalten Brotes in den Mund und machte mich über meinen zähen Haferschleim her. »Es gibt keine Vorschrift, dass Leutnants die Messe räumen müssen, oder?«

»Ich ...«

»Mein Hauptmann ist wirklich beim Kommandeur, und ich werde mich mit beiden unterhalten.«

»Nein, Sir. Es war nur ein Scherz, Sir.«

Ich war schon häufiger verschaukelt worden und tat es mit einem Schulterzucken ab; es gehörte zum Leben in der Kaserne. Und das hier war noch milde im Vergleich zu den Streichen, die man mir in der Vergangenheit gespielt hatte. Aber trotzdem schmeckte ich nichts von dem, was ich mir in den Mund schob, und der Ärger schlug mir schwer auf den Magen. Der Soldat beobachtete mich nervös.

Ich nickte. »Wegtreten.«

Er stand auf und verschwand durch die Schwingtüren der Messe in die Küche. Er rannte so schnell, dass er einen Sog erzeugte. Ich beendete meine Mahlzeit, starrte aus dem Fenster und beobachtete, wie die Soldaten draußen ihren Aufgaben nachgingen. Keiner kam und säuberte den Tisch, also stellte ich die Teller an die Seite. Kurz darauf hörte ich Schritte und drehte mich um. Hauptmann Suiden kam näher. Seine Augen verengten sich zu Schlitzen, als er meine Miene sah. »Was ist passiert, Leutnant?«

»Nichts, Sir.«

Suiden setzte sich mir gegenüber. »Nichts?«

Ich kratzte meine juckende Handfläche. »Nur ein kleiner Streich, Sir.«

Suiden beobachtete stumm, wie ich meine Finger in meine Handflächen grub. Ich hörte auf, krümmte sie und bog sie dann weit zurück. Die Tür zur Küche flog auf, und derselbe Soldat kam heraus. Er sah mich und hechtete wieder zurück, bevor sich die Tür schließen konnte. Ich hörte einen unterdrückten Fluch und grinste unwillkürlich.

»Leutnant.«

»Ein Major hat mich beim Essen unterbrochen und davon abgehalten, meine Mahlzeit zu beenden. Er sagte mir, ich müsse die Messe verlassen, weil sich Leutnants nur bis zu einer bestimmten Zeit hier aufhalten dürften.« Ich deutete mit einem Nicken zur Tür. »Einer der diensttuenden Köche hat seine Geschichte bestätigt.«

Suiden, der nach wie vor auf meine Hand blickte, hob eine Braue. »Ein alter Scherz, Leutnant, und relativ harmlos.«

»Jawohl, Sir.«

Suidens Blick glitt zu meinem Gesicht, woraufhin er auch die andere Braue hob.

»Er war ein Adliger, Sir.«

»Hochrangige Offiziere, die hier stationiert sind, sind meistens adlig, Leutnant.«

Ich blickte wieder aus dem Fenster und nickte. »Jawohl, Sir.«

Ich hörte, wie der Hauptmann seufzte. »Das ist schlimmer, als Zähne zu ziehen, Hase. Raus damit! Das ist ein Befehl!«

Ich rieb meine Hände aneinander. »Das ist genau das, was mir alle anhängen, Sir, angefangen von Jeff über Laurel bis zu Ihnen, Sir. ›Lord Hase‹ an einem Ort, wo die Vorstellung eines Lords von Humor so aussieht, Leute einzuschüchtern, die es nicht wagen, sich zu wehren. Verdammt sollen alle sein, die sagen, ich wäre so jemand!«

Der Hauptmann stieß seinen Stuhl zurück und stand auf. »Manchmal haben Sie einfach keine Wahl, Leutnant. Oder aber Sie haben sie bereits getroffen und müssen jetzt mit den Konsequenzen leben.« Er wartete, bis ich aufstand. »Sie benehmen sich albern, Hase, wie ein Mann, der von einem brennenden Schiff entkommen will, in den Ozean springt und sich dann beschwert, dass es da nass und salzig ist.« Er setzte sich in Richtung Tür in Bewegung, blieb dann jedoch stehen und ertappte mich dabei, als ich meine Handflächen kratzte. »Aber eines verspreche ich Ihnen, Leutnant: Wenn ich Sie jemals dabei erwische, dass Sie sich engstirnig und kleinlich benehmen, werde ich Ihnen helfen, schnellstens darüber hinwegzukommen. Ganz gleich, ob irgendwelche Felsbrocken in der Nähe sind, die man bewachen muss.«

29

Es war noch nicht ganz Mittagszeit, als wir die Botschaft erreichten. Für mich war es eine Erleichterung, das Haus zu betreten und aus der Hitze zu kommen. Nachdem sich die Tür hinter uns geschlossen hatte, machte ich mich auf den Weg in die Küche. Ich wollte etwas trinken und mich bis zum Mittagessen mit einem Bissen stärken.

»Leutnant, wenn ich Sie und Botschafter Laurel einen Moment sprechen dürfte.« Suidens Worte stoppten mich mitten im Schritt. Er wandte sich an Jeff. »Suchen Sie bitte Hauptmann Javes und Groskin und sagen Sie ihnen, dass ich sie sofort sehen will.«

Wir marschierten ins Büro des Hauptmanns. Ich blinzelte verwirrt. Der Klapptisch und die Klappstühle waren verschwunden.

Stattdessen standen zwei Schreibtische im rechten Winkel zueinander, dahinter befanden sich große Schreibtischstühle und davor kleinere Stühle für Gäste. Buchregale und zwei Aktenschränke säumten die Wand, auf einem niedrigen Tisch stand Suidens Teeservice, und Topfpflanzen schienen das Grün des Innenhofs widerzuspiegeln. Ein Windstoß fuhr durch die offene Tür zum Garten herein und ließ die ebenfalls neu angebrachten Jalousien klappern.

Die Tür zum Flur schwang auf. Javes und Groskin kamen herein, gefolgt von Jeff, den Suiden augenblicklich wieder hinausschickte, damit er vor der Tür im Flur Wache hielt. Sobald die Tür hinter ihm ins Schloss fiel, winkte mich Suiden zu sich. Als ich vor ihm stand, packte er meine Hand und hielt sie ins Licht, das durch die Glastüren in den Raum fiel. »Sagt, Sro Laurel, was ist das?«

Ich warf einen Blick auf meine offene Handfläche, woraufhin mir der Kiefer herunterklappte. Ich befreite meine Hand aus Suidens Griff, stolperte zu einem Stuhl und ließ mich darauf fallen, unverwandt meine Hand anstarrend. Genauer gesagt das, was sich darauf befand. Leutnant Groskin warf einen Blick über meine Schulter, wich dann hastig zurück und machte die typischen Handbewegungen, mit denen man das Böse abwehrt. Dabei stolperte er über Javes, der herangetreten war, um selbst einen Blick auf meine Hand zu werfen. Groskin packte Javes' Ärmel und zerrte ihn weg. »Nein, Sir, nicht!« Dann warf er Laurel einen finsteren Blick zu. »Was zum Teufel habt Ihr mit ihm gemacht?«

»Das ist etwas, was nur Lord Hase und mich etwas …«, begann Laurel.

»Nein, ist es nicht!«, fiel Suiden ihm ins Wort. »Ich habe Euch immer wieder erklärt, dass Hase mein Offizier ist.« Seine Augen sprühten Funken. »Sie haben das direkt vor meiner Nase gemacht, während ich zusah, ohne mir auch nur ein Sterbenswörtchen zu sagen!«

Vor meiner Nase auch. Ich berührte das silbrige Mal.

»Würde mir jemand sagen, was hier eigentlich vorgeht?« Javes riss seinen Arm aus Groskins Griff, trat zu mir, schnappte sich meine Hand und warf einen Blick darauf. Seine Miene veränderte sich. »Oh, also wirklich …!«

»Es geht nicht darum, zu wem Lord Hase gehört«, erwiderte Laurel gelassen, »sondern darum, was er ist.« Er trat zu mir und zog sacht meine Hand aus Javes' Griff. »Das war unbedingt notwendig!«

»Ihr habt ihn in eine Missgeburt verwandelt!« Groskin zückte zwei Dolche. »Was habt Ihr jetzt vor? Wollt Ihr ihn mit einem Zauber zwingen, uns alle umzubringen?« Er brüllte und sprang auf den Faena zu, blieb jedoch stehen, als wäre er gegen eine Wand gerannt, und hob die Hände, mit denen er seine Dolche umklammerte, als Laurel eine Tatze hob, sie spreizte und seine Krallen ausfuhr. Ich schrie, als Feuer über meine Handfläche zu züngeln schien, während die Rune auf der Tatze der Bergkatze aufflammte.

»Aufhören!«, brüllte Suiden, und alle erstarrten. Der Hauptmann atmete mehrmals tief durch, während ich die Hand in meinem Schoß barg, mich über sie krümmte und versuchte, nicht zu schluchzen.

»Also gut.« Suiden atmete noch einmal tief ein, ging zu seinem Schreibtisch und setzte sich dahinter auf den Sessel. Er starrte Laurel Faena an; seine Augen leuchteten wie geschmolzenes Grün, als er die Hände auf dem Schreibtisch verschränkte. »Groskin, stecken Sie Ihre Dolche gefälligst weg!« Groskin zögerte. »Gehorchen Sie, Leutnant.« Die Messer verschwanden. »Setzen Sie sich. Alle.« Javes und Groskin suchten sich Stühle und setzten sich, der Leutnant so weit von mir entfernt wie möglich. Laurel blieb stehen und starrte den Hauptmann an. Suiden holte noch einmal tief Luft. »Also gut. Sagt mir, aus welchem Grund es unbedingt notwendig war, meinen Leutnant zu markieren.«

Laurel blinzelte einmal, langsam; dann setzte er sich neben mich und lehnte seinen Amtsstab gegen seinen Stuhl. »Wisst Ihr, woher das Volk kommt, Hauptmann Suiden?«

Großartig, erleuchtende Fragen. Angewidert ließ ich den Kopf noch weiter sinken.

»Ihr habt ihn gehört, Ehrenwerter Hauptmann? Obwohl er nichts gesagt hat?«

Mein Kopf ruckte hoch, und ich starrte den Faena an, erlaubte allen, die Tränen zu sehen, die mir über die Wangen liefen. Suiden blieb stumm.

»Ihr hört ihn bereits seit geraumer Zeit, richtig?«

Suiden antwortete immer noch nicht. Groskin und Javes sahen sich ratlos an.

»Ich höre ihn ebenfalls, vor allem, wenn er aufgeregt ist oder sich merkwürdig fühlt. Man nennt es Gedanken-Sehen, und ich darf Euch versichern, dass diese Fähigkeit selbst unter dem Volk höchst selten vorkommt. Aber dennoch vermögt Ihr es – so wie auch ich; allerdings bin ich ein ›Magischer‹ …«

Ich kniff die Augen zusammen, als der Faena auf mein gestriges Gespräch mit Suiden und Javes anspielte.

Laurel ignorierte mich und lächelte schwach, entblößte kaum seine Zähne. »Und wenn ich, der ich ein Magischer bin, das vermag, wozu macht diese Fähigkeit dann Euch?«

»Worauf wollt Ihr hinaus, Katze?«, knurrte Groskin.

»Beantwortet zunächst meine erste Frage: Woher stammt das Volk?«

»Welches Volk?«, fragte Javes.

»Wir. Das Volk der Grenzlande. Die Fae und die Fantastischen.

Die sogenannten ›Magischen‹.« Schweigen antwortete ihm, bis Laurel schließlich seufzte. »Das Volk kommt aus diesem Land, diesem hier.« Er beugte sich auf seinem Stuhl vor. »Wie ich Lord Hase bereits sagte, ist es eben dieses Land, in dem Ihr jetzt lebt.« Laurel lehnte sich zurück, nachdem er klargemacht hatte, was er meinte.

Erneut herrschte Schweigen. »Und?«, fragte Javes schließlich, während Groskin nur verwirrt zusah.

Laurel starrte ihn einen Moment an, ließ dann den Kopf in seine Tatzen sinken und massierte seine Stirn. »Oh, diese Verstocktheit! Ihr versteht nicht?«

»Hase«, ergriff Suiden das Wort. »Sagen Sie uns, was Sro Laurel Ihnen mitgeteilt hat!«

Ich hatte meinen Kopf gesenkt und machte mir jetzt nicht die Mühe, ihn zu heben. »Einst lebte das Volk in ganz Iversterre. Sie lebten hier, starben hier und wurden hier bestattet. Ihre Knochen und ihre Asche wurden ein Teil von allem.« Ich knetete meine Hände, als das Brennen allmählich nachließ. »Jetzt lebt ihr hier, an demselben Ort wie einst das Volk, baut euer Getreide an, züchtet euer Vieh und zeugt eure Kinder.«

»Wollen Sie sagen, dass wir uns in Magische verwandeln?«, erkundigte sich Javes.

»Nein. Sie haben sich bereits verwandelt.« Der Schmerz war fast vergangen, und ich starrte die Rune auf meiner Hand an. Es war dieselbe Rune wie die auf Laurels Tatze. Eben die Rune, die einen Krieg gewonnen hatte.

»Wie das?«

»Ihr werdet verwandelt«, antwortete Laurel an meiner statt. »Eure Körper, Eure Essenz wird vom Menschlichen zum Fae umgeformt, in all ihren Varianten.« Ein Lächeln huschte über Laurels Gesicht. »Es dürfte sehr interessant sein, zu sehen, welche Form Eure Kinder annehmen.«

»Häresie!«, schnappte Groskin, aber Suiden brachte ihn mit erhobener Hand zum Schweigen.

»Und Hase hat sich auch verwandelt?«, fragte der Hauptmann.

»Nein. Hase ist noch menschlich, aber er hat ein angeborenes Talent und kann die Kraft formen, die Ihr ›Magie‹ nennt.«

»Vielleicht, aber er stammt aus den verfluchten Grenzlanden«, warf Groskin ein.

»Und?« Laurel zuckte mit den Schultern. »Seine Eltern nicht. Sie wurden hier in Iversterre geboren. Dennoch hat einer ihrer Söhne so viel Talent geerbt, dass er, wenn es sich zu voller Blüte entwickelt hat, die Welt erschüttern kann.« Er lächelte erneut kurz. »Zumindest jedoch diese Stadt. Falls Lord Hase jedoch sein Talent nicht kontrollieren kann, wird es ihn beherrschen. Der größte Teil der Ausbildung eines Zauberlehrlings besteht darin, die Meisterschaft über seine Gabe zu erlangen.«

Laurel streckte die Tatze aus und nahm meine Hand aus meinem Schoß. Ich ließ ihn gewähren. »In seiner Unerfahrenheit hätte Lord Hase Leutnant Slevoic beinahe umgebracht. Kein großer Verlust, mag sein, aber einer, den Eure Vorgesetzten gewiss missbilligend zur Kenntnis genommen hätten.« Er fuhr sanft mit seiner Tatze über meine Handfläche. »Diese Rune wird ihm helfen, die Kontrolle über seine Gabe zu behalten, bis er ordentlich ausgebildet werden kann.«

Bei der Vorstellung, gezwungen zu werden, zu Magus Kareste zurückzukehren, schauderte es mich, und ich fühlte das Gewicht der Blicke von Suiden und Laurel auf mir. Laurels Griff um meine Hand verstärkte sich. »Hase …«

»Was bedeutet die Rune?«, unterbrach Javes den Faena.

Der Botschafter drehte sich zu dem Hauptmann um. »Wahrheit.«

Javes erhob sich aus dem Stuhl und baute sich neben mir auf. »Sehen Sie mich an, Leutnant.«

Ich hob den Kopf.

»Diese Faena-Raubkatze behauptet, dass ich allein durch Speisen, Getränke und Atmen genug Feenstaub zu mir genommen habe, um selbst ein Fae zu werden.«

Ich nickte. »Jawohl, Sir.«

Javes breitete die Arme aus und blickte an sich hinab. »Aber ich scheine trotzdem noch dieselbe Person zu sein, die meine Mutter vor all den Jahren zur Welt gebracht hat.« Er hob den Kopf, und ich beobachtete, wie seine braunen Augen zu den gelben eines Wolfs wurden. »Es gibt weder an mir noch an Suiden und Groskin etwas Magisches, soweit ich sehen kann.«

»Sagt ihm, was Ihr seht, Hase«, bat Laurel.

»He, Moment mal ...«, begann Groskin.

»Einen Drachenprinzen, einen Wolf und einen Panther«, erwiderte ich.

»... ich bin ein Mensch und nichts anderes ...«, Groskin unterbrach sich. »Wer ... wer ist der Panther?«

»Das sind Sie.«

»Also gut, wir wissen, wer der Drachenprinz ist, also bleibt für mich der Wolf.« Die gelben Augen funkelten mich an, als Javes' Schnauze sich zu einem wölfischen Grinsen öffnete, während seine Zunge heraushing. »Aber soweit wir wissen, könnten diese Visionen auch von den Blättern stammen, die Ihr Hase in den Rachen gestopft habt, Botschafter. Ich habe von Pilzen gehört, die ebenfalls eine solche Wirkung haben sollen.«

Ich sah Suiden an. »Sein Haar ist in Zöpfen fast bis zur Taille geflochten. In einem Ohr trägt er drei goldene Ringe und einen Smaragdknopf im anderen. Die Clanzeichnungen auf seinem Gesicht sind blau eintätowiert, auf seinem linken Arm befindet sich die Tätowierung eines Delfins, über dem goldenen Armband an seinem Handgelenk, das mit Saphiren und Smaragden besetzt ist. Er trägt eine grünblaue Seidentunika mit kurzen Ärmeln und eine schwarze Hose, die unmittelbar unter seinem Knie endet. Er hat zwei Schwerter umgegürtet, ein Langschwert auf dem Rücken und einen Säbel an der Hüfte. Und er trägt zwei Dolche in seiner Schärpe.« Ich senkte den Blick. »Außerdem geht er barfuß.«

Diesmal herrschte atemloses Schweigen. Suiden fuhr sich mit der Hand über das kurzgeschorene Haar, bevor er sein nacktes Ohr berührte und anschließend über den Ärmel seines einfachen Hemdes strich. »Und der Drache?«, fragte er nach einem Augenblick.

»Schwarz. Riesig. Größer als alle, die ich je gesehen habe.« Ich verzog spöttisch die Lippen. »Und er trinkt seinen Tee aus der entzückendsten Tasse, die ich je zu Gesicht bekommen habe.«

Laurel zog die Brauen zusammen. »Teetasse? Kein Feuer oder Rauch?«

»Doch, das auch.« Ich starrte einen Moment länger hin. »Eine ganze Menge davon.«

Zum ersten Mal wirkte Laurel eine Spur nervös. Dann fuhr er mit der Tatze durch die Luft. »Hase besitzt die Fähigkeit, Übersinnliches wahrzunehmen. Hinter die Fassade, das Augenfällige zu blicken, das zu erkennen, was wirklich da ist. Es ist kein Lotusblüten-Traum.«

Javes starrte Suiden fasziniert an. »Warum können wir es dann nicht sehen?«

Laurel zuckte mit den Schultern. »Vielleicht hat sich die letzte Katalyse noch nicht vollzogen, welche die Verwandlung vervollständigt. Oder der Grund ist die sehr menschliche Eigenschaft, die Existenz von allem zu leugnen, das sich außerhalb Eurer eigenen, sehr konkreten Weltsicht befindet. Aber vertraut mir, Ihr seid verwandelt.«

Javes öffnete den Mund, aber Suiden kam ihm zuvor. »Vielleicht. Vielleicht auch nicht. Dennoch, was auch immer mit Iversterre und seinen Menschen geschieht, gibt Euch nicht das Recht, einen meiner Leute zu verzaubern.«

»Das ist kein Zauber.« Laurel ließ meine Hand los und beugte sich vor. »Das hier macht Hase nicht zu etwas, was er nicht ist, sondern gibt ihm Kontrolle über seine Talente, während er zu dem heranwächst, was er ist.«

»Mir kam es so vor, als hättet Ihr ihn eben noch beherrscht.« Suiden beugte sich auch vor. »Dieses Ding auf Eurer Tatze hat gebrannt, und er hat vor Schmerz aufgeschrien.«

»Hase hat auf meine Wut reagiert. Dem wird die Ausbildung ein Ende bereiten.«

»Das behauptet Ihr«, erwiderte Javes.

»Faena lügen nicht, Sir«, mischte ich mich ein. »Sie können es nicht, nicht einmal sich selbst gegenüber.« Ich hob die Hand, zeigte allen meine Rune und ignorierte, wie Groskin zusammenzuckte. »Wahrheit. Nicht eine Wahrheit, meine oder Ihre, Sir. *Die* Wahrheit.«

»Niemand kann die ungeschminkte Wahrheit ertragen, Hase«, erklärte Suiden. »Jedenfalls nicht lange.«

»Jawohl Sir. Genau deshalb haben die Grenzlande den letzten Krieg gewonnen.« Ich ließ meine Hand sinken. »Die Faena haben die Rune der Wahrheit erhoben, und plötzlich haben sie sich selbst, ihre Kommandeure, ihre Kameraden als das gesehen, was sie waren. Nicht nur als Schwache, Korrupte oder Hinterhältige, sondern sie erkannten auch die Motive hinter jedem liebenden Wort, jeder guten Tat, jedem Segen. Alles, Sir.« Ich strich wieder über das Mal auf meiner Handfläche. »Sie haben recht. Niemand kann das ertragen, und die Königliche Armee fiel dem Wahnsinn anheim.«

»Aber ich dachte, die Bäume …«, begann Groskin.

»Sie kamen nach den Faena«, unterbrach ich ihn.

Suiden lehnte sich auf seinem Stuhl zurück, der protestierend knarrte, und betrachtete Laurel finster. »Warum seid Ihr hier?«

»Um einen weiteren Krieg zu verhindern.«

»Und Eure Reise hat nichts mit Hase zu tun?«

»Sein Vater hat ihn als Verbindungsoffizier empfohlen.«

Suiden runzelte über dieses geschickte Ausweichmanöver die Stirn. Ich beobachtete, wie der Drache seine Tasse absetzte, Rauch sein Gesicht verhüllte, und vergaß meine Hand. »Laurel ...«, begann ich.

»Verschaukelt mich nicht, Katze!«

Laurel legte die Ohren an, und seine Pupillen vergrößerten sich, bis sie ganz schwarz waren. »Die Rune war notwendig, weil er eine Gefahr für sich selbst und andere darstellte. Akzeptiert es.« Die Perlen an seinem Stab rasselten, als er ihn zu sich zog.

»Hauptmann Suiden ...«, versuchte ich es erneut.

»Ihr habt mir gesagt, er wäre weder *in* Gefahr noch *eine* Gefahr. Also habt Ihr damals gelogen, oder Ihr lügt jetzt.« Der Rauch verdichtete sich, und Feuer züngelte aus den Mundwinkeln des Drachen. »Vielleicht sogar beide Male.«

»Sobald die Rune gezeichnet war, stellte er keine Gefahr mehr dar.« Laurel sträubte sich das Nackenfell. »Und ... ich ... lüge ... nicht!« Er stand auf und hielt den Stab vor sich.

»Gezeichnet! Auf meinen Leutnant! Ohne meine Erlaubnis!« Der Drache erhob sich auf die Hinterbeine und entfaltete seine golddurchzogenen, schwarzen Schwingen.

»Besitzt Ihr ihn? Nein, das tut Ihr nicht.« Ein tiefes Grollen rollte durch Laurels Brust, als er seine Krallen ausfuhr, während der Drache das Maul öffnete, tief Luft holte und eine klauenbewehrte Hand hob.

Einmal hatte ein Drache von außerhalb unseres Weilers versucht, in Morainas Territorium einzudringen. Meine Familie hatte sich in dem Wurzelkeller verstecken müssen, zusammen

mit allen anderen Kreaturen, die es bis dorthin geschafft hatten
– und es wurde verdammt eng in dem Gewölbe –, während die
Luftschlacht über unserem Hof stattfand. Zunächst beteten wir,
dass sie unsere Häuser und Felder nicht zerstören würden. Dann
beteten wir, dass sie sie nicht zu sehr beschädigten. Dann erflehten wir nur noch die Gnade, sie anschließend einigermaßen
wieder aufbauen zu können. Schließlich beteten wir um unser
Leben. Am Ende beteten wir, dass unsere Leichen noch identifizierbar wären. Und zu guter Letzt, dass man überhaupt noch
etwas von ihnen fand. Rune oder nicht, ich würde nicht hier herumhängen, während Laurel Faena und Hauptmann Drachenprinz Suiden ihren Kampf austrugen. Ich sprang von meinem
Stuhl hoch, schnappte mir Groskin, salutierte, packte Javes am
Kragen und schob sie vor mir zur Tür. Ich riss sie auf und stieß
die beiden so schnell es ging hinaus.

»Was tun Sie da, Hase?«

Mist! Fast hätte ich es geschafft. Ich fuhr herum und nahm
Haltung an. »Ich gehe in Deckung, Sir!«

Der Drache und der Faena blinzelten und starrten mich mit
derselben verwirrten Miene an. Dann richteten sich ihre Blicke
an mir vorbei. Es war Jeff gelungen, den Platz unmittelbar vor
der Tür frei von neugierigen Lauschern zu halten. Aber um ihn
herum drängten sich so viele Reiter im Flur, wie dieser nur fassen
konnte, und glotzten uns mit Augen an, die so groß waren wie
Untertassen. Und mitten unter ihnen befand sich der königliche
Diener, der uns heute Morgen abgeholt hatte.

Es war das zweite Mal, dass ich miterlebte, wie Hauptmann
Suiden die Fassung verlor. Er fummelte an seinem Wappenrock herum und zupfte ihn gerade. Laurel war noch schlimmer. Er starrte einen Moment in den Flur, drehte den Kopf
und fuhr sich mit der Zunge ein paar Mal über die Schulter.
Die beiden gaben sich alle Mühe, so zu tun, als wären sie nicht

gerade dabei gewesen, sich gegenseitig die Eingeweide herauszureißen.

»Lassen Sie Hauptmann Javes und Leutnant Groskin wieder rein, Leutnant Hase«, sagte Suiden, »und holen Sie auch Reiter Jeffen ins Büro.«

»Sir ...« Ich deutete auf den königlichen Diener.

»Ich sehe ihn, Leutnant.« Suiden nickte dem Mann zu. »Ich kümmere mich gleich um Sie.«

Ich schloss die Tür, bevor der Diener reagieren konnte. Dabei streifte mich Jeffs panischer Blick, bevor wir uns in die hinterste Ecke des Raumes verzogen, so weit weg von Suiden und Laurel wie möglich. Suiden ließ uns gewähren. Eine Sekunde lang.

»Zu mir, beide!«

Uns blieb nichts anderes übrig, als Javes und Groskin vor Suidens Schreibtisch Gesellschaft zu leisten. Laurel stand etwas abseits und hatte seinen Stab an die Wand gelehnt. Er fing an, die andere Schulter zu lecken, und Suiden zupfte an seinen Hemdmanschetten. Dann richtete er den Blick auf Jeff. »Ich gehe davon aus, dass Sie das meiste von dem, was hier gesagt wurde, gehört haben.« Jeff nickte unmerklich. »Ich gehe weiterhin davon aus, dass Hauptmann Javes Ihnen seine Theorie auseinandergesetzt hat, was das Wahren von Geheimnissen angeht.« Jeff nickte etwas kräftiger. »Gut. Dann muss ich Ihnen ja nicht erklären, was mit Ihnen passiert, wenn das hier die Runde macht, hm?« Diesmal schüttelte Jeff den Kopf, heftig. »Sehr gut ...«

Jemand klopfte an die Tür. Suiden gab mir ein Zeichen, und ich machte auf. Es überraschte mich nicht gerade, den königlichen Diener auf der Schwelle zu sehen. Dann bemerkte ich aus dem Augenwinkel eine Bewegung und sah, wie Ryson versuchte näherzuschleichen. Ich trat zur Seite, gestattete dem Diener einzutreten, ließ die Tür offen, verschränkte die Arme und lehnte mich an den Türrahmen, sodass ich sowohl den Raum als auch den Flur im Auge behalten konnte.

Der königliche Diener war vor den Schreibtisch getreten, verbeugte sich, griff in seinen dünnen Umhang und zog eine mit Gold geränderte Karte heraus. »Verzeiht mir bitte meine Aufdringlichkeit, Euer Hoheit …«

Im Flur gab es ein kurzes Gedränge, als die Worte des Mannes die Soldaten erreichten. Ryson, der sich vorbeugte und tat, als hätte er etwas im Stiefel, richtete sich so schnell auf, dass er sich einen Muskel im Rücken zerrte. Ich lächelte, als er sich schmerzverzerrt ans Kreuz griff.

»… aber der König gibt heute Abend einen Empfang zu Ehren der Ankunft des ersten Botschafters der Grenzlande in Iversterre …«

Das Gedränge im Flur steigerte sich zu einem Aufruhr, während Laurel mitten in der Körperpflege innehielt und Hauptmann Suiden aufhörte, an seinen Manschetten herumzuzerren.

»… zu dem Ihr, Hauptmann Prinz Suiden, Hauptmann Javes und Leutnant Lord Hase ibn Chause e Flavan ebenfalls abkommandiert seid, als Eskorte des Botschafters. Euch wird gleichzeitig auf Belieben Ihrer Majestät Urlaub gewährt, um den Abend zu genießen.«

30

Es war ein milder Abend, in die roten Strahlen der untergehenden Sonne getaucht. Hauptmann Suiden, Hauptmann Javes, Laurel und ich fuhren in einer offenen Kutsche zum Königlichen Palast, mit Jeff und einem anderen Reiter als Eskorte. Die Straßen waren voll von Menschen, welche die abendliche Kühle nach der Hitze des Tages genießen wollten. Von meinem Platz hinter dem Fahrer aus konnte ich ihre Reaktionen sehen, wenn sich im flackernden Licht der Straßenlaternen ihre Gesichter uns zuwandten, sobald sie begriffen, wer da gerade an ihnen vorbeigerumpelt war.

Laurel war der Meinung, dass ein königlicher Empfang nicht der geeignete Ort wäre, einen Leichnam oder abgetrennte Körperteile zu präsentieren, also ließen wir das Elfenholz und die Drachenhaut zu Hause. Der Faena nahm nur seinen Stab mit und trug seine Perlen und Federn. Als der Palastdiener den Schlag unserer Kutsche öffnete, fiel sein Blick auf einen großen, sehr männlichen Berglöwen, der auf den Hinterbeinen stand und einen langen Stock in der Hand hielt. Der Mann brauchte keine Aufforderung, um sich tief zu verneigen, als der Faena ausstieg. Wir anderen folgten ihm und reihten uns in die Schlange der Gäste ein, welche die mit einem roten Teppich ausgelegten Marmorstufen zu dem hell erleuchteten zweiflügeligen Portal hinaufschritten. Die Gäste starrten uns zwar nicht an oder zeigten auf uns, aber sie flüsterten aufgeregt miteinander, und vor wie hinter uns entstand eine große Lücke.

Als wir das Ende der Treppe erreichten, gab Suiden dem kleinwüchsigen und etwas vertrocknet wirkenden Haushofmeister unsere Einladungen, die er aufmerksam studierte. Offenbar überzeugt, dass wir keine ungeladenen Gäste waren, drehte er sich um und brüllte: »Botschafter Laurel, Hauptmann Prinz Suiden, Hauptmann Javes und Leutnant Lord Hase ibn Chause e Flavan!« Während ich darauf wartete, dass das Klingeln in meinen Ohren verebbte, beobachtete ich, wie Gäste, Musiker, Lakaien, die königliche Leibgarde und Bedienstete innehielten und uns anstarrten, als wir die kurze Treppe in den Empfangssaal hinabschritten.

Ein anderer Diener des Königs hatte sich durch die Menge geschlängelt und erwartete uns jetzt am Fuß der Treppe. Als wir ihn erreichten, verbeugte er sich tief. »Heil Euch, Euer Hoheit, Botschafter Laurel, Hauptmann, Mylord. Wenn Ihr mir bitte zur Empfangsreihe folgen würdet.« Er beäugte misstrauisch den Stab des Faena. »Ehm ...«

»Ich verspreche, niemanden damit zu verprügeln«, murmelte Laurel.

Wir wurden in einen großen Raum neben dem Hauptsaal geführt, wo sich eine weitere Schlange gebildet hatte. Eine seltsame Betäubung hatte mich schon den ganzen Nachmittag eingehüllt, und ich achtete kaum auf die Umstehenden, während wir darauf warteten, präsentiert zu werden. Als wir uns jedoch dem König näherten, fühlte ich, dass jemand mich schärfer anstarrte als die anderen. Ich drehte den Kopf und begegnete dem Blick eines Uniformierten, der einen Schritt neben dem Thron stand. Gleichzeitig strafften Javes und Suiden die Schultern.

»Lord Thadro«, murmelte Javes mir zu. »Der Lordkommandeur der Königlichen Armee und Befehlshaber der Königlichen Garde.«

In dem Moment verkündete jemand, der genauso aussah wie der Haushofmeister, unsere Namen, und als ich mich aus meiner Verbeugung aufrichtete, blickte ich in das lächelnde Gesicht von König Jusson dem IV. »Willkommen, Botschafter, Prinz Suiden, Hauptmann Javes.« Er hielt inne, und sein Lächeln verstärkte sich, als er seinen Blick auf mich richtete. »Und willkommen, Cousin. Willkommen zu Hause.«

Ich war noch ein kleines Kind, als meine Eltern die Nachricht erhielten, dass König Jusson seiner Königinmutter auf den Thron gefolgt war. Er war seitdem gewachsen. Aber statt einen Mann mittleren Alters vor mir zu sehen, der bereits fünfzehn Jahre regierte, starrte ich jemanden an, der fast genauso alt zu sein schien wie ich. Außerdem ähnelte er einem dunklen Elf aus den Stadtstaaten der Grenzlande, war groß und schlank, hatte schwarzes Haar – viel schwarzes Haar, geschwungene Brauen und mandelförmige Augen, deren schwarze Iris goldgepunktet schien. Statt auf einem geschmückten Thron saß er auf einem einfachen Stuhl, der auf einem Podest stand, das nur so weit erhöht war, dass er jedem, der vor ihm stand, im Sitzen in die Augen sehen konnte. Und statt der juwelenbesetzten Kronen, die ich auf den Radierungen von Iversterres früheren Herrschern gesehen hatte, trug er ein einfaches Goldband um die Stirn. Wie die Elfenkönige der Vorzeit.

Der König lachte. »Seht, Wir haben ihn überrumpelt.«

Während Lordkommandeur Thadro mich fragend ansah, fühlte ich einen Ellbogen in meinen Rippen und verbeugte mich erneut. »Verzeiht mir, Majestät. Ich bin es einfach nicht gewohnt, mich als Verwandter des Königs zu sehen.«

König Jussons Lächeln veränderte sich. »Nicht? Haben deine Eltern nicht über Unsere Verwandtschaft gesprochen?«

Meine Betäubung verschwand schnell, als mir die Ausmaße der Grube klar wurden, die ich mir da gerade gegraben hatte. »Das haben sie, Euer Majestät. Es ist nur so, dass ...« Ich hielt inne, als der König eine Braue hob.

»Ja?«

Ich verbeugte mich erneut und lächelte ironisch. »Ich bin einfach nur ein Idiot, Euer Majestät. Danke für Eure freundlichen Worte.«

Der König schien mir meinen Fauxpas durchgehen lassen zu wollen. »Du bist willkommen, Cousin. Aber du bist kein Idiot. Uns scheint eher, dass du mit deinen Gedanken woanders warst und Wir dich überrascht haben.«

Vielleicht war er doch nicht so nachsichtig. Ich war mir der Stille in dem Raum sehr bewusst, als die Anwesenden sich anstrengten, unserer Unterhaltung zu folgen. »Ich habe Schwierigkeiten, mich an die Hitze zu gewöhnen, Euer Majestät, und dachte gerade, wie viel kühler es in Freston ist.« Meine Handfläche begann zu brennen, und ich verbarg sie hinter meinem Rücken.

»Ich würde die Hitze in Iversly bevorzugen, Euer Majestät, ganz gleich, wie kühl Freston auch sein mag«, ergriff ein Mann das Wort, der auf der anderen Seite des Throns stand. Der abfällige Blick seiner blauen Augen in dem ansonsten offenen, freundlichen Gesicht ruhte auf mir. »Was für eine armselige, kleine Bergstadt.«

Ich betrachtete ihn genauer und bemerkte, dass es derselbe Mann war, der heute Morgen auf den Palasttreppen mit dem Diener geredet hatte. Aus der Nähe sah er fast genauso aus; er war mittelgroß und von durchschnittlicher Gestalt. Das Kerzenlicht schimmerte auf den silbernen Strähnen in seinem Haar und ließ seine prachtvollen Gewänder leuchten. Juwelen funkelten an seinen Fingern und dem Aufschlag seines Umhangs, was einen krassen Gegensatz zu dem nüchtern gekleideten König bot. Dann drehte er sich zu König Jusson um, und ich schrak zusammen, als ich erneut die Ähnlichkeit mit Slevoic bemerkte.

Ich zögerte einen Herzschlag lang; dann dämmerte mir, dass ich rangmäßig keinesfalls unter den anderen in diesem Raum stand, nachdem der König mich als seinen Cousin angesprochen hatte. Ich zuckte mit den Schultern. »Ihr vergesst, Mylord, dass ich aus einem noch viel provinzielleren Ort stamme, einem Bauernhof in den Grenzlanden. Für mich ist Freston eine große Stadt, voll prallen Lebens.« Ich lächelte. »Außerdem mag ich die Berge.«

Der König lachte erneut. »Nein, er ist keineswegs ein Idiot.« Seine schwarzen Augen funkelten, als er mich ansah. »Wir unterhalten uns später, Cousin.« Er nickte Laurel zu. »Wir ebenfalls,

Botschafter. Wir haben mit Kanzlerin Berle über Unsere Audienz gesprochen und freuen Uns bereits darauf.«

Laurel verbeugte sich. »Ich danke Euch, Majestät.«

»Gern geschehen. Heute Abend jedoch solltet Ihr Unsere Gastfreundschaft genießen.« König Jusson nickte erneut und wandte seine Aufmerksamkeit der Gruppe hinter uns zu. Wir waren entlassen und gingen in die Empfangshalle zurück.

»Immerhin haben wir es überlebt«, bemerkte Javes. »Obwohl es einen Moment auf Messers Schneide stand.« Er griff sich ein Glas vom Tablett eines vorübergehenden Lakaien und trank einen Schluck. »Gut ausgebügelt, Hase.«

Der Lakai bot auch uns Gläser an; ich nahm eins und betrachtete die blasse bernsteingelbe Flüssigkeit, von der kleine Bläschen aufstiegen. »Bier?«

»Nein, Schaumwein«, erklärte Suiden. Er sah mich kühl an, und ich wusste, dass ich später einiges zu hören bekommen würde, weil ich in Anwesenheit des Königs vor mich hin geträumt hatte.

Laurel trank vorsichtig einen Schluck und nieste geziert. »Meine Güte!« Er leckte sich diskret die Schnurrhaare und trank einen größeren Schluck.

»Vorsicht, Botschafter«, sagte Javes. »Die Blasen lassen einem das Zeug leicht über die Zunge gehen, aber dadurch wirkt es auch sehr stark im Blut.«

Ich trank einen Schluck und staunte, wie stark der Wein moussierte. Ich ließ ihn einen Moment über die Zunge gleiten, bevor ich schluckte und dann den nächsten Schluck nahm. Javes lächelte. »Wir sollten euch beide wohl besser abfüttern, bevor Ihr vollkommen betrunken seid, was?« Er führte uns zu langen Tischen, die an einer Wand aufgebaut waren, neben den Musikern.

»Sirs, wer war der Mann neben dem König?« Ich trank noch einen Schluck.

Suiden wartete, bis wir den Tisch mit den Speisen erreicht hatten. »Lord Gherat von Dru.« Seine Stimme ging in der lauten Musik fast vollständig unter.

Ich ließ mein Glas sinken. »Losan eso Drus Vater?«

Javes nahm einen Teller und kehrte dem vollen Saal den Rücken zu. »Nein, nur ein entfernter Cousin.« Er zuckte mit den Schultern, als er begann, seinen Teller zu füllen. »Nepotismus blüht und gedeiht, Hase. Gherat ist Lordkämmerer und Kanzler der Finanzen und Steuern. Alle Steuern, die gesamte inländische Handelspolitik, die Etats der Regierung, bis auf den der Königlichen Armee, gehen durch seine Hände. Er ist ein sehr mächtiger Mann.«

Er war außerdem selbstbewusst genug, sich ohne Aufforderung in das Gespräch des Königs einzumischen. Und zwar so selbstbewusst, dass er jemanden herablassend behandelte, den der König huldvoll begrüßt hatte.

»Leutnant Slevoic ist ein naher Verwandter Gherats«, erklärte Suiden. »Ebenso wie Kommandeur Loel von der Königlichen Garnison. Sie alle entstammen dem Hause Dru.«

Ich sah meinen Hauptmann verwirrt an. Dann erinnerte ich mich an die verblüffende Ähnlichkeit zwischen Gherat und Slevoic, was meine Überraschung ein wenig linderte. In ihren blauen Augen lag sogar der gleiche abfällige Ausdruck. Ich dachte daran, wie leicht Slevoic der Zugang zum Thron fiel, und die graue Apathie legte sich wieder drückend auf mich. Ich leerte das Glas mit dem Schaumwein und fühlte, wie er sprudelnd meine Kehle hinunterlief.

»Sie haben eine ganze Reihe Schocks erlebt, Leutnant«, flüsterte Javes direkt neben meinem Ohr. »Aber Sie sollten sie lieber schnellstmöglich überwinden.«

Ich wandte mich um und starrte ihn an. Seine Miene war alles andere als komisch.

»Ein Fehltritt wird übersehen, auch wenn er Ihnen vor dem König passiert ist. Vor allem, da Sie die Scharte so schnell ausgebügelt haben. Aber wenn Sie einigermaßen ungeschoren bleiben wollen, schlage ich vor, dass Sie in Zukunft aufpassen.« Sein Blick glitt kurz zur Seite, bevor er wieder zu mir zurückzuckte. »Ihr Onkel, Lord Chause, hat sich herabgelassen, Sie zu erkennen, und ist zu uns unterwegs.«

»Es scheint außerdem, dass Ihre Cousins von der Seite der Flavan ebenfalls beschlossen haben, Sie in der Familie willkommen zu heißen«, mischte sich Suiden ein, der in eine andere Richtung blickte. Er hatte sich mit dem Schaumwein kaum die Lippen benetzt.

»Verzeiht mir meine Vermessenheit, Hoheit, aber ist das nicht Euer Cousin, der Botschafter?«

»Nichts belebt den sozialen Status so sehr wie das Wohlwollen des Königs«, erwiderte Javes. Er schob mir seinen vollen Teller in die Hand. »Hier, versuchen Sie damit den Wein aufzusaugen, den Sie gerade in sich hineingekippt haben.«

Ich blickte auf den Teller. Gefüllte Eier, gefüllte Pilze, gefüllte Weintrauben. Verschiedene Käse. Und Fischeier auf Crackern. Mit einer Zitronenscheibe. Ich schob mir einen Pilz in den Mund, kaute und schluckte ihn hinunter, als der Botschafter von Tural uns erreichte.

»Guten Abend, edle Herrn.« Der Mann verbeugte sich. Es war eine komplizierte Geste, mit viel Gewusel von Armen und Händen, während die Perlen an seinen Zöpfen klickten. »Euer Hoheit.«

Suiden trank einen Schluck Schaumwein, diesmal einen größeren, und seufzte. »Spar dir das, Kenalt.«

Der Grauschleier über dem Empfang hob sich schlagartig, als bedürfte es nur eines Familienstreits, um so eine Veranstaltung interessant zu machen. Dann fiel mir ein, was passiert war, als

Suiden vorhin geneigt war, sich zu streiten, und ich trat unauffällig zwei Schritte zur Seite. Aber als der Botschafter sich aufrichtete, grinste er. »Ah, Cousin, es freut mich zutiefst zu sehen, dass Freston deine Schlagfertigkeit kein bisschen gedämpft hat.« Seine braunen Augen funkelten. »Willst du mich nicht deinen Gefährten vorstellen?«

»Botschafter Laurel, Hauptmann Javes, Leutnant Lord Hase ibn Chause e Flavan.« Suiden deutete mit einer lässigen Geste auf seinen Cousin. »Der älteste Sohn des Amir von Tural, Botschafter Sro Kenalt.«

Ich verbeugte mich mit den anderen, obgleich es mich verwirrte, dass der Botschafter kein Prinz war.

»Das königliche Geschlecht in Tural wird von den Frauen weitervererbt, Leutnant, und die Thronfolge liegt bei den Söhnen der Schwester des Amir.« Suiden trank noch einen Schluck.

Diesmal wirkte Kenalt verblüfft, zuckte dann jedoch mit den Schultern. »Genau. Wie ein Weiser einst sagte: ›Wenigstens weiß man, wer die Mutter ist.‹« Er grinste wieder, und die Clanmale in seinem dunkelhäutigen Gesicht kräuselten sich.

Obwohl man mich gelegentlich als eitlen Pfau beschimpfte, belehrte mich ein Blick auf Sro Kenalt, dass ich nur ein blutiger Amateur war. Ich betrachtete die rot-grüne Seidentunika, die die Farbe der Perlen in seinem Haar wiederholte, seinen dünnen Überwurf aus schwarzer Seide, die dazu passende schwarze Hose, die bis zur Mitte der Wade reichte, das goldene Fußkettchen über der Sandale und wollte ihn gerade fragen, wer sein Schneider war.

»Heil Euch, Messirs.« Wir drehten uns zu der Stimme um, die hinter meiner Schulter ertönte.

Obwohl es eine große Ähnlichkeit zwischen Lord Maceal von Chause und seinem jüngsten Bruder gab, musste er genau wie sein eigener Vater ausgesehen haben, mein Großvater, denn als ich mich umdrehe, hatte ich den Eindruck, mein Spiegelbild zu sehen, wenngleich auch ein paar Jahrzehnte älter. Sein dunkles Haar war von grauen Strähnen durchzogen, tiefe Wangenfalten gruben sich neben seiner aristokratischen Nase in sein schlankes Gesicht, und auch seine hohe Stirn war von Falten gefurcht. Seine braunen Augen blickten überdrüssig in die Welt, und er war nur ein bisschen stämmiger als ich. »Guten Abend, Hase.« Sein Blick glitt über meine Gefährten, und er verbeugte sich. »Euer Hoheit, Botschafter Sro Kenalt und Hauptmann Javes, richtig?« Ein Diener mit einem Tablett Schaumwein ging vorbei, und Lord Chause hielt inne, um sich ein Glas zu nehmen. Er trank einen Schluck. »Botschafter Laurel«, sagte er schließlich und nickte.

Ich erstarrte in meiner Verbeugung bei dieser Beleidigung, aber Laurel hob nur eine Braue und winkte den Diener zu sich. Nachdem er sich ein Glas genommen und daran genippt hatte, erwiderte er das Nicken. »Lord Chause.« Er lächelte und zeigte dabei seine makellosen Zähne. Die Gäste, die sich näher gedrängt hatten, um trotz der lauten Musik das Gespräch zu verfolgen, zuckten plötzlich wieder zurück. Ein paar Musiker rutschten sogar mit ihren Stühlen von uns weg, ohne dabei auch nur eine Note auszulassen. In den freien Raum um uns herum platzte plötzlich ein Paar, ein blonder Mann und eine dunkelhaarige Frau. Die beiden waren so korpulent wie Festival-Gänse.

»Ich wünsche einen guten Abend, Edle Herrn! Hallo Hase! Ich bin dein Cousin Teram, und das ist meine Gemahlin, Isalde!«

Suiden und ich hatten nach einem Glas von dem Tablett des Dieners gegriffen, hielten jetzt jedoch inne und verbeugten uns vor meinen Verwandten. Der Diener wollte sich in Sicherheit bringen, aber Suiden vertrat ihm den Weg, noch während er sich verbeugte.

»Eine nette Gesellschaft hier, was?«, fuhr Lord Teram fort. Er schnappte sich zwei Gläser Schaumwein, reichte eines seiner Frau, die es mit einer schlaffen Hand ergiff. »Zu schade, dass Großvater nicht hier ist, um dich zu begrüßen, Cousin, aber er ist auf dem Land, auf einer Kur – die Gicht. Er weigert sich, seinen Portwein aufzugeben!« Teram strahlte angesichts der Exzesse seines Großvaters und trank einen Schluck Schaumwein. »Wirklich schön, Sie wiederzusehen, Javes. Ich habe gehört, dass Sie nach Freston versetzt worden sind, ausgerechnet! Ich konnte es kaum glauben, bis ich heute Abend Ihre Uniform sah. Es muss schön sein, wieder in die Zivilisation zurückzukehren!«

Javes zeigte wieder sein dümmliches Grinsen. »Ja, nicht?« Er deutete auf den Botschafter von Tural und Suiden. »Ich bin sicher, Sie kennen Botschafter Sro Kenalt, aber haben Sie auch schon die Bekanntschaft von Hauptmann Prinz Suiden gemacht?«

»Ja. Aber damals war ich noch ein kleiner Hosenscheißer, und ich glaube kaum, dass er sich noch an mich erinnert.« Teram strahlte Suiden an, während er sich verbeugte. »Seid Ihr froh, wieder in der Stadt zu sein, Hoheit?«

Suiden bedeutete dem Diener murmelnd, das Tablett auf den Büfetttisch zu stellen. Dann nickte er Lord Teram zu. »Ja, Mylord. Es ist immer ein Abenteuer, nach Iversly zu kommen.« Er nahm ein Glas und leerte es fast zur Hälfte.

»Obwohl im Moment die Gesellschaft ein bisschen ausgedünnt ist«, meinte Lord Teram und ließ seinen Blick durch den vollen Saal gleiten. »Es ist kaum jemand in der Stadt, stimmt's, Maceal?«

»Ja.« Lord Chause verzog seine aristokratischen Lippen zu einem verächtlichen Lächeln.

»Ist Ihre Frau ebenfalls hier?«, erkundigte sich Lord Teram.

»Unser Sohn leidet ein wenig unter dem Wetter, deshalb hat sie beschlossen, heute Abend bei ihm zu Hause zu bleiben«, antwortete Lord Chause.

»Ich hoffe, es ist nichts Ernstes?«

»Aber nein. Es sind eher mütterliche Marotten als etwas anderes.«

»Gut, gut! Ich werde Lady Isalde bitten, ihr einen Besuch abzustatten!«

Zum ersten Mal verstand ich wirklich, warum meine Eltern von hier geflüchtet waren. Dann fing ich Hauptmann Suidens Blick auf, der unmerklich den Kopf schüttelte. Also überlegte ich stattdessen, Sro Kenalt um die Adresse seines Schneiders zu bitten.

»Wenn Ihr mich entschuldigen würdet, Ehrenwerte Leute, ich möchte mit Kanzlerin Berle sprechen«, grollte Laurel. Er verbeugte sich kurz, legte seine Tatzen aneinander, den Amtsstab in die Armbeuge geklemmt.

»Ich werde Euch begleiten, Botschafter«, sagte Hauptmann Javes, während ich mein volles Glas auf den Tisch stellte.

»Du willst doch nicht etwa weglaufen, Hase?«, erkundigte sich Lord Teram.

Vielleicht könnte ich mir ja etwas schneidern lassen, das ich im Theater von Freston tragen konnte. »Tut mir leid, Teram. Ich bin Botschafter Laurel Faena als Verbindungsoffizier zugeteilt.«

»Oh! Vielleicht kannst du uns ja morgen besuchen, hm? Und den Rest deiner Familie treffen!«

Und Stiefel, dachte ich. Oder jedenfalls diese leichtere Fußbekleidung, die ich in der Stadt gesehen hatte.

»Allerdings, Hase. Ich habe überlegt, dich zum Abendessen einzuladen«, fiel Lord Maceal ein. »Sobald ich meine Frau überreden kann, die Kindererziehung den Kindermädchen zu überlassen.«

Andererseits wären Leinenschuhe und Sandalen in Freston höchst unpraktisch. »Ja, Mylords, aber mein Hauptmann entscheidet, wann ich dienstfrei habe.«

Laurel nickte erneut und setzte sich in Bewegung. Javes begleitete ihn; ich verbeugte mich und beeilte mich, ihnen Gesellschaft zu leisten. Hauptmann Suiden wollte mir folgen, aber Sro Kenalt hielt ihn am Arm fest. »Oh nein, Cousin. Wir haben eine Menge nachzuholen.« Der Botschafter grinste boshaft. »Außerdem habe ich einen Haufen Mitteilungen für dich, von Ihrer Hoheit, deiner Mutter.«

Ich wandte mich ab, als ich die Panik auf der Miene des Hauptmanns sah, die jedoch rasch der Resignation wich. Laurel kicherte leise, als wir durch die Gasse schritten, die sich wie durch Magie in der Menge bildete. »Ich hätte nicht gedacht, einmal miterleben zu können, wie der Ehrenwerte Hauptmann so schnell und so gründlich festgenagelt wird.«

Javes schüttelte sich etwas übertrieben. »Mütter. Meine jagt mir immer noch Angst ein.«

Ich dachte daran, wie meine eigene Mutter mit einem zugekniffenen Auge und einer erhobenen Braue ins Herz jeder Schandtat blicken konnte. »Ja, genau.«

Laurel lachte wieder, und dann sah ich, dass er seinen Schweif eingeklemmt hatte. Er bemerkte meinen Blick. »Damit er nicht im Weg ist, Lord Hase.«

»Schon klar.«

Wir passierten ein Kaleidoskop von Menschen, die zwar nicht so bunt gekleidet waren wie Sro Kenalt, aber dennoch höchst extravagante Roben zeigten; die Frauen fließende Abendkleider mit kunstvollen Hauben, die Männer förmliche Gehröcke und Hosen oder bestickte Roben. Alle waren mit Blumen geschmückt, trugen sie im Haar, auf Miedern, Kragen, Revers, und einige hatten sogar Blumenketten um Hals und Handgelenke. Ihr Duft hing schwer und süß in der Luft, die außerdem von den Bienenwachskerzen in den Kronleuchtern noch aromatisiert wurde. Ich sah die Reflexionen der Kerzen in Spiegeln und Fensterscheiben, auf dem blanken Marmorboden und in dem funkelnden Schmuck der Gäste, die tanzten, sich unterhielten und lachten. Ich dachte unwillkürlich an die Märchenschlösser, die auf verzauberten Seen schwammen.

Schließlich erreichten wir die Kanzlerin für Auswärtiges Berle, die weiße Rosen in ihrem rotbraunen Haar und an ihrem goldfarbenen Gewand trug. Sie lächelte, als sie sich verbeugte. »Heil Euch, Botschafter Laurel, Lord Hase und ...«, sie zog die Brauen zusammen, »Hauptmann Javes, richtig? Willkommen in Ivers Palast.« Sie lächelte ironisch. »Ich habe dem König versprochen, heute Abend nicht über Politik zu sprechen, auch wenn ich stark versucht bin, das zu tun, sondern Euch zu erlauben, den Empfang zu genießen.«

Wir stürzten uns in das wirbelnde Gewühl der Farben, wurden von Lord zu Ratgeber weitergereicht, dann zurück zur Kanzlerin, von ihr zu gewissen Ladys, vermutlich Witwen, die keinen Ehemann mehr hatten, der ihnen sagte, was sie denken sollten, bis wir erneut bei der Kanzlerin landeten, die uns auf eine weitere Runde schickte. Bei unserer dritten Tour durch den Saal sah ich Lord Gherat, der Hof hielt, dessen Teilnehmer mein Cousin Teram sowie Onkel Maceal waren, dazu ein Uniformierter, der, wie Javes sagte, Loel ibn Dru, der Kommandeur der Königlichen Garnison war. Gherat blickte hoch und begegnete meinem Blick, bevor er sich umdrehte. Einen Moment später brachen sie in Gelächter aus, und ich dachte an seine Mutter. Im selben Moment schlug Laurel mir mit dem Stab gegen das Schienbein.

Die meisten Leute, denen wir vorgestellt wurden, waren von dem Berglöwen fasziniert, und einige strichen sogar mit der Hand über sein Fell, nachdem sie sich vergewissert hatten, dass er nicht biss. Als sich das einige Mal wiederholt hatte, lächelte Laurel höflich und hielt ihnen Arm oder Schulter hin. Woraufhin

Lords und Ladys mit den Fingern darüberstrichen. Sie lächelten dabei, ungestellt und staunend wie Kinder. Selbst diejenigen, die sich scheuten, ihn zu berühren, waren von seiner Erscheinung fasziniert: eine große Raubkatze mit Perlen, Federn und einem Stab in der einen, einem Glas Schaumwein in der anderen Tatze, aus dem er gelegentlich einen Schluck nahm.

Einige der Gäste sprachen auch über meine Eltern. »Ihre Mama war so wunderschön, als sie eingeführt wurde«, sagte eine Frau, die in Gedanken verloren ihre Hand auf Laurels Arm liegen ließ. »Wir anderen Debütantinnen waren schrecklich eifersüchtig.« Sie lächelte, als sie sich erinnerte. »Aber ich habe mich immer an die liebe Hilga gehängt, weil ihre Tanzkarte sich so rasch füllte, und ich dadurch einen Vorteil den anderen gegenüber hatte, die nicht schnell genug waren.« Sie seufzte. »Es war wirklich keine Überraschung, dass sie Beau Rafe ins Auge fiel.«

»›Beau Rafe‹, ha!« Ihr Ehemann grinste mich an. »Fragen Sie Ihren Papa, wenn Sie ihn das nächste Mal sehen, nach einem Bierfass und der Nachtwache.« Ich blinzelte verwirrt, weil mein Vater der nüchternste Mann war, den ich kannte. Das Grinsen des Lords verstärkte sich. »Old Mops hat sie ganz schön auf Trab gehalten.«

Trotz des königlichen Verdikts, nicht über Geschäfte zu sprechen, stellten die Ratgeber und andere Politiker Fragen über die Grenzlande.

»Soweit ich weiß, habt Ihr ein Finanzabkommen mit dem Qarant, Botschafter«, sagte einer, nachdem wir vorgestellt worden waren. Er beäugte Laurel über den Rand seines Glases, als er einen Schluck trank, und ich sah eine Schildkröte, die aus ihrem Panzer herauslugte.

»Nein, Ehrenwerter Sir«, gab Laurel zurück. »Wir haben kein Finanzabkommen, wir sind Handelspartner.«

»Verstehe«, erwiderte die Schildkröte. Ihr Kopf glitt ein Stück weiter heraus. »Womit handelt Ihr?«

»Mit allen möglichen Gütern. Eisenwaren und anderen Handwerkserzeugnissen, Getreide, Früchten. Aber hauptsächlich mit Textilien.« Laurel deutete auf die gewebten Stoffstreifen an seinem Amtsstab. »Kleidung, Teppiche und dergleichen. Manche sagen, dass unsere Teppiche denen der Perdans Konkurrenz machen.«

»Tatsächlich.« Jetzt hatte die Schildkröte ihren Kopf ganz herausgestreckt und stand auf allen vier Füßen. »Ich würde sehr gern weiter über dieses Thema mit Euch sprechen, Botschafter …«

»Sprechen Sie auf einem Empfang des Königs etwa über Geschäfte, Mylord?« Lord Gherat war hinter uns getreten und lächelte. Seine Augen jedoch blieben davon unberührt.

Ich erwartete, dass die Schildkröte sich schleunigst in ihren Panzer zurückziehen würde, stattdessen jedoch senkte sie den Kopf und riss das Maul auf; sie zeigte mächtige Kiefer, während sie das Lächeln erwiderte. »Wahrlich, Gherat, es verblüfft mich immer wieder, wie es Ihnen gelingt, uns aufzuspüren. Wollen Sie etwa tratschen?«

»Vielleicht.« Gherat wandte sich an mich und kehrte Laurel und Javes den Rücken zu. »Jetzt jedoch bin ich hier, um Lord Hase zu seinem Cousin dem König zu bringen, bevor er vor Hitze ohnmächtig wird.« Er lächelte, und die Fältchen um seine blauen Augen kräuselten sich. »Wir wollen doch nicht, dass unser Lausbube stürzt und sich Splitter einfängt.«

»Ja, Mylord.« Ich wartete einen Moment und hob dann die Brauen. »Der König, Mylord?« Ich erwiderte sein Lächeln. »Wann immer Sie so weit sind.«

Javes lachte einmal laut auf, und Laurel kicherte fauchend, als Gherats Lächeln und seine Lachfalten verschwanden. Ohne ein Wort zu sagen, drehte sich der Lordkämmerer um und verschwand in der Menge. Ich verabschiedete mich mit einer kurzen Verbeugung von meinen Gefährten und folgte ihm.

31

Lord Gherat führte mich zu einem anderen Nebenraum, trat zwischen die Wachen, die davorstanden, und klopfte an die Tür, die von einem weiteren Wachposten geöffnet wurde. »Lasst ihn herein!«, rief jemand, und der Wachposten wich zurück. Als ich durch die Tür trat, sah ich Jusson, der auf einem Diwan saß, umringt von Höflingen. Hinter ihm stand Lordkommandeur Thadro, der mich ausdruckslos ansah. Offenbar hatte ich ihn nicht sonderlich beeindruckt, als ich mich in die Empfangsschlange eingereiht hatte.

Jusson dagegen lächelte. »Komm herein, Hase.«

Ich unterdrückte rasch den Gedanken, dass ich lieber meine erste Woche Grundausbildung bei meinem alten Sergeant neu durchleben würde, und gehorchte. Ich hörte, wie die Tür sich schloss, und sah mich um, aber ich war allein eingetreten. Gherat war draußen geblieben.

»Komm rein, Cousin, und setz dich«, sagte Jusson.

Ich suchte mir einen freien Stuhl vor dem Diwan und setzte mich. Jusson gab jemandem ein Zeichen; die Person sah genauso aus wie einer der Haushofmeister und schenkte Wein, diesmal einen dunkelroten, in einen Glaspokal. Ich sah zu, wie die Außenseite des Glases sich mit Kondenswasser überzog.

»Hast du jemals Blutwein getrunken, Hase?«, fragte Jusson, als der Diener mir das Glas reichte.

»Nein, Euer Majestät.« Schweigen. Bis ich kapierte, dass dies mein Stichwort war. Ich trank einen Schluck, und die kühlen Aromen von Rotwein, Orangen, Zitronen, Limonen und Honig schienen in meinem Mund zu explodieren. »Er ist sehr gut, Euer Majestät.« Ich trank noch einen Schluck und stellte das Glas dann auf einen Beistelltisch. Jusson hob eine Braue, ein weiteres Stichwort, wie ich rasch begriff. »Verzeiht, Euer Majestät, aber ...«, die andere Braue hob sich, und ich musste lachen. »Ich habe bereits mehrere Gläser Wein getrunken und noch nichts gegessen.«

Jusson hob die Hand, und ein Teller materialisierte sich vor mir, auf der Hand eines Lakaien.

»Kein Fleisch, richtig?«

»Ja, Euer Majestät.« Ich fragte mich, wer die königlichen Spione sein mochten.

»Du hast meine Erlaubnis, mich in diesem Raum mit meinem Namen anzusprechen, Cousin.«

»Danke, Jusson.«

Der König lächelte, lehnte sich auf dem Diwan zurück und sah mir beim Essen zu. Diesmal kam ich mir wie die Mastgans zum Festival vor. Jusson lachte leise, und ich blickte kauend hoch. Er grinste. »Sag, Hase ... was für ein interessanter Name! Du siehst überhaupt nicht wie einer aus. Wie bist du daran gekommen? Ist es ein Spitzname?«

Ich schluckte. »Nein, Sire ...«

Seine Braue zuckte hoch.

»... Jusson, meine Mutter ...« Jemand lachte leise.

»Lady Hilga«, sagte Jusson.

»Ja, Sire ... Jusson. Sie sagte, sie hätte mir den Namen gegeben, weil ich so schnell war und mich verstecken konnte, während man zusah. Allerdings weiß ich nicht, wie sie das zwei Wochen nach meiner Geburt an meinem Namenstag sagen konnte.« Ich trank einen Schluck Wein. »Ich nehme an, dass nach sechs Kindern sie und mein Pa...«

»Lord Rafe.« Erneut kicherte jemand.

»Sie nennen sich jetzt Lerche und Zweibaum.« Ich trank noch einen Schluck. »Jedenfalls sind ihnen wohl die Namen ausgegangen, als ich zur Welt kam.«

Jusson beugte sich vor und stützte die Ellbogen auf seine Knie. »Sechs Brüder und Schwestern? Eine große Familie.«

»Wir sind zusammen acht, Cousin. Ich habe noch eine kleine Schwester.«

»Wahrhaftig! Wie heißt sie denn? Eichhörnchen?«, fragte einer der Höflinge, was die anderen mit einem Lachen quittierten.

Ich erwiderte nichts, sondern dachte daran, wie begeistert die entzückenden Ladys von Freston wohl auf das Fußkettchen von Sro Kenalt reagieren würden. Der Blick des Lordkommandeurs zuckte kurz zu dem Höfling, bevor er mich wieder ausdruckslos ansah.

»Und wie heißt deine Schwester, Cousin?«

Ich sah den König an und blinzelte einmal langsam. »Spatz.«

»Singt sie?«

Diese Frage überraschte mich. Das Bild von meiner Schwester auf ihrer ersten Feierlichen Versammlung erschien vor meinem inneren Auge, wie sie die Anrufung gesungen hatte und wie selbst der alte, knurrige »Steht-mit-den-Hühnern-auf« in das »So sei es!« eingestimmt hatte. »Ja, Sire.«

»Dann hatte deine … Ma vielleicht ganz recht, dich so zu nennen«, meinte der König. Die Höflinge kicherten.

»Ja, Sire.«

»Jusson, Hase. Oder Cousin.«

»Ja, Cousin.«

Der König lächelte wieder, während er mich mit seinen schwarzen Augen eindringlich musterte. »Also, Hase, wie kommt es, dass mein Cousin das gleiche Mal auf seiner Handfläche hat wie diese Faena-Katze, ein Mal, das er vor ein paar Tagen noch nicht hatte?«

Ich starrte ihn mit offenem Mund an.

»Beantworte meine Frage, Hase.«

»Euer Majestät ...«

»Es ermüdet mich allmählich, Cousin, dass du auf meinem Titel herumreitest.«

»Ja, Jusson. Sagt, wie alt seid Ihr?«

Diesmal blinzelte Jusson verwirrt und lehnte sich zurück. »Was hat mein Alter damit zu tun?«

»Ich denke mir, dass es eine ganze Menge damit zu tun hat, Cousin.«

Jusson runzelte die Stirn, und ich bemerkte, wie das Gold in seinen Augen glühte. *Verstockter Idiot!*, brummte Laurel in meinen Gedanken. *Nun mach schon und sag dem Mann, was er wissen will.*

Er ist kein Mann, dachte ich, *sondern ein Dunkelelf.*

Laurels Brummen wurde zu einem tiefen Grollen. *Mann, Elf, er ist der König. Sagt es ihm, bevor er Euch Euren verstockten Schädel herunterschlägt.* Er brüllte die letzten Worte, und ich zuckte zusammen. Ich senkte den Blick und bemerkte, dass ich immer noch den Teller in der Hand hielt. Ich stellte ihn weg und starrte dann auf meine Handfläche.

»Ich hätte beinahe einen Mann umgebracht«, sagte ich. »Deshalb hat Laurel Faena diese Rune auf meine Hand gezeichnet, damit ich nicht wieder die Kontrolle verliere.«

»Wie hättest du ihn beinahe umgebracht?«

»Ich habe die Beherrschung verloren und etwas gerufen, ohne zu wissen, dass ich es vermochte.«

»Hexerei!«, murmelte einer der Höflinge und machte Anstalten, eine Geste gegen das Böse zu machen.

Jusson sah den Edelmann scharf an, der mitten in der Bewegung innehielt. »Der Doyen, der mit ihm hierhergereist ist, bürgt für Lord Hases Gläubigkeit. Ziehen Sie sein Urteil in Zweifel?«

»Nein, Sire«, antwortete der Edelmann, während ich verwirrt begriff, dass der König mit Doyen Allwyn gesprochen hatte.

Jusson wandte seine Aufmerksamkeit wieder mir zu. »Dennoch ist es kein Wunder, dass die Leute beunruhigt sind, Cousin. Als du vor ein paar Tagen das erste Mal ... erkranktest, erbebte die ganze Stadt unter Donnerschlägen. Selbst jetzt kann ich diese Wesenheit ›fühlen‹, die dich wie ein dichter Umhang umgibt. Gestern dann erhielt ich eine Nachricht von ...«, er nahm ein Blatt Papier von dem Diwan neben sich, »Magus Kareste, der von einem entlaufenen Schüler schreibt ...«, Jusson überflog die Seite, »dessen Spur bis in die Königliche Stadt verfolgt wurde. Er schreibt, es würde sowohl Iversterre als auch dem jungen Mann dienlich sein, wenn wir ihn fänden und ihn zu seinem Meister zurückbrächten.« Jusson ließ das Papier sinken und sah mich an. »Denn dieser Schüler wäre noch nicht fertig ausgebildet und könnte unabsichtlich sich selbst und allen um ihn herum schaden, wenn er seine Macht entwickelte.«

Mir fiel plötzlich ein, dass es lebenswichtig war, Luft zu holen.

»Also, Cousin, was sagst du dazu?« Jusson legte den Brief neben sich auf den Diwan.

Ich holte noch einmal Luft und bemühte mich um ein Lächeln. »Kareste neigt zu Übertreibungen.«

»Wer ist dieser Magus?«

»Ein Magier, Sire.«

»Ein Magier.« Der König starrte mich an. »Und du warst sein Schüler?«

Mein Lächeln erlosch. »Ja, das war ich.«

»Aber du hast deine Lehrzeit abgebrochen?«

»Ja, das habe ich.«

»Und jetzt entwickelst du deine volle ›Macht‹?«
»Laut Laurel Faena tue ich das.«
»Und bist folglich gefährlich?«
»Nein, bin ich nicht.«
»Ach? Du hast deine Beherrschung verloren und versucht, jemanden umzubringen. Und das nennst du nicht gefährlich?«

Ich konnte es gerade noch vermeiden, mit den Schultern zu zucken, und wich Jussons Blick aus. »Ich wurde provoziert, Sire.«

»Wir sind Uns Leutnant Slevoics Charakter durchaus bewusst, Hase.«

Ich blinzelte bei dem königlichen »Wir«.

»Sieh mich an!«

Mein Kopf ruckte herum.

»Welch störrische Arroganz, selbst deinem König gegenüber.« Erneut runzelte er die Stirn, doch dann merkte ich, dass er lächelte. »Du erinnerst mich an deinen Großvater, Hase. Ich weiß noch, wie er hier vor meiner Mutter, der Königin stand, mit demselben Gesichtsausdruck, als würde sich die Welt nach seinem Willen formen.« Der König schüttelte den Kopf. »Was sie sehr oft tat.«

Ich fragte mich, wieso der König von meinem Großvater sprach, wo doch, soweit ich sehen konnte, mein Onkel und ich wie Vater und Sohn aussahen.

»Dein Onkel Maceal hat das Aussehen seines Vaters geerbt, sowie ein gewisses Maß an Verschlagenheit. Aber ihm fehlt etwas Entscheidendes.« Jusson sah mich scharf an. »Und jetzt weiß ich, wohin das alles gegangen ist.«

Leises Lachen brandete auf, und mein Blick zuckte zu den Höflingen. Das Lachen erstarb.

»Sie stören dich?«
»Ja.«
»Warum?«

»Ihr Humor ist nicht der meine, Cousin.«

König Jusson lehnte sich auf dem Diwan zurück, seufzte und faltete die Hände über seinem Bauch. Ich registrierte, dass das Funkeln aus seinen Augen verschwunden war, und ich atmete erleichtert auf. Aber ein anderer Teil von mir unterdrückte diese Erleichterung.

Jusson lachte kurz. »Du bist entschlossen, nicht eine Elle nachzugeben, richtig?« Er seufzte wieder. »Das ›Eichhörnchen‹ war ein Scherz, Hase, genauso wie der Schabernack des Majors in der Offiziersmesse.«

Ich zuckte zusammen, als der König den Scherz von heute Morgen erwähnte.

»Vielleicht war es ein wenig leichtsinnig, ein wenig geschmacklos. Aber es war nicht wirklich böse. Selbst der Ausdruck ›Hexerei‹ entsprang mehr Furcht als Bosheit. Ich möchte meinen, dass du nach drei Jahren mit Slevoic wissen solltest, wie Bosheit aussieht.«

Jetzt fühlte ich mich recht klein, während ich auf meinem Stuhl herumrutschte. Ich wusste sehr genau, wie Bosheit aussah, und Jusson hatte recht, hier gab es keine.

»Als König, Hase, lernt man sehr schnell, welche Kämpfe sich lohnen, ausgefochten zu werden, und welche nicht. Mir will scheinen, dass du das noch nicht so recht begriffen hast. Obwohl du das eigentlich wissen solltest, mit sechs älteren Brüdern und Schwestern, schon aus Notwehr.«

»Und fünf Jahren unter Leutnant Groskin, Sire«, mischte sich der Lordkommandeur überraschend ein. Erschreckt blickte ich hoch und begegnete dem Blick seiner grauen Augen. Zu meiner Überraschung zwinkerte er mir zu.

Diesmal lachte der König. »Allerdings, Thadro.« Sein Lachen verstummte, als er mich ansah. »Also?«

Ich erwiderte kurz den Blick des Königs, senkte den Kopf und beugte mich über meine Hand. »Ihr habt recht, Sire ... Jusson. Es ist nur so ...«

»Ich werde dir gleich befehlen, diese Worte aus deinem Wortschatz zu streichen, Hase.«

»Jawohl, Cousin.«

Jusson seufzte wieder. »Also, sag es mir: Was ist nur so?«

»Ich bin mir keiner Sache mehr sicher.« Ich wunderte mich, dass ich das zugegeben hatte, und fuhr mit einem Finger über die Rune.

»Verstehe«, meinte Jusson.

Es war still, während ich dasaß und über die Rune auf meiner Handfläche strich. Ich erinnerte mich an etwas aus meiner Zeit als Zauberlehrling, bevor ich weggelaufen war. Einmal zur Erinnerung, zweimal zur Bestätigung, dreimal, um es festzuschreiben. Ich strich zum dritten Mal über die Rune und spürte, wie sie warm wurde.

»Zeig sie mir, Cousin.«

Ich streckte meine Hand aus. Jusson packte sie und zog sie zu sich. Er beugte sich darüber und strich mit seinem Finger über die Rune, die sofort warm wurde. Er beobachtete einen Moment, wie sie schimmerte, dann ließ er mich los, lehnte sich zurück und nahm den Brief in die Hand. »Wäre ich ein grausamer Mann, würde ich dir sagen, dass ich darüber nachdenken müsste und dir in ein oder zwei Tagen meine Entscheidung mitteilen ließe. Oder in einer Woche. Aber ich bin nicht grausam, jedenfalls nicht unnötigerweise. Außerdem bin ich nicht geneigt, einen Verwandten zu zwingen, zu jemandem zurückzugehen, vor dem er geflohen ist, ob er nun ein unausgebildeter Magier ist oder nicht, also werde ich dieses Ersuchen ablehnen.« Ein Ausdruck des Ekels zuckte über sein Gesicht, als er den Brief wieder zur Seite legte. »Abgesehen davon hat der Magus den Vogel verzaubert, den er benutzte, um den Brief hierherzubringen, damit er weder ruhte noch fraß, bis er mich erreichte. Er starb in meiner Hand.« Er zog die Brauen so weit zusammen, dass sie sich trafen, als er mich anstarrte. Das Gold in dem Schwarz seiner Augen leuchtete. »Du wirst bei deiner Truppe bleiben, Cousin, und deinen derzeitigen Rang behalten sowie sämtliche Eide respektieren, die du abgelegt hast. Schwörst du das?«

Die Rune flammte erneut auf, als jemand keuchte. Sobald ich merkte, dass ich es war, biss ich mir so fest auf die Lippe, dass sie blutete. »Ja.« Es kam wie ein Schluchzen aus meinem Mund, also schluckte ich und versuchte es noch einmal. »Ich schwöre es, Euer Majestät.« Ich schluchzte noch einmal. »Sic!«

32

Ich stolperte zu der Kutsche, die einer der königlichen Haushofmeister-Zwillinge zum Seiteneingang bestellt hatte, damit ich den Gästen im Empfangssaal aus dem Weg gehen und, dem Befehl des Königs gehorchend, nach Hause fahren und mich ausruhen konnte. Der Haushofmeister hatte auch Laurel und Hauptmann Javes benachrichtigt und war jetzt unterwegs, um Hauptmann Suiden zu suchen. Nach einem kurzen Blick in mein Gesicht schwiegen die beiden, da der Kutscher mithören konnte. Der Haushofmeister kehrte schon bald zurück. Er führte Suiden, der seinen anderen Arm um die Schulter seines Cousins Kenalt geschlungen hatte, sowohl in familiärer Zuneigung, als auch um sich festzuhalten. Die beiden sangen leise Seemannslieder, damit, wie Suiden uns sagte, sie die Dschinn nicht weckten, die in den Felsen und Höhlen an der Küste schliefen. »Wenn sie aufwachen, bringen sie Stürme, Sroene.«

Sro Kenalt nickte mehrmals nachdrücklich. »Ja. Sie zerstören Schiffe«, brüllte er und legte einen Finger auf die Lippen. »Shhhh!«

Der Haushofmeister war erneut davongegangen und kehrte jetzt mit Jeff und unserer zweiten Eskorte zurück. Die drei halfen Suiden in die Kutsche, beaufsichtigt von Kenalt. Trotzdem saßen wir kurz darauf auf unseren Plätzen und im Sattel, der Kutscher ließ die Zügel knallen, und wir fuhren los. Ich erwartete, dass Suiden einschlafen würde, aber er blieb wach und zeigte uns mit seinem Schwertgurt alle Seemannsknoten, die er kannte.

Als wir in der Botschaft ankamen, verschwand ich rasch auf mein Zimmer. Dort stellte ich fest, dass die Möbeltischler hier ebenfalls gewesen waren. Sie hatten Kojen für vier Leute gebracht. Aber Groskin war ausgezogen und hatte nicht nur sein Zeug, sondern auch das von Jeff und dem anderen Reiter mitgenommen. Der andere Soldat warf mir einen kurzen Seitenblick zu, bevor er verschwand. Jeff dagegen blieb einen Moment mitten in dem Zimmer stehen. Dann zog er sich bis auf die Unterhose aus, entschied sich für eine der beiden oberen Kojen und rollte sich auf der blanken Matratze zusammen. Ich war zu müde, um irgendetwas zu fühlen, und dachte nur, dass Groskin sicher einen interessanten Morgen vor sich haben würde, wenn er Suiden sein Verhalten erklären musste, vor allem angesichts des Brummschädels, den der Hauptmann haben würde.

Zum ersten Mal seit Tagen konnte ich am nächsten Morgen aufstehen, ohne dass sich jemand über mich beugte, was ich sehr genoss. Jeff war bereits verschwunden, also ging ich selbst ebenfalls hinunter in die Offiziersmesse, nachdem ich mich angekleidet hatte. An der Tür blieb ich stehen. Es war mein erster Besuch in der Messe, seit sie möbliert worden war. Ich sah mich staunend um, und meinem Blick bot sich die gleiche dezente Eleganz wie im Büro des Hauptmanns. Die dunkelbraunen runden Tische hoben sich gegen die weißen Wände ab und waren auf Hochglanz poliert. Die mit Schnitzereien verzierten Stühle hatten hohe Lehnen, und auf jedem Tisch stand eine Vase mit frischen Blumen aus dem Hof. Die Platzteller waren aus Silber, daneben lagen Leinenservietten, die Gläser waren aus feinstem Kristall und die Teetassen mit den dazu passenden Untertassen aus hauchdünnem Porzellan. Die Türen zum Hof standen offen, und ich sah auch Tische und Stühle in dem überdachten Innenhof, die allerdings aus weiß lackiertem Schmiedeeisen zu bestehen schienen. Ich hatte mich kaum an den Tisch gesetzt, als Basel auch schon aus der Küche auftauchte.

»Guten Morgen, Leutnant.« Er strahlte mich an, goss Orangensaft in mein Glas, füllte Tee in meine Tasse und tauchte, nachdem er kurz in der Küche verschwunden war, mit schwer beladenen Tellern auf, die er vor mir abstellte. »Wenn Sie fertig sind, will der Hauptmann Sie sehen, Sir.«

So viel zu der Möglichkeit, bei einer Kanne Tee zu verweilen. Ich seufzte, bedankte mich und machte mich dann über meine Eier her. Nach dem ersten Bissen bemerkte ich, dass Basel nicht gegangen war, und sah hoch. Er grinste mich an, so dümmlich, wie ich es selbst bei ihm noch nicht erlebt hatte, und verbeugte sich knapp. »Ich habe selbst dafür gesorgt, dass die Eier ganz frisch sind, Sir. Ich bin gleich heute Morgen auf den Markt gegangen.«

»Ja ... danke, Basel. Und mein Name ist ›Hase‹, bitte.«

Basels Grinsen wurde noch dümmlicher. »Die Früchte sind ebenfalls heute Morgen frisch gepflückt.« Er wischte mit dem Tuch, das er in der Hand hielt, einen Fleck vom Tisch. »Lassen Sie mich wissen, Sir, wenn Sie noch etwas brauchen.« Er verbeugte sich erneut, entfernte sich rückwärts und wäre fast über den Tisch hinter ihm gefallen. Er balancierte auf einem

Fuß, erlangte sein Gleichgewicht wieder, verbeugte sich noch einmal und ging dann rückwärts in die Küche, nach wie vor grinsend.

Der Befehl, den Basel mir überbracht hatte, wog jedoch schwerer, als den Grund für sein merkwürdiges Gehabe herauszufinden, also frühstückte ich hastig und machte mich dann schleunigst auf den Weg zum Büro des Hauptmanns. Es war der reinste Spießrutenlauf, durch zackige Grüße, tiefe Verbeugungen und »Schönen guten Morgen, Leutnant« oder »Heil Euch, Lord Hase«. Und ausnahmslos alle Gesichter zeigten Basels dümmliches Grinsen. Es war nur ein kurzer Weg von der Messe zum Büro des Hauptmanns, aber es schien eine Ewigkeit zu dauern, bis ich endlich da war. Mittlerweile schmerzten mein Rücken und mein Arm vom vielen Grüßen und den Verbeugungen. Ich klopfte an und hörte, wie Javes mich zum Eintreten aufforderte. »Schließen Sie die Tür hinter sich, Leutnant«, sagte Javes. Ich warf einen Blick auf Suiden hinter seinem Schreibtisch und schloss die Tür sehr, sehr leise.

»Setzen.« Javes wartete, bis ich einen Stuhl halbwegs zwischen seinem und Suidens Schreibtisch platziert hatte. »Wir haben ein Problem, Leutnant. Anscheinend ist die Nachricht von Ihrer … Markierung durchgesickert, und der Lordkommandeur wird unter Druck gesetzt, Ihnen Ihr Offizierspatent wegzunehmen und Sie aus der Armee zu entlassen.«

Leicht zu erraten, wer dahintersteckte. »Groskin.« Ich seufzte. »Das überrascht mich nicht, Sir. Er hat gestern Abend sein Zeug und auch das aller anderen aus unserer Kammer geschafft.« Ich fühlte, wie sich ein Kopfschmerz ankündigte, und massierte mit dem Knöchel die Stelle zwischen meinen Brauen. »Der König weiß es auch bereits.«

Mit einem Schlag sonnte ich mich in der Aufmerksamkeit beider Hauptleute. »Der König weiß es?«, erkundigte sich Suiden.

Ich ließ meine Hand sinken. »Jawohl, Sir. Er hat mich gestern Abend deswegen befragt.«

»Als Gherat Sie zu ihm gebracht hat?«, wollte Javes wissen.

»Jawohl Sir«, wiederholte ich und fügte hinzu: »Sein Hof war dabei.«

»Sein Hof!«, stieß Javes hervor. »Alle?«

Ich konnte ein Schulterzucken nur im letzten Moment unterbinden. »Das weiß ich nicht, Sir. Das Zimmer war voll. Der Lordkommandeur war ebenfalls anwesend.«

»Befragt vor Zeugen«, stieß Suiden hervor und starrte mich aus rotgeränderten Augen an. »Das hätten Sie uns sofort …« Er unterbrach sich, als er sich an seinen Zustand gestern Nacht erinnerte.

Javes grinste kurz und beugte sich vor. »Was hat der König gesagt?«

»Er hat mich erneut an mein Treuegelöbnis gebunden.«

Suiden beugte sich ebenfalls vor, und die Gesichter der beiden Hauptleute waren angespannt, als sie mich anstarrten. »Schildern Sie uns, was passiert ist«, befahl Suiden. »Und zwar ganz genau.«

»Alles«, präzisierte Javes. »Lassen Sie nicht die unbedeutendste Kleinigkeit aus.«

Sie lauschten, während ich erzählte, was sich an dem Abend zugetragen hatte, nachdem ich Hauptmann Javes und Laurel verlassen hatte.

»Gherat musste draußen warten, während Sie in den Salon des Königs gebeten wurden?«, fragte Javes irgendwann.

»Jawohl, Sir.«

»Oh, sehr gut, ausgezeichnet.«

»Der König hat Sie die ganze Zeit Cousin genannt?«, warf Suiden ein andermal dazwischen. »Und darauf bestanden, dass Sie ihn auch so ansprachen?«

»Jawohl, Sir.«

Sie hörten zu, während ich meine Geschichte zu Ende erzählte; als ich zu dem Brief des Magus kam, verfinsterten sich ihre Mienen, aber sie sagten nichts. Dann lehnten sie sich zurück. Drache und Wolf sahen sich an, richteten ihre Blicke auf mich und senkten ihre Schnauzen in derselben Grimasse, mit hängender Zunge und zähnefletschendem Grinsen. Der Drache nahm seine Teetasse und trank einen Schluck. Der Wolf betrachtete mich einen Augenblick. »Sie sehen unser ... unser anderes Selbst, richtig, Leutnant?«, erkundigte er sich dann.

»Ja, Sir.«

»Ihre Hand glüht etwas.«

Ich warf einen Blick auf meine Handfläche.

»Macht überhaupt nichts.« Suiden stellte seine Teetasse ab. »Sagen Sie, Hase, ist Ihnen klar, was die Garnison von Freston eigentlich ist?«

»Dorthin stellt die Armee alle ihre ... ihre Versager ab, Sir.«

»Nicht nur ihre Versager, Leutnant«, erklärte Javes. »Sondern auch Offiziere, die nur aufgrund ihrer Verbindungen ihre Offizierspatente behalten. Wie Groskin zum Beispiel, der einen Doyen als Onkel hat. Oder Slevoic, der sowohl mit dem Kommandeur der Königlichen Garnison als auch mit Lord Gherat verwandt ist.« Javes zog die Mundwinkel herunter. »Weshalb er mit so vielen Verfehlungen durchkommt. Es wurde bereits als ein Wunder betrachtet, dass er überhaupt nach Freston versetzt wurde.«

»Politik«, erwiderte ich. »Sir.«

»Genau das«, bestätigte Suiden. »Denn in Freston stellt die Armee auch all die Leute kalt, derer sie sich nicht sicher ist, die sie aber im Auge behalten will. Wie zum Beispiel mich, den Neffen des Amir von Tural.«

»Oder mich, den Sohn eines sehr wohlhabenden Kaufmannes, der ausgezeichnete Beziehungen zum Qarant unterhält«, warf Javes ein.

Ich erinnerte mich an die erkennenden Blicke, die Javes gestern Abend geerntet hatte, und fragte mich, wie wohlhabend sein Pa wohl war und wie ausgezeichnet seine Beziehungen zum Qarant sein mochten.

»Oder Sie, Hase.« Suiden sah mich an. »Sie sind direkt mit zwei der mächtigsten Häuser von Iversterre verwandt. Und in den Grenzlanden aufgewachsen.«

»Es spielte keine Rolle, was über Sie in Freston gesagt wurde, da wir so weit von jedem Schalthebel entfernt waren, dass es niemanden kümmerte«, fuhr Javes fort. »Aber jetzt sind wir in der Königlichen Stadt, und angesichts Groskins Hysterie und Slevoics Rankünen ...« Der Hauptmann brach ab und zuckte mit den Schultern.

»Aber da Slevoic sich einem Disziplinarverfahren gegenübersieht, sollte es niemanden interessieren, was er sagt«, meinte ich.

Suiden stellte die Teetasse ab und fuhr sich mit den Händen durchs Gesicht. »Kommandeur Loel hat entschieden, dass der Leutnant in Notwehr gehandelt hat.«

»Was?« Ich starrte die Hauptleute an, während sich mir der Magen zusammenkrampfte. »Es hat doch kein Ausschuss getagt, Sirs.«

»Ein Kommandeur hat die Befugnis, über alle zu urteilen, die ihm gemeldet werden«, erwiderte Javes. »Und wir wurden Loels Kommando unterstellt, als wir in Iversly eingetroffen sind.«

»Er hat sogar die Befugnis, über seine Verwandten zu urteilen?«, fragte ich. Der Krampf wanderte mein Rückgrat hinauf.

»Ja«, antwortete Javes. »Willkommen in der Armee, Hase.«

»Ich habe bereits eine Protestnote an den Lordkommandeur geschickt.« Suiden ließ die Hände von seinem Gesicht sinken.

»Aber bis er eine Entscheidung trifft, wird Slevoic in unsere Einheit überstellt.«

Ich saß da wie betäubt.

»Und jetzt fordern diejenigen, die schon immer Zweifel hatten, jemanden aus den Grenzlanden in die Armee aufzunehmen, nicht nur Ihre Entlassung, sondern fragen sich auch laut, ob Sie aus Iversterre verbannt werden sollten«, fuhr Suiden fort. »Es war nicht gerade hilfreich, dass weder Chause noch Flavan Sie bis gestern Abend offiziell anerkannt haben.« Sein Blick verdüsterte sich. »Oder dass Sie diesen Major in der Messe der Königlichen Garnison unter Druck gesetzt haben, wie nervig er auch gewesen sein mag.«

»Genau«, mischte sich Javes ein. »Doch nachdem der König Sie erneut an Ihre Eide gebunden und in Ihrem Rang bestätigt hat, dürften diese Mäuler gestopft und ihnen die Zähne gezogen sein.« Er stand lächelnd auf. »Ich würde alles darum geben, jetzt Mäuschen im Büro dieses Schwachkopfs zu spielen …« Er unterbrach sich, als ihm klar wurde, wie er den Garnisonskommandeur vor mir genannt hatte, und warf Suiden einen kurzen Seitenblick zu.

»Ich auch«, erwiderte der Hauptmann nachsichtig. »Holen Sie doch Reiter Jeffen herein.« Er sah mich an. »Bis das alles geregelt ist, wird Jeffen Ihnen zugeteilt, um weitere unerwünschte Vorfälle zu vermeiden.«

Javes ging zur Tür, öffnete sie und brüllte nach Jeff.

Suiden verzog kurz das Gesicht, während er sich Tee eingoss.

»Groskin hat nichts zu befürchten, weil er es ausgeplaudert hat, Sir?«, fragte ich ihn.

Suiden setzte die Teekanne ab. »Nein. Jedenfalls noch nicht.« Er sah Javes an, als der Hauptmann wieder hereinkam. »Hase wollte wissen, ob Groskin bestraft wird.«

Javes seufzte, während er sich hinter seinen Schreibtisch setzte.

»Beziehungen, Hase. Groskin steht unter dem besonderen Schutz der Kirche. Erzdoyen Obruesk hat bereits allen möglichen Leuten Briefe geschrieben, in denen er seinem ›großen Unbehagen darüber‹ Ausdruck verleiht, dass ›Soldaten magischen Einflüssen ausgesetzt werden‹.«

Suiden nickte. »Und Kommandeur Loel hat mich informiert, dass seiner Meinung nach Groskin keineswegs einen direkten Befehl missachtet, sondern den Bericht über eine gefährliche Situation den entsprechenden Leuten überbracht hat.« Die Augen des Hauptmanns glühten. »Was ich natürlich ebenfalls dem Lordkommandeur gemeldet habe.«

Ich betrachtete die Rune auf meiner Handfläche. »Warum, Sirs?«

»Warum sich Groskin so benimmt?«, fragte Suiden.

Ich nickte.

»Der Leutnant war nach Veldecke versetzt worden, bevor er nach Freston kam, und hat dort einige Dinge in Gang gesetzt, mit denen er sich nach wie vor nicht ausgesöhnt hat«, erwiderte Suiden.

Ich runzelte die Stirn. Irgendwie kam ich mir wie ein Bauer in einem Spiel vor, dessen Regeln ich nicht kannte. Zudem tröstete es mich nicht sonderlich, dass Slevoics Fraktion stark genug war, den König herauszufordern.

»Nein, sie fordern ihn nicht heraus, Hase«, sagte Suiden. »Jedenfalls nicht diese Gruppierung. Sie ringen nur um Positionen. Es ist ein Kampf um das Ohr des Königs, um seine Gunst, um an seiner rechten Seite zu stehen.«

Die Mächte hinter dem Throndrama.

»Ganz genau«, antwortete Suiden.

»Ich wünschte, Sie würden damit aufhören, beide.« Javes sah erst Suiden und dann mich an. »Ich komme mir vor wie ein Außenseiter.«

»Hase glaubte, dass Lord Gherat Dru ein Rivale um den Thron wäre«, erklärte Suiden.

»Lieber Himmel, nein.« Javes' Augen wurden so gelb wie die eines Wolfs. »Das würde das Königreich auseinanderreißen, und das weiß Gherat. Außerdem steht er dem Haus von Iver nicht annähernd nahe genug.« Er seufzte. »Nein, er ist ein Jugendfreund, der Amok läuft ... Jusson und er wurden gemeinsam großgezogen, und Gherat nutzt das nach Kräften aus.«

Ich blinzelte, als ich mir den mittelalten Lordkämmerer vorstellte und den König, der aussah, als wären er und ich Jugendfreunde. Niemand schien zu bemerken, dass der König nicht gealtert war. Jedenfalls sprach niemand darüber.

»Sie schreiben es einem asketischen Leben und seinem guten Blut zu«, erläuterte Suiden.

Javes schlug auf den Schreibtisch. »Hören Sie auf damit! Was hat er jetzt gedacht?«

Ich wollte ihm antworten, als die Tür aufging und Jeff hereinkam. Er hatte ein Silbertablett in der Hand, auf dem sich weiße Umschläge stapelten. Suiden setzte die Tasse ab. »Was ist das denn?«, erkundigte er sich finster.

»Leutnant Lord Hases Post, Sir. Sie kommt schon den ganzen Morgen über an.« Jeff stellte das Tablett vor dem Hauptmann ab und nahm Haltung an. Javes trat neben ihn und starrte auf den kleinen Berg von Post, während ich aufstand und mich ebenfalls Suidens Schreibtisch näherte.

Javes hatte recht gehabt. Das Wohlwollen des Königs wirkte Wunder in Hinsicht auf den gesellschaftlichen Status. Ich nahm einen Umschlag und zog eine Karte mit Goldrand heraus; es war eine Einladung zu einem Dinner für heute Abend. Ich legte sie weg und nahm eine andere; eine Einladung zu einem Lunch ...

»Was bedeutet ›alfresco‹?«

»Draußen«, erklärte Javes, der über meine Schulter schaute.

»Oh, ein Picknick, also.« Ich legte sie weg. Die nächsten Karten waren Einladungen zu einem Ball, zwei Soirees, drei Abendgesellschaften, noch einem Ball, zwei Bootsausflügen, verschiedenen Nachmittagstees, Musikveranstaltungen, Maskenbällen, noch mehr Dinnern …

Ich stieß die Luft aus und ließ die letzte Einladung sinken, die ich gelesen hatte. Javes nahm sie in die Hand. »›Lord Kaspero und Lady Mael von Surask erbitten das Vergnügen Eurer Anwesenheit bei der Einführung ihrer Tochter, Nestae eso Surask.‹ Oh, Hase, also wirklich, Ihr erstes Auftreten bei einem Debütantinnenball. Wie aufregend.«

Das Gefühl, gejagt zu werden, machte sich zwischen meinen Schulterblättern breit.

Suiden starrte die Post immer noch stirnrunzelnd an. »Wie in der Welt sollen wir das aussortieren? Ich war zu lange weg und habe keine Ahnung, wen wir umarmen und wen wir meiden sollten, als hätte er die Pocken.«

Javes deutete auf die Einladungen zu dem Debütantinnenball. »All diese kuppelnden Mamas kreisen wie Haie durchs Wasser, die Blut gerochen haben.« Er lächelte wieder dümmlich. »Können Sie tanzen, Mylord?«

Mir sträubten sich die Nackenhaare, als ich mir vorstellte, wie ich mich durch irgendwelche komplizierten Schritte manövrierte, während ich mit einer gepuderten, juwelenbehangenen und frisierten Debütantin plauderte, deren Mutter zusah und bereits den Abschied von meinem Junggesellenleben plante. »Nein, Sir!« Meine Handfläche brannte, und ich setzte hinzu: »Nur die Festival-Tänze, Sir.«

»Hören Sie auf, ihm Angst zu machen«, sagte Suiden. »Helfen Sie mir lieber, einen Weg zu finden, diesen Mist hier auszusortieren!«

»Was ist mit dem König, Sir?«, fragte Jeff.

Wir drehten uns um und sahen ihn an. Er errötete.

»Der König, Reiter Jeffen?«, erkundigte sich Suiden.

»Könnten Sie ihn nicht um Rat fragen? Ich meine, da der König Hase seinen Cousin nennt und dergleichen ...« Wir starrten ihn immer noch an, während er verstummte.

»Was genau haben Sie gehört, Jeffen?«, fragte Javes verräterisch leise.

»Es kursiert in der Mannschaftsmesse, Sir. Wie der König Hase zu Hause willkommen geheißen und mehr als eine Stunde mit ihm geplaudert hat und dass er alles über das Mal auf Hases Hand weiß, Sir.« Jeff interpretierte den Ausdruck auf den Gesichtern der beiden Hauptleute ganz richtig. »Ich habe es ihnen nicht erzählt, Sirs. Ich wusste nicht einmal, dass der König es wusste.« Jetzt verfinsterte sich auch seine Miene. »Hase erzählt mir ja nie was!«

Die beiden Hauptleute schwiegen eine Weile. »Wissen Sie«, brach Suiden schließlich das Schweigen, »wenn die Armee immer so wirkungsvoll geheime Informationen sammeln würde, dann würden wir keine einzige Schlacht verlieren.«

»Ich will ver ... ein Narr sein«, sagte ich. »Die Soldaten haben mich verarscht.«

»Und ich wette, Ihr habt es wie Muttermilch aufgesogen, Mylord«, murmelte Jeff.

»Ach, scheiß auf dich und dein Pferd ...«

»Das reicht«, unterbrach Suiden, während Javes angelegentlich aus dem Fenster starrte, während seine Mundwinkel zuckten. »Ich bin nicht in der Stimmung für Sandkastenspielchen! Macht weiter so, dann teile ich Sie beide Stallmeister Hedley zu, wenn wir wieder in Freston sind. Und zwar für immer.« Suiden stand auf und zuckte erneut leicht zusammen. »Aber Sie haben einen ausgezeichneten Vorschlag gemacht, Jeffen. Wir werden

König Jusson um Hilfe bitten. Ich hoffe, dass er uns jemanden schicken kann, der uns durch dieses Labyrinth führen ...«

Ein Soldat klopfte an die offene Tür. Er hielt ein silbernes Tablett in den Händen, auf dem sich ein Berg weißer Umschläge stapelte. »Verzeihung, Sirs, aber das hier wurde gerade abgegeben.«

33

Angesichts von Suidens Drohung, die über unseren Köpfen schwebte, schlossen Jeff und ich erneut einen Waffenstillstand und setzten uns in den Hof auf meine Lieblingsbank unter dem Granatapfelbaum, nachdem wir die Stelle nach Spinnen abgesucht hatten. In Freston war der Frühling ein sanfter Liebhaber, der sich behutsam über die Berge stahl. In Iversly war er wie eine Rebellion, mit einem Haufen Pöbel und Plünderern, und der Hof drohte in Lärm zu ertrinken, als sich die Vögel mit den Bienen um die Blüten stritten. Ich beobachtete die Scharmützel, während Jeff mir erklärte, dass Groskin wie ein altmodischer Erweckungsprediger in der Messe stand und Untergang und Verhängnis predigte, wobei Slevoic die ganze Zeit hinter dem Leutnant stand und nickte, während seine blauen Augen funkelten.

»Groskin behauptet, die Katze hätte dich verhext und jetzt wolltet ihr beide alle in Bestien verwandeln und die Grenzlande würden bald wie eine Flut über alles hier hinwegspülen und alle versklaven, bis wir vergessen hätten, dass wir einst Menschen waren.«

»Das ist albern, Jeff. Die Grenzlande haben bereits ausreichend bewiesen, dass sie uns nicht in irgendwas verwandeln müssen, um uns ausradieren zu können.« Ein paar bunte Schmetterlinge flatterten an unserer Bank vorbei, und einer landete auf meinem Knie. Seine Flügel falteten sich langsam zusammen und auseinander.

»Die meisten Südländer haben es auch für dumm gehalten, ganz gleich, ob es eine sprechende Katze gibt oder nicht; für sie sind das alles Ammenmärchen«, antwortete Jeff und ließ den Blick durch den Hof schweifen. »Und fast jedem fiel es schwer, in dir, dem Pfau der Berge, die Verkörperung des Bösen zu sehen.« Er zog ein Knie an, stützte seinen Arm darauf und lehnte sich gegen die Rückenlehne der Bank. »Außerdem bin ich die meiste Zeit in deiner Nähe und der des Botschafters gewesen, und mir ist auch nichts passiert.« Er zuckte mit den Schultern. »Dann hat sich heute Morgen die Neuigkeit herumgesprochen, und alle dachten, was soll's – der König nennt dich Cousin.«

»Alle? Oder fast alle?« Ich erinnerte mich an das Gemurmel und die Seitenblicke auf unserem nassen Treck aus den Bergen nach Gresh.

»Alle, auf die es ankommt«, erwiderte Jeff. Er fing meinen Blick auf und quittierte ihn mit einem Achselzucken. »Die Gunst des Königs wiegt einen Haufen Sünden auf, Hase.«

Ich erwiderte nichts, sondern legte meine Hand behutsam vor die Vorderbeine des Schmetterlings, der auf meine Handfläche krabbelte. Er flatterte leicht mit den Flügeln, als er über die Rune glitt und auf einen meiner Finger kroch.

»Aber es stimmt doch, oder?«, erkundigte sich Jeff. »Was du den Hauptleuten erzählt hast, dass wir ... wie hast du es genannt ... alle verwandelt sind. Verändert von Menschen in Magische.«

»Ja.« Ich drehte die Hand, sodass der Schmetterling auf die Rückseite meines Fingers kroch, und hob sie vor meine Augen. »Es stimmt, und das weißt du genau.« Ich warf ihm einen Seitenblick zu. »Warum hast du Groskins Geschichte nicht bestätigt?«

Der Schmetterling schlug mit den Flügeln. Der Lufthauch strich über mein Gesicht.

Jeff zuckte mit den Schultern, und in seinen Augen spiegelte sich Zorn. »Weil ich kein Verlangen danach habe, mich in Slevoics zarte Hände zu begeben, ganz gleich, was auf mich herabstürzt.« Er sah meine Miene und verzog den Mund. »Der Scheußliche Slevoic hat schon einmal bei einer anderen Prügelei die Nummer mit dem Stumpen abgezogen. Er hat ihn dem Soldaten direkt ins Auge gerammt, sodass er erblindet ist. Dann hat er dem armen Teufel erzählt, dass seine Schwestern die Nächsten wären, falls er es Ebner verraten würde – und er hat sie beide beschrieben, mit Namen und allem.«

Ich blinzelte verwirrt, als mir klar wurde, welchen Reiter Jeff meinte. Mir hatte man gesagt, er wäre betrunken ins Feuer gefallen. Er war wegen Dienstuntauglichkeit aus der Armee entlassen worden und arbeitete jetzt als Stallbursche in einer Herberge, stand bis zu den Knien in Pferdemist.

»Du bist manchmal ein bisschen merkwürdig«, fuhr Jeff fort. »Und du hast zu viele Geheimnisse vor deinen Kameraden.«

»Ich bin nicht merkwürdig ...«, begann ich, als ein zweiter Schmetterling auf meinem Handgelenk landete.

Jeff redete einfach weiter. »Aber du lächelst nicht, wenn du die Verletzungen beschreibst, welche die Männer erlitten haben, die mit dir auf Patrouille waren.« Er verzog erneut spöttisch den Mund. »Er sabbert förmlich bei dem Gedanken, dich allein zu fassen zu kriegen, Hase.«

Das war mir nicht neu.

Es war still, während wir beobachteten, wie ein Regiment Hummeln einen blühenden Busch gegen alle Eindringlinge verteidigte. »Ich bin also ein Dachs?«, wollte Jeff nach einer Weile wissen.

»Ja.«

Er seufzte. »Es gibt so viel Tiere auf der Welt, und ich muss ein kleines, pelziges Vieh erwischen.«

»Ich weiß nicht, Jeff«, meinte ich. »Die Dachse in der Umgebung des Hofs meiner Eltern waren ziemlich beeindruckend. Selbst die Wölfe machten einen Bogen um sie.« Die beiden Schmetterlinge flatterten mit den Flügeln, und der Luftzug wehte mir das Haar aus dem Gesicht.

»Was ist mit Ryson?«, fragte Jeff und hielt dann kurz inne.

»Ein Wiesel«, sagten wir beide gleichzeitig.

»Obwohl Skunk fast genauso naheliegend gewesen wäre«, meinte Jeff. »Slevoic ist wieder zur Stallarbeit eingeteilt«, fuhr er dann fort. »Javes hat ihm befohlen, die Ausrüstung zu säubern und zu reparieren.« Er grinste hämisch. »Ryson und Groskin schieben gemeinsam Küchendienst, bis Suiden den Befehl aufhebt. Basel hat sich darüber so aufgeregt, dass er vergessen hat, Suiden Sir zu nennen, und den Toast anbrennen ließ.«

Ich riss die Augen auf, als mein Frühstück sich in meinem Magen zu Blei verwandelte. »Holla, Groskin und Ryson? Wer wagt es da, noch zu essen?«

Während Jeff behauptete, er würde immer darauf warten, dass einer der anderen Reiter den ersten Bissen verdrückte, flogen die beiden Schmetterlinge weg. Der Luftzug wehte an mir vorbei, durch den Baum, sodass die Zweige schaukelten und die Blätter rauschten. Ich lehnte mich gegen die Lehne der Bank und schlug die Füße übereinander. Und löste sie auch ebenso schnell wieder, als eine Spinne aus dem Granatapfelbaum fiel und dicht neben meinen Füßen landete. Sie war blass und länger als ihre bunteren, muskulöseren Brüder, und wir sahen ihr hinterher, wie sie davonhuschte. Bis wir überzeugt waren, dass sie nicht zu uns zurückzukehren gedachte.

Ich verlor die Spinne im Schatten eines Springbrunnens aus den Augen, lehnte mich wieder zurück und streckte erneut die

Beine vor mir aus. Nachdem ich meine Stiefel eingehend betrachtet hatte, seufzte ich. »Also gut, vielleicht hast du recht.«

Jeff sah mich abwartend an.

»Vielleicht habe ich zu viele Geheimnisse. Es ist nur so ...« Ich versuchte ein Lächeln. Vergeblich. »Ich habe die Grenzlande verlassen, Jeff, weil ich vor etwas weggelaufen bin, das mich zu Tode erschreckt hat.«

»Was denn? Dass du ein Magier bist?«

»Ich bin kein Magus. Noch nicht. Nicht mal annähernd. Ich bin ein Zauberlehrling.« Ich beobachtete die Gischt des Springbrunnens, die im Sonnenlicht funkelte. »Mein Meister ... Ich konnte seine Lust fühlen.« Ich brach ab, als Jeff auf der Bank ein Stück von mir wegrutschte, und warf ihm einen finsteren Blick zu. »Nein, die Art Lust meine ich nicht.«

»Oh«, murmelte Jeff. »Entschuldige.«

»Es war fast so, als wäre er dem Verhungern nah und ich wäre das Abendessen. Es hat mir Angst gemacht«, wiederholte ich. »Zum Teufel, und wie!« Ich atmete einmal tief durch und zuckte dann mit den Schultern. »Also bin ich weggelaufen und nach Freston gegangen, in der Hoffnung, dass mich dort niemand findet.«

»Aber sie haben dich gefunden«, meinte Jeff ganz richtig.

»Ja«, gab ich zu. »Haben sie.«

»Wieso haben wir uns verirrt, Hase?«, erkundigte sich Jeff nach einem Moment.

»Das weiß ich nicht«, antwortete ich und fing seinen Blick auf. »Ich habe Laurel immer wieder gefragt, und er hat abgestritten, etwas damit zu tun gehabt zu haben.« Ich zuckte mit den Schultern. »Ich glaube ihm.« Jedenfalls in diesem Punkt.

»Deine Hand glüht«, bemerkte Jeff.

Ich sah hinunter. Die Rune strahlte hell im Schatten des Baumes. Ich hob meine Handfläche hoch. Jeff nahm sie und hielt sie so, dass die Sonne direkt darauf schien. »Was bedeutet sie?«, wollte er wissen. Er schob meine Hand wieder in den Schatten, sodass die Rune deutlicher zu sehen war, und beugte sich darüber. Ein weiterer Schmetterling taumelte vorbei, und der Luftzug seiner Flügel war so stark wie der von Dragoness Morainas Schwingen. Er flog einen Kreis und landete auf meiner Schulter. Ich fühlte, wie sein Gewicht mich in der Erde verankerte, während der Wind mir das Geheimnis des Fliegens zuflüsterte.

»Wahrheit«, erwiderte ich, während Jeff mit dem Finger die hellen Linien nachzeichnete.

»Was zum Teufel tun Sie da? Treten Sie von ihm weg!«

Jeff zuckte zusammen, als Groskin aus der Offiziersmesse stürmte. Der Schmetterling schlug einmal mit den Flügeln, ein zweites Mal, sie streiften meine Wange, dann flog er davon, ein bunter Fleck vor dem blauen Himmel.

»Groskin!« Suiden tauchte aus dem Büro der Hauptleute auf. Groskin nahm Haltung an. »Reiter Jeffen ist exakt da, wo er sein soll. Sie dagegen nicht. Zurück auf Ihren Posten.«

Groskin wirbelte herum, ohne mir in die Augen zu sehen, und marschierte ins Haus zurück.

Suiden blieb einen Moment stehen und blinzelte in die helle Sonne. Er gab es auf, drehte sich um und machte Anstalten, in sein Büro zu gehen. »Kommen Sie rein.«

Wir folgten Suiden nach drinnen. In dem relativ dunklen Raum sah ich jemanden neben dem Hauptmann stehen.

»Das ist Lord Esclaur ibn Dhawn e Jas, Leutnant. Der König hat ihn uns geschickt, damit er Ihnen bei Ihrer Post hilft.«

Vermutlich war ich der einzige Leutnant in der Königlichen Armee, der einen Privatsekretär hatte. Ich verbeugte mich. Als ich wieder hochkam, um Luft zu holen, hatten sich meine Augen an die Dämmerung gewöhnt. Ich erkannte in dem Mann den Adligen, der die Bemerkung mit dem Eichhörnchen gemacht hatte, ich erinnerte mich auch daran, dass Lord Gherat mich begleitet hatte, und mir wurde bewusst, dass mein königlicher Cousin einen höchst seltsamen Sinn für Humor hatte.

»Heil Euch, Leutnant Lord Hase ibn Chause e Flavan«, sagte Lord Esclaur, als er sich ebenfalls verneigte. Er war Hauptmann Javes' Bruder im Geiste, bis hin zu seinem Lorgnon und seinen pomadisierten Locken. »Wenn ich recht verstehe, sind Sie in Verlegenheit wegen eines Überflusses an Einladungen.«

Ich warf einen Blick auf Hauptmann Suidens Schreibtisch und sah, dass der Berg von Post sich zu einer wahren Gebirgskette ausgewachsen hatte. »Ja, Mylord, ich denke, das kann man wohl sagen.«

Lord Esclaur folgte meinem Blick, und einen Moment lang entglitten ihm seine Gesichtszüge. Er schloss mit einem vernehmlichen Klacken den Mund und trippelte zu dem Haufen weißer Umschläge, während er sein Lorgnon an die Augen hob. »Ich muss schon sagen! All das ist für Sie? Sie sind wirklich sehr beliebt, stimmt's?«

»Wie Sie sehen können, Lord Esclaur, ertrinkt Leutnant Hase förmlich in Post. Wir sind auf Ihre Hilfe angewiesen, uns durch dieses Meer zu navigieren.« Suiden wollte gerade zu seinem Stuhl gehen, als es an die Tür klopfte. Er seufzte, ließ die Ordonnanz eintreten und deutete auf seinen Schreibtisch. »Legen Sie sie einfach dort ab.« Ich sah zu, wie der Berg wuchs. Suiden setzte sich auf einen der Besucherstühle, stützte den Kopf in die Hand und massierte seine Stirn.

Lord Esclaur reagierte, indem er seinen leichten Baumwollmantel auszog, die Ärmel seines Leinenhemdes hochrollte und sich ins Gewühl stürzte. Ein Klapptisch wurde für ihn aufgebaut, Tee und Sandwiches wurden geordert, und Jeff und ich wurden dazu abkommandiert, dem Adligen die ungeöffneten Einladungen zu übergeben, die abgelehnten zu vernichten und die anderen in

Stapeln vor ihm aufzubauen. Die ganze Zeit über gab Esclaur dabei Kommentare von sich. »Was denn, das in dieser Hitze? Ich denke eher nicht. Nein. Ja. Ja. Oh nein, dort werden Sie auf keinen Fall hingehen. Meine Güte, ist sie denn schon für ihren Debütantinnenball bereit?« Er nahm einen Umschlag hoch, auf dem das Wappen der Flavan eingraviert war, und schnaubte vornehm. »Ich nehme an, die müssen Sie annehmen. Familie.«

Nach zwei Stunden hatten wir alle Einladungen durchgesehen, hatten auf alle schriftlich geantwortet, auf die ich nach Lord Esclaurs Einschätzung positiv reagieren musste, und hatten die Termine in Kalender eingetragen, die er aus dem Hut gezaubert hatte. Einen für sich selbst und einen für mich. Er deutete auf mehrere etwas kleinere Stapel. »Dies, Lord Hase, sind Einladungen für Botschafter Laurel. Ich habe sie getrennt nach: ›Klugerweise anzunehmen‹, ›Spielt keine Rolle‹ und ›Lauf, Laurel, lauf‹.« Dann deutete er auf andere Stapel. »Diese Einladungen, Prinz Suiden, sind für Sie und Hauptmann Javes. Ich habe mir ebenfalls die Freiheit genommen, sie zu sortieren.« Er rollte die Hemdsärmel herunter. »Ich stehe Ihnen zur Verfügung, Ehrenwerte Sirs, um Sie zu all diesen Veranstaltungen zu begleiten.« Er schlüpfte in seinen Mantel und zupfte seine Manschetten zurecht. »Glücklicherweise bin ich zu den meisten dieser Festivitäten ebenfalls eingeladen, und ich bin sicher, dass ein Wort in das richtige Ohr den Rest ebenfalls regelt.«

Ich folgte Esclaur zur Tür, wo er sich umdrehte und mich angrinste, als er meine Miene bemerkte. Im selben Moment schob sich ein blauäugiger weißer Wolf aus den Oberen Reichen vor den Geck. »Oh, grämen Sie sich nicht, Lord Hase. Vergessen Sie nicht, das Leben steckt voller Veränderungen. Ja, wirklich. Und die Alternative ist einfach nicht akzeptabel.« Der Adlige verbeugte sich, drehte sich zur Tür herum und wäre fast gegen Laurel Faena geprallt, dem Lord Gherat auf den Tatzen folgte.

»Ah, einer der kleinen Schoßhunde des Hofs«, sagte Gherat lächelnd. »Wer hat Sie denn von der Leine gelassen, Esclaur?«

»Oh, ich habe ab und zu Ausgang, Gherat«, erwiderte Esclaur. »Vor allem bei Vollmond. Sie wissen schon, damit ich den Mond anheulen und Schatten jagen kann.«

Laurel und ich wechselten einen Blick und sahen dann wieder die beiden an.

Gherat zuckte mit den Schultern. »Seien Sie nur vorsichtig. Manchmal verbergen die Schatten auch reale Dinge. Sie möchten sich doch sicher nicht die Nase brechen, wenn Sie auf eines stoßen.«

Genau das hat uns noch gefehlt, dachte ich. Noch mehr kryptischer Blödsinn. Gherat sah mich an, und seine Augen weiteten sich ein bisschen.

»Wir sollten nicht über den Mond scherzen, Ehrenwerte Lords«, grollte Laurel. »Er markiert ein für die Grenzlande höchst unerfreuliches Andenken.« Er nickte Lord Gherat zu. »Aber ich hoffe, dem Hohen Rat Gutes berichten zu können. Ich danke Euch, dass Ihr mir Eure Zeit für die Audienz beim König geopfert habt.«

Offenbar war Lord Esclaur nicht der Einzige, der heute Morgen Jussons Humor zum Opfer gefallen war. Gherat erwiderte das Nicken des Faena, allerdings mit einem leicht verächtlichen Gesichtsausdruck. »Gern geschehen, Botschafter.«

»Ich gehe wohl besser«, meinte Esclaur. »Aber ich kehre heute Abend zurück, Lord Hase, um Sie zu der Abendgesellschaft zu begleiten. Heil Euch allen, Messirs.« Er verbeugte sich vor allen, und es gelang ihm irgendwie, Lord Gherat dabei auszuschließen, bevor er ging.

Was bedeutete, dass wir die ungeteilte Aufmerksamkeit von Lord Gherat hatten. Er setzte eine eifrige Miene auf. »Sie sehen ein wenig kränklich aus, Suiden. War der Empfang gestern Abend zu viel für Sie?« Er lächelte. »Obwohl Sie vielleicht häufiger etwas über den Durst trinken sollten. Ich habe gehört, dass Sie einen recht angenehmen Bariton haben, vor allem, wenn Sie ... ehm ... ›Jo ho‹ zum Besten geben.«

Suiden seufzte. »Womit verdienen wir die Ehre Ihrer andauernden Gegenwart, Gherat?«

»Oh, ich habe viele Gründe.« Gherat lächelte immer noch, als er zu dem Stapel mit den Einladungen ging. Er nahm die der Flavans von einem Stapel, las sie und warf sie dann auf den Tisch zurück. »Einer davon ist der, dass ich meinen Cousin besuchen wollte, Slevoic. Man hat mir jedoch gesagt, dass er nicht hier ist.« Er nahm eine weitere Einladung von einem Stapel.

»Nein, das ist er nicht.« Suiden stand auf, trat zu seinem Schreibtisch und nahm die Teekanne. Ich hörte das Gurgeln, als er den Rest des Tees in seine Tasse goss. »Slevoic wurde den Stallungen der Königlichen Garnison zugeteilt.«

Gherat erstarrte und drehte sich zu Suiden herum. »Ihr habt einen Angehörigen meines Hauses als Stallburschen abkommandiert?«

»Ja.« Suiden trank einen Schluck Tee.

»Wie könnt Ihr es wagen!« Gherats blaue Augen funkelten vor Wut. Jeff und ich traten einen Schritt auf ihn zu, aber Laurel hielt uns an den Armen fest.

»Ich wage es, weil er unter meinem Befehl steht und ich von daher mit ihm machen kann, was ich will.« Suiden hob eine Braue. »Oh. Hat Slevoic nicht mit denselben Worten den Tod dieser Soldaten kommentiert?«

Slevoic hatte, als er in der Königlichen Garnison in Iversly stationiert war, seine Einheit gezwungen, in einem Sturm einen Seitenarm des Banson zu überqueren. Drei Soldaten ertranken, als sie von ihren Pferden gerissen wurden. Selbst seine vornehmen Verbindungen hatten ihn nicht retten können, weil er vollkommen unnötig den Tod dreier Männer verursacht hatte, und wegen dieser Sünden war Slevoic nach Freston abgeschoben worden. Der Miene auf Gherats Gesicht nach zu urteilen, verblasste die Schande, wegen eines solchen Vergehens nach Freston strafversetzt worden zu sein, angesichts der Ungeheuerlichkeit, dass Slevoic jetzt unter den Augen seiner ehemaligen Kameraden die Ställe der Königlichen Garnison ausmisten musste. Ich dachte an den erblindeten Reiter, von dem Jeff mir erzählt hatte, und lächelte.

Gherat rang mühsam um seine Beherrschung. »Und Leutnant Groskin?«, fragte er dann. »Ich möchte gern dem jungen Freund von Erzdoyen Obruesk meinen Respekt erweisen. Wo ist er?«

»Schiebt Küchendienst«, erwiderte Suiden knapp und trank noch einen Schluck Tee.

Diesmal hatte Gherat seine Miene vollkommen unter Kontrolle, aber ich sah, wie ein Muskel neben seinem Auge zuckte. »Verstehe. Dann besuche ich sie ein anderes Mal.« Er drehte sich um und bemerkte meinen und Laurels Blick. Nach einem kurzen inneren Kampf verbeugte er sich knapp. Seine Lippen waren ein dünner Strich. »Sirs.« Er richtete sich auf und schritt stocksteif aus dem Raum. Jeff folgte ihm, um sicherzugehen, dass er wirklich die Botschaft verließ.

Wir schwiegen, bis wir den gedämpften Knall der Haustür hörten, dann lachte Laurel fauchend. »Das war wundervoll, Ehrenwerter Hauptmann.«

Suiden lächelte kurz. »Ja.« Dann zuckte er zusammen, rieb sich die Stirn und wollte sich mehr Tee einschenken. Die Teekanne war jedoch leer. Suiden stellte Kanne und Tasse ab, trat hinter seinen Schreibtisch und setzte sich auf seinen Stuhl. Zwischen seinen Brauen bildeten sich feine Linien.

»Ich habe ein Heilmittel für Eure Unpässlichkeit«, bot Laurel an.

»Nein, danke.« Suiden warf Laurel einen scharfen Blick zu, aber der Faena war vor ein Fenster getreten, und der Hauptmann musste vor der grellen Sonne die Augen zusammenkneifen. Jeff kam wieder zurück. Als Suiden die Augen öffnete, um ihn anzusehen, fiel sein Blick auf den Stapel mit seinen Einladungen. Er seufzte. »Können Sie lesen und schreiben, Reiter Jeffen?«

»Jawohl, Hauptmann«, antwortete Jeff.

»Gut. Sie übernehmen ab sofort meinen Gesellschaftskalender. Ihre erste Pflicht besteht darin, diese Einladungen in meinen Terminkalender einzutragen.« Suiden deutete mit einem Nicken auf die Einladungen, zuckte zusammen und schluckte. »Nein, halt. Ihre erste Pflicht besteht darin, mir eine Kanne Tee zu besorgen. Starken Tee.«

»Was ist mit Hase, Sir?«

»Er kann hier warten, bis Sie fertig sind, verdammt!« Suiden schloss wieder die Augen. »Javes müsste ohnehin gleich wieder eintreffen. Er ist unterwegs, um Ihre Garderobe zu ergänzen, Leutnant, damit Sie einigermaßen präsentabel sind, wenn Sie in die Stadt gehen.«

Jeff kicherte leise, als er verschwand, aber ich reagierte nicht darauf. Ich starrte den Hauptmann entsetzt an und sah mich bereits mit einem gigantischen Lorgnon herumlaufen, dessen Gewicht mich zu Boden zog.

»Keine Sorge, Hase.« Suiden hatte die Augen noch geschlossen. »Javes kennt Ihren Geschmack.« Er öffnete ein Auge einen Spalt. »Allerdings hätte ich gedacht, dass sein kühner Kleidungsstil Ihnen gefällt.«

Es gibt eine sehr feine Grenze zwischen Kühnheit und Lächerlichkeit, dachte ich.

Suiden schloss das Auge wieder. »Verstehe.«

34

In der Einladung von meinen Angehörigen der Flavan-Seite stand »Abendgesellschaft«, also wurde beschlossen, dass meine Ausgehuniform akzeptabel wäre. Javes kehrte von seinem Einkaufsbummel mit neuen gelben Handschuhen, gelbseidenen Taschentüchern, Habbs-Stiefeln und einem leichten Cape zurück. Es war dunkelblau, hatte blaue Seidensäume und wurde mit schwarzen geflochtenen Verschlüssen über der Brust geschlossen. Von einem Lorgnon war nichts zu sehen. Außerdem hatte der Hauptmann einen Barbier im Schlepptau, da mein vernachlässigtes Haar bereits über den Kragen fiel. Rasiert, gestriegelt und vollkommen angekleidet überprüfte ich jetzt meine Erscheinung in dem mannshohen Spiegel. Ich drehte mich um meine Achse, sah befriedigt, wie das Cape sich blähte, und inspizierte meine Rückseite. Als ich stehen blieb, nutzte der Barbier diesen Vorteil sofort aus und bürstete mir hastig Haare und eingebildete Fusseln von den Schultern.

»Wie meine Schwestern«, bemerkte Jeff, der mich beobachtet hatte.

Ich ignorierte ihn, drehte mich um.

»Und wie mein Cousin. Er ist auch ein eitler Gockel, und seine Frau ficht harte Kämpfe mit ihm um den Spiegel aus.«

»Neid«, erwiderte ich, »ist eine hässliche Sache.«

Lord Esclaur holte mich in seinem offenen Einspänner ab, und wir fuhren mit Jeff als Eskorte zum Haus meines Cousins. Das Licht des Vollmonds warf scharfe Schatten, und als wir auf den Platz einbogen, sah ich voller Staunen, dass der Sitz der Flavans eine gesamte Breite einnahm. Ich fragte Lord Esclaur, wie groß Flavans Stammsitz eigentlich war.

»Oh, sehr groß. Wirklich sehr groß. Der Hauptsitz umfasst

nicht nur Plantagen, sondern auch drei größere Städte.« Der Adlige verfiel in einen belehrenden Tonfall. »Zurzeit jedoch konzentriert sich der Wohlstand Ihres Onkels mehr auf die Hauptstadt. Flavan besitzt mehrere kommerzielle Unternehmen und ist stiller Teilhaber bei vielen Kaufleuten.«

Wir reihten uns in den Konvoi der Kutschen ein, die im Schneckentempo zu der Stelle vorrückten, an der die Gäste ausstiegen. Vor uns sah ich große Fackeln am Haupteingang des Hauses und runzelte die Stirn. Selbst im provinziellen Freston verfügten wir über Öllampen mit Dochten, deshalb war es etwas ungewöhnlich, in dem kosmopolitischen Iversly Fackeln zu sehen.

»Nein, Fackeln sind keineswegs allgemein gebräuchlich«, sagte Lord Esclaur, als ich ihn fragte. Auch er runzelte die Stirn.

Als wir den Haupteingang des Flavan-Hauses erreichten, stand ich auf und wartete darauf, dass der Lakai den Kutschschlag öffnete, ließ mich jedoch wieder auf den Sitz zurücksinken, als ich seine Livree sah. Ich hatte schon bemerkt, dass diese Uniform ein bisschen merkwürdig aussah, es jedoch dem Flackern der Fackeln zugeschrieben. Aber es war gar keine Livree: Der Lakai trug das Kostüm eines Riesen aus einem beliebten Kindermärchen, mit einem Lendenschurz aus Fell und einer mit Nägeln gespickten Keule. Und er war barfuß. Er zuckte zusammen, als er an die Kutsche trat – offenbar war er auf etwas Spitzes getreten –, riss den Schlag auf und schwang die Keule. »Wer wagt es, das Haus meines Herrn zu betreten?«

Sogar der Satz stammte aus dem Märchen. »Ich ...«

»Mylord, wir halten die Schlange auf!«, sagte Lord Esclaur, während er aufstand. »Wir werden dem bösen Zauberer in seiner Höhle mutig entgegentreten.«

Den Teufel würde ich tun. Ich ließ mich in die Polster zurücksinken. »Ich bin nicht ...«

Lord Esclaur trat mir gegen den Knöchel, und ich jaulte.

»Meiner Seel, schon wieder ein Krampf in den Beinen, Lord Hase? Sobald Sie ausgestiegen sind, können Sie sie strecken.« Er schnappte sich meinen Arm und zog mich hoch. Esclaur war erheblich kräftiger, als es den Anschein hatte. »Sie sind der Cousin des Königs«, zischte er mir ins Ohr. »Benehmen Sie sich auch so.«

Das Haus war tatsächlich so geschmückt, als wäre es die Höhle des Zauberers, mit falschen Ratten, Raben und Spinnen, die in riesigen Netzen von der Decke baumelten. Esclaur und ich reihten uns in die Schlange der Gäste ein, die darauf warteten, begrüßt zu werden. Weiter vorn erkannte ich den galanten Locival, mit dem Breitschwert Löwenherz an seiner Hüfte. An Locivals Seite stand die schöne Prinzessin Beatel – wenngleich auch etwas dicker als im Märchen –, die er vor den üblen Ränken und ruchlosen Plänen des Zauberers Slifter gerettet hatte. Ihre langen goldenen Zöpfe waren mit Bändern geschmückt und reichten fast bis zum Boden. An einer Goldkette um ihre Stirn hing die Perle der Keuschheit. Hinter dem Paar hing ein Gobelin, der einen Sonnenaufgang zeigte, einen neuen Morgen repräsentierte, denn durch ihren Kuss, mit dem sie wahre Liebe gelobten, brachen sie den bösen Bann, der das Königreich Heusterand in ewiger Nacht gehalten hatte.

»Ho, Cousin! Esclaur!« Locival schob sein Visier hoch, unter dem Lord Teram zum Vorschein kam. »Ist das nicht großartig?« Er hielt mir willkommen heißend die Hand hin.

Ich spürte, dass Esclaur einen Schritt zurücktrat, also streckte ich die Hand aus und packte die von Teram. »Heil dir und guten Abend, Teram. Ja, das ist schon was. Allerdings bin ich ein bisschen überrascht. Ich wusste nicht, dass es ein Maskenball sein sollte.«

»Meine Gemahlin ist auf die Idee gekommen, nachdem wir dir die Einladung geschickt haben«, erklärte Teram.

Ich sah Lady Isalde an, mit ihrer blonden Perücke, aber sie sagte nichts.

»Und ich meinte: ›Warum denn nicht?‹«, fuhr Teram fort. »Das wird sicher ein Spaß!« Er winkte einem Lakaien, der als Buckliger verkleidet war und einen Korb mit schwarzen, seidenen Dominomasken in den Armen trug. »Such dir eine aus!« Er wartete, bis sowohl Esclaur als auch ich eine Maske aufgesetzt hatten, und schlug mir dann auf den Rücken. »Hereinspaziert, Mylords, aber hütet Euch vor den Fallen des Zauberers!«

Wir verbeugten uns und traten an ihm vorbei ins Haus. Das Innere war ebenso düster dekoriert wie der Eingang, und Lakaien, die wie die Büttel des Zauberers gewandet waren, mischten sich unter die kostümierten Gäste. An einer Wand waren Tische mit Speisen aufgebaut und mit falschen – hoffte ich jedenfalls! – Menschen- und Tierschädeln geschmückt, die dicke Kerzen hielten. Mir verging schlagartig jedes Hungergefühl.

»Er lässt nur seine Muskeln spielen, Hase«, erklärte Esclaur, der meine verwirrte Miene bemerkt hatte. »Jusson ist imstande, an einem Tag einen großen Empfang zu Ehren eines Botschafters zu organisieren, den die meisten mit sehr gemischten Gefühlen betrachten. Teram will nur zeigen, dass er das auch kann.«

Großartig, noch eine Fraktion. Dann fiel mir wieder ein, dass Teram und Gherat während des Empfangs miteinander getuschelt hatten. »Aber Jusson ist der König«, erklärte ich. »Natürlich kommen alle, wenn er ruft. Wenn nicht, stecken entweder sie in Schwierigkeiten oder das Königreich.«

Lord Esclaur zuckte mit den Schultern. »Das stimmt, Mylord.« Ein Diener, der verlängerte Reißzähne hatte, kam zu uns. Esclaur nahm zwei Gläser von dem Tablett, das mit Kröten und Spinnen dekoriert war, und reichte mir eines. »Aber Flavan kann auf vierzig direkte Verbindungen bis zum ersten König Iver zurückblicken. Kein anderes Haus außer dem des Königs selbst kann sich dessen rühmen. Chause kommt ihm recht nahe mit seinen zweiunddreißig Verbindungen, und sein Sohn ebenfalls, weil seine Ehefrau sechsunddreißig Verbindungen aufzuweisen hat. Trotzdem, sollte Jussons Haus in naher Zukunft scheitern, dann dürfte Flavan im Rennen um den Thron vorn liegen. Bereits jetzt scheint Teram zu glauben, er stehe dem Königshaus so nahe, dass es keinen Unterschied mehr macht.« Er trank einen Schluck, verzog das Gesicht und schaute sich nach einem Platz um, wo er sein Glas absetzen konnte. »Er muss in der Wärme schlecht geworden sein«, meinte er, während sich seine Miene weiter verfinsterte.

Ich schnüffelte an meinem Wein, und nach einem kurzen Blick auf die als Schädel getarnten Kerzenhalter auf dem Büfett beschloss ich, mein Glas ebenfalls abzustellen. »Cousin oder nicht, sobald ich schwarze Kerzen sehe, gehe ich.«

Esclaur und ich waren die Einzigen, die nicht als Charaktere aus dem Kinderstück verkleidet waren. Es gab Dorfbewohner, Doyen, Beatels Schwestern, Locivals Gefährten bei seinem Kampf und den blinden Geschichtenerzähler, der immer dann auftauchte, wenn Locival sich hoffnungslos verzettelt hatte. Aber da die Geschichte im Norden spielte, wo die Kleidung nicht nur modisch, sondern auch zweckmäßig war, lief den meisten der Schweiß über Gesicht und Hälse, und etliche Frauen blieben an offenen Fenstern und Türen stehen, lockerten heimlich ihre Mieder und hoben diskret ihre Röcke, um den Wind zu genießen. Ich schloss mit mir selbst eine Wette ab, wer zuerst ohnmächtig werden würde.

»›Seid gegrüßt‹, Mylords«, sagte jemand hinter meiner Schulter.

Ich weigerte mich, den Gruß zu benutzen, der in dem Spiel häufig, etwas zu häufig, gebraucht worden war, drehte mich um und erstarrte, als ich einen maskierten Slevoic vor mir stehen sah. In dem Moment bewegte er sich, und das spärliche Licht ließ die silbernen Strähnen in seinem Haar schimmern. Es war also nicht Slevoic.

»So wahr ich lebe und atme, es ist Gherat«, meinte Esclaur neben mir gedehnt. Er hob sein Lorgnon und musterte die Kleidung des Lords von Dru. Dann zuckte eine Braue nach oben. »Nicht kostümiert?«

»Nein«, erwiderte Gherat liebenswürdig. »Ich überlasse dieses Vergnügen gern den anderen.« Alle Anzeichen seiner Wut vom Nachmittag waren verschwunden, woraufhin sich meine Nackenhaare sträubten. Seine blauen Augen wirkten in dem dämmrigen Licht farblos, während er mich unter seiner Maske hervor betrachtete und lächelte. »Keine Sorge, Lord Hase. Ich mache Sie nicht für das Verhalten Ihres Hauptmanns verantwortlich. Außerdem habe ich viel zu gute Manieren, um in Flavans Haus einen Streit mit einem seiner Gäste anzufangen.«

»Gewiss, Mylord«, murmelte ich und dachte daran, dass er offenbar keine Scheu davor gehabt hatte, einen Streit vom Zaun zu brechen, als ich Gast in Jussons Haus war.

»Aber Sie trinken ja gar nichts.« Gherat hob die Hand, und ein Lakai hielt uns ein Tablett hin. Auf diesem wand sich eine falsche Viper zwischen den Gläsern. Gherat wartete, bis wir beide ein Glas genommen hatten, dann drehte er sich zu den Gästen herum und musterte sie. »Ich möchte Sie vorstellen. Sie kennen sicher alle hier, Esclaur, aber es gibt einige Leute, die Hase kennenlernen sollte.«

Es war wie ein Fiebertraum vom Empfang des Königs, als Esclaur und ich von Gast zu Gast gereicht wurden. Aber statt der offenen, neugierigen Blicke waren hier alle mit schwarzen Masken verhüllt. Die Dekoration, die alptraumhaften Lakaien, die merkwürdigen Stücke, welche die Musiker spielten, vermutlich Musik böser Zauberer, all das drückte wie ein weiches, erstickendes Kissen auf die Atmosphäre, und ich wunderte mich, dass Teram dies für Spaß hielt.

»Also, ehm ... Nase, bleiben Sie lange in der Stadt?«, wollte ein Lord in dem Kostüm eines Doyen wissen.

»Mein Name ist Hase, und ich weiß nicht ...«

»Sie müssen unbedingt ins Eberschädel gehen, Base. Dort bieten sie wirklich ausgezeichnete Unterhaltung.« Der Mann hub zu einer ausführlichen Beschreibung der Hahnenkämpfe an, die er dort erlebt hatte, und ließ keinen einzigen Blutstropfen aus, während ich meinen Blick durch den Raum gleiten ließ und bereit war, Lord Esclaurs Fuß auszuweichen. Aber nichts drohte, also drehte ich den Kopf und sah ihn an. Lord Esclaurs Augen wirkten ein klein wenig glasig.

»Ich lasse meinen Grauen dort morgen Abend kämpfen«, schloss der Lord gerade. Mit einem Blick auf unsere vollen Gläser hob der Lord sein eigenes Glas und trank einen großen Schluck. Esclaur und ich folgten seinem Beispiel, obgleich ich nur so tat, als würde ich trinken, denn ich wollte das Risiko nicht eingehen, einen Mundvoll Essig zu bekommen. Der Lord hatte sein Glas geleert, stellte es ab und sah durch mich hindurch. »Oh, da ist jemand, mit dem ich sprechen muss. Heil Euch, Blase.« Er verbeugte sich und ging davon.

»Das war ja wirklich großartig ...« Ich brach ab, als ich Lord Esclaur sah. »Geht es Ihnen gut?« Ich nahm sein Weinglas und stellte es zusammen mit meinem auf ein Tablett. Dann führte ich ihn zu einem offenen Fenster.

»Ich könnte ein bisschen Luft gebrauchen«, gab Esclaur zu. »Ich glaube, die Hitze setzt mir zu.« Er setzte seine Maske ab und näherte sich dem Fenster, in der vergeblichen Hoffnung auf eine kühlende Brise. In dem schwachen Licht sah ich den Schweiß auf seiner Stirn und setzte verstört meine eigene Maske ab. Ich sah mich um und erblickte Lord Dru, der auf uns zukam.

»Da kommt Gherat. Ich frage ihn, ob er Ihnen etwas Kaltes zu trinken besorgen kann.« Als Gherat uns erreichte, wollte ich gerade etwas sagen, als Esclaur mich erneut gegen denselben Knöchel trat. Ich keuchte.

»Geht es Ihnen gut, Lord Hase?« Gherat trat näher und betrachtete uns scharf.

Ich lächelte gequält. »Nur ein Krampf im Fuß.«

»Oh, wie schade.« Er trat noch näher heran, und seine farblosen Augen unter seiner Maske schienen zu funkeln. »Sie sehen beide nicht sonderlich gut aus. Wollen Sie nicht lieber ein bisschen hinausgehen, um der Hitze zu entkommen?«

Ich entfernte mich aus der Reichweite von Esclaurs Fuß. »Das ist eine gute Idee.«

Gherat hob die Hand, und ein Lakai, der wie ein Zauberlehrling gekleidet war, tauchte aus der Menge auf. »Den Messirs macht die Hitze zu schaffen. Gibt es einen Ort, wo sie sich abkühlen können?«

»Ja, Mylord«, erwiderte der Diener. »Hier entlang, bitte.«

Nachdem wir uns mit einer Verbeugung von Gherat verabschiedet hatten, folgten Esclaur und ich dem Diener aus dem Raum. »Was zum Teufel sollte das?«, zischte ich dem Lord zu, während ich neben ihm herhumpelte.

»Ich habe nicht gesehen, dass Sie etwas gegessen oder getrunken hätten. Wie kommen Sie darauf, dass ich etwas wollte?«, erwiderte Esclaur im Flüsterton. »Vor allem nach diesem schrecklichen Wein.« Er zog ein sauberes Taschentuch aus seinem Ärmel und wischte sich das Gesicht ab.

»Sie haben das letzte Glas nicht getrunken, stimmt's?«

»Himmel, nein. Ich habe es nur vorgetäuscht, so wie Sie.«

»Serviert mein Cousin häufig ein so schreckliches Büfett?«, fragte ich, während wir um eine Ecke bogen. Das Stimmengewirr der Feier ebbte zu einem schwachen Murmeln ab.

»Nein. Teram ist stolz auf seine Dinnerpartys. Seine Küche und sein Weinkeller waren stets exzellent.« Esclaur wischte sich wieder über das Gesicht. »Bis jetzt, jedenfalls.«

Wir bogen um eine andere Ecke, und jetzt verstummte der Lärm vollkommen. Wir gingen durch einen langen Flur, bis wir eine zweiflügelige Glastür erreichten. Dahinter erkannte ich Laubwerk. Der Diener entzündete eine Lampe, die auf einem kleinen Tisch neben der Tür stand.

»Was soll das?«, fragte ich ihn.

Er blicke hoch, und mir fiel auf, dass sein Gesicht von der Kappe seines Kostüms verborgen wurde. »Damit die Mylords nicht im Dunkeln sitzen müssen.«

Und Nachtmotten und Käfer uns finden konnten. »Nein, danke. Es geht auch so.« Während er die Lampe auf den Tisch stellte, öffnete ich die Türen, trat hinaus und wartete darauf, dass sich meine Augen auf die Dunkelheit einstellten. »Da drüben steht eine Bank.« Ich ging darauf zu und seufzte erleichtert, als die kühle Luft über mein Gesicht strich. Dann fuhr ich herum, als ich hörte, wie Lord Esclaur hinter mir stolperte. Er blieb schwankend stehen, machte noch einen Schritt, und dann gaben die Knie unter ihm nach. Ich eilte zu ihm und fing ihn auf, bevor er zusammenbrach. Dann half ich ihm zur Bank.

»Tut mir leid.« Esclaurs Stimme klang undeutlich. »Ich fühle mich schrecklich.« Er schluckte. »Vielleicht hätte ich doch etwas trinken sollen.«

Der Diener hatte die brennende Laterne neben den Türen stehen lassen, und in ihrem schwachen Licht sah ich, dass Esclaur in Schweiß gebadet war. Ich stand auf und lauschte, aber ich konnte keinen Springbrunnen hören. Einen Moment erwog ich, ins Haus zurückzukehren, nahm jedoch von dieser Idee Abstand, weil ich Esclaur nicht allein lassen wollte. »Vielleicht gibt es hier draußen ja eine Wasserpumpe«, sagte ich, während ich aufstand und mich im Dunkeln umsah. In diesem Moment hörte ich einen Schritt auf einem Pflasterstein. Ich wartete, aber es kam kein weiterer Schritt. Es herrschte tiefste Stille. Nicht einmal eine Grille zirpte. Esclaur murmelte etwas, und ich hockte mich neben ihn. »Still!«, zischte ich ihm zu.

Wäre ich allein gewesen, hätte ich den Spieß umgedreht und wäre zum Jäger geworden. Wäre Esclaur nicht so krank gewesen, hätte ich versucht, mich an der Person vorbeizuschleichen, die da draußen auf mich lauerte. Wäre Jeff in der Nähe gewesen, hätte ich um Hilfe gerufen. Wäre, wäre, wäre. Ich tastete nach dem Messer in meinem Stiefel und dem, das ich seit dem letzten Entführungsversuch an der Hüfte auf dem Rücken trug. Mein Offiziersschwert ignorierte ich, weil es neu war und ich seine Balance nicht kannte. Ruhig nahm ich mein Cape ab, legte es auf die Bank und wartete in dem stillen Garten. Dann passierten zwei Dinge gleichzeitig. Lord Esclaur wurde ohnmächtig, sank zu Boden, und mehrere Männer brachen aus den Büschen.

Wäre das wirklich ein Possenspiel gewesen, hätte ich jetzt entweder gelacht oder wäre angewidert weggegangen. Dies hier jedoch war das wahre Leben, und obwohl meine Angreifer alle das Kostüm des Zauberers Slifter und schwarze Masken trugen, machte ich mir mehr Sorgen um meine Gesundheit, als darüber nachzudenken, wie albern sie darin aussahen. Sie blieben ebenso unvermittelt stehen, wie sie hervorgestürmt waren, überrascht, mich auf den Beinen zu sehen und noch genug bei Verstand, um zwei Messer zu handhaben, ohne mich selbst zu verletzen.

Die fünf Zauberer und ich starrten uns in dem dämmrigen Licht der Laterne an; dann verschwanden zwei wieder in den Büschen, während die drei anderen Keulen unter ihren Mänteln hervorzogen. Aufgrund des Raschelns hörte ich, dass die beiden anderen versuchten, in meinen Rücken zu gelangen. Ich trat an die Seite der Bank, und die drei vor mir folgten meiner Bewegung. Ich wartete darauf, dass sie ihren Kameraden zuriefen, dass ich mich bewegt hätte, aber sie blieben stumm. Vermutlich hatte man ihnen eingeschärft, keinen Lärm zu machen. Ich grinste. »Hilfe!«, brüllte ich. »Mörder. Meuchelmörder!« Die beiden anderen stürmten aus den Büschen, mit erhobenen Keulen, und fielen über die dunkle, von meinem Cape verhüllte Bank. Ihre Köpfe knallten mit einem befriedigenden Rums auf den Boden, und mein Grinsen verstärkte sich, als sie benommen liegen blieben.

Die drei Zauberer, die noch standen, rückten näher. Ich täuschte einen Angriff mit meinem Messer auf einen der drei an, und als er zurückzuckte, sprang ich auf einen anderen zu. Dadurch wich ich dem Schlag des dritten aus. Ich fühlte, wie die Keule an meinem Kopf vorbeizischte, und es überlief mich eiskalt. Der Schlag wäre tödlich gewesen, wenn er getroffen hätte. Ich griff erneut an und erwischte einen der Zauberer. Er öffnete den Mund zu einem lautlosen Schrei. Fast hätte ich selbst geschrien, als ich sah, dass er keine Zunge im Mund hatte. »Heiliger Gott, rette mich!«, flüsterte ich.

Ich hörte Schritte hinter mir und versuchte, zur Seite auszuweichen, um die beiden anderen im Auge zu behalten, als derselbe Zauberer erneut zuschlug. Ich duckte mich unter seiner Attacke weg, aber es gelang ihm, mir das Messer aus der Hand zu schlagen. Es flog durch die Luft und landete mit der Spitze im Gras. Jetzt riss ich mein Schwert aus der Scheide. Neue Waffe oder nicht, es wurde Zeit, seine Balance auszuprobieren, und zwar schnell. »Kommt nur, ihr Hurensöhne!« Ich wich zurück, damit ich Platz hatte, um die längere Klinge zu schwingen. Einer der Zauberer, die über die Bank gestürzt waren, rappelte sich auf und trat um sie herum. Er schwang seine Keule, aber er war noch benommen, und sein Schlag ging weit daneben. Ich verlagerte mein Gewicht, hob einen Fuß und stieß ihn gegen einen Baum. Erneut prallte sein Kopf gegen ein unnachgiebiges Objekt, und er stürzte bewusstlos zu Boden. Jetzt waren noch zwei Angreifer übrig, die mich von zwei Seiten angriffen. Ich täuschte einen Ausfall gegen den einen an und behielt dabei den anderen im Auge. Als er ruhig stehen blieb, wirbelte ich herum und ließ mein Schwert auf ihn herabsausen. Ich spürte eine Bewegung, fuhr erneut herum, riss mein Schwert hoch und erwischte den ersten direkt unter seinem Ohr.

Mein altes Schwert hätte Muskeln, Knochen und Sehnen am Hals des Angreifers durchtrennt. Selbst wenn er einen Kettenpanzer getragen hätte, wäre der Schlag meines alten Schwertes so fest gewesen, dass er nicht mehr hätte kämpfen können. Aber ich rede von meinem alten Schwert. Mein neues Schwert zerbrach bei dem Aufprall, und ich hielt nur noch den Griff mit den Quasten in der Hand. Der Zauberer, den ich getroffen hatte, gab ein ersticktes Geräusch von sich, und ich begriff, dass es ein zungenloses Lachen war. Der andere stimmte glucksend darin ein. Ich warf den Griff weg und hob mein mir verbliebenes Messer. In dem Moment hörte ich, wie sich der dritte Zauberer auf der anderen Seite der Bank bewegte. Ich sah zu ihm hinüber. Er war aufgestanden und machte Anstalten, seinen Gefährten zu Hilfe zu eilen.

Drei gegen einen, der nur mit einem Dolch bewaffnet war, der in einen Stiefelschaft passte, das war kein gutes Verhältnis. In dem Moment hätte ich mir ernsthafte Gedanken um meine unmittelbare Zukunft machen sollen. Was ich auch tat. Aber vor meinen Füßen lagen die Reste meiner Schwertklinge, die in dem schwachen Licht funkelten, neben mir lag Lord Esclaur, der betäubt oder vergiftet worden war, und vor mir standen drei verkleidete, zungenlose Schurken, die gurgelnd lachten. Und all das im Haus meines Cousins. Also gut. Ich erhob mich langsam aus meiner Kampfhocke und hob meine Hand. »Wahrheit!«, sagte ich und schloss meine Augen.

Ich bemerkte gewissermaßen unbeteiligt, dass zungenlose Zauberer, die lachen konnten, durchaus auch imstande waren zu schreien, wenn sie genug Anreiz bekamen. Normalerweise gibt es einen Punkt, an dem die Sinne überlastet werden und der Schreier ohnmächtig wird, aber diesen Punkt kannten sie offenbar nicht. Das Gekreische wollte einfach nicht aufhören. Schließlich dämmerte mir, dass ich möglicherweise etwas damit zu tun haben könnte, und ich ließ meine Hand sinken. Die Schreie ebbten zu einem krampfhaften Schluchzen ab, und ich schlug vorsichtig die Augen auf. Sie lagen zusammengekauert auf dem Boden, hatten die Arme um ihre Köpfe geschlungen und umklammerten immer noch ihre Keulen. Nach einem Moment trat ich von Zauberer zu Zauberer, zog ihre Masken herunter und nahm ihnen die Keulen ab. Derjenige, der gegen den Baum geprallt war, war noch ohnmächtig, und der, dem ich meinen Dolch in den Leib gerammt hatte, war tot. Ich sah nach Lord Esclaur; er war noch am Leben, atmete jedoch flach, und sein Puls schlug schnell und kaum spürbar. Ich zog meinen zweiten Dolch aus dem Rasen, wischte ihn an der Kutte eines Zauberers sauber, schob jedoch nur das Messer aus dem Stiefel wieder in seine Scheide. Ich packte die Keulen, die Masken und die Bruchstücke meiner Schwertklinge in mein Cape und machte ein Bündel daraus. Dann warf ich mir Esclaur über die Schulter, nahm das Bündel und das Messer in die andere Hand und machte mich auf, Hilfe zu suchen.

35

»Fünf Angreifer.« Suiden hockte sich auf seine Hacken, während er das zerbrochene Schwert, die Keulen und Masken untersuchte, die auf meinem Umhang ausgebreitet lagen. Hauptmann Javes stand hinter ihm und starrte ebenfalls auf das Cape; die Hände hatte er in die Hosentaschen geschoben.

»Jawohl, Sir«, antwortete ich.

Laurel kümmerte sich um Esclaur, der auf Groskins früherer Pritsche in Jeffs und meinem Zimmer lag. Es war das einzige Zimmer mit einem freien Bett. Der Faena fragte mich nach Symptomen aus und mischte dann, nachdem er ausgiebig am Atem des Edelmannes geschnuppert hatte, einen übel riechenden Trunk zusammen, den er Esclaur mithilfe eines Küchentrichters einflößte.

»Keine Sorge, Hase«, meinte Laurel. »Es ist zwar ein starkes Gift, aber Lord Esclaur hat nur eine kleine Menge davon zu sich genommen. Mein Gegenmittel sollte es neutralisieren.«

Sollte ist nicht wird, dachte ich, nickte jedoch und begann dann auf Befehl des Hauptmanns mit der Schilderung der Ereignisse. Als ich davon redete, wie mein Schwert zerbrach, war es so still in dem Raum, dass man eine Stecknadel hätte fallen hören.

»Er trug keinen Kettenpanzer?«, erkundigte sich Javes, hockte sich neben Suiden und nahm den Schwertgriff in die Hand.

»Nein, Sir. Das habe ich überprüft.«

»Das Schwert war manipuliert, Javes, und die Klinge wurde stumpf gemacht«, meinte Suiden, der ohne Mühe ein Stück der Klinge zerbrach. »Es ist noch spröder als ein Nussriegel.« Er stand auf und seufzte. »Es hätte jederzeit zwischen gestern Nacht und heute Abend getan werden können, als er sich umgekleidet hat.« Er zuckte mit den Schultern. Sein Gesicht wirkte müde. »Es könnte sogar ein anderes Schwert sein. Das hier war neu für Hase, und er hätte den Unterschied nicht bemerkt.«

Laurel legte die Ohren an und brummte, während er Lord Esclaur das Gesicht mit einem feuchten Lappen abwischte, den er vorher mit einer sauber riechenden Flüssigkeit getränkt hatte. Ich schlenderte zu ihm, tauchte meine Finger in die Schüssel und roch daran.

»Bitte fahren Sie fort.«

Mittlerweile war es so ruhig, dass man sogar gehört hätte, wie zwei Straßen weiter eine Feder zu Boden sank, als ich zum nächsten Teil meiner Geschichte kam. Ich tauchte meine Finger erneut in die Schüssel und schöpfte das Wasser in meine hohle Hand. In der Ferne hörte ich Hufe auf Pflastersteinen und fragte mich, ob Jeff vom König zurückkehrte, den er über den Vorfall informiert hatte.

Krallen klickten auf dem Boden, und im nächsten Moment packte Laurel meine Hand. Er ignorierte das Wasser, das auf sein Fell tropfte, fuhr eine Kralle aus und strich mit der Spitze über die Rune. Ich fühlte erneut, wie sie wärmer wurde. »Ihr habt also Eure Augen geschlossen«, wiederholte Laurel meinen Bericht, und ich nickte. »Und als Ihr sie wieder aufschlugt, lagen die falschen Zauberer am Boden.« Ich nickte wieder. Der Hufschlag kam näher, und ich überlegte, warum Jeff Besuch mitbrachte. Laurel schlug mit seiner anderen Tatze auf meine Wange, bis ich ihn ansah. Seine bernsteingelben Augen starrten in meine. Dann schüttelte er den Kopf, dass seine Perlenschnüre klickend aneinanderschlugen. »Es ist keine Überraschung, dass dieser Magus Euch so dringend zurückhaben wollte.«

»Was meint Ihr damit, Sro Katze?«, erkundigte sich Suiden.

»Hase hat keinerlei Ausbildung genossen, Ehrenwerter Hauptmann.« Der Faena warf Suiden einen vielsagenden Blick zu. »Wie es aussieht, ist er in den letzten Tagen so beschäftigt gewesen, dass er mir nicht einmal die Zeit opfern konnte, ihm auch nur die grundlegendsten Dinge beizubringen.«

Suiden winkte ungeduldig ab. »Fein. Er hat also keine Ausbildung. Und?«

Das Hufgetrappel war mittlerweile recht nah. Ich hörte, dass es mehr als nur zwei Pferde waren. Erheblich mehr.

»Also hat er keine Ahnung, wie er sich schützen soll. Er hätte mit den Angreifern am Boden liegen müssen.« Laurel tippte wieder mit seiner Tatze gegen meine Wange, um meine Aufmerksamkeit zu gewinnen. »Macht Euch keine Sorgen, Hase, das hier ist meine Botschaft.« Er ließ die Hand sinken und kehrte zu Esclaur zurück.

»Was hat Lord Teram gemacht?«, erkundigte sich Javes.

»Nachdem er sich ausgetobt hatte, ist er mit den Dienern hinausgegangen, um den Hof zu untersuchen. Ich habe ihn nicht begleitet, weil ich es nicht wagte, Esclaur allein zu lassen. Als er zurückkehrte, behauptete er, dass er niemanden gefunden hätte, und wollte dann wissen, was Esclaur und ich überhaupt dort verloren gehabt hätten. Der Hof wäre, wie er sagte, ›der Öffentlichkeit nicht zugänglich‹ gewesen. Ich erwiderte, dass Gherat uns dorthin geschickt hätte, was Gherat jedoch abstritt. Er meinte, er hätte dem Diener nur aufgetragen, uns irgendwohin zu bringen, wo es kühler wäre.« Ich zuckte mit den Schultern und seufzte. »Was auch stimmte. Der fragliche Lakai jedoch war nirgendwo aufzufinden.« Ich deutete mit einem Nicken auf den ausgebreiteten Umhang. »Sie wollten beide, dass ich das bei ihnen lassen sollte, aber ich erwiderte, ich würde es Ihnen zeigen.« Ich lächelte schwach, als ich an die beleidigte Miene meines Cousins dachte, weil sein provinzieller Verwandter, den er gnädigerweise in seine erhabenen Reihen aufgenommen hatte, sich ihm widersetzte.

Die Hufe klapperten mittlerweile auf dem Pflaster des Hofes

und kamen vor der Botschaft zum Stehen. Rufe gellten über den Hof, dann flog die Eingangstür auf, und Schritte hallten durch den Flur.

»Es gibt gewisse Nachteile, wenn man von der Königlichen Armee bewacht wird«, merkte Laurel an.

Die Tür unserer Stube wurde aufgestoßen und knallte so hart gegen die Wand, dass der Putz bröckelte. Auf der Schwelle stand der König, umringt von einigen Leuten seiner Leibgarde und in Begleitung des Lordkommandeurs, was ein allgemeines Knacken der Rückenwirbel auslöste, als Suiden, Javes und ich Haltung annahmen. Hinter ihm drängten sich eine Frau, die einen Medizinbeutel in der Hand hielt, und einige andere Lords vom königlichen Hof. Die Nachhut bildete Jeff. Er drückte sich um den erlauchten Haufen herum und baute sich hinter mir auf. Was alles bedeuten konnte.

König Jussons Augen glühten, als er zu Laurel ging, der Lord Esclaurs Gesicht abtupfte. Der Hauptmann und der Rest der Garde bemühten sich, Schritt zu halten. »Was ist vorgefallen?«

In diesem ausgesprochen günstigen Moment schlug Lord Esclaur die Augen auf, sah den König und lächelte. »Sire, schön Euch zu sehen.« Dann rollte er sich auf die Seite und schlief ein. Mich beschlich sehr, sehr zögernd der Gedanke, dass ich vielleicht, möglicherweise, eventuell das Licht des Morgens erblicken würde.

Die Anspannung wich sichtlich aus Jussons Gliedern. »Also wird er wieder gesund.«

»So scheint es, Ehrenwerter König.« Laurel tauchte das Tuch in die Schüssel, wrang es aus und tupfte Esclaurs Nacken ab. »Wie ich Lord Hase und den Hauptleuten bereits sagte, wurde ihm ein sehr starkes Gift eingeflößt. Aber er hat nur sehr wenig davon zu sich genommen und sollte sich erholen, nachdem er das Gegenmittel bekommen hat.«

Der König entspannte sich noch mehr und sah sich nach einem Stuhl um. Da es keinen gab, setzte er sich auf den Rand der Pritsche, stützte seinen Ellbogen auf ein Knie und die Stirn in seine Hand.

»Euer Majestät?«, fragte die Frau mit dem Medizinbeutel.

Jusson blickte auf. »Oh. Die königliche Leibärztin.« Er winkte sie heran. »Wir gehen davon aus, Botschafter Laurel, dass Ihr nichts dagegen habt, wenn sie Lord Esclaur untersucht.«

Laurel erkannte eine Forderung, ganz gleich, wie höflich sie verpackt war, trat zur Seite und gewährte der Frau Zugang zu Lord Esclaur. Auf ihre Frage zeigte der Faena ihr die Blätter und die Pulver, aus denen er das Gegenmittel zubereitet hatte, und während sie recht kompetent Esclaur drückte, abklopfte und abhorchte, unterhielten sich die beiden über verschiedene Kräuter und Tinkturen und verglichen ihre jeweiligen Heilmethoden. Ihre Plauderei wurde nur von Lord Esclaur unterbrochen, der sich schwach beschwerte und darum bat, dass die Ärztin endlich aufhörte, ihn zu malträtieren. Kurz danach gab sie sich zufrieden, verbeugte sich vor der Katze und trat vor den König, damit er sie ansehen konnte, ohne seinen Kopf zu wenden. »Ich stimme mit Botschafter Laurel überein, Euer Majestät. Nach einer Weile sollte Mylord sich erholen. Da sein Puls jedoch noch ein wenig schwach ist, schlage ich vor, ihn heute Abend nicht zu bewegen.« Der Adlige schnarchte leise. »Und da er ganz natürlich schläft, werde ich ihn auch nicht zu Ader lassen.«

Ich stand hinter der Ärztin, sodass König Jusson meine entsetzte Miene sehen konnte. Er lächelte schwach. »Danke. Wir vertrauen Eurem Urteil.«

Die Leibärztin verbeugte sich erneut, zufrieden, und Laurel bot ihr an, sie zur Offiziersmesse zu führen, wo, wie er sagte, die Ehrenwerte Heilerin eine ordentliche Tasse Tee bekommen würde.

Der König wartete, bis Laurels brummender Bass und die hohe Stimme der Ärztin im Treppenhaus verklangen, bevor er den Hauptmann seiner Wache ansah. »Schließt die Tür, Thadro«, befahl er.

Nachdem der Lordkommandeur zwei Gardisten des Königs angewiesen hatte, vor der Tür Wache zu beziehen, schloss er sie und ging zum König zurück. Jusson setzte sich auf die Pritsche, genauso lässig, als befände er sich in seinem eigenen Gemach. »Jetzt, Cousin«, sagte er und nagelte mich mit einem Blick am Boden fest, »erzähl Uns alles.«

Erneut schilderte ich den Abend. Ich fing damit an, wie Lord Esclaur mich in der Botschaft abgeholt hatte, und ging dann die Ereignisse im Hause der Flavan durch. Und wieder wurde es sehr leise, als ich erzählte, wie mein Schwert zerbrach. Lordkommandeur Thadro ging zu meinem Umhang, auf dem die Stücke neben den Keulen und Masken lagen, und nahm ein Bruchstück hoch.

»*Lord Gherat* hat dich in den Hof geschickt?«, erkundigte sich König Jusson.

»Er hat vorgeschlagen, dass wir an die frische Luft gehen sollten, Sire«, sagte ich, während Thadro ein Stück der Klinge in zwei Teile brach. Das Knacken hallte durch den ganzen Raum.

»Verstehe.« Seine glitzernden Augen verrieten, warum er »Goldauge« genannt wurde. »Das muss zur Gänze aufgeklärt werden, Thadro, und der Schuldige muss bestraft werden. Ungeachtet seiner Person.«

Der Lordkommandeur ließ die beiden Bruchstücke auf den Umhang fallen und verneigte sich. »Jawohl, Majestät. Ich kümmere mich darum.«

Suiden war neben mich und Jeff getreten, und jetzt leistete uns auch noch Javes Gesellschaft. Der König richtete seinen Blick wieder auf mich. »Bitte, fahr fort, Cousin.«

Hatte schon tiefes Schweigen geherrscht, als ich Laurel und den Hauptleuten den Rest erzählt hatte, so war es jetzt absolut still, als ich dem König und seinem Hof die folgenden Ereignisse schilderte. Als ich fertig war, streckte Jusson die Hand aus. »Zeig es uns, Hase.«

Ich ging auf den König zu, doch im selben Moment traten zwei Gardisten vor ihn, die Hände auf ihren Schwertgriffen. Der König seufzte. »Wir haben jemandem einen Befehl gegeben, aber ihr hindert ihn daran, ihm zu gehorchen. Sagt Uns, wie nennt man das?«

Die Leibgarde des Königs wurde aufgrund ihrer Familienstammbäume ausgewählt, nicht wegen ihrer geistigen Fähigkeiten, aber diese beiden begriffen schnell und traten zur Seite. Ich ging noch einen Schritt näher und streckte meine Hand aus. Der König seufzte erneut, packte meine Hand und zog mich zu sich. »Wir haben niemanden gebissen. Noch nicht.« Er fuhr mit dem Finger über die Rune, genau wie Laurel es getan hatte, und wie bei dem Faena flammte sie auch unter seinem Finger auf und erwärmte sich. Jusson hob den Blick und sah mich an. Seine Augen leuchteten jetzt vollkommen golden. »Was hat Botschafter Laurel gesagt, als er davon hörte?«

»Er war sehr aufgeregt, weil ich nicht erlaubt hatte, dass Hase ausgebildet wurde«, antwortete Suiden.

»Sehr gut, Hauptmann Prinz«, erwiderte Jusson. »Aber Wir haben Unseren Cousin gefragt.«

»Er sagte, es wäre kein Wunder, dass Magus Kareste meine Rückkehr so sehnlichst wünschte, da ich eigentlich zu einem zitternden Häufchen hätte reduziert werden sollen, wie die Attentäter«, sagte ich.

»Allerdings.« Die Augen des Königs verengten sich zu Schlitzen. Er hielt meine Hand fest, als er aufstand und meine Finger spreizte. »Kommt und seht, alle.« Niemand rührte sich. Ein goldener Blick aus schmalen Schlitzen zuckte durch den Raum. »Sieht jemand von Ihnen irgendetwas Böses?«

»Nein, Euer Majestät«, antwortete ihm ein rauer Chor aus Männerkehlen. »Obwohl er einen Mann getötet hat, Majestät«, setzte ein Adliger hinzu.

Hauptmann Suiden öffnete den Mund.

»Erlaubt Euch nicht, für Uns zu antworten, Hauptmann Prinz«, kam Jusson ihm zuvor. »Auch wenn Euer Eifer, Euren Schützling zu verteidigen, lobenswert ist, vergesst bitte nicht, dass Ihr nicht in Tural seid.« Der König wandte sich an Thadro. »Sagen Sie, Lordkommandeur, wie hat Leutnant Hase seiner Behauptung nach den Angreifer getötet?«

»Mit einem Messer, Euer Majestät.«

»Allerdings«, Jusson tippte mit dem Finger auf meine Handfläche, »und nicht damit. Zeig Uns das Messer, Cousin.«

Ich versuchte, meine Hand aus dem Griff des Königs zu befreien, aber er ließ nicht los. Also zog ich das Messer mit meiner anderen Hand und wollte es ihm reichen. Die Gardisten zückten beide gleichzeitig ihre Schwerter.

»Nein, Cousin, nicht Uns.« Der König deutete auf Lordkommandeur Thadro. »Ihm, wenn's beliebt.«

Ich reichte dem Lordkommandeur das Messer. Dabei bemerkte ich, dass ich das Blut noch nicht abgewischt hatte.

Kommandeur Thadro betrachtete das Messer aufmerksam.

»Und?«, erkundigte sich der König.

»Es ist ein Messer, Euer Majestät.« Thadro wog es in der Hand. »Sehr gut ausbalanciert und sehr gepflegt, aber dennoch ein einfaches Messer. Obwohl Sie es sorgfältiger reinigen sollten, Leutnant, bevor Sie es in die Scheide zurückschieben.« Er reichte es einem Gardisten.

»Ein Attentäter wurde angegriffen, nachdem er und seine Mitattentäter Lord Hase angegriffen haben«, sagte der König. »Ist das böse?« Ein rauer Chor verneinte es herzhaft. Jusson nickte und ließ meine Hand los. »Nein, natürlich ist das nicht böse. Wir werden Ihnen jetzt sagen, was böse ist. Wenn Gäste zu einem Fest eingeladen werden, einer vergiftet wird und der andere um sein Leben kämpfen muss.«

Das Schweigen war zum Schneiden dick.

König Jusson wandte sich an Suiden. »Wir lassen die königliche Leibärztin und zwei Unserer Leibgardisten hier, die Lord Esclaur bewachen, während er sich erholt. Bitte sagt Botschafter Laurel, Hauptmann Prinz, dass dies nur zu dem Zweck geschieht, Unsere Sorge zu schmälern, und nicht den geringsten Zweifel gegen seine Person beinhaltet.« Er wartete, bis wir uns verbeugten, scharte seinen Hof um sich und verließ den Raum genauso stürmisch, wie er hineingerauscht war.

Als die Schritte der königlichen Besucher die Treppe hinunterpolterten, wurde mir klar, dass die beiden Gardisten, indem sie Esclaur bewachten, auch vor meinem Schlafzimmer Wache standen. Ich fragte mich, in welche Richtung dieses Schwert schneiden sollte. Außerdem fiel mir auf, dass Lordkommandeur Thadro mein Messer mitgenommen hatte.

36

Ich wurde von einem Kissen aus dem Schlaf gerissen, das in meinem Gesicht landete. Sofort rollte ich mich aus dem Bett, das Stiefelmesser in der Hand, das ich unter meinem Kissen liegen hatte, und sah mich hektisch in dem grauen Licht des frühen Tages nach meinem Angreifer um.

»Oh, gut. Sie sind wach.« Lord Esclaur lag auf einen Ellbogen gestützt da und lächelte mich an.

Die Pritsche über mir knarrte, als Jeff sich hinausbeugte und mit müden Augen hinunterstarrte. Lord Esclaurs Lächeln verstärkte sich. Ich seufzte, setzte mich auf meine Pritsche und wollte mir mit der Hand durchs Haar streichen. Dabei hätte ich mir fast ins Auge gestochen. Ich suchte meine Stiefelscheide und schob das Messer hinein.

»Ist das hier die Botschaft?« Esclaur sah sich in dem Zimmer um. Der Rest des Hauses war elegant und anmutig eingerichtet, aber dieses Zimmer sah genauso aus wie eine Stube in einer Kaserne. Es gab zwei Hochbetten mit jeweils zwei Spinden. Das war alles.

Ich nickte und gähnte.

»Wie aufregend. Jetzt kann ich meinen Freunden erzählen, dass ich die Nacht in der Höhle des Löwen verbracht habe.« Er schlug die Decke zurück, blickte an sich hinab und riss sie dann schnell wieder hoch. »Ich ... ich habe offensichtlich meine Kleidung verloren.«

Ich erwiderte murmelnd, dass sie schweißdurchnässt gewesen war.

»Meine Güte, ich muss wirklich krank gewesen sein.« Er setzte sich wieder auf, überzeugte sich jedoch, dass die wesentlichen Teile seiner Anatomie bedeckt waren. »Sie haben nicht zufällig noch einen Morgenmantel übrig, Hase?«

Ich rieb mir den Nacken und erklärte ihm, dass ich alle meine Morgenmäntel in Freston gelassen hätte.

»Nun, vielleicht hat der Reiter ja etwas, was ich anziehen könnte.«

»Nein«, brummte Jeff und wunderte sich dann laut, welche Sünde er begangen hätte, dass er so früh am Morgen mit Geplapper belästigt würde, bevor er hinzusetzte: »Mylord.«

»Irgendjemand in diesem Haus wird mir doch ein Kleidungsstück zur Verfügung stellen können.« Esclaur lächelte und ignorierte Jeff. »Würden Sie sich darum kümmern, Hase? Ich kann schlecht nackt herumspazieren.«

Ich brummte eine Zustimmung, stand auf, streckte mich und gähnte.

»Hase«, meinte Jeff. »Was ist das da an deinem Fuß?«

Ich blickte hinab. Und war im selben Moment hellwach. Behutsam zog ich meinen Fuß von der Spinne zurück, die gerade im Begriff war, ihn zu erklimmen.

»Da drüben ist auch eine.« Jeff beugte sich aus seinem Bett und streckte die Hand aus.

Ich sah hin. Eine andere schimmerte im Dunkeln auf der Decke meines Bettes. Das war nicht gut. »Vielleicht solltet ihr eure Pritschen kontrollieren.«

Es quietschte und rummste, als Jeff und Lord Esclaur, der es schaffte, dabei schicklich bekleidet zu bleiben, sich umsahen.

»Hier ist auch eine«, flüsterte Jeff. Er glitt von seiner Pritsche, kletterte herunter und stellte sich neben mich. Esclaur beschloss, uns Gesellschaft zu leisten, aus Prinzip, und wickelte sich fest in seine Decke, nachdem er sie ordentlich ausgeschüttelt hatte.

»Hier ist noch eine.« Ich deutete auf den Boden. »Vier.«

»Fünf.« Esclaur blickte in eine Ecke des Raumes.

Wir drängten uns dichter zusammen.

Alle Spinnen sahen gleich aus, lang, blass und eklig, wie die, welche wir im Garten gesehen hatten. Die erste bewegte sich wieder auf meinen Fuß zu, offenbar fasziniert von meinem großen Zeh. Ich griff nach einem meiner Stiefel, die neben dem Spind standen.

»Ruhig Blut!«, mahnte Esclaur und griff sich den zweiten Stiefel.

»Schlag nicht daneben«, riet Jeff leise, der es irgendwie schaffte, sich so zu verbiegen, dass er an seinen Stiefel kam, ohne seine

Füße zu bewegen. »Wir wollen doch nicht, dass wütende Spinnen unsere ungeschützten Körperteile angreifen.«

Wir zählten lautlos bis drei, dann hoben wir unsere Stiefel und schlugen zu, immer und immer wieder. Jeff sprang auf seine Pritsche, fegte seinen Besucher vom Bett auf den Boden, wo er zerquetscht wurde. Ich machte das Gleiche mit der Spinne, die auf meiner Decke herumkrabbelte. Schließlich packte uns der Blutdurst; wir rissen Decken von den Pritschen, drehten Matratzen um, verschoben Spinde und dann die Hochbetten selbst, nachdem wir drei weitere Spinnen entdeckt hatten. Eine Spinne krabbelte aus dem Stiefel, den Jeff in der Hand hielt. Er schrie auf, schüttelte sie von seiner Hand zu Boden, wo Esclaur und ich sie mit den Absätzen unserer Stiefel zerquetschten.

Die Tür wurde aufgerissen, aber wir ignorierten die Gardisten des Königs, die mit gezückten Schwertern und vor Staunen offenen Mündern dastanden. »Wurdest du gebissen, Jeff? Hat sie dich gebissen?«, erkundigte ich mich. Esclaur und ich drängten uns schwer atmend um Jeff und starrten auf seine Hand. Ich packte sie und zog ihn zum Fenster, versuchte, in dem schwachen Licht etwas zu erkennen. »Sieht zwar nicht so aus, aber vielleicht sollte ich Laurel holen …« Ich drehte mich herum und fand mich von Angesicht zu Angesicht mit Groskin und Slevoic wieder, die vor meiner Schlafzimmertür standen. Ich hob meine Hände, um mein Haar aus dem Gesicht zu streichen. Groskin warf sich zu Boden, während Slevoic nach kurzem Zögern einen Schritt zurücktrat. Ich sah Groskin finster an. »Ach, nun stehen Sie schon auf. Ich habe mir nur die Haare aus den Augen gestrichen.«

»Sie haben ihn bedroht«, erklärte Slevoic, als Groskin langsam aufstand und sein Kettenhemd zurechtzog. Er hielt seinen Blick gesenkt. »Sie haben es gesehen«, sagte Slevoic zu den beiden Wachen. »Hase hat Groskin bedroht.«

»Verschwinden Sie, Slevoic«, sagte ich, als ich an ihm vorbeigehen wollte, aber er zog ein Messer und trat mir in den Weg.

»Himmel, sind Sie das, Slevvy?« Lord Esclaur trat neben mich, immer noch in seine Decke gehüllt, mit seinem Lorgnon in der Hand. »Wieso um alles in der Welt schleichen Sie denn vor Lord Hases Tür herum?« Er hob das Glas und betrachtete das Messer des Leutnants. »Vergleichen Sie Ihre Waffen mit denen Ihrer Freunde?«

Ich beobachtete Slevoic, dessen blaue Augen seine Verblüffung verrieten, als er Lord Esclaur ansah. »Eine kleine Grenzland-Heilung«, erklärte ich.

Slevoic fand rasch seine Fassung wieder. »Wahrscheinlich war es vor allem eine kleine Grenzland-Vergiftung, Auswurf.«

»Ich wurde vergiftet?« Lord Esclaurs Stimme klang schrill; sein Lorgnon baumelte vergessen in seiner Hand.

»Ja. Sehen Sie jetzt, was passiert, wenn Sie mit Missgeburten herumhängen?«

»Aber Ihre Mutter war gar nicht da, Slevoic«, erklärte ich.

Die beiden Gardisten des Königs hielten den Leutnant auf. Einer packte ihn am Arm und drückte seine Messerhand herunter.

»Warum seid Ihr aufgestanden, Mylord?« Die königliche Leibärztin kam den Gang von der Treppe herauf, und zu ihrer Ehre muss ich gestehen, dass sie nur blinzelte, als sie meine Unterhose sah. Im selben Augenblick war ich hinter der Tür verschwunden. Ich fühlte jemanden neben mir und sah hin. Lord Esclaur war mir zuvorgekommen und steckte ebenfalls seinen Kopf um die Tür, direkt unter meinem. Jemand kicherte. Esclaur und ich öffneten die Tür ein Stück weiter, um der Ärztin einen ungehinderten Blick auf Jeff zu gewähren. Es krachte, als er auf eine Pritsche sprang; die Spinnen waren angesichts der weit gefährlicheren Bedrohung durch einen weiblichen Arzt vergessen.

Die jedoch unbeeindruckt war. »Warum haben Sie ein Messer in der Hand, Leutnant?« Sie lauschte Slevoics Erklärungen einige Sekunden. »Vollkommener Blödsinn, Leutnant. Lord Hase hat nichts mit Lord Esclaurs Vergiftung zu tun, und ich bin sicher, dass er Besseres zu tun hat, als ausgerechnet Sie zu bedrohen. Stecken Sie das Messer weg, bevor Sie sich verletzen und mir noch mehr Arbeit machen.« Sie näherte sich der Tür, die ich bis auf einen kleinen Spalt geschlossen hatte, und sprach meinen Augapfel an. »Öffnet die Tür, Mylord, damit ich mich um meinen Kranken kümmern kann.«

Ein Windzug traf mich, und dann rummste es wieder, als Lord Esclaur in sein Bett hüpfte. Ein hitziger, geflüsterter Wortwechsel folgte, als er Jeff überzeugte, sich ein anderes Versteck zu suchen.

Ich tauchte zu meiner Pritsche hinab, nachdem ich meine Decke vom Boden gerafft und kräftig ausgeschlagen hatte – ich hatte diese blassen Bestien nicht vergessen! »Kommen Sie herein ...« Ich unterbrach mich und versuchte es ein paar Oktaven tiefer. »Kommen Sie herein.« Lord Esclaur rutschte unter seine Decke, bis nur noch seine Augen zu sehen waren, als sich die Leibärztin ihm näherte, und erneut wurde heftig getuschelt, als sie versuchte, Lord Esclaur zu überzeugen, die Decke loszulassen.

»Es reicht wohl nicht, dass wir die ganze Nacht Aufregungen und Alarm hatten. Sie müssen noch mehr Unruhe stiften, bevor der Morgen graut«, ertönte Suidens Stimme auf dem Flur. Er trug einen wundervoll golddurchwirkten Brokatmorgenmantel, dessen Fäden in dem schwachen Licht schimmerten. Groskin und Slevoic wirbelten überrumpelt herum, während die Leibgardisten des Königs Haltung annahmen. Der Blick der grünen Augen des Hauptmanns war jedoch in unser Zimmer gerichtet. Groskin versuchte, sich davonzuschleichen. »Wohin wollen Sie, Leutnant?«, wollte Suiden wissen, ohne sich umzudrehen.

»In die Messe, Sir!«

»Verstehe. Da Sie und Leutnant Slevoic so voller Energie stecken, werden Sie Ihre Paradeuniformen anziehen und meine Bürotür bewachen. Sofort. Und Slevoic ...« Der Hauptmann streckte die Hand aus, als die Leutnants sich zum Gehen wandten. »Geben Sie mir Ihr Messer.«

Slevoic blieb stehen und schob dann sein Messer in die Scheide. »Nein, Sir.«

Schweigen senkte sich über den Flur.

»Was haben Sie gesagt, Leutnant?« Suidens Stimme war ein tiefes Rumpeln.

»Ich sagte Nein, Sir.« Slevoic warf einen Blick über Suidens Schulter auf mich. Im ganzen Flur öffneten sich Türen, und Köpfe wurden herausgestreckt. Er hob seine Stimme. »Ich weigere mich, unbewaffnet herumzulaufen, solange Hase nicht unter Arrest steht. Lord Esclaur wurde gestern Abend vergiftet, als er in seiner Gesellschaft war, und er hat eben versucht, Groskin anzugreifen.«

Zum ersten Mal seit zwei Tagen sah Groskin mich an, offenkundig beschämt. »Das stimmt nicht, Sir. Ich habe überreagiert ...«

Der Hauptmann unterbrach Groskin, während Flammen aus seinen Augen zu sprühen schienen. »Sie verweigern einen direkten Befehl, Leutnant.«

Slevoic lächelte, und sein Gesicht verzog sich zu einer Fratze höhnischer Herablassung. »Ja, Sir ... Höllenfeuer und Schwefel!«, kreischte er im nächsten Moment, als ein echter Drache sich auf ihn stürzte. Er wich zurück, bis er gegen die Wand prallte, den Blick auf die Flammen gerichtet, die aus Suidens Maul schlugen. Ich zog mir die Decke über den Kopf und hoffte, dass der Hauptmann mich im Dunkeln nicht sehen konnte.

»Wollen Sie wirklich den Leutnant verspeisen, Suiden? Vergessen Sie nicht, er treibt sich ständig mit Ryson herum. Niemand weiß, was er sich da eingefangen hat.« Ich zog einen Zipfel der Decke herunter und beobachtete, wie Javes erschien, der Wolf, und sich zwischen Suiden und Slevoic stellte. Er stemmte sich gegen die Vorderbeine des Drachen, und Suiden ließ zu, dass der Wolf ihn aufhielt.

»Sie verderben alles, was Sie berühren, Slevoic«, grollte der Drachenprinz. Sein Bass ließ die Fenster klappern. »Und was Sie nicht beschmutzen können, zerbrechen Sie. Aber nicht meine Männer. Niemals meine Männer.« Suiden passte kaum in den Flur. Seine Schwingen kratzten an den Seiten der Wände und an der Decke entlang. Er faltete sie und legte sie dicht an seinen Körper an, während die Flammen aus seinem Maul gelblichweiß loderten. »Geben Sie mir das Messer.«

Slevoic wog offenbar seine Alternativen ab, nämlich das Messer herauszurücken oder aber seinen Arm und andere Körperteile zu verlieren. Oder geröstet zu werden. Er legte behutsam das Messer in Suidens ausgestreckte, mit Krallen gespickte Klaue, drehte sich um und wollte zur Treppe flüchten.

»Sie sind noch nicht entlassen, Leutnant«, erklärte Suiden. Slevoic erstarrte und presste sich dann mit dem Rücken an die Wand. Suiden drehte seinen Schädel und blickte in den Raum. »Kommen Sie unter der Decke raus, Hase.« Ich gehorchte. »Wo steckt Jeffen?«

Jeff trat hinter einem Spind hervor, tappte mit schwarzen Pfoten in die Mitte des Raumes, wobei er sorgfältig den Resten der Spinnen auf dem Boden auswich. Auf der anderen Pritsche starrte die Leibärztin des Königs auf den blauäugigen Wolf, der ihren Blick erwiderte. Die königlichen Greife an der Tür traten von einer Löwentatze auf die andere und fuhren sich durch ihre Adlerfedern, während Groskin zu Suidens Füßen im Flur kauerte, die schwarzen Pantherohren angelegt.

»Offenbar hat sich Sro Katzes endgültige Umwandlung vollzogen«, meinte Suiden. »Können Sie uns zurückverwandeln, Hase? Oder müssen wir für immer in dieser Gestalt bleiben?«

»Ich weiß es nicht, Sir.« Ich schluckte, hatte wieder den mittlerweile vertrauten metallischen Geschmack im Mund, und meine Hände zitterten, als ich begriff, was das bedeutete.

»Wen interessiert das schon? Das hier ist außerordentlich!« Javes drückte sich an den königlichen Greifen vorbei, duckte sich unter Suidens Schädel hindurch und betrat den Raum. Seine gelben Augen leuchteten. »Haben Sie uns so gesehen, Hase?« Er blickte an seinem Wolfskörper herunter. »Und was ist mit unserer Kleidung passiert?«

»Das weiß ich nicht, Sir«, antwortete ich, ohne Suiden aus den Augen zu lassen, der seinerseits Slevoic im Auge behielt.

»Sie wissen es nicht? Vielleicht sollten wir dann den Botschafter fragen, was?« Der graue Wolf setzte sich auf seine Hinterläufe und sah sich um. Er spitzte die Ohren, als er Lord Esclaur sah. »Also wirklich! Sie auch?«

Während die beiden Wölfe sich beäugten, hörte ich, wie sich die Tierlaute in menschliche Worte verwandelten, als die Welt sich erneut zu verändern schien. Laurel Faena kam herein, den Amtsstab in der Hand, und ging an Suiden vorbei, der wieder seine Brokatrobe trug. Jeff hockte auf dem Boden, in seiner Unterhose. Ich blickte auf die Hände in meinem Schoß, die immer noch zitterten. Vergiss das Atmen nicht, sagte ich mir.

»Was ist passiert?«, erkundigte sich Laurel, während Jeff aufstand und beiläufig zu seiner Pritsche ging, sich die Decke schnappte und sie um seinen Körper wickelte. Javes besaß genug Geistesgegenwart, sich ebenfalls zu erheben, und stand jetzt in seinem prachtvollen, leuchtenden Seidenmorgenmantel vor uns, das Lorgnon am Band um seinen Hals. Im Flur tauchten andere Gesichter mit weit aufgerissenen Augen hinter Suiden in der Tür auf. Die meisten grinsten, aber nicht alle.

»Genau der richtige Moment, Sro Laurel«, meinte Suiden und deutete dann auf einen stämmigen Soldaten. »Sie begleiten Leutnant Slevoic in sein Quartier«. Slevoic richtete sich auf und starrte den Hauptmann an. Er atmete immer noch hastig vor Angst. »Dort bleibt er unter Bewachung, bis er wegen Befehlsverweigerung vor Gericht gestellt wird. Für den Anfang.«

Slevoic wollte etwas erwidern, aber als Suiden ein dunkles, drohendes Grollen ausstieß, klappte der Leutnant seinen Mund wieder zu. Der Soldat verschwand in seinem Zimmer und kam wenige Augenblicke später mit einem Schwert und einem Messer wieder heraus. Als er Slevoic zur Treppe führte, folgten den beiden die bestürzten Blicke der Männer. Einer jedoch runzelte finster die Stirn.

»Also.« Laurel sah mich an. »Was ist passiert?«

»Wir wurden von Spinnen angegriffen.« Ich deutete auf die platten Reste der Insekten.

»Wir wurden verhext!« Ryson schrie so laut, dass alle zusammenzuckten. Offenbar hatte es ihm überhaupt nicht gefallen, als echtes schaffickendes Wiesel im Flur herumgewuselt zu sein. Die Soldaten schüttelten den Schock ab, dass Slevoic in Gewahrsam genommen worden war, und zustimmendes Murmeln brandete durch den Flur.

»Niemand wurde ›verhext‹«, erwiderte Laurel sanft, während er mich stirnrunzelnd ansah. Dann blickte er auf den Boden. »Das sind also ›Fahle Tode‹?« Er knallte das Ende seines Stabs auf den Boden. »Wie viele?«

»Zehn, Sir«, antwortete Jeff.

»Die Pocken sollen die Spinnen holen …«, meinte Ryson, und das Murmeln verstärkte sich.

»Welche Spinnen?«, wollte die königliche Leibärztin wissen.

Sie erhob sich von Lord Esclaurs Pritsche und trat zu der Stelle, wo die Spinnenkadaver auf dem Boden lagen. Im selben Moment zuckte sie zurück. »Alle raus hier, sofort!« Sie sprang zu Esclaur und zerrte ihn vom Bett. »Lassen Sie die Decke liegen, Mylord.«

»Ich bin vollkommen nackt ...«

»Wollen Sie lieber vollkommen tot sein?« Die Leibärztin schob ihn zur Tür und versuchte dabei, ihm die Decke herunterzuziehen. »Sie müssten es besser wissen, Mylord. Warum um alles in der Welt sind Sie hiergeblieben?«

»Aber wir haben sie doch alle erwischt ...«, begann Esclaur und sah sie an.

Die Ärztin riss ihn zur Seite. »Sie sind barfuß! Passen Sie auf, wohin Sie treten!«

Suiden betrat den Raum und hockte sich neben einen Spinnenkadaver. Er stand sofort wieder auf. »Zehn Fahle Tode?« Er marschierte hastig wieder in den Flur, gefolgt von den königlichen Gardisten. »Schafft eure Hintern aus dem Zimmer! Sofort!« Er sah Laurel Faena an. »Ihr auch, Botschafter. An ihrem Biss zu sterben ist sehr ... unerfreulich!«

Ich schlug meine Decke zurück und hastete zur Tür, Jeff und Laurel auf den Fersen, wobei ich sorgfältig einen Bogen um die toten Spinnen machte. »Eine ist über Jeffs Hand gekrabbelt«, erklärte ich.

»Wenn Sie bis jetzt nicht unter Krämpfen leiden, dann sind Sie nicht gebissen worden«, erwiderte die Ärztin, während sie Jeffs Hand untersuchte. Dann sah sie mich scharf an. »Sie sind nicht auf eine getreten, Mylord?« Ihr Blick zuckte zu Botschafter Laurel. »Botschafter? Ihr Gift durchdringt unmittelbar die Haut.«

Laurel und ich untersuchten die Sohlen unserer Tatzen respektive Füße und seufzten erleichtert, als wir feststellten, dass sie sauber waren. Javes sah sich selbstgefällig um, da er Pantoffeln trug, die zu seinem Morgenmantel passten.

»Hase hat sie vermutlich gerufen ...«, versuchte Ryson es erneut.

»Seht.« Javes streckte die Hand aus.

Ich folgte seinem Arm. In der zunehmenden Helligkeit konnte ich drei weitere Spinnen in einer Ecke unter der Decke erkennen.

»Elf, zwölf, dreizehn«, zählte Jeff.

»Vierzehn und fünfzehn«, brummte Laurel, der auf eine Stelle über den Hochbetten deutete.

»Das gibt einem zu denken, stimmt's? Fünfzehn Fahle Tode in diesem Raum, nach allem, was Hase sonst schon zugestoßen ist«, meinte Javes sinnend.

Mir gab das nicht zu denken, es machte mich wütend und flößte mir Angst ein. Ich erschauerte, während ich zusah, wie eine Spinne gemächlich über die Wand nach unten krabbelte.

»Wir pfeifen auf all das!«, schrie Ryson, der immer noch versuchte, die anderen Soldaten aufzuwiegeln. »Wir sind gerade in Tiere verwandelt worden ...« Er verstummte, als Suiden sich langsam umdrehte. Mittlerweile drangen die ersten schwachen Sonnenstrahlen durch die Flurfenster, und die Soldaten keuchten, traten zur Seite und bildeten eine Gasse zwischen dem Hauptmann und Ryson.

»Sie sind grün, Hase«, flüsterte Jeff, der Suidens Augen beobachtete. »Und sie glühen!«

Ich antwortete nicht auf Jeffs Bemerkung, weil er jetzt erst etwas bemerkte, was ich schon die ganze Zeit gesehen hatte. Es war Ryson gelungen, die Aufmerksamkeit der anderen Kameraden auf die Verwandlung zu lenken, und auch um mich bildete sich ein freier Raum.

»Und es ist auch kein Zauber«, sagte Laurel, der sich an die

Leibärztin wandte, die immer noch versuchte, Esclaur die Bettdecke vom Körper zu ziehen. »Was wollen wir gegen diese Verseuchung unternehmen, Ehrenwerte Heilerin?«

»Ausräuchern. Alle Fenster verschließen und Feuerkörbe mit ...«

»Von wegen kein Zauber«, mischte sich Ryson ein, der ein neues Ziel gefunden hatte.

»Nein«, antwortete Laurel. »Es ist kein Bann, kein Zauber, kein Fluch. Niemand hat diese Veränderung verursacht, die Sie erlebt haben. Sie sind nur zu dem geworden, was Sie schon immer waren.«

»Allerdings«, bestätigte ich. »Ein flohverseuchtes Wiesel, Slevoics Marionette. Sagen Sie, haben Sie und Slevoic gestern Spinnen gejagt, hm?«

Ryson zuckte zusammen, dann runzelte er die Stirn. »Nein. Selbstverständlich nicht.«

»Ich will Sie nicht unterbrechen, Sirs«, warf einer der Leibgardisten ein, »aber die Spinnen bewegen sich auf uns zu.« Ein Fahler Tod hing an einem seidenen Faden vom Türsturz herunter. Laurel schlug die Spinne mit seinem Stab zu Boden, knurrte und zerquetschte sie mit dem Ende seines Amtsstabs.

»Ich möchte darauf hinweisen, Ehrenwerte Leute, dass Sie alle am Leben und gesund sind, trotz der möglicherweise aufwühlenden Erfahrung dieses Morgens.« Er deutete auf die tote Spinne. »Aber ich zähle das als vierten Versuch, Lord Hase umzubringen, und man kann sich von den Toten nicht erheben. Jedenfalls nicht in einer Gestalt, die man gern annehmen möchte.« Laurel schloss die Tür und verschwand im benachbarten Zimmer. Er kehrte mit einer Decke zurück, die er unter den Schlitz meiner Zimmertür stopfte. »Wer auch immer dahintersteckt, hat nicht berücksichtigt, wer sonst noch getötet werden könnte. Wer weiß, wie viele dieser Spinnen in der Nacht entkommen sind und jetzt durch die Botschaft krabbeln. Vielleicht befinden sie sich sogar in Ihren Schlafgemächern.«

»Er hat recht.« Javes' Miene verfinsterte sich. »Ich glaube, wir sollten uns anziehen und die Botschaft evakuieren ...«

»Mich kümmert das nicht!«, fiel Groskin dem Hauptmann ins Wort. Er hatte bis jetzt geschwiegen, aber nun warf er mir einen gequälten Blick zu. Er war leichenblass. »Mich interessieren keine Spinnen, Meuchelmörder, Gift oder zerbrochene Schwerter. Ich bin ein Mensch, keine Bestie, und ich will nicht an einem Ort bleiben, an dem ich verzaubert werde.« Er holte tief Luft und drehte sich zu den Soldaten herum. »Ich werde jeden, der es möchte, zur Königlichen Garnison bringen. Ich bin sicher, dass Kommandeur Loel Verständnis zeigen wird.«

»Darauf wette ich«, murmelte Lord Esclaur.

»Wie ich sagte, Hase«, meinte Hauptmann Javes, bevor der Leutnant antworten konnte. »Jeder kann angestiftet werden.«

Groskin fuhr zu dem Hauptmann herum. »Ich bin nicht angestiftet worden. Das hier ist Hexerei ...!«

»Es ist keine Hexerei«, korrigierte Laurel ihn. »Versteht Ihr das nicht? Keine Beschwörungen, Rituale oder Tränke.« Er ließ seinen Stab kreisen, und die Soldaten duckten sich. »Das hier ist meine Botschaft. Also existiert ein kleines Stück der Feenwelt auch hier. Ihr alle seid einen Moment zu dem geworden, was Ihr in den Grenzlanden wärt. Was Ihr bereits geworden seid, weil Ihr hier in Iversterre lebt, wo einst die Grenzlande waren.« Er brummte verärgert. »›Magie‹ kann niemand in etwas verwandeln, was er nicht schon ist.« Er ließ seinen Stab erneut kreisen, und wir duckten uns wieder. »Man könnte genauso gut versuchen, einen Stein in ein Pferd oder einen Wagen in einen Fisch zu verwandeln. ES ... KANN ... NICHT ... VOLLBRACHT ... WERDEN.« Er unterstrich jedes Wort mit einem nachdrücklichen Schlag seines Stabs auf den Boden.

Groskin starrte den Faena einen Moment an und schlug dann den Blick nieder. »Mich kümmert das nicht«, wiederholte er, drehte sich um und wollte zur Treppe gehen. Aber Hauptmann Suiden hatte ihm den Weg verstellt.

»Was wissen Sie von zerbrochenen Schwertern und Meuchelmördern, Leutnant?«, erkundigte er sich. »Sie waren nicht dabei, als Leutnant Hase von den Geschehnissen berichtet hat.« In Suidens grünen Augen loderten wieder Flammen. »Wie haben Sie davon erfahren?«

Groskin trat einen Schritt zurück, und die Soldaten hinter ihm wichen ebenfalls zur Seite, um ihm Platz zu machen. Auch sie sahen Suidens Augen. »Leutnant Slevoic ...«

»Leutnant Slevoic hat nichts mit dem Attentat letzte Nacht auf Hase zu tun ...!«, schrie Ryson, aber er verstummte schlagartig, als Wolf, Drache und Panther sich zu ihm umdrehten und ihn scharf ansahen.

»Ach nein?«, erkundigte sich Javes. »Und woher wissen Sie dann, was Hase gestern Nacht zugestoßen ist?«

»Leutnant Groskin hat es mir erzählt ...«

Der Panther schloss sein Maul mit einem vernehmlichen Klicken seiner Reißzähne, und der alte Leutnant kam wieder zum Vorschein. »Den Teufel habe ich getan!« Er wandte sich an Hauptmann Suiden. »Slevoic hat mir heute Morgen erzählt, dass Hase behauptet hätte, er wäre im Haus seines Cousins angegriffen worden.«

Behauptet? Ich sah Groskin finster an und öffnete den Mund, aber Suiden brachte mich mit einer Handbewegung zum Schweigen, während er Ryson nachdenklich betrachtete. »Der Leutnant sagt, er wäre es nicht gewesen, und ich neige dazu, ihm zu glauben. Jedenfalls mehr als Ihnen.« Der Hauptmann kniff die Augen zusammen. »Haben Sie etwas mit der Manipulation von Leutnant Hases Schwert zu tun?«

Ein Murmeln lief durch die Gruppe der anderen Soldaten, das heißt, es war mehr ein bedrohliches Knurren, als die Worte Manipulation und Schwert im selben Atemzug erwähnt wurden. Sie drängten sich dichter an Ryson, und man merkte deutlich, dass es keine Solidaritätsbekundung war. Dann jedoch stieg ihnen Rysons Odeur in die Nase, und sie wichen hastig wieder zurück.

»Nein, Sir. Ich war das nicht ...«

»Aber Sie wissen, wer es war, richtig?«

»Leutnant Groskin ...«

Aus Groskins Kehle kam ein tiefes Grollen, und seine Augen leuchteten golden in dem dämmrigen Flur.

Hauptmann Suiden ignorierte ihn, ausschließlich auf Ryson konzentriert. »Nein, nicht Leutnant Groskin.« Er trat dicht an den Reiter heran, ohne sich von seinem Körpergeruch irritieren zu lassen. »Was wissen Sie, und wer hat es Ihnen erzählt?«

Das Problem mit Wieseln ist, dass sie ... na ja, sie sind eben Wiesel. Wenn man eines hochhebt und zwischen seinen Fingern baumeln lässt, dann würde es seine eigene Mutter für die Chance auf eine sichere Landung ausliefern.

»Leutnant Slevoic hat mir letzte Nacht erzählt Sir nach dem Abendessen dass Hase behauptet hätte fünf hätten ihn angegriffen und dass sein Schwert zerbrochen wäre weil jemand es manipuliert hätte und dass das eine Lüge wäre weil wie könnte jemand so viele Attentäter bekämpfen ohne auch nur eine Wunde davonzutragen und Attentäter als Schurken aus einem Theaterstück wären einfach blöd und diese Sache mit den fehlenden Zungen wäre wirklich zu viel und dann auch noch im Haus seines Cousins das ein vornehmes Haus ist und der Auswurf würde es entehren und die Grenzland-Missgeburt müsste den Angriff ausgeheckt haben um zu verschleiern dass sie Lord Esclaur vergiftet hätte weil Hase Esclaur nicht zu einem richtigen Arzt gebracht hätte sondern hierher zu dem Hexer damit der dafür sorgen kann dass Esclaur stirbt oder von Dämonen besessen wird damit die Mutanten aus den Grenzlanden das Königreich überrennen können«, stieß Ryson hervor.

Einen Moment sagte niemand etwas, weil alle damit beschäftigt waren, den Satz in verständliche Einzelteile zu zerlegen.

»Meine Güte«, meldete sich Javes schließlich als Erster zu Wort. »Und das alles nach dem Abendessen? Bevor Leutnant Hase zurückgekommen ist?«

»SirjawohlSir!« Ryson salutierte. »Er sagte, jemand hätte es ihm gesagt, Sir.«

»Warum haben Sie gelogen und behauptet, Groskin hätte es Ihnen erzählt?«, hakte Javes nach.

»Slevoic hat es mir aufgetragen, Sir. Wenn ich gefragt würde, Sir! Er sagte, Groskin wäre Suidens speichelleckender Spion, Sir! Er wollte Hase nicht hereinlegen, Sir.« Ryson traten fast die Augen aus den Höhlen, als sein Verstand begriff, was sein Mund gerade ausgeplaudert hatte. »Ehm, ich meine, Sir, er wollte keine Beweise sammeln …«

»Ich weiß, was Sie gemeint haben, Reiter Ryson«, antwortete Suiden.

Groskin grollte wieder. Seine Augen waren schmale Schlitze.

»Ist nicht so angenehm, fälschlich beschuldigt zu werden, was?«, sagte ich. Groskin sah mich an und blickte dann zur Seite. Ich wandte mich an Hauptmann Suiden. »Slevoic war außerdem vollkommen überrascht, als er heute Morgen sah, dass Lord Esclaur lebendig und wohlauf war, Hauptmann.«

Es herrschte einen Moment Schweigen, als alle Anwesenden diese Nachricht verarbeiteten.

»Vielleicht habe ich den Leutnant zu früh weggeschickt«, erklärte Suiden. Er winkte einem Reiter, der vollständiger angekleidet war als die anderen. »Schaffen Sie Slevoic hierher.« Er drehte sich zu Groskin herum, während der Soldat die Treppe hinunterpolterte. »Wie Sro Laurel bereits hinlänglich ausgeführt hat, wurden mehrere Attentate auf Hases Leben verübt, und Sie können nur von Hexerei und Unnatürlichem quasseln. Mord ist unnatürlich!« Der Blick seiner grünen Augen glitt durch den Flur und über alle, die dort standen. »Sie schreien Zeter und Mordio wegen eines Haares in Ihrer Suppe und sitzen derweil auf einem Misthaufen!«

»Aber Sir ...«, versuchte Groskin sich einzumischen.

Die Flammen loderten wieder in Suidens Augen. »Sie missachten einen direkten Befehl und geben vertrauliche Informationen weiter. Sie wiegeln die Männer gegen Hase auf und stecken, wissentlich oder nicht, bis zum Hals in einem Mordkomplott gegen ihn. Sie stacheln zu Ungehorsam auf.« Er holte tief Luft, um sich zu beruhigen, aber er brüllte trotzdem so laut, dass die Fenster klapperten. »Und wegen Ihrer ungeheuerlichen Blödheit und vorsätzlichen Blindheit haben Sie sich zum Trottel des Hauses von Dru gemacht!«

»Sir ...«, versuchte Groskin es noch einmal.

»Hören Sie mit diesem verdammten ›Sir‹ auf! Ich habe Sie aufgenommen, Leutnant, als kein anderer mehr etwas mit Ihnen zu schaffen haben wollte ...!«

Groskin ließ den Kopf hängen.

»... aber ich will verdammt sein, wenn ich vor dem Versuch der Zersetzung durch einen meiner Leutnants die Augen verschließe!«

Ein schwacher Schrei drang aus dem Erdgeschoss zu uns herauf, und wir wandten die Köpfe in Richtung des Lauts. Suiden hielt mitten in seiner Gardinenpredigt inne, runzelte die Stirn und trat ans Geländer. Wir hörten schnelle Schritte, die immer lauter wurden, bis der Reiter, den Suiden zu Slevoic geschickt hatte, am Fuß der Treppe auftauchte. »Sirs, kommen Sie, schnell! Es ist ... schnell, kommen Sie!«

Alle Gedanken an Hexen und Zersetzung verpufften, ebenso wie Überlegungen zu Decken, Kleidung und weiblichen Leibärzten, als wir allesamt die Treppe hinunterdonnerten. Slevoics Wache lag auf dem Boden seines Zimmers. Eine mächtige Beule vergrößerte sich an der Seite seines Kopfes, und Schwert und Dolch waren verschwunden. Die königliche Leibärztin drängte sich durch die Versammelten an der Tür und kniete sich neben ihn.

Suiden drehte sich herum und schob uns aus dem Zimmer. »Schnell, durchsuchen Sie die Botschaft. Ich will, dass Slevoic gefunden wird. Nein, Sie nicht, Hase!« Ich kam rutschend zum Stehen, während der Rest der Männer in alle Richtungen davonhetzte. Jeff konnte es gerade noch vermeiden, mich anzurempeln. »Ich werde nicht das Risiko eingehen, dass Sie und Slevoic allein aufeinandertreffen, nicht einmal für wenige Momente. Sie kommen mit mir!« Er marschierte Richtung Haustür. Jeff und ich folgten ihm. Aber wir waren nicht weit gekommen, als ein zweiter Schrei auf dem Hof gellte. Wir wirbelten herum und liefen durch eine offene Nebentür, rannten an dem Springbrunnen vorbei zu dem Grüppchen von Soldaten, das sich im Gemüsegarten sammelte. Dort blieben wir wie angewurzelt stehen. Einen Moment später tauchte Javes auf, drängte sich nach vorn durch und starrte entsetzt auf den Boden.

»Wer …?«, begann Javes und sah mich dann an. »Wer ist das, Hase?«

Ich schüttelte den Kopf, während meine Hände anfingen zu zittern. »Ich weiß es nicht, Sir.«

Javes ließ seinen Blick über die Reiter gleiten, die uns gefolgt waren. »Wer fehlt?« Sie schüttelten den Kopf, während sie entsetzt auf die Leiche starrten. »Verdammt!«, schnarrte Javes, »dann zählt gefälligst durch!«

Die Männer zählten rasch durch, während immer mehr Reiter in den Garten strömten, bis einer schließlich rief: »Basel, Sir. Basel fehlt!«

Er musste im Garten Kräuter für das Frühstück gepflückt haben, als er sich verwandelte.

»Ein Sechzehnender«, erklärte Jeff, dem eine Gänsehaut über den Körper lief, obwohl es bereits heiß geworden war. »Zu Hause hätte ich ihn gejagt und seinen Kopf an meine Wand genagelt, damit alle ihn bewundern könnten.«

Das breite Geweih des weißen Hirsches war wirklich beeindruckend.

»Für uns ist seine Art heilig«, sagte Laurel hinter mir. »Wir hätten ihn verehrt.« Der Faena trat zu dem Hirsch und kauerte sich neben ihn, aber es war offensichtlich, dass er nichts mehr für ihn tun konnte. Basels Augen wurden bereits milchig. Fliegen summten um die klaffende Wunde an seiner Kehle und die Blutpfütze auf dem Boden. »Die Heraklide des Frühlings«, sagte die Raubkatze leise. »Sie springen von den Höhen herab, und Lady Gaia reitet auf ihren Hörnern.«

»Lady Gaia?«, hakte Javes nach.

»Die fruchtbare Erde«, antwortete Laurel.

Ich bemerkte die Fußspuren, die aus dem Gartentor führten, zu dem Durchgang zwischen der Botschaft und dem Nachbarhaus. Dann sah ich auf Basels Leichnam und maß die Entfernung ab. »Aber warum sollte er ihn umbringen? Er hätte nicht gegen ihn kämpfen können. Dafür war nicht genug Platz.«

»Der unschuldige Hase«, meinte Hauptmann Javes. »Warum hat Slevoic sein Bestes gegeben, Sie die letzten drei Jahre zu quälen? Weil es ihm Vergnügen bereitet.« Der Hauptmann starrte ebenfalls auf die Spur, die zum Gartentor führte; er wirkte müde. »Ich nehme an, er ist durch dieses Tor entkommen.« Er seufzte und scheuchte uns in die Botschaft zurück. Als er Suiden sah, hielt er inne. Neben dem Hauptmann stand Groskin, der Basel anglotzte, und neben ihm Esclaur in seiner Decke, flankiert von den beiden königlichen Gardisten und der Ärztin. Sie trat zu Basels Leiche und blickte auf sie herunter. Bis sie traurig den Kopf schüttelte.

»Es ist nicht Ihre Schuld«, sagte Javes zu Suiden. »Niemand hätte damit rechnen können.«

»Erzählen Sie das Basels Familie«, gab Suiden zurück.

Das Tor wurde geöffnet, und wir drehten uns wie ein Mann herum. Aber es waren nur zwei Reiter, welche die diensthabende Wache des Durchgangs zwischen sich trugen. »Wir haben ihn da drüben gefunden, Sirs«, sagte einer. »Slevoic hat ihn von hinten erwischt.« Sie blieben wie angewurzelt stehen, als sie den toten Hirsch sahen.

Als die Hauptleute und die Leibärztin zu dem Wachmann traten, um ihn zu untersuchen, kniete ich mich neben Laurel. Der Faena sang leise ein Trauerlied, und ich schloss die Augen zum Gebet. Im nächsten Moment riss ich sie wieder auf, als ein Keuchen durch die Reihen der Soldaten lief. Basel stand in menschlicher Gestalt neben seinem Hirschleichnam. Die Strahlen der Morgensonne durchdrangen ihn, und der Vollmond hing wie ein blasser Schatten am Himmel. Ein sanfter Wind wehte, und ich roch Gras und fruchtbare Erde, als würde ich wieder hinter einem Pflug stehen. Ich strich mir das Haar aus dem Gesicht, sah hinunter und beobachtete, wie grüne Triebe an der Stelle durch die Erde drangen, an der das Blut des Hirsches hineingesickert war.

»Lady Gaia trauert, weil die Mondperiode gekommen ist«, murmelte Laurel.

37

Mittlerweile dämmerte es Ryson, dass es keine allzu gute Idee gewesen war, seinen Wagen an das Ochsengespann des Leutnants anzuhängen, und diesmal versuchte er nicht, eine schlimme Situation noch übler zu machen. Hauptmann Suiden half ihm dabei, indem er ihn unter Arrest stellte, diesmal mit vier bis zu den Zähnen bewaffneten Reitern als Wache.

»Ich will Sie weder sehen noch hören noch riechen. Ist das klar, Reiter?«, fragte der Hauptmann Ryson, der heftig nickte.

»Jawohl Sir. Basel hat uns gesehen, Sir«, fuhr er fort, begierig, sich zu rechtfertigen. Und vielleicht damit ein bisschen auf Abstand zum Mörder des Kochs zu gehen.

»Was hat er gesehen?«

»Er war gestern Abend im Garten, als Leutnant Slevoic und ich die Spinnen eingesammelt haben. Die in Hases Raum, meine ich. Basel hat uns später deshalb gefragt.« Er zuckte zurück, als er das Gesicht des Hauptmanns sah. »Slevoic hat mir gesagt, es wäre nur ein Schabernack, Sir. Um Hase daran zu erinnern, dass er nur ein ausgekotzter ... ehm, ein Bauernjunge aus den Grenzlanden wäre, ganz gleich, wie der König ihn nennen mochte. Ich wusste nicht, dass sie vergiftet waren.«

»Giftig, Soldat«, korrigierte die Leibärztin, die Ryson fasziniert betrachtete. »Vergiftet ist das, in das Sie beißen, und giftig ist das, was Sie beißt – und Sie hätten sehr schnell herausgefunden, wie giftig diese Spinnen sind, wenn eine von ihnen Sie mit ihrem Biss vergiftet hätte.«

»War Groskin auch dabei, Reiter?«, erkundigte sich Suiden.

Ryson schüttelte den Kopf so fest, dass seine Nackenwirbel knackten. »Nein, Sir. Obwohl Leutnant Slevoic mir gesagt hat, ich solle sagen, Groskin wäre auch mit dabei gewesen.« Er warf

Groskin einen Seitenblick zu. »Ich sollte sagen, dass Groskin von Anfang an darin verwickelt gewesen wäre ...« Ryson verstummte erneut, als ihm wieder einmal zu spät dämmerte, dass er besser den Mund gehalten hätte.

»Sie haben beide Haferschleim statt Hirn«, sagte ich. »Groskin, weil er Slevoic vertraute, und Slevoic, weil er glaubte, dass Ryson ein Geheimnis bewahren könnte.« Ich konnte es einfach nicht fassen, dass Basel aufgrund von Slevoics Hass auf mich getötet worden war.

»Ach, ich weiß nicht, Hase. Ryson hat sich bis heute ganz gut gehalten«, warf Javes ein und wandte sich dem Wiesel zu. »Was meinen Sie mit ›von Anfang an‹? Welcher Anfang?«

»Später, Javes«, mischte sich Suiden ein. »Wir müssen den Botschafter zu seiner Audienz beim König begleiten.« Aber er warf Ryson einen finsteren Blick zu. »Danach allerdings werden wir uns unterhalten!«

Es war so heiß, dass die Verwesung bei Basels Leichnam bereits eingesetzt hatte, also befahl Suiden uns, den Toten in den kalten Vorratsraum zu schaffen. Laurel Faena belegte ihn mit Zaubern, die den Verfall aufhalten sollten, doch, wie die Katze den beiden Hauptleuten sagte: »Die Natur wird sich durchsetzen, Ehrenwerte Sirs.«

»Hauptsache, wir können die Verwesung ein paar Stunden verlangsamen, Sro Katze«, erwiderte Suiden. »Ich möchte Basel dem König präsentieren, zusammen mit Eurem Elfenholz und der Drachenhaut.«

Statt Leutnant Groskin zusammen mit Ryson unter Arrest zu stellen, befahl der Hauptmann ihm, Basels Leichnam zu bewachen, während wir anderen unsere Vorbereitungen trafen, um Laurel zum königlichen Palast zu begleiten. Leutnant Groskin stand derweil in seiner Paradeuniform an der kühlen Tür der Vorratskammer. Suiden befahl dem Leutnant, seine Messer abzugeben, alle sechs, und seine Schwertscheide hing leer von seiner Hüfte herunter, während er sichtlich verängstigt an die gegenüberliegende Wand starrte.

Basels Geist machte die Männer zunächst nervös, aber da es Basel war und er keine Dinge tat, die Geister normalerweise tun – zum Beispiel Ströme von Blut durch den Schlitz in seinem Hals sprudeln zu lassen oder schnell zu verfaulen –, beruhigten sie sich ein wenig. Besonders half jedoch, dass Basel nicht etwa mit klirrenden Ketten und heulend durch die Botschaft geisterte, sondern sich an mich hielt.

Nachdem Jeff, Esclaur und ich eine Expedition zu unserer Stube unternommen hatten, wo wir unsere Garderobe und Ausrüstung von den Spinnen zurückeroberten, kehrten wir ins Büro der Hauptleute zurück, um uns für Laurels Audienz beim König vorzubereiten. Während wir uns anzogen, warf Jeff dem Geist an meiner Seite einen verstohlenen Blick zu. »Warum folgt Basel dir eigentlich überallhin?«

Mein Haar fiel mir in die Augen, und ich strich es zurück. »Die Mondperiode hat mit dem Vollmond gestern Nacht begonnen. In den Grenzlanden ist das die Zeit, in der um die Verratenen und Ermordeten getrauert wird.« Ich warf auch einen Blick auf Basel, der in dem Licht, das durch die Flügeltüren zum Hof fiel, durchscheinend schimmerte. »Und ich nehme an, er ist beides und sucht jetzt Gerechtigkeit.«

»Aber wir sind nicht in den Grenzlanden, Hase«, meinte Jeff.

»Erklär ihm das«, erwiderte ich.

»Außerdem hattest du nichts mit Basels Tod zu tun.« Jeff überlegte einen Moment. »Oder doch?«

»Sei nicht albern.« Ich untersuchte meine Schwertscheide sorgfältig nach Spinnen, bevor ich sie mir am Gehenk über die Schultern schlang. »Wie wollen sie Gerechtigkeit bekommen, wenn sie ihre Mörder jagen? Sie hängen sich an jeden, von dem sie glauben, dass er sie rächen kann.« Oder sollte. Ich unterdrückte erneut den Gedanken, dass Basel meinetwegen gestorben war, nahm meine leere Schwertscheide hoch und starrte sie an.

»Du könntest auch ein Gespenst sein.« Jeff starrte ebenfalls auf die Scheide.

Leer oder nicht, ich schnallte sie trotzdem an das Gehenk. »Denk nicht mal dran.«

»Wir alle könnten Geister sein«, erklärte Lord Esclaur. Er hatte ein kurzes, heftiges Gefecht mit der Leibärztin siegreich bestanden und zog gerade eine Hose an, die Javes ihm geliehen hatte. Dann rückte er sein Lorgnon zurecht, überzeugte sich, dass das Band nicht verdreht und sein Haar sorgfältig pomadisiert und gelockt war.

Ich betrachtete Javes' Bruder im Geiste. Er war ihm in jeder Hinsicht ähnlich, sogar was ihre Verwandlungen anging, was mich an die anderen Männer des Königs erinnerte, die auf uns warteten. »Sagen Sie, Wolf, wie lange gehörte Javes schon zum Rudel?«

Zu Esclaurs Ehre muss ich sagen, dass er mich nicht mit geheuchelter Ahnungslosigkeit beleidigte. Er schwieg einen Moment, während Jeff und sogar Basel sich umdrehten und ihn ansahen. Dann zeigte er uns das gleiche hechelnde Grinsen, das ich auch bei dem Hauptmann beobachtet hatte. »Er gehört bereits eine Weile zum Hof, Mylord.« Er legte den Kopf schief. »Sie sind gar nicht so naiv, stimmt's?«

»Das wird man mir irgendwann auf meinen Grabstein meißeln«, erwiderte ich, nahm meine Handschuhe und zwei Taschentücher und schüttelte sie sorgfältig aus. Aus einem der beiden gelben Tücher fiel eine Feder zu Boden, aber niemand bemerkte es.

Jeff runzelte die Stirn. »Aber Javes hat keinen vom Vater abgeleiteten Eigennamen. Außerdem soll sein Vater ein Händler sein, habe ich gehört.«

Der Nachrichtendienst der Armee. »Das hat er gesagt, ja, aber weiß zufällig jemand, wer seine Mutter ist?« Ich schob meine Handschuhe in mein Schwertgehenk, steckte meine Taschentücher in eine Tasche und sah hinunter, um mich zu überzeugen, dass meine Hose ordentlich über meinen neuen Leder-Habbs saß. Sie waren während des Kampfes letzte Nacht und der Schlacht gegen die Spinnen heute Morgen schmutzig geworden.

»Nein, Hase ist alles andere als naiv«, sagte Javes von der Tür. Ich drehte mich hastig herum. »Nur manchmal absichtlich begriffsstutzig, wenn es um Dinge geht, die er nicht wahrhaben will.«

»Meine Güte, Sie sehen wie Zwillinge aus«, meinte Jeff, der zwischen Javes und Esclaur hin- und hersah. »Sir.«

»Sie wussten schon immer, wer ich bin«, erklärte ich. »Als Sie am Anfang zu uns gestoßen sind, war Ihnen vollkommen bewusst, dass ich ibn Chause und eso Flavan bin, Sir.«

Javes erwiderte meinen Blick. Seine gelben Wolfsaugen verwandelten sich wieder in die braunen Augen des Mannes. »Ich habe nicht Ihretwegen den Unwissenden gespielt, Hase.«

Irgendwie konnte mich das nicht sonderlich beruhigen. Doch dann runzelte Javes die Stirn und hob sein Lorgnon vor die Augen. »Also wirklich, hat man Ihnen nicht erst gestern Abend die Haare geschnitten?«

Meine Hand zuckte zu meinem Haar hoch und strich darüber. Ich drehte den Kopf und sah, dass die Enden meines Haares über meine Schultern reichten. Ich zog daran, um mich zu überzeugen, dass es wirklich meins war und nicht etwa eine Perücke, die mir jemand aufgesetzt hatte, als ich nicht aufpasste. Ich zuckte zusammen. Es war mein Haar. »Zur Hölle!«, flüsterte ich, während sich mein Rückgrat unwillkürlich straffte.

»Noch mehr Merkwürdigkeiten. Das hat uns gerade noch gefehlt«, meinte Javes, ging zu seinem Schreibtisch, wühlte in einer Schublade und zog schließlich einen Lederriemen heraus. »Hier.« Er sah zu, wie ich mich damit abmühte, und nahm ihn mir schließlich ab. »Drehen Sie sich herum, ich mache das.« Er kämmte mein Haar, flocht es zu einem Zopf und suchte dann noch ein Lederband, um das Ende des Zopfes zusammenzubinden. »Geben Sie Jussons Adligen keinen Grund zum Nachdenken. Wenn Sie jemand fragt, lügen Sie.«

Meine Handfläche juckte, und ich rieb sie an meinem Bein.

»Oh, die Pocken sollen es holen«, meinte Javes, der es gesehen hatte. »Dann sagen Sie einfach nichts.« Das Jucken hörte auf.

Der Hauptmann drehte sich zu Jeff herum. »Sie halten Hase den Rücken frei.«

Jeff nickte.

»Nur Suiden oder ich können Sie von Ihrem Auftrag entbinden. Niemand sonst, nicht einmal Hase, kapiert?«

Jeff nickte wieder. »Jawohl, Sir ...«

Krallen klickten auf dem Flur. Laurel rannte auf uns zu, und ich drehte mich zur Tür herum. Mir war jede Krise recht, damit ich nicht weiter darüber nachdachte, was da gerade mit mir passierte. Der Faena stürmte in den Raum. Er hatte die Augen weit aufgerissen, und seine Iris war nur noch ein dünner Ring um seine schwarzen Pupillen.

»Hase, haben Sie den Elfenholzstab und die Drachenhaut genommen?«

»Nein.« Andererseits gab es einige Dinge, die besser nicht passierten. Mein Rückgrat versteifte sich noch mehr, als ich eine Frage stellte, auf die ich längst die Antwort wusste. »Warum?«

»Sie sind weg.«

Verfluchter Mist, die verdammten Pocken sollten doch alle holen und zur Hölle schicken, damit sie dort schmoren!

38

»Wie konnte jemand sie stehlen?«, wollte Javes wissen. Wir standen vor dem Schrank, in dem sie aufbewahrt und mit Schutzzaubern versehen worden waren. Jeff und Esclaur spähten über meine Schulter, während ich hineinsah. Wir durchsuchten den winzigen Schrank, als hätte Laurel sie übersehen, weil sie in einer dunklen Ecke lagen. Hatte er aber nicht. Javes trat neben mich und strich mit den Händen über das Regalbrett, auf dem sie gelegen hatten. Der Schrank war leer und blieb es auch.

»Warum sollte jemand Leichenteile stehlen?«, erkundigte sich Esclaur.

»Für einige ist es nur Holz und Echsenhaut, Ehrenwerter Lord«, sagte ich und deutete auf meine Stiefel. »So wie unser Schuhwerk.«

Javes trat mit einem resignierten Seufzer zurück. »Ich nehme an, wir sollten Suiden mitteilen, dass sie verschwunden sind.«

Suiden stand im Flur an einer der Türen zum Hof und betrachtete die Büsche. Die Augen des Hauptmanns verengten sich zu grünen Schlitzen, als Laurel ihm von dem Diebstahl berichtete.

»Ich würde mich lieber mit der Pest anlegen, Ehrenwerter Hauptmann«, sagte Laurel. »Sie ist weit weniger giftig als der Stab und die Haut in den Händen von jemandem, der Böses damit im Schilde führt.«

»Ihr sagtet doch, sie wären mit einem Schutzzauber versehen, Sro Katze«, meinte Suiden.

»Mit einem Zauber gegen irgendwelche schlimmen Wirkungen, ja«, antwortete Laurel. »Aber nicht gegen Diebstahl.« Er fuhr sich mit der Tatze über seinen Kopf. Seine Perlen klapperten und klickten. »Wenn ich angenommen hätte, dass jemand dumm genug wäre, sie zu stehlen ...«

»Nur ein Narr«, sagte ich leise.

»... hätte ich den Ehrenwerten Hauptmann Suiden um eine Wache gebeten.«

»... und wir alle wissen, wer der Narr ist«, brummte Javes.

In dem Moment tauchte Groskin aus der Offiziersmesse auf. Er machte einen großen Bogen um Basel, der hinter mir stand. Ihm folgten einige Soldaten, die nicht ganz so abenteuerlustig waren und lieber stehen blieben.

»Bitte, tritt zur Seite, Basel«, sagte ich. Der Geist gehorchte, aber es rührte sich immer noch keiner der Reiter. Vielleicht lag es auch daran, dass Suidens Augen anfingen, Funken zu sprühen.

»Was soll das?«, erkundigte sich der Hauptmann. Die Reiter trugen ihre Paradeuniformen. Ihre Ausrüstung glänzte.

»Sie haben gehört, dass Sie den Leichnam von Reiter Basel mitnehmen wollen, Sir, und möchten eine Ehrengarde bilden«, erklärte Groskin. »Bitte.« Es tauchten immer mehr Reiter auf, aus dem ersten Stock und dem Erdgeschoss.

»Das nenne ich mal einen Aufstand.« Esclaur zog die Brauen hoch.

Suiden schüttelte den Kopf. »Bis auf die Reiter, die zur Wache eingeteilt sind, können alle mitkommen, wenn sie wollen.« Er seufzte. »Es wird viel schwerer sein, es seiner Familie zu erklären.« Der Hauptmann warf Groskin einen Blick zu, und seine Augen glühten. »Ich werde Sie höchstpersönlich ausweiden, Leutnant, wenn ich auch nur den Verdacht habe, dass Sie die Leute aufwiegeln.«

Groskin zuckte zusammen und nickte. »Jawohl, Sir.«

Javes deutete auf Suidens flammenden Blick. »Das wird die Kinder schreiend in die Arme ihrer Mütter treiben.«

»Ihre Augen sind gelb, Sir«, erklärte ich hilfreich.

»Danke sehr, dass Sie mich darauf hinweisen, Hase«, knurrte Javes. »Es war mir entgangen.«

»Das sind die physischen Manifestationen Ihrer Verwandlung«, erklärte Laurel. »Die äußere Erscheinung dessen, was in Ihnen vor sich geht, selbst wenn Ihre Körper wieder Menschengestalt angenommen haben.« Er zuckte die Schultern, was seine Perlen erneut klicken ließ. »Es ist nur das, was Hase die ganze Zeit gesehen hat.«

»Ihr meint, sie werden so bleiben?« Esclaurs winterblaue Augen weiteten sich, als er Javes anstarrte.

»Ja.«

»Dann müssen die Kinder und ihre Mütter eben damit klarkommen«, knurrte Suiden. »Denn wir müssen zum Palast, vor allem, weil Slevoic frei in der Stadt herumläuft.«

Jemand hatte die Banner und Wimpel aufgetrieben, die Javes' Truppe vor scheinbar so langer Zeit mit in die Berge geschleppt hatte. Als unser Trupp durch die Straßen der Stadt ritt, entfaltete der Wind die Fahnen, bis sie im Wind knatterten. Zum ersten Mal seit unserer Ankunft stand keine Menschenmenge am Straßenrand, als die Raubkatze vorüberkam, aber ich bemerkte besorgte Gesichter, die aus Hauseingängen und hinter Fensterläden hervorspähten. Ich nehme an, dass der Anblick einer Totenbahre, die von zehn großen Soldaten in einer Prozession getragen und von einer Fahne verhüllt wurde, die Leute etwas nervös machte. Dass der Geist des Toten in der Prozession mitmarschierte, entspannte sie vermutlich ebenfalls nicht sonderlich.

Aus dem Augenwinkel nahm ich ein Flackern wahr und drehte mich um. Basel trabte neben mir, in seiner Hirsch-Gestalt, ohne dass seine Hufe auch nur einen Laut auf dem Pflaster verursacht hätten. Andererseits, wenn ich es recht bedachte, machte keiner von uns Lärm. Ich blickte hinunter. Zwischen den Steinen quollen Berggras und Wiesenblumen hervor. Lady Gaia trauerte wahrhaftig.

Wir hatten die Hälfte der Strecke zum königlichen Palast zurückgelegt, als Hufgeklapper vor uns ertönte und eine Abteilung der Leibgarde des Königs vor uns auftauchte, angeführt von Lordkommandeur Thadro. Das laute Trappeln ihrer Pferdehufe verstummte sofort zu einem dumpfen Trommeln, als sie sich unseren ersten Reitern näherten. Wir nahmen sofort Haltung an, während Lord Esclaurs Augenbrauen versuchten, seinen Haaransatz zu küssen. »Seiner Majestät scheint wahrhaftig daran gelegen zu sein, dass wir ankommen.«

»Hauptmann Prinz Suiden.« Die graublauen Augen des Lordkommandeurs funkelten. »Ich will nicht unterstellen, Hoheit, Ihr könntet Euch nicht ohne Hilfe durch die Stadt bewegen, aber der König hat mich gebeten, mich zu Eurer Eskorte zu gesellen.«

»Jawohl Sir«, begann Suiden, wurde jedoch von donnerndem Hufschlag unterbrochen, der sich rasch näherte. Diesmal tauchte eine Abteilung von der Königlichen Garnison aus einer Seitenstraße auf. Sie zügelten ihre Pferde, als sie uns sahen, und ich zwinkerte, als ich den Major aus der Messe der Königlichen Garnison unter ihnen erkannte. Wahrlich, die Welt war klein. Der Major hielt an, offenbar verblüfft, sich dem Lordkommandeur gegenüberzusehen. »Sir! Kommandeur Loel hat mich geschickt, damit ich Leutnant Hase in die Königliche Garnison bringe.« Zwei recht muskulöse Reiter trennten sich von seiner Truppe und ritten auf mich zu.

»Wirklich? Wie interessant.« Lordkommandeur Thadro wendete sein Pferd. »Und mir wurde von Seiner Majestät König Jusson befohlen, den gesamten Trupp zu ihm zu eskortieren. Einschließlich seines Cousins, Lord Hase.« Er beugte sich vor.

»Möchten Sie sich vielleicht dem Befehl Seiner Majestät widersetzen, Major?«

Der Major starrte Lordkommandeur Thadro mit finsterer Miene an und warf mir einen frustrierten Blick zu. »Nein, Sir«, erwiderte er. »Dann kehren Sie zu Ihrer Garnison zurück, Major«, sagte Thadro. »Sofort. Das ist ein Befehl von mir!«

Der Major wendete sein Pferd, preschte mitten durch seine Truppe, die ebenfalls wendete und davongaloppierte.

König Jusson schien recht deutlich klargemacht zu haben, dass Thadro und seine Leute uns auch durch die Hölle oder eine Sturmflut zum Palast bringen sollten, denn sie zögerten zwar einen Moment, als sie Basels Geist sahen, aber nur vereinzelt bemerkte ich Gesten, mit denen das Böse abgewendet werden sollte.

»Er ist harmlos, Sir«, erklärte Hauptmann Javes und verzog den Mund zu einem Grinsen, während er gleichzeitig seufzte. »Jedenfalls war er harmlos, als er noch lebte. Allerdings war er ein umwerfender Koch.«

»Ach?« Der Humor in Thadros Miene verschwand, als er einen Blick über die Schulter auf die von einer Fahne verhüllte Bahre warf und dann Javes ansah. »Was ist passiert …?« Er unterbrach sich und kniff die Augen zusammen. »Was zum Teufel …?« Er musterte Suiden scharf, und ihm klappte der Kiefer herunter. »Was zur Hölle …?« Er starrte auf Laurel herab, der neben ihm ging. »Habt Ihr das gemacht?«

»Nein«, antwortete Laurel. »Ich nicht.«

Ich erinnerte mich an den metallischen Geschmack in meinem Mund und hockte stumm auf meinem Pferd. Hoffentlich fragte mich keiner!

»Dann ist das gerade erst passiert?« Thadro warf einen weiteren Blick auf Suiden und Javes und bemerkte diesmal auch Esclaurs blaue Augen. »Was ist denn überhaupt geschehen, verdammt?«

»Slevoic ibn Dru hat Prinz Suiden herausgefordert«, erläuterte Laurel. »Der Prinz hat gewonnen.«

»Was?«

»Es ist eine Botschaft der Grenzlande, richtig? Ein Teil der Grenzlande mitten in der Königlichen Stadt, die ihrerseits auf dem ruht, was einst die Grenzlande waren. Also benimmt sich dieses Fleckchen Erde wie die Grenzlande, und die Soldaten wurden verwandelt.«

»Verwandelt?« Thadros Blick zuckte zu Suiden und Javes zurück, bevor er an Esclaur hängen blieb. »Ihr meint, in Magische verwandelt.«

»Ich war ein Wolf, Sir«, erwiderte Javes und hechelte grinsend. »Esclaur auch.«

»Allerdings, ja«, bestätigte Esclaur mit hechelnder rosa Zunge.

»Slevoics Anhänger haben versucht, einen Keil zwischen Suiden und seine Leute zu treiben sowie zwischen Lord Hase und seine Kameraden«, erklärte Laurel, der sofort Thadros Aufmerksamkeit genoss. »Ganz zu schweigen davon, dass Lord Hase mehrmals Angriffe auf sein Leben überstehen musste, einschließlich den von fünfzehn giftigen Spinnen in seinem Schlafgemach!«

»Fahle Tode«, murmelte Javes.

»Hölle und Teufel!«, sagte Thadro, während etliche Leibgardisten selbst fahl um die Nase wurden.

»Die Spinnen haben zwar niemandem Schaden zugefügt«, fuhr Laurel fort, »aber der Ehrenwerte Basel fiel dem Kampf der Fraktionen untereinander zum Opfer.«

»Er wurde ermordet, Sir«, mischte ich mich ein. »Slevoic hat ihm die Kehle durchgeschnitten.«

»Das hat das Kriegsgericht zu entscheiden, Leutnant«, mischte sich Suiden ein.

»Jawohl, Sir.«

»Denn wir wollen nicht, dass jemand uns beschuldigt, zu voreiligen Schlussfolgerungen zu gelangen, auch wenn sie noch so korrekt wären.«

Ich lächelte. »Jawohl, Sir.«

Zwei Schmetterlinge flogen vorbei, kreisten umeinander und landeten auf meinen beiden Schultern. Ich spürte ihr Gewicht bis in die Arme und Beine. Als sie ihre Flügel öffneten und langsam schlossen, fühlte ich den Luftzug auf meinen Wangen, wie einen gehauchten Kuss.

»Hase, dein Haar«, sagte Jeff hinter mir.

Ich griff hoch, dann nach unten, weiter nach unten, noch weiter ... Mein Haar fiel mir jetzt bis zur Mitte meines Rückens, obwohl der Zopf, den Javes geflochten hatte, noch hielt.

Bei Jeffs Worten sah Javes zu mir und seufzte. »Suiden.«

Suiden drehte sich um, sah die Schmetterlinge und mein langes Haar. »Die Pocken sollen es holen, Hase. Wir haben eine Audienz beim König und auch so schon genug Merkwürdigkeiten um uns herum.«

In dem Moment gelang es dem Wind, meinen Zopf zu lösen, und mein Haar fiel über meinen Rücken.

»Ich hoffe, die Palastwache lässt uns zu Seiner Majestät«, murmelte Thadro, der mich beäugte, »und kippt nicht stattdessen heißes Pech auf die Dämonenhorden, die den Palast des Königs angreifen.«

»Ehrenwerte Leute«, sagte Laurel. Thadro, Suiden und Javes sahen ihn an. Der Faena deutete mit einem Nicken auf den Major und einige der Soldaten von der Garnison, die vor dem Tor auf der anderen Seite der Brücke über den Schlossgraben auf uns warteten. Lordkommandeur Thadro sammelte mit finsterer Miene seine Männer und ritt nach vorn.

»Das nenne ich einen Aufstand«, murmelte Javes. Seinen Gesten nach zu urteilen schien der Major tatsächlich mit dem Lordkommandeur darüber zu diskutieren, dass er uns zur Garnison führen wollte. Der wachhabende Leutnant trat zu der Traube von Männern, und seiner Haltung nach schien er mit dem Major übereinzustimmen.

»Das stinkt genauso schlimm wie Rysons Unterhose, Sir«, erklärte ich.

»Allerdings«, erwiderte Suiden. »Warten Sie hier.« Suiden trieb sein Pferd an, das sich durch die Menge vor der Brücke zu den streitenden Soldaten drängte. Seine Hufe trommelten hohl auf der hölzernen Brücke.

Das Aufleuchten von Schuppen lenkte mich ab, und ich blickte hinab auf die Raubfische, die zwischen den Pfählen des Schlossgrabens schwammen. Im nächsten Moment fühlte ich, wie der Wind erneut an meinem Haar zupfte. Gehorsam drehte ich den Kopf und sah gerade noch rechtzeitig, wie ein Soldat der Königlichen Garnison sich von seinen Kameraden entfernte. Zunächst folgte ich ihm beiläufig mit meinem Blick, während ich überlegte, was an ihm so interessant sein sollte. Doch im nächsten Moment blieb der Soldat an einem Pfosten des Wachhauses stehen und streckte die Hand aus. Entsetzen durchzuckte mich. Ich richtete mich in meinen Steigbügeln auf. »NEIN!«, schrie ich.

Suiden und Javes fuhren bei meinem Ruf herum und rissen ebenfalls ihre Augen auf, als der Wachmann den Hebel packte, der an dem Pfosten montiert war. Suiden brüllte: »Verrat und Tücke!«, während Javes »Hinterhalt!« schrie. Der Rest unserer Leute, der ebenfalls sah, was passierte, schrie auch und zog die Schwerter, während Laurel brüllte und seinen Stab hob.

Alles zu spät.

Der Soldat schrak zusammen, sah uns einen Moment an und lächelte schwach, bevor er den Hebel zog; ein Räderwerk rumpelte, und die Brücke über den Schlossgraben öffnete sich in der Mitte, als sich ihre beiden Hälften absenkten. Im gleichen

Moment donnerte der Rest der Abteilung des Majors aus einer Seitenstraße und bildete eine Barriere hinter uns, während die Männer des Majors dasselbe vor uns machten. Wir waren auf der Brücke gefangen, Pferde und Männer stolperten, als sie ihren Halt verloren und auf den Spalt zurutschten, der sich ständig verbreiterte. Mein eigenes Pferd stolperte ebenfalls und riss mir die Zügel aus den Händen. Ich blickte hinunter, sah die spitzen Pfähle, die Zähne der Raubfische, die mich erwarteten, und schloss die Augen – als der Wind mir erneut zuflüsterte.

Flieg.

Einverstanden, erwiderte ich ebenfalls flüsternd. *Aber nicht nur ich.*

Natürlich nicht, antwortete der Wind.

Die Brücke senkte sich ganz, Wasser spritzte gegen meine Habbs, und ich seufzte. Die Attentäter, die Spinnen und jetzt dieses von Fischen verseuchte Wasser schienen dafür sorgen zu wollen, dass ich einfach kein anständiges Paar Stiefel mein eigen nennen konnte. Der Wind lachte leise, und ich öffnete meine Augen.

Wir flogen nicht wirklich. Das heißt, wir bewegten uns nicht durch die Luft oder schwebten hoch über dem Boden. Andererseits landeten wir auch nicht im Burggraben bei den Fischen.

Wir standen über dem Wasser und bildeten, zu Fuß und zu Pferde, den Bogen, den die Brücke über dem Graben gebildet hatte, bevor sie geöffnet wurde. Während die restlichen Männer und die Pferde noch dabei waren zu verarbeiten, dass sie offenbar auf dünner Luft standen, stieg Jeff ab und stach mit seinem Schwert in das, was uns trug. Glücklicherweise, jedenfalls für den Seelenfrieden der Truppe, gab es nicht nach.

»Reiter Jeffen, hören Sie damit auf und steigen Sie wieder aufs Pferd«, befahl Suiden.

Wir waren sicher erstaunt, aber die Truppen der Garnison

und die Soldaten der Wache waren vom Donner gerührt. Einige konnten entkommen; sie rannten davon und schrien: »Hexerei!«, aber der Rest stand einfach nur mit offenem Mund da und ließ sich widerstandslos von der Leibgarde des Königs entwaffnen. Vielleicht half es auch etwas, dass Laurel mit seinem Stab auf sie zielte. Die Truppen hinter uns wehrten sich immerhin noch ein bisschen, aber Laurel, der immer noch seinen Stab auf die Soldaten vor uns richtete, hob seine Tatze in Richtung der Abteilung hinter uns. Die Rune leuchtete hell. Wir teilten uns in der Mitte, als hätte jemand mit einem Kamm einen Scheitel gezogen. Selbst Basels Geist trat hastig zur Seite. Die Soldaten der Garnison waren rasch der Meinung, dass es besser wäre, Ruhe zu geben und über ihre Sünden nachzudenken, bevor der Faena sie dazu brachte, sich selbst zu verschlingen.

»Es kümmert sie nicht, wen sonst sie hätten töten können«, grollte Laurel und sah mich an. »Ihr habt einige recht gefühllose Feinde gegen Euch aufgebracht.«

»Ja«, murmelte Esclaur. Seine blauen Augen waren fast schwarz vor Wut. »Vierzig Linien auf der einen und zweiunddreißig auf der anderen Seite machen ziemlich viele Leute ziemlich nervös. So viele Verbindungen nach Iversterre und zum Thron.«

Ich runzelte die Stirn. »Aber ich will den Thron nicht ...«

»Diejenigen, denen nach etwas gelüstet, können nicht glauben, dass andere es nicht ebenfalls wollen«, gab Laurel zurück. »Bleibt hier, Ehrenwerte Leute.« Er folgte Hauptmann Javes zur Nachhut. Ein leises Stöhnen entrang sich den Soldaten der Garnison, das rasch zu entsetzten Schreien anschwoll, als sich Schlingpflanzen aus dem Burggraben erhoben. Einige von uns kreischten ebenfalls. Sie wanden sich zu Planken und Pfeilern empor, bis sie eine lebendige Brücke unter uns bildeten. Nach einem Moment sprossen überall Blüten, die fast sofort von Vögeln und Bienen umschwärmt wurden. Frühling in Iversterre.

Ich sah Basel an. »Hast ein bisschen lange damit gewartet, hm?« Der Geisterhirsch zuckte mit seinem mächtigen Geweih.

Mit den Truppen der Garnison als Gefangene überquerten wir die grüne Brücke und ließen die königliche Leibgarde zurück, um die normale Wache zu ersetzen, die jetzt ebenfalls in Gewahrsam genommen worden war. Wir folgten den restlichen Gardisten des Königs durch die verschlungenen Alleen des Geländes, bis wir den Palast erreichten. Anders als Lordkommandeur Thadro befürchtet hatte, wurde uns der Zugang zum Palast nicht verwehrt. Kurz darauf drängten wir uns alle – Botschafter, Lords, Leibärztin, Geist, die Leiche des Geistes, Offiziere, Schmetterlinge, Soldaten und Gefangene – in den öffentlichen Thronsaal. Er war gewaltig, von Säulen gesäumt, die sich bis zu der hohen Gewölbedecke erhoben, und es war hell in dem Raum. Sonnenlicht schien durch die hohen Fenster, durch die auch das Rauschen des Meeres drang. Ich blickte zum Thronpodest hinüber, besorgt über die Vorstellung, wen ich da wohl sehen würde. Aber selbst aus dieser Entfernung erkannte ich König Jusson, der seinen einfachen goldenen Reif trug, wenngleich er auf einem weit imposanteren Thron saß als in der Nacht des Empfangs.

Auf dem Boden vor dem Thron entdeckte ich einen Kreis. Zuerst hielt ich ihn für eine Dekoration, doch als ich nahe genug war, um die Einzelheiten zu erkennen, blieb ich stehen. Laurel war ebenfalls stehen geblieben und betrachtete das Mosaik. Dann blickte er hoch. Ich folgte seinem Beispiel und sah auf die Stufen, die zum Podest führten. Heho!

Jetzt begriff ich, wieso der König kein Problem mit dem hatte, was auf meiner Handfläche eingeritzt war, denn sein Thron blickte auf eine große Waage hinab, deren beide Schalen ausbalanciert und von einem Ring aus den Runen für Wahrheit und Gerechtigkeit umgeben waren. Auf jeder Stufe des Podestes waren die Runen für Weisheit, Wissen und Urteilskraft eingraviert. Ich sah mich um, konnte aber keine Rune für Gnade, Vergebung oder Mildtätigkeit entdecken. Ich musste mich zwingen, nicht zurückzuweichen. Es war ein sehr harter Ort, und ich wollte nicht mal in seiner Nähe sein, geschweige denn darauf stehen, weil ich keinerlei Verlangen hatte, meine Worte, Motive oder meine Seele einem Urteil zu unterwerfen. Und während ich mich noch fragte, ob Jusson wusste, welchen Schmuck er da auf seinem Boden hatte, trat Laurel ebenfalls von einem Fuß auf den anderen, als wäre auch er lieber woanders. »Es ist ein Elfenpalast, richtig?«, murmelte er und trat einen Schritt zurück.

Der Hofstaat des Königs hatte sich am Fuß des Podestes versammelt. Er bestand aus den Kammerdienern, Kanzlerin Berle und anderen Leuten, die ich von dem Empfang zwei Abende zuvor kannte, und natürlich aus noch mehr Leibgardisten. Aber es war kein Lord Gherat zu sehen. Während ich darüber nachdachte, trat einer der Haushofmeister-Zwillinge vor und begann uns anzukündigen, bis der König ihn mit einer Handbewegung unterbrach.

»Wir kennen alle, die Wir kennen sollten, und wenn es welche gibt, die Wir nicht kennen, sind Wir davon überzeugt, dass man sie Uns zu gegebener Zeit vorstellt.« Die Stimme des Königs war so distanziert wie das Gesicht des Haushofmeisters, und er betrachtete uns. Sein Blick wurde schärfer, als er das Gruppenbild erkannte. Langsam stand er auf. »Was ist passiert?« Er runzelte die Stirn. »Was machen die Soldaten der Königlichen Garnison hier, und wieso werden sie gefangen gehalten?«

»Ein Soldat der Königlichen Garnison hat die Brücke über dem Schlossgraben geöffnet, während wir sie überquerten, Euer Majestät«, antwortete Suiden. »Während seine Kameraden uns den Weg versperrten.«

»Wie bitte?« Der König hatte seine Stimme nicht erhoben, aber sie hallte trotzdem durch den ganzen Saal.

Lordkommandeur Thadro trat zum Fuß des Podestes und verbeugte sich. »Es stimmt, Sire. Wäre der Magische nicht gewesen, wären wir mittlerweile Futter für die Fische.«

Der Wind murmelte etwas davon, dass man ihm seinen Moment des Ruhms stahl, und ich sah Laurel an. Hatte er es gehört? Offenbar nicht, denn er beobachtete den König, die Ohren spitz aufgerichtet.

»Ich bin soeben informiert worden, dass zwei Leibgardisten zu Kommandeur Loel entsandt wurden, als mein Stellvertreter die Truppen der Garnison ausrücken sah«, erklärte Thadro. »Sie sind noch nicht zurückgekehrt.«

»Sind Wir von der Stadt abgeschnitten?«, erkundigte sich der König und ging die Treppe hinunter.

»Nein, Sire. Unsere Männer halten das Tor, und wir brauchen die Brücke nicht zu schließen – es ist eine neue Brücke dort gewachsen. Sie scheint solide genug zu sein.«

»Bringt Unsere Rüstung. Wir werden Uns dem stellen, was Uns da grüßt.« Die Augen des Königs glühten golden. Dann sah er den Geist und blieb auf der Stufe des Podestes stehen. »Wer ist das, und warum ist er hier in Unserem Thronsaal?« Der Hof erstarrte, als die Leute ihre Köpfe in unsere Richtung wandten.

»Das war Reiter Basel, Euer Majestät, von der Bergpatrouille der Garnison in Freston«, erwiderte Suiden und deutete auf die Bahre. »Er wurde heute ermordet.«

»Lasst Uns sehen.« Jusson ging die Treppe hinunter. Ein königlicher Leibgardist trat an die Bahre und zog die Fahne herunter.

»Ich mag mich irren«, sagte der König, »aber das sieht mehr nach einem Hirsch aus, denn nach einem Soldaten. Allerdings kannten Wir einige Männer, die …« Jussons Stimme verklang im nervösen Gelächter des Hofstaates, das jedoch schlagartig verstummte, als Basels Geist sich in den Hirschen verwandelte. Im selben Moment fuhr ein Windstoß durch den Thronsaal, und es roch nach süßem Gras und frisch gepflügter, fruchtbarer Erde.

»Er wurde von Leutnant Slevoic ermordet, Euer Majestät«, sagte Suiden.

»Tatsächlich?« Jusson hatte die unterste Stufe erreicht. Jetzt stand er dicht genug bei Suiden, dass er dessen Augen sehen konnte. Seine eigenen weiteten sich. »Hauptmann Prinz?« Sein Blick glitt über Javes und Esclaur, bevor er an mir hängen blieb. »*Cousin?*« Der Wind lachte und wirbelte um mich herum, hob mein Haar in die Luft, während die Schmetterlinge mich umtanzten.

»Er erlangt seine volle Macht, Ehrenwerter König«, sagte Laurel. »Jeder Magier hat ein Markenzeichen, und das von Lord Hase scheint sein Haar zu sein.«

Hastige Schritte näherten sich, als mehrere Lakaien mit der Kampfrüstung des Königs in den Thronsaal liefen. Ein paar versuchten, Jussons Umhang und Hemd abzustreifen, aber er winkte sie ungeduldig zur Seite. »Man hat es Uns gesagt, aber was ist mit Prinz Suiden und den anderen geschehen?« Er nahm dem Lakaien das Schwert ab und ließ die Scheide zu Boden fallen, sodass er mit blankem Schwert dastand. »Ist das Euer Werk, Faena?«

»Nein«, antwortete Laurel. »Das ist es nicht.« Er hob die Tatze, und die Rune der Wahrheit leuchtete hell. Ich hörte, wie die Runen im Kreis der Zeugen auf dem Boden leise summten. Ich trat etwas zur Seite.

Jussons Blick durchbohrte mich. »Weißt du, warum das passiert ist, Hase?« Er sah zu Basel hinüber. »Und warum klebt der Geist des ermordeten Soldaten an dir?« Die Aufmerksamkeit der anderen Höflinge richtete sich wieder auf mich, und ich hörte die gemurmelten Worte »Zauberei« und Hexerei«, unter die sich einige »Schwarze-Magie«-Rufe mischten.

»Euer Majestät«, begann Suiden.

»Ruhe!«, donnerte Jusson. »Wir haben Unseren Cousin gefragt!«

»Das ist eine lange Geschichte, Euer Majestät«, erwiderte ich. »Aber ich bin Euer Gefolgsmann.« Ich wollte mein Schwert ergreifen, aber meine Hand schloss sich nur um Luft. Mir fiel ein, dass ich ja keins mehr hatte. Ich sah mich um. Ob es dieselbe Wirkung haben würde, wenn ich Jeffs Klinge schwang? In dem Moment fiel mein Blick auf die Runen des Kreises der Zeugen. Ich blickte hoch. Die meisten Höflinge wichen meinem Blick aus, und die, die es nicht taten, machten Gesten, um das Böse abzuwehren. Ich empfand ihre Zurückweisung wie einen Schlag, und plötzlich hatte ich genug. Jahrelang hatten sie vor Slevoic und dem Haus von Dru beide Augen verschlossen, und jetzt behandelten sie mich wie den Obersten Dämon der Hölle. Ich war bereit, wegzugehen und sie ihren Intrigen zu überlassen, ihrer Korruption, dem bevorstehenden Krieg mit den Grenzlanden. Sie waren einfach nicht mein Problem.

Ich drehte mich langsam um und stand plötzlich Basel gegenüber, der mich beobachtete. Er war gestorben wegen Slevoics Hass auf mich und wollte jetzt, dass ich der Gerechtigkeit Genüge tat. Ich sah an ihm vorbei Jeff und die anderen Reiter an, die mich ebenfalls beobachteten. Sie waren nur in diese Sache hineingezogen worden, weil ich bei ihrer Truppe war. Keiner von ihnen machte irgendein Zeichen gegen das Böse, keiner wandte sich ab. Ich begegnete Suidens Blick, seinen grünen Augen, während er mich gelassen beobachtete, abwartete, was ich tun würde, und Javes', dessen Lorgnon achtlos auf seiner Brust baumelte, der mich ebenfalls musterte.

»Seid Ihr das, Hase ibn Chause e Flavan?«, fragte Jusson. »Seid Ihr mein Getreuer?«

Ich richtete meinen Blick wieder auf den König. Ich zögerte, schluckte und trat dann auf das Mosaik der Waage, einen Fuß auf jeder Schale. Das Summen schwoll zu einem gewaltigen Akkord an.

Ein Keuchen brandete durch den Saal, und König Jusson riss vor Schreck den Mund auf, als ich in der Mitte der Runen stand, die plötzlich erglühten. »Einmal zur Erinnerung, zweimal zur Bestätigung, dreimal, um es festzuschreiben, Euer Majestät.« Ich hob meine Hand, in der die Rune hell leuchtete, so hell wie die Runen auf dem Boden, so hell wie die Sonne, als wären sie mit ihrem Licht geschrieben worden. »Ich schwöre, alle Eide zu erfüllen, die ich Euch geleistet habe, in all meinen Ämtern. Sic!«

»Hase«, begann Laurel, hielt dann jedoch nachdenklich inne.

Ich stand in meinem eigenen persönlichen Wirbelwind, während Jusson auf den Kreis der Runen starrte. »Nur in den Legenden von Locival hat der Kreis dies je gemacht.« Er riss seinen Blick von dem glühenden Mosaik los und betrachtete mich einen Moment. Dann wandte er langsam den Kopf und sah seinen Hofstaat an. »Also?«, fragte er.

39

Eine nachdrückliche Befragung der Gefangenen hatte ihren Plan ans Licht gebracht. Er sah vor, mich gefangen zu nehmen, damit ich später als Beweis für die Verkommenheit der Grenzlande und auch der Jussons aus dem Hut gezaubert werden konnte. Sollte man mich nicht fassen können, sollte ich zumindest getötet werden, damit ich den Thron und die Armee nicht länger korrumpierte. Und während die normalen Soldaten auf die Geschichte hereingefallen waren, dass die Königliche Armee sich selbst von

Verrätern reinigte und dadurch das Königreich beschützte, murmelte der Major den Namen eines Drahtziehers. »Lord Teram.« Esclaur hatte recht gehabt. Meine Position in der Thronfolge hatte jemanden sehr nervös gemacht, und zwar meinen Cousin aus dem Hause Flavan.

Der Wind schwieg, während ich lauschte, die Schmetterlinge auf den Schultern, deren Gewicht mich im Boden zu verwurzeln schien. Ich sah die Soldaten nicht an, die auf dem Boden knieten, die Hände auf den Rücken gebunden. Mein Blick kreuzte den von Groskin. Er blinzelte und senkte den Kopf.

Nachdem die Gefangenen in die Verliese des Palastes geführt worden waren, beugte ich mich über ihre Schwerter und entschied mich für eines, das sich in meiner Hand ausgewogen anfühlte. Ich fand auch Lederriemen, mit denen ich mein Haar zurückbinden konnte, auch wenn es anscheinend nicht mehr weiterwuchs. Der dicke Zopf reichte dennoch bis zu meiner Taille und entpuppte sich als höchst hinderlich. Ich musste die Kapuze meines Kettenhemds unten lassen und konnte auch den Helm nicht aufsetzen, weil er nicht mehr über mein Haar passte. Ich betete inständig, dass niemand nach meinem Hals oder Kopf schlug. Laurel stand neben Kanzlerin Berle und beobachtete meine Vorbereitungen. »Ihr werdet von diesem Ausflug zurückkehren, Ehrenwerter Hase«, brummte er.

Meine Braue zuckte. »Hellsicht oder Wunschdenken, Laurel Faena?«

»Vielleicht ein bisschen von beidem.«

Ich quittierte seine Worte mit einem Schulterzucken, während ich mir den neuen Schwertgurt umband. »Vielleicht, vielleicht auch nicht. Was geschieht, geschieht.«

Laurels Schnurrhaare legten sich an. »Fatalismus steht Euch überhaupt nicht.«

Ich lachte und verließ ihn, um zu meiner Truppe zu gehen.

»Sie bleiben hier«, sagte Suiden zu Groskin, als ich mich ihnen näherte.

»Sir«, erwiderte Groskin. »Lassen Sie mich ...«

»Nein. Sie können froh sein, dass Sie nicht bei den anderen im Verlies hocken. Ich hätte Sie ohne mit der Wimper zu zucken dorthin geschickt, aber der König hat mich gebeten zu warten, bis alles geklärt ist.«

Groskin starrte ihn einen Moment an, senkte dann erneut den Kopf und nickte.

Bevor wir aufbrachen, schickte der König eine andere, größere und besser bewaffnete Abteilung zur Königlichen Garnison. »Keine Heldentaten«, schärfte Jusson dem Anführer der Abteilung ein. »Wenn Sie aufgehalten werden und nicht durchkommen, kehren Sie zu Uns zurück.«

Es war ein bunter Haufen von Militärs, der hinter König Jusson ritt. An seiner einen Flanke ritten seine Adligen, einschließlich Lord Esclaur, der erneut einen Kampf gegen die königliche Leibärztin gewonnen hatte; der gezierte, affektierte Lord war verschwunden. Sein Kettenpanzer glich denen seiner Kameraden; auf ihm prangte ein knurrender Wolf, dessen Bild auch das Banner zierte. Auf der anderen Seite ritten Lordkommandeur Thadro, der des Königs Schild trug, und die Leibgarde des Königs, deren Emblem der Greif war, das ebenfalls auf einigen Fahnen flatterte. Die Fahnenträger an der Spitze trugen natürlich die Standarte des Königs vor sich her: ein einfaches, gekröntes Schwert. Führen, herrschen und verteidigen.

Wir ritten in schnellem Galopp zum Haupttor. Die Gardisten des Königs, die wir als Wache dort zurückgelassen hatten, traten heraus und verneinten kopfschüttelnd Jussons Frage, ob jemand vorbeigekommen wäre. In dem Moment hörten wir Hufgetrappel. Im nächsten Moment bog die Abteilung um die Ecke, die der König zur Königlichen Garnison geschickt hatte, verstärkt durch die restlichen Truppen der Garnison. Es handelte sich zumeist um einfache Reiter, und nur gelegentlich blitzten die Epauletten eines Offiziers zwischen ihnen auf. Die beiden vermissten königlichen Gardisten befanden sich ebenfalls unter ihnen. Als sie uns sahen, hielten sie an. Der Anführer der Abteilung ritt zum König und salutierte.

»Kommandeur Loel und der Rest der Offiziere sind nicht in der Garnison, Euer Majestät«, erklärte der Mann. »Es scheint, dass sie die Garnison alle auf dem Seeweg verlassen haben.« Der Gardeoffizier deutete auf die Reiter. »Sie waren eingesperrt.«

Loel hatte zuvor offenbar alle festgesetzt, die sich ihm widersetzten, und als die wenigen Aufrührer, die von der Brücke hatten entkommen können, die Übrigen über das Scheitern ihrer Rebellion informiert hatten, waren sie durch die Hintertür geflüchtet. Suiden setzte sich im Sattel zurecht und blickte stirnrunzelnd auf das Wasser hinaus. Ich folgte seinem Blick und sah die weißen Punkte von Segeln.

König Jusson kommandierte einige seiner Gardisten und Reiter ab, welche die Garnison besetzen sollten. Dann wendete er sein Pferd und betrachtete die grüne Brücke. Er hob den Kopf und sah den Geist von Reiter Basel an, der in seiner Hirschgestalt neben mir stand; er hatte alle Vorschläge ignoriert, sich an Laurel Faena zu halten. Sie betrachteten einander kurz, der König und Basel, dann trieb Jusson sein Pferd auf die Brücke. Thadro ritt mit dem Schild des Königs in der Hand unmittelbar rechts hinter ihm. Die Brücke hielt, und alle entspannten sich. Seine Standartenträger beeilten sich, wieder die Spitze zu übernehmen, und wir überquerten den Schlossgraben, wobei wir uns unter den summenden Hummeln wegduckten.

Auf der anderen Seite der Brücke schickte Jusson zwei Gardisten zum Hafen, um vor den entflohenen Deserteuren zu warnen. Wir trieben unsere Pferde an, kamen jedoch sofort wieder zum

Stehen, da einer der Soldaten hinter uns erschreckt schrie. Als wir uns in unseren Sätteln umdrehten, sahen wir, wie dichte grüne Brombeerzweige aus dem Boden sprossen, dunkler wurden, als sie sich verdickten, und schließlich den Zugang zur Brücke versperrten. Basel wirkte sehr selbstzufrieden und trat wieder an meine Seite.

»Du weißt aber schon«, sagte ich, als der Geist mich erreicht hatte, »dass wir auf diesem Weg zurückkehren müssen, ja?« Basel ignorierte mich, während wir weiterritten. »Wie du meinst, aber der König wird nicht sonderlich erfreut sein, wenn er sich den Weg nach Hause freihacken muss.« Ich meinte ein verächtliches Schnauben zu hören.

Es war nicht gerade ein wilder Ritt, denn Jusson hielt uns in einem leichten Galopp. Auf einem Platz hielt er kurz an und schickte eine Abteilung los, um die Stadttore zu sichern. Einer anderen unter der Führung eines Wolf-Adligen befahl er, »alle Angehörigen des Hauses von Dru, derer Sie habhaft werden«, in den Palast zu schaffen.

Wir setzten unseren Weg fort, und ich blieb, wo ich war, zwischen meinen Kameraden; ich drängte mich weder vor, noch ließ ich mich zurückfallen. Ich ritt zwischen Suiden und Javes, während Jeff mir den Rücken freihielt.

Die Straßen waren verlassen, selbst die Marktplätze und Alleen waren menschenleer und ruhig. Ich blickte prüfend geradeaus, erwartete irgendeinen Widerstand. Die bedrückende Ruhe, die nur von uns gestört wurde, beunruhigte mich eher. Die Stadt schien den Atem anzuhalten. Ich dachte an die kämpfenden Drachen über unserem Hof, und mir schoss der Gedanke durch den Kopf, dass die Bürger hier wohl auch in ihren Kellern hockten.

Schließlich bogen wir um eine Ecke und erreichten einen großen Platz. Ich richtete mich in meinem Sattel auf, als ich ihn erkannte. Ich bemerkte die Rauchspuren von Fackeln an den Wänden eines Hauses und fletschte unwillkürlich die Zähne. Cousin Terams Haus. Als wir näher kamen, hörte ich das Klappern von Hufen auf Pflaster. Im nächsten Augenblick galoppierten Reiter mit einer Standarte aus einer Seitenstraße neben Flavans Anwesen. Die Bannerträger schwenkten ab und zeigten ihre Fahne. Ich blinzelte verwirrt. Es war ein sprungbereiter, gekrönter Löwe.

»Oh, erspart mir das!« Wir näherten uns ihnen, und ich sah die Wappen auf ihren Kettenhemden. »Aus demselben, verdammten Theaterstück!«

»Es geht immer nur um Symbole, Hase«, sagte Suiden. »Das Gute und das Licht gegen das Böse und das Dunkle. Deshalb gibt sich Teram als Paladin des Lichts und Erlöser des Königreiches.«

Selbst im Kampf verzichtete Hauptmann Javes nicht auf sein Lorgnon. Er hob es an und blickte hindurch. »Seht an, da kommt Locival mit seinem Breitschwert Löwenherz, bereit, den bösen Zauberer zu zerschmettern!« Teram trug tatsächlich dieselbe Verkleidung wie auf seinem Maskenball und ritt hinter den Bannerträgern. Javes grinste mich wieder dümmlich an. »Dessen Rolle, wie ich annehme, für Sie vorgesehen ist, Hase.«

Der Blick, mit dem ich Javes bedachte, war böse, obwohl seine vernichtende Wirkung vermutlich durch die Schmetterlinge geschmälert wurde, die mich umflatterten. Glücklicherweise schien wenigstens der Wind geneigt zu sein, mein Haar in Ruhe zu lassen. »Ich bin kein ...«, begann ich.

»Knochen und blutige Asche!«, stieß Jeff hervor, während ein erschrecktes Murmeln durch die Reihen unserer Männer lief. Ich riss den Kopf herum und sah, wie die geflüchteten Truppen der Garnison, unter die sich Terams Männer mischten, aus einer Seitenstraße strömten und sich hinter Lord Teram formierten.

Söldner und Aufrührer wurden von dem Kommandeur der Königlichen Garnison Loel angeführt.

»Also wirklich«, murmelte Javes. »Schwachkopf höchstpersönlich.« Er hob die Brauen. »Dann frage ich mich allerdings, wer auf dem Seeweg geflohen ist.«

»Ich mich auch«, erklärte Suiden.

Ich achtete jedoch kaum auf die beiden Hauptleute, sondern blickte nur auf die Person, die neben Kommandeur Loel ritt. »Sirs ...«

Javes und Suiden folgten mit ihren Blicken meinem ausgestreckten Finger und erstarrten, als Slevoic sich hinter dem Kommandeur aufbaute.

»Sieht aus, als hätten wir den fehlenden Stab und die Drachenhaut gefunden«, meinte Javes.

Die Sonne reflektierte auf dem Schild, den Slevoic trug und der grün-violett schimmerte. Mein Blick glitt zu seinem Kettenpanzer, der jetzt ebenfalls rosa blitzte, bevor er wieder weiß wurde. In der anderen Hand hielt Slevoic den Leichnam von Prudence Eiche, an dem eine Fahne flatterte. Javes beugte sich vor, um das Emblem darauf besser erkennen zu können. »Das Wappen des Hauses von Dru: ein Eichenbaum.« Er lachte barsch. »Wie ironisch.«

Ironisch? Ich blinzelte, um den roten Nebel zu vertreiben, der mir bei Slevoics höhnischer Schändung vor den Augen waberte. »Mörderische Höllenbrut«, sagte ich, während meine Hand warm wurde.

»Allerdings.« Das Wort rumpelte in Suidens Brust. »Diesen *pastan auc* kaufe ich mir.«

Tollwütiger Hund? Ich runzelte bei diesem turalischen Schimpfwort die Stirn, als mir plötzlich siedend heiß einfiel, dass Slevoic sich heute Morgen in der Botschaft nicht verwandelt hatte.

König Jusson gab ein Zeichen, und es wurde still auf dem Platz.

Nur das Flattern der Fahnen und Standarten war zu hören. Lord Teram richtete sich in seinen Steigbügeln auf. »Bürger von Iversterre ...!«, begann er.

»Halten Sie keine Volksreden, Teram ibn Flavan e Dru!« Jussons sanfte Stimme hallte über den ganzen Platz. »Sie erheben sich gegen Ihren König.«

»Er gehört zu den Dru?« Ich starrte Teram entsetzt an; meine Haut kribbelte bei dem Gedanken, dass ich mit Slevoics und Gherats Haus verbandelt sein könnte.

»Mütterlicherseits«, sagte Suiden. »Zu Ihnen gibt es keine Blutsverwandtschaft.«

»Was macht die Aristokratie denn nur? Läuft herum und heiratet sich?«, erkundigte ich mich.

»Allerdings«, gab Suiden trocken zurück. »So wie Ihre Eltern es getan haben.«

»Rebellion?«, brüllte Teram zurück. »Ihr beschützt einen bösen Zauberer ...«

»Hab ich es Ihnen nicht gesagt?«, murmelte Javes.

»... nehmt ihn in Euer Haus auf, lasst ihn zum Thron vor! Wir sind keine Rebellen!« Teram deutete mit einer Handbewegung auf seine Männer. »Wir sind die letzte Bastion gegen das Verderben, das Ihr auf Iversterre losgelassen habt!«

»Dass Lord Hase vierundsechzig Linien zum Thron hat und Sie nur vierzig hat natürlich nichts damit zu tun, nein?« Jussons Stimme war immer noch sanft, aber strohtrocken.

»Vierundsechzig?« Ich schrak zusammen. »Sind es nicht sogar zweiundsiebzig?«

»Nein«, erklärte Javes. »Es gibt einige Doppelungen. All diese Heiraten zwischen Verwandten, hm?«

»Ich habe Beweise für seine Hexereien«, schrie Teram, »die er hier in der Königlichen Stadt gewirkt hat!« Er winkte, und eine bunt zusammengewürfelte Gruppe von Leuten tauchte hinter seinen Soldaten auf und trat nach vorn. Ich erkannte die meisten und seufzte.

Javes seufzte ebenfalls. »Wie gesagt, jeder kann bestochen werden.«

Der Kellner aus dem Restaurant mit den kalten Getränken, der silberhaarige Guarez aus dem königlichen Möbelladen, der diensthabende Koch aus der Königlichen Garnison, ein Lakai in der Livree der Flavan, selbst der Mann, der vor mir zurückgezuckt war, als wir unsere Pferde im Park getränkt hatten. Ich starrte finster zu Boden. Es war einfach zu heiß für diesen verdammten Blödsinn.

»Er hat außerdem sieben Brüder und Schwestern, die in der Thronfolge ebenfalls vierundzwanzig Linien näher am Thron stehen als Sie«, sagte Jusson. Seine Stimme klang noch trockener, als er die Zeugen schlichtweg ignorierte.

»Alles Bastarde, so wie er!«, kreischte Teram. Es war dem König gelungen, ihn von seiner einstudierten Rede abzubringen.

»Warum? Weil Sie das sagen?« Der König machte es sich in seinem Sattel bequem. »Das hier hat nichts mit Zauberei zu tun, sondern damit, dass Sie etwas begehren, was Sie niemals bekommen werden. Nicht jetzt, nicht später, Flavan mit nur vierzig Linien zum Thron. Wir halten nach wie vor den Palast, einschließlich der Garnison und der Brücke. Unsere Männer haben die Stadttore gesichert, und unsere Garde steht im Haus von Dru. Ihre Komplizen sind gescheitert und entweder geflohen oder sitzen im Verlies.« Er deutete in meine Richtung. »Und Lord Hase ibn Chause e Flavan ist erneut Ihren Klauen entkommen.« Die Männer vor mir traten zur Seite, und ich nickte meinem Cousin lächelnd zu.

»Nicht alle sind geflohen oder gefangen genommen worden, Jusson ibn Iver!«, kreischte Teram erneut, hob ruckartig eine Hand, und ich hörte ein gedämpftes Knallen, dann ein Summen, ähnlich wie das Brummen von Hummeln. Ich erkannte das Geräusch. Mein Herz machte einen Satz und schlug schneller, während alles andere sich zu verlangsamen schien. Ich schaffte es kaum, meinen Schild zu heben, als auch schon etwas dagegen schlug.

»Bogenschützen!«, schrie jemand.

Erneut knallte eine Sehne, gefolgt von dem Summen.

Vertraue, flüsterte der Wind.

Das Summen erstarb unvermittelt, und auf dem Platz kehrte absolute Ruhe ein. Nach einem Moment ließ ich meinen Schild sinken, in dem ein Pfeil zitterte. Das Einzige, was ich hörte, war mein heftig pochendes Herz. Jusson hatte erneut die Augen aufgerissen, aber statt mich anzustarren, blickte er auf einen Pfeil, der etwa eine Handspanne weit vor seiner Nase in der Luft schwebte. Thadro neben ihm hatte ebenfalls die Augen weit aufgerissen, während er versuchte, den König mit dem Schild Seiner Majestät zu schützen. Ich sah mich um. Überall steckten Pfeile in Schilden oder lagen auf dem Boden verstreut, aber die meisten schwebten regungslos in der Luft, mitten im Flug gestoppt.

Jusson berührte den Pfeil vor sich mit einem Finger und sah zu, wie er zu Boden fiel. Es prasselte, als die anderen Pfeile ebenfalls herunterfielen. Dann richtete er den Blick seiner goldenen Augen auf Lord Teram.

Der keine Sekunde zögerte. »Hexerei! Seht nur, wie die Pfeile angehalten wurden ...!«

»Greift sie an«, befahl Jusson.

Den Hornisten blieb keine Zeit, zum Angriff zu blasen, und auf dem Platz war weder genug Raum für raffinierte Schlachtpläne noch für elegante Manöver. Die beiden Parteien fielen einfach übereinander her, mit einem Krach, der mir in den Ohren klingelte. Schwerter klirrten auf Schwerter, gegen Schilde und Rüstungen, wütende Schlachtrösser wieherten, Männer brüllten. Suiden stürmte davon, sein Schwert wirbelte durch die Luft. Javes griff ebenfalls an, sein Schwert schlug Funken, und er hatte die Zähne gefletscht. Ich folgte ihm. Mein Pferd stieß in seiner Hast Gardisten des Königs, Söldner und rebellierende Truppen aus dem Weg. »Slevoic!«, schrie ich.

Ich erreichte die Front der Königstreuen und sah aus dem Augenwinkel, wie Esclaur und ein anderer Edelmann zu den Zeugen ritten, die sich in dem Schwirren der Schwerter, Streitäxte und herumwirbelnden Hufe ängstlich aneinanderdrängten. Jusson schlug einem Mann den Kopf ab, stürmte dann weiter, um Teram zu stellen. Der Flavan ritt jedoch auf mich zu, während sich Kommandeur Loel auf den König stürzte. In dem Moment teilte sich der Tumult, und ich erhaschte einen Blick auf ein purpurnes Schimmern. »Slevoic!«

Ich versuchte, Teram zu passieren, rammte meinen Schild gegen ihn. Er wich dem Stoß jedoch aus und hob angeberisch sein Langschwert, dessen Klinge dicht an meinem Kopf vorübersauste. Ich bückte mich tief über den Hals meines Pferdes, wendete es mit den Knien, stellte mich Teram und konnte gerade noch rechtzeitig einen zweiten Schlag mit meinem Schild abfangen. Die Wucht hinter dem Hieb überraschte mich. Mein ganzer Arm vibrierte.

»Du hättest in den Grenzlanden bleiben sollen, Cousin!«, rief Teram, als er erneut mit seiner schweren Waffe ausholte und dabei vor Anstrengung grunzte. »Jetzt werde ich deinen Kopf über meinen Thron hängen, und meine Füße werde ich mit dem Fell eines Berglöwen wärmen.« Ich dachte derweil, dass sein Fett recht ansehnliche Muskeln verbarg, denn erneut erschütterte sein Schlag meinen Schildarm. Er kam näher, versuchte mich aus dem Sattel zu stoßen, aber mein Pferd drängte seines zurück, schlug mit den Hufen zu und biss dem anderen Gaul in den Hals.

Eso Dru, Slevoics Cousin. Ich wunderte mich, wie ich die Boshaftigkeit hatte übersehen können, die hinter Terams leutseliger Fassade lauerte, als er mich begrüßte. Ich öffnete den Mund, um über seine Paarungsgewohnheiten und die vermutliche Vaterschaft seiner Kinder zu spekulieren, doch stattdessen schrie ich nur »Räuber!«, als die Rune meine Handfläche erwärmte und mir die Hitze den Arm hinaufströmte.

»Ach wirklich! Ist das alles, was du kannst?« Terams Augen funkelten höhnisch. »Kein ›Mörder‹ oder ›Meuchelmörder‹?« Er schüttelte den Kopf. »Was für ein Gimpel!« Er schlug mit dem Schwert zu, und ich wich aus. Dann versetzte ich ihm selbst einen Hieb, den er mit seinem Schild parierte. Er täuschte einen Schlag an und zielte dann erneut auf meinen ungeschützten Kopf. Ich duckte mich und stach gleichzeitig mit meinem Schwert in seine ungeschützte Flanke. Sein Kettenpanzer wehrte den Schlag zwar ab, aber er nahm ihm zumindest kurz die Luft. Sein Blick verriet seine Empörung darüber, dass ein Provinzler aus den Grenzlanden es gewagt hatte, ihn zu treffen.

»Räuber!«, schrie ich erneut, während die Wärme von meiner Hand sich über meinen ganzen Körper ausbreitete. Ich zielte auf seinen Schwertarm, und als er seinen Schild hochriss, schlug ich mit dem Schwert auf sein Knie. Er senkte rasch den Schild, um den Schlag abzublocken, und im selben Moment rammte ich die Kante meines Schildes gegen sein ungeschütztes Gesicht. Trotz des Nasenschutzes an seinem Helm spritzte Blut aus seiner Nase, als wäre eine reife Tomate geplatzt. Teram knurrte erneut, diesmal vor Schmerz, und versuchte, seinen Schild zu heben, aber ich blockierte ihn mit dem unteren Ende meines Schildes. Dann zog ich meinen Schild mit einem Ruck heran und riss Teram aus dem Sattel, der mit einem überraschten Schrei zu Boden fiel, wo er krachend landete. Sein Schwert hielt er jedoch noch in der Hand und versuchte, es meinem Pferd in den Bauch zu rammen.

Mein Streitross bäumte sich auf, tanzte auf den Hinterbeinen und machte Anstalten, seine eisenbeschlagenen Hufe auf Teram ibn Flavan e Drus Gesicht heruntersausen zu lassen.

»Halt, Hase!« Der Huf eines anderen Pferdes sauste herunter, und Teram schrie verzweifelt auf, als seine Schwerthand zerschmettert wurde. Ich ließ mein Pferd auf alle viere herunter. Seine Hufe landeten rechts und links neben Terams Kopf, und ich starrte in das Gesicht von König Jusson und das von Lordkommandeur Thadro direkt dahinter. Jusson grinste mich boshaft an. Aus einem Schnitt auf seiner Wange rann Blut. »Der gehört mir, Cousin, und ich möchte ihn lebend haben. Einstweilen.«

Bereitwillig machte ich Platz, als Jusson von seinem Wolfsrudel und seiner Leibgarde umringt wurde. Ich ließ meinen Blick über den Platz gleiten. Zu meiner Überraschung neigte sich der Kampf bereits dem Ende zu. Die meisten Aufständischen hatten kapituliert und knieten am Boden; Kommandeur Loel lag regungslos auf den Pflastersteinen. Einige Gardisten halfen Esclaur, die Zeugen zu bewachen, während ein Trupp aus Soldaten, Gardisten und Edelleuten an mir vorbei zu Flavans Haus ritt und an das Portal hämmerte. Andere ritten zu den Seiteneingängen des Hauses und pochten dort ebenfalls an die Türen. Esclaur fing meinen Blick auf, rief einem Gardisten ein paar Worte zu, wendete sein Pferd und trabte zügig in meine Richtung.

Ich war gerade auf der Suche nach Suiden und Javes, als ich aus dem Augenwinkel etwas flackern sah. Ich drehte mich um und sah Slevoic, der in einer Seitenstraße auf der anderen Seite des Platzes verschwand. Ich machte mich an seine Verfolgung und hörte Hufgetrappel hinter mir. Ein kurzer Blick über die Schulter verriet mir, dass Esclaur und Jeff mir folgten, begleitet von Basels Geist in Hirschgestalt. Dann blickte ich wieder nach vorn, galoppierte durch die Seitenstraße und sah hinter einer Ecke etwas blitzen. Ich machte einen großen Bogen um die Hausecke und spähte vorsichtig in die Straße, falls dort ein Hinterhalt auf mich wartete. Es wartete einer. Slevoic und etwa zwanzig aufständische Soldaten. Alle blickten mir entgegen.

Slevoic grinste, Prudence Eiches Leichnam in einer Hand. Seine blauen Augen schimmerten im Dämmerlicht der Straße. »Dieser Grenzland-Auswurf ist wirklich so leicht in die Falle zu locken.« Er betrachtete uns genüsslich. »Kein Groskin?« Er grinste boshaft. »Ich würde aufpassen, wen ich hinter mich lasse. Man weiß nie, wer noch keine Missgeburten mag.« Seine Männer lachten über seinen Scherz.

Ich hatte den Anblick grinsender Fratzen wirklich satt. »Hauptmann Suiden ist dicht hinter mir, Scheußlicher. Er müsste jede Sekunde hier eintreffen.« Meine Hand brannte nicht, also musste es stimmen. Ich sah, wie ihm das Lächeln bei dem Gedanken verging, sich erneut dem Drachenprinzen stellen zu müssen. Dann betrachtete ich die aufständischen Soldaten. »Ihr hättet ihn heute Morgen sehen sollen. Man hätte fürchten können, dass er einen Herzinfarkt bekommt.«

»Halt's Maul, Missgeburt.« Slevoic war nicht amüsiert.

»Ich, eine Missgeburt? Sagen Sie, wissen Ihre Kumpane, was Sie da am Leib tragen, Scheußlicher? Und woraus Ihre Fahnenstange besteht?«

»Ich sagte, halt's Maul!«

Ich unterdrückte ein »Bring mich doch dazu!« und seufzte. »Kommandeur Loel ist tot, Lord Teram gefangen. Die Rebellion ist niedergeschlagen worden, Slevoic. Es ist vorbei.«

»Vielleicht, Lord Auswurf Süßbacke, vielleicht kommt aber auch das Beste noch, denn jetzt heißt es nur noch du und ich.« Slevoic griff nach seinem Schwert.

Ich staunte erneut über Slevoics überschaubares Universum, das schlicht alle anderen Leute um uns herum ausschloss. Andererseits war ich mehr als bereit für einen Kampf und hob mein Schwert, während mein Pferd einen Schritt nach vorn machte. Sein Hufschlag hallte laut in der schmalen Gasse.

»Was zum Teufel ist das denn?«, schrie einer von Slevoics Männern. Ich blieb stehen und sah ihn an, aber er starrte mit weit aufgerissenen Augen an mir vorbei.

Ich runzelte die Stirn, lächelte dann jedoch, als etwas Fahles, Durchscheinendes neben mir auftauchte. »Das ist Soldat Basel.« Ich richtete meinen Blick wieder auf Slevoic. »Erinnern Sie sich noch an unseren Koch, Scheußlicher? Sie kennen ihn gut, immerhin haben Sie zusammen gedient, bevor er zur Bergpatrouille versetzt wurde.« Ich beugte mich vor. »Er wurde heute Morgen ermordet; ihm wurde die Kehle aufgeschlitzt, als er im Küchengarten Kräuter holte.«

»Wahrscheinlich war das diese Mutantenkatze«, knurrte Slevoic, der ebenfalls den Geist anstarrte.

»Die Völker der Grenzlande betrachten weiße Hirsche als heilig«, erwiderte ich, während Basel sich dort aufbaute, wo ich ihn besser sehen konnte. »Laurel Faena hätte ihn ebenso wenig ermordet, wie der Patriarch Kirchenaltare schänden würde. Nein, einer seiner Kameraden hat ihn umgebracht.« Basel senkte das Geweih und kratzte lautlos mit einem Huf über die Pflastersteine. Ich betrachtete die Soldaten hinter Slevoic. »Er hat auch Waffen manipuliert. Seid ihr wirklich sicher, dass ihr mit ihm reiten wollt?«

Die Aufständischen murrten, und zwei machten sogar Anstalten, von Slevoic abzurücken, erstarrten jedoch, als der sie finster ansah. Dann riss er den Kopf herum und blickte mich an. Ich unterdrückte einen Schrei beim Anblick seiner glühenden Augen. »Niemand geht irgendwohin, es sei denn, ich sage es.«

»Knochen und blutige Asche!«, stieß Jeff hinter mir hervor. »Was passiert denn jetzt mit dem Scheußlichen?«

Es glühten nicht nur seine Augen, sondern auch sein Kettenhemd, sein Schild und sein Fahnenstab. Slevoic hatte sich zwar in der Botschaft nicht verwandelt, aber das hatte ich auch nicht, ebenso wenig wie die Leibärztin des Königs. Ich wusste, warum ich mich nicht verwandelt hatte, und hatte eine Vermutung, was die Ärztin anging. Wir waren beide Magier von Geburt. Das bedeutete, dass Slevoic …

»Hexer!«, sagte ich.

In dem Moment hörte ich Hufgetrappel vom Platz her. Jemand hatte es sehr eilig. »Hase!« Suidens Stimme hallte von den Mauern wider.

»Hier, Hauptmann!«, rief ich.

»Nein!«

Ich starrte Slevoic an, schmeckte sein plötzliches Entsetzen bitter auf meiner Zunge, während er an mir vorbeistarrte. Mein Hengst tänzelte, zerrte an den Zügeln, als er die intensive Angst des Mannes spürte. Überrascht wendete ich ihn ein Stück, damit ich sehen konnte, was da von der Straße auf mich zukam, während ich gleichzeitig den Scheußlichen im Auge behielt. Aber es war nur mein Hauptmann an der Spitze seiner Soldaten. Ich warf Basel einen kurzen Blick zu. Er hatte sich nicht gerührt, sondern nur den Kopf gehoben. Er sah so verwirrt aus, wie nur ein Geisterhirsch aussehen konnte.

Erneut richtete ich meinen Blick auf den Leutnant. Selbst angesichts der Furcht, die Suiden ihm heute Morgen in der Botschaft eingejagt hatte, war seine Reaktion extrem. Schweiß strömte ihm über sein leichenblasses Gesicht, und seine Hände zitterten. Plötzlich erinnerte ich mich daran, wie es gewesen war, als ich meine volle Macht entwickelt hatte. »Zum Teufel …!«

»Nein! Bleib weg!«, kreischte Slevoic und hob Prudence Eiches Leichenstab, als Suiden neben mir anhielt. Ich sah Prudences

Augen: Sie glühten wie zwei schwarze Becken in ihrem verzerrten Gesicht.

Duck dich, wisperte der Wind.

Duckt Euch, Hase!, hörte ich Laurels Stimme in meinem Kopf brüllen.

»Ducken!«, brüllte ich, als ich mich auf den Hals meines Pferdes warf. Der Sattelknauf grub sich in meinen Bauch, nahm mir den Atem, und mir wurde schwarz vor Augen, als ich versuchte, Luft zu holen. Ich schluckte gegen den metallischen Geschmack in meinem Mund an. Ein Brausen erfüllte die Straße, und ich hörte wie aus weiter Ferne Kreischen und das wilde Getrappel durchgehender Pferde.

Was auch immer passierte, es war nicht gut.

40

Ich lag keuchend im Sattel, als ich aus der Seitenstraße auf den Platz geführt wurde. Mein Sehvermögen war immer noch getrübt durch das grelle Licht, und ich hatte immer noch einen starken metallischen Geschmack im Mund. Als wir den Platz erreichten, befahl mir Jusson nach einem Blick in mein Gesicht, in Flavans Haus zu gehen. Ich widersprach nicht, nicht mal, als man mich aufforderte, mich auf eine Couch in einem ummauerten Innenhof zu legen, in dem zahlreiche bunte Vögel zwitscherten. Ich schloss die Augen, und Schmetterlinge setzten sich auf meinen Kopf.

Nach einer Weile konnte ich leichter atmen, und als ich Unruhe hörte, richtete ich mich auf. Die Tür zu dem angrenzenden Raum flog auf, und der König betrat den Innenhof, gefolgt von Lordkommandeur Thadro, seinen Gardisten, Lord Esclaur und den Hauptleuten Suiden und Javes. Reiter Jeffen, der neben der Couch Wache gehalten hatte, und Basel, dessen Geist menschliche Gestalt angenommen hatte, nahmen Haltung an.

»Sie sagen also, Sie wüssten nicht, was passiert ist?«, fragte Jusson. Er hatte sich das Blut vom Gesicht gewaschen. Über die Narbe auf seinem Wangenknochen war bereits Schorf gewachsen.

»Nein, Euer Majestät«, erwiderte Suiden. »Ich war Leutnant Hase gefolgt und fand ihn und Reiter Jeffen, als sie eine kleine Abteilung Rebellen stellten. Doch in dem Moment, als ich ankam, schrie Hase ›Ducken!‹« Ein kurzes Lächeln huschte über sein Gesicht. »Ich habe gelernt, Euer Majestät, dass es im Kampf nicht klug ist, Fragen zu stellen, wenn jemand einen Befehl ruft. Also habe ich mich geduckt.«

Gedämpftes Lachen ertönte, und auch der König gestattete sich ein Lächeln.

»Als ich wieder hochkam«, fuhr Suiden fort, »war ein Teil der Straße versengt, und Slevoic und die anderen waren verschwunden.«

»Verstehe.« Jusson trat zur Couch und sah zu mir herunter. »Und du, Cousin? Geht es dir gut? Du hast jedenfalls wieder Farbe im Gesicht.«

»Jawohl, Sire«, erwiderte ich. »Es geht mir gut.« Ich stand auf, weil ich es nicht ertrug, zu sitzen, während der König stand. Meine Beine waren zwar noch ein bisschen wacklig, aber ansonsten schien alles wieder zu funktionieren.

»Gut.« Er schnappte sich Jeffs Stuhl, setzte sich und bedeutete mir mit einem Winken, wieder auf der Couch Platz zu nehmen. »Dann kannst du Uns ja vielleicht erzählen, was passiert ist.«

»Slevoic entwickelt seine Macht, Euer Majestät.«

Ein Vogel zirpte und verstummte.

»Definiere Macht«, meinte Jusson.

»Er ist ein geborener Magier, wie ich, Sire, und er macht gerade das Gleiche durch, was ich erlebt habe.« Ich sah Suiden und Javes an. »Nur drei Menschen haben sich in der Botschaft nicht verwandelt, Sirs. Die Leibärztin, ich und Slevoic.« Behutsam fuhr ich an den König gewendet fort: »Natürlich würde ich die Ehrenwerte Leibärztin nicht als Magierin bezeichnen, aber sie besitzt wahrscheinlich eine Gabe.« Ich deutete auf die Schmetterlinge und meinen Zopf. »Ihr wisst, was ich bin. Was macht das aus Slevoic?«

»Hexer«, meinte Jeff und starrte mich an. »Du hast ihn einen Hexer genannt.«

»Er trägt eine Drachenhaut und einen Totenstab, Jeff. In Anbetracht seiner, sagen wir, Neigung, ist das keine bekömmliche Kombination.« Ich fühlte ihren Widerwillen, ihr Zögern zu glauben, dass ein Angehöriger eines Großen Hauses etwas so Ekelhaftes, Tödliches sein könnte. »Wie würdet Ihr ihn nennen, wenn er einen Panzer aus Menschenhaut trüge und sein Banner an menschliche Knochen heftete?«

»Das ist etwas anderes ...«, wollte Thadro widersprechen.

»Nein, das ist nichts anderes. Es waren Lebewesen.« Ich sah den König an. »Selbst bevor das hier passierte«, ich deutete auf mein Haar, »wollte ich nicht in der Nähe des Stabes oder des Panzers sein, obwohl sie durch Schutzzauber gesichert waren. Ebenso wenig wie irgendjemand anders. Selbst Reiter Ryson hat sie gemieden. Slevoic dagegen trägt den Panzer und hat das Emblem seines Hauses an dem Stab befestigt, und beides bereitet ihm wahrscheinlich größtes Vergnügen.«

»Schmerz hat ihm schon immer Spaß gemacht«, meinte Javes. »Aber muss er nicht diese Mentha-Blätter kauen, die diese Faena-Katze Ihnen gegeben hat?«

»Er könnte ohne sie überleben, Sir.« Ich zuckte mit den Schultern. »Außerdem sind Mentha-Blätter leicht zu bekommen. Ich habe sie schon wild wachsen sehen. Er dürfte kein Problem haben, welche zu finden.«

»Aber er weiß nicht ...«, versuchte Javes es erneut.

»Groskin, Sir«, unterbrach ich ihn. »Ich bin sicher, dass Slevoic alles darüber weiß.«

»Also gut«, räumte Javes ein. »Dennoch muss er erst noch herausfinden, was mit ihm passiert.«

»Das weiß er ebenfalls, Sir.« Ich seufzte. »Ich habe ihm ins Gesicht gesagt, dass er ein Hexer ist.«

Jusson überlegte einen Moment, dann sah er mich an. »Ein Hexer, der in meinem Königreich frei herumläuft.« Er sah meine Miene und verzog den Mund. »Ich habe bereits Suchtrupps in die Stadt geschickt und meine Männer an den Toren postiert. Aber Slevoic ist nicht nur hier aufgewachsen, er war auch hier stationiert. Ich bin sicher, dass er genug Leute kennt, die sich bestechen lassen.«

Oder die sich einem wohlüberlegten Terror beugen, dachte ich.

Die Lippen des Königs verzogen sich noch mehr. »Diese Männer sind selbst zu dem Bösen geworden, Hase, dessen sie dich bezichtigt haben. Ich bin sicher, dass Seine Heiligkeit der Patriarch darüber einige Predigten halten könnte. Aber bevor ich gehe«, jetzt lächelte der König aufrichtig, »möchte ich sehen, wo diese berüchtigte Feier stattgefunden hat. Teram ist schon immer ein bisschen übers Ziel hinausgeschossen.«

Esclaur und ich übernahmen die Aufgabe, den König herumzuführen, aber im Tageslicht sah das Haus derer von Flavan ganz normal aus. Von Schädeln, Giftpilzen oder vergiftetem Wein war nichts zu sehen. Ich übernahm es, den König in den Hof des Attentats zu führen, weil Esclaurs Erinnerung daran sehr schwach war. Ich zeigte Jusson, wo der Edelmann zusammengebrochen war. Als ich den Kampf zwischen mir und den fünf Meuchelmördern schilderte, hockte Suiden sich hin und betrachtete den Boden. »Hier.« Er deutete auf Schuh- und Stiefelabdrücke in dem weichen Lehm und dem niedergetrampelten Gras.

»Keine Sorge, Hauptmann Prinz«, meinte Jusson. »Ich habe Hase seine Geschichte schon beim ersten Mal abgenommen.« Der König drehte sich um und ging ins Haus zurück. Sein Gefolge lief hinter ihm her. »Außerdem wurde heute Morgen ein Leichnam im Fluss gefunden, was bedauerlicherweise nicht selten vorkommt. Er war zwar mit Steinen beschwert, aber die Flusspatrouillen hatten den Auftrag, die bevorzugten Stellen abzusuchen. Die Leiche hatte keine Zunge und wies eine Stichwunde auf, die zu Hases Messer passte.«

Man hatte alle Bewohner des Hauses hinausgetrieben und in der Mitte des Platzes versammelt. Der König stieg auf sein Pferd und sah Teram an, der einen behelfsmäßigen Verband um seine Hand hatte. Hinter ihm standen die Zeugen, die Söldner, die aufständischen Soldaten, die Bogenschützen und eine Gruppe Lakaien. Ein Wächter, der den Haushofmeister-Zwillingen sehr ähnlich sah, verlas die Anklagepunkte von einer Schriftrolle, die an Terams Schreibtisch verfasst worden war. Seine laute Stimme hallte über den Platz. Teram schwieg, als der Mann von versuchter Entführung, Gift, Prügeln, zerbrochenen Schwertern und natürlich Hochverrat sprach, hob jedoch ruckartig den Kopf, als die Spinnen zur Sprache kamen.

»*Fünfzehn* Fahle Tode?« Seine Augen weiteten sich vor Entsetzen. »Das war ich nicht!« Rebellion, Königsmord und Verwandtenmord bereiteten ihm sichtlich keine Probleme, aber Spinnen waren denn doch ein bisschen zu viel.

»Slevoic«, meinte Javes.

»Ja. Der Kerl gehört mir«, erklärte Suiden. Flammen flackerten in seinen Augen.

»Nein, Uns, Hauptmann Prinz«, widersprach Jusson, während die Anklageschrift an das Portal von Flavans Haus genagelt wurde. »Wir sind König und nehmen das Recht des Königs in Anspruch.« Er streckte eine Hand aus, nahm die Kopie der Anklageschrift entgegen und reichte sie einem Edelmann weiter. »Sorgt dafür, dass diese Schrift in der ganzen Stadt und in Iversterre verbreitet wird.« Sein Blick richtete sich auf Teram. »Und sorgt gleichfalls dafür, dass sich die Geschichte herumspricht, wie Unser Cousin, Leutnant Lord Hase ibn Chause e Flavan im Kreis der Zeugen stand, der so hell wie die Sonne brannte, während er seinen Treue-Eid auf König und Königreich erneuerte. Wie es einst in den früheren Zeiten war, als der echte Locival und seine Gefährten ausritten und der Gerechtigkeit im Reich zu ihrem Recht verhalfen.« Jussons Lächeln war alles andere als liebenswürdig. »Da der Kreis der Zeugen wieder zum Leben erwacht ist, freuen Wir uns schon sehr darauf, wie es Ihnen darin ergehen wird, Teram ibn Flavan e Dru.«

Vor dem Eingang des Flavan-Anwesens wurden Wachen postiert, dann wurden die Verwundeten, die sehr Jungen und die Alten auf Karren geladen, die Leichen auf andere Wagen, und wir verließen den Platz. Ich ließ meinen Blick über die Reihe der Menschen gleiten und bemerkte, dass Terams Frau Isalde fehlte. War das Absicht oder nur ein glücklicher Zufall?

Kurz darauf erreichten wir die Brücke über den Schlossgraben. Die Brombeerbüsche waren noch genauso dicht und dornig, wie wir sie verlassen hatten. Basel sprang zur Brücke, und das Dornendickicht teilte sich. Der Spalt war breit genug, dass wir passieren konnten. »Angeber«, murmelte ich, als ich an ihm vorbeiritt. Er ignorierte mich, hob sein mächtiges Geweih und versetzte die Gefangenen in Angst und Schrecken, als sie den Geist wahrnahmen. Offenbar zum ersten Mal.

»Seht ihr?«, schrie Teram. »Seht ihr? Ich habe euch ja gesagt, dass er ein böser Hexer ist! Seht nur! Schwarze Magie …!«

Ein Soldat holte aus und versetzte ihm einen deftigen Schlag auf den Hinterkopf, sodass Teram mitten im Schrei verstummte. Sein Mund war vor Entrüstung aufgerissen, weil ein gewöhnlicher Soldat es wagte, Seine Erhabenheit anzugreifen. Ich beobachtete, wie ihm schließlich dämmerte, dass er nichts dagegen tun konnte. Der Soldat trat Lord Teram in den Hintern und trieb ihn weiter, und der Lord stolperte voran, sämtliche Proteste vergessend.

Es war eine raue Bande, welche die Treppe in den Palast hinaufschwärmte. Mit spöttischen Bemerkungen, derben Witzen, Geschrei und Gelächter genossen wir die Tatsache, dass wir das Ende einer Schlacht lebend überstanden hatten. Lordkommandeur Thadro trennte unsere Gefangenen sofort, schickte Teram ins Verlies hinab und befahl, die Söldner und aufständischen Soldaten ins Militärgefängnis der Garnison zu verfrachten, um, wie er sagte, »Platz zu schaffen«. Den Rest der Gefangenen schickte er in angenehmere, aber ebenso sichere Quartiere.

»Bringt die Kinder mit ihren Müttern in die Kinderzimmer des Palastes«, sagte König Jusson, der die Kapuze seines Kettenhemdes abstreifte und erleichtert seufzte, als frische Luft sein Gesicht kühlte. »Aber stellt Wachen auf.«

Es war zwar eine kleinere, aber genauso laute Truppe, die dem König in den Thronsaal folgte und schlagartig verstummte, als wir dort auf Patriarch Pietr trafen – jedenfalls vermutete ich aufgrund seines großen Hutes, dass er es war. Er stand dicht bei dem Runenzirkel. Neben ihm standen Erzdoyen Obruesk und Doyen Allwyn. Der Doyen hatte sich den Kopf rasiert und trug eine weiße Büßerkutte. Doch all das registrierte ich kaum, weil meine Aufmerksamkeit sich ausschließlich auf das konzentrierte, was der Patriarch und der Doyen in ihren Armen hielten.

»Nein.« Meine Beine gaben unter mir nach, und ich sank auf die Knie. »Nein.«

Laurel, der hinter ihnen stand, maunzte bei meinem Schrei voller Schmerz und Trauer, dann schlossen sich meine Augen, und es wurde dunkel.

41

»Öffnen Sie die Augen, Leutnant, oder ich nagele sie Ihnen an Ihre Brauen!« Ich schlug sofort die Augen auf und begegnete Hauptmann Suidens Blick. Seine Augen, die wie geschmolzenes Grün leuchteten, funkelten mich an. »Das ist nicht die Zeit für Gestöhne und Ohnmachtsanfälle, verstanden?« Er packte meinen Arm und zog mich hoch.

Der Patriarch trat ein paar Schritte vor, sichtlich verlegen. »Verzeiht, Euer Majestät, aber wir ...«, er deutete mit einem Nicken auf Allwyn, »sind wegen des Treffens mit Botschafter Laurel hergekommen und haben dann von der Revolte erfahren, die Ihr niederschlagen musstet.« Er rückte den Amtsstab in seinen Armen zurecht, dessen Glöckchen leise bimmelten. »Ist alles gut verlaufen?«

König Jusson warf mir einen Seitenblick zu und sah dann Laurel an, der leise trauerte. »Das ist es, bis jetzt.«

»Dann findet die Audienz also statt?«

»Das halten Wir für angebracht, Eure Heiligkeit«, meinte der König nach einem weiteren Seitenblick auf uns.

Der Patriarch nickte. Dann legten er und Doyen Allwyn ihre Amtsstäbe in den Runenzirkel und sorgten dafür, dass sie gerade lagen. Erzdoyen Obruesk beobachtete sie finster.

Ich ging zu dem Kreis der Zeugen und hockte mich daneben hin. Laurel folgte mir, immer noch lamentierend.

»Als Doyen Allwyn eintraf, habe ich ihm drei Tage der Läuterung und Weihe auferlegt«, meinte der Patriarch. »Als diese Zeit verstrichen war, kam uns der Gedanke, dass wir vielleicht den Bischofssitz durchsuchen sollten.« Er seufzte und setzte seinen Hut ab. Sein Schädel war ebenfalls kahl geschoren. Dann öffnete er sein Gewand, und das weiße Büßerhemd darunter wurde sichtbar. »Wir haben diese Amtsstäbe gefunden.« Er legte Hut und Gewand beiseite und stand in seinem Büßerhemd da. »Ich nehme an, dass sie genau das sind, was wir angenommen haben.« Er sah Laurel an. »Doyen Allwyn hat gezögert zu verraten, wer ihm den Stab gegeben hat, Botschafter, weil er ihn von mir bekam.«

Obwohl Eiche das gebräuchlichste Holz für einen Amtsstab der Kirche war, konnte er auch aus jedem anderen Hartholz gefertigt werden, weil nicht das Holz seine Heiligkeit ausmachte, sondern das, was er repräsentierte: die Anleitung, den Trost und den Schutz von Gott. Mir schoss der Gedanke durch den Kopf, dass diese Amtsstäbe eher Alpträume verursachen würden, als ich die Hand ausstreckte und beinahe den Stab berührt hätte, der aus Esche bestand. »Die Ehrenwerte Esche Faena.«

»Du kanntest ... sie?«, erkundigte sich Jusson.

»Sie hat die Umgebung des Hofs meiner Eltern durchstreift.« Ich stützte meinen Kopf in die Hände. »Wieso wusstet Ihr das nicht, Laurel Faena?«

»Ich war lange fort, Lord Hase«, erwiderte der Faena. »Es hat mich Monate gekostet, Euch zu finden.«

»So lange sind wir nicht herumgeirrt, Raubkatze«, konterte ich.

»Habt Ihr jemals jemandem verraten, wo Ihr wart?«

Er hatte recht. Das hatte ich für mich behalten, hatte mich versteckt. Ich hob den Kopf und ließ meinen Blick niedergeschlagen über Basels Leichnam und das Elfenholz vor uns gleiten.

»Ich bin gekommen, um einen Krieg zu verhindern, Ehrenwerter König«, sagte Laurel und stand auf. »Aber ich glaube nicht, dass ich das noch vermag.« Die Stimme des Faena rumpelte tief in seiner Brust. »Es grämt mich ungeheuerlich, dass ich es nicht kann.«

»Sagt niemals nie, Botschafter Faena«, erwiderte der König leise. »Es muss einen Ausweg geben, der weiteres Blutvergießen verhindert.«

Ich stand ebenfalls auf. »Ihr habt gesehen, der Hohe Rat drängt darauf, dass der Friedensvertrag Gültigkeit behält, Laurel Faena«, sagte ich.

Laurel sah mich an. »Das kann auch sehr gut nach einem Krieg geschehen ...«

»Keine Haarspaltereien«, unterbrach ich ihn. »Entweder habt Ihr Frieden gesehen oder nicht.«

»Sie haben die Ehrenwerte Esche Faena ermordet«, antwortete Laurel.

»Ja.« Meine Brust schnürte sich zusammen. »Man hat sie umgebracht.«

»Was werden Eurer Meinung nach die anderen Faena dazu sagen?«

Nicht zu vergessen die Elfen, die Baumelfen und Dragoness Moraina. Meine Miene versteinerte angesichts der Gewissheit eines neuen Krieges mit den Grenzlanden. Auf welcher Seite ich stehen würde, war klar, nachdem ich dreimal dem König Treue geschworen hatte. Ich fragte mich nur, ob ich am Ende gegen meinen Pa und meine Brüder kämpfen musste.

»Wir haben Euch schrecklich verletzt«, sagte Jusson zu Laurel. »Aber Ihr seid ein Botschafter. Zeigt Uns, was Wir tun müssen, um das wiedergutzumachen, um Entschädigung zu leisten.«

Laurel seufzte, fuhr mit einer Tatze über seinen Kopf und starrte die Amtsstäbe an. »Ja, Ehrenwerter König. Lasst mich darüber nachdenken.«

Ich starrte ebenfalls auf die Leichen, die fein säuberlich nebeneinander in dem Runenzirkel lagen, und etwas regte sich in meinem Hinterkopf. »Ihr sagtet, dass die Ehrenwerte Esche bei bester Gesundheit war, als Ihr sie verlassen habt, Laurel Faena?«

»Das stimmt, Ehrenwerter Hase«, gab Laurel zu. »Sie hat mich verabschiedet und mir gute Jagd gewünscht.«

»Und doch liegt ihre Leiche vor uns. Sie ist noch vor Euch in der Stadt eingetroffen, abgelagert und mit heiligen Glocken versehen.« Ich sah Hauptmann Javes an. »Was sagte diese Kellnerin in dem Restaurant noch über diese Eisboote?«

Javes starrte mich an. »Das ist es!«

»Wir gehen davon aus, dass Uns jemand beizeiten einweihen wird, ja?«, knurrte König Jusson.

Javes verbeugte sich. »Verzeiht, Euer Majestät, aber Lord Hase hat soeben die Lösung des Problems gefunden, dessentwegen Ihr mich nach Freston geschickt habt.«

Die Augen des Königs leuchteten unvermittelt golden auf.

»Ihr wusstet es, Sire?«, fragte ich. »Ihr wusstet von diesem Schmuggel?«

»Meine Lehrer haben sehr nachdrücklich darauf geachtet, dass ich zählen und addieren lernte«, erwiderte Jusson. »Ich habe gesehen, wie geschäftig es am Hafen zuging, wie viele Schiffe dort einliefen, doch wenn ich dann die Kontobücher der Staatseinnahmen kontrollierte, schienen die Zahlen nicht so recht zu passen.« Er zuckte mit den Schultern, und seine Miene wurde hart. »Du bist nicht der Einzige, der zur Naivität neigt, Cousin. Ich akzeptierte die Erklärungen meines Lordkämmerers, doch dann kamen mir Gerüchte über Sklavenhandel zu Ohren. Ich schickte Javes nach Freston, damit er dort Nachforschungen anstellte.«

»Wir haben diese Amtsstäbe von Lord Gherat erhalten, Euer Majestät«, warf der Patriarch ein. Seine Miene war ruhig, aber seine Augen funkelten wütend. »Er hat sie der Kirche gespendet. Sagte, sie kämen aus einem nördlichen Reich.«

Kanzlerin Berle war neben Lord Esclaur getreten und sah mich jetzt fragend an. »Die Eisboote?«

»Falsche Berichte über Piraten, die dafür sorgten, dass in Dornel alle ihrem eigenen Schatten nachgejagt sind«, erwiderte ich.

»Ja. Wir haben die Berichte von Kommandeur Ystan erhalten«, meinte Jusson.

»Während sie den Banson nach Piraten absuchten, hat natürlich niemand auf das Boot geachtet, das Eis in das Lieblingsrestaurant der Reichen und Vornehmen in der Königlichen Stadt gebracht hat.« Ich sah Javes an. »Ihr habt mich auf die Idee gebracht, Sir, dass meine Ähnlichkeit mit meinem Großvater von der Chause-Seite alle nervös gemacht hat.«

»Du siehst ihm wirklich sehr ähnlich, Cousin«, warf Jusson ein.

»Wie Ihr sagt, Majestät«, antwortete ich. »Jedenfalls vermute ich, dass dies der Grund für ihre Reaktion war, als ich so plötzlich auftauchte: Als hätten sie die Tür geöffnet, und ein Gendarm stand davor, auf der Suche nach ihnen. Sie waren alle heute da, bereit, eine Falschaussage zu machen. Warum sonst sollten sich ein königlicher Hoflieferant und der Besitzer eines Restaurants in den Hochverrat meines Cousins hineinziehen lassen?«

»Es gibt immer noch Bestechung und Erpressung«, sagte Lord Esclaur. »Ein bisschen Geld und Drohungen gegen die Familie können einiges bewirken.«

»Dieses Schwert ist eine zweischneidige Klinge, Esclaur«, erwiderte ich. »Denn auch ihnen drohte eine öffentliche Entlarvung, wenn sie an dem Schmuggel beteiligt waren. Deshalb haben sie meinem Cousin bei seinen Bemühungen geholfen, Laurel und mich in Misskredit zu bringen.« Ich blickte wieder auf die Stäbe, die in dem Runenzirkel lagen. »Es muss sie sehr beunruhigt haben zu erfahren, dass wir Elfenholz von gewöhnlichem Holz unterscheiden können und Drachenhaut von Echsenhaut.« Ich verzog spöttisch den Mund. »Und dass wir sogar wussten, wen sie da ermordet haben.«

Laurel miaute leise. »Dass es unsere Freunde waren.«

»Freunde«, wiederholte Jusson, seufzte und sah sich im Thronsaal um. »Unser Palast ist in ein Schlachthaus verwandelt worden.«

Das ist nichts Neues, dachte ich. Das ganze Königreich ist ein Schlachthaus.

»Das wird aufhören, Leutnant Lord Hase ibn Chause e Flavan.« Der König richtete seinen glitzernden Blick auf mich.

Ich verkniff mir eine Bemerkung darüber, dass der König meine Gedanken hören konnte. Die meisten Höflinge sahen nur verwirrt zwischen Jusson und mir hin und her. Einige allerdings runzelten die Stirn.

»Euer Majestät ...«, setzte Suiden an.

»Nein, Hauptmann Prinz. Noch einmal: Auch wenn Eure eifrige Fürsorge für Eure Untergebenen vorbildlich ist, Wir sprechen mit Unserem Cousin.« Jusson wandte seine goldenen Augen nicht von mir. »Es untergraben bereits genügend Leute die Stabilität unseres Königreiches. Es ist überflüssig, dass Sie auch noch dazu beitragen, Lord Hase.«

Die verwirrten Blicke verstärkten sich.

Es wäre wahrscheinlich sehr klug gewesen, auf die Knie zu fallen und um Vergebung zu bitten. Nahm ich jedenfalls an. »Eine meiner frühesten Erinnerungen, Sire, ist die an die Ehrenwerte Esche Faena, die mich auf unserem Hof herumgeführt und mich gelehrt hat, Spuren zu lesen.« Der Knoten in meiner Brust wurde stärker, und ich rang um Atem. »Seht, was man ihr angetan hat.« Ich holte noch einmal tief Luft. »Seht, was man ihnen allen angetan hat.«

In dem folgenden Schweigen hörten wir Schritte im Flur. Wir

drehten uns zu dem Edelmann herum, den Jusson zum Haus von Dru geschickt hatte und der jetzt durch das Portal des Thronsaals trat, zum König eilte und sich verbeugte. »Euer Majestät, Lord Gherat war bereits geflohen, aber ich habe Euch gebracht, wen und was wir gefunden haben.«

Soldaten und Gardisten strömten herein. Einige trugen Kisten und Schachteln. Und in ihrer Mitte ging unsere persönliche Finanzamtsdienerin, Losan eso Dru.

»Also wirklich«, murmelte Javes.

42

Auf Jussons Geheiß wurden alle Überreste der Ermordeten entfernt. Laurel verbeugte sich und übernahm, zusammen mit Patriarch Pietr und Doyen Allwyn, die Aufgabe, sie zum Sitz des Patriarchen zurückzubringen. Während sie davongingen, sagte der Patriarch zu Laurel, dass er angeordnet hatte, sämtliche Amtsstäbe der Kirche einzuziehen. »Denn es bekümmert mich, Laurel Faena«, meinte er, »dass wir nicht nur unsere eigenen Kirchen entweihen, sondern auch die armen, ehm, Leute entehren, die ermordet worden sind.« Hinter ihnen marschierte Erzdoyen Obruesk, der Laurel unter seinen dichten Brauen finstere Blicke zuwarf.

»Im Moment bin ich eher in Sorge, dass die Kirchenältesten die Stäbe benutzen könnten, Ehrenwerter Patriarch«, sagte Laurel »Denn es ist nicht förderlich für die Gesundheit, sich in ihrer Nähe aufzuhalten.« Seine Krallen klickten auf dem Marmorboden, als er mit dem Kleriker hinausging. »Bitte sorgt dafür, dass niemand den Raum betritt, sobald ich sie mit einem Schutzzauber versehen habe.« Seine Stimme verklang im Flur. »Und ich würde an Eurer Stelle ernsthaft über eine weitere Läuterung nachdenken.«

Hauptmann Suiden ließ Basels Leichnam von einigen Soldaten auf den Friedhof neben einer Kirche schaffen, wo sie einen Scheiterhaufen errichten sollten, auf dem Basels Leichnam bei Sonnenuntergang verbrannt werden würde. Laurel hatte Suiden nämlich auch gesagt, dass es höchst ungesund wäre, wenn Leichenteile des Hirsches erhalten blieben. »Sollte jemand seinen Kopf an eine Wand hängen oder ein Apotheker sein Geweih für einen Trunk zermahlen, wäre das nicht sonderlich gut. Es würde zu einem Brennpunkt für alle Arten von Boshaftigkeit. Wir sollten den Leichnam vollkommen zerstören, Ehrenwerter Hauptmann, und zwar mit den entsprechenden Riten und Zeremonien. So können wir jede unerwünschte Reaktion unterbinden, die sich aus dem Mord an dem Soldaten ergeben könnte.«

»Ihr meint Flüche?«, erkundigte sich Suiden. Er sah sich um. »Groskin, Sie sind für die Bestattung von Reiter Basel verantwortlich. Nachtwache mit allen Ehren. Jeder nimmt teil, außer den wachhabenden Soldaten.«

»Jawohl, Sir«, erwiderte Groskin kleinlaut.

»Fragen Sie die Soldaten der Garnison und die Königliche Leibgarde, ob sie ebenfalls daran teilnehmen wollen.« Der Blick des Hauptmanns richtete sich auf jemanden hinter mir. »Reiter Jeffen kann Ihnen dabei helfen.«

»Jawohl, Sir.« Leutnant Groskin und Jeff verließen den Thronsaal, gefolgt von Basel.

»Wie bequem, seine eigene Bestattung beaufsichtigen zu können«, meinte Jusson sarkastisch.

Obwohl die Leichen weggeschafft worden waren, schien König Jusson offenbar genug von seinem Thronsaal zu haben; er führte uns durch einen Flur zu einer Doppeltür, die von seiner Leibgarde bewacht wurde. Die Gardisten rissen sie auf. Dahinter lag ein großes Gemach, das ebenso überladen eingerichtet war wie der Raum, in dem Laurel und Kanzlerin Berle sich vor Ewigkeiten, wie mir schien, getroffen hatten. Allerdings gab es hier keine Nymphen und Meerjungfrauen. Während die Gruppe hineinströmte, marschierte der König zu einem Stuhl auf einem Podest, der ebenfalls von Gardisten flankiert war, und setzte sich. Lord Esclaur und die anderen Adligen bauten sich auf der einen Seite des Königs auf, während Suiden, Javes und ich uns im Hintergrund hielten. Der König sah sich um, wandte sich dann zur anderen Seite des Throns, auf der Kanzlerin Berle und seine anderen Ratgeber standen. Kanzlerin Berle lächelte knapp, und ihr Gesicht leuchtete vor Zufriedenheit.

König Jusson ließ seinen Blick über die Versammelten gleiten. »Ist jeder hier, der es sein sollte?«

»Ja, Euer Majestät«, antwortete der Hauptmann der Leibgarde, Lordkommandeur Thadro.

»Gut. Dann schafft sie her.«

Königliche Gardisten eskortierten Losan eso Dru und ihre Häscher vor den König.

»Das hier ist kein Prozess, Losan eso Dru«, sagte der König. »Wenn wir hier fertig sind, werden Sie dem Lordrichter überstellt und wegen Hochverrats angeklagt.«

Losan begann zu weinen. »Ich bin unschuldig, Euer Majestät. Bitte ...«

»Wir haben sie dabei erwischt, wie sie Dokumente verbrannte, Euer Majestät«, unterbrach der Höfling sie. »Wir haben sie aufgehalten. Als wir die restlichen Papiere untersuchten, stellten wir fest, dass es um ihre Machenschaften ging, nicht die von Lord Gherat.« Gardisten und Soldaten trugen die Kisten und Schachteln nach vorn. »Hier sind die Unterlagen, Sire.«

»Bringen Sie sie zu Kanzlerin Berle, bitte«, sagte der König. Er wartete, bis die Kisten neben der Kanzlerin an der Wand gestapelt waren. »Also, Losan eso Dru, Wir haben uns den ganzen Tag mit Verschwörung und Rebellion herumgeschlagen, und jedes Mal, wenn Wir hochblicken, hören wir den Namen des Hauses von Dru. Und als Wir nach Unserem Lordkämmerer schicken, stellen Wir fest, dass er verschwunden ist. Wir sind sicher, dass Sie verstehen, warum Uns das bestürzt.«

War Lord Esclaur der geistige Bruder von Javes, war Losan eso Dru die Blutsschwester von Ryson. Sie fing sofort an zu reden, begann bei ihren Tagen als einfache Schreiberin, in denen Gherat sie zwang, Konten zu fälschen, sie dann zu Betrug und noch schwereren Vergehen überredete, bis zu diesem Morgen, an dem, wie sie wusste, alles zusammengebrochen war, als sie entdeckte, dass Lord Gherat verschwunden und seine Geldkassette leer war.

»Namen, Losan eso Dru«, sagte König Jusson. »Nennen Sie Uns Namen.«

Aber Losan wusste nicht, wer noch darin verwickelt war. Lord Gherat hatte offenbar sorgfältig dafür gesorgt, dass seine Kumpane nichts voneinander wussten. Aber sie wusste, was sie tat, denn sie frönte der widerlichen Angewohnheit des Lauschens. Was sogar so weit ging, dass sie Löcher gebohrt und versteckte Nischen errichtet hatte, damit sie Gespräche belauschen konnte, die in Lord Gherats Privatgemächern stattfanden. Als sie das sagte, traten einige Leute in dem Raum unbehaglich von einem Fuß auf den anderen.

Genauso verhielt es sich mit den anderen Zeugen. Sie waren nur kleine Teilchen eines Puzzles. Die einzige Information, die alle hatten, war die, dass Javes ein Agent des Königs war.

»Aber woher?«, erkundigte sich Jusson. »Nicht einmal mein Lordkommandeur wusste das.«

»Ich wette, Gherat wusste es«, warf Berle leise ein.

»Wir haben vor über zwei Jahren einen Brief erhalten, Euer

Majestät«, sagte der Möbelhändler Guarez. »Und als der Hauptmann mit Lord Hase in mein Geschäft kam, habe ich die anderen verständigt.« Die Hände des alten Mannes zitterten vor Furcht und wegen seiner Schüttellähmung. »Ich bekam kurz darauf die Anweisung, sie aufzuhalten und rasch eine Nachricht zu senden, falls sie noch einmal wiederkämen. Dann würde man sich ihrer annehmen.«

Ich warf einen Seitenblick auf den König, wandte jedoch rasch den Blick von seinem Gesicht ab. Nichts war so schlimm, wie von einem engen Freund, dem man vertraute, verraten zu werden. Von jemandem, der ihm so nahe stand, dass er neben dem Thron stehen und den Gesprächen des Königs lauschen durfte. Jemand, der so vertrauenswürdig war, dass man ihm die Schlüssel zur Schatzkammer des Königreiches gab, die er anschließend nutzte, um den König zu stürzen.

»Vielleicht weiß Teram ja mehr, Euer Majestät«, sagte Lord Esclaur, während Gardisten den Möbelhändler hinausführten.

»Vielleicht.« Jusson nickte. »Wir werden warten und die Rebellen einzeln befragen. Aber da die Angelegenheiten der Häuser Flavan und Dru miteinander verflochten zu sein scheinen, sollten wir den Möchtegern-Thronräuber befragen.« Er sah den Lordkommandeur an. »Lassen Sie Teram holen.«

Es überraschte mich nicht, dass der Flavan-Lord seine alte Arroganz bereits fast wiedergewonnen hatte, als er den Raum betrat. Er schritt forsch aus, trotz seiner gebrochenen Nase und seiner zerschmetterten Hand. Allerdings überraschte mich der Anblick seines Begleiters. Erzdoyen Obruesk folgte Lord Teram. Der Blick seiner tief in den Höhlen liegenden Augen schweifte durch den Raum, bis er an mir hängen blieb. Wäre sein Blick ein Schwert gewesen, hätte er mich zweifellos an die Wand geheftet.

»Wir haben nur Teram ibn Flavan zu Uns gerufen, Eminenz.« Jusson hob eine Braue.

»Wir haben in seiner Zelle zusammen gebetet, Euer Majestät.« Obruesks tiefe Stimme dröhnte durch das Gemach. »Er hat mich gebeten, ihn zu begleiten.« Teram stand mit frommer Miene neben dem Erzdoyen.

»Unterstützt die Kirche diesen Rebellen in seinem Versuch, den Thron zu usurpieren?« Jusson hob auch seine andere Braue.

»Ich gewähre ihm nur geistigen Trost und Anleitung, Euer Majestät«, antwortete Obruesk. »Was ich auch jeder anderen bedürftigen Seele gewähren würde.«

»Es warten im Augenblick viele ›bedürftige Seelen‹ in Unseren Verliesen. Warum gerade diese?«

Obruesks Gesicht wurde streng. »Er wurde durch Zauberei bedroht, Majestät. Der sogenannte Kreis der Zeugen«, fügte er hinzu, als er den verständnislosen Blick des Königs bemerkte.

König Jussons Brauen zogen sich zusammen. »Lord Terams Leben ist verwirkt, und Wir verfahren damit, wie es Uns beliebt.«

»Meine einzige Sorge, Euer Majestät, gilt der Reinheit Eurer Herrschaft ...«

»Sie sollten sich mehr Sorgen um die Reinheit Unseres Zorns machen.« Der Erzdoyen wollte protestieren, aber der König kam ihm zuvor. »Sie haben Ihre Besorgnis zur Kenntnis gebracht, Erzdoyen Obruesk. Jetzt gehen Sie bitte.«

»Sehen Sie, wie die Heilige Kirche aus dem Palast verbannt wird, während der Hexer des Königs, sein Cousin, neben dem Thron steht?« Terams Miene wandelte sich von fromm zu heilig.

»Sie stehen kurz davor, Ihren Kopf zu verlieren, Flavan e Dru.« Jussons funkelte Lord Teram an. Lordkommandeur Thadro zog sein Schwert, trat hinter Teram, zwang ihn auf die Knie und setzte die Schneide seines Schwertes an den Hals des Aufrührers. Teram erwiderte unbeugsam den Blick des Königs.

»Euer Majestät, Gnade, bitte ...«, begann Obruesk.

»Danke, Euer Eminenz«, erwiderte Jusson. »Ich versichere Ihnen, dass wir Patriarch Pietr von Ihrer Hilfe unterrichten werden.«

Obruesk zögerte, verbeugte sich und verließ nach einem weiteren finsteren Blick auf mich mit wehender Robe den Raum.

»Sehr gerissen, Lord Teram, die Kirche mit hineinzuziehen.« Der König machte es sich auf seinem Stuhl gemütlich und stützte sein Kinn auf eine Faust. »Aber wir vermuten, dass Seine Eminenz Ihnen etwas nicht gesagt hat: Der Patriarch hat in seinem Sitz Amtsstäbe aus Elfenholz gefunden, die allesamt von Lord Gherat von Dru gestiftet worden sind. Seine Heiligkeit war darüber nicht sonderlich erbaut.«

Teram hielt sich nicht schlecht und schnaubte höhnisch, selbst mit dem Schwert an seinem Hals. »Die Einzigen, die das bestätigen können, sind diese Missgeburt von Katze und dieser Gimpel aus den Grenzlanden!«

»Welch ein mutiger Mann!«, staunte König Jusson. »Oder aber ein sehr dummer Mensch. Sagen Sie Uns, Flavan, ist es Elfenholz oder stammt es aus Iversterre?«

»Woher soll ich das wissen?«

»Sie sollten sich bewusst sein, dass wir nicht nur Ihre ... Zeugen befragt haben, sondern auch Losan eso Dru.«

»Losan eso ...« Die höhnische Miene Terams fiel zusammen.

»Könige neigen dazu, Schmuggel zu missbilligen, weil der sowohl ihre Einnahmen schmälert als auch eine Gesetzlosigkeit darstellt. Noch mehr jedoch stört es Uns, dass Unsere Großen Häuser in etwas so Ordinäres wie Wilderei verwickelt sind.«

»Wilderei, pah!« Teram war anzumerken, dass er sich bemühen musste, spöttisch zu klingen.

»Wir vermuten, dass die Grenzlande es so nennen würden, da sie niemandem die Erlaubnis gegeben haben, das zu besitzen, was gestohlen wurde.« Jusson zog erneut die Brauen zusammen. »Haben Sie nicht selbst vor einigen Monaten einen Wilderer auf Ihrem Besitz gefangen, Flavan? Wenn Wir uns recht entsinnen, haben Sie Ihre Wildhüter angewiesen, den Mann an Ort und Stelle aufzuknüpfen und ihm dann seine Gliedmaßen auszureißen. Als Abschreckung, wie Sie sagten.«

»Ich ...«

»Wir haben das Haus von Dru durchsucht und alle Unterlagen konfisziert.« Der König deutete auf die Kisten und Schachteln, die an der Wand hinter Kanzlerin Berle aufgereiht waren. »Aber es wäre einfacher für Sie, wenn Sie Uns sagen würden, wer noch in diese Verschwörung verwickelt ist, Flavan, mit Ihren so engen Beziehungen zum Hause von Dru. Denn dann müssten Wir Uns nicht durch diese Kisten wühlen, was mühsam ist, selbst mit der Hilfe Unserer Schreiber.« Terams Blick zuckte über mich hinweg und glitt dann zu den Kisten. Alle Farbe wich aus seinem Gesicht, und seine Lippen waren zwei blutleere Striche.

Ich runzelte die Stirn. Trotz der Hilfe des Erzdoyen erwartete diesen Mann die Todesstrafe, allein wegen seiner gescheiterten Rebellion. Dennoch schien er mehr Angst vor dem Inhalt der Kisten zu haben.

Jusson richtete sich auf seinem Stuhl auf, als er Terams Entsetzen bemerkte, und diesmal war sein Stirnrunzeln echt. »Wissen Sie, Flavan, Wir waren überrascht, dass Wir Ihre anmutige Frau und Ihre entzückenden Kinder nicht gesehen haben, als Ihr Haushalt ... umgezogen ist. Wo sind sie?«

»Ich ...« Teram schwankte und schnitt sich an Thadros Schwert. Blut rann seinen Nacken herunter.

»Wo sind sie, Flavan?« Jusson beugte sich vor.

»Gherat ...« Teram hielt inne, während er vor Angst fast keuchte. Seine Brust wogte unter seinen Atemzügen.

»Lord Gherat hat sie? Warum?«

Teram schüttelte heftig den Kopf und schnitt sich erneut an Thadros Schwert. Jusson gab dem Lordkommandeur ungeduldig ein Zeichen, der daraufhin sein Schwert von Terams Hals zurückzog.

»Sind sie Geiseln? Weshalb?«

»Euer Majestät, bitte. Er wird sie umbringen!«

Mordlust schien in dieser Familie erblich zu sein.

»Wahrscheinlich glaubt er ohnehin, dass ich geredet habe.« Teram warf einen Blick auf die Kisten. »Oder Euch gesagt habe, wo Ihr sie finden könnt.« Sein Gesicht war in Schweiß gebadet. »Warum habt Ihr Obruesk nicht erlaubt hierzubleiben? Er hätte für mich bürgen können ...« Teram riss die Augen auf und presste die Lippen zusammen. Er weigerte sich, mehr zu sagen.

»Der Erzdoyen ist in diese Angelegenheit verwickelt?« Jussons Stimme klang gefährlich leise. »Vielleicht haben Wir ihn ein wenig zu voreilig fortgeschickt.«

»Erzdoyen Obruesk ist doch nicht mit dem Hause von Dru verwandt, oder, Sir?«, fragte ich Javes leise.

»Aber nein, wo denken Sie hin?«, flüsterte Javes. »Das Haus von Dru war niemals an der Kirche interessiert.« Er runzelte die Stirn. »Jedenfalls bis jetzt nicht.«

»Ich glaube nicht, dass wir einen Kleriker verhören können, Euer Majestät«, erklärte Lord Esclaur gleichzeitig.

»Die Pocken sollen ihn holen, nein, das können Wir nicht.« Jusson sprach immer noch leise. »Aber wenn Seine Eminenz sich in Unsere Angelegenheiten mischt ...« Er seufzte und lehnte sich auf seinem Stuhl zurück. »Wir werden mit dem Patriarchen sprechen.« Er richtete seinen Blick auf den zitternden Edelmann vor sich. »Sie haben so viele neue Fragen aufgeworfen, Flavan. Wir versichern Ihnen, dass Wir die Antwort auf alle finden werden.« Jusson nickte Thadro zu. »Schaffen Sie ihn weg.«

Ich sah zu, wie Cousin Teram hinausbegleitet wurde, zurück in das Verlies und zu den Vernehmungsschergen des Königs, die zweifellos weit weniger sanft mit ihm umspringen würden, als Jusson es getan hatte.

»Glauben Sie, dass sie etwas aus ihm herausbekommen?«, fragte Javes Suiden.

»Vor ein paar Tagen hätte ich noch ja gesagt«, erwiderte Suiden. »Jetzt bin ich nicht mehr sicher.«

»Mir war nicht klar, dass er seine Familie so liebt, Sirs«, warf ich ein.

»Das hat nichts mit Liebe zu tun, Hase«, erklärte Suiden. »Sondern mit seiner Angst, dass sein Haus untergeht und damit seine Linien zum Thron gekappt werden. Mit der Angst, dass es niemanden mehr gibt, der seine Größe weiterträgt. Lord Gherat wusste sehr genau, wie er sich Terams Schweigen sichern konnte.«

»Aber worüber soll er schweigen?«, erkundigte ich mich. »Die Rebellion ist gescheitert, der Schmuggelring ist aufgeflogen, und Lord Gherat ist geflohen. Was ist noch übrig?«

Kanzlerin Berle, die uns zugehört hatte, seufzte. »Erstens, wenn Lord Teram nicht redet, erfahren wir nicht nur nicht, wer alles darin verwickelt war, sondern wir haben auch keinerlei Beweise gegen Gherat. Das alles fußt nur auf Annahmen.«

»Losan ist eine Zeugin«, meinte Javes.

»Gucklöcher und versteckte Nischen?« Berle lachte spöttisch. »Aber kein einziger konkreter Beweis. Wer würde ihr schon glauben?«

Mir kam ein Gedanke, und ich sah den König an. »Wie wäre es, wenn wir Losan fragen, wem das Lagerhaus in Iversterre gehört, das die Schmuggler verwendet haben, Euer Majestät?«

»Strohmänner und Scheinfirmen«, meinte Kanzlerin Berle, aber sie wirkte nachdenklich.

»Vielleicht«, räumte ich ein. »Aber jemandem muss das alles gehören ...«

»Oder aber das Gebäude wurde gemietet«, warf Javes ein.

»Dann gibt es Unterlagen darüber, wer es gemietet hat und von wem, Sir. Ich wette, sie weiß es.«

»Du bist verdammt clever, wenn du willst, Cousin.« Der König winkte einem Gardisten. »Bringen Sie Uns die Schreiberin.«

Als Losan hereingeführt wurde, stützte Jusson wieder das Kinn auf eine Faust, während er mit den Fingern der anderen Hand auf der Stuhllehne trommelte. Er sah sie finster an, strahlte Ärger aus. »Wir haben festgestellt, dass Sie nicht sonderlich zuvorkommend zu Uns waren, Losan eso Dru.«

»Euer Majestät ...«, begann sie.

»Sie werden Uns von dem Lagerhaus erzählen.«

Sie riss vor Schreck den Mund auf. »Woher wisst Ihr das? Wie habt Ihr das herausgefunden?«

»Das geht Sie nichts an!« Jusson schlug mit der Hand auf die Stuhllehne. »Raus mit der Sprache!«

Losan sprang vor Schreck in die Luft, und noch bevor ihre Füße wieder den Boden berührten, redete sie und verriet uns mehr, weit mehr, als wir erwartet hatten. »Ich habe Lord Gherat belauscht, als er von einer Ladung Waren sprach, und ich machte mir Sorgen, weil es in den offiziellen Unterlagen keinerlei Aufzeichnungen darüber gab. Also habe ich herausgefunden, in welches Lagerhaus die Ladung gebracht wurde, und habe nachgesehen. Mir wurde klar, dass es alles Schmuggelware war, also habe ich sie konfisziert und in ein anderes Lagerhaus bringen lassen.«

»Ein ganzes Lagerhaus voll«, flüsterte ich.

»Natürlich wollte ich Euch informieren, Sire, sobald ich alle Tatsachen gesammelt hatte.«

König Jusson ignorierte ihre Lüge. »Wann war das?«

»Vor etwas über einer Woche.«

Vermutlich war das die letzte Lieferung, die Leutnant Jaxtir aus Dornel hierhergeschickt hatte. Ich sah die Schreiberin an. Ob sie wusste, wie nah sie dem Tod gewesen war? Lord Gherat hatte mit absoluter Sicherheit gewusst, dass sie seine Schmuggelware weggeschafft hatte. Vermutlich hatten ihr nur der Tumult bei Laurels Ankunft in Iversly und Terams eigene Machenschaften das Leben gerettet. Ich wollte nicht darüber nachdenken, was sich in ihrem Lagerhaus befand.

»Von wem haben Sie dieses Lagerhaus gemietet?«, erkundigte sich Jusson.

»Der Hafenmeister hat es als leerstehend aufgeführt, Sire. Ich habe es von ihm gemietet.« Sie lächelte schmeichelnd, das heißt, sie versuchte es. »Die Waren sind noch da.«

Der König ignorierte diesen Köder ebenfalls. »Und wem gehörte das Lagerhaus, in dem sich die Schmuggelware ursprünglich befunden hat?«

»Lord Chause, Euer Majestät.«

43

»Ich besitze viele Lagerhäuser, Euer Majestät«, erklärte Lord Maceal ibn Chause. »Ich habe im letzten Jahr möglicherweise eines an Lord Gherat vermietet. Ich lasse meinen Makler die Unterlagen durchsehen.«

Auf Befehl von König Jusson waren Lordkommandeur Thadro und Hauptmann Suiden mit einer gemischten Truppe aus Gardisten und Soldaten zu Losans Lagerhaus geritten, damit, wie Laurel Faena nachdrücklich betonte, die Schmuggelware auch noch da sein würde, wenn er dorthin kam. Der König hatte auch seine

Getreuen zu Lord Chause geschickt, um ihn zu einem freundlichen Gespräch in den Palast zu bitten. Mein Onkel war hereingeschlendert, jeder Zoll ein Aristokrat. Mir warf er einen leicht herablassenden Blick zu, als wäre ich einfach zu langweilig, als dass er etwas anderes hätte empfinden können.

Die Sonne warf lange Schatten vor den Fenstern des Audienzsalons. Schon bald wurde es Zeit, zu Reiter Basels Beerdigung zu gehen. Lord Chause saß behaglich auf seinem Stuhl und streifte Lord Esclaur und Hauptmann Javes mit einem überdrüssigen Blick. Dann sah er König Jusson an. »Darf ich fragen, Euer Majestät, wie die Anklage gegen Gherat lautet?«

»Nein.«

»Oh. Gut, und was ist mit Teram?« Mein Onkel sah mich an. »Sag, Hase, hat dein Cousin tatsächlich versucht, eine Revolte in einem Locival-Kostüm anzuführen?«

Ich runzelte die Stirn, als er meine Verwandtschaft mit Flavan betonte, aber Jusson kam meiner Erwiderung zuvor. »Ich habe Sie auch nicht hergebeten, um über Teram ibn Flavan zu plaudern.«

Lord Chause lächelte schwach. »Verzeiht, Sire.«

König Jusson betrachtete meinen Onkel einen Moment. »Wissen Sie, wie dicht wir vor einem Krieg stehen, Maceal?«

»Ich dachte, Ihr hättet Euch dessen angenommen, Euer Majestät.«

»Nicht mit dem Haus von Flavan. Mit den Grenzlanden.«

»Ich habe diesen Unsinn über Elfenholz und Drachenhaut gehört, Sire.« Das Lächeln meines Onkels wurde noch spöttischer.

»Das ist kein Unsinn, Maceal«, erwiderte der König.

»Ich bitte erneut um Vergebung, Euer Majestät«, sagte Lord Chause. »Aber ich bin von den … den Grenzländern, die man zu uns geschickt hat, nicht sonderlich beeindruckt.« Er sah mich höhnisch an. »Ein unbeholfener Bauernjunge und ein dressiertes Tier.«

»War der Krieg mit den Grenzlanden auch so wenig beeindruckend?«, erkundigte sich Lord Esclaur.

»Ein Ammenmärchen, Esclaur«, erwiderte Lord Chause. »Kämpfende Bäume und singende Feen? Noch mehr Unsinn!«

»So viel Unsinn, Maceal«, antwortete König Jusson, »dass Iversterre um Frieden gebeten und sich glücklich geschätzt hat, ihn zu bekommen.«

Lord Chause öffnete seinen Mund.

»Ich habe Berichte über diese Schlacht gelesen«, kam Jusson meinem Onkel zuvor. »Sie stammten aus erster Hand.« Er beugte sich auf seinem Stuhl vor. »Es war nur *eine* Schlacht, Maceal. Nichts sonst, nicht mal gegenseitige Beleidigungen. Das Königreich Iversterre hat eine gehörige Tracht Prügel bekommen.« Die Augen des Königs funkelten. »Das ist kein Straßentheater.«

Eine Furche erschien zwischen den graumelierten Brauen meines Onkels und verdarb seine hochmütige Miene.

»Ich habe außerdem den Briefwechsel zwischen meinem Großvater, dem König und diesen ›Feen‹ gelesen. Und die daraus resultierenden Friedensverträge.« König Jussons Augen glitzerten noch mehr. »Wissen Sie, warum wir eine so starke Garnison in Veldecke haben?«

»Ich habe angenommen, um die Verrückten und Unzufriedenen aus den Grenzlanden abzuschrecken«, sagte Lord Chause, der immer noch versuchte, mit einer hochmütigen Miene sein Stirnrunzeln zu verdecken.

»Also wirklich, Maceal«, sagte Esclaur. »Denken Sie nach! Warum brauchen wir eine so große Streitmacht dort, wenn die Grenzlande nur aus Pöbel bestehen?«

»Banditen …«

»Nein, Mylord«, mischte sich Javes ein. »Es kommen keine Gesetzlosen aus den Grenzlanden zu uns. Unsere Kriminellen sind alle heimischen Ursprungs. Oder kommen vom Meer.«

»Die Garnison in Veldecke soll nicht die Völker der Grenzlande fernhalten«, erklärte Jusson. »Sondern sie soll dafür sorgen, dass wir hierbleiben können.« Er beugte sich erneut vor. »Selbst Ihr Bruder und seine Frau sind nicht auf dem Weg über die Garnison in die Grenzlande gegangen. Sie sind auf einem Handelsschiff aus dem Quarant zu einem der Hafenstadtstaaten der Grenzlande gesegelt.«

Meine Mutter hat immer schaudernd über diese Reise gesprochen. Bei der Erinnerung an ihre Seekrankheit wurde sie grün, während das Gesicht meines Pas glühte, wenn er an seine Zeit auf See zurückdachte.

»Haben Sie sich nie gewundert, warum die Armee ihre Problemfälle nach Freston schickt und nicht in die Garnison am äußersten Ende des Königreiches?«, erkundigte sich Javes.

»Nein, Hauptmann. Ich kann nicht behaupten, dass mir dies jemals in den Sinn gekommen wäre ...«

»Weil wir vollkommen verrückt wären, wenn wir irgendeinem großmäuligen Idioten in Uniform erlauben würden, den Friedensvertrag zu brechen, weil er nicht über seinen Arsch hinausdenken kann, Mylord«, antwortete Javes.

»Oder über einen anderen Körperteil«, murmelte Esclaur. »Wie Groskin.«

»Nur die Besten gehen nach Veldecke«, sagte Jusson. »Doch trotz all unserer Vorsichtsmaßnahmen ist mein Agent ...«, der König deutete mit einer lässigen Handbewegung auf Javes, »einem Strom von Schmuggelware aus Veldecke bis hierher in den Hafen von Iversly auf die Spur gekommen. Was, denken Sie, bedeutet das für den Friedensvertrag?«

Lord Chause schwieg.

»Es bedeutet, dass wir in Schwierigkeiten stecken. In großen

Schwierigkeiten.« König Jusson lehnte sich auf seinem Stuhl zurück. »Unsere Armee wurde im Grenzlandkrieg dezimiert, Maceal. Wir können von Glück reden, dass Tural das erst viel später herausgefunden hat, sonst würden wir alle Turalisch sprechen und hätten entsprechende Clanmale auf den Wangen.« Er stützte sein Kinn in seine Hand. »Und jetzt steht uns, weil einige ein bisschen zivilen Ungehorsam schüren und andere ihre Schatztruhen füllen wollten, ein neuer Krieg mit dem ... wie nannten Sie es noch, Javes? ... mit dem einzigen Land bevor, das uns dumm und dämlich geprügelt hat.«

Ich sah den Hauptmann an. Dieser Agent des Königs war jedenfalls gründlich aufgeflogen.

»Im Augenblick suchen Botschafter Laurel und die Kanzlerin für Auswärtiges Berle mit aller Kraft nach einer diplomatischen Lösung, aber sie hegen nur wenig Hoffnung.« König Jusson seufzte. »Unsere großen Lords und hohen Amtsdiener widmen sich derweil dem Schmuggel und dem Sklavenhandel. Unsere Lagerhäuser quellen über von Leichenteilen. Unsere Kleriker tragen diese dreimal verfluchten Leichen als Amtsstäbe mit sich herum. Unsere Soldaten bewaffnen sich mit Panzern und Schilden, die aus der Haut eines Sohnes einer der Unterzeichnerinnen dieses Friedensvertrages gemacht worden sind.« Er sah, wie ich zusammenzuckte. »Allerdings, junger Cousin. Laut den Briefen, die sie an meinen Großvater geschickt hat, war Dragoness Moraina maßgeblich an dem Entwurf dieses Friedensvertrages beteiligt.«

Ich runzelte die Stirn. Die Ehrenwerte Moraina konnte weder lesen noch schreiben.

»Ich habe nie an Gherat gezweifelt«, antwortete Lord Chause. »Warum hätte ich das tun sollen? Da er Euer Lordkämmerer ist, habe ich einfach angenommen, alles, was er tat, besäße Eure Zustimmung.«

Ich rutschte unruhig auf meinem Stuhl herum. Das war nicht der richtige Moment, dem König die Schuld in die Schuhe zu schieben.

Jusson betrachtete Lord Chause. »Sie haben recht«, sagte er nach einem Moment. »Gherat unterliegt tatsächlich meiner Verantwortung.« Er stand auf. »Von daher erkläre ich alle Gewinne, die aus Verträgen mit dem Lordkämmerer stammen, aufgrund seines Hochverrates für verwirkt.« Er lächelte Lord Chause an. »Sollten Sie natürlich beweisen können, dass Ihre Geschäfte mit Gherat legal waren, bekommen Sie Ihre Gewinne zurück.« Sein Lächeln verstärkte sich. »Das bedeutet allerdings, dass Sie Ihre Bücher unseren Buchhaltern offenlegen müssen.«

Lord Chause stand ebenfalls auf. Ihm traten fast die Augen aus den Höhlen. »Euer Majestät ...«

»Wir werden jedoch Konzessionen an jene machen, die mit Uns zusammenarbeiten.«

»Euer Majestät, ich versichere Euch, dass ich nur mein Lagerhaus an Lord Gherat vermietet habe. Das heißt, mein Makler hat das getan. Was mich angeht, meine Besitzungen am Hafen sind nur ein Teil von vielen Unternehmen, die mir gehören.«

Das passte mit etwas zusammen, was Esclaur gesagt hatte. »Wissen wir schon, Euer Majestät«, warf ich ein, »wem das Restaurant mit den Eisbooten gehört? Oder zumindest das Grundstück oder das Haus, in dem sich dieses Restaurant befindet?«

»Ah.« Jusson dehnte diesen Laut, als mein Onkel erbleichte. Der König lächelte, sein Blick jedoch blieb kalt. »Ihr Neffe ist wohl doch nicht ganz der Einfaltspinsel, als den Sie ihn hinstellen, wie?«

In dem Moment klopfte jemand an die Tür. Ein Gardist öffnete sie und ließ Lordkommandeur Thadro und Hauptmann Suiden herein, die vom Lagerhaus zurückgekehrt waren. Sie verbeugten sich. »Verzeiht unser Eindringen, Euer Majestät«, sagte Thadro, »aber die Bestattung von Reiter Basel fängt gleich an.«

»Wir kommen.« König Jusson drehte sich zu Lord Chause herum. »Wir müssen an einer Bestattung für einen heldenhaften ...«

Basel?, dachte ich. Heldenhaft?

Jusson warf mir einen strafenden Blick zu. »Wie ich sagte, an einer Bestattung für einen heldenhaften Soldaten teilnehmen, dessen Ermordung zu diesem Fiasko mit den Häusern Dru, Flavan und jetzt auch Ihrem Haus gehört.« Er nickte zwei Gardisten zu, die neben Lord Chause traten. »Bitte machen Sie es sich gemütlich und genießen Sie Unsere Gastfreundschaft, Maceal. Wenn Sie etwas brauchen, werden diese beiden Gardisten es Ihnen besorgen. Wir werden nach der Bestattung Unser Gespräch fortsetzen.« Er wartete ostentativ auf die etwas zittrige Verbeugung meines Onkels, bevor er hinausging. Wir anderen folgten ihm.

Die Sonne ging gerade über dem Meer unter, als wir den Friedhof erreichten. Ein Mann hatte einen Scheiterhaufen errichtet, und die Hirschleiche von Reiter Basel lag darauf. Reguläre Soldaten und Gardisten standen um den Scheiterhaufen herum, mit dem Rücken zum Holz. Sie hatten ihre Schwerter gezückt und hielten sie mit der Spitze zur Erde gerichtet vor sich. In regelmäßigen Abständen waren Fahnen um den Scheiterhaufen aufgezogen worden, die im Abendwind flatterten. Vielleicht war mein eigener privater Wind ja auch wieder aufgefrischt.

Als wir ankamen, trat Leutnant Groskin vor und salutierte. Ihm folgten Jeff und Basels Geist, immer noch in Hirschgestalt. Sie gingen auf mich zu. Die königliche Leibgarde, die uns vom Palast hierherbegleitet hatte, machte einen großen Bogen um den Geist.

»Gute Arbeit, Leutnant«, sagte Javes und sah sich um.

»Ja, das stimmt«, pflichtete König Jusson ihm bei. Fackeln wurden entzündet, mit denen der Scheiterhaufen angesteckt werden sollte. Ihr Licht tauchte das Gesicht des Königs in einen flackernden goldenen Schein. »Haben Sie Ihre Empfindlichkeiten wegen der ›Magischen‹ überwunden, Leutnant Groskin?«

Groskin warf einen kurzen Blick auf Suidens glühende grüne Augen. »Jawohl, Sire.«

»Also glauben Sie jetzt nicht mehr, dass Unser Cousin Hase und diese Faena-Katze personifizierte Ausgeburten der Hölle sind?«

»Ja ... ich meine nein, Sire.« Groskin starrte mich kurz an und wandte seinen Blick dann ab. »Ich habe das sowieso nicht geglaubt, Euer Majestät. Es ist nur so ...«

»Wissen Sie, allmählich haben Wir ein großes Missfallen gegen diese Redewendung entwickelt.«

»Ich ...«

»Reden Sie weiter, Mann! Was ist nur so?«

Groskin sah zu Boden. »Ich hatte Angst, Euer Majestät.«

»Und in Ihrer ... wie sagten Sie noch so treffend, Hauptmann Prinz? ... ›wissentlichen Blindheit und ungeheuerlichen Blödheit‹ sind Sie zu etwas viel Schlimmerem geworden als einem verängstigten Mann: zu einem Trottel.«

Suiden warf Javes einen kurzen Seitenblick zu. Der Hauptmann hatte jedoch ein plötzliches starkes Interesse für den Fahnenmast neben sich entwickelt.

»Wodurch Sie das Vertrauen Ihres Hauptmanns und Leutnants missbraucht und Uns vielleicht an den Rand eines Krieges gebracht haben«, fuhr Jusson fort.

Darauf antwortete Groskin lieber nicht.

»Da dies das Wohlergehen Unseres Reiches beeinträchtigt,

werden Wir mit Hauptmann Suiden über Ihre weitere Zukunft sprechen. Bis dahin werden Sie Ihrem Hauptmann gehorchen, verstanden?«

»Jawohl, Sire.«

Wir gingen weiter zu der Stelle, wo die Priester standen. Groskin folgte uns. Patriarch Pietr trug immer noch sein Büßerhemd und hatte weder einen Amtsstab noch irgendein Zeichen seines Amtes an sich. Er wurde von Doyen Allwyn und Erzdoyen Obruesk flankiert. »Euer Majestät«, sagte der Patriarch, als König Jusson vor ihm stehen blieb. »Da wir Buße tun, kann ich die Bestattung nicht leiten. Deshalb wird der Erzdoyen sie abhalten.« Er seufzte. »Er ist der Einzige, der keinen Amtsstab aus Elfenholz hatte.«

Der Erzdoyen nickte, und es gelang ihm, selbstzufrieden und gleichzeitig streng auszusehen.

»Verstehe.« Das Gesicht des Königs blieb ausdruckslos, aber seine Augen verengten sich.

»Ihm ist jedoch klar, nicht wahr, Erzdoyen«, der Patriarch warf Obruesk einen Blick zu, der mich an gewisse Blicke von Suiden erinnerte, »dass dies nicht der richtige Moment ist, seinem Lieblingszeitvertreib zu frönen.«

»Ich bin mir der Lage vollkommen bewusst, Eure Heiligkeit«, erwiderte Erzdoyen Obruesk. Sein Blick blieb einen Moment auf mir haften, während er die Schmetterlinge betrachtete, dann glitt er zu Basel, der neben mir stand. »Ungeachtet dessen, wie ungebührlich es sein mag, eine Bestattung für einen Hirsch vorzunehmen, und ebenfalls ungeachtet der Doktrin der Kirche gegen Geister, werden die Riten korrekt durchgeführt.«

»Davon sind Wir überzeugt«, erwiderte Jusson. »Ist Botschafter Laurel hier?«

»Da kommt er, Sire«, meinte einer der Höflinge.

Der Faena tauchte in Begleitung von Kanzlerin Berle auf. Ihnen folgten andere Lords und Höflinge. Vermutlich war Basels Bestattung das Ereignis der Stunde. Nicht schlecht für einen einfachen Soldaten. Auch wenn er ein wirklich ausgezeichneter Koch war.

»Gut«, sagte Jusson. »Fangen wir an?«

Trotz des Missfallens des Erzdoyens verlief die Zeremonie glatt. Ich trat zu meiner Truppe und nahm Haltung an, während Obruesk die Riten vortrug. Seine tiefe Stimme mischte sich in das Rauschen des Ozeans, und es schien fast, als würde das Meer selbst sprechen.

»So wie wir in diese Welt kommen, so verlassen wir sie auch.« Erzdoyen Obruesk blickte auf den toten Hirsch, aber ich musste ihm zugutehalten, dass er nicht ins Stocken geriet. »Beraubt all dessen, was das Leben uns gewährt hat, stehen wir nackt vor Gott, wo Sein Licht alle Schatten vertreibt. So also steht Reiter Basel dort«, der Erzdoyen ignorierte den Geist hinter mir, »wo sein Wert nicht von Reichtümern und Rang bestimmt wird, sondern von dem Einzigen, was er mitnehmen kann: seiner Seele. Und so wie wir Basels Seele den Händen des Schöpfers übergeben, so übergeben wir seine sterbliche Hülle der Erde.« Der Scheiterhaufen wurde ebenfalls ignoriert. »In die letzte Umarmung, auf dass er zu dem zurückkehrt, aus dem wir geschaffen sind.« Er hob eine Handvoll Erde vom Boden auf, sah sich suchend um und warf sie dann auf die Kienspäne.

»In die letzte Umarmung«, wiederholten wir.

»Bis zu dem Tag, an dem wir auferweckt werden«, sagte der Erzdoyen.

»Bis zum Jüngsten Tag, wenn wir auferstehen«, intonierten wir.

»Und alle Verderbtheit in der reinigenden Erde bleibt«, erklärte der Erzdoyen.

»Wo alles vor Freude glänzt und Gottes Ruhm widerspiegelt«, antwortete der Chor.

»Die Erde möge dich aufnehmen, Reiter Basel«, betete der Erzdoyen.

»Die Erde umhülle dich und gewähre dir Sicherheit«, brummten wir.

»Friede, Reiter Basel.« Der Erzdoyen.

»Friede und Ruhe sei mit dir.« Der Chor.

Hauptmann Suiden nahm eine und Hauptmann Javes eine zweite Fackel. Die Sonne schimmerte auf dem Wasser, färbte es orange und dann rot, als sie beide den Scheiterhaufen entzündeten. Es dämmerte, als die Flammen emporzüngelten, schon bald den ganzen Holzstoß erfassten und den Hirsch verbrannten, der darauf lag. Ich erwartete den Gestank von brennendem Fleisch, und er drang auch durch die Luft. Aber in den Geruch mischte sich das Aroma von süßem Gras und Lehm.

»Und, wie war das?«, fragte ich den Geist, während ich mich von dem Scheiterhaufen abwandte. »Fühlst du dich ein bisschen friedlicher?« Ich betrachtete Basel scharf, aber er war genauso wie vor der Bestattung. Er wurde nicht mal durchscheinender. Ich seufzte. »Du amüsierst dich prächtig, hm? So gut wie noch nie in deinem Leben. Stimmt's?« Basel hob sein Geweih.

»Lungern Geister eigentlich noch herum, nachdem sie geräächt worden sind?«, erkundigte sich Jeff.

»Bring ihn bloß nicht auf komische Ideen!«, warnte ich ihn.

44

»Wir glauben zwar, dass wir die gesamte Asche eingesammelt haben, aber wir müssen das morgen früh überprüfen, wenn es hell ist, Ehrenwerte Leute«, erklärte Laurel Faena.

Wir waren nach Basels Bestattung in den Palast zurückgekehrt. Mein Onkel redete wie ein Wasserfall angesichts der Drohung, dass die königlichen Steuerprüfer seine Bücher zerpflücken könnten. Die Augen von Kanzlerin Berle funkelten vor Schadenfreude, als sie die Namen, Daten und Schilderungen der Aktivitäten hörte, in die Lord Gherat verstrickt war. Nach allen Überraschungen dieses Tages war es wohl selbst für Jusson zu viel zu hören, wie der Ratgeber und Freund, dem er vertraute, ihn betrogen hatte. Jedenfalls leisteten er und seine Getreuen nach dem Verhör den Truppen aus Freston und der Königlichen Garnison bei einem ausschweifenden Gelage Gesellschaft. Der König persönlich brachte einen Toast nach dem anderen auf Basel aus, jeder Toast verrückter als der vorige, und der Wein floss in Strömen. Der Geist war mittlerweile zum Tisch des Königs umgezogen, wo Jusson mit seinen Adligen, dem Wolfsrudel und seinen hohen Militärs saß. Basel selbst wirkte königlich mit seinem hoch erhobenen Geweih und schien sich prächtig zu amüsieren.

Nach dem Dinner verfügte der König, dass die Truppen aus Freston in der Königlichen Garnison bleiben sollten. Laurel wurde ebenfalls eingeladen, als Gast im Palast zu nächtigen, da, wie der König sagte, »die Botschaft kein guter Ort ist, nachdem wer weiß wie viele Fahle Tode sie verseucht haben«. Er hatte seine Leibgarde losgeschickt, um Ryson und die Männer zu holen, die Suiden zu seiner Bewachung zurückgelassen hatte. Sofort nach seinem Eintreffen wurde Ryson in das Militärgefängnis der Garnison zu den anderen Gefangenen überstellt.

Laurel hatte uns beim Essen nicht Gesellschaft geleistet, sondern überwacht, wie Groskin und Doyen Allwyn die Asche vom Scheiterhaufen in Fässer geschaufelt und sie anschließend über die Klippen ins Meer gekippt hatten, damit kein einziger Knochenrest übrig blieb.

»Die Brücke ist wiederhergestellt, Ehrenwerter König, sodass die Dornenbüsche Besucher durchlassen, es sei denn, sie wären eine Bedrohung für den Thron.« Laurel fuhr müde mit einer Tatze über seinen Kopf. Seine Perlen klickten, und die Federn flatterten. Er stand an der Tür des Raumes, in den Jusson, Javes, Suiden, Thadro, Basels Geist und ich uns zurückgezogen hatten, mitsamt meinen Schmetterlingen. Alle anderen waren entlassen worden, einschließlich Lord Esclaur und des Wolfsrudels.

»Kommt und setzt Euch einen Augenblick, Botschafter«, lud Jusson ihn ein. »Wir hatten alle einen harten Tag und haben uns ein bisschen Erholung verdient.« Auf sein Zeichen hin schenkte ich aus einem der Krüge etwas Blutwein in ein Glas, das ich dem Faena hinhielt.

Laurel zögerte, trat dann jedoch ein. Die Gardisten schlossen hinter ihm die Tür. »Für einen Moment, gern, Ehrenwerter König.« Er setzte sich neben mich auf die Couch und legte seinen Amtsstab ab. Ich gab ihm das Glas, und er seufzte, bevor er trank und sich anschließend den Schnurrbart leckte. »Das schmeckt sehr gut.« Er lächelte, leerte das Glas und gab es mir zurück, damit ich nachschenken konnte.

»Sagt, Botschafter Laurel, macht Ihr Fortschritte mit Kanzlerin Berle?«, erkundigte sich Jusson.

»Es sieht so aus, Ehrenwerter König.« Laurel griff nach seinem Glas. Als ich es ihm gab, streifte ich mit den Fingern seinen Stab. Im selben Moment flatterten die Schmetterlinge aufgeregt von meinen Schultern und flogen zum Fensterbrett eines offenen Fensters. Ich blinzelte verwirrt. Was zum Teufel sollte das?

Laurel beobachtete die Schmetterlinge, stellte das Glas auf einen Tisch, stand auf und nahm seinen Stab. Als er ihn anhob, flatterten die Schmetterlinge zum Fenster hinaus.

»Also gut, was geht hier vor?«, wollte Javes wissen.

»Ich glaube, diese Frage sollte ich stellen«, meinte der König.

Laurel ließ den Stab sinken. Das Licht der Kerzen schimmerte in seinen gelben Augen. »Lord Hase entwickelt seine volle Macht, Ehrenwerter König.«

»Das sagtet Ihr bereits, mehrmals«, meinte der König.

»Wenn ein Magier seine Macht erlangt, entwickelt er gewisse Affinitäten. Meine ist die Erde, und wie es scheint, hat Lord Hase eine Affinität zur Luft.«

Als wollte er einen dramatischen Effekt erzielen, wehte in diesem Moment eine Brise um mich herum.

»Es gibt auch Zeichen, Amtszeichen, wenn Ihr so wollt.« Laurel deutete auf mich. »Ich gehe wie ein Mensch, was normale Raubkatzen nicht tun.« Er legte die Schnurrhaare an. »Nicht einmal jene, welche sich mit Nicht-Katzen zusammentun.«

Nicht-Katzen? Ich riss meinen Blick vom Fenster los und starrte den Faena an. Wie unterteilte er wohl sein Universum?

»Lord Hases Abzeichen ist sein Haar, vielleicht wegen einer gewissen Beziehung zwischen dem Haar und seiner Stärke.« Laurel betrachtete die Länge und den Umfang meines Zopfes. »Das muss er selbst noch erforschen.«

»Das sagtet Ihr auch bereits. Kommt bitte zum Punkt, Botschafter«, meinte Jusson.

»Sogleich, Ehrenwerter König. Ich dachte, die Schmetterlinge wären ebenfalls ein Teil dieser Affinität oder des Abzeichens, weil es Geschöpfe sind, die auf dem Wind reiten. Es scheint, als hätte ich mich geirrt.«

»Was sind sie dann?«, erkundigte sich Jusson.

»Wir haben heute Morgen in der Botschaft Verwandlungen erlebt, bei denen die Soldaten das geworden sind, was sie in den Grenzlanden sein würden.«

»Ich war ein Wolf.« Javes sah mich unverwandt an.

»Ja, der Hauptmann Prinz war ein Drache, und meine Leibgarde waren Greife. Ich habe die Geschichte gehört«, meinte Jusson, während Suiden Javes einen Seitenblick zuwarf. »Worauf wollt Ihr hinaus, Botschafter?«

»Ich glaube nicht, dass eine körperliche Verwandlung außerhalb der Botschaft vollzogen werden könnte, und erneut habe ich mich geirrt.«

»Sagtet Ihr nicht, Sro Katze, dass wir uns ohnehin verwandeln würden?«, wollte Suiden wissen.

»Nein, diese Verwandlung vollzieht sich noch nicht, Ehrenwerter Hauptmann, sonst würden Feen und fantastische Bestien durch Iversterre streifen.« Laurel sah Jusson absichtlich nicht an. »Oder vielleicht sollte ich sagen, es gäbe mehr dieser Geschöpfe.«

»Zum Punkt, Botschafter«, wiederholte Jusson. »Bitte.«

»Ich habe ihn bereits klargelegt, Ehrenwerter König.« Laurel deutete mit der Tatze durch den Raum. »Die Völker, die einst in diesem Land lebten, haben es verändert oder wurden dadurch verändert. Vermutlich geschah beides. Jetzt lebt Ihr hier, und das Land verändert Euch.«

»Was hat das mit den verdammten Schmetterlingen zu tun?«

»Sie wurden ebenfalls verwandelt, Ehrenwerter König, und wollten sich offenbar nicht zurückverwandeln.« Laurel warf mir einen abschätzenden Blick zu. »Wir sollten uns unterhalten, Lord Hase, weil Ihr Fremden erlaubt, sich an Euch zu binden.«

»Fremde!« Jusson drehte sich zu den Hauptleuten und dem Lordkommandeur um. »Sie gehören nicht zu uns?«

»Nein, Sire«, antwortete Thadro, während Suiden und Javes die Köpfe schüttelten. »Alle, die hierher gehören, sind da.«

»Es sind vielleicht Aufständische ...«, begann ich.

»Nein«, unterbrach mich Suiden. »Sie sind schon gestern im Hof der Botschaft um Sie herumgeflattert.«

Das stimmte.

»Vielleicht sind es Landsleute von Euch, Botschafter Laurel«, spekulierte Jusson.

»Nein«, widersprach Laurel. »Ich bin allein.« Im nächsten Moment starrte er stirnrunzelnd auf seine Tatze und rieb sie an seiner Seite. »Jedenfalls glaubte ich das.«

»Ihr wisst es nicht genau?« Jusson starrte Laurel an. »Wollt Ihr damit sagen, dass in den Grenzlanden ... wie sagt man ...«

»Völker«, warf ich hilfreich ein.

»Völker leben, die Gestaltwandler sind, sodass man nicht weiß, ob man es mit einem echten Schmetterling oder etwas ganz anderem zu tun hat?«

»Wer will denn schon ein Schmetterling sein?«, murmelte Thadro.

»Ja, Ehrenwerter König.« Laurel ignorierte den Einwurf des Lordkommandeurs. »Man gewöhnt sich daran.«

»Das ist Chaos und Wahnsinn«, meinte Jusson. »Wie können die Grenzlande so funktionieren?«

»Es gibt Sitten, Strukturen und Regierungen«, sagte Laurel, und seine Barthaare legten sich an seine Wangen, als er lächelte. »Außerdem gibt es noch die Faena. Wir alle zusammen schaffen es, das Ganze einigermaßen vernünftig zu halten.«

»Definiert vernünftig«, murmelte ich.

Laurel lachte fauchend. »Sicher geht es ab und zu ein bisschen lebhaft zu.« Er verbeugte sich. »Ich bitte um Eure Erlaubnis, mich zurückziehen zu dürfen, Ehrenwerter König. Ich möchte die Schutzzauber an der Kirche überprüfen und dann meditieren, weil der morgige Tag sehr ereignisreich zu werden verspricht.« Er sah mich an. »Vielleicht kann Lord Hase ...«

»Ihr habt meine Erlaubnis, Botschafter, aber Lord Hase bleibt bei uns«, erwiderte Jusson.

Laurel seufzte, wünschte uns eine gute Nacht und verließ den Raum. Beim Hinausgehen warf er jedoch einen finsteren Blick auf das Fenster, durch das die Schmetterlinge davongeflogen waren.

»›Ihr verwandelt Euch, Ehrenwerter König, und Euer Königreich trudelt dem Chaos entgegen.‹ Dann wünscht er allen eine gute Nacht und verschwindet«, meinte Jusson. Er nahm sein Glas, leerte es und hielt es Javes hin, der nachschenkte. »Schmetterlinge, Geister, sprechende Berglöwen, Magier, glühende Zirkel, Hexer, Wind und Donner!« Er musterte mich über den Rand seines Glases. »Bis du angekommen bist, Cousin, waren die einzigen Dinge, mit denen ich mich herumschlagen musste, die Marine von Tural und einige überehrgeizige Lords.«

»Das scheint Euch nicht allzu sehr zu beunruhigen, Euer Majestät«, bemerkte Suiden, während ich mein Weinglas leerte. Ich griff nach dem Krug vor mir und füllte es wieder.

Jusson zuckte mit den Schultern. »Ich habe mich in Veldecke aufgehalten, Hauptmann Prinz, und ich habe die Briefe, Tagebücher und Berichte meines Großvaters vom letzten Krieg gelesen. Ich weiß, dass die Grenzlande weit mehr sind als bloße Märchen- und Fantasiewelten.« Er trank einen Schluck Wein. »Ebenso wie ich weiß, dass der Amir von Tural Zauberer an seinem Hof hat. Zauberer, die dem Amir, oder zumindest seinen Generälen und Admiralen, in die Schlacht folgen.«

Es wurde still im Raum. Ich hielt mitten im Nachfüllen meines Glases inne und starrte Seine Majestät an.

»Und jetzt habt Ihr auch einen eigenen Zauberer, Euer Majestät?«, erkundigte sich Suiden betont gelassen.

»Nein«, erwiderte Jusson. »Ich kenne auch den Unterschied zwischen einem Meister und einem Schüler, Hauptmann Prinz, und weiß, dass Hase erst in vielen Jahren ein richtiger Magier sein wird.« Er trank noch einen Schluck. »Was ich jedoch habe, ist Botschafter Laurel – und durch ihn die Chance, etwas Gutes sowohl für die Grenzlande als auch für uns zu bewirken.« Er seufzte. »Falls er und Berle eine Lösung für den Schlamassel finden, in dem wir uns befinden.«

»Davon bin ich überzeugt, Sire«, meinte Javes.

»Allerdings«, bekräftigte Jusson. »Wir werden keinen zweiten Krieg führen.« Er leerte sein Glas und ließ sich von Javes nachschenken. »Das ist jedoch ein Thema für den morgigen Tag. Jetzt müssen wir überlegen, wie wir mit Leutnant Groskin verfahren.«

Suiden sah hoch. Sein Blick war scharf. »›Verfahren‹, Euer Majestät? Er kommt nicht vor ein Kriegsgericht?«

»Nein«, antwortete der König. »Groskin wird in seiner Stellung bleiben und auch dieselben Pflichten erfüllen.«

Suiden stellte sein Glas auf den Tisch. »Warum zum Teufel muss ich ihn wieder aufnehmen?«

Jusson betrachtete Hauptmann Suiden neugierig. »Liegt es an der Luft von Freston, oder wurden Sie bereits widerspenstig geboren, dass Sie bereit sind, einen direkten Befehl Ihres Königs in Frage zu stellen? Wenn ich sage: ›Ziehen Sie sich ein Narrenkostüm an und reiten Sie auf einem Esel in den Krieg‹, dann antworten Sie: ›Jawohl, Sire.‹«

»Aber dieser Esel wäre nicht in eine Verschwörung verwickelt gewesen, Euer Majestät«, wandte Javes ein.

Jusson nahm sein Glas, stand auf und trat ans Fenster. Er blickte in die Nacht hinaus. »Wir sind uns Leutnant Groskins Verfehlungen bewusst.«

»Verfehlungen«, knurrte Suiden. »Der Mann hat uns zweimal an den Rand eines Krieges mit einem anderen Königreich gebracht, und Ihr spielt das zu einem Charakterfehler herunter.«

»Ich werde keine Aufsässigkeit dulden, Suiden«, meinte Jusson, der immer noch aus dem Fenster blickte.

Suidens grüne Augen glühten heller, als Flammen in ihnen aufloderten. »Warum muss ich ihn behalten? Es gibt jede Menge Posten, bei denen es keinerlei Kontakte mit Magischen gibt, wo seine Mängel keinerlei Konsequenzen haben.«

»Der König hat gesprochen, Hauptmann. Groskin bleibt Ihr Leutnant. Das ist ein Befehl.« Lordkommandeur Thadros Stimme klang genauso sanft wie die von Jusson.

Ich leerte mein Glas und unterdrückte ein Gähnen. Es war eine lange Nacht gewesen und ein noch längerer Tag. Ich starrte den König unter schweren Lidern an. »Politik, Sire?«

Jusson warf mir einen Blick über seine Schulter zu.

»Politik«, wiederholte Suiden.

Ich nickte. »Wissen Sie, Hauptmann, wie Sie selbst gesagt haben, schreibt der Erzdoyen bereits Briefe. Können Sie sich vorstellen, was er und Doyen Orso sagen würden, wenn Groskin eine Disziplinarstrafe erhält, weil er sich dagegen gewehrt hat, körperlich verwandelt zu werden? Was ihre Anhänger dazu sagen würden? Und was der Patriarch dann sagen müsste?« Ich sah erneut zu Jusson hinüber und richtete meinen Blick dann auf den Hauptmann. »Sie haben selbst miterlebt, Sir, dass Seine Eminenz seine Position für stark genug hielt, sich in die Befragung Terams durch den König einzumischen.«

Suiden sah mich finster an und durchbohrte dann den Wein vor sich mit seinem Blick, bevor er das Glas leerte. »Die Pocken sollen ihn holen!«

Ich konnte erneut ein Gähnen nicht unterdrücken. »Manch-

mal, Sir, muss man einen Teil riskieren, um das Ganze zu retten.«
Ich trank noch einen Schluck Wein.

»Ach, tatsächlich? Sie wollen Groskin also in unserer Einheit haben?«, wollte Suiden wissen. Javes nahm den Krug und füllte Suidens Glas, was ihm einen scharfen Blick seines Kameraden eintrug.

»Zur Hölle, nein! Ich meine, ich bin doch jetzt Leutnant. Da kann ich doch woanders eingesetzt werden, Sir, oder nicht?«

»Ich hatte eigentlich mit dem Gedanken gespielt, Ebner zu bitten, Sie mir zuzuteilen.«

»Wie kommen Sie darauf, dass Hase nach Freston zurückkehrt?«, sagte Jusson, bevor ich antworten konnte. Er drehte sich herum und sah uns an.

»Ihr habt doch gerade gesagt, dass Ihr Hase nicht am Hof haben wolltet, Sire«, meinte Javes.

»Nein. Ich sagte, dass ich nicht vorhabe, Hase zu meinem handzahmen Magier zu machen.« Jusson hob die Hand. »Aber dazu kommen wir später. Jetzt sprechen wir über Groskin, und meine Entscheidung steht fest, Hauptmann Prinz. Er bleibt in seiner Einheit.«

»Politik«, knurrte Suiden und starrte stirnrunzelnd auf die Wand vor sich.

»Politik«, wiederholte ich diesmal. »Die Grenzlande sind voll davon. Deshalb haben sich die Grenzlande während des Krieges auch nicht auf uns gestürzt und sich Iversterre einfach zurückgeholt.«

»Ach?« Jusson hob fragend eine Braue.

»Jawohl, Sire. Nachdem wir die Königliche Armee geschlagen hatten, konnten wir uns nicht mehr auf irgendetwas einigen. Wer führen sollte, wohin wir gehen sollten, wie wir dorthin kommen sollten und was wir tun sollten, wenn wir dort ankamen.« Ich schwenkte mein Glas durch den Raum. »Das Wunder war nicht, dass wir den Krieg gewonnen haben. Sondern dass wir uns überhaupt vereint haben, um zu kämpfen.« Ich trank noch mehr Wein. »Wir haben Iversterre auch nur wegen dieses politischen Haders verloren. Städte gegen Städte, Clans gegen Clans. Die Städte und die Clans gegeneinander. Elfen gegen die anderen Feen. Die Feen, die jeden anderen hintergingen. Stück um Stück – hier eine Stadt, dort eine Provinz – wurde uns weggenommen, während wir untereinander stritten.« Ich rülpste leise. »Pardon, Ehrenwerte Sirs.«

Jusson und Thadro lächelten. »Also sind die Elfen nicht sonderlich beliebt?«, fragte Thadro.

»Nein, Sir. Die nördlichen Kriegerclans halten die Stadtelfen für verweichlicht. Die wiederum halten die Clans für Hinterwäldler.« Ich sah Jusson an. »Es verhält sich so ähnlich wie mit dem nördlichen und südlichen Teil von Iversterre, Sire.«

Jussons und Thadros Lächeln erlosch und wurde durch eine nachdenkliche Miene ersetzt, während ich meinen Wein austrank. »Laurel Faena hat es ›lebhaft‹ genannt. Ich sage, es ist der reine Wahnsinn. Geistliche brechen absurde Zwistigkeiten darüber vom Zaun, wo man in einem Lied an die Erde Luft holen muss. Die Faena hauen die Menschen in die Pfanne. Die Drachen halten alle anderen entweder für Spielzeug oder für eine nahrhafte Mahlzeit. Oder beides. Und die Magier ...« Ich gähnte lange und herzhaft. »Die Sitzungen des Forstkonzils haben meinen Vater in den Wahnsinn getrieben, weil sie sich nicht einmal darauf einigen konnten, wo man eine Latrine errichten sollte.«

Diesmal schien sich vor allem Javes zu amüsieren. »War es so schlimm, alter Junge?« Suiden schob den Krug ein Stück zur Seite, aber ich erreichte ihn trotzdem und schenkte mir noch ein Glas ein.

»Es war schrecklich, jawohl, Sir.« Ich trank den Wein, stellte das Glas ab und lehnte mich in die Polster der Couch. »Es waren die Faena, die uns während des Krieges vereint haben und uns dazu brachten, gemeinsam zu kämpfen. Jetzt halten sie uns in Schach und erinnern uns daran, was passiert ist, als wir uns alle zerstritten hatten.« Ich fühlte, wie etwas Feuchtes meine Wange herunterlief. »Verdammt.« Ich wischte die Träne weg, aber es rollte gleich die nächste hinterher. *Ehrenwerte Esche.* Der Wind, der bisher geschwiegen hatte, murmelte leise, und ich lauschte angestrengt, um zu verstehen, was er sagte.

»Hase!«

Ich riss die Augen auf. Alle starrten mich an. Ich setzte mich gerade hin. »Was?«

»Sie sind ... ich weiß nicht, Sie sind irgendwie abgedriftet«, meinte Javes finster.

»Was?«

»Als würden sich deine Ränder verwischen«, setzte Jusson hinzu.

»In Tural kursieren Geschichten«, mischte sich auch Suiden ein, »von Zauberern, die zu dem werden, was sie gerufen haben – zu Wasser, Feuer. Oder zu Luft.«

Wir kannten solche Geschichten auch. Ich richtete mich gerade auf, das heißt, ich versuchte es. »Ich habe nichts gerufen.« Ich sah den Hauptmann blinzelnd an, versuchte ihn zu erkennen. »Vermutlich liegt es am Wein. Sie kommen mir auch alle etwas unscharf vor, Sirs.«

Suiden stand auf. »Vielleicht sollten wir Sro Laurel bitten, nach Ihnen zu sehen. Angesichts all dieser Verwandlungen und der anderen Merkwürdigkeiten.«

»Ich bin nicht merkwürdig, und mir geht's gut, Sir«, erwiderte ich und versuchte aufzustehen. Ich schaffte es nicht ganz.

Suiden hielt mich am Arm fest. »Jedenfalls haben Sie zu viel

Wein getrunken. Sie gehören ins Bett, Leutnant. Ich hole Sro Katze.«

»Jawohl, Sir.« Ich stieß mich von dem Hauptmann ab, machte einen Schritt und wartete dann, dass sich der Boden wieder beruhigte. »Mir wird morgen schrecklich übel sein«, verkündete ich.

Jussons finstere Miene hellte sich auf, und er lachte, als er sein Glas abstellte. »Komm, Cousin.« Er schlang sich meinen Arm um seine Schulter, und die Rune flammte warm auf. Er erstarrte. »Was zum Teufel ist das?«

»Wahrheit. Einmal, zweimal, dreimal habe ich Euch Treue gelobt, Eure Majestät.« Ich lächelte ihn benommen an. »Selbst in dem elfischen Runenzirkel vor einem Elfenkönig.«

»Der Kreis der Zeugen ist elfischer Herkunft?«, erkundigte sich Javes.

Ich warf dem Wolf einen tadelnden Blick zu. »Sie haben nicht zugehört.« Ich nahm meinen Arm von den Schultern des Drachen neben mir und gestikulierte wild herum. »Ganz Iversterre gehörte einst dem Volk, und die meisten großen Städte wurden von Elfen erbaut.« Ich schwang meinen Arm in die andere Richtung. »Und das hier war der Sitz des Elfenkönigs, bevor Iver ihnen das Land weggenommen hat.« Mein Arm sank herunter, und ich gähnte so ausgiebig, dass mein Kiefer knackte. »Das haben sie nicht vergessen. Sie erinnern sich an alles, weil Elfen ewig leben.« Meine Stimme wurde immer undeutlicher. »Aber das wissen Sie ja. Der König ist so alt wie mein Pa, und er sieht nur so alt aus wie ich.«

»Ewig leben?« Thadro sah Jusson abschätzend an. »Aber warum er und nicht alle, nicht einmal die Angehörigen seines Hauses?«

»Will verdammt sein, wenn ich das weiß, Sir.« Ich gähnte wieder, und meine Lider sackten herunter. »Vielleicht hat das etwas mit Vererbung und Landrecht zu tun.«

Jusson starrte mich mit großen Augen an. »Nimm das von mir weg.«

Ich sah ihn müde an. »Sire?«

»Nimm das runter, sofort!« Jusson zitterte.

Suiden packte meine Hand und zog sie von der Schulter des Königs. Jusson trat schwer atmend zur Seite.

»Ich konnte sehen ...« Jusson hielt inne und setzte dann noch einmal an. »Ich war ...« Er brach erneut ab und starrte meine Hand an, die an meiner Seite herunterhing. »Ich sollte dir befehlen, sie zu verhüllen.«

»Die Wahrheit verhüllen, Sire?«, fragte Javes. »Das ist nicht gut.« Er trat an Jussons Stelle und griff nach meinem Arm. »Obwohl es auch nicht sonderlich ratsam ist, seinem König Angst einzuflößen, Hase.«

Jusson lachte laut. »Nein, das ist es wahrlich nicht.« Er bedeutete Javes mit einer Handbewegung zurückzutreten. »Aber ich will verdammt sein, wenn ich mich einschüchtern lasse.« Der König trat wieder neben mich. »Halt sie trotzdem von mir weg!« Ich legte meine Hand mit der Handfläche nach oben auf seine Schulter. Suiden schlang meinen anderen Arm über seine Schulter, und wir verließen den Raum. Die königliche Garde marschierte hinterher, sodass ich von einer kleinen Prozession in mein Schlafgemach geführt wurde, gestützt auf der einen Seite vom König von Iversterre und auf der anderen Seite von einem Prinzen von Tural.

45

Noch bevor ich am nächsten Morgen die Augen aufschlug, wusste ich, dass es klug wäre, mucksmäuschenstill liegen zu bleiben. Ich lag im Bett und schluckte schwer gegen die Übelkeit an, die von meinem Magen die Speiseröhre heraufdrängte. Ich dachte gerade, ich hätte es unter Kontrolle, als jemand an meine Zimmertür klopfte. Ich zuckte heftig zusammen. Im nächsten Moment hing ich mit meinem Rüssel im Nachttopf und versuchte, meine Zehen einzuklappen. Als ich fertig war, fiel ich neben dem Nachttopf auf den Boden und rollte mich zusammen.

»Verzeihung, Hase«, sagte Laurel.

Ich stöhnte.

»Oh, ich bitte noch einmal um Vergebung.« Laurels Stimme klang noch leiser. Seine Krallen klickten auf dem Boden, dann hockte er sich neben mich und legte seine Tatze auf meinen Kopf. »Ich hätte da ein Gegenmittel ...«

»Ja«, flüsterte ich. »Bitte.«

Ich hörte, wie er davonging. Dann klirrte Porzellan. »Ihr müsst Euch hinsetzen, wenn Ihr das trinken wollt.«

Ich rollte mich langsam in eine sitzende Position, wartete, bis mein Magen sich wieder beruhigte, legte meine Arme auf meine Knie und ließ den Kopf hängen. »Zum Teufel!«

Laurel reichte mir eine Teetasse, und ich trank ihren Inhalt, während mein Magen protestierte. Ich wartete und hielt den Atem an.

»Ich habe noch mehr davon, Hase.«

Ohne den Kopf zu bewegen, hob ich die Tasse. Er füllte sie.

Offenbar blieb die erste Dosis drin, also trank ich die zweite Tasse.

»Glaubt Ihr, dass Ihr aufstehen könnt?«

Ich nickte und bedauerte das sofort. Nachdem sich mein Zimmer wieder beruhigt hatte, stand ich mit Laurels Hilfe auf und ging langsam zu meinem Bett zurück. Vielmehr zu *dem* Bett. Ich sah mich in dem prachtvollen Raum um, als ich mich hinsetzte. »Wo bin ich? Und wo ist Basel?«

»Der König hat Euch im Palast zu Bett gebracht«, erwiderte Laurel, ging zum Fenster und schloss die Läden. Ich seufzte erleichtert. »Ich habe den Mondsoldaten gebeten, dafür zu sorgen, dass wir nicht gestört werden. Was ist passiert, nachdem ich gegangen bin?«

Ich versuchte, mich zu erinnern. »Nichts ...«

»Etwas muss passiert sein, denn zum ersten Mal seit unserer Ankunft in Iversterre wurde mir erlaubt, mit Euch allein zu sein.« Er trat zum Bett und setzte sich auf den Rand, behutsam, damit die Matratze sich nicht bewegte. »Hauptmann Suiden hat mich letzte Nacht sogar aufgesucht und mich gebeten, Euch ... gründlich zu untersuchen.« Laurels Ohren zuckten. »Er meinte, es ginge um ... Luft?«

Eine Erinnerung drang in mein Bewusstsein. »Oh. Ja.«

Laurel wartete einen Augenblick und seufzte dann. »Erzählt es mir, Hase.«

»Vermutlich lag es nur am Wein.« Meine Handfläche brannte, und ich musterte sie grimmig. »Petze!«

»Erzählt es!«

Ich zuckte zusammen. »Verraten und gefoltert!« Mein Blick fiel auf Laurels angelegte Ohren, und ich lenkte ein. »Sie sagten, ich würde allmählich verblassen.«

Laurel runzelte die Stirn. »Was ging da vor sich, als dies geschah?«, wollte er wissen.

»Wir tranken«, sagte ich. »Eine Menge.« Ich jedenfalls.

»Sonst nichts?«

Die Erinnerung breitete sich aus. »Die Ehrenwerte Esche. Ich dachte an sie.« Ich runzelte die Stirn. »Der Wind sagte mir etwas, aber ich konnte ihn nicht verstehen.«

»Hat der Wind schon früher zu Euch gesprochen, Hase?«, erkundigte sich Laurel.

Ich betrachtete den Faena, überlegte, was ich ihm sagen sollte, und im selben Moment begann meine Handfläche zu glühen. Ich hielt sie ihm vor die Nase. »Ihr habt das absichtlich gemacht, stimmt's? Genau aus diesem Grund?«

»Ja. Beantwortet meine Frage.«

Ich seufzte und ließ meine Hand sinken. »Ja, der Wind hat schon zuvor zu mir gesprochen.«

»Seit wann?«

Ich wollte schon antworten, seit gestern, da schoss mir eine andere Erinnerung in den Sinn, an den Wind, der mich auslachte, als ich über eine Bergwiese ritt. Ich warf Laurel einen Seitenblick zu. »Seit Ihr das erste Mal aufgetaucht seid.«

»Wie ich gestern Abend sagte, ist nicht der Wind mein Aspekt, sondern die Erde. So konnte ich Euch aufspüren.« Er betrachtete mich. »Ihr habt den Wind schon vor so langer Zeit sprechen hören?«

Ich wollte nicken, ließ es aber lieber bleiben. »Ja. Der Hauptmann sprach davon, dass Magier von dem verzehrt werden, was sie beschwören. Und ich erinnerte mich auch daran, solche Geschichten gehört zu haben.«

»So etwas ist tatsächlich bereits vorgekommen«, bestätigte Laurel. Er stand auf und ging zu seinem Stab, den er an die Wand gelehnt hatte. »Manchmal wurden sie auch dazu verführt. Der Wassermagier wurde ein Wasserspeier und dergleichen.« Er kam mit dem Stab in der Hand zu mir zurück. »Die Idee ist, die Balance zu wahren, in welcher Ihr weder überwältigt werdet noch etwas unterdrückt. Denn keins von beidem ist gut.«

Ich beäugte argwöhnisch seinen Stab. »Was habt Ihr vor, hm?«

»Wie fühlt Ihr Euch?«

»Warum?«

»Weil ich Euch jetzt zeigen werde, wie Ihr meditiert«, erklärte Laurel. »Und das ist schwierig, wenn Euer Magen Euch zum Hals herauskommt. Vertraut mir.«

Er hatte recht. Es war schwierig zu meditieren, wenn man einen Kater hatte. Ich begriff sofort, was Laurel mir erklärte, weil es meiner Art zu beten sehr ähnlich war. Eine Gewohnheit, der ich allerdings in letzter Zeit nicht sehr häufig gefrönt hatte. Aber es war schwer, einen klaren Kopf zu bewahren, wenn der ganze Körper um Aufmerksamkeit rang. Mein Haar tat weh, was mir jede Strähne unmissverständlich signalisierte. Schließlich beendete Laurel die Lektion. »Für heute genügt es. Ihr habt die Grundlagen begriffen, und je länger Ihr übt, desto einfacher wird es.«

Ich seufzte, stand auf und rieb mir die Stirn.

»Habt Ihr auch verstanden, wie Ihr Euch davor schützen könnt, dass jemand Eure Gedanken sehen kann?«, wollte Laurel wissen, der ebenfalls aufgestanden war.

Ich vergaß einen Moment meine Befindlichkeit, nickte und zuckte sofort zusammen. Diese Aufgabe war etwas schwieriger und funktionierte in etwa so, als würde ich gleichzeitig meinen Kopf massieren und mir den Bauch tätscheln.

»Gut«, meinte Laurel. »Sobald Ihr gelernt habt, Eure Mitte zu finden, beginnen wir mit der richtigen Ausbildung.« Er schnurrte, als er sich streckte. »Worauf wir auch lange genug gewartet haben. Ihr hättet bei der Konfrontation mit Slevoic gestern ernsthaft zu Schaden kommen können.«

»Ich kann es kaum erwarten.« Ich entdeckte abgestandenes Wasser in einem Krug auf der Kommode und goss etwas davon in die Schüssel, die daneben stand. Rasierzeug lag bereit, ich nahm die Seife und den Pinsel und schlug Schaum. »Etwas zu werden, von dem ich geschworen hatte, es nie zu sein.«

»Hört auf zu jammern«, erwiderte Laurel, trat ans Fenster und öffnete die Fensterläden. »Ich habe Euch schon gesagt, dass Magier nicht die Einzigen sind, die Mentha-Blätter kauen.«

Ich blinzelte in das grelle Sonnenlicht und starrte ihn im Spiegel über der Kommode an. »Ihr auch?«

»Wir alle, die ihre Gabe nutzen. Warum glaubt Ihr wohl, hat die Ehrenwerte Esche so viel Zeit mit Euch verbracht?«

»Offenbar nicht wegen meiner gewinnenden Persönlichkeit.« Ich trug den Schaum auf, enttäuscht von den versteckten Motiven der Baumelfe. Dann nahm ich das Rasiermesser und begann, meine Stoppeln abzuschaben.

»Sie hat Euch geliebt, Hase.« Laurel setzte sich wieder auf das Bett. »Als Kind und auch als Jüngling hat sie Euch geliebt und konnte es kaum erwarten, bis Ihr alt genug wart, damit sie Euch bitten konnte, Euch zu den Faena zu gesellen. Sie prahlte mit Euch bei jedem Faena-Thing, rühmte Eure Schnelligkeit, Euer Talent, Eure Intelligenz, bis die anderen es nicht mehr hören konnten.« Laurel seufzte. »Ich kann nicht fassen, dass ich sie nie mehr wiedersehen werde.« Er suchte meinen Blick im Spiegel. »Sie war so wütend, dass Magus Kareste Eure Eltern überredet hatte, Euch in seine Lehre zu geben.« Seine Schnurrhaare legten sich an, als er spöttisch lächelte. »Sie nannte ihn einen Dieb und hat ihn ausgelacht, als er zu uns kam, um sich zu überzeugen, dass Ihr nicht bei uns Unterschlupf gesucht hattet. Die Ehrenwerte Esche erklärte ihm, dass er Euch niemals wiederbekommen würde, wenn Ihr das getan hättet, Lehrvertrag hin oder her. Sie teilte ihm ebenfalls ihre Meinung über seine Eltern, seine Erziehung und seine Männlichkeit mit. Genauer gesagt, über den Mangel an Letzterer.«

Ich sagte nichts, sondern konzentrierte mich auf meine Rasur.

Derweil jedoch lauerte die ganze Zeit die Erinnerung in meinem Hinterkopf, wie ich mir eingeredet hatte, dass es niemanden kümmern würde, wenn ich wegliefe – und wie sehr ich mich da geirrt hatte.

»Sie war sehr froh, Hase, dass ich mich auf die Suche nach Euch machte«, erklärte Laurel Faena.

Ich zog mich schweigend an; mit dem Rasierzeug hatte ich auch eine frische Uniform bekommen. Sie war frisch gepresst, die Falten messerscharf. Ich trat vom Spiegel zurück, damit ich überprüfen konnte, ob alles richtig saß, als mir klar wurde, dass mich das überhaupt nicht interessierte. Ich drehte mich um und ging zu dem Stuhl, auf dem meine Uniform lag, die ich gestern getragen hatte. Ich nahm mein Schwert und legte das Gehenk an. Dann durchwühlte ich meine Taschen nach Taschentüchern und entdeckte die Feder.

Laurel brummte, während er sie ansah.

Nach einem Moment trat ich wieder zu der Kommode, wo auch eine Bürste und ein Kamm lagen. Als Laurel eine Weile zugesehen hatte, wie ich mich mit meinem Haar abmühte, und das, obwohl ich jetzt einen Spiegel hatte, brummte der Faena erneut. »Lasst mich das machen.« Er nahm mir die Bürste aus der Hand, und nur Augenblicke später war mein Haar zu einem schweren Zopf geflochten, in dem die Feder befestigt war.

»Wir müssen über den Pakt sprechen und auch über das, was mit Slevoic geschehen ist«, begann Laurel und ließ die Bürste sinken.

»Hase!«, schrie Jeff vor meiner Tür.

»Aber offensichtlich nicht jetzt.« Laurel seufzte. »Ich fange langsam an zu glauben, dass es eine weitreichende Verschwörung gibt, die nur das eine Ziel hat, uns von wichtigen Gesprächen abzuhalten.«

Ich antwortete nicht, riss mich von meinem Spiegelbild los,

ging zur Tür, öffnete sie und ... blinzelte verwirrt. Basels Geist blockierte den Durchgang, in Menschengestalt, angetan mit einer geisterhaften Rüstung und einem wirklich großen, großen Schwert in der Hand. »Hör auf zu übertreiben«, sagte ich. Der Geist drehte den Kopf und glühte mich aus roten Augen an. »Und das lässt du gefälligst auch.«

Jeff und einige Getreue des Königs standen vor dem Geist, sichtlich verärgert. »Er wollte niemanden zu dir lassen, Hase«, beschwerte sich Jeff. »Obwohl wir ihm gesagt haben, dass der König uns geschickt hat.«

»Das ist meine Schuld, Ehrenwerte Sirs«, sagte Laurel hinter mir. »Ich musste mich ungestört mit Lord Hase unterhalten und habe den Mondsoldaten gebeten, dafür zu sorgen, dass uns niemand unterbricht.« Er trat aus dem Raum und drängte Basel und mich in den Flur. »Wir haben die Zeit vergessen.« Er verneigte sich. »Gehen wir?«

Er hatte Basel gebeten, Wache zu halten? Ich starrte den Geist an, der nur die Schultern zuckte.

»Die Toten werden vom Aspekt Erde regiert, Lord Hase«, erinnerte mich Laurel, während wir dem Hauptmann der Leibgarde folgten. »Was meine Affinität ist.« Er warf mir einen vielsagenden Blick zu. »Es war allerdings eine Bitte, die mir der Geist hätte abschlagen können. Alles andere wäre Schwarze Magie gewesen.«

Die Gardisten brachten uns zu derselben Kammer, in der wir Kanzlerin Berle das erste Mal getroffen hatten. Die Nymphen und Meerjungfrauen waren alle noch da, und Jeffs Blick zuckte rasch über seine Lieblinge.

»Was ist mir dir passiert, Cousin?«, begrüßte mich Jusson, als ich mich verbeugte. Der ursprüngliche Tisch war durch einen weit größeren ersetzt worden, und der König saß in der Mitte an einer Längsseite. Sein Blick blieb an der Feder hängen, die sich leuchtend rot von meinem dunklen Haar abhob. »Ich habe bereits vor einiger Zeit nach dir geschickt.«

Wir drehten uns um und sahen Basels Geist an, der versuchte, sich hinter mir zu verstecken.

Jusson seufzte. »Schon gut. Ich will es gar nicht wissen.«

Lordkommandeur Thadro und Hauptmann Javes standen an einer Seite, Hauptmann Suiden auf der anderen Seite des Königs. Jusson deutete auf einen freien Stuhl neben Suiden. »Bitte, setz dich, Hase.« Er sah Laurel Faena an. »Würdet Ihr bitte draußen warten, Botschafter, wenn Ihr so freundlich wärt. Wir haben kurz eine Angelegenheit der Armee zu regeln, dann beginnen wir unsere verspätete Besprechung.« Er wartete, bis Laurel hinausgegangen war, und nickte Thadro zu. »Holen Sie ihn herein.«

Thadro gab einem Gardisten ein Zeichen. Der Mann ging hinaus und kehrte mit Leutnant Groskin zurück. Und Erzdoyen Obruesk, der seinen Amtsstab bei sich hatte.

»Ihr schon wieder!« Jusson runzelte die Stirn.

»Ich habe ihn nicht darum gebeten, Euer Majestät«, erklärte Groskin hastig.

»Warum sollte ich nicht dem Neffen eines guten Freundes in Zeiten der Not beistehen?«, sagte Obruesk.

»Er kommt wohl kaum nieder«, murmelte Javes.

»Betrachtet ihn als getröstet«, erklärte Thadro. »Und jetzt geht bitte.«

Aber der Erzdoyen hatte mich erblickt, senkte den Kopf und warf mir unter seinen buschigen Augenbrauen einen finsteren Blick zu. »Erneut schickt Ihr mich hinaus, während Ihr einem der Zauberei Bezichtigtem zu bleiben erlaubt!«

Er musste sich seiner wirklich ziemlich sicher sein.

»Einmal abgesehen von dem Mangel an Beweisen, ohne die Ihre Beschuldigung nur eine Verleumdung ist, Eminenz, drängen

Sie sich erneut uneingeladen in etwas hinein, wo Sie keinerlei Befugnis besitzen.« Der König beugte sich vor und legte seine gefalteten Hände auf den Tisch. »Da Sie jedoch darauf bestehen, können Sie bleiben, während Wir ein militärisches Verfahren durchführen. Sie können auch während Unserer Besprechung mit dem Botschafter eines fremden Landes anwesend sein. Allerdings werden Wir den Patriarchen darüber in Kenntnis setzen, dass Wir uns ab sofort ebenfalls Zugang zu sämtlichen Sitzungen des Kirchenrates ausbedingen.« Er lächelte, zeigte seine Zähne und wartete.

Wahrlich, hohe Politik.

Der Erzdoyen hob den Kopf. Sein Blick war immer noch finster, aber er wusste, dass er ausmanövriert worden war. Er wirbelte herum und marschierte zur Tür. Er rammte den Stock bei jedem Schritt auf den Boden, dass die Glocken bimmelten. Ein Gardist schloss hinter ihm die Tür mit einem leisen Klicken.

»Also?« Der Lordkommandeur sah Leutnant Groskin an.

»Sir, er hat darauf bestanden, mich zu begleiten ...«, begann Groskin.

»Lassen Sie es gut sein, Thadro«, unterbrach Jusson ihn. »Wir sind sicher, dass der Erzdoyen selbst auf diese Idee gekommen ist.«

Lordkommandeur Thadro setzte sich in seinem Stuhl zurecht. »Unter normalen Umständen, Leutnant, sähen Sie sich einer Reihe von Anklagepunkten gegenüber, angefangen von Aufsässigkeit über Anstiftung zur Rebellion, Unterminierung der Moral der Truppe, Verweigerung eines direkten Befehls, Gefährdung eines Offizierskameraden und nebenbei noch der Herbeiführung eines Krieges. Ganz zu schweigen von Ihrer außerordentlichen Dummheit, sich jemandem anzuschließen, von dessen Heimtücke Sie wussten ...«

Der König räusperte sich.

»... da die Umstände jedoch nicht gewöhnlich sind, haben wir beschlossen, Ihnen eine weitere Chance zu geben.«

Groskin hatte den Kopf gesenkt, hob ihn bei den letzten Worten jedoch ruckartig. »Sir?«

»Sie werden bei Ihrer Einheit und Ihrem Hauptmann bleiben, und zwar im selben Rang wie zuvor.«

Groskin sah Suiden an, dessen Augen in seinem Gesicht grün glühten.

»Sie sind zweimal mit einem Magischen in Kontakt gekommen«, fuhr Thadro fort, »und haben zweimal kläglich versagt. Vermasseln Sie es nicht ein drittes Mal.«

»Nein, Sir.«

»Das hier ist kein Zuckerschlecken, Leutnant«, ergriff Jusson das Wort. »Wie Wir bereits sagten, haben Sie das Vertrauen Ihres Leutnant-Kollegen enttäuscht, das Ihres Hauptmanns, Ihrer Truppe und der Königlichen Armee. Sie haben Ihren König verraten. Folglich haben Sie einiges zu beweisen.«

»Jawohl, Sire.« Groskin starrte immer noch Suiden an. Schweißperlen liefen ihm über die Stirn.

»Sie kehren in die Kaserne zurück«, fuhr Thadro fort, »und bleiben auf Ihrer Stube. Allein. Ich möchte, dass Sie über das Glück nachdenken, eine dritte Chance zu bekommen, wo die meisten anderen nicht einmal eine zweite erhalten hätten. Wegtreten.«

Wir schwiegen, bis Groskin die Tür hinter sich schloss.

»Zehn zu eins, dass Obruesk im Flur herumschleicht und darauf wartet, sich auf den Neffen seines ›guten Freundes‹ zu stürzen«, meinte Javes.

»Diese Wette nimmt keiner an«, erwiderte Thadro.

»Wir werden mit dem Patriarchen sprechen, und zwar schon bald«, erklärte Jusson. Seine Augen waren hart wie Kiesel. »Holen Sie bitte die anderen herein.« Erneut gab Thadro einem Gardisten ein Zeichen, und der Mann ging zur Tür. Der König sah Suiden an, und seine Miene entspannte sich ein wenig. »Kopf hoch, Hauptmann Prinz«, sagte er. »Es wird nicht annähernd so schlimm, wie Sie glauben.«

»Sehr wohl, Euer Majestät«, erwiderte Suiden, als der Gardist zurückkehrte und Laurel Faena, Kanzlerin Berle, Lord Esclaur, einige Ratgeber und, seiner Uniform nach zu urteilen, den Lordadmiral zum König geleitete. Kanzlerin Berle folgte ein weiterer Gardist, der eine große Holzkiste schleppte.

»Immer ›Euer Majestät‹ und niemals Sire.« Jusson stützte sein Kinn auf seine Faust, während sich Kanzlerin Berle und Laurel Faena an die Kopfenden des Tisches setzten und die anderen die restlichen freien Stühle am Tisch in Beschlag nahmen. »Warum, Prinz?«

»Ich habe einmal einen Mann, der nicht mein Vater war, ›Sire‹ genannt, Euer Majestät. Daraus ist nichts Gutes erwachsen.«

»Sie meinen Ihren Onkel, den Amir von Tural?«, erkundigte sich Jusson.

Mir schoss der Gedanke durch den Kopf, dass der Unterschied zwischen einem König und einem Bauernjungen, der zum Leutnant befördert wurde, darin bestand, dass Letzterer eine Kopfnuss bekam, wenn er zu weit ging. Laurel lachte einmal fauchend, was er mit einem wenig überzeugenden Hüsteln zu kaschieren suchte, während Jusson mir einen finsteren Blick zuwarf. »Das reicht, Lord Hase ibn Chause e Flavan.«

Wie ich schon sagte ...

»Hase ...«, knurrte Suiden drohend.

»Also gut, was geht hier vor?«, wollte Berle wissen. Der König zeigte ihr eine erhobene Braue, und sie errötete. »Verzeihung, Euer Majestät ... Sire ...« Sie unterbrach sich und holte tief Luft. »Es kommt mir vor, als würde Lord Hase ein Gespräch mit allen anderen führen, und nur ich kann es nicht hören.«

»Nicht nur Sie, Berle«, mischte sich Javes ein. »Esclaur und ich hören es auch nicht.«

»Aber der Botschafter, Hauptmann Prinz und ich können es hören.« Jusson sah sich um. »Kann noch jemand Leutnant Lord Hase hören?« Lordkommandeur Thadro hob zögernd die Hand. »Interessant.« Jusson sah Laurel an. »Wieso nur wir, Botschafter?«

»Es ist eine Fähigkeit, Ehrenwerter König, etwa wie die des absoluten Gehörs«, gab Laurel zurück. »Selten, aber nicht gänzlich unbekannt.« Er zögerte und setzte dann hinzu: »Außerdem ist diese Fähigkeit an die Gabe gekoppelt, jedenfalls bis zu einem gewissen Maß.«

»Gabe?«, fragte Berle ehrfürchtig. »Ihr meint ... Magie?« Ich sah mich am Tisch um und registrierte die erstaunten Blicke, die sich auf Jusson und seinen Lordkommandeur richteten.

»*Sie* haben das gesagt, Ehrenwerte Kanzlerin«, erwiderte Laurel.

»Die Grenzlande müssen wahrlich ein sehr interessanter Ort sein«, bemerkte Jusson, »wenn jeder nach Belieben die Gedanken der anderen belauschen kann.«

»Es ist etwas komplizierter, Ehrenwerter König«, widersprach Laurel. »Normalerweise bedarf es einer sehr gründlichen Ausbildung, bis man ein Meister im Gedanken-Sehen wird. Der Grund, warum Ihr in der Lage seid, Lord Hase so deutlich zu verstehen, ist der, dass er sehr stark ist und nur wenig darin ausgebildet, seine Gedanken abzuschirmen.«

Ein unbehagliches Raunen erhob sich unter den Ratgebern, denen die Möglichkeit, dass ihre Gedanken öffentlich sein könnten, keineswegs zu schmecken schien. Sie warfen mir beklommene Blicke zu. Als der König das sah, klopfte er mit den Knöcheln auf den Tisch. »Das alles ist sehr faszinierend und bedarf weiterer Erörterung. Aber später«, setzte Jusson hinzu und ignorierte hoheitsvoll die Tatsache, dass er selbst das Thema losgetreten hatte. Er sah sich am Tisch um. »Gestern hat das Haus von Flavan eine Rebellion angezettelt. Sie scheiterte jedoch, und diejenigen, die daran beteiligt waren, wurden entweder gefasst oder getötet. Mit Ausnahme von Lord Gherat von Dru und seinem Verwandten Slevoic ibn Dru. Wir haben Männer an allen Stadttoren und am Hafen postiert, aber es scheint, dass sie sich Unserem Zugriff entziehen konnten, da mehrere Schiffe gesichtet wurden, die über das Meer geflüchtet sind.«

Ein Ratgeber hob den Kopf und sah den Lordadmiral an. »Ihr wart noch nicht in der Lage, sie zu ergreifen, Admiral Noal?«

Der Admiral schüttelte den Kopf. »Nein. Aber wir haben Patrouillenboote ausgeschickt, und ich bin sehr zuversichtlich. Es ist nur eine Frage der Zeit, dass wir sie finden.«

»Und was tun Sie, wenn Sie sie gefunden haben, Noal?«, fragte Berle herausfordernd. Admiral Noal sah sie leicht gereizt an.

»Wenn er sie findet, Berle, bringt er sie zu Uns«, antwortete Jusson an seiner Stelle. »Wegen seiner Rolle in der Rebellion und anderer schwerwiegender Verbrechen haben wir Lord Gherat als vogelfrei erklärt, sein Haus wird aufgelöst, alle Titel werden aufgehoben, und sämtliche Besitzungen fallen an den Thron zurück.«

Die anderen am Tisch stießen erschreckt den Atem aus, während Kanzlerin Berle sich zufrieden lächelnd auf ihrem Stuhl zurücklehnte.

»Vogelfrei, Euer Majestät?«, erkundigte sich ein Berater schließlich. »Ohne Verfahren?«

»Eines von Gherats Verbrechen richtet sich gegen die Völker der Grenzlande«, erwiderte Jusson. »Mord und Sklavenhandel. Kanzlerin Berle, wenn Sie bitte Ihre Funde zeigen würden.«

Auf ein Zeichen von Kanzlerin Berle stellte der Gardist die Kiste vor ihr ab. »Heute Morgen sind Agenten ausgeschwärmt, Euer

Majestät. Damit sind sie zurückgekehrt.« Sie stand auf, hob den Deckel von der Kiste, griff hinein und hob den Gehstock eines Edelmannes heraus. Er hatte einen silbernen Handgriff, und offenbar war jemandem die tote Baumelfe aufgefallen, denn anstelle ihrer Augen funkelten jetzt zwei Rubine. Berle förderte des Weiteren Messer mit Knochengriffen zutage, Gürtel und Stiefel aus schillernder Drachenhaut, einen Wolfspelz mit angehängtem Kopf sowie diverse große Apothekerflaschen. Ich starrte das Ferkel an, das in einem Glas schwamm, und wandte mich ab, während Laurel tief in seiner Kehle grollte, die Ohren angelegt.

»Und das hier sind nur Beispiele, Euer Majestät.« Berle setzte sich wieder hin. »Es gibt mehrere Lagerräume voll davon. Und natürlich wisst Ihr bereits, was der Patriarch in seinem Amtssitz gefunden hat.«

»Also besteht kein Zweifel daran, dass wir den Vertrag mit den Grenzlanden verletzt haben«, antwortete der König.

»Nicht der geringste Zweifel.« Kanzlerin Berle seufzte. »Was mich jedoch noch mehr besorgt, Sire, ist die Tatsache, dass sich die ... Schmuggelware nicht mehr vollständig in Iversly befindet. Ein großer Teil davon wurde, laut Aussage von Lord Chause, bereits an ausländische Interessenten weiterverkauft, einschließlich gefangener Grenzlandbewohner, und das vor allem an Händler aus Tural.«

»Wir haben bereits Botschafter Sro Kenalt Unsere Bitte übermittelt, Uns bei Unseren Nachforschungen behilflich zu sein«, erklärte Jusson. »Zu Unserer Bestürzung mussten Wir erfahren, dass der Botschafter sich nicht mehr in Unserer Stadt aufhält.«

Hauptmann Suiden erstarrte, drehte sich auf seinem Stuhl herum und sah Jusson an – der ihn seinerseits musterte. »Ich nehme an, Hauptmann Prinz, dass Sie weder von den Sklaven wussten, die nach Tural verkauft wurden, noch eine Ahnung haben, wo sich Ihr Cousin befindet.«

»Nein, Euer Majestät«, erwiderte Suiden. »Ich habe Kenalt seit Eurem Empfang nicht mehr gesehen ...«

»Den Sie in seiner Begleitung verlassen haben.«

»... noch mache ich gemeinsame Sache mit Gherat oder Teram«, fuhr Suiden fort und antwortete dann auf die Anspielung des Königs. »Wir haben zusammen ... getrunken, Euer Majestät.« Röte färbte seine Haut noch dunkler. »Außerdem haben uns viele gesehen.«

»Allerdings.« Jusson funkelte Suiden an. »Man hat Uns berichtet, dass Sie eine recht angenehme Baritonstimme haben und höchst verblüffende Lieder kennen.« Er hob eine Braue. »Während Ihres Festgelages hat Ihr Cousin nicht zufällig irgendwelche Geheimnisse ausgeplaudert, was Turals Verwicklung in diese Angelegenheit betrifft?« Das Funkeln seiner Augen verstärkte sich. »Und würden Sie es Uns sagen, wenn er es getan hätte?«

»Ich habe Euch meine Treue gelobt, Euer Majestät, und mich die letzten zwanzig Jahre an diesen Schwur gehalten«, antwortete Suiden. »Ja, ich würde es Euch erzählen.«

»Tatsächlich?«, meinte Jusson. »Immer ›Euer Majestät‹, niemals ›Sire‹. Vielleicht sollten wir Sie in den Kreis der Zeugen bitten, wo Sie Ihren Eid auffrischen könnten. Würden Sie das tun?«

»Jawohl, Euer Majestät. Ich habe Euch meine Treue gelobt«, wiederholte der Hauptmann.

»Haben Sie das?«, hakte der König nach. »Sie haben auch dem Amir von Tural einmal die Treue geschworen.«

»Ich habe den Eid nicht gebrochen, Euer Majestät. Der Amir hat beschlossen, nicht mehr länger mein Lehnsherr sein zu wollen.«

»Der Amir hat Sie, den Sohn seiner ältesten Schwester, verbannt? Warum, Hauptmann Prinz?«

»Es gefiel ihm nicht, dass ich mich ihm widersetzt habe, Euer Majestät.«

»Ach? Und ist das eine erstrebenswerte Eigenschaft bei Unseren Gefolgsleuten?«

»Ich habe mittlerweile Takt gelernt, Majestät. Mein Nein hört sich heute weit diplomatischer an.«

Jusson musste gegen seinen Willen lachen. »Ihr wollt Uns doch nicht zum Narren halten, Hauptmann Prinz?«

Suiden lächelte kurz. »Nein, Euer Majestät. Außerdem glaube ich nicht, dass Ihr jemals ein ganzes Dorf enteignet, nur weil Ihr einen Lustgarten für Eure bevorzugte Konkubine dort errichten wollt. Mit Springbrunnen, für die Ihr das Wasser eines Flusses umleitet, was die Getreideernte etlicher anderer Dörfer ruinierte, ihre Obstplantagen austrocknete und ihr Vieh verdursten ließ …«

»Wir verstehen, Hauptmann Prinz.« Jusson betrachtete Suiden nachdenklich. »Wirklich sehr selbstlos! Sie waren also bereit, sich Ihrem Amir wegen einiger Bauern und ein paar Stück Vieh zu widersetzen.«

»Mein Bootsmaat stammte aus diesem Dorf, Euer Majestät …«

»Ah!«

»… und außerdem fand ich, dass die Konkubine und ihre Familie wie die Maden im Speck lebten, während andere betteln mussten …«

»Und auch noch Politik, hm?«

»… schließlich war ich sicher, dass mein Onkel auf mich hören würde, weil ich im Recht war.« Suiden zuckte mit den Schultern. »Stattdessen war ich nur jung und naiv.«

»Eine sehr flüchtige Kombination«, stimmte Jusson ihm zu und ließ seinen Blick dann über die Personen am Tisch gleiten. »Nach zwanzig Jahren in Unseren Diensten hat Prinz Suiden seine Treue zu Unserem Thron unzweifelhaft unter Beweis gestellt, also wird es keine weiteren Zweifel an seinen Absichten geben. Nicht einmal von Unserer Seite.«

Einige Berater rutschten unruhig auf ihren Stühlen herum und warfen unbehagliche Blicke auf Suidens glühende grüne Augen.

»Weiterhin«, fuhr der König fort, »gibt es auch keine Zweifel, ob wir den Vertrag mit den Grenzlanden verletzt haben oder nicht. Es scheint zwar so, als wäre der größte Teil des Schmuggelgeschäftes für Terams Locival-Theaterrebellion benutzt worden, aber es waren noch weitere Personen darin verwickelt, die sich ausschließlich bereichern wollten. Wir müssen so viel herausfinden, wie wir können, um einen Krieg abzuwenden.«

»Nur weil wir den ersten Krieg verloren haben, Sire, bedeutet das nicht automatisch, dass wir auch ein zweites Mal geschlagen werden«, wandte ein Berater ein. »Außerdem sollten wir nicht für die Handlungen von Briganten verantwortlich gemacht werden, ganz gleich, wie hochrangig sie sein mögen und wie ihre Motivationen aussahen.«

»Wohl gesprochen«, mischte sich Lord Esclaur ein. »Doch wäre die Situation umgekehrt, und Briganten von den Grenzlanden würden unser Königreich überfallen, wäre das vollkommen intolerabel.«

Ich sah, wie der Berater rot anlief. Er sah zu Laurel hinüber. »Wollen wir unsere Differenzen tatsächlich vor dem Botschafter austragen?«

Laurel schob sofort den Stuhl zurück und stand auf. »Ihr habt ganz recht, Ehrenwerter Sir. Ich werde mich zurückziehen. Aber bedenkt bitte Folgendes: Der Qarant ist ein Handelspartner der Grenzlande, und sollte man dort nichts von dem Schmuggel gewusst haben, dürfte man in sehr kurzer Zeit davon erfahren. Wollt Ihr, dass der Qarant ebenfalls darüber informiert wird, dass

Ihr Euch weigert, die Verantwortung für das zu übernehmen, was in Eurem Reich vor sich geht? Wie gern, denkt Ihr, wird er dann noch mit Euch Handel treiben?«

Der Faena verbeugte sich, ohne den Blick von den erstaunten und empörten Ratgebern zu wenden, drehte sich herum und ging hinaus.

»Wie kann er es wagen, uns zu drohen ...«, begann der Ratgeber.

»Er hat recht«, unterbrach Jusson ihn. »Wenn uns der Ruch anhängt, ein Königreich aus Halsabschneidern und Dieben zu sein, werden sowohl der Qarant als auch andere Länder einen möglichen Handel mit uns sehr argwöhnisch betrachten.«

Der Ratgeber warf Suiden einen Blick zu und sah dann Javes an. »Nicht, wenn wir den Krieg gegen die Grenzlande gewinnen.«

»Wir sollen gegen Magie obsiegen?«, erkundigte sich Jusson. »Das ist schon letztes Mal nicht gelungen, und damals waren wir ein Königreich, dessen Große Häuser alle an einem Strang zogen.« Er beugte sich vor. »Zudem gibt es das Problem mit den Turaliern und ihrer Verwicklung in unsere Verfehlung gegen die Grenzlande, und zwar genau in dem Moment, in dem Teram sich entschlossen hat, gegen den Thron zu rebellieren. Halten Sie das für einen Zufall? Wir sind davon überzeugt, dass Tural uns sehr genau beobachtet. Was glauben Sie wohl, werden sie machen, wenn wir in den Krieg ziehen?«

»Seine Erhabenheit der Amir wird warten, bis Ihr geschwächt und abgelenkt seid, und dann zuschlagen«, sagte Suiden.

»Genau«, bestätigte Jusson. »Und er wird dabei seine Hofhexer einsetzen.«

»Aber Hexer und Dschinns und Dämonen sind nur Kindermärchen ...« Der Ratgeber unterbrach sich und starrte erneut Suiden an.

Suiden schüttelte den Kopf. Seine grünen Augen loderten. »Nein, das sind sie nicht.«

»Wir konnten früher einmal so tun, als wäre Iversterre der Nabel des Universums, um den sich Sonne, Mond und Sterne drehten«, erklärte Jusson. »Diese Zeiten sind vorbei.« Er sah Lordkommandeur Thadro an. »Bitten Sie Botschafter Laurel wieder herein.«

Es war so still, dass man das Klopfen von Laurels Stab hören konnte, als er sich dem Tisch näherte. Sein Stuhl kratzte laut über den Boden, als er ihn herauszog und sich hinsetzte. Der König musterte alle Anwesenden der Reihe nach. »Böses wurde in Unserem Königreich getan, und Wir werden es ansprechen. Verstanden?«

Alle nickten.

»Gut.« König Jusson lehnte sich auf seinem Stuhl zurück. »Kanzlerin Berle?«

»Ich habe mich mit dem Botschafter beraten, wie wir dieses Unrecht wiedergutmachen können, Euer Majestät«, sagte sie. »Ich habe Euch bereits unsere Empfehlung zukommen lassen.«

»Wir haben sie erhalten«, antwortete Jusson und holte tief Luft, bevor er sich an Laurel wandte. »Ein grauenvolles Verbrechen gegen Eure Völker wurde begangen, Botschafter. Wir bitten Euch um Verzeihung und werden darüber hinaus einen Brief an Euren Rat senden. Seid versichert, dass Wir ausnahmslos alle zur Verantwortung ziehen werden, die in dieses Verbrechen verwickelt sind, ungeachtet ihres gesellschaftlichen Ranges.«

»Danke, Ehrenwerter König«, erwiderte Laurel.

»Wir haben außerdem Eure Empfehlung erwogen, einen Botschafter in die Grenzlande zu entsenden, sowohl als eine Geste des guten Willens als auch um einen diplomatischen Austausch mit unseren Nachbarn einzurichten – eine Handlung, die schon lange überfällig war. Wir sind jedoch besorgt. Könnt Ihr nach allem, was geschehen ist, für die Sicherheit der Person bürgen, die Wir entsenden?«

»Ja«, antwortete Laurel schlicht.

Jussons Miene hellte sich auf, als er lächelte. »Ihr seid sehr zuversichtlich.«

»Mir wurde volle Machtbefugnis zugesichert, Ehrenwerter König«, erklärte Laurel. »Eurem Vertreter wird nichts geschehen, darauf leiste ich einen Eid.«

Die Rune in meiner Hand erwärmte sich. Er sprach die Wahrheit. Der König sah mich kurz an, bevor er seinen Blick wieder auf den Faena richtete. »Also gut. Wir ernennen hiermit die Kanzlerin für Auswärtiges Berle zu Unserer Botschafterin.«

Die Kanzlerin wirkte nicht sonderlich überrascht, neigte jedoch zustimmend ihren Kopf.

»Wir wollen die Liste der Personen sehen, die Sie als Gefolge auswählen, Kanzlerin«, erklärte der König.

»Jawohl, Sire.«

»Wir haben ebenfalls Eure Empfehlung überdacht, dass alle Überreste, die gefunden werden, an die Grenzlande überstellt werden, Botschafter.« Jussons Blick zuckte zu den grausigen Funden, die noch vor Berle auf dem Tisch lagen. »Auch dies erfüllt Uns mit Sorge, da Wir uns fragen, ob es nicht genau das auslösen könnte, was Wir vermeiden wollen, wenn Wir all dies zurückschicken.«

»Ich habe sehr sorgfältig darüber nachgedacht, Euer Majestät«, antwortete Laurel. »Ich glaube, es nicht zu tun würde die Lage verschlimmern. Werden die sterblichen Überreste zurückgeschickt, ermöglicht das den Familien und Freunden wenigstens, um die Verschiedenen zu trauern und die angemessenen Riten abzuhalten.« Er seufzte. »Es wird außerdem helfen, jegliche Gerüchte im Keim zu ersticken, dass Ihr unsere Toten behaltet, um sie als Tische oder Mäntel zu benutzen. Ich werde die Leichen zurückbegleiten und hoffentlich in der Lage sein, die Qualen zu lindern, die ihre Ankunft zweifellos bereiten wird.«

»Wir verstehen.« Jusson schwieg einen Moment. »Also gut. Wir werden es so machen.«

Er drehte sich zu dem Lordadmiral herum. »Da der Seeweg die schnellste Möglichkeit ist, Admiral Noal, stellen Sie bitte ein Schiff zur Verfügung, das Kanzlerin Berle, Botschafter Laurel und seine ... Fracht in die Grenzlande bringt.«

»Jawohl, Sire«, antwortete Admiral Noal. Er sah Laurel an. »Wohin soll es gehen, Botschafter?«

»Nach Elanwryfindyll, Ehrenwerter Admiral. Das ist ein Stadtstaat am Meer.«

»Bereitet auch einen Konvoi vor, Noal.« Jusson verzog die Lippen. »Was für Uns ein Schiff voller Schrecken ist, könnte von Piraten und anderen Seefahrernationen als lohnende Beute betrachtet werden.«

»Ich empfehle, dass die Hauptleute Suiden und Javes und ihre Truppen Botschafter Laurel und Kanzlerin Berle begleiten, Euer Majestät«, mischte sich Lord Thadro ein.

Ich starrte den Lordkommandeur erstaunt an. Denn ich war überzeugt gewesen, dass unser Auftrag enden würde, als ich hörte, dass Laurel nach Hause zurückkehrte. Aber wie die Kirche in Gresh schien der Lordkommandeur die zwei offenkundig mit der Gabe geschlagenen Truppeneinheiten, einen Zauberlehrling und einen Geist aus der peinlichen Instabilität befreien zu wollen, die Terams gescheiterte Rebellion verursacht hatte. Auch wenn Jusson geschworen hatte, Magische willkommen zu heißen. Als jedoch die Besprechung sich der Logistik der Reise zuwandte, sah ich, wie Javes und Thadro miteinander redeten. Mir wurde klar, dass Thadro, wiederum wie die Kirche von Gresh, jemanden, dem er vertraute, in Kanzlerin Berles Gefolge platziert hatte. Ich fragte mich, wie das wohl alles funktionieren sollte, wenn sie die Grenze erreichten, sah zu Laurel Faena hinüber – und blinzelte. Der Botschafter sah aus wie die sprichwörtliche Katze am Rahmtopf, als er die Einzelheiten unserer Reise ausarbeitete.

46

Angesichts der Drohung eines bevorstehenden Krieges kam die Militärmaschinerie recht schnell in Gang. Bereits am Nachmittag war unsere Truppe am Hafen versammelt. Wir schlenderten müßig herum, während wir darauf warteten, an Bord unseres Schiffes zu gehen. Laurel war kurz zuvor mit Kanzlerin Berle und einem Mann, der uns als Hafenmeister vorgestellt wurde, verschwunden, um zu inspizieren, was sich in Losan eso Drus Lagerhaus befand. König Jusson hatte angeordnet, dass die Schmuggelware von denselben korrupten Hafenarbeitern aus dem Lagerhaus und an Bord des Schiffes geschafft werden sollte, die sie auch verstaut hatten. Natürlich, nachdem Laurel ihnen erklärt hatte, was genau jedes einzelne Stück war und zu welcher Person es einst gehört hatte.

Ich betrachtete drei schnittige Windgleiter, die im Hafenbecken ankerten, und dachte dabei darüber nach, wie ich es schaffen konnte, nicht in die Grenzlande zurückzumüssen. Abgesehen davon, dass ich keinesfalls drei Wochen lang auf einem Totenschiff segeln wollte, war ich ein entflohener Zauberlehrling. Den Hohen Rat dürfte es kaum interessieren, dass ich Reiter in der Königlichen Armee war und König Jusson IV. dreimal die Treue geschworen hatte. Sie würden mich an Magus Kareste ausliefern, sobald ich meinen Fuß an Land gesetzt hatte – falls der nicht ohnehin schon am Ende des Fallreeps auf mich wartete.

Hinter mir rührte sich etwas, und ich drehte mich um. Admiral Noal schritt über den Kai, begleitet von Lordkommandeur Thadro, den Hauptleuten Suiden und Javes, Leutnant Groskin und – ich kniff einmal die Augen zusammen und rieb sie mir, bevor ich sie wieder öffnete – Ryson.

»Was zur pockigen Hölle ...?« Ich drehte mich zu Jeff herum, der neben mir stand. »Wusstest du das?«

Jeff schüttelte den Kopf, während er Ryson ebenfalls erstaunt anstarrte. »Als die Truppe die Garnison verlassen hat, saß er noch im Bau.«

Die Gruppe sah mich und schwenkte in meine Richtung, während Jeff und ich wie unsere Kameraden hastig Haltung annahmen.

»Rühren«, befahl Thadro. Er drehte sich zu dem Admiral um. »Admiral Noal, das ist Leutnant Lord Hase. Sie haben sich heute bei der Besprechung gesehen, wurden einander jedoch nicht vorgestellt.«

Admiral Noal nickte, während sein Blick über Basels Geist huschte. »Hallo, Leutnant. Ich kenne Ihren Onkel, Vizeadmiral Havram ibn Chause. Ein ausgezeichneter Offizier.«

Offenbar stellte ihn meine gemurmelte Antwort zufrieden, denn er nickte erneut und wandte sich an den Lordkommandeur. »Es sind nur noch ein paar Kleinigkeiten zu regeln, Thadro, dann können wir mit dem Beladen der Schiffe beginnen.«

»Machen Sie weiter, Noal«, erwiderte Thadro. »Ich bin gleich wieder bei Ihnen.«

Admiral Noal sah Groskin und Ryson an, bevor sein Blick sich auf mich richtete. »Sicher, lassen Sie sich Zeit.« Er nickte ein drittes Mal und marschierte davon, zum Hafenbüro.

»Hauptmann Suiden, versammeln Sie bitte die Männer«, sagte

Thadro und wartete, bis wir vor ihm Aufstellung genommen hatten. »Also?« Er sah Groskin und Ryson an, die immer noch neben ihm standen.

Zuerst entschuldigte sich Groskin bei mir und den restlichen Soldaten, dann Ryson, als hätten wir einen Streit im Sandkasten gehabt und würden jetzt gezwungen, uns ein Küsschen zu geben und wieder zu vertragen. Ich hielt den Kopf während ihres Sermons gesenkt und konzentrierte mich darauf, wie die Wellen an den Rumpf der ankernden Schiffe schlugen, auf die Schreie der Möwen und den salzigen Geruch in der Luft.

»Den Teil aufs Spiel setzen, um das Ganze zu retten, Leutnant«, knurrte Suiden, nachdem wir weggetreten waren. Seine Wut traf mich fast wie ein Schlag.

Ich hatte jedoch schon genug damit zu tun, meinen eigenen Zorn im Zaum zu halten. »Das habe ich mit meiner Bemerkung nicht gemeint, Sir. Das Einzige, was Ryson Onkel nennen kann, ist ein räudiges Wiesel. Warum wurde auch er entlassen?«

»Wenn wir Groskin auf das böse Patschhändchen schlagen, müssen wir dasselbe bei Ryson tun«, meinte Javes, der zu uns getreten war. »Immerhin ist er desselben Vergehens für schuldig befunden worden: Er hat sich von seiner Furcht vor den Magischen zu unklugen Handlungen hinreißen lassen. Jedenfalls behauptet das Erzdoyen Obruesk.« Er stieß die letzten Worte knurrend hervor, und seine gelben Augen funkelten hart. »Der Lordkommandeur will uns sehen, Suiden.«

Ich sah den Hauptleuten nicht nach, ebenso wenig wie ich Groskin und Ryson eines Blickes würdigte, die etwas abseits von den anderen herumstanden. Stattdessen ging ich zu meiner neuen Truhe, die im Schatten eines Gebäudes stand, und setzte mich darauf. Meine alte Truhe hatte ich zurückgelassen, nur für den Fall, dass ein Fahler Tod sich darin eingenistet hatte.

»Interessiert das denn überhaupt niemanden?«, meinte Jeff,

der mir folgte. Ich rutschte ein Stück zur Seite, und er setzte sich neben mich. »Ich kann verstehen, dass Groskin vielleicht die Nerven verloren hat, aber Ryson war Sleovics Arschkriecher, seit der Leutnant nach Freston versetzt wurde.«

Ich brummte zustimmend.

»Und trotzdem schicken sie ihn in die Grenzlande?«

»Politik, Jeff«, erwiderte ich. »Der Erzdoyen muckt gegen den König auf, vielleicht meinetwegen oder wegen Dru oder uns beiden. Möglicherweise auch nur, weil er es kann.« Ich erinnerte mich an die finsteren Blicke, die Obruesk Laurel und mir zugeworfen hatte. »Jedenfalls mag er die Grenzlandvölker nicht sonderlich.«

»Slevoic hat man noch nicht gefunden, stimmt's?«, erkundigte sich Jeff nach einem Moment.

»Nein. Jedenfalls habe ich nichts dergleichen gehört.«

»Glaubst du, dass er sich mit Gherat trifft?«

Ich seufzte. »Keine Ahnung.«

Wir verstummten, saßen still da und beobachteten, wie die Schatten länger wurden, als die Sonne langsam unterging. Nach einer Weile hörten wir wieder Geräusche auf dem Kai und standen auf. Ich sah Laurel Faena, der in Begleitung von Kanzlerin Berle auf uns zukam. Den beiden folgte eine lange Reihe von Männern, die schwer beladene Karren vor sich herschoben. Ich setzte mich wieder hin und blickte aufs Wasser. Das wollte ich nicht sehen.

»Lord Hase«, sprach Kanzlerin Berle mich an.

Ich stand höflich auf, drehte mich um und sah ihr ins Gesicht. »Ja, Ehrenwerte Kanzlerin?«

»Haben Sie den Lordkommandeur gesehen?«

»Er ist dorthin gegangen, Kanzlerin«, ich deutete auf das Hafenbüro, »zusammen mit Admiral Noal und den Hauptleuten Suiden und Javes.«

»Danke.« Die Kanzlerin verbeugte sich und ging in die angegebene Richtung davon.

»Geht es Euch gut, Hase?«, erkundigte sich Laurel, der bei uns geblieben war.

»Nein.« Ich deutete mit einem Nicken auf Ryson. »Tut es nicht.«

»Ja. Kanzlerin Berle hat es mir erzählt.« Der Faena betrachtete den Soldaten ebenfalls. »Aber ich bin sicher, dass Euch der Stinker in Gegenwart der Hauptleute, des Ehrenwerten Reiters Jeffen und meiner Person nichts zuleide tun kann.«

Ich zuckte mit den Schultern. »Ich habe keine Angst vor ihm. Ich bin einfach nur wütend, weil man ihn auf freien Fuß gesetzt hat.« Ich konzentrierte mich auf Laurel. »Aber es spielt keine Rolle, ob er auf dem Schiff ist oder nicht, denn ich fahre nicht mit. Magus Kareste wird mich am Schlafittchen packen, sobald ich an Land gehe.«

Laurel fuhr herum und starrte mich an, ebenso wie Jeff und Basels Geist. »Ihr müsst mitfahren, Hase«, erklärte Laurel. »Ich brauche Euch.« Er deutete mit seiner Tatze auf die Karren, die an uns vorbeigeschoben wurden. »Ich kann das nicht allein bewerkstelligen. Außerdem muss ich Euch ausbilden.«

»Aber der Magus ...«

»Macht Euch um den Magus keine Sorgen«, unterbrach mich Laurel. »Ich werde mich seiner annehmen.«

»Definiert ›annehmen‹«, forderte ich ihn auf.

»So jung und schon so misstrauisch.« Laurel lachte fauchend. »Kareste wird Euch nicht am ›Schlafittchen packen‹. Das schwöre ich.« Er deutete auf die rote Feder in meinem Haar. »Ein solcher Pakt ist eine zweischneidige Angelegenheit, Hase. Ihr seid mir ebenso verpflichtet wie ich Euch.«

Ich seufzte und betrachtete meine Stiefel. Hätte ich gewusst, wie viel Ärger dieser verfluchte Pakt bedeutete, hätte ich niemals mit dem Faena gespeist. In diesem Moment erschienen mir die entlegenen Berge von Freston wie das Paradies auf Erden. »Ihr fordert mich auf, die Verpflichtung zu erfüllen?«

»Ja. Und ich werde Euch beschützen.«

Ich wollte ihn schon fragen, wie er das wohl anstellen wollte, als zum dritten Mal Unruhe auf dem Kai ausbrach. Ich drehte mich zu den Geräuschen um, die sich uns näherten, und sah, wie König Jusson mit seinem Tross herankam. Offenbar hatte jemand aufgepasst, denn im selben Moment traten Lordkommandeur Thadro, Admiral Noal, die Hauptleute Suiden und Javes sowie Kanzlerin Berle aus dem Hafenbüro. Sie marschierten geradewegs auf die Stelle zu, wo Laurel und ich standen.

Jusson hielt an und verschwand augenblicklich vor unseren Augen. »Lordkommandeur.« Jussons Stimme drang etwas gedämpft hinter einer Phalanx seiner Leibgarde hervor.

»Sire, bitte«, erwiderte Thadro. »Wir haben gerade eine Rebellion niedergeschlagen. Wenn Ihr schon herkommen müsst, dann erlaubt der Garde wenigstens, dass sie ihre Arbeit tut und Euch bewacht.«

»Ich weigere mich entschieden, mich im Palast oder hinter meinen Wachen zu verstecken«, knurrte der König. »Zur Seite!«

Die Gardisten teilten sich zögernd, und der König war wieder zu sehen. »Gut. Alle sind da«, bemerkte er. Er lächelte, aber seine Augen leuchteten golden, während er sich umsah, bis er Ryson gefunden hatte. »Wie Wir sehen, haben Sie einen weiteren Mann aus Ihrer Abteilung zurückbekommen, Hauptmann Suiden.«

»Ja, Euer Majestät.« Suidens Augen glühten ebenso grün und heiß, wie die des Königs golden.

»Ich habe Reiter Ryson über das Schicksal belehrt, Euer Majestät, das ihn erwartet, falls er wieder in alte Gewohnheiten verfallen sollte«, meinte Thadro. »Sehr ausführlich und gründlich.«

»Ausgezeichnet.« Der König sah mich an. »Sie sollten wissen, dass Erzdoyen Obruesk dem Magistrat erklärt hat, dass Lord Terams Rebellion aus derselben Furcht erwuchs, die sowohl Leutnant Groskin als auch Reiter Ryson infiziert hatte. Der Erzdoyen war offenbar so überzeugend, dass der Magistrat sogar mit Uns darüber gestritten hat, Flavan auf freien Fuß zu setzen.«

»Die Anschläge auf mein Leben spielen keine Rolle, Sire?«, erkundigte ich mich.

»Es gibt keinerlei Beweise für seine Beteiligung, Cousin. Im Moment kann nur belegt werden, dass Esclaur während einer Feier in Flavans Haus vergiftet worden ist. Das hätte jeder tun können. Behauptet jedenfalls Obruesk.« Der König zuckte mit den Schultern. »Selbst wenn er versucht hätte, dich umzubringen, wer könnte es ihm vorwerfen? Schließlich hing die Drohung über ihm, in ein wildes Tier verwandelt zu werden. Laut Obruesk, versteht sich.«

»Es gab keine Drohung ...«, begann ich und brach ab, als sich ein Fuß auf meinen stellte.

»Der Erzdoyen hat wirklich einen netten kleinen Wutanfall hingelegt, Euer Majestät«, sagte Javes, der Besitzer des Fußes.

»Ja. Wir haben den Patriarchen benachrichtigt, dass Wir gedenken, an der nächsten Sitzung des Kirchenkonzils teilzunehmen, und ihm auch die Gründe dafür auseinandergelegt. Wir denken, dass sie dort die Ämter neu besetzen, und Wir haben Seiner Heiligkeit einige Vorschläge gemacht.« Jussons Blick richtete sich auf Laurel und mich. »Ihr beide scheint etwas an Euch zu haben, was normalerweise gesunden Menschen den Verstand raubt.«

»Das ist eine besondere Fähigkeit, Euer Majestät«, erklärte Laurel.

Jusson lachte kurz auf. »Eine Fähigkeit, tatsächlich!«

»Also wird der Lordrichter Teram freilassen, Euer Majestät?«, erkundigte ich mich und zog meinen Fuß mit Mühe unter Javes' Stiefel heraus.

»Keineswegs. Wir haben ihm begreiflich gemacht, dass es Uns nicht im Geringsten kümmern würde, wenn seine Lordschaft von den Feuern der Hölle verschlungen würde. Pfeile auf seinen König abzufeuern und mit einem Schwert vor seiner Nase herumzufuchteln ist absolut unverzeihlich – Teram gehört mir, mit Haut oder Fell, gleichwie.« Er wandte sich an Kanzlerin Berle und hob die Hand. Lord Esclaur trat aus dem Gefolge hinter ihm. »Wir haben Ihre Auswahl für Ihr Botschaftspersonal akzeptiert, Kanzlerin Berle, allerdings möchten Wir noch eine Ergänzung anführen. Wir haben Lord Esclaur ibn Dhawn e Jas als Ihren Stellvertreter nominiert.«

Esclaur lächelte die Kanzlerin an.

»Außerdem haben Wir Ihr Ansinnen in Bezug auf die Wachen der Botschaft abgelehnt. Die Hauptleute Suiden und Javes werden mit ihren Männern in dieser Funktion dienen, bis eine dauerhafte Botschaft eingerichtet ist.«

»Jawohl, Euer Majestät.« Kanzlerin Berle zeigte ihre undurchdringlichste Miene. »Und was ist mit den Dienern?«

»Sie werden Ihnen aus dem Königlichen Haushalt zugewiesen«, erklärte Jusson und wartete auf ihren gemurmelten Dank, bevor er sich an Suiden wandte. »Hauptmann Suiden, der Erfolg dieser Mission hängt ebenso von Ihnen und Ihren Männern ab wie von Kanzlerin Berle. Es ist also von größter Bedeutung, dass Ihre Leute als Einheit funktionieren.«

»Jawohl, Euer Majestät«, erwiderte Suiden mit ausgesucht unbewegter Miene.

Jusson seufzte. »Haben Wir Ihnen eigentlich schon einmal erzählt, Hauptmann, dass Wir als Prinz in der Königlichen Marine gedient haben?«

»Nein, Euer Majestät.«

»Wir fanden diese Erfahrung außerordentlich erhellend. Das Wohlergehen des Schiffes hing davon ab, dass alle Mitglieder der Mannschaft als Ganzes zusammenarbeiteten.«

»Meine Männer sind keine Seeleute, Euer Majestät«, wandte Suiden ein.

»Nein. Aber Sie sind ein Seemann, Hauptmann Prinz.«

Suiden stand regungslos da.

»Sehen Sie das Schiff in der Mitte, hm?« Jusson deutete auf den größten der drei Windgleiter, die im Hafen lagen.

»Ja, Euer Majestät.« Suiden flüsterte, als er über das Wasser starrte.

»Es gehört Ihnen.«

»Mir.«

»Für die Dauer der Reise in die Grenzlande sind Sie sein Kapitän. Lordadmiral Noal hat es mit einer sehr erfahrenen Mannschaft ausgestattet, die Ihnen unterstellt ist.« Jusson wartete, und obwohl Suiden nichts sagte, lächelte der König. »Es dauert ungefähr drei Wochen, bis Sie die Grenzlande erreichen. Nutzen Sie diese Zeit klug.«

Ich starrte ebenfalls auf das mittlere Schiff. Es war prachtvoll, sowohl als Bestechung als auch als Wiedergutmachung, um den Schmerz zu lindern, dass Hauptmann Suiden Groskin und Ryson zurücknehmen musste. Die Eleganz seiner Linien fiel selbst mir als Laien ins Auge. Ich sah den Hauptmann an, der seinen Blick nicht von dem Windgleiter losreißen konnte. Manchmal war es sehr einfach, aus der Not eine Tugend zu machen.

»Sire«, sagte Lordkommandeur Thadro leise. Er blickte an dem König vorbei auf etwas hinter ihm.

Jusson drehte sich rasch um. »Oh, Hölle und Verdammnis! Was ist jetzt schon wieder?«

Die Soldaten und die Hafenarbeiter machten Platz und verbeugten sich so ehrerbietig, wie sie es nicht einmal vor König Jusson getan hatten, als Patriarch Pietr an ihnen vorbeischritt. Sein Büßerhemd und sein kahlrasierter Schädel waren unter seiner Robe und seinem Amtshut verborgen. Ihm folgte Doyen Allwyn, und das Ende bildete Erzdoyen Obruesk, allerdings ohne seinen Amtsstab.

Vor König Jusson blieb der Patriarch stehen. »Bitte verzeiht meine Aufdringlichkeit, Euer Majestät, aber ich habe Euch gesucht und wurde hierher verwiesen. Ich möchte Euch um etwas ersuchen.«

»Ja, Euer Heiligkeit?«, antwortete Jusson argwöhnisch.

Der Patriarch bedeutete einem Schreiber vorzutreten. »Da die Heilige Kirche, wenn auch unwissentlich, in die schrecklichen Taten verwickelt worden ist, die gegen die Grenzlande begangen wurden, möchte ich Doyen Allwyn mit den Gesandten dorthin schicken, damit er vor dem Hohen Rat der Grenzlande über die Entschädigung sprechen kann, welche die Kirche zu machen gedenkt.«

»Selbstverständlich, Eure Heiligkeit«, antwortete Jusson. »Aber unterzieht er sich nicht gerade einer Läuterung?«

»Er kann auf dem Schiff ebenso gut fasten und beten wie sonst wo«, gab Patriarch Pietr zurück. Er winkte erneut, diesmal barscher, und Erzdoyen Obruesk, der sich im Hintergrund gehalten hatte, trat schleppend vor. »Ich möchte Euch ebenfalls ersuchen, den Erzdoyen mitreisen zu lassen ...«

Es wurde mucksmäuschenstill auf dem Kai.

»... da er so außerordentlich großes Interesse an den jüngsten Ereignissen gezeigt hat. Auf diesem Weg vermag er aus erster Hand diese Ereignisse zu verfolgen und ein umfassenderes Verständnis zu erwerben, welche Konsequenzen die Sünde des Hochmuts nach sich zieht, und was jenen widerfährt, die eine Position anstreben, in der sie nichts zu suchen haben.«

Obruesks Position war offenbar doch nicht so stark gewesen, wie er geglaubt hatte. Oder die des Patriarchen war stärker.

»Natürlich, Eure Heiligkeit.« Jusson stellte unter Beweis, dass auch er eine undurchdringliche Miene aufzusetzen imstande war.

»Vielen Dank, Euer Majestät. Ihr seid höchst großzügig.« Der Patriarch sah Thadro an. »Mir ist zu Ohren gekommen, Lordkommandeur, dass Sie keinen Schiffsgeistlichen mit auf die Reise nehmen.«

»Nein, Euer Heiligkeit. Wir hatten keine Zeit, nach einem geeigneten Priester zu suchen.«

Der Patriarch nickte. »Verstehe. Die Dinge haben sich wirklich recht schnell entwickelt.« Er lächelte und entblößte seine Zähne. »Darf ich vielleicht den Erzdoyen für diese Aufgabe empfehlen?«

Die Macht des Patriarchen war eindeutig größer, und zwar erheblich.

Thadro musste sich bemühen, seine Kinnlade unter Kontrolle zu behalten. »Ich bin sicher, wenn er sich entscheidet, Gottesdienste abzuhalten ...«

»Nein, Lordkommandeur«, fiel der Patriarch ihm ins Wort. »Dies dient ebenfalls dazu, ihm ein Verständnis dafür zu ermöglichen, was es bedeutet ... Wie nennen Sie das noch gleich? Ach ja, die Hierarchie der Befehlskette zu respektieren, nicht wahr? Erlauben Sie ihm, das Amt des Schiffskaplans mit all seinen Pflichten wahrzunehmen.«

»Ja, natürlich, selbstverständlich, Euer Heiligkeit.« Thadros Stimme klang ein wenig dünn.

»Danke.« Der Patriarch hob die Brauen. »Welchen Rang wird er bekleiden?«

»Hat er in der Armee gedient, Euer Heiligkeit?«

»Nein, Lordkommandeur.«

»Nun, dann den Rang eines Hauptmanns. Allerdings ohne Befehlsgewalt.«

»Sie meinen, niemand muss ihm gehorchen?« Der Patriarch zeigte sein komplettes, intaktes Gebiss.

»Nein. Will sagen, ja, das stimmt.«

»Er dagegen muss den anderen gehorchen?«

»In militärischen Angelegenheiten, ja.«

»Und das wäre?«

»Was die Offiziere dazu erklären«, antwortete Thadro.

Das Lächeln des Patriarchen verstärkte sich so sehr, dass seine Augen nur noch Schlitze waren. Er drehte sich strahlend zu dem Erzdoyen herum. »Was für eine wundervoll lehrreiche Erfahrung das für Sie sein wird, mein lieber Obruesk, einfach wundervoll!«

47

Ich versuchte noch einmal, Laurel zu überreden, mich aus meiner Verpflichtung zu entlassen und mir zu erlauben, in Iversterre zu bleiben. Er dagegen schwor mir erneut, vor Jusson, dass Magus Kareste mich nicht in die Finger bekommen würde. Und der König erklärte, er könne keinen ungeschulten Magier in der Königlichen Stadt herumlaufen lassen.

»Ich kann es nicht riskieren, Cousin«, sagte der König. »Es scheint, dass jeden Tag etwas Neues passiert.« Sein Blick blieb einen Moment an meinem Zopf samt Feder haften und glitt dann zu der Rune auf meiner Handfläche. »Und mir schwant, dass mir nicht gefällt, was passieren wird, wenn jemand damit in Berührung kommt.«

Ich wollte zu der Erklärung ansetzen, dass ich nicht herumlief und Leute absichtlich damit berührte, aber Laurel kam mir zuvor. »Es ist wie ein Hinterhalt, stimmt's? Aber mit der entsprechenden Ausbildung wird Lord Hase in der Lage sein, die ... Nebenwirkungen zu kontrollieren. Und ich hoffe, diese Ausbildung während der Schiffsreise vervollständigen zu können.«

Jusson grinste über meine Miene. »Ich bin dein König und dein Cousin, also befehle ich dir, mit der Faena-Katze zu gehen.« Sein Grinsen wurde etwas schärfer, als meine Miene sich nicht änderte. »Wir haben Botschafter Laurels Wort akzeptiert, dass er unsere Gesandten in den Grenzlanden beschützen kann, und jetzt schwört er, dass dieser Schutz auch für dich gilt. Willst du behaupten, dass sein Wort nichts gilt?«

Und siehe da, plötzlich war ich für den Friedensprozess verantwortlich.

In dem Moment trat Hauptmann Suiden zu uns. »Was gibt's, Leutnant?«

»Hauptmann Prinz.« Der König seufzte. »Kaum wird einer Ihrer Männer bedroht, schon zeigen Sie Krallen und Zähne.«

Ich lächelte, als ich an Slevoics Entsetzen zurückdachte, als er sich dem Hauptmann widersetzte und sich im nächsten Moment einem Drachen gegenübersah. Dann jedoch schob sich die ältere Erinnerung davor, wie Dragoness Moraina einst mit einem Magier stritt, der auf die Idee kam, seiner Argumentation dadurch Nachdruck zu verleihen, dass er einen mächtigen Zauber wirkte und ihn der Ehrenwerten Moraina direkt zwischen die Augen schleuderte. Ebenso deutlich ist mir sein extremes Unbehagen in Erinnerung, als Moraina den Zauber mit einem Fingerschnippen wegwischte. Ich warf dem Hauptmann einen abschätzenden Blick zu. »Einverstanden, Euer Majestät. Ich gehe mit.«

Laurel lachte fauchend. »Ich schwöre bei allem, was mir heilig ist, dass ich Euch beschützen werde. Außerdem habt Ihr keinen Grund, mir scheele Blicke zuzuwerfen. Kaum gleitet der Schatten des Hauptmanns vorbei, seid Ihr bereit, ihm bis zum Mond zu folgen.«

»Das nennt man Loyalität, Sro Katze. Und die verdient man sich«, bemerkte Suiden.

Ich trat rasch zwischen die beiden, als der Faena tief in seiner Kehle grollte. »Ich vertraue Euch ja, Ehrenwerter Laurel. Es ist nur so …«

»Hah! Endlich sagt er es einmal zu jemand anderem!«, warf Jusson ein.

»… dass ich mich fünf Jahre lang vor diesen Leuten versteckt habe und Ihr mich jetzt darum bittet zurückzukehren, und das nur mit Eurem Wort als Rückendeckung. Wenn der Hohe Rat jetzt beschließt, mich dem Magus auszuliefern?«

»Dann kann der Hohe Rat lange auf einer kurzen Pier spazieren gehen«, mischte sich Suiden ein. »Zusammen mit diesem Zauberer. Jetzt möchte ich, dass Sie Ihren Aufgaben nachkommen. Euer Majestät.« Mit einer kurzen Verbeugung vor dem König marschierte Suiden davon.

»Macht einen Mann zum Kapitän seines eigenen Schiffes, dann glaubt er, er regiert die Welt«, merkte Jusson an. »Hauptmann Prinz!«, rief er. Suiden blieb stehen und drehte sich um. »Sie haben Unsere Erlaubnis, Uns zu verlassen.«

Jetzt sah ich zum dritten Mal, wie Hauptmann Suiden seine Fassung verlor. Er zögerte und verbeugte sich dann. »Verzeiht mir, Euer Majestät.« Er verbeugte sich noch einmal – doppelt genäht hält besser – und ging weiter.

Der König bemerkte meine Miene. »Keine Sorge, Cousin.« Er zuckte mit den Schultern. »Ich könnte mich mit Schmeichlern umgeben, die bei jeder Äußerung, die ich tue, vor Begeisterung in Ohnmacht fallen. Was nur bedeuten würde, dass sie das bei der nächsten Person ebenfalls machen.« Er grinste ironisch. »Fragt nur Teram, was seine Helfershelfer derzeit treiben.«

»Sie schmeicheln sich bei Euch ein, Sire?«, spekulierte ich.

»Die Pocken sollen sie holen, genau das tun sie. Es ist besser, starke Männer um sich zu haben, die das Richtige tun, weil es das Richtige ist, nicht, weil ich es sage. Und wenn sie widersprechen und gelegentlich die Etikette vergessen«, Jussons schwarze Augen funkelten, »kann ich sie ganz bestimmt daran erinnern, wer der König ist.«

»Und was ist mit denen, die stark sind, sich aber nicht um das kümmern, was richtig ist?«, wollte ich wissen.

»Die meidest du am besten wie die Pest.« Jusson seufzte. »Jeder kann einmal zum Narren gehalten werden, Hase. Es kommt darauf an, nicht zweimal hereinzufallen.«

»Ja, Sire«, sagte ich und blickte unwillkürlich zu Groskin hinüber.

»Das hat nichts damit zu tun«, meinte der König, der meinem Blick gefolgt war. »Du bist nicht zum Narren gehalten, sondern von jemandem betrogen worden, dem zu vertrauen du allen Grund hattest. Wenn du allerdings Terams gespieltem Wohlwollen geglaubt hättest …!«

»Nie im Leben, Sire.«

Jusson lachte barsch. »Du bist wirklich kein Idiot, Cousin.« Er sah Laurel an, der stumm neben uns stand. »Ich möchte gern mit Hase unter vier Augen sprechen, Botschafter.«

»Selbstverständlich, Ehrenwerter König.« Laurel verbeugte sich und trat zu der Gruppe um den Patriarchen. Ich sah, wie die Augen des Patriarchen Pietr aufleuchteten, als er zur Seite trat, damit sich der Faena zu ihm gesellen konnte. Erzdoyen Obruesk dagegen blickte Laurel finster an.

»Reiter Basel, wenn Sie so freundlich wären«, sagte Jusson zu dem Geist, der sich verbeugte und ebenfalls zur Seite trat.

Na klar, dachte ich. Wenn ich ihn darum gebeten hätte …

»Du hast mich nicht gefragt, was ich gesehen habe, als du

gestern Abend deine Hand auf meine Schulter gelegt hast, Cousin.«

Ich starrte den König an, unsicher, was er hören wollte. »Sire?«

Kein Funke Humor war in Jussons Miene zu erkennen; sie wirkte angespannt. »Jeder König hat bestimmte Überzeugungen hinsichtlich seiner Herrschaft, vor allem jene Könige, deren Häuser schon so lange regieren wie das meine.« Er verfolgte mit dem Blick ein mit Holzstämmen beladenes Boot, das zu den Schiffen gerudert wurde. »Eine ungebrochene Linie, bis zurück zu König Iver. Ich habe das niemals in Frage gestellt. Warum auch? Ganz offensichtlich ist es so, dass ich aufgrund göttlichen Rechts regiere, sonst hätte mein Haus niemals so lange überdauert oder wäre der Maßstab für den gesamten Adel geworden.«

»Jawohl, Sire.« Ich dachte an all die Probleme, die meine Nähe zu seinem Haus verursacht hatte.

»Dann hast du mich mit deiner Rune berührt, und ich wurde in der Zeit zurückversetzt, erlebte die letzten Stunden der Schlacht um die Stadt.« Die Furchen in Jussons Gesicht vertieften sich. »Tote Diener, Frauen, Kinder, deren Blut den Boden des Thronsaals bedeckte. Wer noch lebte, kämpfte, versuchte verzweifelt, etwas zu retten, während der Begründer meines Hauses und seine Männer über sie herfielen wie das Meer bei Sturmflut über das Land.« Er holte tief Luft. »Ich sah eine Person tot auf den Stufen des Thronpodestes liegen. Sie hatte das Gesicht meiner Mutter, Hase, und ihre Augen schimmerten golden.«

Eine Möwe stieß einen schrillen Schrei aus, als sie über das Wasser flog.

»Ich wusste schon immer, dass ich Elfenblut in mir habe. Wie auch nicht, wo ich den Beweis dafür doch jedes Mal sehe, wenn ich in den Spiegel blicke?« Jusson lächelte, ironisch, gequält. »Aber ich habe es niemals infrage gestellt, ebenso wenig wie ich darüber nachdachte, wie es Iver gelang, eine Elfenstadt zu regieren. Ich nahm an, das eine spielte keine Rolle, weil das andere von Gott vorherbestimmt war.«

Ich starrte auf die kleinen Wellen, die gegen die Kaimauer schlugen.

»Und jetzt ist alles, was ich jemals für wahr gehalten habe ...« Jusson sah mich an. »Würde Gott eine Herrschaft billigen, die mit dem Tod von Kindern begonnen wurde? Und ich, der ich auf Ivers Thron sitze, mit meiner ungebrochenen Erbfolge und meinem elfischen Blut, was macht das aus mir?« Die Anspannung auf seinem Gesicht verstärkte sich. »Als ich heute Morgen in den Spiegel sah, Cousin, haben die Augen einer Toten zurückgesehen.«

»Jawohl, Sire«, sagte ich leise.

Der Wind zupfte an Jussons Haar und entblößte ein Elfenohr. »Schließlich ist es mir gelungen, eine Privataudienz mit dieser Faena-Katze zu arrangieren. Ich habe es nicht nur mit Rebellionen und Enthüllungen zu tun, sondern auch mit einem Land, das sich im Wandel befindet.« Er warf einen Blick auf Javes und Suiden, die miteinander plauderten. »Und dessen Menschen sich in Wölfe, Drachen und Zauberer verwandeln. Es kursieren bereits die ersten Gerüchte in der Stadt, Cousin.« Er drehte sich zur anderen Seite und ertappte einen Hafenarbeiter dabei, wie er ihn anstarrte. Als der Mann bemerkte, dass der König ihn sah, packte er seine Schubkarre und marschierte zu dem wartenden Boot, allerdings nicht, ohne mir vorher noch einen Seitenblick zuzuwerfen.

»Verstehe, Sire«, erklärte ich.

»Und was sagen meine Berater dazu? Hebt eine Streitmacht aus und verlegt sie nach Veldecke, nur für den Fall, dass Kanzlerin Berle scheitert. Ungeachtet dessen, dass es die Grenzlande zu einem Angriff provozieren könnte, wenn ich das dortige Truppenkontingent verstärke. Mich jedenfalls würde es dazu provozieren.«

»Die Lords der Gemarkungen, Sire?« Mir fiel ein, wer den letzten Krieg provoziert hatte.

»Jeder, der endlich begriffen hat, dass die Grenzlande mehr als nur eine Nation der Legende in einem Märchenland sind.« Jusson seufzte. »Es kommt mir so vor, als würde ich ein durchgegangenes Pferd ohne Sattel, Zügel und Trense reiten. Diejenigen, denen ich einst vertraute, haben sich als treulos entpuppt, und selbst die anderen ...« Der Blick des Königs zuckte jetzt zu der Stelle hinüber, an der Admiral Noal und Kanzlerin Berle sich unterhielten. »Es gibt Methoden, wie man ein wildes Pferd kontrolliert, so wie es auch andere gibt herauszufinden, wer wahrlich loyal ist.« Seine schwarzen Augen glühten erneut golden auf, als er mich ansah. »Du bist tatsächlich mein Paladin, dreimal geschworen, und das letzte Mal im Runenzirkel. Du hättest fast den Himmel erleuchtet. Aus diesem Grund ernenne ich dich zu meinem Gesandten, Hase. Bring mir Frieden!«

»Ich? Ehm, Sire?« Ich starrte ihn entsetzt an.

Jusson winkte Thadro zu sich, der ein Stück abseits wartete. Als der König die Hand ausstreckte, legte der Lordkommandeur ein Messer hinein. Mein Messer. »Wir haben das an uns genommen, damit wir in der Lage waren, es als Beweis für deine Unschuld vorzulegen, falls jemand dich der Hexerei bezichtigt hätte.« Er hielt mir das Messer hin, und ich nahm es mit schlaffer Hand entgegen. »Es wurde gesäubert.«

»Sire«, versuchte ich es ein zweites Mal. »Ich bin nur ein Bauernjunge. Ich habe keine Ahnung von Diplomatie.«

»Ich möchte dich verbessern, Cousin. Du warst ein Bauernjunge. Jetzt bist du mein loyaler Lehnsmann, und die Wahrheit liegt in deiner rechten Hand.« Er schlug mir auf die Schulter und grinste erneut über meinen Gesichtsausdruck.

»Euer Majestät.« Aller guten Dinge sind drei. »Ich wüsste nicht, wo ich anfangen, wie ich anfangen …«

»Glaubst du, Berle hat da mehr Ahnung?«, fragte Jusson. »Du kennst die Völker der Grenzlande. Sie nicht. Ein Wort, eine Geste, eine Miene, und sie könnte eben das auslösen, was sie eigentlich verhindern soll.«

»Ich auch! Ich bin eine Elritze, die zwischen Haien herumschwimmt, Sire …«

»Oh, ich bin sicher, dass du dich gut halten wirst, Cousin«, antwortete Jusson. »Hier ist es dir ausgezeichnet gelungen.«

»Aber hier hing auch nichts von mir ab«, erwiderte ich verzweifelt.

»Lord Esclaur würde dir sicher widersprechen, Hase«, antwortete Jusson. »Ebenso wie deine Kameraden und auch der Geist, der dir nicht von den Fersen weicht. Ich selbst würde dir widersprechen, Lehnsmann. Du gibst keinen Zentimeter nach, ganz gleich, wer dich bedrängt. Oder was dich unter Druck setzt.« Sein Lächeln wurde weich. »Mach dir keine Sorgen, Cousin. Ich verlange nicht von dir, Berle zu ersetzen. Aber ich bitte dich, dafür zu sorgen, dass keiner die Gründe vergisst, warum er dorthin entsandt wurde. Und zwar alle Gründe.«

Ich hätte dem König gern gesagt, dass es mir vollkommen genügte, ein einfacher Reiter in einer abgelegenen Handelsstadt in den Bergen zu sein. Ich hätte gern sämtliche Macht und allen Ruhm jenen überlassen, die erfahrener und ehrgeiziger waren als ich. Ich wollte das gerade sagen, als ein Hafenarbeiter mit einem Schubkarren vorbeiging, auf dem Pelze gestapelt waren. Die Felle bewegten sich im Wind. Ich sah einen Schimmer über den Pelzen, und mir blieb vor Schreck fast das Herz stehen. Dann wurde mir klar, dass ich Laurel Faenas Schutzzauber sah und nicht, wie ich zunächst angenommen hatte, Geister.

Ich holte geräuschvoll durch den offenen Mund Luft und atmete durch die Nase aus. »Jawohl, Euer Majestät«, sagte ich einlenkend. »Ich werde mein Bestes tun, um Euch Frieden zu bringen.«

»Schwör es, Hase«, forderte der König mich auf. »Und ich meine, schwöre es, mir persönlich.«

Ich hob die Hand und fühlte die Wärme, die durch meinen Arm und meinen ganzen Körper strömte. »Ich schwöre es, Jusson. Sic!«

»Gut.« König Jusson war zufriedengestellt. »Sehr gut.« Er sah an mir vorbei. »Und gerade rechtzeitig, denn mir scheint, Seine Heiligkeit möchte, dass Wir ihm Gesellschaft leisten.«

Der Patriarch wollte, dass wir, mit allen anderen Soldaten, zusammenkamen, weil er einen improvisierten Gottesdienst auf dem Kai abhalten wollte. Als er fertig war, mussten wir uns in einer Reihe aufstellen, und er legte jedem von uns die Hand auf, während er ein Gebet sprach. Als er mich erreichte, zögerte er. »Werdet Ihr mir erlauben, für Euch zu beten?«

Ich stand mit gesenktem Kopf da, in Erwartung des Segens des Patriarchen, und sah jetzt überrascht hoch. »Ja, selbstverständlich, Euer Heiligkeit.«

»Ich war nicht sicher, ob Ihr den Lehren der Kirche folgt.«

»Doch, natürlich tue ich das.«

»Von wegen natürlich«, knurrte Erzdoyen Obruesk. »Er sieht wie ein Heide aus.« Er stand hinter Patriarch Pietr und betrachtete die Feder in meinem Haar mit Verachtung.

Ich konnte den Blick nicht erkennen, den der Patriarch dem Erzdoyen über die Schulter zuwarf, aber Obruesk hielt den Mund. Allerdings presste er seine Kiefer mit aller Kraft zusammen, während seine tief in den Höhlen liegenden Augen glühten. Es war leicht zu erraten, wen er für seinen Niedergang verantwortlich machte.

Der Patriarch drehte sich zu mir herum. »Wer war Euer Katechist?«

»Bruder Paedrig, Euer Heiligkeit.«

»Ein kleiner, runder Mann mit rotem Haar?«, erkundigte sich der Patriarch, während er lächelte.

»Es war rot, als ich noch klein war, Euer Heiligkeit. Aber als ich fortging, war es weiß.«

Der Patriarch lachte. »Das ist also aus dem guten Bruder geworden.« Er warf erneut einen Blick über seine Schulter. »Selbst Sie können die Rechtgläubigkeit von Bruder Paedrig nicht in Frage stellen, Erzdoyen Obruesk.« Er drehte sich erneut zu mir um. »Er hat sowohl mich als auch den Erzdoyen unterwiesen.« Er hob die Hände, um sie auf meinen Kopf zu legen. »Ich wünschte, mein junger Lord, dass wir Zeit hätten, sowohl über meinen alten Lehrer als auch darüber zu plaudern, wie es war, in den Grenzlanden aufzuwachsen. Möglicherweise können wir das ja nach Eurer Rückkehr nachholen.«

Ich verdrängte den Gedanken daran, ob ich tatsächlich zurückkehren würde, schloss die Augen, als der Patriarch betete und Gott bat, mich zu segnen und zu beschützen, mir Kraft zu geben, Weisheit und Anleitung. Das übliche Programm. Er wollte seine Hände wegnehmen, hielt jedoch inne. »Ich bitte Dich ebenfalls, Allmächtiger, zu heilen, was zerrissen ist, ans Licht zu bringen, was im Schutz der Dunkelheit vollzogen wurde, zu lösen, was gelöst werden muss, und zu binden, was gebunden sein sollte.«

Ich schlug die Augen auf. Großartig, jetzt fing auch noch der Patriarch an, mystischen Quatsch zu murmeln.

Patriarch Pietr runzelte die Stirn, als er meinen Blick bemerkte, nahm eine Hand von meinem Kopf und gab mir eine kurze Backpfeife. »Und zuletzt, Gott, flehe ich dich an, Lord Hase Respekt vor seinen Ältesten zu lehren.« Er lächelte finster. »Es würde mich nicht wundern, wenn einige weiße Haare von Bruder Paedrig auf Euer Konto gingen.« Er watschte mich wieder ab, diesmal jedoch sanfter. »Seid gesegnet, junger Lord.« Damit trat er zu dem nächsten Soldaten.

In dieser Nacht stand ich an der Reling des größten Schiffs, der *Furchtlos*, nachdem ich die kurze Fahrt mit den Ruderbooten in den Hafen hinaus überstanden hatte. Die beiden anderen, kleineren Schiffe, die *Kühn* und die *Eisenhart*, bildeten unsere Eskorte. Der König und der Lordadmiral hatten entschieden, lieber auf Nummer sicher zu gehen; drei Schiffe waren für Piraten ein weit größerer Brocken als eines. Ich war allein. Basels Geist inspizierte gerade die Kombüse, und Jeff verstaute sein Gepäck im Schlafsaal der Soldaten.

Als ich auf das schwarze offene Meer starrte, hörte ich das Kratzen von Krallen auf Holz und drehte mich um.

»Also geht es weiter, richtig?« Laurel blieb neben mir stehen und stützte sich auf seinen Amtsstab.

»Ja, Ehrenwerter Faena.«

»Habt Ihr heute Abend schon meditiert?«

»Noch nicht.«

»Aber das macht Ihr noch?«

»Ja, Ehrenwerter Faena.«

»Es ist wichtig, Hase. Ihr habt nur durch reines Glück das abwehren können, was Slevoic auf Euch abgefeuert hat. Im Moment seid Ihr wie ein Kind mit einem scharfen Schwert, das sich damit eher selbst den Kopf abschlagen wird als jemand anderem.«

»Ja, Ehrenwerter Faena.«

Wir schwiegen und lauschten den Seeleuten, die das Schiff für den morgigen Aufbruch rüsteten. Ihre Silhouetten glitten vor den hellen Laternen und erleuchteten Fenstern vorbei.

»Ich fühlte die Macht Eures Schwurs, als Ihr beim König standet«, bemerkte Laurel.

»Er wünscht, dass ich mich ebenfalls um Frieden bemühe, Ehrenwerter Faena.«

»Verstehe.«

Gelächter über einen Witz brandete auf und verklang in der Nacht.

»Ich werde Euch beschützen, Ehrenwerter Hase, wenn wir die Grenzlande erreichen«, sagte Laurel schließlich. »Ihr habt nichts zu befürchten.«

Ich nickte. »Ja, Laurel Faena.«

Laurel packte meinen Arm und drehte mich sanft herum, damit wir uns ansehen konnten. »Was hat der Magus getan, dass er Euch solche Furcht eingeflößt hat?«

Ich zuckte mit den Schultern, während eine lang unterdrückte Erinnerung aufbrach. Ich saß an meinem Tisch im Arbeitszimmer des Magus, der mir über die Schulter sah, während ich rasch eine Aufgabe löste, die er mir gestellt hatte. Ich wusste noch, wie ich hochblickte, als ich fertig war, dasselbe herzliche Lob erwartete, mit dem mein Pa mich belohnte, wenn ich etwas gut gemacht hatte. Ich erstarrte, als ich das Funkeln in den Augen des Magus sah, während er mich anblickte. »Er sah mich an, als wäre ich ein appetitliches Fleischstück und er ein Verhungernder«, sagte ich nach einem Augenblick.

Laurel seufzte, während seine Tatze immer noch auf meinem Arm ruhte. »Wie ich schon sagte, Ihr seid sehr mächtig, und manche sammeln Macht wie Fässer den Regen. Hier ein Tropfen, dort ein Guss, bis sie voll sind, auch wenn alles um sie herum vertrocknet und kein Wölkchen am Himmel zu sehen ist.« Er ließ seine Tatze sinken, beobachtete mich aber weiterhin. »Sagt, Hase, habt Ihr eine Zeremonie abgehalten, als Ihr zu dem Magus gekommen seid?«

Eine andere Erinnerung rührte sich. »Ja.« Ich dachte einen Moment nach. »Der Magus schnitt mir eine Haarlocke ab und gab mir dann Wasser in einer silbernen Schale. Er warf das Haar in ein Feuer, das er in einer Schüssel entzündet hatte.« Die Flamme war von keinem sichtbaren Brennmaterial gespeist worden, und er hielt die Schüssel in einer Hand, ungeachtet der Hitze, während er das Haar mit der anderen in die Flammen hielt. Ich weiß noch, wie erstaunt ich war, weil das Feuer blau schimmerte.

»Mit dem Feuer und dem Wasser hat der Magus Euch an sich gebunden.« Laurel lachte über meine entsetzte Miene. »Oh, natürlich nicht für immer, Hase. Schüler können nicht mehr gebunden werden, sobald sie Meisterschaft in ihrem Handwerk bewiesen haben.« Laurel hörte auf zu lachen, aber seine Schnurrhaare waren immer noch vor Belustigung angelegt. »Was normalerweise zwischen fünfzehn und dreißig Jahren dauert. Der Magus selbst hat zwanzig Jahre bei seinem Meister gelernt, bevor er zum Magier erklärt wurde.« Er beäugte mich interessiert. »Man hätte Euch so fest binden müssen, dass Ihr nicht einmal an Flucht hättet denken können. Er muss sehr überrascht gewesen sein, als er Euer Verschwinden bemerkte, und ich wundere mich nicht, dass er annahm, die Ehrenwerte Esche hätte etwas damit zu tun gehabt.«

Ich sagte nichts, sondern versuchte zu verarbeiten, was Laurel gesagt hatte.

Er grollte. Es klang fast wie ein Schnurren. »Und der Magus muss außerordentlich überrascht gewesen sein, als er, nachdem er Euch endlich wiedergefunden hatte, von Euch weggewischt wurde wie eine lästige Fliege.« Er sah meine Miene. »Hauptmann Suiden hat mir von Eurer ersten Begegnung mit Slevoic ibn Dru berichtet, weil er sich Sorgen machte, dass Eure Krankheit Euch möglicherweise anfällig für den Einfluss des Magus' hätte machen können.« Er zuckte mit den Schultern, und seine Perlen klickten. »Vielleicht wäre dem ja auch so gewesen, aber aufgrund Eurer Rune …«

»Es gab mehr als einen«, unterbrach ich Laurel.

»Wie bitte?«

»Ich habe ihre Augen gesehen. Es hat mich mehr als einer gefunden.«

»Mehr als ein Magus?«, fragte Laurel tonlos.

Es war still. Die Seeleute hatten ihre Arbeiten beendet, und jetzt hörte ich nur noch ihr leises Murmeln aus der Ferne und das Knarren des Schiffes, das sanft auf den Hafenwellen dümpelte.

»Glaubt Ihr immer noch, dass Ihr mich beschützen könnt?«

»Wie bitte?«, wiederholte Laurel, als er aus seinen Gedanken gerissen wurde. »Oh, selbstverständlich. Das ist kein Problem, Hase.« Seine Augen funkelten im Licht der Laterne, als er mich betrachtete. »Wie viele waren es?«

Ich zählte die Schatten, die ich gesehen hatte. »Fünf, glaube ich.«

»Fünf Magier, und Ihr habt sie alle vertrieben und sie anschließend ausgeschlossen, sodass sie gezwungen waren, einen Botenvogel zu entsenden.«

Suiden war offenbar nicht der Einzige, der redete, aber der Gerechtigkeit halber musste ich zugeben, dass Laurel die Sache mit den Brieftauben auch von jemand anderem hatte erfahren können, nicht nur vom König.

Laurel schüttelte den Kopf, und seine Perlen prasselten förmlich. »Nein, Magus Kareste wird Euch nicht zurückbekommen, Lehrvertrag hin oder her.« Er hob seine Tatze, in welcher die Rune sich leuchtend vor der Dunkelheit abhob. Meine erwärmte sich ebenfalls. »Das schwöre ich Euch, Hase. Sic!«

48

Es schien, als hätte Lordadmiral Noal das Gefühl, dass selbst drei Schiffe nur ein dürftiger Schutz wären angesichts der Bedrohung durch die turalischen Freibeuter auf dem offenen Meer. Wir sollten uns mit Vizeadmiral Chause treffen, um über zusätzlichen Schutz zu beraten. Am Nachmittag unseres zweiten Tages auf See wurden Segel gesichtet. Ich sah zu, wie Hauptmann Suiden aus seiner Kajüte kam, gefolgt von seinem Ersten Offizier, und durch ein Fernrohr spähte. Anschließend schob er es zusammen, gab es Leutnant Falkin, und beide kehrten in seine Kajüte zurück.

Ich hatte Hauptmann Suiden vorgeschlagen, dass ich keinen Schutz mehr benötigte, als wir Segel setzten, denn alle, die mir etwas antun wollten, saßen entweder im Verlies, waren geflohen oder an Land zurückgekehrt. Suiden hatte seinerseits vorgeschlagen, eine Aufgabe für mich zu suchen, weil ich offenbar zu viel Freizeit hätte, da ich solch alberne Vorschläge machte. Ich könnte zum Beispiel den Kielraum säubern. Also sorgten Jeff und ich dafür, dass wir den herumeilenden Matrosen nicht im Weg standen, während wir zusahen, wie die Segel der anderen Schiffe am Horizont größer wurden. Ich versteifte mich vor Sorge bei dem Gedanken, ein weiteres Familienmitglied zu treffen, weil diejenigen, die ich bisher kennengelernt hatte, alles andere als angenehm gewesen waren, vom König einmal abgesehen.

Andererseits hatte ich zum ersten Mal seit drei Jahren Slevoics drohenden Schatten abgeschüttelt, war im Gegensatz zu Ryson nicht seekrank – es gab also tatsächlich einen Gott –, und die Sonne fühlte sich gut auf meinen Schultern an, der Wind blies mir frisch ins Gesicht. Ich lächelte zögernd. Das Leben war, zumindest im Moment, erträglich.

»Missgebildeter Bastard eines schweinefickenden Köters! Ich werde dir zeigen, in meiner Kombüse herumzugeistern!«

Jeff und ich drehten uns herum und sahen gerade noch, wie etwas an uns vorbeifegte. Es schlug einen Haken und gesellte sich zu uns. Basels Geist. Er hatte allerdings seinen Schwung falsch berechnet und wäre fast im Meer gelandet. Nachdem er zum Halten gekommen war, stellte er sich hastig hinter mich. Wir starrten ihn an, drehten uns jedoch herum, als sich uns schwere Schritte näherten. Der Koch kam in Sicht. Er trug eine fleckige Schürze und schwang ein riesiges Hackbeil. Ich trat einen Schritt zurück und wäre beinahe selbst über die Reling gefallen, als mir klar wurde, dass die Flecken auf der Schürze des Kochs getrocknetes Blut waren.

Es war bereits kurz nach dem Auslaufen deutlich geworden, dass die Mannschaft der *Furchtlos* nicht sehr glücklich darüber war, dass wir ihre Marinesoldaten ersetzt hatten, dass ihnen ein Armeehauptmann als Kapitän aufs Auge gedrückt worden war, dass Frauen und ein Magischer an Bord waren. Auch über unsere Fracht und unser Ziel waren sie alles andere als erfreut. Am schlimmsten jedoch reagierten sie auf Basel. Eine Lady aus Freston hatte mir einmal erzählt, dass Soldaten vollkommen besessen von Talismanen, Maskottchen und Ritualen waren. Ich dagegen legte nur meine Rüstung immer in einer bestimmten Reihenfolge an; und immerhin lebe ich noch. Aber wir waren im Vergleich zu Seeleuten reine Dilettanten. Sie hatten für alles einen Aberglauben parat. Was einer unserer Soldaten rasch herausfand, als er anfing zu pfeifen. Geister, vor allem Geister von Ermordeten, standen mutterseelenallein ganz oben auf der Liste. Man hatte ihnen offenbar mitgeteilt, dass Basel zu unserer Besatzung gehörte, denn es gab weder Schreie, Gekreische noch andere Alarmsignale, als er an Bord kam. Allerdings sahen wir viel Spucke fliegen und andere Gesten, um das Böse abzuwehren. Zuerst war es ein bisschen ärgerlich, bis ich schließlich zu dem Schluss kam, dass sie ruhig das ganze Deck vollspucken sollten; ich musste es schließlich nicht wegwischen.

Ich stellte mich dem Schiffskoch entgegen, als er sein Hackbeil hob und durch mich hindurch Basel mit seinen Blicken durchbohrte. »Halten Sie diesen Hurensohn aus meiner Kombüse fern, sonst schicke ich ihn zum Teufel, wo er hingehört!«

Es gab eine eherne Regel in der Armee: Niemand reize den Koch, schon gar nicht vor den Mahlzeiten, aber ich würde den Teufel tun, wenn ich zuließ, dass dieser Smutje mich bedrohte. Außerdem war ich ziemlich sicher, dass ich nichts essen würde, was er zubereitet hatte, nachdem ich seine Schürze und sein glorreiches Hackmesser genauer musterte. »Bedrohen Sie mich mit Ihrem Hackbeil, Seemann?«, fragte ich gelassen.

Unvermittelt kehrte Stille ein, als sowohl die Seeleute als auch die Soldaten uns zusahen. Der Erste Offizier Falkin trat aus der Gruppe und baute sich neben dem Koch auf.

Wenn König Jusson wie ein Dunkelelf von den Stadtstaaten an der Küste aussah, wirkte Falkin wie ein Angehöriger der nördlichen Elfenclans. Er war groß und schlank, hatte dunkelgraue Augen über hervortretenden Wangenknochen, und seine helle Haut zeigte keinerlei Spuren von jemandem, der seit seiner Jugend auf dem Meer lebte. Er trug sein hellblondes Haar so lang, dass es über seine Ohren ragte, und ich fragte mich, ob Seeleute spitze Ohren für einen Unglücksbringer hielten.

»Gibt es ein Problem, Das?«, fragte Falkin.

»Der Geist war wieder in meiner Kombüse, Sir, und ich habe dem Leutnant gesagt, er soll das verdammte Ding von mir fernhalten.«

»Das ist eine vernünftige Bitte«, meinte Falkin und sah mich an.

Ich lächelte. »Ich habe kein Problem mit vernünftigen Bitten, Sir. Ich habe jedoch ein großes Problem mit Leuten, die mich mit Waffen bedrohen.« Ich warf einen Blick auf das Hackebeil. »Vor allem, wenn sie blutig sind.«

»Das ist auch vernünftig, Das«, sagte der Erste Offizier.

Der Koch sah auf das Hackbeil. »Aye, aye, Sir.«

Falkin erwiderte mein Lächeln. »Ich mache Ihnen einen Vorschlag, Leutnant. Sie halten den Geist von der Kombüse fern, und ich halte Das davon ab, ein Hackbeil gegen Sie zu schwingen.«

Ich ignorierte das Kichern der Seeleute. »Ich versuche es, Sir. Aber da Reiter Basel jetzt ein Geist ist, hat er nicht mehr denselben Drang wie früher, einem Befehl zu gehorchen.«

»Verstehe«, erwiderte der Erste Offizier Falkin. »Möchten Sie, dass ich es versuche?«

»Hört, hört, Falkin, Hase«, näselte Hauptmann Javes, während er auf uns zuschlenderte. »Gibt es ein Problem?«

»Nein, Sir!«, sagten wir beide wie aus einem Mund, während wir Haltung annahmen.

»Weil es Kapitän Suiden schrecklich bekümmern würde, wenn sein Erster Offizier und sein Leutnant Meinungsverschiedenheiten hätten, hm?«

»Sir, jawohl, Sir!«, sagte ich.

»Aye, aye, Sir!«, sagte Falkin gleichzeitig.

»Und wir wollen ihn doch nicht bekümmern, oder?«, erkundigte sich Javes und betrachtete uns durch sein Lorgnon.

»Nein, Sir«, sagte Leutnant Falkin.

»Sir, nein, Sir!«, kam das Echo von mir.

»Wunderbar.« Javes richtete sein Lorgnon auf die Seeleute und Soldaten, die plötzlich in hektische Betriebsamkeit ausbrachen und sich an ihre weit entfernten Aufgaben machten. Der Hauptmann wartete, bis das Deck frei war, dann schenkte er mir sein dümmliches Lächeln. »Also wirklich, jetzt hätte ich es fast vergessen: Hauptmann Suiden wünscht, dass Sie beide die Mannschaft und die Soldaten versammeln, damit er zu ihnen sprechen kann. Sofort.«

Ich beobachtete das Gesicht des Leutnants, als Javes davonschlenderte. Falkin drehte sich herum und sah mich mit erhobener Braue an. »Hauptmann Javes ist Mitglied des Königshofes«, sagte ich.

»Tatsächlich?« Falkins zweite Braue hob sich, als ich nickte. »Und Sie? Sind Sie auch etwas Besonderes?«

»Zum Teufel, nein, Sir. Ich bin nur ein Bauernjunge.«

»Da habe ich aber etwas anderes gehört, Leutnant Lord Hase ibn Chause e Flavan mit vierundsechzig Linien zum Thron.«

»Ach, das. Ich bin nicht so aufgewachsen, Sir.« Ich grinste und zuckte mit den Schultern. »Ich habe reichlich in der Scheiße gewühlt, als ich hinter einem Pflug hergelaufen bin.« Ich salutierte. »Ich versammle die Truppe.«

Aber offensichtlich war das nicht nötig. Auf Falkins Geste hin folgte ich ihm zur Brücke, wo er dem Bootsmann befahl, zum Sammeln zu pfeifen.

»Danke, Sir«, sagte ich, als ich neben ihm Haltung annahm.

»Nicht der Rede wert.« Falkin beobachtete, wie die Männer sich unter uns versammelten. »Aber bitte halten Sie den Geist aus der Kombüse fern. Wir in der Marine versuchen, unseren Koch nicht aufzuregen, vor allem nicht vor den Mahlzeiten.«

Unter uns hatten sich Mannschaft und Passagiere versammelt. Die Seeleute auf der einen, die Soldaten auf der anderen Seite, als hätte jemand ein Seil in der Mitte gespannt. Abseits von allen anderen standen Kanzlerin Berle, Kaplan Obruesk, Laurel Faena und Lord Esclaur. Als der letzte Mann aufgetaucht war, kam Hauptmann Suiden aus seiner Kajüte, gefolgt von Javes, Groskin sowie dem Zweiten und Dritten Offizier.

»Wir wurden von König Jusson beauftragt, den ersten Botschafter Iversterres zu den Grenzlanden zu eskortieren«, begann Suiden, der breitbeinig dastand, um das Rollen des Schiffs auszugleichen. Er hatte die Hände auf dem Rücken verschränkt, während er auf die Mannschaft und die Soldaten hinabsah. »Aus diesem Grund wird die Flotte von Vizeadmiral Chause einen Konvoi bilden, um uns zu begleiten ...«

In diesem Moment drehte das Schiff scharf ab. Während die Mannschaft und die Schiffsoffiziere die Richtungsänderung ohne Probleme ausglichen, taumelten die Soldaten, brüllten, fluchten und schrien. Einige konnten sich gerade noch festhalten, bevor sie über die Reling gingen. Groskin stolperte und suchte verzweifelt nach Halt, während Javes und ich uns an dem Geländer vor uns festhielten, damit wir nicht auf das Deck hinunterstürzten, während Jeff gegen uns prallte. Hauptmann Suiden jedoch glich den Kurswechsel ebenso leichtfüßig aus wie die Seeleute und streckte dabei lässig eine Hand aus, um Groskin zu stützen, bevor er fiel. Gleichzeitig sah er zum Steuermann, und das erstickte Gelächter, das auf dem Hauptdeck aufgebrandet war, erstarb augenblicklich.

»War diese Gierung notwendig, Seemann Mattus?« Suiden ließ Groskin los und trat zu dem Steuermann.

Ich sah, wie Mattus' Adamsapfel hüpfte, als er schluckte. »Ehm ... aye ... ja ... Sir. Eine Kurskorrektur.«

»Verstehe.« Der Hauptmann packte das Ruder und schob Mattus zur Seite. »Dann sind Sie von Ihren Pflichten befreit, bis Sie einen Kurs richtig setzen können.« Er warf dem Ersten Offizier Falkin einen Blick zu. »Sie werden Mattus' Ausbildung überwachen, Leutnant Falkin. Und mir täglich Bericht erstatten.«

»Aye, aye, Käpt'n.«

Hauptmann Suiden betrachtete einen Moment das Meer, während seine Hände locker auf den Speichen des Ruders ruhten.

Dann seufzte er. »Sro Falkin, teilen Sie bitte einen anderen Rudergänger ein.«

Auf eine Geste des Ersten Offiziers stieg ein anderer Seemann vom Deck auf die Brücke, um das Ruder von Suiden zu übernehmen. Der blieb einen Moment hinter seiner Schulter stehen. »Sehr gut.« Suiden wandte sich um, ging zu seinen Offizieren und blickte wieder auf die Seeleute und die Soldaten herunter. »Ich habe zwei Befehle von unserem König bekommen. Der erste lautet, für den Erfolg der Mission zu sorgen, was nicht nur bedeutet, Kanzlerin Berle sicher zu ihrer Botschaft zu eskortieren, sondern alles in meiner Macht Stehende zu tun, um den Erfolg ihrer Mission zu gewährleisten. Der zweite Befehl lautet, die beiden unterschiedlichen Besatzungen dieses Schiffes zu einer zusammenzuschweißen.«

Man hörte nur das Knattern der Segel und das Knarren des Schiffes, als der Windgleiter durch die Wellen pflügte.

»Seine Majestät hat sehr nachdrücklich betont, wie notwendig das Zweite für den Erfolg des Ersteren ist.« Suiden legte seine Hände auf das Geländer und beugte sich darüber. Sein Blick glitt über die Seeleute und Soldaten. »Ich stimme dem voll und ganz zu und werde alles Menschenmögliche tun, um das zu erreichen. Verstehen Sie das?«

»Sir, jawohl, Sir!«, brüllten die Soldaten.

»Aye, aye, Sir!«, brüllten die Matrosen gleichzeitig.

»Sehr, sehr gut.« Hauptmann Suiden lächelte. Seine Zähne schimmerten weiß in seinem dunklen Gesicht. Es erinnerte mich an das von Dragoness Moraina in ihren schlimmsten – oder besten – Momenten, und ich trat unwillkürlich einen Schritt zur Seite, während eine Woge der Unruhe durch die Männer an Deck lief. Suiden sah den Ersten Offizier Falkin an, und ich konnte sehen, wie dieser sich versteifte, als er sich gegen den Drang wehrte davonzulaufen. »Lassen Sie die Männer wegtreten, Leutnant.« Danach verschwand der Hauptmann in seiner Kajüte, gefolgt von dem unerschrockenen Javes.

Nachdem Falkin den Befehl zum Wegtreten gegeben hatte, zerstreuten sich Matrosen und Soldaten und räumten rasch das Deck. Dann sah der Erste Leutnant mich entsetzt an. »Ein Hai. Der Käpt'n ist ein verdammter Hai!«

»Nein, Sir, ein Drache. Einer, der durch Wände horchen und um Ecken sehen kann.« Ich folgte dem Ersten Offizier von der Brücke, darum bemüht, Abstand zwischen mich und Hauptmann Suiden zu bringen.

»Und Sie dienen unter ihm?« Falkin blieb stehen, aber ich drängte ihn weiterzugehen. Er sah Jeff und Basel, dem vor Panik fast die Augen aus den geisterhaften Höhlen traten. Er ging weiter und beschleunigte unwillkürlich seine Schritte.

»Er ist ein gerechter und guter Hauptmann, und er kümmert sich ausgezeichnet um seine Männer«, sagte ich und trat direkt hinter ihn. »Man sollte ihn nur nicht mit irgendwelchem Blödsinn reizen.« Jeff stimmte mir mit einem erstickten Laut zu. »Ich würde dafür sorgen, dass ihm Mattus eine Weile nicht mehr unter die Augen kommt.«

»Es war nur ein Scherz ...«, setzte Falkin an.

»Nein«, unterbrach ich ihn. »Es war Absicht, um den Hauptmann vor dem Vizeadmiral wie einen Idioten aussehen zu lassen.«

Darauf erwiderte Falkin nichts. Außerdem war uns der Platz ausgegangen, da wir mittlerweile im Bug angekommen waren.

»Die Mannschaft wusste, dass es passieren würde, stimmt's? Jemand hat ein Zeichen gegeben, damit sie sich darauf vorbereiten konnten.«

»Ich ...«

»Wissen Sie, Sir, ich würde allen raten, sich unsichtbar zu machen, bis der Sturm vorbeigezogen ist.«

»Nur zu wahr«, knurrte Groskin hinter uns. Wir wirbelten herum, und er zuckte mit den Schultern. »Glauben Sie, ich würde allein da oben bleiben? Ich dachte mir, dass der Leutnant hier ein gutes Versteck kennt.« Er sah Falkin an. »Lassen Sie sich von mir einen Rat geben: Ermutigen Sie niemals Uneinigkeit.« Mein Blick schlug in blanken Unglauben um, und er zuckte erneut mit den Schultern. »Lassen Sie mich als warnendes Beispiel dienen«, meinte er dann spöttisch. Er sah mich an. »Ich will Sie nicht hetzen, Hase, aber Sie sollten sich vielleicht anziehen. Sie brauchen manchmal verdammt lange, und ich habe keine Lust, den Hauptmann am Hals zu haben, weil Sie nicht fertig sind.«

»Fertig? Wofür?«

Groskin starrte mich an und drehte sich dann zu dem Ersten Leutnant Falkin um. »Sie haben es ihm nicht gesagt?« Groskin schüttelte den Kopf, ohne auf Falkins Antwort zu warten. »Keine gute Idee, Befehle aufzuschieben, Leutnant. Das ist ganz und gar keine gute Idee.«

»Was soll er mir sagen?«, fragte ich schrill.

Groskin verschränkte die Arme und nickte Falkin zu. »Sie haben den Befehl bekommen, also sagen Sie es ihm.«

Die hellhäutigen Wangen des Leutnants bekamen etwas Farbe. »Sie begleiten den Hauptmann zum Schiff des Vizeadmirals.«

»Verfluchte pockenverseuchte Hölle!« Ich drängte mich an Falkin vorbei und rannte zur Leiter zum Unterdeck.

Ich hatte gerade meine Habbs angezogen in der Kajüte der Armeeleutnants, die ich, Ironie des Schicksals, mit Leutnant Groskin teilte, als jemand schrie, dass wir die Flotte des Vizeadmirals erreicht hätten. Nachdem ich saubere Taschentücher in meine Hosentasche geschoben und mich überzeugt hatte, dass Zopf und Uniform gerade saßen, stieg ich die Leiter hoch. Kurz darauf wurde ich zum Schiff meines Onkels gerudert, der *Perlenfischer*, zusammen mit Hauptmann Suiden, Laurel Faena, Kanzlerin Berle und natürlich Reiter Basel. Ich warf einen Blick zur *Furchtlos* zurück und sah, wie die schlanke Gestalt von Obruesk uns nachsah. Selbst aus der Ferne konnte ich seine Wut spüren, weil er nicht mitgenommen worden war. Wäre er als Erzdoyen unterwegs gewesen, wäre er natürlich ebenfalls mitgekommen. Ich fragte mich, ob es klug gewesen war, dem Patriarchen zu erlauben, ihn uns aufzuhalsen.

»Lassen Sie es gut sein, Leutnant«, sagte Suiden.

Ich drehte mich auf der Bank herum. »Jawohl, Sir.« Als ich nach vorn sah, bemerkte ich die gerunzelte Stirn von Kanzlerin Berle.

Die Kapitäne der *Kühn,* der *Eisenhart* und die Flottenkapitäne waren ebenfalls zur *Perlenfischer* geladen, und wir drängten uns einer nach dem anderen zum Hauptdeck am Bootsmannsstuhl vorbei, wo wir mit Trommeln, Flöten und einer Ehrenwache begrüßt wurden. Aber statt mit Pomp und Würde am Ende der Doppelreihe von Matrosen zu warten, die ihre Waffen präsentierten, stand Vizeadmiral Havram ibn Chause an dem Fallreep und begrüßte jeden von uns, als wir an Bord kamen. Als ich als Letzter an Bord ging, der Jüngste und Rangniederste, packte mein Onkel meine Hand und schüttelte sie, sodass ich nicht dazu kam zu salutieren, und legte mir die andere Hand auf die Schulter, wodurch er meiner Verbeugung zuvorkam.

»Ich brauche keine Vorstellung, um dich zu erkennen.« Seine Augen funkelten. »Nein, Junge, kein Anlass für Förmlichkeiten.« Er schlug mir noch mal auf die Schulter und ließ seine Hand dann sinken. »Ich sag dir was: Salutiere einfach zweimal, wenn du das Schiff verlässt!«

Ich musste unwillkürlich grinsen. Er war so groß wie ich, aber während alle in unserer Familie braune Augen hatten, schimmerten seine so blau wie der Himmel. Er hatte denselben drahtigen Körper, aber mehr graue Strähnen in seinem dunkelbraunen Haar als sein ältester Bruder. Seine Haut war wettergegerbt von Sonne und Meer. Sein Gesicht jedoch wirkte so, als würde er gern lachen oder zumindest lächeln. Was er jetzt tat, als er mich betrachtete. Seine Augenwinkel legten sich in Falten.

»Dreißig Jahre ist es her, seit ich deinen Papa gesehen habe. Geht es ihm und deiner Mama gut?«

»Jawohl, Sir. Jedenfalls ging es ihnen gut, als ich sie das letzte Mal gesehen habe. Vor fünf Jahren.«

Er schüttelte den Kopf, und sein Lächeln wurde etwas gedämpfter. »Ich habe Maceal gesagt, er soll nicht zulassen, dass man sie zwingt zu gehen, aber er hatte gerade erst seinen Titel geerbt und musste sich noch zurechtfinden. Dieser Idiot Flavan und sein Sohn Nersil, Gott sei seiner Seele gnädig ...«

Ich wurde von dem Gedanken, dass meine Eltern gezwungen worden waren, Iversterre zu verlassen, durch den unbekannten Namen abgelenkt.

»Nersil war der Bruder deiner Mutter«, sagte Havram, als er meine Verwirrung sah. »Terams Papa. Hast du deinen Cousin Teram kennengelernt?«

Ich nickte und beließ es dabei.

»Eine schlimmere Bande von Speichelleckern habe ich noch nie gesehen, trotz ihrer Verbindungen zum Thron«, meinte Havram. »Ich weiß nicht, wie deine Mama sich so ausgezeichnet entwickeln konnte ...« Er unterbrach sich, als ihm bewusst wurde, dass wir von einer Schar interessierter Zuhörer umringt waren, trotz der Trommeln und Flöten. »Doch darüber reden wir ein andermal.« Er lächelte und drängte seine Besucher zu der großen Kajüte der *Perlenfischer*. »Wir müssen vor dem Ende unserer Reise zusammen dinieren, damit du meinen Erinnerungen lauschen kannst.«

»Mit Vergnügen, Sir.«

»Und damit ich dir sagen kann, wie ähnlich du deinem Großvater siehst.«

»Das habe ich schon gehört, Sir.«

Ein Matrose, der vor der Tür der Kajüte stand, öffnete sie. Der Vizeadmiral trat als Erster ein, gefolgt von dem Rest der Gruppe. Ich ging als Letzter hinein, sodass ich trotz der Flöten und Trommeln das Keuchen des Matrosen hören konnte, als Basels Geist über die Schwelle trat.

Vizeadmiral Havram drehte sich herum. »Oh, der Geist.« Er warf Hauptmann Suiden einen Blick aus Augen zu, die plötzlich nicht mehr funkelten, während die anderen Kapitäne entschieden, dass sie lieber auf der anderen Seite der Kajüte stehen wollten. »Es herrschte diesbezüglich in letzter Zeit reger Signalverkehr.«

»Jawohl, Sir«, sagte Suiden.

»Wer war er?«

»Reiter Basel, Sir. Er wurde von Leutnant Slevoic ibn Dru ermordet.«

Onkel Havram ignorierte die schockierende Nachricht von Basels Ermordung und kam sofort zum Punkt. »Warum folgt er dann meinem Neffen und nicht Slevoic?«

»Soweit ich weiß, Sir, hat es etwas damit zu tun, was in den Grenzlanden die ›Mondperiode‹ genannt wird. Diejenigen, die ermordet wurden, heften sich an jene, die sie rächen können. Reiter Basel scheint sich Leutnant Hase ausgesucht zu haben.« Suiden deutete auf Laurel. »Der Botschafter kann das besser erklären als ich, Sir.«

»Hmmpf!« Der Vizeadmiral ignorierte den Faena ebenfalls. »Ich weiß, dass die Kirche sehr klare Ansichten zu Phantomen hat. Was sagt der Patriarch dazu?«

»Er war bei Reiter Basels Bestattung anwesend, Sir«, antwortete Suiden.

»Ach?«

»Reiter Basel war bei seiner Bestattung ebenfalls anwesend.«

Einen Moment herrschte Schweigen, als Havram das verdaute. »Verstehe.« Der Vizeadmiral bemerkte die schwere Tragetasche, die ich in der Hand hielt. »Leg die Tasche hierher, Junge, und ...«, er sah sich um, »setzen Sie sich.« Er zog einen Stuhl am Kopfende des Tisches zurück.

»Sir, wir haben eine Nachricht vom Lordadmiral, dem Lordkommandeur und König Jusson«, sagte Suiden, als ich die Tasche auf den Tisch legte und mich neben den Hauptmann setzte.«

»Geben Sie sie mir, bitte.« Havram nahm die Tasche entgegen und sah dann Suiden an. »Und jetzt, Hoheit, erzählen Sie mir, wie ein turalischer Prinz Kapitän eines Windgleiters Seiner Majestät werden konnte und warum eben dieser Prinz mir den Befehl überbringt, eine Patrouille in Iversterres Gewässern aufzugeben, welche die Turalier offenbar als die ihren beanspruchen wollen.«

Offensichtlich war nicht nur die Neuigkeit vom Geist des Reiters Basel signalisiert worden. In dem Moment fing ich Suidens Blick auf und konzentrierte mich lieber auf das beruhigende Geräusch eines Schiffes, das im Meer vor Anker lag.

49

Onkel Havram nahm die Nachricht von Terams gescheiterter Rebellion und seiner Verurteilung zum Tode gleichmütig auf und würzte die Schilderung nur mehrmals mit einem gemurmelten »Schwachkopf«. Lord Gherats Verwicklung jedoch nahm er weit weniger gelassen auf. »Sie wollen mir sagen, dass Dru Waren aus den Grenzlanden eingeschmuggelt hat, um seine Rebellion zu finanzieren?«

»Jawohl, Sir«, bestätigte Suiden. »An dem Netzwerk waren die führenden Persönlichkeiten von Großen Häusern beteiligt, Händler, Hafenarbeiter, die Königliche Armee und der Zoll. Lord Gherat war das Hirn des Ganzen.«

»Wohin ist das Zeug geschafft worden?«, fragte einer der Kapitäne.

»Einiges wurde auf den Märkten der Königlichen Stadt verkauft«, antwortete Suiden. »Aber ein großer Teil wurde nach Tural geschmuggelt.«

»Verstehe.« Die Stimme des Vizeadmirals übertönte das Murmeln der Flottenkapitäne. »Aber der Hehlerring wurde ausgehoben und die Rebellion niedergeschlagen.«

»Jawohl, Sir«, gab Suiden zurück.

»Kommandeur Loel ist tot, Teram wartet auf seine Hinrichtung, und Slevoic ist ein flüchtiger Vogelfreier.«

»Jawohl, Sir.«

»Das Haus von Dru wurde auf Befehl des Königs aufgelöst.«

»Jawohl, Sir«

»Und keiner weiß, wo Gherat steckt.«

»Nein, Sir.« Suiden runzelte die Stirn. »Wir haben am Tag der Rebellion Schiffe gesehen, die aus dem Hafen ausliefen.« Seine Miene verfinsterte sich. »Wir dachten zunächst, es wären die Aufständischen der Königlichen Garnison, aber nachdem wir eine Bestandsaufnahme der Verräter und der Loyalen gemacht hatten, stellten wir fest, dass niemand fehlte. Folglich könnte Lord Gherat mit diesen Schiffen geflohen sein.« Der Hauptmann seufzte. »Oder auch nicht.«

»Gherat auf See!« Havrams Miene wurde ebenfalls finster, als er Suiden ansah. »Wie nimmt Seine Majestät das auf?«

»Er ist immer noch der König, Sir.«

Havram grinste plötzlich. »Aye, das ist er.« Er sah Laurel an. »Wie werden die Grenzlande reagieren, Botschafter Laurel, wenn unsere Flotte in einen ihrer Häfen einläuft, mit einem Schiff, das von den Kadavern ihrer Bewohner förmlich überquillt?«

»Sie werden Euch wohlwollend empfangen, Ehrenwerter Admiral.«

»Hmpff.« Havram legte seine Hand auf die Tasche und sah sie an. Dann hob er den Blick. »Also gut, ich sollte jetzt wohl die Nachrichten lesen.« Es klopfte an der Tür. Sie wurde geöffnet, und der Koch tauchte auf. Hinter ihm standen mehrere beladene Servierwagen. »In der Zwischenzeit jedoch werden wir speisen.«

Die Mahlzeiten, die ich auf der *Furchtlos* serviert bekommen hatte, waren höllische Lektionen. Pökelfleisch und Schiffszwieback waren nicht sonderlich abwechslungsreich, vor allem, da ich kein Schweinefleisch aß. Es half auch nicht sonderlich, dass ich vor jedem Bissen die Maden aus dem Zwieback klopfen musste. Zwar gab es für mich speziellen Proviant: Käse, eingelegten Fisch, getrocknete Erbsen, Korn und Reis, Haferflocken, Nüsse und Trockenfrüchte. Aber es war in der Kombüse eingeschlossen, und bei jeder Mahlzeit wunderte sich Das, der Koch, sehr laut, warum ich nicht wie jeder gottesfürchtige Mann normales Essen zu mir nehmen konnte. Ich erwiderte, dass ich nur zu gern alles essen würde, was er servierte, wenn er wie ein gottesfürchtiger Koch kochen würde. Jedenfalls freute ich mich auf eine Mahlzeit ohne Streitereien und Maden.

Während der Tisch gedeckt wurde, zog sich Havram in eine Ecke zurück, wo er die Siegel der Mitteilungen aufbrach. Wir anderen vertieften uns in eine etwas zähe Unterhaltung, weil die Seeleute sich in Gegenwart von Reiter Basel, Laurel Faena, Hauptmann Suiden und mir nicht allzu wohl fühlten – und zwar in dieser Reihenfolge. Ich hielt es für das Beste, nicht aufzufallen, also hockte ich stumm da, während Servietten, Silberbesteck, Gläser, Weinflaschen und schließlich abgedeckte Platten, Schüsseln und Terrinen auf den Tisch gestellt wurden. Eine appetitliche Mischung aus verschiedenen Aromen waberte durch die Kajüte, und einige Männer sogen genießerisch die Luft ein. Andere ließen sich sogar zu einem Lächeln hinreißen. Ich dagegen – zum Teufel! Ich würde mich bei diesem Dinner fühlen wie jemand, der verdurstend mitten auf dem Meer hockt und keinen Schluck zu trinken hat.

Der Koch hob den Deckel von der größten Platte und enthüllte einen großen Braten. Onkel Havram trat zum Tisch und rieb sich die Hände. »Prächtig, prächtig!« Er strahlte seine Gäste an. »Wir haben erst heute eine Kuh geschlachtet, also ist das Fleisch ganz frisch.« Er setzte sich hin, der Koch reichte ihm mit einer förmlichen Verbeugung Tranchiermesser und Gabel und trat dann zurück, die Hände vor dem Bauch gefaltet. Havram rammte die Gabel in den Braten, aus dem sofort der Saft spritzte. »Ah, unser Koch macht mich stolz, edle Herrn.« Er setzte das Messer an und schnitt den Braten in Scheiben. Als die erste zur Seite fiel, enthüllte sie ein rosafarbenes Inneres, aus dem ebenfalls der Saft lief. Der Geruch von Rinderbraten erfüllte die Kajüte. »Perfekt«, erklärte Havram. »Ausgezeichnete Arbeit, Mann!« Der Koch verbeugte sich, aber als die Gäste applaudierten, schob ich meinen Stuhl zurück und flüchtete im Laufschritt aus der Kajüte. Ich erreichte die Reling gerade noch rechtzeitig und stellte fest, dass Schiffszwieback genauso schlecht schmeckt, wenn er hochkommt, wie wenn er hinunterrutscht.

Ich hatte gerade aufgehört zu würgen, als ich jemanden hinter mir hörte. Erst wollte ich mich nicht umdrehen, doch dann hielt ich es für besser, nach allem, was passiert war. Es war jedoch nur Onkel Havram. Ich richtete mich mühsam auf, nahm Haltung an und wartete.

»Geht es dir gut, Junge?«

Ich nickte. »Jawohl, Sir. Es ist nur so ...« Ich lächelte gequält. »Ich esse kein Fleisch.«

Seine Augen funkelten. »Es war wohl ein bisschen viel für dich, als ich den Braten angeschnitten habe, was?«

Ich schluckte. Mein Mund schmeckte nach Galle. »Jawohl, Sir.«

»Dein Hauptmann hat den Koch gebeten, einen speziellen Teller für dich zuzubereiten.« Havram lehnte sich an die Reling. Er blickte hinab und rückte ein Stück zur Seite, um der Stelle auszuweichen, an der ich mich übergeben hatte. Er schwieg, während ein Seemann herankam, einen Eimer Wasser über die Stelle goss, salutierte und wieder verschwand. Als er so dastand, mit gefalteten Händen und aufs Meer hinausblickte, sah er plötzlich meinem Pa ähnlich. Mir schnürte sich die Kehle zusammen. »Ich habe die Mitteilungen überflogen«, sagte er unvermittelt. »Darin steht, dass Maceal in diese Schmuggelei verwickelt war.«

Es war zwar keine Frage, aber ich antwortete trotzdem. »Jawohl, Sir. Und noch andere Adlige vom Hof.«

Der Vizeadmiral knurrte und murmelte etwas, das verdächtig nach »Schwachköpfe« klang.

»Obwohl es so aussieht, als hätte er nichts mit dem Umsturzversuch gegen den König zu tun«, setzte ich hinzu, um ihn zu trösten.

Havram akzeptierte das mit einem Nicken. »Du warst dabei. Erzähl mir, was passiert ist, Junge.«

»Es war so, wie Hauptmann Suiden es geschildert hat, Sir. Lord Gherat war der Kopf des Schmugglerrings. Lord Chause ...«

Havram warf mir einen scharfen Blick zu, als ich den förmlichen Titel seines Bruders benutzte.

Ich verzog die Lippen. »Er war nicht sonderlich beeindruckt von mir, Sir.« Ich tat Chauses Verachtung mit einem Schulterzucken ab. »Jedenfalls stellte er die Schiffe, mit denen die Schmuggelware über den Banson transportiert wurde, bevor sie bis zum Verkauf in seinen Lagerhäusern versteckt wurde.«

»In ›seinen‹ Lagerhäusern? Du meinst, er hat die Lagerhäuser unserer Familie benutzt?« Havram war bestürzt.

»Jawohl, Sir. Dafür hat er einen Teil des Profits eingestrichen.«

»Schwachsinn ist eine Seuche, und mein Bruder hat sie sich offenbar eingefangen! Was hat der König unternommen?« Er sah mich besorgt an. »Ist Maceal eingesperrt worden? Wurden unsere Besitzungen konfisziert?«

»Soweit ich weiß, nicht, Sir. König Jusson hat Lord Chause gegen eine entsprechende Kooperation Gnade angeboten. Allerdings wird er eine hohe Strafe erhalten, und alle Profite, die er aus dem Schmuggel eingestrichen hat, muss er zurückzahlen.«

Die Schultern des Vizeadmirals entspannten sich. »Verstehe.« Er seufzte. »Obwohl es mich überraschen würde, wenn der König etwas findet.« Er verzog die Lippen. »Mein Bruder kann ausgezeichnet mit Kontobüchern umgehen.«

»Der König hat ihm angedroht, ihm die königlichen Buchprüfer auf den Hals zu hetzen.«

Havram sah mich überrascht an und lachte. »Das muss Maceal eine Todesangst eingejagt haben. Er liebt sein Silber.«

Ich erinnerte mich an Lord Chauses entsetzten Blick. »Er war nicht sonderlich glücklich darüber, Sir, nein.«

»Darauf möchte ich wetten.« Havram lächelte und blickte wieder aufs Meer hinaus. Der Wind fuhr ihm durchs Haar. Dann schüttelte er den Kopf. »Das Haus von Dru ist aufgelöst«, sagte er fast staunend. Dann sah er mich an. »Will Seine Majestät auch Flavan auflösen?«

»Das weiß ich nicht, Sir. Aber es spielt vielleicht auch keine

Rolle, ob er es tut, da Lord Gherat offensichtlich Lord Terams Frau und Kinder als Geiseln genommen hat.«

»Was?« Havram richtete sich auf und starrte mich überrascht an. »Bei Brinys Bart, warum ...?«

Die Tür der Kajüte ging auf, und der Koch trat heraus. Er hatte einen abgedeckten Teller und ein Weinglas in den Händen, blieb jedoch stehen, als er dem finsteren Blick des Vizeadmirals begegnete. »Ich wollte das Essen des Leutnants bringen, Sir.«

Havram seufzte und nickte. Dann sah er mich an. »Wir reden später weiter, Hase. Bis dahin bleib hier und genieße deine Mahlzeit. Ich lasse dich holen, wenn das Dessert serviert wird.«

»Jawohl, Sir.« Kaum hatte der Vizeadmiral mir den Rücken zugekehrt, als ich auch schon die Serviette vom Teller nahm und das Kartoffelmus, die Karotten, den gebackenen Apfel und die weichen Brötchen betrachtete.

»Es ist kein Fleisch drin, Leutnant«, erklärte der Koch, während er eine zweite Serviette aus der Tasche zog und sie ausschüttelte, bevor er sie mir auf den Schoß legte. Er wartete, während ich mir eine Gabel voll Kartoffelmus in den Mund schob.

»Sehr gut«, erklärte ich mit belegter Stimme. Ich probierte die Karotten, und der Geschmack von Honig explodierte förmlich in meinem Mund. »Sehr, sehr gut.« Ich trank einen Schluck Wein und seufzte. »Ausgezeichnet.«

Der Koch lächelte und verbeugte sich, nachdem seine Ehre wiederhergestellt war, und kehrte dann in die Kajüte zurück. Ich blieb an Deck und betrachtete den Sonnenuntergang. Die Einsamkeit störte mich nicht, ich war sogar froh, der etwas angespannten Atmosphäre des Dinners entronnen zu sein. Ich kaute das weiche Brötchen, blickte aufs Meer hinaus und dachte so gut wie gar nicht.

Man holte mich zum Dessert herein. Es war ein fester Kuchen aus, wie Vizeadmiral Havram sagte, Schokolade, dazu ein starkes, duftendes heißes Getränk namens Kaffee. Der Koch blieb erneut bei mir stehen, als ich meinen ersten Bissen kostete, und lächelte, als er meine verzückte Miene sah.

»Ich habe früher jeden Morgen einen Becher Schokolade getrunken«, erklärte Hauptmann Suiden, dessen Gesicht ebenfalls seine Begeisterung verriet, während er den Kuchen aß. »Es ist eines der wenigen Dinge an Tural, die ich vermisse.« Er trank einen Schluck Kaffee. »Und das hier ist ein anderes.« Er lehnte sich auf seinem Stuhl zurück, so sanftmütig, wie ich ihn nur selten gesehen hatte.

Ich dachte über tägliche Schokoladendrinks nach und brauchte eine Minute, bis mir auffiel, dass das Gespräch verstummt war und alle Suiden ansahen; die Blicke reichten von misstrauisch bis feindselig. Das heißt, alle bis auf Havram.

»Das sind wahrlich die beiden besten Dinge, die Tural hervorgebracht hat«, stimmte der Vizeadmiral dem Hauptmann zu, während er sich ein Stück Kuchen in den Mund schob. »Aber das bedeutet auch, die Katze auf die Vögel loszulassen, Euer Hoheit.«

Laurel lachte fauchend, und seine Augen verengten sich zu Schlitzen.

»Jawohl, Sir.« Suiden trank noch einen Schluck Kaffee. »Aber da ich seit zwanzig Jahren nicht mehr in Tural war und beinahe ebenso lange in der Königlichen Armee gedient habe, dürfte wohl offensichtlich sein, dass meine Bindungen an mein Geburtsland durchtrennt sind. Zudem habe ich nie verschwiegen, dass ich sie besaß.«

Es waren auch Portwein und eine Käseplatte serviert worden, und Laurel Faena hatte sich für beides entschieden. Er spießte ein paar Stücke Käse auf und hob sie auf seinen Teller. »Ich glaube, das wäre auch eher schwierig gewesen, Ehrenwerter Hauptmann.« Er erzeugte ein grollendes Geräusch in der Kehle, etwas zwischen Schnurren und Lachen. »Ich dachte schon, die Besatzung würde heute Nachmittag Junge werfen, als Ihr sie daran erinnert habt, dass Ihr einst ein Seekapitän der Turalier wart, mit Clanmalen, Ohrringen, Tätowierungen und dergleichen.«

Ich entwickelte plötzlich ein sehr starkes Interesse für das Kuchenstück vor mir.

»Wie meint Ihr das, Botschafter?«, erkundigte sich einer der Flottenkapitäne.

»Also wirklich!« Der Vizeadmiral nippte an seinem Kaffee. »Haben Sie nicht gesehen, wie das Schiff Seiner Hoheit plötzlich gierte?« Er warf Suiden einen Seitenblick zu. »Was ist passiert?«

»Eine Kurskorrektur, Sir«, antwortete Suiden.

»Oh, aye.« Der Vizeadmiral stellte seine Tasse ab. »Eine recht drastische, soweit ich das beurteilen kann.«

»Allerdings. Ich habe den Steuermann von seinen Pflichten befreit, bis er gelernt hat, wie man ein Schiff korrekt steuert.« Suiden stützte sich auf eine Armlehne seines Stuhls. »Darf ich fragen, Sir, wie die Lage da draußen aussieht?«

»Ich muss zugeben, Vizeadmiral, dass ich das auch gern wissen würde«, sagte Kanzlerin Berle zwischen zwei Schlucken Wein.

»Sie ist angespannt. Sehr angespannt.« Havram aß sein letztes Stück Kuchen und legte dann die Gabel beiseite. »Es ist zwar noch nicht zu einem offenen Kampf gekommen, aber es hat eine Menge Drohgebärden und Säbelgerassel gegeben. Unsere Händler wurden gejagt; man drohte ihnen sogar, ihre Schiffe zu entern. Allein im letzten Monat sind wir zweimal auf ein Kriegsschiff der Turalier gestoßen, in Gebieten, in denen es nichts zu suchen hatte. Wir mussten sie zurückscheuchen. Zum Glück haben sie sich verscheuchen lassen.«

Mir kam eine Idee, und Suiden sah mich an. »Sie möchten etwas sagen, Leutnant?«

Kanzlerin Berle runzelte zwar die Stirn, aber ich ignorierte sie.
»Ja, Hauptmann. Erinnern Sie sich an Dornel?«

»Ist das nicht der Kontrollpunkt auf dem Banson, Hase?«, erkundigte sich Havram.

»Jawohl, Sir«, antwortete ich. »Sie hatten Probleme mit angeblichen Piratenangriffen. Wie sich herausstellte, war es nur eine Finte, damit die Schmuggler ihre Ware leichter transportieren konnten. Vielleicht machen die Turalier ja das Gleiche.«

»Ein ziemlich kompliziertes Ablenkungsmanöver, aber wofür? Für ein bisschen Holz?«, erkundigte sich ein Flottenkapitän.

»Für wertvolles Hartholz, Pelze, Häute, Elfenbein und Sklaven«, kam Havram mir zuvor. »Sogar für Drachenschätze.« Sein Blick glitt zu mir zurück. »Du glaubst also, dass sich die Turalier vielleicht hier zeigen, damit sie ihre Konterbande woanders in Ruhe transportieren können?«

»Vielleicht, Sir. In Dornel hat es jedenfalls funktioniert.«

»Verdammt soll dieser Bilgenabschaum sein!«, stieß Havram hervor. »Ich wette, dass Gherat ihnen sämtliche Aufstellungspläne unserer Marine geliefert hat, die wir jemals hatten, da er und Admiral Noal so gute Saufkumpane waren.«

Das Schweigen knisterte förmlich vor politischen Verwicklungen.

Der Vizeadmiral lachte. »Oh, viele Offiziere haben mit Gherat getrunken. Er kannte alle guten Tavernen.«

Ich erschrak bei der Vorstellung, dass der Lordadmiral und Gherat in einer Hafenschenke zusammensaßen, und sprach, bevor ich dachte. »Wirklich Sir? Auch Admiral Noal?«

Ein Flottenkapitän verschluckte sich und hustete Kaffee über den Tisch.

Die Miene des Vizeadmirals blieb unverändert liebenswürdig. »Du weißt schon, Junge, dass dein Papa die gleiche Vorliebe für Fettnäpfchen hatte, hm?«

»Jawohl, Sir.«

»Also gut.« Onkel Havram hatte Mitleid mit mir und wechselte das Thema. »Reden bringt uns auch nicht schneller zu den Grenzlanden.« Er schob seinen Stuhl zurück und stand auf. Die anderen am Tisch erhoben sich ebenfalls. »Bereiten wir uns darauf vor, morgen in aller Frühe Segel zu setzen.«

Erneut spielte Havram den zuvorkommenden Gastgeber, geleitete uns zum Fallreep und blieb dort stehen, während die Kapitäne zu ihren Booten zurückkehrten. Erneut war ich der Letzte und stand allein bei ihm, während ich auf den Bootsmannsstuhl wartete.

»Dir ist klar, Hase, dass ich dich aus einer Vielzahl von Gründen gerne auf mein Schiff versetzen lassen würde«, bemerkte Havram. »Einschließlich des sehr egoistischen Grundes, dass du der Sohn meines Bruders bist. Aber der Befehl des Königs ist unmissverständlich: Du bleibst bei der Raubkatze und diesem turalischen Seedrachen ...« Er grinste, als er bemerkte, wie ich zusammenzuckte. »Oh, aye, dieser Mann ist noch etwas anderes, keine Frage. Er könnte meine Kapitäne zum Frühstück verspeisen, einschließlich ihrer Schiffe.« Er hielt inne. »Hast du ihn jemals wütend erlebt?«

»Mehrmals, Sir, und ich war froh, dass sich seine Wut nicht auf mich gerichtet hat.«

»Das glaube ich gern, Junge.«

»Aber er ist ein guter Hauptmann, Sir«, setzte ich rasch hinzu. »Ich stehe unter seinem Befehl, seit ich ...«

»Seit du in die Freston-Bergpatrouille eingetreten bist, zum Teufel noch mal!«

»Mich stört das nicht, Sir.« Der Bootsmannsstuhl wurde hochgezogen, und ich wollte mich hineinsetzen, aber der Vizeadmiral hielt mich zurück.

»Ich habe jederzeit eine Koje für dich, wenn du hierher willst, Hase. Ungeachtet der Anweisungen des Königs.«

»Danke, Sir, aber ich fühle mich wohl.« Ich behielt für mich, dass Suiden und Laurel mich an meinem Haar von dem Schiff zerren würden, wenn ich zu meinem Onkel ginge.

Dessen blaue Augen betrachteten mich prüfend. »Also gut«, sagte er. »Aber vergiss es nicht. Ich werde nicht zulassen, dass noch ein Verwandter aus irgendeiner Willkür gezwungen wird, etwas zu tun, was er nicht will.« Er lächelte und schlug mir auf die Schulter. »Und jetzt runter mit dir, bevor der Drache anfängt, Feuer und Rauch zu spucken, weil er Angst hat, einen Teil seines Schatzes zu verlieren.«

50

Zum größten Ärger von Kanzlerin Berle wurden wir von der *Perlenfischer* jedoch nicht direkt zu den Grenzlanden eskortiert, sondern zunächst zu einer anderen Flotte.

»Wir versuchen, einen Krieg zu verhindern, Hauptmann Suiden«, sagte sie, als sie neben ihm auf der Brücke stand. »Wir haben keine Zeit, den Postillon für Angeber zu spielen, die sich in Drohgebärden gefallen!«

»Es sind mehr als nur Drohgebärden, Sra Berle«, erwiderte Suiden. Er las einen Moment die Flaggensignale auf dem Schiff des Vizeadmirals. »Es wurden bereits Waren und Sklaven an unserer Marine vorbeigeschmuggelt ...«

»Aber der Schmugglerring ist doch zerschlagen worden«, protestierte Berle.

»... und wir haben keine Ahnung, was noch hindurchgeschlüpft ist«, beendete Suiden seinen Satz.

»Was meinen Sie damit, Hoheit?«, erkundigte sich Lord Esclaur.

»Lord Gherat und seine Geiseln sind immer noch verschwunden«, gab Suiden zurück.

»Das wissen Sie nicht«, wandte Berle ein. »Sie wissen nicht einmal, ob sie auf See sind. Wie Sie selbst sagten, ist das nur eine Vermutung.«

»Jemand ist aus dem Hafen geflüchtet«, mischte sich Javes ein. »Wer, denken Sie, war das wohl, Kanzlerin?«

»Ich bin nicht hier, um zu denken ...« Kanzlerin Berle unterbrach sich, als sie Javes' dümmliches Grinsen bemerkte. »Sie wissen, was ich meine.« Sie stürzte sich wieder auf Suiden. »Prinz Suiden, Sie müssen Vizeadmiral Havram die Bedeutung dieser Mission klarmachen und ihm sagen, dass wir es uns nicht leisten können, Abstecher zu machen, nur weil ihm danach ist. Außerdem hat Admiral Noal bereits Schiffe ausgesandt, die nach allen suchen, die verschwunden sind.« Sie deutete auf die Windgleiter, die sich uns rasch näherten. »Es würde mich nicht überraschen, wenn eines hier vorbeigekommen und bereits weitergesegelt wäre.«

»Und wenn nicht?« Suiden reichte dem Ersten Offizier Falkin sein Fernrohr. »Menschen und Güter sind nicht das Einzige, was geschmuggelt werden kann, Sra Berle. Ebenso können Informationen durchsickern, zum Beispiel die, dass eine wichtige Delegation in die Grenzlande entsandt wurde, einschließlich einer Kanzlerin, eines Botschafters der Grenzlande, eines Verwandten des Königs, dem Nächsten in der Thronfolge ...«

»Ganz zu schweigen von seiner Königlichen Hoheit, dem Neffen des Amir von Tural«, murmelte Javes, der sein Lorgnon am Band herumschwenkte. »Sagen Sie, Suiden, wo stehen Sie in der Thronfolge der Turalier?«

Suiden warf Javes einen finsteren Blick zu. »Wir sind fette Beute«, fuhr er dann an die Kanzlerin gewandt fort, »deshalb sorgt der Vizeadmiral dafür, dass uns niemand in den Rücken fallen kann.« Der Hauptmann drehte sich zum Ersten Offizier herum, der diesem Wortwechsel schweigend gefolgt war. »Lassen Sie ein Boot zu Wasser, Sro Falkin, und bereiten Sie sich darauf vor, mich zum Flaggschiff des Vizeadmirals zu begleiten.«

»Aye, aye, Sir.«

»Der Vizeadmiral möchte Sie bitten, dass Sie und Lord Esclaur ihm beim Dinner auf der *Perlenfischer* Gesellschaft leisten.«

Die Kanzlerin lächelte ironisch. »Danken Sie dem Vizeadmiral für seine freundliche Einladung und sagen Sie ihm, dass ich diese Einladung ganz gewiss annehme. Seine letzte Dinnerparty war über alle Maßen vergnüglich.« Sie verbeugte sich und verließ die Brücke, Lord Esclaur im Schlepptau. Ich wollte ihnen folgen, aber Hauptmann Suiden hielt mich zurück.

»Einen Moment, Leutnant Hase.« Suiden sah Falkin an. »Bitte setzen Sie Botschafter Laurel von der Einladung des Vizeadmirals in Kenntnis, Sro Falkin.«

»Aye, aye, Sir.«

Hauptmann Suiden wartete, bis sein Erster Offizier verschwunden war. Dann sah er mich an. »Sie werden nicht mitgehen, sondern hierbleiben und Ihre Pflichten erfüllen.«

Da meine Pflichten hauptsächlich aus Abenteuern bei der Meditation und Laurel Faenas Grundausbildung meiner Gabe bestanden, sah ich meinen Käpt'n erstaunt an. »Sir?«

»Aber zuerst werden Sie sich bei Leutnant Groskin melden.«

»SIR?« Meine Augen wurden noch größer.

»Das ist alles, Leutnant. Wegtreten.«

Verwirrt verließ ich das Achterdeck und registrierte beiläufig, dass Hauptmann Javes mich begleitete. »Soweit ich weiß, hat Hauptmann Suiden schrecklich lange gewartet, während Sie mit Ihrem Onkel Havram palavert haben«, bemerkte Javes, als wir das Hauptdeck erreicht hatten.

Ich riss meinen Kopf herum, sah sein Lorgnon auf mich gerichtet und wollte schon die Stirn runzeln, überlegte es mir dann jedoch anders.

»Gut so.« Javes' Wolfsaugen glühten hinter seinem Lorgnon.

Ich versuchte es mit Höflichkeit. »Was meinen Sie damit, Sir?«

Javes ließ Gnade walten und das Lorgnon sinken. »Ihr Onkel ist Ihnen um den Hals gefallen, als wären Sie ein lange verschollener Neffe ...«

»Bin ich auch, Sir.«

»Sind Sie auch, ja. Aber Sie kennen ihn genauso wenig wie Ihren Onkel Maceal oder Ihren Cousin Teram.« Javes sah mich ernst an. »Freundliche Worte machen nicht notwendigerweise einen freundlichen Mann, Hase. Springen Sie nicht darauf wie eine Gans auf eine Strömung, sonst landet Ihr Hals möglicherweise eines Tages auf dem Holzklotz.«

»Es kann aber auch so sein, wie er sagt, Sir, nämlich dass er meinen Pa vermisst und mich kennenlernen will.«

»Das stimmt auch.« Javes lächelte, diesmal vollkommen undümmlich. »Ich weiß, dass diese letzten Wochen hart für Sie waren, nachdem all diese Bindungen, die Sie zu haben glaubten, sich entweder als gefährlich herausstellten oder vollkommen gekappt wurden. Die Verlockung eines Platzes, mit dem man die Worte ›mein‹ und ›Familie‹ verbindet, kann beinahe überwältigend sein.«

Wir gingen zur Reling. Dann sah ich eine Bewegung aus dem Augenwinkel und drehte mich herum. Es war jedoch nur Ryson, der ebenfalls zur Reling unterwegs war, allerdings im Laufschritt. Javes und ich blieben stehen, als wir sein Würgen hörten, und schwenkten dann zum Vordeck ab.

»Es ist auch nicht sonderlich hilfreich, Sir, dass mich alle entweder umbringen wollen, mich als hinterwäldlerisch verachten oder irgendwelche Hintergedanken haben«, fuhr ich fort. »Manchmal sogar alles gleichzeitig.«

»Das kann ich mir denken.« Javes holte wieder sein dümmliches Grinsen aus dem Hut. »Aber so ist das Leben, wenn man eng mit dem Königshaus verwandt ist, was?«

Ich kam zu dem Schluss, dass es besser war, darauf nicht zu antworten.

Javes' Lächeln erstarb, als er aufs Meer hinausblickte. »Sie haben Suiden einen Drachen genannt ...«

»Ich habe ihn so genannt, Sir?«

»Schon gut, er ist ein Drache, mit Feuer, Krallen und allem Drum und Dran. Und wie alle Drachen hortet er Dinge. Nur interessieren ihn nicht Gold und Juwelen und was weiß ich noch, sondern seine Leute.« Javes betrachtete nachdenklich die Wellen. »Ich glaube, das hat ihn am meisten an Groskin geärgert, sogar an Ryson. Dass Slevoic es gewagt hat, jemanden anzurühren, der ihm gehörte.« Er sah zu mir hin. »Sie gehören auch Suiden, Leutnant, und er will Sie nicht verlieren. Nicht an einen alten Seebären, der ›Neffe‹ schreit!«

»Er traut mir nicht zu, die richtige Entscheidung zu treffen, Sir? Das Wahre vom Falschen unterscheiden zu können, ganz gleich, wer mich seinen Verwandten nennt?«

»Natürlich nicht. Sie sind gerade erst zum Leutnant befördert worden und soeben Ihren Flegeljahren entwachsen, auch wenn Sie sich jeden Morgen rasieren. Sie sind noch nicht lange weg von Ihrem Bauernhof und aus einer kleinen Stadt in den nördlichen Gemarkungen, wo das Schnellste die Schneeschmelze im Frühling ist.« Javes betrachtete mich. »Ehrlich gesagt, Hase, bin ich selbst überrascht, dass Ihnen die Höhen, die Sie in letzter Zeit erklommen haben, nicht zu Kopf gestiegen sind.«

»Vielleicht liegt das daran, Sir, dass meine Eltern keinen

Dummkopf großgezogen haben.« Der finstere Blick, mit dem Kaplan Obruesk mich bedachte, der eben an uns vorbeiging, lenkte mich von Javes' gerunzelter Stirn ab. »Allerdings kann es auch daran liegen, dass es etliche Leute gibt, die dafür sorgen, dass ich weiß, wo ich hingehöre, und auch dort bleibe.«

Javes verfolgte den Kaplan ebenfalls mit seinem Blick. Als er sich zu mir umdrehte, funkelten seine Augen. »Sie meinen Bescheidenheit? Sie würden Gott selbst im Angesicht der Hölle noch widersprechen. Sagen Sie, sind alle in den Grenzlanden so wie Sie?«

Ich dachte einen Moment nach. »Die meisten, Sir, ja.«

»Verstehe.« Javes atmete tief durch. »Es dürfte dann wohl sehr interessant werden, wenn wir dort ankommen.« Er nickte, schlenderte davon und überließ mich meinem Treffen mit Groskin.

Ich fand den Leutnant in der Kabine der Leutnants, was wenig überraschend war. Er hatte mehrere Laternen besorgt, sie über seiner offenen Truhe platziert und seine Ausrüstung um sich herum ausgebreitet. Als ich hereinkam, winkte er mich zu sich. »Ich hatte keine Gelegenheit, meine Ausrüstung zu überprüfen, seit wir die Botschaft verlassen haben, und ich dachte, ich sollte mich davon überzeugen, dass sich keine dieser verdammten Spinnen in meiner Truhe eingenistet hat.«

Ich war auf ihn zugegangen, aber als er die Fahlen Tode erwähnte, stand ich im nächsten Moment auf der vierten Sprosse der Leiter zum Oberdeck. Ich konnte mich nicht daran erinnern, meinen Fuß auf eine der ersten drei Sprossen gesetzt zu haben.

Groskin lächelte. »Sie mögen Spinnen nicht sonderlich, was?«

»Nein«, gab ich zu und setzte mich hin. »Ich verstehe zwar ihre Funktion im Großen Plan, aber ich schätze es nicht, wenn sie zutraulich werden.«

»Keine Sorge. Es sind keine da.« Groskin begann, seine Sachen einzupacken. »Wo sind Ihre Schatten?«

»Jeff ist ... indisponiert.«

»Im Kopf, ja?«

Ich nickte, als ich mich nach meinem geisterhaften Gefährten umsah. »Was die Marine als Frühstück bezeichnet, bereitet ihm manchmal heftige Magenschmerzen.« Etwas flackerte in der Ecke. »Und Basel ist da drüben.«

Groskin sah zu dem Geist hin, zögerte und nickte. »Habe Sie nicht gesehen, Basel.« Er packte weiter. »Eines kann ich Ihnen sagen, Reiter, ich vermisse Ihre Kochkünste.«

»Sic!«, murmelte ich.

In dem Schweigen hörten wir, wie die Dinnergäste zum Schiff des Vizeadmirals ablegten. »Tut es Ihnen leid, dass Sie das verpassen?«, erkundigte sich Groskin.

»Eigentlich nicht«, antwortete ich.

»Was? Das Essen war da auch nicht gut?«

»Im Gegenteil. Aber es wurde ein Braten serviert, den der Vizeadmiral direkt vor meiner Nase angeschnitten hat.«

»Braten?« Groskin sah mich an. »Und was noch?«

Ich beschrieb ihm das Essen und den Nachtisch, und Groskins Augen wurden glasig.

»Ein Braten mit allen Finessen, und der Käpt'n nimmt einen verdammten Wurzelfresser und einen Geist mit«, knurrte Groskin, als ich fertig war, und schüttelte den Kopf.

Es wurde wieder still. Der Leutnant packte den Rest seiner Ausrüstung in die Truhe und schloss den Deckel. Dann sah er mich an und seufzte. »Auch wenn ich noch einmal sage, dass es mir leidtut, würde das nichts nützen, richtig?«

Ich zuckte mit den Schultern, während ich fasziniert das hochinteressante Schattenmuster an der Decke beobachtete, das die Laternen warfen.

Groskin setzte sich auf seine Truhe. Mit einem kurzen Blick stellte ich fest, dass ihn diese sich überlappenden Schattenmuster ebenfalls interessierten. »Wissen Sie, ich habe als Heranwachsender nicht an die Magischen geglaubt. Ich habe sie wie alle anderen für Kindermärchen oder Tricks gehalten, die irgendwelche Gaukler vorführten. Und selbst das missbilligten die Kirchenältesten. Dann wurde ich nach Veldecke versetzt.« Er setzte sich auf seiner Truhe zurecht, die etwas knarrte. »Das ist ein ausgezeichneter Posten, und ich dachte, ich hätte es geschafft: ein Hauptmannspatent, dann das Majorspatent, schließlich Garnisonskommandeur und dann ... wer weiß? Lordkommandeur Groskin von der Königlichen Armee, der Schildträger des Königs.«

»Was ist passiert?« Ich war gegen meinen Willen interessiert.

»Ich fand heraus, dass die Magischen mehr waren als Theaterstücke, die ich als Kind ebenfalls nicht sehen durfte.« Groskin hob den Kopf und erwiderte meinen Blick. »Hat Ihnen jemand gesagt, warum ich nach Freston strafversetzt wurde?«

»Nur, dass Ihnen in Veldecke etwas passiert ist.«

Groskin senkte den Kopf und schüttelte ihn. »Nein, mir ist nichts passiert.« Er holte tief Luft. »Es gab eine Vergewaltigung ...«

Ich gab einen knurrenden Laut von mir, und meine Muskeln spannten sich an.

Groskin hob die Hand, ohne den Kopf zu heben. »Ich habe es nicht getan.« Er ließ die Hand in seinen Schoß sinken. »Ich habe es nicht getan, nein, aber ich habe zugesehen und nichts dagegen unternommen.«

»Warum?«

»Weil sie kein Mensch war.«

Ich fühlte den Wind auf meinem Rücken, der Worte wisperte, die ich nicht verstand. Basel schwebte aus seiner Ecke und sah mich mit seinen aufgerissenen Geisteraugen an, während er den Kopf schüttelte. Seine Lippen bewegten sich, und ich konnte sehen, wie er das Wort »Hase« formte. Ich hielt mich an der Leiter fest, fühlte das Holz unter meiner Hand, das Kribbeln der Rune, die sich erwärmte.

»Verdammt, Hase!«

Ich sah hoch. Groskin starrte mich an.

»Sie haben angefangen ... ich weiß nicht, irgendwie zu verschwimmen!«

»Das kenne ich schon.« Meine Stimme klang heiser. »Wer war sie?«

Groskins Miene veränderte sich, und er wich meinem Blick aus. »Eine Fee.« Er schwieg einen Moment. »Ein paar Kameraden und ich hatten uns über die Mauer in den Wald auf der Seite der Grenzlande geschlichen. Wir hatten Wein aus einem Nachschubtransport abgezweigt, der gerade angekommen war, und wir dachten uns, die Grenzlande wären der beste Ort, um ihn ungestört genießen zu können. Sie stolperte über uns und trug so ein hauchdünnes Gewand wie alle ihrer Art.« Er fuhr sich mit der Hand über das Gesicht und zog die Mundwinkel nach unten. »Sie wurde am nächsten Morgen im Wald gefunden. Sie hatte sich umgebracht.«

Ich grub meine Fingernägel in die Sprosse und fühlte, wie das Holz splitterte.

»Der Forst-Faena kam zu uns. Es war ein Feuersalamander. Ich kann mich noch an seine Haut erinnern, als er im Büro des Garnisonskommandeurs vorsprach. Sie loderte weiß glühend.«

»Und doch sind Sie hier.« Ich runzelte die Stirn. »Auf freiem Fuß.«

Groskin zuckte mit den Schultern. »Der Kommandeur hatte darauf hingewiesen, dass ich nicht an der Vergewaltigung teilgenommen hatte.«

Ich ignorierte diese Haarspalterei, während meine Miene sich verfinsterte. »Und die anderen?«

Groskin zuckte erneut mit den Schultern, sah mich aber diesmal an. Seine Lippen waren nur ein schmaler Strich in seinem Gesicht. »Sie sagten, sie könnten sich nicht erinnern, wer was getan hätte, behaupteten, sie wären zu betrunken gewesen, um überhaupt etwas tun zu können, und plötzlich stand mein Wort gegen ihres. Einer ging sogar so weit zu behaupten, dass ich diese Kreatur ...« Groskin unterbrach sich, als er mein Gesicht sah und seufzte. »Dass ich es getan hätte«, fuhr er dann mit gesenktem Blick fort. »Da ich anscheinend als Einziger nüchtern genug dafür gewesen war.«

»Aber der Faena ...«, begann ich und unterbrach mich.

»Oh. Der Kommandeur erzählte ihm, dass sie bestraft würden«, erklärte Groskin. »Aber es waren die Söhne von Lords und hohen Offizieren. Sie bekamen einen Schlag auf ihr böses Händchen, weil sie den Wein gestohlen hatten. Dann wurden wir versetzt, weil es keinen anderen Zeugen gab als mich.« Er sah mich wieder an. »Nur ich wurde nach Freston geschickt. Wegen Trunkenheit und meiner Unfähigkeit, meine Männer zu kontrollieren.«

Der Wind hub wieder an zu wispern, aber ich schüttelte den Kopf, und er verstummte.

Groskin lehnte sich an die Wand der Kabine, verschränkte die Arme und starrte auf den Boden vor sich. »Ich habe mir immer eingeredet, dass sie schließlich nicht wie meine Schwestern war, sondern nur eine seelenlose, pockenverseuchte Nymphe, die vermutlich mehr Männer gehabt hatte als hundert Huren zusammen. Außerdem ging es um Politik – die Söhne der Lords kamen ungeschoren davon, während ich als entbehrlich eingestuft wurde. Wurde mir gesagt.«

»Wurde Ihnen gesagt«, wiederholte ich stirnrunzelnd.

Groskin verzog die Lippen. »Dann tauchten Sie und die Katze auf und sagten, wir alle würden verwandelt. Wir würden genauso zu Magischen werden wie die Bewohner der Grenzlande. Behaupteten, ich wäre genauso wie diese Fee.« Er sah mir in die Augen. »Wenn das stimmte, zu was machte mich das dann?«

»Zu jemandem, der untätig zugesehen hatte, wie eine Person von einer Horde betrunkener Soldaten vergewaltigt worden ist«, sagte ich und konzentrierte mich wieder auf den Leutnant.

Groskin schloss die Augen. »Genau.«

»Der sie anschließend in ihrem Schmerz und ihrem Entsetzen zurückgelassen hat, das so groß war, dass sie ihrem Leben ein Ende machte.«

»Ja.«

Ich hob die Hand. Die Rune glühte in dem Dämmerlicht der Kabine. »Kein Wunder, dass Sie durchgedreht sind.«

Groskin riss die Augen auf. Argwohn zeichnete sich auf seinem Gesicht ab.

»Sagen Sie, hat dieser Feuer-Faena Sie mit so etwas berührt?«

Groskin nickte und erschauerte, nach wie vor misstrauisch.

»Und die anderen nicht?«

Groskin schüttelte den Kopf. »Sie ... der Kommandeur und der Faena sagten, da ich der ranghöchste Offizier gewesen wäre ...«

»Was zum Teufel hat das zu bedeuten, wenn man eine Untersuchung durchführt?«, unterbrach ich ihn.

Groskin schüttelte den Kopf. »Das haben sie gesagt.« Sein Blick blieb starr auf meine Handfläche gerichtet.

»Keine Angst, ich habe nicht vor, Sie anzufassen.« Ich ließ meine Hand sinken, und Groskin stieß erleichtert den Atem aus. Ich starrte einen Moment über die Schulter des Leutnants hinweg auf die Wand der Kabine, bevor ich meinen Blick wieder auf ihn richtete. »Also hat der Faena Ihnen die Wahrheit gezeigt, aber Sie haben es eine Lüge genannt und ignoriert.«

»Ja«, gab Groskin zu.

»Dann haben Sie das Gleiche bei mir gemacht. Sie haben zugesehen, wie Slevoic mich nach Herzenslust schikaniert hat. Und deshalb fühlte sich der Scheußliche stark genug, dass er Basel ermorden konnte.«

»Ich weiß.« Groskins Zustimmung überraschte mich. »Als ich sah, dass Basel tot war, war mir, als hätte sich ein Nebel gehoben, und ich konnte klar und deutlich erkennen, was ich getan hatte ...«

»Das glaube ich. Alle sechzehn Geweihspitzen lagen vor Ihnen, und seine Kehle war aufgeschlitzt.«

»... ich dachte, das war's. Meine Tage in der Königlichen Armee wären vorbei.«

»Ihre ›Tage in der Königlichen Armee‹? Slevoic hat Basel umgebracht, und Sie haben sich nur wegen Ihrer Karriere Sorgen gemacht?«

Groskin nickte erneut, sah zunächst mich und dann Basel an und blickte dann weg. »Nach Basels Bestattung kam die Faena-Katze zu mir.«

Diese Wendung in der Unterhaltung verblüffte mich. »Und?«, erkundigte ich mich zurückhaltend.

Er betrachtete seine Fingernägel. »Sie tragen diesen verdammten Zopf und Ihre schicken Kleider, essen kein Fleisch und pfeifen auf jeden, dem das nicht gefällt. Aber mich interessiert, was die Leute denken.«

Ich merkte, dass mein Mund offen stand, und schloss ihn mit einem hörbaren Klacken meiner Zähne.

»Das heißt, nicht so sehr, was sie denken, als vielmehr, was sie sehen.«

»Sie meinen, Äußerlichkeiten«, stieß ich hervor.

»Ja, so ähnlich.« Groskin verzog spöttisch den Mund. »Ich hatte immerhin Beziehungen zu dem Doyen von Dornel und durch ihn Verbindungen zu allen möglichen Autoritäten, einschließlich Obruesk. Gott bewahre, dass ich etwas tat, was ein schlechtes Licht auf die Kirche werfen könnte.«

Meine Lippen bildeten ein O, als ich verstand.

»Es ist aber ziemlich anstrengend, immer perfekt zu sein.«

»Hm ...«

Groskin lachte krächzend. »Ja, die Katze sagte, da ich nicht einmal annähernd perfekt wäre, bräuchte ich auch keine Angst zu haben, jemanden zu enttäuschen, wenn ich den Versuch aufgeben würde, es zu sein.«

Die Sorge durchfuhr mich wie ein kleiner Stich, als ich begriff, dass ich Groskins wahres Selbst sah.

Groskin lächelte wieder spöttisch. »Und er bot mir an, mit mir daran zu arbeiten, sozusagen unter uns Katzen, hm, damit ich endlich aufhören könnte, denselben verfluchten Fehler immer und immer wieder zu machen, aus Angst zu versagen.«

Der Stich wurde zu einem ausgewachsenen Krampf, und selbst Basel lehnte an der Leiter und starrte den Leutnant an.

»Ich nahm an, dass es an diesem Punkt auch nicht mehr schaden könnte, wenn es nicht sogar helfen würde.« Groskins Lächeln veränderte sich zu einer recht guten Kopie von Hauptmann Javes' dümmlichem Grinsen. »Könnte interessant werden, was?«

51

Es war ein ruhiger Abend. Der Mond war aufgegangen, Sterne funkelten am Himmel. Die *Furchtlos* dümpelte auf einer leichten Dünung. Ich hörte, wie die Gäste des Vizeadmirals zurückkamen, und wartete an dem Fallreep auf Laurel Faena. Doch der Erste, den ich sah, war Hauptmann Suiden. »Gibt es ein Problem, Leutnant?«, fragte er, als er aus dem Bootsmannsstuhl stieg.

»Nein, Sir. Ich warte nur auf Laurel.«

»Verstehe.« Sein Blick glitt zu Jeff hinter mir, der im Licht der Laterne ein bisschen blass um die Nase wirkte. »Haben Sie mit Groskin gesprochen?«

Seine Frage verblüffte mich. »Jawohl, Sir.«

Suiden nickte und ging weiter. »Kommen Sie mit, Leutnant.«

»Sir?« Ich gehorchte.

»Bitten Sie den Botschafter, in meine Kajüte zu kommen, sobald er an Bord ist«, befahl Suiden Jeff. »Und dann holen Sie Javes und Groskin.«

»Jawohl, Sir.«

Basel und ich folgten Suiden in seine Kajüte. »Sir?«, fragte ich erneut.

»Es ist das erste Mal, seit Sro Katze bei uns ist, dass Sie seine Gesellschaft suchen«, erklärte Suiden und setzte sich hinter seinen Tisch. »Was ist passiert?«

Er bedeutete mir, mich ebenfalls zu setzen, was ich tat. »Nichts, Sir. Ich meine, jedenfalls jetzt nicht ...«

»Es hat also etwas mit dem zu tun, was Leutnant Groskin Ihnen erzählt hat?«

»Sir ...«

Jemand klopfte an die Tür, die sich nach Suidens Aufforderung öffnete. Laurel trat herein. »Ehrenwerter Hauptmann?«, fragte der Faena, während er hereinkam.

»Bitte setzt Euch, Botschafter«, sagte Suiden. »Wir warten noch auf Javes und Groskin.«

Laurel warf mir einen fragenden Blick zu, während er sich setzte, und ich zuckte verstohlen mit den Schultern.

»Der Vizeadmiral lässt Euch seine Grüße ausrichten, Hase, und bedauert es sehr, dass Eure dringenden Pflichten Euch davon abgehalten haben, an dem Dinner teilzunehmen«, sagte Laurel in das Schweigen. »Dem Koch hat es ebenfalls sehr leidgetan, dass Ihr fehltet, aber er hat einen Korb zusammengestellt, den Lord Esclaur ...«

Laurel brach ab, als wir Schritte hörten. Einen Moment später traten Groskin und Javes herein. Suiden wies Jeff an, vor der Tür Wache zu halten.

»Da Slevoic verschwunden ist und Ryson gegen die Seekrankheit kämpft, dürfte kaum noch jemand so dumm sein zu lauschen«, bemerkte Hauptmann Javes, während er sich setzte.

»Es gibt immer einen neuen Narren, der bereit ist, den Platz des letzten einzunehmen«, erklärte Suiden. Er drehte sich auf seinem Stuhl herum und sah mich an. »Also?«

Laurel blinzelte einmal bedächtig; dann hob er die Brauen, spitzte die Ohren und drehte seinen Kopf in meine Richtung.

»Ich wollte Laurel Faena nur einige Fragen stellen, Sir«, begann ich.

»Das betreffend, was Groskin Euch erzählt hat?«

Ich streifte Groskin mit einem flüchtigen Blick und sah dann den Hauptmann an. »Jawohl, Sir.«

»Warum?«

»Es war ein brutales Verbrechen, Suiden«, erklärte Javes, als ich stumm blieb. »Vielleicht hat er nur jemanden gesucht, mit dem er darüber reden konnte.«

»Hase hat vor noch nicht allzu langer Zeit selbst brutale Dinge erlebt, und er hatte weder das Verlangen, noch sah er die Notwendigkeit, darüber mit irgendjemandem zu sprechen.« Suiden sah mich unverwandt an. Er runzelte die Stirn, während das Feuer in seinen Augen zu flackern begann. »Nicht zu antworten ist keine Option, die Ihnen zur Verfügung steht, Leutnant.«

Diesmal sah ich Laurel an und begegnete dem Blick seiner

bernsteingelben Augen. Ich seufzte und schaute zu Boden. »Ich wollte Laurel fragen, Sir, warum niemand von dem Faena in Veldecke zur Verantwortung gezogen wurde.«

Suiden wollte etwas erwidern, aber Laurel kam ihm zuvor. »Was meint Ihr damit, dass niemand zur Verantwortung gezogen wurde?«

Ich hob den Kopf. »Groskin hat es Euch nicht erzählt?« Ich runzelte die Stirn und versuchte mich zu erinnern, ob der Leutnant etwas anderes gesagt hatte. Ich sah Groskin an, der den Kopf schüttelte.

»Er sagte, dass dort eine Fee vergewaltigt wurde«, antwortete Laurel im selben Moment. »Er hat jedoch nicht gesagt, dass niemand dafür vor Gericht gestellt wurde.«

»Sie behaupteten, sie wären zu betrunken gewesen, um überhaupt etwas tun zu können, und auch zu betrunken, um sich daran zu erinnern, wer es war«, antwortete ich. »Groskin hat gesagt, sie wurden alle laufen gelassen.«

»Alle?« Javes' Miene verfinsterte sich. »Nur Groskin war an diesem Übergriff beteiligt. Es gab niemand anderen.« Er drehte sich zu Groskin herum. »Was haben Sie Hase erzählt, Leutnant?«

»Die Wahrheit, Sir«, gab Groskin zurück.

»Groskin ist nicht wegen der Vergewaltigung nach Freston versetzt worden, Javes«, mischte sich Suiden ein, der mich nach wie vor beobachtete. »Er wurde, inoffiziell natürlich, dorthin versetzt, weil er es gewagt hatte, die Söhne von Kommandeur Eanst und Lord Gault – unter anderen – als Mitschuldige zu benennen. Der offizielle Grund lautete Trunkenheit im Dienst und Unfähigkeit, seine Männer unter Kontrolle zu halten.«

»Aber der Faena hat Groskin berührt, Sir«, warf ich ein, was mir die Aufmerksamkeit beider Hauptleute einbrachte. »Er wusste, wer was getan hat. Hätte er weitere Beweise benötigt, hätte er die anderen ebenfalls berühren können. Dann hätten sie sehr bereitwillig geplaudert.« Ich sah Laurel an. »Er hat es nicht getan, und sie wurden laufen gelassen.«

»Das wusste ich nicht, Hase«, brummte Laurel. »Wirklich, ich wusste es nicht.«

Ich fühlte, wie die Rune in meiner Hand sich erwärmte.

»Ich habe dem Botschafter nur erzählt, was mir passiert ist.« Groskins Stimme klang sehr leise.

»Was zum Teufel geht hier vor, Laurel?«, erkundigte ich mich. »Eine Vergewaltigung und ein Mord ...«, Groskin rutschte unbehaglich auf seinem Stuhl hin und her. »Es war Mord«, schnarrte ich in seine Richtung, »auch wenn sie es selbst getan hat. Und die, welche sie vergewaltigten und sie damit ermordeten, sind ungeschoren davongekommen.« Ich richtete meinen Blick wieder auf Laurel. »Dann diese pockenverseuchte Schmuggelei. Ich habe Euch einmal gefragt, wieso niemand einen Haufen Schmuggler finden konnte.« Ich beugte mich vor. »Es ergibt keinen Sinn, Laurel. Ebenso wenig, dass Ihr Monate mit der Suche nach mir verschwendet, während unser Volk abgeschlachtet wird. Warum hat der Hohe Rat Euch nicht nach Veldecke geschickt, damit Ihr dem Einhalt gebietet?«

»Ich habe Euch den Grund bereits genannt ...«

»Damit Ihr nicht umgebracht würdet?«, unterbrach ich den Botschafter. »Dann hättet Ihr mit Verstärkung, mit Freunden dort anrücken können. Veldecke ist die eine Stadt in Iversterre, die ›Magische‹ kennt, Ehrenwerter Faena. Immerhin hat ein Feuersalamander dem dortigen Kommandeur einen Besuch abgestattet!« Ich fühlte, wie sich meine Lippen spöttisch verzogen. »Könnt Ihr Euch einen Feuersalamander in der Königlichen Stadt vorstellen? Nach dem, was Groskin sagte, hat der Kommandeur bei seinem Auftauchen nicht mit der Wimper gezuckt.«

»Man hat mir verboten, nach Veldecke zu gehen«, Laurel

Faena sah sichtlich besorgt aus, »weil ich dort in Gefahr gewesen wäre.«

»Trotz des verdammten Vertrages? Wenn der Garnisonskommandeur Euch auch nur ein Haar gekrümmt hätte, hätte das zweifellos zu einem Krieg geführt.«

»Man sagte mir auch, dass König Jusson von gewissen Adligen bedrängt würde, den Friedensvertrag für ungültig zu erklären«, fuhr der Berglöwe fort.

»Das stimmt nicht«, mischte sich Javes ein. »Jusson hatte niemals die Absicht, den Friedensvertrag zu annullieren oder einen Krieg mit den Grenzlanden anzuzetteln. Er weiß, dass wir den letzten nur knapp überlebt haben.«

Laurel legte die Ohren an. »Ja, das ist mir klar geworden.«

»Ist Euch auch klar, dass Dragoness Moraina eine der Unterzeichnerinnen des Vertrages war?«, erkundigte ich mich.

»Was?«

»Ihr habt mich verstanden. Der König hat das während seiner ... seiner Diskussion mit Onkel Maceal erwähnt.« Ich sah Hauptmann Javes an. »Ihr wart dabei, Sir.«

»Aber Ihr habt doch gesagt, Botschafter, dass Drachen weder lesen noch schreiben«, meinte Suiden, während Javes die Stirn runzelte.

»Das tun sie auch nicht, Ehrenwerter Hauptmann.« Laurel starrte mich weiterhin an. »Vielleicht habt Ihr Euch verhört, Hase. Ihr habt an diesem Abend viel getrunken, richtig?«

»Das war erst später«, gab ich zurück. »Dieser Vorfall passierte noch vor Basels Bestattung.«

»Der König hat gesagt, dass Dragoness Moraina den Vertrag unterzeichnet hat«, bestätigte Javes. »Er hat außerdem erwähnt, dass sie Briefe an seinen Urgroßvater geschickt hat.«

»Nicht die Ehrenwerte Moraina«, sagte Laurel. »Das ist unmöglich.«

»Vielleicht hat sie ja einen Schreiber beauftragt«, meinte Groskin zögernd.

»Nein, niemals«, widersprach ich. »Drachen halten es für eine Sünde, zu lesen oder zu schreiben. Wenn Moraina sich eines Schreibers bedienen würde, wäre das genauso unmoralisch, als hätte sie den Brief selbst geschrieben.« Ich fing Javes' fragenden Blick auf. »Sie glauben, es behindere das Erlangen von Weisheit.«

»Ja.« Laurel war sichtlich abgelenkt. »Weisheit muss erinnert und nicht in Büchern, Schriftrollen und Gedenktafeln verschlossen werden.«

»Wohin geht die Fahrt eigentlich?«, wollte Suiden wissen. Seine smaragdgrünen Augen blitzten den Faena an. »Ihr habt für unsere Sicherheit garantiert, Sro Katze.«

Laurel winkte mit der Tatze. »Ihr werdet auch in Sicherheit sein. Der Fyrst von Elanwryfindyll würde die Gastfreundschaft ebenso wenig verletzen«, er lachte kurz, »wie Moraina ein Buch schreiben würde.« Er fuhr sich mit der Tatze über den Kopf, dass seine Perlen klickten. »Es ist die Wahrheit, Hase, ich wusste das nicht.«

Meine Handfläche wurde wärmer. »Trotzdem ...«, setzte ich an.

»Warten Sie! Sie können da nicht hineingehen!«

Die Tür flog auf, und Kanzlerin Berle stand auf der Schwelle. Jeff hielt sie am Arm fest. Hinter ihnen lauerte Kaplan Obruesk. In dem Licht, das aus der Kabine fiel, sah ich das fromme Feixen auf seinem Gesicht. Offenbar konnte Suiden das auch sehen. Er stand auf, ging zur Tür und sagte: »Das wäre dann alles, Obruesk.«

Das scheinheilige Lächeln auf dem Gesicht des Kaplans verschwand, als hätte jemand es weggewischt, und wurde durch seine übliche finstere Miene ersetzt. Hauptmann Suiden wartete, bis er sich herumgedreht hatte, um wieder die Treppe hinunterzugehen. »Das heißt, Obruesk, ich habe es mir anders überlegt. Holen Sie Lord Esclaur. Sofort.« Suiden ignorierte den empörten Blick des Kaplans und drehte sich zu Kanzlerin Berle herum. »Kanzlerin?«

»Gibt es einen Grund, warum ich von dieser Konferenz ausgeschlossen wurde?«, erkundigte sie sich.

»Wie wäre es damit, dass ich der Meinung war, dass wir nichts diskutierten, was Ihre Belange berührt, Sra Berle ...«, begann Suiden.

»Ach?«, fiel die Kanzlerin ihm ins Wort. »Sie und Ihre höchsten Offiziere vergraben sich mit Botschafter Laurel in einer Kajüte und glauben, es hätte nichts mit mir zu tun?«

»Wenn Sie diese Meinungsverschiedenheit öffentlich auszutragen wünschen, Kanzlerin, bin ich nur allzu gern dazu bereit.«

Kanzlerin Berle schloss den Mund und betrachtete Suiden mit unverhüllter Abneigung. Suiden ignorierte sie jedoch und blickte über ihre Schulter. Ich hörte Schritte die Leiter heraufkommen. Eine Sekunde später tauchte Lord Esclaur hinter Jeff auf, der nach wie vor den Arm der Kanzlerin festhielt.

»Ich muss schon sagen«, meinte Esclaur und hob sein Lorgnon. In seiner anderen Hand hielt er einen Picknickkorb.

»Aber es wäre wohl besser, wenn wir das drinnen weiter besprechen«, beendete Suiden seinen Gedanken. Auf eine Handbewegung hin ließ Jeff Kanzlerin Berle los, und sie betrat die Kajüte. »Lord Esclaur, wenn Ihr so freundlich wärt ...«

In dem Moment gellte ein Schrei. Hauptmann Suiden hielt inne. Sein Körper versteifte sich, als er aus der Tür starrte. Erneut schrie jemand, und im nächsten Moment schien unter der Mannschaft ein kontrollierter Tumult auszubrechen.

»Was ist los?« Kanzlerin Berle verharrte vor dem Stuhl, auf den sie sich gerade setzen wollte. »Was geht da vor?«

Jemand näherte sich im Laufschritt der Kapitänskajüte. »Kapitän Suiden!«

Suiden drängte sich an den Leuten in seiner Tür vorbei und prallte beinahe mit dem Ersten Offizier Falkin zusammen. »Was ist los?«, wiederholte er Kanzlerin Berles Frage.

»Wir wissen es nicht, Sir ...«

Plötzlich stand Laurel auf und knurrte drohend. Wir fuhren herum und starrten ihn an. Die Pupillen der Raubkatze waren so geweitet, dass seine Augen schwarz waren. Ich wollte ihn fragen, was zum Teufel da vor sich ging, fühlte aber plötzlich ein Kribbeln auf der Haut, als marschierten Tausende von Ameisen über meinen Leib.

»Süßer, gnädiger Himmel!«, keuchte ich und stand auf. »Was ist das?«

Suiden sah zu mir herüber und rannte los, dicht gefolgt von Falkin. Laurel brüllte einmal auf und fegte über den Tisch. Seine Krallen gruben sich in das Holz. Er schoss durch die Tür, ohne den Boden zu berühren, und war verschwunden.

Ich stieß meinen Stuhl und Kanzlerin Berle zur Seite, die sich an meinem Arm festgehalten hatte, und folgte dem Faena aus der Kabine. Am Fuß der Treppe blieb ich stehen, als mir auffiel, wie ruhig es bis auf den Lärm der aufgescheuchten Matrosen geworden war. Das Schiff war vollkommen still, das Wasser reglos, kein Lüftchen regte sich. Ich blickte zu den Masten hinüber und sah, dass die Mannschaft die gerefften Segel herunterholte. Dann blickte ich zu den anderen Schiffen hinüber. Ich konnte sie kaum erkennen. Ich runzelte die Stirn, denn die Nacht war viel zu dunkel. Ich suchte den Mond, sah jedoch nur einen hellen Fleck am Himmel, wo er hätte leuchten sollen. Während ich zusah, wurde der Fleck größer und verschlang die Sterne, während er sich uns näherte, und zwar rasend schnell.

»Hase!«, brüllte Laurel auf dem Achterdeck.

Ich rannte zu dem Faena, der aufs Wasser hinausstarrte. Ich hörte Schritte hinter mir und warf einen Blick über die Schulter. Mir folgte nicht nur Jeff, sondern auch Basel, Hauptmann Javes, Leutnant Groskin, Kanzlerin Berle, Lord Esclaur und – Kaplan Obruesk. »Was ist los?«, erkundigte ich mich, als ich Laurel erreichte. »Was ist das? Ein Sturm?« Als ich das sagte, wurde das Kribbeln stärker. Ich blickte auf meine Hand, erwartete, dass die Rune glühte, aber sie war so dunkel wie der sich verfinsternde Himmel.

»Erinnert Ihr Euch an den Empfang, als Hauptmann Suiden von dem Dschinn sprach?«, fragte Laurel, der seine Ohren immer noch angelegt hatte.

»Ja ...« Meine Stimme brach, als mich das blanke Entsetzen beschlich.

»Da ich nicht da war«, warf Kanzlerin Berle ein. »Was hat Seine Hoheit gesagt?«

»Dass der Dschinn den Sturm bringt, Kanzlerin«, erwiderte ich. »Ist es das?«

»Ja«, sagte Laurel. »Jemand hat ihn heraufbeschworen und in unsere Richtung geschickt.«

»Wenn wir direkt zu den Grenzlanden gesegelt wären, wie wir es hätten tun sollen«, meinte Kanzlerin Berle, »dann würden wir jetzt nicht wie die Enten auf dem Teich hocken.«

»Mitnichten, Ehrenwerte Berle«, erwiderte Laurel. »Der Sturm kommt exakt aus der Richtung, in die wir gesegelt wären, hätten wir nicht diesen kleinen Umweg gemacht.« Seine Augen glühten im Dunkeln. Kaplan Obruesk machte beschwörende Gesten gegen das Böse. »Statt zu versuchen, mich zu exorzieren«, meinte der Faena und deutete mit einem Nicken auf die Sturmwolken, an deren Rand jetzt Blitze zuckten, »würde ich vorschlagen, Ihr versucht, das dort mit Euren Gebeten abzuwehren.«

»Würde es denn funktionieren, Botschafter?«, erkundigte sich Esclaur, während in der Ferne der Donner rumpelte.

»Nicht dass ich wüsste«, gab Laurel zurück. »Aber es wäre besser, als hier herumzustehen und sich gegenseitig zu beschuldigen, nicht wahr?«

»Eine unselige Mission«, konterte Obruesk, »die von Zauberern ...«

Ein Flackern erregte meine Aufmerksamkeit, und ich drehte mich um, in der Erwartung, Basel zu sehen. Sofort sträubten sich mir die Nackenhaare, und ich fühlte Laurels Pelz hinter mir. »Die Ehrenwerte Esche!«, flüsterte ich.

Obruesk unterbrach sich mitten in seinem Schwadronieren und wirbelte herum. Die anderen folgten seinem Beispiel einen Herzschlag später. Laurels Tatze landete auf meiner Schulter, als er mich zu sich zog. Der Geist der Ehrenwerten Esche blieb stehen, und ich konnte die Eschenblätter in ihrem Haar erkennen.

»Wer ist das?«, fragte Berle eingeschüchtert.

»Dämonen«, antwortete Obruesk rau, aber flüsternd.

»Das ist kein Dämon, Kirchenmann«, klärte Laurel ihn auf. »Sie ist eine ermordete Baumelfe, eine Faena. Diejenige, aus der ein Amtsstab der Kirche gemacht wurde.«

Es blitzte, und erneut donnerte es in der Ferne.

»Wie hat sie die Schutzzauber überwinden können?«, erkundigte ich mich.

»Vermutlich wurden sie durch den Sturm geschwächt«, sagte Laurel, dessen Worte von einem Blitz akzentuiert wurden.

»Wir werden sterben, stimmt's?« Jeffs Stimme war in dem Donner kaum zu vernehmen.

Ich warf einen Blick über die Schulter auf den Dschinn-Sturm und wollte ihm zustimmen. »Nicht, wenn ich es verhindern kann«, hörte ich mich sagen.

»Oh nein«, pflichtete mir Javes bei. »Und ganz gewiss nicht hier, wie gefangene Ratten.« Er trat vor und betrachtete den Geist durch sein Lorgnon. »Gibt es eine Möglichkeit, um … sie herumzukommen?«, wollte er wissen.

Es blitzte erneut, und das Donnern des Sturms kam näher. Die Ehrenwerte Esche Faena setzte sich wieder in Bewegung, glitt über das Deck auf uns zu. Eine Woge traf das Schiff, das knarrte und ächzte, als es krängte.

Ich folgte dem Hauptmann, trat von Laurel Faena weg, dem Geist der Ehrenwerten Esche entgegen, aber sie glitt einfach um uns und die anderen herum. Ein weiterer Brecher traf den Windgleiter, ein größerer, der das Schiff anhob und es dann hart fallen ließ, während Donner wie ein gewaltiger Peitschenknall in unseren Ohren hallte. Ich drehte mich herum, verfolgte sie mit dem Blick, bis sie an der Reling des Achterdecks stehen blieb und mit einem Finger auf den Dschinn-Sturm deutete, der sich auf uns zu stürzen drohte. Im selben Moment erhob sich ein leichter Wind in der regungslosen Luft, der um mich herumwirbelte.

Als die Ehrenwerte Esche an ihm vorbeigeschwebt war, machte Hauptmann Javes Anstalten, auf das Achterdeck zu steigen. Die anderen folgten ihm. Er blieb jedoch stehen, als er sah, dass Laurel und ich uns nicht gerührt hatten. »Hase, Botschafter Laurel …«

Der Wind wurde stärker, zupfte an meinem Wams und meinem Zopf. Ich widerstand ihm, und er drängte gegen meinen Rücken, schob mich zu dem Geländer und dem Geist der Faena.

»Gleiches ruft Gleiches«, brüllte Obruesk über den Sturm. »Lasst sie in Ruhe!«

Ich versuchte zurückzutreten, aber der Wind verstärkte sich, drückte fester. Hauptmann Suidens Worte über Magier, die von ihren Elementen verzehrt werden, schossen mir durch den Sinn, und ich schüttelte den Kopf. »Nein!«

»Dann fahrt doch selbst zur Hölle!«, brüllte Hauptmann Javes Obruesk zu. Aus den Augenwinkeln sah ich, wie er die Hand nach mir ausstreckte.

»Nicht, Ehrenwerter Javes!«, schrie Laurel. »Tut das nicht!«

Der Wind verstärkte sich zu einer Bö, zu einem kleinen Wirbelsturm, mit mir in der Mitte, und Javes wurde von seiner Wucht zurückgeworfen, während Blitze über den Himmel zuckten, denen ein Donnern folgte, dann ein weiterer knisternder Blitz und ein erneuter Donnerschlag. Der Windgleiter schwankte in der plötzlich aufgewühlten See, und die anderen taumelten, als das Deck sich unter ihnen hob und senkte. Jeff fiel und rutschte auf die Reling zu, bis Groskin sein Bein erwischte und Esclaur wiederum den Leutnant festhielt. Ich dagegen stand gerade da, gehalten von dem Wind, und wurde immer dichter an das Geländer geschoben.

»Nein!«, schrie ich noch einmal, als ich versuchte zurückzuweichen und meine Schultern zusammenzog. Der Dschinn-Sturm hatte mittlerweile den nächsten Windgleiter unseres Konvois fast erreicht, und es schien, als würden gekrümmte Klauen nach dem Schiff greifen.

»Hase.« Laurels Stimme klang schrill, als seine Wut wuchs. »Sucht Eure Mitte. Und atmet!«

Wenn man in der wärmenden Morgensonne sitzt, ohne abgelenkt zu werden, ist meditieren ja ganz schön. Aber dasselbe zu versuchen, wenn man in einem kleinen Wirbelsturm gefangen ist, sich dem Geist einer ermordeten Baumelfe gegenübersieht, während man dem sicheren Untergang ins Auge blickt, ist etwas ganz anderes. Dennoch schloss ich die Augen, suchte nach meiner Mitte, wie Laurel es mich gelehrt hatte, konzentrierte mich auf meine Atmung und fühlte zu meiner Überraschung, wie meine Anspannung aus meinen Fingerspitzen und Zehen strömte, Ruhe in die leeren Stellen nachströmte. Und ich hörte ...

Komm, dröhnte der Wind. Es war ein tiefes Geräusch, wie ein Glockenklang, der in meinen Knochen widerhallte.

Warum?

Lebe. Komm.

Lebe? Aber in welcher Form? Furcht durchzuckte mich; wenn ich ging, kehrte ich vielleicht nicht zurück. Genau das, warum ich von Magus Kareste weggelaufen war, würde mich hier ereilen. Ich würde verschlungen werden.

Vertraue, läutete der Wind. Bilder tauchten auf, die Brücke aus Luft, Pfeile, die im Flug verharrten, die verbrannte Straße mit Slevoic. *Lebe*, schlug erneut die Glocke, und mein ganzer Körper vibrierte.

Lebe, wiederholte ich. Ich öffnete die Augen genau in dem Moment, als der Sturm über dem nächsten Windgleiter kochte, hörte die schwachen Schreie von dem Schiff, als es verschlungen wurde. Gierige Hände griffen erneut zu, und ich bemerkte schwach, wie sich unser Schiff zur Seite neigte. Ich zögerte, senkte den Kopf und ließ los.

»Hase!«, brüllte Javes. Dann war er verschwunden.

52

Wir schwebten über dem Wasser, zwischen den Windgleitern. Vor uns erhob sich eine dunkle Masse. Wir trafen darauf, als sie sich über einem Schiff aufbäumte, warfen uns dagegen.

Nein. Unseres.

Glühende gelbe Augen starrten uns hinter den schwarzen Wolken an, gefletschte Lippen entblößten scharfe, gezackte Zähne, während Blitze um uns zuckten.

Beeindruckend. Aber trotzdem Unseres.

Eine mit Krallen bewehrte, vielfingrige Hand holte aus, schlug nach uns. In der anderen hielt sie Atmende, die sie ins Wasser schleuderte. Wir glitten zur Seite, pflückten sie heraus, brachten sie in Sicherheit.

Auch Unsere.

Der Dunkle donnerte, versuchte uns zu überrollen, uns hinabzudrücken, zu zermalmen.

Nicht klug.

Wir riefen, ein tiefes, singendes Glockenläuten, und die Luft strömte zu uns, die dunklen Wolken schrumpften, wurden kleiner und kleiner. Es heulte seine Wut heraus. Wir lächelten.

Auch Unser.

Der Dunkle versuchte zu fliehen, wir fingen ihn, hielten ihn fest, während die letzten Wolkenberge sich in Federwölkchen auflösten, zwischen denen Sterne funkelten. Er schlug nach uns, aber seine Hiebe waren schwach. Der Himmel klarte auf, der Mond erschien, leuchtete hell auf dem Wasser, während wir zusahen, wie die gelben Augen immer mehr erloschen, bis sie schließlich ganz verblassten.

53

Ich schlenderte mit Dragoness Moraina durch den kühlen, dunklen Wald. Die Ehrenwerte Esche schritt voraus, so strahlend wie die Sonne, während sie zwischen den Bäumen umherging und uns den Weg wies. Laurel war ein undeutlicher Schatten hinter ihr. »Das Ende ist bereits in den Anfängen festgeschrieben, junger Mensch«, sagte Moraina, »und die Saat der Vernichtung wurde bei der Schöpfung ausgesät.« Die Dragoness lächelte. Ihre zahlreichen Zähne blitzten. »Aber wenn Ihr Glück habt, durchlauft Ihr einmal den Kreis und könnt von Neuem beginnen.«

»Ist es immer dasselbe, Ehrenwerte Moraina?«, fragte ich. Meine kindliche Stimme war noch nicht gebrochen durch meine Reifezeit. Ich sprang von einem Drachenabdruck zum nächsten. Sie hatten sich tief in den weichen Waldboden eingegraben. »Dasselbe Ende und derselbe Anfang?«

»Für einige, ja«, räumte die Dragoness ein. »Für andere jedoch ist es wie die Spirale des Lieds der Lerche, das hinabsteigt.«

Ich fuhr erschreckt hoch und starrte die Lampe an, die am Sparren in der Leutnantskabine schaukelte und gedämpftes Licht spendete. Dann seufzte ich. Großartig, jetzt waren selbst meine Träume kryptisch. Ich rollte mich in der Hängematte herum und sah mich unmittelbar dem Mittschiffsmaat gegenüber. Der Junge trat einen Schritt zurück und rannte dann los. Als er die Leiter hinaufstürmte, hörte ich ihn rufen: »Er ist wach! Käpt'n, Sir, er ist wach!«

Ich folgte ihm mit meinem Blick, wandte meinen Kopf in Richtung seiner Schritte, die auf Deck verklangen, und begegnete dem Blick von Doyen Allwyn. »Willkommen zurück, Lord Hase«, sagte der Geistliche.

»Was ist passiert?« Es interessierte mich irgendwie schon.

»Sie erinnern sich nicht?« Allwyn trat zu mir.

»Teilweise«, antwortete ich und versuchte, mich aufzurichten. Ich hielt inne, als meine Muskeln schmerzhaft protestierten.

Doyen Allwyn legte mir sanft die Hand auf die Schulter und drückte mich auf die Koje zurück. »Der Faena hat strikte Anweisungen gegeben, vor allem, dass Sie im Bett zu bleiben haben, das heißt, in der Hängematte, bis er Sie gründlich untersuchen konnte«, sagte er, während er nach einer Schale griff.

»Wo ist er?« Ich war immer noch einigermaßen interessiert.

»Er behandelt mit dem Schiffsarzt die Verletzten von letzter

Nacht.« Der Doyen tauchte ein Tuch in die Schüssel und legte es mir auf die Stirn, nachdem er es ausgewrungen hatte.

Ich seufzte, als das kühle Tuch auf meiner Stirn lag. Der Doyen trat daraufhin zu einem brennenden Feuerkorb, über dessen glühenden Kohlen ein Kessel auf einem Drahtgitter stand. »Ist Kaplan Obruesk auch hier?«, erkundigte ich mich.

Eine Falte erschien zwischen den Brauen des Doyen. »Nein«, sagte er, während er Blätter in den Kessel gab. »Er ist nicht hier.«

Ich war jedoch mehr an einer Tasse Tee interessiert und kümmerte mich nicht weiter um den Verbleib von Obruesk. Mich beschlich jedoch eine böse Vorahnung, als Doyen Allwyn einen großen Löffel Honig in eine Tasse gab, während er darauf wartete, dass der Tee zog.

»Wurden viele verletzt?«, fragte ich, um die Zeit zu überbrücken. Ich konnte sehen, wie Dampf aus der Tülle des Kessels stieg.

»Etliche, als das andere Schiff auseinanderbrach.« Der Doyen legte ein feines Sieb über die Tasse. »Und auch einige hier an Bord.«

Etwas Scharfes durchbrach meine Lethargie, und ich sah mich in der Kabine um. »Wo ist Jeff? Geht es ihm gut?«

Doyen Allwyn nickte, als er den Tee in die Tasse goss. Das Sieb hielt die Blätter zurück. »Er wurde allerdings ein bisschen herumgeschleudert.« Er sah meinen Blick. »Nur ein bisschen Bettruhe, Hase, dann sollte er wieder ganz der Alte sein.« Er nahm die Tasse und trat zu mir, blieb jedoch stehen, als Schritte die Treppe herabpolterten. Er drehte sich zu dem Besucher herum.

»Ehm ...«

Ohne hinzusehen reichte mir der Doyen die Tasse. Ich versuchte mich aufzurichten, damit ich trinken konnte, aber das Tuch rutschte mir über die Augen. Ich riss es gerade rechtzeitig herunter, sodass ich sah, wie Hauptmann Suiden in die Kabine trat, und auch, wie sich Doyen Allwyns Schultern entspannten. Ich lag da, das feuchte Tuch in der einen und den Tee in der anderen Hand, aber der Hauptmann befreite mich aus meinem Dilemma. »Bleiben Sie liegen, Leutnant.«

Der Doyen löste mein anderes Dilemma, indem er mir das Tuch aus der Hand nahm und es wieder in die Schüssel legte. Dann hob er mich an und stopfte mir Decken in den Rücken. Ich seufzte, trank einen Schluck – und hätte die Brühe beinahe wieder ausgespuckt. »Was zum Teufel …?« Hauptmann Suiden sah mich an, und ich unterdrückte meinen Fluch mitten im Satz. »Was ist das denn?«

Doyen Allwyn grinste. »Wie ich schon sagte, Lord Hase, Botschafter Laurel hat strikte Anweisungen hinterlassen.« Er trat zu der Schüssel, wrang den Lappen aus und legte ihn erneut auf meine Stirn. »Sie müssen den ganzen Topf trinken.«

Hauptmann Suiden ging zu dem Tisch, zog einen Stuhl hervor und setzte sich. »Wie fühlen Sie sich, Hase?«

»Wie ein Stück Schei … Ehm, nicht so gut, Sir.« Ich trank noch einen Schluck. Diesmal konnte ich zwar die Mentha-Blätter schmecken, aber sie halfen auch nicht sonderlich. Der zweite Schluck schmeckte genauso abscheulich wie der erste. »Was ist passiert?«

»Sie haben uns gerettet«, erklärte Suiden.

Ich entwickelte plötzlich starkes Interesse für meine Tasse Ekelbrühe.

Doyen Allwyn lachte leise. »Sie sind es nicht gewohnt, ein Held zu sein, oder?« Er streckte die Hand aus und hob mit dem Finger den Boden meiner Tasse an. »Sie sollten das schneller trinken, weil es kalt noch schlimmer schmeckt, sagte jedenfalls der Botschafter.«

Ich leerte die Tasse, schüttelte mich und reichte sie dem

Doyen, während ich mich fragte, was man mir nicht erzählte. Hauptmann Suiden lächelte schwach, sagte aber nichts, während Doyen Allwyn die Tasse erneut füllte und diesmal zwei Löffel Honig hineingab. Die auch nichts ausrichten konnten.

Nachdem er mir den Tee gegeben hatte, setzte sich der Doyen in einen zweiten Stuhl. »Ich kam an Deck, als das Schiff anfing, zu schaukeln und zu krängen. Dachte mir, oben wäre ich besser dran als unten.« Er schob die Hände in die Ärmel seiner Kutte, und ich bemerkte zum ersten Mal, dass er sein Büßerhemd nicht mehr trug. »Ich kam gerade noch rechtzeitig, um Ihren ... Kampf mit dem Dschinn zu beobachten. Jedenfalls nahm ich an, dass es der Kampf war.«

»Alles, was wir sehen konnten, Hase, war, dass der Sturm blockiert und anschließend aufgelöst wurde«, meinte Suiden. »Die Mannschaft des gekenterten Windgleiters wurde aus dem Meer gefischt und auf dem Deck der *Perlenfischer* abgesetzt.«

Ich starrte den Doyen und den Hauptmann an und war plötzlich sehr interessiert. »Ja, Sir. Und was sagen die anderen?«

»Die meisten sind sehr, sehr froh, dass Sie bei uns sind, Leutnant«, erwiderte Suiden.

Ich wollte gerade fragen, wer nicht froh darüber war, als erneut Schritte die Leiter herunterkamen. Der Kopf des Hauptmanns ruckte herum, dann standen er und Doyen Allwyn auf. Der Doyen trat an meine Hängematte, während der Hauptmann sich am Eingang der Kabine aufbaute. Er salutierte, als der Vizeadmiral hereinkam.

Vizeadmiral Havram nickte und ließ seinen Blick durch den Raum gleiten, bis er mich fand. Er ging zu meiner Hängematte, blieb davor stehen und starrte mich an, während Doyen Allwyn ebenfalls zur Seite trat. »Wie ich sehe, Neffe, geht es dir besser.«

»Jawohl, Sir.« Meine Stimme klang recht dünn. Ich sah meinen Onkel, meinen Hauptmann und den Doyen aus Gresh an. »Bitte, was geht hier eigentlich vor?«

Sie wechselten vielsagende Blicke, bevor sie mich ansahen.

»Die Schutzzauber haben versagt«, erklärte Suiden und lächelte schwach. »Die *Furchtlos* ist ein Geisterschiff geworden.«

Ich hörte, wie Doyen Allwyn keuchte, drehte meinen Kopf in die Richtung, in die er starrte, und sah, wie der Geist der Ehrenwerten Esche Faena die Leiter herunterschwebte. »Heho!«, stieß ich hervor.

Vizeadmiral Havram, Hauptmann Suiden und Doyen Allwyn rührten sich nicht, als der Geist der Baumelfe sich näherte. Sie blieb vor ihnen stehen und blickte einem nach dem anderen ins Gesicht. Ich wollte mich aufrichten, obwohl mein Körper heftig protestierte, aber die Ehrenwerte Esche drehte sich herum und legte ihre Hand auf die Hängematte. Ich gab mich damit zufrieden, liegen zu bleiben.

»Nach dem Sturm hat man Sie im Krähennest auf dem Besanmast gefunden, Hase«, erklärte Suiden. Er deutete mit einem Nicken auf die Baumelfe. »Und Sie wurden nur deshalb so schnell gefunden, weil sie ein Mannschaftsmitglied den Mast hinaufgehetzt hat.«

»Wer ist sie, Junge?«, erkundigte sich Onkel Havram, der den Geist nicht aus den Augen ließ.

»Sie ist die Ehrenwerte Esche, Sir«, antwortete ich, während ich den Geist der Baumelfe beobachtete. »Sie war die Faena, die durch den Weiler rund um unseren Hof wandelte.« Die Ehrenwerte Esche lehnte sich an die Wand der Kabine, das Gesicht der Leiter zugewandt.

Der Vizeadmiral zog einen Stuhl heran, verbeugte sich kurz vor der Eschenelfe und setzte sich. »Also gut. Erklär mir jetzt genau, was ein Faena ist und wieso sich ein weiterer Geist an dich gehängt hat.«

Ich sah meinen Onkel überrascht an. Wieso wollte er nicht wissen, was mit dem Sturm passiert war?

»Wir kommen gleich zu Ihnen und dem Dschinn, Leutnant«, mischte sich Hauptmann Suiden ein. »Antworten Sie erst dem Vizeadmiral.«

»Vielen Dank für Ihre Hilfe, Hoheit«, erwiderte Havram trocken.

Ich trank hastig einen Schluck Tee, wurde aber sofort daran erinnert, warum ich ihn bisher verschmäht hatte. Ich leerte die Tasse, verzog das Gesicht und ließ zu, dass Doyen Allwyn mir die Tasse aus der Hand nahm. Allerdings seufzte ich leidgeprüft, als er sie mir prompt zurückgab, gefüllt, versteht sich.

»Ich kenne die Ehrenwerte Esche seit meiner Kindheit, Sir«, antwortete ich. Ich warf einen Blick auf ihren Geist, aber sie blieb mit dem Gesicht zur Leiter an der Wand stehen.

»Also hat sie beschlossen, dich wegen eurer langjährigen Beziehung zu verfolgen?«, erkundigte sich der Vizeadmiral.

»Nein, Sir. Die Mondperiode …«, begann ich.

»Man hat mich bereits über die Mondperiode aufgeklärt«, unterbrach er mich. »Ich will wissen, warum sie«, Havram deutete mit dem Daumen auf die Ehrenwerte Esche, »dich«, sein Zeigefinger richtete sich auf mich, »verfolgt.«

»Weil sie mich auserwählt hat, sie zu rächen, Sir.«

»Warum dich?«

»Das weiß ich nicht, Sir.« Ich warf einen Blick auf die Ehrenwerte Esche. »Pockenverseuchte Hölle!« Ich schoss förmlich hoch, als ich sie statt an der Wand neben meiner Hängematte stehen sah. Ihr Geist starrte mir ins Gesicht. Ich wäre fast aus der Hängematte gefallen, als ich vor Schreck die Balance verlor, mein Lappen flog mir von der Stirn, und der Tee spritzte durch den ganzen Raum.

»Verdammt, wann hat sie sich bewegt?«, schrie Onkel Havram,

der hochsprang und seinen Stuhl gegen den Tisch rammte. Suiden und Doyen Allwyn stießen etwas gedämpftere Schreie aus.

Mein Herz hämmerte gegen meine Rippen, als ich mit meiner Hängematte kämpfte. Schließlich gelang es mir, sie zu überzeugen, mich nicht auf den Boden zu werfen. Anschließend betrachtete ich den Geist der Baumelfe, der sich während meines Kampfes nicht von der Stelle gerührt hatte. Als sie sah, dass sie meine ganze Aufmerksamkeit hatte, deutete sie auf meine Hand. Ich sah auf meine Hand, dann wieder zu ihr hoch, verständnislos. Sie deutete erneut darauf. Ich drehte meine Hand, um nach der Rune zu sehen. Vielleicht stimmte ja etwas nicht. Sie griff danach, berührte sie jedoch nicht. Nachdem mein Herzschlag sich wieder etwas beruhigt hatte, spreizte ich meine Hand und sah zu, wie sie die Rune nachzog. Ihr Finger schwebte unmittelbar über meinem Handteller. Ich blinzelte verwirrt, als die Rune warm wurde und die Linien in dem Dämmerlicht der Kabine glühten.

»Die Wahrheitsrune«, sagte der Vizeadmiral. Er hatte sich meiner Hängematte vorsichtig genähert, stand jetzt eine Armlänge von der Ehrenwerten Esche entfernt und blickte ebenfalls auf meine Hand. »Seine Majestät hat es in Seiner Nachricht an mich erwähnt.« Er warf mir einen kurzen Seitenblick zu. »Weißt du eigentlich, mein Junge, dass dieses Symbol Teil unseres Familienwappens ist?«

»Nein, Sir«, gab ich zu, während ich den Geist nicht aus den Augen ließ. Ich war besorgt, wo sie auftauchen könnte, sobald ich sie aus den Augen verlor.

»Aye, das ist es. Du musst es in unserem Haus in Iversly gesehen ...« Ich bedachte meinen Onkel mit einem kurzen Seitenblick, und er verstummte, seufzte, murmelte etwas von »Bruder« und »Schwachkopf« und trat wieder an den Tisch. Ich hörte das Kratzen der Stuhlbeine, als er den Stuhl zurückzog und sich hinsetzte. »Also«, fuhr er fort, »aus irgendeinem Grund hat dieser Geist sich an dich gehängt ...«

»Sie hat ... hatte das gleiche Symbol auf ihrer rechten Hand, Sir«, sagte ich, den Blick fest auf die Ehrenwerte Esche gerichtet. »Ebenso wie Laurel. Alle Faena haben das. Es ist ein Mal, das sie zur Wahrheit verpflichtet.« Ich fragte mich, was wohl passieren würde, wenn sie ihre Rune erhob. Allerdings wurde diese Vorstellung von dem stärkeren Gedanken unterdrückt, dass ich es lieber nicht wissen wollte. Die Ehrenwerte Esche geisterte zur Wand zurück und blickte wieder zur Leiter.

Mein Onkel schwieg einen Moment. »Verstehe«, sagte er dann. »Und was sind diese Faena?«

»Sie sind die Richter der Grenzlande ...«

»Also eine Art Gendarmen«, erklärte der Vizeadmiral.

»Nein, Sir. Sie sind eher so etwas wie Detektive. Sie verfolgen nicht einfach nur bekannte Gesetzesbrecher, sondern spüren auch unbekannte auf.«

»Und wie?«, wollte mein Onkel wissen.

»Sagen wir, es hat einen Mord gegeben, und keiner weiß, wer es war; dann finden sie es heraus und fangen anschließend den Schuldigen.« Ich verstummte und riss die Augen auf, als der Geist sich umdrehte und mich ansah.

»Verstehe«, wiederholte Onkel Havram.

Mein Blick wanderte zu meinem Onkel zurück. »Aber sie tun noch mehr. Sie sind mehr.«

»Zum Beispiel?«, erkundigte sich Havram.

»Kriegerpriester. Sie haben uns im Krieg gegen Iversterre angeführt.«

Onkel Havram nickte, während der Doyen zur Ehrenwerten Esche schielte.

Ich zögerte, als ich überlegte, wie ich die Wirkung erklären sollte, welche die Faena auf ein Land voll leicht erregbarer, grundverschiedener Lebewesen hatten, die allesamt ein vollkommen unterschiedliches Leben führten und unterschiedliche Ziele hatten. Nach dem Kampf zwischen Dragoness Moraina und dem anderen Drachen, dem Eindringling, über unserem Hof, hatte die Ehrenwerte Esche ungebeten beide besucht, während sie sich von ihren Verletzungen erholten. Meine Eltern hatten nicht nur eine Entschädigung für ihr verbranntes Getreide und die beschädigten Gebäude erhalten, sondern Morainas Sohn Gwyyn war in unseren Weiler gekommen, während der andere Drache einen Barden bei sich aufgenommen hatte. Mit diesen beiden hatten wir viele Nächte voller Poesie, Lieder und Geschichten erlebt, an denen wir ebenso gesundeten, wie sich das Land erholte.

»Sie halten uns in der Balance, Sir«, sagte ich schließlich, »und sie halten uns zusammen.«

»Sie sind also sehr wichtig«, folgerte Vizeadmiral Havram.

»Jawohl, Sir.«

»Und der Mord an einem von ihnen ist eine sehr ernste Angelegenheit«, fuhr er fort. »Beinahe eine Katastrophe.«

Mir schnürte sich einen Moment der Hals zu, und ich hatte Mühe zu schlucken. »Es wäre vergleichbar mit dem Mord an einem Doyen, Sir. Schlimmer noch.«

»Also ist sie gekommen, um dich zu ihrem, ehm, Detektiv zu machen«, schloss der Vizeadmiral. »Ebenso wie der Reiter, der von einem seiner Kameraden ermordet wurde. Dich, der du das Symbol der Wahrheit auf deiner rechten Hand trägst, das gleiche Symbol wie in Ivers Palast und im Haus von Chause.«

»Aber was ist mit der Magie?«, erkundigte sich Doyen Allwyn.

»Soweit ich weiß, war es bisher kein Grund für eine Exkommunikation, wenn man zaubern konnte«, mischte sich Hauptmann Suiden ein.

Doyen Allwyn wischte seinen Einwand beiseite. »Ich kenne die Kirchengesetze, Hoheit«, sagte er nüchtern. »Bedauerlicherweise kennt Obruesk sie auch, und zwar besser als wir alle, fürchte ich.« Er fing meinen Blick auf und seufzte. »Der ehemalige Erzdoyen und jetzige Kaplan nennt Sie einen Ungläubigen, junger Lord, und drängt darauf, dass Sie aus der Kirche ausgeschlossen werden.« Er schob seine Hände in die Ärmel seiner Robe. »Ungeachtet dessen, dass ohne Sie er – und auch wir anderen – auf dem Grund des Meeres lägen.«

»Hmmpff«, brummte Onkel Havram. »Seine Eminenz behauptet, der Grund, aus dem die *Furchtlos* voller Phantome ist, wäre, dass du sie gerufen hättest.«

»Und dass Sie nur in der Lage gewesen wären, diesen Dschinn-Sturm zu bekämpfen, weil Sie ihn überhaupt heraufbeschworen hätten«, setzte Hauptmann Suiden hinzu.

»Aber er kann mich nicht exkommunizieren«, erwiderte ich und überging elegant die Vorwürfe des Erzdoyen. »Er konnte es nicht, als er noch Erzdoyen war, und als einfacher Marinekaplan kann er es ganz bestimmt nicht. Nur der Patriarch kann jemanden aus der Kirche ausstoßen.«

»Das stimmt, Lord Hase«, pflichtete Doyen Allwyn mir bei.

»Aber er könnte jemanden überzeugen, dass Sie das körperliche und seelische Wohlergehen der Mannschaft und der Passagiere gefährden«, begann Hauptmann Suiden.

Ich knurrte, sehr tief in meiner Brust, und der Doyen trat zurück, während Onkel Havrams Blick schärfer wurde. »Ganz der Großpapa«, sagte er sehr leise.

»… und wenn er dann die Zustimmung und den Rückhalt der Kirche verspricht …«, fuhr der Hauptmann fort.

Das Knurren wurde lauter.

»… wer weiß schon, wer dann was tut?«, schloss Suiden.

»Mach dir keine Sorgen, Junge«, sagte Onkel Havram. »Du

hast Wachen.« Er warf einen Blick auf den Geist der Ehrenwerten Esche. »Die meisten von ihnen leben auch noch. Nur für den Fall, dass jemandes Frömmigkeit seinen gesunden Menschenverstand überwältigt.«

Ich blickte auf meine Hände und wunderte mich, dass sie nicht zitterten. »Dieser Mann ist nur Patriarch Pietr unterstellt?«, erkundigte ich mich. Meine Stimme klang fast normal.

»Hase«, begann Onkel Havram, während er und der Doyen mich finster ansahen.

Ich erwiderte ihre Blicke ungerührt. »Warum hat Seine Heiligkeit ihn uns überhaupt aufgehalst, Sirs? Er wusste, was für ein Mann Obruesk ist. Und wenn er sich jetzt schon so benimmt, was wird er tun, wenn wir die Grenzlande erreichen?«

»Er wurde aus demselben Grund entsendet, aus dem Kommandeur Ebner Slevoic erlaubte, seinen eigenen Marschbefehl zu schreiben, um sich uns anzuschließen«, sagte Suiden. »Dadurch hat sich der Kommandeur Slevoic vom Hals geschafft, was Freston zu einem wesentlich angenehmeren Ort machte. Mit Obruesk und dem Patriarchen verhält es sich genauso.«

Vizeadmiral Havram richtete seinen finsteren Blick auf den Hauptmann und seufzte dann. »Es stimmt. Manchmal ist es kurzfristig einfacher, ein Problem auf jemand anderen abzuwälzen. Bedauerlicherweise können wir den guten Kaplan nur noch in eine Richtung abschieben, nämlich über die Reling.« Der Vizeadmiral grinste plötzlich. »Obwohl unser guter Kapitän hier ihm angedroht hat, ihn an die Rahnock zu knüpfen und alle möglichen interessanten Dinge mit ihm anzustellen, wenn der Kaplan nicht aufhört, seine Männer aufzuwiegeln.«

Doyen Allwyn lächelte ebenfalls, was er dadurch zu verbergen suchte, dass er meine Tasse vom Boden aufhob und auf den Tisch stellte. »Ich bin zu Ihnen und Leutnant Groskin gezogen«, sagte er. Als er hochsah, begegnete er meinem Blick. »Es zeigt, dass Sie die Unterstützung der Kirche genießen und nicht als Häretiker betrachtet werden.«

»Aber ...« Ich dachte darüber nach, dass ein Messer im Dunkeln sich nicht darum scherte, mit wem ich eine Kabine teilte.

»Aber in der Zwischenzeit«, fuhr mir Suiden über den Mund, »werden Sie dicht bei Ihren Wachen bleiben, Leutnant. Ich habe Sro Laurel gebeten, Ihren Unterricht unter dem Hauptmast abzuhalten ...«

Onkel Havrams Kopf ruckte zum Hauptmann herum. »Ach, aye?« Er hob eine Braue. »Ist das die ›Was man nicht verstecken kann, muss man den Leuten in den Schlund schieben‹-Methode?«

»Es ist mehr die ›Was im Dunkeln Angst einflößt, ist bei Tageslicht nichts Besonderes und kann nicht als Buhmann missbraucht werden‹-Methode, Sir«, antwortete Suiden.

»Das wird Seiner Eminenz aber mächtig gegen den heiligen Strich gehen«, merkte der Vizeadmiral an.

»Jawohl, Sir«, antwortete der Hauptmann. »Aber Ungemach, hat man mir gesagt, soll gut für das Seelenheil sein.«

Doyen Allwyn lächelte erneut und bemühte sich diesmal gar nicht erst, es zu verbergen. »Hase sollte auch seine Gebete dort verrichten, edle Sirs, damit jeder sehen kann, dass er ein gläubiger Sohn der Kirche ist.« Sein Lächeln erstarb schlagartig, als er meine Miene bemerkte. »Sie beten doch hingebungsvoll, Lord Hase?«

Mein Onkel sah mich forschend an, als ich etwas davon murmelte, dass ich in letzter Zeit kaum noch dazu gekommen wäre.

»Wenn ich mich recht entsinne«, sagte der Doyen stirnrunzelnd, »haben Sie auf unserer Reise von Gresh nach Iversly immer die Zeit dazu gefunden.«

Ich murmelte erneut, diesmal, dass es damals etwas anderes gewesen wäre.

»Verstehe«, erwiderte Doyen Allwyn gedehnt und wandte sich an Hauptmann Suiden und Vizeadmiral Havram. »Der Botschafter bekommt ihn erst, nachdem ich mit ihm fertig bin.« Er sah mich an. Offenbar war er nicht sonderlich erbaut darüber, dass ich abtrünnig geworden war. »Tägliche Gebete, unter meiner Aufsicht.«

Onkel Havram blinzelte mir zu. »Aye, sicher.« Er grinste. »Das wird ebenfalls Wunder für das Seelenheil des Kaplans wirken.« Sein Grinsen verstärkte sich. »Mach dir keine Sorgen, Hase. Überlasse Seine blutrünstige Eminenz uns und vertraue darauf, dass wir für deine Sicherheit sorgen.«

Ich sagte nichts, als ich mich an die drei Jahre erinnerte, in denen ich Slevoic »ihnen« überlassen hatte.

»Falls du allerdings bedroht wirst, befehle ich dir, dich zu verteidigen, und zwar mit allen Mitteln, die dir zur Verfügung stehen. Ganz gleich, wer dich angreift. Verstanden?«

Das gefiel mir schon besser. Ein bisschen besser, jedenfalls. »Jawohl, Sir.«

»Gut.« Der Vizeadmiral warf der Ehrenwerten Esche einen misstrauischen Blick zu, und als er sah, dass sie sich nicht von der Stelle gerührt hatte, setzte er sich wieder hin. Er bedeutete Hauptmann Suiden und Doyen Allwyn, sich ebenfalls zu setzen. »Und jetzt, Neffe, erzähl mir alles, was gestern Nacht passiert ist. Fang vorne an und lass nichts aus.«

54

»Gibt es noch Orangen?«, erkundigte ich mich, nachdem ich mein viertes eingelegtes Ei verspeist hatte.

Doyen Allwyn schob mir die Schale mit dem Obst hin, ich nahm eine Orange heraus und schälte sie, so schnell ich konnte. Der Doyen sah zu, wie die Orange nach zwei Bissen verschwand. Ich nahm eine neue.

Laurel stellte eine Tasse Tee vor mir auf den Tisch. »Hier, Hase, trinkt zuerst das.«

Ich seufzte und stürzte den honiggesüßten Tee hinunter. Es war die beste Methode, ihn zu trinken. Je kürzer er auf der Zunge lag, desto besser. Dann schob ich mir so viel von der zweiten Orange in den Mund, wie hineinpasste, um den bitteren Geschmack zu vertreiben.

Ich war nach dem Gespräch mit Onkel Havram, Hauptmann Suiden und Doyen Allwyn eingeschlafen, obwohl ich vorgehabt hatte, den Geist der Ehrenwerten Esche im Auge zu behalten, der mich ebenfalls beobachtete. Als ich am nächsten Morgen erwachte, war die Ehrenwerte Esche verschwunden. Meine Schmerzen waren gleichfalls weg, bis auf die in meinem Magen, der mich anknurrte, als befänden wir uns am Ende eines fünftägigen Läuterungsfastens.

Zwar war die Geister-Faena verschwunden, doch Laurel wartete, als ich die Augen aufschlug. Er hatte den ganzen Morgen über mich gewacht wie eine Bruthenne, und seine Miene verriet seine Verwirrung, jedenfalls, wenn er glaubte, dass ich nicht hinsah. Jetzt fing er meinen Blick auf und lachte einmal fauchend. »Ihr seid geflogen, bevor Ihr überhaupt gelernt habt zu krabbeln, Hase.« Er stellte den Kessel wieder auf den Feuerkorb. Er hatte recht gehabt, der Tee schmeckte kalt noch scheußlicher. »Und doch sitzt Ihr da, als wäret Ihr nur Patrouille geritten. Als ich das erste Mal meine Gabe wirkte, war ich so schwach wie ein neugeborenes Katzenjunges.«

»Soweit ich gehört habe, war es aber nicht sein erstes ... Mal, habe ich recht, Botschafter?«, erkundigte sich Doyen Allwyn, während ich mich über einige madenverseuchte Zwiebacks hermachte. Mit der anderen Hand schnappte ich mir ein Stück Käse.

»Nein, Ehrenwerter Ältester«, gab Laurel zu. »Das war es nicht.« Er schüttelte den Kopf, dass die Perlen klickten. »Und dabei war er nicht einmal richtig ausgebildet.«

Ich war viel zu sehr daran interessiert, das Loch in meinem Magen zu füllen, als mich darum zu kümmern, warum ich mich so rasch erholt hatte. Ich schluckte den Käse und den Zwieback herunter, nahm einen Apfel aus der Obstschale und reduzierte ihn mit wenigen Bissen auf Kerne und Gehäusereste.

»Richtig.« Allwyn blinzelte. »Nun, Hauptmann Suiden hat gesagt, dass Sie an Deck gehen sollen, sobald Sie in der Lage dazu wären.«

Ich knurrte, rührte mich aber nicht, weil ich einige ziemlich vertrocknete Trauben entdeckt hatte und mich an die Aufgabe machte, sie verschwinden zu lassen. Doyen Allwyn streckte die Hand aus und entriss mir mutig die Obstschale. »Sie bekommen Sie wieder, Mylord«, erklärte er entschlossen, »sobald wir an Deck sind.« Er nahm ein paar Decken von einer Koje und trat zur Leiter.

Geködert durch die Obstschale, stieg ich die Leiter hoch, eingeklemmt zwischen dem Doyen und Laurel. Als ich oben ankam, blinzelte ich in die Sonne und versuchte, sofort wieder unter Deck zu verschwinden.

»Es ist tatsächlich etwas irritierend«, gab Doyen Allwyn zu, unterband dennoch meinen Fluchtversuch und schob mich zur

Seite, damit Laurel ebenfalls heraustreten konnte. Anschließend versperrte er mir den Fluchtweg. »Aber sie scheinen recht wohlwollend zu sein.«

Ich gab einen erstickten Laut von mir, während ich eine Baumelfe anstarrte, die um ihren Baum trauerte; in ihrem Geisterschatten lagen ein Einhorn und ein Leopard. Mir schoss der Gedanke durch den Kopf, dass sie das nicht getan hätten, wenn sie noch am Leben wären, jedenfalls nicht gleichzeitig. Der Tod brachte es wohl mit sich, dass man seine Perspektive änderte. Ich sah mich um und beobachtete, wie Matrosen und Soldaten zwischen den Schatten etlicher Geister umhergingen. Einigen der Männer traten die Augen aus den Höhlen, und ihre Nackenhaare waren sichtlich gesträubt. Geister von Baumelfen, Wölfen, kleinen, pelzigen Tieren, großen Raubkatzen, Hirschen mit prachtvollen Geweihen und großen Bestien mit Hörnern und Stoßzähnen gingen, schritten, tappten, schlichen, trotteten, schlenderten und flitzten umher. Und es schien so, dass alle, die Lebenden und die Toten, ihre Köpfe wandten und mich ansahen.

Ich stöhnte erneut und versuchte wieder durch die Luke zu verschwinden. Aber Laurel und Allwyn hielten mich jeder an einem Arm fest und »halfen« mir zu einer schattigen Nische.

»Hauptmann Suiden und Vizeadmiral Havram haben beide sehr nachdrücklich darauf bestanden, dass Sie gesehen werden, wie Sie einigermaßen gesund herumlaufen«, sagte Allwyn. »Ohne ein zusätzliches Paar Augen oder Klumpfüße oder andere Male des Teufels an Ihnen.«

»Sie können mich gern in meiner Kabine besuchen, Sir.« Ich versuchte, mich aus ihrem Griff zu befreien.

»Sie sollen am Tage in der Sonne herumlaufen, Lord Hase«, erklärte Laurel, »ohne in Flammen aufzugehen.«

Kurz darauf saß ich auf einer Bank, in Decken gehüllt, falls ein kalter Wind auffrischte. Ich zog eine beleidigte Miene, weil ich wie ein zahnloser Greis behandelt wurde, was Laurel mir sichtlich übel nahm; er trat zur Seite, als Basel in seiner Hirschgestalt heranschritt. Der Geist machte seinen Anspruch auf mich deutlich, indem er sich in Pose warf, das Geweih hob und seinen Blick hoheitsvoll über die anderen Geister schweifen ließ.

»Arschkriecher«, murmelte ich, was Basel mit einem Zucken seines Stummelschwänzchens kommentierte.

Ich wollte die Decken abwerfen. »Nein, Hase, tut das nicht«, sagte Laurel, während sich seine Augen vor Belustigung zu schmalen Schlitzen zusammenzogen. »Mir zu Gefallen.«

»Mir scheint, ich habe Euch bereits hinlänglich Gefallen erwiesen«, erwiderte ich, gab jedoch nach. Außerdem fühlten sich die Decken ganz gut an, weil es tatsächlich ein wenig frisch war. Ich zog sie bis zum Hals hoch.

Laurels Schnurrhaare legten sich an seine Wangen, als er grinste. Doch sein Amüsement verpuffte, als er sich umsah und die unerschütterliche Aufmerksamkeit der Geister bemerkte. »Ich bin derjenige mit der Affinität zur Erde, und doch benehmen sie sich, als wäre ich ein talentloser Köter. Stattdessen sind sie auf Euch fixiert, als wäret Ihr Lady Gaias Gefährte, der gekommen ist, uns zu erretten.«

»Gefährte, Botschafter Laurel?«, erkundigte sich Allwyn.

»Der Mond, Ehrenwerter Ältester.« Laurel legte den Kopf schief. »Wann seid Ihr geboren, Hase?«

»Am zweiten Tag der Erntezeit. Warum?«

»Das passt zu Eurem Aspekt.« Laurel fing Allwyns verdutzten Blick auf. »Es gibt vier Aspekte, die zu den vier Jahreszeiten passen, Ehrenwerter Ältester. Normalerweise wird jeder, der über einen Aspekt verfügt, in der entsprechenden Jahreszeit geboren. Ich wurde im Frühling geboren, der Zeit des Erwachens und Neubeginns, der Zeit der Schwüre, Weihen und Versprechungen, der Vereinigung und Paarungen, der Zeit des Zyklus des Lebens, der

Geburt und Heilung, des Vergehens und des Todes. Wir vom Aspekt Erde sind Heiler, Jäger, Bauern, Seher und Schamanen.«

Doyen Allwyn sah erst Laurel und dann mich fasziniert an. »Und Lord Hase?«

»Er wurde im Herbst geboren, der Zeit der Reife und Erfüllung, der Loyalität, der Treue und erfüllter Versprechen, des Wechsels und der Veränderung, der Zeit der Lieder von Ernte und Feiern und von Wiegenliedern.« Laurels Schnurrhaare legten sich wieder an. »Wäre er kein Magier, könnte er ein Barde sein.«

Also war Spatz nicht die Einzige in unserer Familie, die singen konnte. Ich ignorierte Doyen Allwyns abschätzende Miene.

»Oder ein Krieger.« Laurels Lächeln verstärkte sich, als ich erschrak. »Die Winde des Krieges, Hase.«

»Aber das ist doch nur ein Sprichwort«, wandte ich ein.

»Alle Sprichwörter werden irgendwann einmal geschaffen«, gab Laurel zurück. »Es ist kein Zufall, dass Ihr Soldat seid.« Er betrachtete erneut die Geister und erstarrte, während sein Blick schärfer wurde. »Ich werde meine Gabe benutzen und nach den Verwundeten sehen, Ehrenwerte Leute. Falls Ihr mich benötigt, schickt nach mir.« Er verbeugte sich und verschwand.

Ich sagte nichts, weil ich auch sah, was er bemerkt hatte. Beklommen betrachtete ich die Seeleute und Soldaten, die sich etwas abseits versammelt hatten und mich beäugten, während ich sie musterte. Ich sah das blonde Haar des Ersten Offiziers Falkin in der Sonne leuchten, als er sich zu ihnen gesellte. Er machte einen Schritt in meine Richtung, blieb dann jedoch stehen, als wüsste er nicht genau, ob er sich mir nähern sollte. Was allerdings auch an dem Einhorn liegen konnte, das jetzt aufgestanden war und sich mir näherte. Ich behielt es ebenso im Auge wie die anderen Geister, fischte eine Orange aus der Schale und schälte sie.

Jeff drängte sich durch die Menge. »Also doch! Hab ich es mir doch gleich gedacht, bei dem Zopf und der Feder! Er ist in Wirklichkeit eine liebreizende Sie, Jungs. Und dazu noch tugendhaft!«

»Hah!« Ich grinste, während ich mir ein Stück Orange in den Mund schob. »Du würdest etwas Liebreizendes nicht mal erkennen, wenn es dir in den Hintern beißt, Jeff.« Ich wandte mich an die anderen Männer. Meine Stimme klang belegt. »Sah ihn mal im Theater mit jemandem, der wie Groskins Pferd Feind aussah. Dann wurde mir klar, dass es Feind war!« Ich grinste, als Gelächter aufbrandete. »Es war nur da, weil Jeff ihm Zuckerstücke versprochen hatte!«

Jeff kam näher, Falkin einen Schritt hinter ihm. Sie wichen den Geistern einiger Otter aus, die vergnügt auf dem Deck spielten. Matrosen und Soldaten folgten ihnen, während sich immer mehr der kleinen Prozession anschlossen. Doyen Allwyn trat zur Seite, damit er ungestört zusehen konnte.

»Zur Hölle, Häschen, das war nicht Feind«, konterte Jeff, »sondern deine Mutter, die meiner Karotte hinterhergelaufen ist.«

Ich beugte mich vor, ohne auf Basel zu achten, der zur Seite trat, damit sich das Einhorn neben mich legen konnte. »Wenn das meine Ma gewesen wäre, Jeff, hätte sie deine Karotte verspeist, deine Nüsse geknackt und dir nur einen kleinen Stummel gelassen.« Ich hielt nachdenklich inne. »Andererseits, nach dem, was ich gesehen habe, könnte sie es tatsächlich gewesen sein ...« Ich unterbrach mich, als ich mich an Doyen Allwyns Gegenwart erinnerte, und warf ihm einen schnellen Seitenblick zu. Doch er starrte angestrengt auf den zusammengeklappten Schachtisch. Ein Muskel zuckte in seiner Wange und beruhigte sich dann wieder.

Jeffs Blick glitt ebenfalls kurz zu dem Doyen, und die Röte auf seinen Wangen vertiefte sich ein wenig. Er zögerte und hockte sich dann vor mich, zuckte dabei leicht zusammen. Die Männer in den ersten Reihen folgten seinem Beispiel, während der Rest nachrückte, sodass ich schließlich von einer soliden Mauer aus Menschen umringt war.

»Also«, meinte Jeff, »wie geht's dir, Hase?«

»Mir geht's gut.« Mein Magen knurrte, und Doyen Allwyn hielt mir die Obstschale hin. Ich nahm noch eine Orange, und als ich sie schälte, fielen mir Jeffs blaues Auge und die Beule auf seiner Stirn auf, die Schienen an einigen seiner Finger und einige andere Prellungen, die zu sehen waren. Ich runzelte die Stirn. »Wieso liegst du nicht auf der Krankenstation?«

»Der Hauptmann und Laurel meinten beide, dass ich wieder Dienst tun könnte, Schwester«, erwiderte Jeff. Er wartete einen Moment und grinste dann ironisch. »Also, spuck's schon aus. Was ist passiert?«

Ich zögerte.

»Hase.« Jeff seufzte und zählte seine Argumente an den Fingern ab. »Verirrt in den Bergen. Magische. Federn. Verwandlungen. Geister. Eine Brücke aus Luft, die sich in eine aus grünen Schlingpflanzen verwandelt. Glühende Runen. Schmetterlinge. Pfeile, die im Flug verharren. Ein magischer Sturm. Und jetzt ...« Er machte eine ausladende Handbewegung, da ihm die Finger ausgegangen waren, und in den Lücken zwischen den Männern sah ich die Geister, die sich ebenfalls zu mir drängten. »... ein ganzes Schiff voller Geister.«

»Vergiss Slevoic nicht«, warf ein Soldat ein.

»Ah, ja«, brummte Jeff. »Das Verschwinden des Scheußlichen und seiner Ein-Mann-Horror-Schau.« Viele Soldaten grinsten, nur Ryson, der am Rand stand, gegen den Wind, sah einfach nur grün aus.

»Slevoic ibn Dru?«, erkundigte sich Falkin, dessen graue Augen aufleuchteten. »Ich kenne ihn aus meiner Dienstzeit in der Königlichen Garnison. Er und Lord Gherat trieben sich immer in den Hafenkaschemmen herum.« Er verzog angewidert den Mund. »Selbst die Huren versteckten sich, wenn sie die beiden kommen sahen. Es hat mich nicht überrascht, als ich erfuhr, dass sich Slevoic in einen Hexer verwandelt hat.« Die spöttische Miene schlug in ein Grinsen um. »Und nach gestern Abend überrascht es mich auch nicht, dass Sie ihn in die Wüste geschickt haben.«

Ich starrte Falkin einen Moment an und sah dann zu Jeff, der mit den Schultern zuckte.

»Hauptmann Suiden hat mir befohlen, allen von Slevoic zu erzählen«, erklärte er. »Jedenfalls hast du dich gegen ihn zur Wehr gesetzt, dreimal. Zweimal in der Botschaft und einmal, als wir in der Gasse waren.«

»Aber …«

»Es ist bereits eine Legende in der Garnison, Sir«, mischte sich ein anderer Reiter an Falkin gewandt ein, »wie Hase drei Jahre lang Slevoic aus dem Weg gegangen ist.« Er grinste auch. »Einmal stand Hase direkt vor ihm, aber der Scheußliche hat ihn nicht gesehen, bis einer der Hauptleute Hase einen Befehl gab. Und dann konnte der Scheußliche nichts mehr machen. Er hat fast geheult vor Wut.«

»Meine Ma hat schon immer gesagt, dass ich mich vor der Nase von Leuten unsichtbar machen könnte«, murmelte ich, während ich mich an einige der üblen Begegnungen mit dem Leutnant erinnerte. Plötzlich fühlte ich einen stechenden Hunger und schob die Orange in meinen Mund. Anschließend griff ich nach einem Apfel.

»Er klingt wie ein echtes Schätzchen«, meinte einer der Matrosen. »Sohn eines Lords?«

»Er ist der Cousin eines Freundes des Königs«, antwortete Jeff. »Aber jetzt ist er weg, vogelfrei und auf der Flucht, dank Hase.«

»Ich habe nicht …«, nuschelte ich um den Apfel in meinem Mund herum.

»Doch, hast du«, fiel Jeff mir ins Wort und drehte sich auf den Absätzen herum. »Ich glaube nicht, dass irgendetwas, was du jetzt sagst, irgendjemanden aufregen kann, Hase.«

»Zum Teufel, nein.« Falkin hockte sich neben Jeff. »Wir waren so gut wie tot, Hase. Und plötzlich waren wir es nicht mehr.« Er lächelte und betrachtete mich ehrfürchtig. »Was haben Sie gemacht?«

Ich schluckte und seufzte, weil ich plötzlich das Gefühl hatte, als sollte ich mich vor allen entblößen. Ich versuchte, aufs Meer zu schauen, aber der Blick wurde mir von Matrosen, Soldaten und Geistern versperrt, also richtete ich meinen Blick auf Jeff und verzog die Lippen. »Der Sturm drohte uns umzubringen, also habe ich ihn aufgehalten.«

»Ich war gerade damit beschäftigt, das Deck zu küssen, schon vergessen?« Jeff beugte sich erwartungsvoll vor. »Wie hast du ihn aufgehalten?«

Ich kaute, rutschte unbehaglich hin und her und versuchte mich an meine Worte von gestern zu erinnern, als ich Suiden, Havram und Doyen Allwyn die Geschichte erzählt hatte.

»Er hat sich in den Wind gestellt«, erklärte Doyen Allwyn ruhig, »und der Sturm hat aufgehört, als wäre er gegen eine Wand geprallt. Und dann ist er abgeklungen.«

»Besser als die Dramen im Theater«, sagte ein Soldat staunend.

»Allerdings«, flüsterte Jeff. »Wie fühlte es sich an, Hase?«

Ich holte tief Luft. »Hast du jemals geträumt, dass du fliegen kannst?«

Ein Murmeln lief durch die Männer.

»So ähnlich war es, nur dass ich nicht geflogen bin. Ich war der Flug.« Ich zog die Decken enger um mich. »Wie der Auftrieb unter den Schwingen eines Vogels. Oder das Segeln eines Drachen.«

»Aye.« Ein alter Matrose blickte zu den Masten hinauf. »Was ihre Segel füllt, bis sie tanzt und singt.«

Ich nickte und hörte, wie der Wind leise kicherte. Dann erschauerte ich, weil ich plötzlich verstand, wie Magier von ihren Elementen verführt wurden.

»Wenn ich einen solchen Traum hatte, wollte ich, dass er nie aufhörte«, sagte Falkin leise. Die Matrosen und Soldaten nickten zustimmend. »Und Ihrer war real. Wie haben Sie es fertiggebracht zurückzukommen?«

Eine Brise liebkoste mich, hob meine Feder an und verschwand. »Weil ich nicht der Wind bin, Sir ...«

»Ihr seid ein Ungläubiger!« Kaplan Obruesks tiefe Stimme übertönte die Geräusche des Windgleiters, der durch das Meer pflügte. »Ein Schwarzer Magier, der einen unheiligen Pakt mit der Hölle geschlossen hat!«

»Heilige Mutter ...!« Alle sprangen auf und starrten den Kaplan an, der sich, ohne dass wir es bemerkt hatten, in den Kreis geschlichen hatte. Ich sah ihn stirnrunzelnd an, bis meine Sicht von Doyen Allwyn blockiert wurde, der aufgestanden war. Jeff und Falkin traten neben ihn. Was Obruesk jedoch nicht aufhalten konnte, der entschlossen war, mich zu denunzieren. Hinter ihm sah ich, wie sich Ryson mit zwei anderen Soldaten von der Gruppe entfernte.

Obruesks tiefliegende Augen glühten, als er zusah, wie sich das Einhorn erhob und sich neben Allwyn stellte, während Basel auf die andere Seite trat. »Ein widerlicher Verführer der Unschuldigen! Seht, wie er selbst diesen Gottesmann verdorben hat, sodass er sich mit den Verruchten zusammensetzt, statt sich im Namen der Heiligen Kirche gegen sie zu stellen!«

»Das reicht!« Doyen Allwyns Stimme klang wie ein Peitschenschlag. Auf sein Zeichen traten noch mehr Matrosen und Soldaten zu uns. Sie bauten sich allesamt vor dem Kaplan auf. »Der einzige Verruchte, den ich sehe, ist einer, der sein Amt missbraucht, um zum Mord anzustacheln.«

»Das ist kein Mord!« Obruesk richtete den Blick seiner glühenden Augen auf den Doyen. »Gott verlangt, dass wir alles vernichten, was unrein ist.«

»Aber erst aus unseren eigenen Herzen, Obruesk«, konterte Doyen Allwyn. »Sonst werden wir zu einer schlimmeren Missgeburt als das, was wir denunzieren.«

Der Kaplan starrte den Doyen finster an. »Missgeburt? Sie reden von Missgeburten?« Er fuhr zu dem Halbkreis von Matrosen und Soldaten herum, und seine Robe bauschte sich um seinen schmächtigen Körper. Dann deutete er auf die Geister. »Wir sind umringt von ungeweihten Geistern, die dieser Mann heraufbeschworen hat. Hütet euch! Hütet euch, sage ich, sonst werden diese Missgeburten eure Seelen verschlingen!«

Kaplan Obruesk verstummte, als mein Messer in seiner Scheide mit einem vernehmlichen Knall vor seinen Füßen landete. Er starrte es kurz an und sah dann zu mir hoch. Ich hatte die Decken abgeschüttelt und war aufgestanden. »Wenn Sie unbedingt einen Mord begehen wollen, Kaplan, dann zeige ich Ihnen, wie Sie es anstellen müssen.« Ich zog mein Wams über den Kopf und ließ es auf das Deck fallen. Dann knöpfte ich mein Hemd auf. »Es ist nicht nötig, dass jemand anders als Sie dafür verdammt wird, weil er jemandem das Leben nimmt.« Das Hemd flatterte zu meinem Wams hinab, und ich zog an meinem Unterhemd.

»Würde es jemanden verdammen, wenn er das Böse von der Erde vertreibt? Nein! Der Himmel wird ein Loblied auf den singen, der seine Hand dafür hergibt, Gottes Wille zu erfüllen!«, rief der Kaplan, sein Gesicht zum Himmel gerichtet.

»Gott zeigt seinen Willen nicht durch mörderischen Pöbel ...«, begann Doyen Allwyn.

Ich ließ mein Unterhemd fallen und legte dem Doyen eine

Hand auf die Schulter. Er verstummte. »Dann gibt es auch keinen Grund, warum Sie es nicht tun können, oder?« Ich zog mein Stiefelmesser heraus und setzte es unter meinen Rippen an. »Halten Sie das Messer so und stoßen Sie zu. Dann bin ich ziemlich tot.« Ich grinste und fletschte die Zähne. »Ich weiß nicht viel über Böses, aber vielleicht können Sie so die Schande rächen, dass man Sie aus Iversly hinausgeworfen hat.«

Obruesk starrte mich finster an und machte eine Geste gegen das Böse. »Hebe dich von dannen, Dämon, und nimm deine Geschöpfe mit! Einen Mann Gottes zu versuchen, Blut zu vergießen …!«

»Mein Pa hat immer gesagt, dass man von niemandem verlangen sollte, etwas zu tun, was man selbst nicht tun würde.« Ich drückte die Spitze des Messers in meine Haut, und ein Tropfen Blut quoll heraus. Er hob sich dunkelrot von meiner weißen Haut ab. »Genau hier, Kaplan.«

Obruesk hob den Fuß und trat mein Messer weg. »Das Werkzeug des Teufels …!«

»Noch ein Wort, Kaplan, und Sie gehen über die Planke.«

Der Kaplan wirbelte so schnell herum, dass ich sein Rückgrat knacken hörte. Die Soldaten, die sich entfernt hatten, waren mit Hauptmann Suiden, Hauptmann Javes, Leutnant Groskin und Lord Esclaur zurückgekommen. Sie sahen allesamt nicht sonderlich erfreut aus. Ich ließ mein Messer rasch hinter meinem Rücken verschwinden.

»Ich habe Ihnen befohlen, sich von Leutnant Hase fernzuhalten, und was sehe ich jetzt?« Hauptmann Suiden trat zu dem Kaplan. Seine Clanmale leuchteten in der Sonne. »Was von den Ausdrücken ›in Ketten legen‹ und ›auf dem Meer ausgesetzt werden‹ haben Sie nicht verstanden?«

Erneut gab es Unruhe unter den Leuten, als Ryson mit Laurel zurückkam.

»Was zum …?«, stieß Jeff leise hervor, während wir beide ungläubig zusahen, wie Laurel und Ryson sich in den Kreis drängten. »Ryson hat doch nicht etwa die Katze geholt, oder?«, flüsterte Jeff, als der Faena sich zu den Hauptleuten und Groskin gesellte. Ryson hielt sich klugerweise, sehr klugerweise, zurück.

Der Hauptmann ignorierte Laurels Auftauchen, weil er sich auf seine legitime Beute konzentrierte. »Da Sie offenbar Probleme damit haben, Befehlen zu gehorchen, Obruesk, werde ich Sie unter Bewachung stellen, bis wir die Grenzlande erreichen …«

Der Kaplan fiel Suiden ins Wort, und ich musste zugeben, dass ich seinen Mut fast bewunderte. Fast. »Also haben Sie sich auch den Klauen der Hölle ergeben!«, schrie er. Er drehte sich zu den Versammelten herum. »Sehen Sie, wie vertraut Ihr Kapitän mit diesem Hexer ist?«

Suiden machte eine Handbewegung, und zwei Soldaten sowie etliche Matrosen lösten sich aus der Menge und näherten sich dem Kaplan. »Statt mich an Sie zu halten, hm?«, erkundigte sich Suiden. »Warum sollten wir das tun? Hase hat uns gerettet, Sie nicht.« Obruesk wollte etwas sagen, aber der Hauptmann sprach einfach weiter. »Wir leben aufgrund einer Magie, die den Tod durch Ertrinken besiegt hat, ganz gleich, wie unheilig Sie das nennen wollen.«

Der Kaplan riss seinen Arm aus dem Griff eines Soldaten. »Er hat uns gerettet? Der Hexer hat den Dämon überhaupt erst gerufen! Ich habe gesehen, wie er mit seiner Dämonen-Hure geturtelt hat!« Er sah an Laurel vorbei und hatte vor Wut die Augen weit aufgerissen. »Und da steht sie, frech und ungeniert!«

Ich folgte Obruesks Blick und sah die Ehrenwerte Esche, die hinter Laurel stand. Die Menge teilte sich, blickte zwischen mir, dem Faena und dem Geist hin und her, und zum ersten Mal schienen die Männer sich etwas unbehaglich zu fühlen.

»Wann?«, erkundigte sich Suiden. »Wann haben Sie die beiden reden sehen?«

»Das spielt doch keine Rolle! Sie stecken unter einer Decke, schmieden ihre ruchlosen ...«

»Ach, halten Sie den Mund!«, unterbrach Suiden ihn gereizt.

Javes warf Suiden einen kurzen Blick zu und sah dann schnell Esclaur an. Ihre Lippen zitterten.

»Es war nach dem Sturm, richtig?«, fragte Suiden. Der Kaplan schwieg, und Suidens grüne Augen glühten. »Sie waren Freunde, Obruesk. Er hat mit dem Geist gesprochen, so wie Basels Kameraden mit seinem Geist reden.«

»Das stimmt, Sir«, sagte jemand vernehmlich. »Wir versuchen ihn zu überreden, zurückzukommen und wieder zu kochen.« Gelächter brandete auf, und das Unbehagen verflog.

Obruesk wollte etwas sagen, aber Suiden hob erneut die Hand. »Sie sind eine Pest. Und jetzt reicht es.« Er deutete auf die beiden Soldaten neben dem Kaplan. »Schaffen Sie ihn nach unten.« Die Männer packten Obruesks Arme. »Aber behutsam. Er ist immer noch ein Priester. Respektieren Sie das Amt, wenn schon nicht den Mann!«

Der Kaplan warf mir einen letzten Blick zu, bevor er abgeführt wurde. Mir schoss durch den Kopf, dass er mir in absehbarer Zeit wohl kaum seinen Segen geben würde, was ich allerdings schon vorher gewusst hatte. Es bereitete mir außerdem mehr Kopfzerbrechen, wie ich mein Messer zurückbekommen konnte, ohne dass Suiden es sah. Er hatte sich zu Doyen Allwyn umgewandt, und ich machte einen vorsichtigen Schritt auf die Stelle zu, an der das Messer auf Deck lag.

»Lassen Sie es liegen, Leutnant«, befahl Suiden, ohne mich anzusehen.

Ich blieb stehen.

»Wenn Sie für den Rest unserer Reise das Amt des Kaplans

übernehmen würden, Doyen Allwyn?« Es war eine Bitte, mehr oder weniger.

»Ja, selbstverständlich«, antwortete der Doyen und warf Obruesk einen finsteren Blick hinterher. »Wenn ich nach Iversterre zurückkehre, werde ich mit dem Patriarchen darüber sprechen, wen er sich da als Stellvertreter ausgesucht hat.«

Es wurde ruhig an Deck.

»Euer Eminenz ...«, begann Lord Esclaur.

»Ich weiß, was ich gesagt habe und wo ich es sagte, Mylord«, unterbrach ihn der Doyen. Er rollte mit den Schultern und seufzte. »Ich muss unbedingt beten. Segenswünsche.« Er wedelte mit der Hand in unsere Richtung und schritt davon.

Hauptmann Suiden seufzte ebenfalls und musterte seine Matrosen und Soldaten. »Sie können wegtreten.« Niemand rührte sich, und der Hauptmann hob die Brauen. »Gibt es ein Problem?«

»Bitte, Sir«, antwortete Jeff. »Leutnant Hase hat uns gerade erzählt, was mit dem Sturm passiert ist, als der Kaplan ihn unterbrochen hat.«

»Hat er?« Groskin drängte sich vor. »Was hat er denn ...?« Er schnappte Suidens Blick auf. »Ich ... also ...«

»Dass es so war, als wenn man träumt, dass man fliegt, nur noch besser, Sir«, antwortete Jeff bereitwillig.

»Oh, ich muss schon sagen.« Hauptmann Javes trat vor. »Das würde ich gern hören.«

»Aber ich habe Ihnen doch schon gesagt ...«, erklärte Suiden.

»Allerdings, ja, ich auch«, fuhr Esclaur ihm in die Parade und stellte sich neben Javes.

Der Erste Offizier Falkin sagte nichts, warf Suiden jedoch einen flehentlichen Blick zu. Der seufzte und gab nach. »Also gut. Leutnant Hase kann seine Geschichte zu Ende erzählen.« Er warf mir einen scharfen Blick zu. »Aber danach melden Sie sich bei mir, kapiert?«

»Jawohl, Sir.« Ich hielt mein Stiefelmesser immer noch auf dem Rücken.

Suiden lächelte schwach. »Und jetzt ziehen Sie sich wieder an und stecken Sie ihre Messer weg. Beide.« Er drehte sich um und wäre fast gegen Laurel geprallt. Er hob die Brauen. »Sro Katze?«

»Einen Augenblick, Ehrenwerter Kapitän«, sagte Laurel. Er zog eine Phiole und einen sauberen Lappen aus seinem Medizinbeutel. »Ich möchte verhindern, dass sich die Wunde entzündet«, sagte er, während er mir die brennende Flüssigkeit auf die kleine Messerwunde unter meinen Rippen tupfte. Dann wischte er das getrocknete Blut weg, trat zurück, verstaute Phiole und Tuch in dem Beutel, setzte sich auf das Deck und lehnte seinen Stab an seine Schulter. »Außerdem sollte ich mir die Geschichte ebenfalls anhören.«

Es war fast wie früher in meiner alten Katechismusklasse, als Bruder Paedrig hereinkam und uns das Zeichen gab, uns hinzusetzen. Nur war ich jetzt der Einzige, der stehen blieb, als Matrosen, Soldaten, Offiziere, Lords und Geister dem Beispiel des Faena folgten und sich wie ein Mann auf das Deck setzten. Sie warteten geduldig, während ich mich anzog und meine Messer einsteckte. Suiden lehnte sich mit verschränkten Armen an den Hauptmast. Ich warf ihm einen fragenden Blick zu. Er grinste erneut schwach. »Ich kann es ertragen, die Geschichte noch einmal zu hören, Leutnant.«

»Ja ... jawohl, Sir.« Als ich mein Wams angelegt hatte, drehte ich mich herum und ließ meinen Blick über die erwartungsvollen Gesichter gleiten, während der Wind mich sanft umkreise und die Feder meine Wange streichelte. Ich sah die Leute verwirrt an.

Suiden lächelte diesmal richtig. »Fangen Sie am Anfang an, Hase.«

»Am Anfang?«, wiederholte ich.

»Ganz am Anfang«, sagte der Hauptmann. Er öffnete den Mund, zögerte und setzte hinzu: »Bitte.«

Also stand ich vor ihnen und schilderte ihnen die Geschichte von Anfang an, jedenfalls so, wie ich glaubte, dass es begonnen hatte. Ich hörte Gelächter, als ich von der verirrten Bergpatrouille sprach, und ich endete mit dem Dschinn-Sturm. Als ich fertig war, wurde die Wache abgelöst, und ich musste meine Geschichte noch einmal erzählen, und noch einmal, umringt von alten und neuen Gesichtern, bis spät in die Nacht. Die Sterne hingen dicht und tief über mir und lauschten vielleicht ebenfalls, als ich allen erzählte, die es wissen wollten, wie es war, wie der Wind zu wehen.

Den Hauptmann sah ich erst am nächsten Tag wieder.

55

»Land in Sicht!«

Ich hatte gerade meine Gebete und die Meditation mit Doyen Allwyn beendet und wollte die Meditation und die Schulung meiner Gabe mit Laurel beginnen. Wir erhoben uns jedoch beide bei dem Ruf des Ausgucks und folgten hastig Jeff sowie Basels und des Einhorns Geistern zur Reling. Ich spähte angestrengt aufs Meer hinaus, um zum ersten Mal seit fünf Jahren einen Blick auf die Grenzlande zu werfen. Heimat. Jedenfalls fast, denn ich war nie in einen der Stadtstaaten an der Küste gereist.

Wir erreichten die Reling gleichzeitig mit Hauptmann Javes, Kanzlerin Berle und Lord Esclaur. Javes und Esclaur hatten ihre Lorgnons bereits vor die Augen gehoben und starrten durch sie hindurch auf die Küste, die allerdings in der frühen Morgensonne nur eine Linie am Horizont war. Trotzdem glotzten wir sie alle aufgeregt an.

»Elanwryfindyll«, erklärte Kanzlerin Berle, die sich auf Zehenspitzen über die Reling beugte und mit der Hand die Augen abschirmte. »Wir müssen wohl erst näher herankommen, damit wir etwas sehen können.« Sie ließ sich wieder auf die Füße sinken und sah mich an. »Sind Sie froh, wieder nach Hause zu kommen, Lord Hase?«, erkundigte sie sich. Die Geister ignorierte sie geflissentlich.

Ich wollte die Frage schon bejahen. Das plötzliche Gefühl von Heimweh, das mich überkam, überraschte mich. Doch dann schob sich das Gesicht von Magus Kareste vor meine Augen, und ich zuckte mit den Schultern. »Ich weiß es nicht genau, Kanzlerin.«

»Es ist wunderbar, wenn man sicher sein kann, was?« Javes ignorierte die Geister hinter mir ebenfalls, bis sich das Einhorn neben ihn an die Reling drängte. Ein Geräusch wie ein schwaches Kichern drang an unsere Ohren, brach jedoch abrupt ab, als sich der Hauptmann finster umsah, das Lorgnon auf der Brust baumelnd.

»Sie möchte auch etwas sehen«, sagte ich leise, zu niemandem im Besonderen. »Das war keine Anspielung auf irgendjemandes Liebesleben.«

»Einschließlich Ihrem, Lord Hase?« Lord Esclaurs Augen funkelten mich an.

Jetzt war es an mir, einen finsteren Blick aufzusetzen. »Wie gesagt, Mylord …«

»Sie repräsentiert Schlichtheit und Reinheit, Ehrenwerte Leute«, ertönte Laurels Stimme an meiner Schulter. »Nicht etwa mangelndes Wissen um die Fleischeslust. Ich habe Großmütter mit Einhörnern wandeln sehen, während jene, die … sagen wir körperlich unberührt waren, wie die Pest von ihnen gemieden wurden.«

Darauf antwortete niemand etwas, aber eine Menge verstohlener Blicke zuckten zum Einhorn hinüber. Anschließend musterten sich die Leute gegenseitig, und der Verdacht von heimlichen Motiven und Hintergedanken hing plötzlich fühlbar in der Luft. Ich hörte ein leises Schnurren.

»Ihr genießt das ein bisschen zu sehr«, bemerkte ich in Laurels Richtung. Der Faena sah mich verständnislos an, während seine Schnurrhaare zuckten. In dem Moment jedoch trat Groskin zu uns, dem der Geist eines Leoparden folgte. Er warf sich zu Groskins Füßen auf die Planken, als der Leutnant an der Reling stehen blieb, und die Flanken des Leoparden hoben und senkten sich, als er hechelte und auf die Küstenlinie starrte. Groskin betrachtete den Geist einen Moment, hob den Kopf und ließ seinen Blick über den Horizont schweifen, während seine Augen abwechselnd in ihrem üblichen Braun und dem goldenen Gelb des Panthers schillerten.

»Elanwryfindyll«, murmelte er wie ein Echo von Kanzlerin Berle. »Hauptmann Suiden sagte, wir würden vom Fyrst empfangen werden, Laurel Faena?«

»Seine Gnaden Loran«, erwiderte Laurel. »Der Herrscher der Stadt und ihrer Umgebung sowie das Oberhaupt der Konföderation der Stadtstaaten, außerdem der Älteste der *Gaderian von Deorc Oelfs* …«

»Der was?«, erkundigte sich Esclaur flüsternd. Javes und Berle beugten sich lauschend vor.

»Der Rat der Dunkelelfen«, erwiderte ich flüsternd.

»Er ist ein sehr alter und sehr mächtiger Elf«, beendete Laurel seine Erklärung. Sein Schwanz peitschte durch die Luft, seine Miene jedoch blieb ausdruckslos. »Sehr, sehr mächtig.«

»Mächtiger als der Hohe Rat?«, wollte Berle wissen.

»Nein«, antwortete Laurel. »Das ist keiner.«

»Warum fahren wir denn hierher, Ehrenwerter Laurel?«, fragte Groskin. »Und nicht dorthin, wo der Hohe Rat zusammentritt?«

»Hier sind wir am richtigen Ort«, erklärte Laurel. Seine Miene war noch ausdrucksloser, wenngleich sein Schwanz erneut zuckte. »Seine Gnaden Loran ist zudem der Repräsentant der Dunkelelfen im Hohen Rat und außerdem der Gastgeber des nächsten Konzils.«

»Das klingt recht einladend, hm?«, meinte Javes, der immer noch den Horizont betrachtete. Dann warf er mir einen Blick zu. »Wie ist es da für Leute wie uns, Hase?«

»Für welche Leute, Sir? Für Menschen?« Als Javes nickte, hätte ich fast mit den Schultern gezuckt. »Ich weiß es nicht. Ich war nie in einem der Stadtstaaten an der Küste.« Ich verzog den Mund. »Vermutlich hält man mich hier für genauso hinterwäldlerisch, wie man es in Iversly getan hat.«

»Niemals?« Javes sah mich jetzt genauer an. »Wie seid Ihr denn nach Iversterre gelangt?«

»Über Veldecke, Sir.«

Die anderen fuhren herum und starrten mich ebenfalls an. »Aber niemand kommt von dort in die Grenzlande«, sprach Berle schließlich die Gedanken aller aus.

»Einige schon«, meinte Groskin, der wie die Kanzlerin die Stirn gefurcht hatte. »Aber nur aus ganz besonderen Gründen. Und der Pass gilt nie länger als einen, höchstens zwei Tage.«

»Ich erinnere mich, dass der König so etwas gesagt hat«, meinte ich und zuckte schließlich doch mit den Schultern. »Ich wurde aber trotzdem durchgelassen, ohne Probleme.«

»Sind Sie dort in die Armee eingetreten?«, wollte Javes wissen.

»Nein, Sir, nicht dort, sondern in Cosdale.« Das war eine Stadt an der Straße des Königs, ein bisschen südlich von Freston.

»Warum nicht in Veldecke?«, erkundigte sich Esclaur.

»Weil es zu dicht an den Grenzlanden liegt.« Ich verzog erneut die Lippen. »Ich war auf der Flucht, Mylord. Ich wollte nicht in Reichweite von jemandem oder etwas sein, der oder das vielleicht die Grenze überqueren konnte.« Ich legte meine Hände auf die Reling. »Ich habe mich einer Nachschubkarawane angeschlossen, die nach Cosdale wollte, und Veldecke am selben Tag verlassen, an dem ich gekommen war.«

»Es überrascht mich nur, dass der Karawanenführer das zugelassen hat.« Esclaurs Brauen zogen sich zusammen.

Ich zuckte erneut mit den Schultern. »Sie hat es erlaubt. Und hat mich auch reichlich dafür arbeiten lassen.« Mein Lächeln wurde breiter. »Ich hatte mir gedacht, dass die Armee danach ein wahres Kinderspiel sein würde. War sie auch.«

»Ich kenne die Karawanenführerin, welche die Route nach Cosdale führt. Ich bin sehr überrascht, dass sie Sie hat gehen lassen, nachdem Sie einmal bei ihr waren«, meinte Groskin.

»Ach? Sie steht demnach wohl auf Jünglinge, ja?«, erkundigte sich Berle.

Ich versteifte mich und warf der Kanzlerin einen scharfen Blick zu, aber Groskin drückte meinen Ellbogen. »Nein«, kam er mir zuvor. »Aber sie hat eine Vorliebe für kostenlose Arbeiter. Sie hat schon früher Jungen mitgenommen, die ziemlich große Mühe hatten, anschließend wieder wegzukommen.« Er schien nun überzeugt, dass ich mich nicht auf die Kanzlerin stürzen würde, und ließ meinen Ellbogen los.

»Sie sagte, dass ich ihr noch etwas für Mahlzeiten und meinen Platz an ihrem Lagerfeuer schuldete«, meinte ich. »Ich sagte ihr, sie könnte es sich … ich meine, ich sagte, das wäre nicht so, und bin einfach gegangen.«

»Hat sie Ihnen nicht diesen Hünen von Leibwächter hinterhergeschickt?«

Ich überlegte und erinnerte mich schwach an das Geräusch von Schreien und hastigen Schritten, als ich weggegangen war. »Wenn ja, hat er mich jedenfalls nicht erwischt.«

»Ist das jemand, den wir im Auge behalten sollten, Leutnant?«, erkundigte sich Javes bei Groskin.

»Ich weiß es nicht, Sir. Sie hat nie gegen ein Gesetz verstoßen, soweit ich weiß.«

Etwas bewegte sich zu Groskins Füßen, und als ich hinsah, bemerkte ich, wie der Leopard zu uns hochsah, die Reißzähne gefletscht.

»Vielleicht hat sie es aber doch getan«, meinte Groskin leise. Er hatte ebenfalls nach unten gesehen. Dann blickte er zu mir hoch. Seine Augen schimmerten goldgelb. »Sie haben nie die Ladung der Karren überprüft, Hase?«

Ich schüttelte den Kopf. »Nein. Ich war dem Chefkutscher der Karawane zugeteilt.«

»Der Schmuggel hat erst angefangen, nachdem Ihr verschwunden seid, Hase«, erklärte Laurel. »Vielleicht hat die Karawane gar keine Schmuggelgüter transportiert. Damals jedenfalls nicht.«

»Noch jemand, den die Armee beauftragt hat, die Garnison zu versorgen«, meinte Javes und massierte sich die Schläfen.

»Ich dachte, Sie hätten den Transport der Waren nach Veldecke bereits aufgedeckt«, erwiderte ich.

»In die Stadt, ja, aber nicht auf das Gelände der Garnison«, antwortete Javes. Er seufzte. »Ich beneide Sie nicht um Ihren Auftrag, Berle.«

»Ich mich auch nicht.« Kanzlerin Berle blickte aufs Meer hinaus.

Ich betrachtete die Kanzlerin für Auswärtiges verstohlen. Ob sie jemals erfahren hatte, was wir in Hauptmann Suidens Kajüte besprochen hatten, bevor wir von dem Dschinn-Sturm unterbrochen worden waren? Wenn ja, dann nicht von mir. Obwohl das vielleicht auch nur daran lag, dass ich nie Gelegenheit gehabt hatte, allein mit ihr zu sprechen. Laurel, Doyen Allwyn, Jeff oder die Geister waren immer bei mir, manchmal sogar alle gleichzeitig.

Als ich an die Geister dachte, sah ich mich um. Sie drängten sich an der Reling, auf den Masten, den Spieren, in der Takelung. Einige behielten ihre Gestalten, andere flatterten im Wind, sodass es aussah, als wären die Segel ausgefranst. Die Gesichter, die ich ausmachen konnte, waren allesamt konzentriert zur Küste gewandt. Ich fragte mich, wie es wohl sein würde, wenn wir uns dem Land näherten.

»Glauben Sie, dass man uns in den Hafen einlaufen ließe, wenn sie wüssten, was wir an Bord haben?« Esclaur hatte sich ebenfalls umgesehen. »Wäre das Iversly, würden wir die Königliche Marine ausschicken, die alles versuchen würde, um uns abzufangen.«

»Ich weiß nicht, ob Sie uns blockieren können«, erwiderte ich. »Können sie das, Laurel?«

Der Faena schüttelte den Kopf, und seine Ohren zuckten. »Nein. Das Recht der Heimkehr gilt für alle, die Lebenden und die Toten.«

Alle starrten Laurel an. »Das Recht, lebend oder tot«, wiederholte Lord Esclaur. Er tastete nach seinem Lorgnon und richtete es auf die Raubkatze.

»Außer in besonderen Fällen«, fuhr Laurel fort, der Esclaur ignorierte. »Zum Beispiel bei einem Praktiker der Dunklen Künste.« Das Schiff hob und senkte sich über eine Woge. Laurel glich das Schaukeln problemlos aus, nutzte seinen Schwanz als Balancehilfe. »Aber da wir keinen Schwarzen Hexer an Bord haben, lassen wir die Behauptungen von Kaplan Obruesk einmal beiseite, wird man uns nicht aufhalten.«

»Und dieser Magus, der so scharf darauf ist, Lord Hase in die

Finger zu bekommen?«, erkundigte sich Kanzlerin Berle. »Würde man ihm den Zutritt verwehren?«

Ich sah die Kanzlerin an, überrascht von diesem plötzlichen Themenwechsel.

»Eine interessante Frage, Berle«, meinte Javes. »Aber sie liegt ein bisschen außerhalb unseres Zuständigkeitsbereiches, hm?«

»Allerdings, ja«, murmelte Esclaur.

»Ich mache mir nur Sorgen als Repräsentantin des Königs ...«, begann die Kanzlerin.

»Ihre Befehle schließen Leutnant Hase nicht ein«, unterbrach Javes sie. »Lassen Sie das Thema ruhen, Berle.«

»Und wenn es nun zu meinem Auftrag gemacht wird?« Berle gab nicht so rasch nach. »Wenn ein Magi ... ein Grenzla ... wenn irgendjemand verlangt, dass Lord Hase an den Magus ausgeliefert wird, als Bedingung für Friedensverhandlungen, was dann?«

»Dann verweist Ihr die entsprechende Person an mich, Ehrenwerte Kanzlerin«, sagte Laurel. »Ich habe sowohl Hase als auch dem König mein Wort verpfändet, dass er nicht zu Magus Kareste zurückkehren wird.«

»Und wenn sie nun behaupten, dass Euer Wort wertlos wäre, und es trotzdem verlangen?«, hakte die Kanzlerin nach.

»Niemand«, grollte Laurel und zeigte seine Reißzähne, »würde behaupten, dass mein Schwur wertlos wäre, Ehrenwerte Kanzlerin. Ebenso wenig wie Eure Ministerkollegen Euch für unehrenhaft und nicht vertrauenswürdig erklären würden. Das wäre doch eine Beleidigung, nicht?«

»Verzeiht, Botschafter. So habe ich das nicht gemeint.« Berle errötete. »Es ist nur so, dass ...«

»Ich muss schon sagen, Berle, Sie auch?« Javes schenkte ihr sein dümmlichstes Grinsen.

Die Kanzlerin warf ihm einen missbilligenden Blick zu, bevor sie an Laurel gewandt weitersprach. »Manchmal kann man trotz bester Absichten ein Versprechen nicht halten, das man gegeben hat.«

»Dann hätte diese Person das Versprechen gar nicht erst geben sollen.« Laurels Reißzähne schimmerten immer noch im Sonnenlicht. »Ich würde Euch dringlich empfehlen, Ehrenwerte Kanzlerin, dass Ihr nach Eurer Ankunft niemandem unterstellt, dass sein Wort nicht genügt. Schon gar nicht einem Faena.«

»Sagt, Kanzlerin Berle«, fragte ich in das verlegene Schweigen hinein. »Würden Sie mich dem Magus ausliefern?«

»Sie haben Hauptmann Javes und Botschafter Laurel gehört, Lord Hase.« Berle lächelte spöttisch. »Ihr fallt nicht in meine Zuständigkeit.«

»Verstehe«, sagte ich und wandte mich wieder der Betrachtung des Horizonts zu. Aber ich war fest entschlossen, dafür zu sorgen, dass ich niemals mit der Kanzlerin allein war.

56

Elanwryfindylls Hafen ähnelte sehr dem von Iversly, den wir vor drei Wochen verlassen hatten. Es liefen Schiffe ein, andere stachen in See, und etliche lagen vor Anker. Es gab Kais, Lagerhäuser, Möwen und Amtsdiener, die bereits auf uns warteten, als die *Furchtlos*, die *Kühn* und die im Dschinn-Sturm schwer beschädigte *Eisenhart* in den Hafen von Elanwryfindyll einliefen. Der Rest des Konvois, einschließlich des Flaggschiffs des Vizeadmirals, die *Perlenfischer*, lagen vor der Hafenmündung. Nur die Schiffe mit der Fracht sollten in den Hafen einlaufen, hatte Laurel geraten, weil alles andere als Provokation empfunden werden könnte. Vizeadmiral Havram war jedoch an Bord der *Furchtlos* gekommen, weil er Teil der diplomatischen Gruppe sein sollte, die an Land ging, und außerdem von Hauptmann Suiden das Kommando der *Furchtlos* übernehmen wollte.

Mochte der Hafen mich auch an Iversly erinnern, Elan selbst tat das keineswegs. Die Stadt erhob sich in einem Halbkreis über dem funkelnden blauen Wasser und erstreckte sich Terrasse um Terrasse den Hang hinauf, ergoss sich über die Klippen. Hohe Säulen, elegante Bögen und runde Kuppeln prangten in der ganzen Stadt verteilt, und alle schimmerten hell im Licht der leuchtenden Nachmittagssonne – ein starker Kontrast zu der dunklen Erde, dem Grün von Blättern und Gräsern und einem wahren Urwald von Blumen. Auf dem Kamm der Klippen hob sich als Silhouette gegen den blauen Himmel die Burg des Fyrst von Elan ab. Auf ihren Türmen und Zinnen flatterten Fahnen.

Nachdem wir Anker gesetzt hatten, befahl mich Onkel Havram in die Kapitänskajüte, um eine Vorschrift zu verkünden, die ich keinesfalls missachten sollte.

»Du wirst die ganze Zeit bei mir, Hauptmann Suiden oder Hauptmann Javes bleiben, ist das klar?«, befahl Havram.

»Jawohl, Sir!«

»Du wirst mit niemandem weglaufen, weder mit Familie, Freunden, Katzen oder Mitgliedern unserer Delegation, kapiert?«

»Sir, jawohl, Sir!«

»Du wirst nicht bummeln …«

»Jawohl, Sir!«

»… einkaufen …«

»Jawohl, Sir!«

»Wenn du vernünftig bist, dann wirst du nicht allein herumlaufen. Verstehst du mich?«

»Sir, jawohl, Sir!«

»Wiederhol es, Junge.«

»Ich werde nicht ohne Sie, Hauptmann Suiden oder Hauptmann Javes herumlaufen, Sir! Nie!«

»Prächtig, prächtig, prächtig!« Er sah Jeff an, der hinter mir stand. »Haben Sie verstanden, was ich gerade gesagt habe?«

»Sir, jawohl, Sir!«

»Was habe ich denn gesagt?«

»Hase bleibt entweder bei Ihnen, Hauptmann Suiden oder Hauptmann Javes, Sir, und zwar immer, Sir!«

Der Vizeadmiral lächelte zufrieden. »Ausgezeichnet.«

Wir folgten dem Vizeadmiral auf die Brücke, wo wir uns neben Leutnant Falkin aufbauten, der zusah, wie ein Boot voller Amtsdiener vom Kai ablegte und zu uns hinausruderte. Nach kurzer Zeit gesellte sich Hauptmann Javes in seiner Paradeuniform zu uns, komplett mit Habbs und Umhang, dann Leutnant Groskin, ebenfalls in Paradeuniform, und Laurel Faena, der zum ersten Mal seit Dornel seinen Umhang trug. Der Wind war trotz des nahen Sommers noch recht frisch. Er wirbelte um mich herum, zupfte sanft an meinen Haarbändern, und ich erschauerte trotz meines Capes.

»Ah, die Willkommensparty«, erklärte Javes, der durch sein Lorgnon das Boot musterte.

»Aye«, sagte Onkel Havram, der wie Suiden und Falkin durch sein Fernrohr spähte. »Ich nehme an, wir sollten sie am Fallreep begrüßen.« Hauptmann Suiden und er schoben ihre Fernrohre zusammen und reichten sie dem Ersten Offizier.

»Brauchen wir Flöten und Trommeln, Botschafter?«, erkundigte sich Havram, als wir zum Hauptdeck hinuntertrampelten. »Oder sollen die Truppen ein Ehrenspalier bilden?«

»Nein, Ehrenwerter Vizeadmiral«, erwiderte Laurel. »Es sind nur Hafenbeamte. Wir selbst sollten genügen. Laut dem Protokoll wird der Erste, der an Bord kommt, der Hafenmeister sein.«

Onkel Havram nickte. Als wir das Hauptdeck erreichten, sah er Javes an. »Wo ist die Botschaftsgruppe?«

»In ihren Kabinen, wo sie sich vermutlich den Kopf darüber zerbrechen, worauf sie sich da eingelassen haben, Sir«, erwiderte Javes.

Laurel lachte einmal fauchend und zuckte mit einem Ohr. »Dafür ist es zu spät, Ehrenwerte Leute.« Er schüttelte seinen Umhang und zupfte an meinem Cape. Ich blickte an mir herunter und überzeugte mich, dass meine Habbs nicht schmutzig und meine Hosenbeine ordentlich darübergezogen waren.

»Pfau«, murmelte Jeff.

»Ja, das ist er, Ehrenwerter Jeffen«, meinte Laurel, als wir das Fallreep erreichten. »Aber hier zählt der erste Eindruck. Und zwar sehr viel.« Laurel drehte mich herum zu einer letzten Inspektion, richtete meinen Zopf, überprüfte die Haarbänder und rückte die Feder unseres Paktes zurecht. Dann machte er sich an seinen Perlen und Federn zu schaffen, zog noch einmal an seinem Umhang und hielt dabei seinen Amtsstab in der Armbeuge. Ich starrte den Stab an, betrachtete die Tuchstreifen und Federn, die in dem Wind flatterten.

»Sagt, Laurel, was ist aus dem Stab geworden, den die Ehrenwerte Esche benutzt hat?«

Laurels Kopf ruckte hoch, und er starrte mich scharf an, die Ohren zurückgelegt. Dann atmete er grollend aus. »Das ist tatsächlich die Frage, stimmt's?«

»Zerbrecht Euch später darüber den Kopf, Sro Katze«, sagte Suiden. »Sie legen gerade an.«

Laurel warf einen Blick auf seine Krallen, die in der Sonne glänzten, und polierte sie dann noch einmal an seinem Fell. Dann sah er hoch und seufzte. »Also, Ehrenwerte Sirs, jetzt fängt es an.«

Ich sah ein Flackern aus dem Augenwinkel und drehte mich

um. Basel stand in seiner Hirschgestalt neben Jeff und neben ihm die Ehrenwerte Esche. Ich drehte meinen Kopf noch weiter. Das ganze Deck war voller Geister. Sie drängten sich so dicht, dass sie wie eine schwarze Masse wirkten.

»Das ist schon etwas anderes als ein Ehrenspalier, was?«, sagte Falkin leise, der meinem Blick gefolgt war.

Ich wurde einer Antwort enthoben, als der Bootsmannsstuhl ankam. Im nächsten Moment wurde mir das Anderssein deutlich bewusst. Dann lächelte ich, als die kleine Fee an Deck stand, und legte die Handflächen zusammen, während ich mich verbeugte.

»Heil Ihnen, Hafenmeisterin«, sagte Onkel Havram, der sich ebenfalls verbeugte, aber im Stil des Königreiches, mit der Hand auf dem Herzen. »Willkommen an Bord der *Furchtlos*.«

»Meine Güte!«, sagte die Fee, während sie sich umsah. Ihr Haar und ihre Flügel wehten im Wind. Sie sah Laurel an. »Ehrenwerter Faena, was ist hier geschehen?«

»Es ist eine Heimkehr, Ehrenwerte Hafenmeisterin«, antwortete Laurel.

»Eine Heimkehr«, wiederholte die Fee, während sie sich erneut umsah. Ihr Blick ruhte einen Moment auf dem blonden nordelfischen Haar von Leutnant Falkin. Dann zuckte ihr Blick zu Basel und der Ehrenwerten Esche, und ihre zarten Brauen stiegen fast bis zu ihrem Haaransatz. »Ein weißer Hirsch und eine Baumelfen-Faena?«

»Unter anderem«, sagte Laurel, während das Einhorn sich von der Gruppe der Geister löste und zu uns trat. Andere folgten ihm, drängten sich heran.

»Bei der gebenedeiten Lady!« Die hohe Stimme der Hafenmeisterin quietschte fast, als sie unwillkürlich einen Schritt zurücktrat. »Ist es ein angemessener Abschied für sie? Oder wurdet Ihr auserwählt, Gerechtigkeit walten zu lassen, Ehrenwerter Faena?«

»Beides«, antwortete Laurel. »Nur dass nicht ich es bin, den sie auserwählt haben.« Er legte seine Pfoten aneinander und verbeugte sich. »Ich bin Laurel Faena, vom Clan der Schwarzen Hügel. Darf ich Euch Vizeadmiral Havram ibn Chause vorstellen, Hauptmann Prinz Suiden, Hauptmann Javes, den Ersten Offizier Leutnant Falkin, Leutnant Groskin und Leutnant Lord Hase, den Ehrenwerten Sohn von Lerche und Zweibaum. Sie sind gekommen, eine Friedensmission zu erfüllen.«

Das Einhorn hatte mich mittlerweile erreicht, dicht gefolgt von dem Leoparden. Die Ehrenwerte Esche schwebte an meine andere Seite, gefolgt von Basel. Im nächsten Moment war ich von Geistern umringt, die allesamt die Hafenmeisterin ansahen. Sie trat noch einen Schritt zurück. Der Wind wehte an mir vorbei, packte ihre Flügel, und sie schwebte in der Luft, während sie mich anstarrte. Als ihr Blick auf die Feder fiel, die rot in meinem dunklen Haar leuchtete, verengten sich ihre violetten Augen.

»Verstehe«, meinte sie, als sie wieder auf das Deck zurücksank. Sie zögerte einen Moment und verbeugte sich dann. »Willkommen in Elan, Laurel Faena, Prinz Suiden, Ehrenwerte Leute. Ich bin Hafenmeisterin Lin.«

57

Es war eine relativ kleine Gruppe, die schließlich an Land ging: Kanzlerin Berle, Lord Esclaur, Vizeadmiral Havram, die Hauptleute Suiden und Javes, Leutnant Falkin, Doyen Allwyn, Laurel, Jeff und ich sowie die Geister Basel und die Ehrenwerte Esche. Der Rest schien damit zufrieden zu warten, bis die zu ihnen gehörenden Körperreste ausgeladen wurden. Hafenmeisterin Lin zögerte verständlicherweise etwas, die Soldaten und Botschaftsangehörigen von den Schiffen zu lassen, bis ihre Vorgesetzten die Erlaubnis dazu gegeben hatten. Deshalb wurde Groskin an Bord zurückgelassen. Er übernahm das Kommando über die Truppen und die Verantwortung für die Überstellung unserer Fracht in das Lagerhaus, das uns von der Hafenmeisterin zugewiesen worden war. Außerdem bekam er die Aufgabe, dafür zu sorgen, dass Kaplan Obruesk unter Deck blieb.

»Ich will auf keinen Fall, dass der Kaplan seine Bannflüche auf die Bürger dieser Stadt herunterprasseln lässt, Leutnant«, sagte Suiden. »Auch nicht von hier aus!«

»Jawohl, Sir«, antwortete Groskin. Er holte tief Luft. »Sie können sich auf mich verlassen.«

Unsere kleine Gruppe wurde auf dem Kai von einer kleinen Abteilung Fußsoldaten empfangen, die von einem berittenen Elf angeführt wurde. Er trug eine Rüstung aus poliertem Silber, ein dunkelblaues Cape und eine mit Federn besetzte blaue Mütze. Mit seinem schmalen Gesicht, seinen spitzen Ohren, den geschwungenen Brauen und schwarzen Augen hätte er ein entfernter Cousin von König Jusson sein können. Allerdings behaupteten ohnehin sehr viele Leute, dass Dunkelelfen sich allesamt ähnlich sähen.

Er sah uns von seinem Pferd herunter an. »Laurel Faena?« Die Stimme des Elfs war hell und melodisch.

Laurel verbeugte sich.

»Ich bin Eorl Pellan, Kommandeur seiner Gnaden Loran, Fyrst von Elan.« Er betrachtete uns erneut. Diesmal blieb sein Blick auf mir haften. Seine Miene versteinerte sich, als er die Feder bemerkte, doch dann weiteten sich seine Augen, als er Basel und die Ehrenwerte Esche sah. Sein Blick zuckte zu Laurel zurück, der ihn ausdruckslos ansah.

»Heil Euch, Eorl Pellan«, begann Kanzlerin Berle, die sich vordrängte und im nächsten Moment zur Salzsäule erstarrte, als sowohl Laurel als auch Eorlkommandeur Pellan sich zu ihr herumdrehten. Der Blick des Elfs war ziemlich hochmütig, gelinde gesagt.

»Die Ehrenwerte Berle ist eine Gesandte von König Jusson von Iversterre und wurde als Zeichen seines guten Willens und der Hoffnung auf Frieden hierher entsandt«, sagte Laurel und kehrte der Kanzlerin mit einem Zucken seines Ohres den Rücken zu. Das Gesicht der Kanzlerin brannte feuerrot.

»Nun denn. Ich geleite Euch zu Seiner Gnaden, Ehrenwerter Faena«, sagte Eorlkommandeur Pellan, der die Kanzlerin ebenfalls ignorierte. Er gab seinen Soldaten ein Zeichen, auf das hin zwei Kutschen vorgefahren wurden, die von muskulösen Pferden gezogen wurden. »Es wird ein wenig eng, aber ich glaube, es passen alle hinein.«

»Wenn Ihr gestattet, Ehrenwerter Eorlkommandeur, dann würde ich gern mit Euch gehen«, sagte Laurel mit einer weiteren Verbeugung.

Während des Durcheinanders beim Einsteigen näherte ich mich Kanzlerin Berle. »Sie reden nicht, bevor Sie angesprochen werden, Kanzlerin«, sagte ich. »Hat Laurel Faena nicht mit Ihnen über das Protokoll gesprochen?«

»Doch, aber ...« Kanzlerin Berle unterbrach sich und errötete erneut, während sie mich gereizt ansah.

»Es wird immer wieder passieren, Kanzlerin«, sagte ich. »Man wird über Ihren Kopf hinweg reden, als wären Sie nicht da. Elfen mögen Menschen nicht besonders, und das aus sehr guten Gründen. Es würde mich nicht überraschen, wenn sowohl Eorlkommandeur Pellan als auch der Fyrst im Krieg gegen Iversterre gekämpft hätten. Sie könnten sogar einmal dort gelebt und Verwandte verloren haben, als wir sie vertrieben haben. Vergesst das nicht, und geht so behutsam vor wie möglich.« Dann richtete ich meinen Blick auf den Ersten Offizier Leutnant Falkin. »Sie sollten auch vorsichtig sein, Sir. Die Dunkelelfen sind den nördlichen Elfenclans nicht gerade sonderlich wohlgesonnen.«

»Junge.« Havram winkte mich zu sich. Ich löste mich von Falkins starrem Blick und stieg in die Kutsche zum Vizeadmiral, zu Suiden und Javes.

Unsere Fahrt zur Burg war eine merkwürdige Prozession, eine Art Umkehrung der Parade, bei der ein Berglöwe durch eine Stadt gegangen war, deren Akzeptanz von Magischen sich im Besuch von Straßentheatern oder Kindermärchen erschöpfte. Laurel schritt neben dem Pferd von Eorlkommandeur Pellan daher. Vor ihnen ging ein Elf mit der Standarte des Fyrst: drei Sterne gegenüber einem Sichelmond auf einem mitternachtsblauen Feld. Hinter dem Elf und dem Faena folgte die Kutsche mit Kanzlerin Berle, Lord Esclaur, Doyen Allwyn, Leutnant Falkin und Jeff. Dann meine Kutsche mit den Hauptleuten Javes und Suiden sowie Vizeadmiral Havram. Basel ging an der einen Seite der Kutsche, die Ehrenwerte Esche an der anderen. Die Elfenabteilung bildete den Abschluss.

Wir fuhren über gewundene Straßen zur Burg hinauf, die immer steiler anstiegen, was den kräftigen Pferden jedoch keinerlei Schwierigkeiten zu machen schien. Die Stadt wirkte aus der Nähe ebenso elegant wie vom Schiff aus. Bunte Mosaiken, die das Meer und ihre Bewohner darstellten, waren in weiße Mauern und Bürgersteige eingearbeitet. Blumen wuchsen auf jeder nur verfügbaren Fläche, angefangen von Kästen auf schmalen Fensterbrettern bis zu Beeten in großen Gärten. Bäume säumten die Straßen, erhoben sich über Mauern, und mehr als ein Baum sah uns hinterher.

»Also, Junge«, sagte Onkel Havram, der sich vom Fenster der Kutsche abwandte, nachdem er den Blick einer Rottanne aufgefangen hatte. »Sie werden uns doch nicht angreifen, oder?«

Ich unterdrückte ein Lachen und schüttelte den Kopf. »Nein,

Sir. Das werden sie nicht.« Ich warf noch einmal einen Blick auf die Szenerie vor der Kutsche und starrte auf die Geschäfte und Märkte, sowohl auf die Waren, die dort angeboten wurden, als auch auf ihre Käufer. Ich sah Baumelfen, Feen, Schamanen, Kobolde, Zwerge, jemanden in der Robe eines Magiers, bei dessen Anblick sich mein Herz einen Moment verkrampfte, bis ich erkannte, dass er dunkelhaarig und sehr jung war, ein paar Menschen und natürlich Elfen. Und sie registrierten uns ebenfalls, nachdem ihre Neugier kurz von dem Eorl und dem Faena erregt worden war, sie sich dann abwandten, nur um erneut hinzusehen, wenn sie Basels und der Ehrenwerten Esche ansichtig wurden. Aber statt zu glotzen, den Mund aufzureißen und vor Entsetzen zu kreischen, wie es in Iversterre geschehen war, verbeugten sie sich nur und nahmen ihre Kopfbedeckungen ab, wenn wir vorbeifuhren.

Geschäfte, Märkte, noch mehr Geschäfte, noch mehr Märkte, steilere Straßen mit noch exklusiveren Geschäften und Märkten, die auf Terrassen in den Flanken der Klippen lagen, bis wir um die Ecke in eine weitere Straße mit – ich seufzte – Geschäften und Märkten einbogen.

»Ich nehme an, dass das die Hauptgeschäftsstraße dieser Stadt ist«, murmelte Javes, der ebenfalls hinaussah.

»Nein«, widersprach Suiden, »nur die Straßen, die man uns zu sehen erlaubt. Ich habe auf der *Furchtlos* den direktesten Weg zur Burg verfolgt, und das ist er nicht.«

»Was glauben sie denn, würden wir tun? Karten für eine Invasion anfertigen?«, erkundigte sich Javes. Er hob sein Lorgnon vor die Augen und betrachtete eine Baumelfe, die in ihren traditionellen winzigen Gewändern vorüberging, aber ein Elf sah das, trat vor und versperrte Javes die Sicht. Dabei hob er die Hand zu einer offenbar recht rüden Geste.

»Vergessen Sie nicht, was Hase gesagt hat, Javes«, meinte Suiden, als der Hauptmann sein Lorgnon sinken ließ und sich eine zarte Röte auf seinen Wangen abzeichnete. »Die Elfen mögen uns schon so nicht.« Suiden lieferte eine erstklassige Kopie von Javes' dümmlichem Grinsen. »Also versuchen Sie, ihnen nicht noch mehr Gründe dafür zu liefern, und seien Sie ein braver Junge.«

Javes zog die Brauen zusammen und blickte angestrengt aus dem Fenster, während ich mich hütete, zum Vizeadmiral zu blicken, der leise ein Shanty summte. Vor allem, als ich mich an den Text des Liedes erinnerte, in dem es um einen Seemann ging, der lange, sehr lange auf See gewesen war. Javes' Röte vertiefte sich.

Unsere Prozession bog um eine weitere Ecke, und die Pferde stemmten ihre Hinterbeine auf das Pflaster, um die Steigung zu nehmen. Ich bemerkte, dass die exklusiven Geschäfte endlich exklusiven Häusern gewichen waren, deren Fenster in der Sonne blitzten.

»Wohlan«, meinte Onkel Havram. »Offenbar nähern wir uns dem Zentrum der Macht.«

Wir fuhren noch durch etliche ebenso beeindruckende Straßen, dann hörten die Häuser auf, und der scharfe Klang der Hufe auf dem Pflaster wurde dumpf. Ich blickte auf den Boden. Sand. Festgetreten zwar, aber dennoch Sand. Die helle Nachmittagssonne wich plötzlich dem Zwielicht. Basel und die Ehrenwerte Esche glommen in dem Dämmerlicht, und ich starrte auf die gewaltigen Kiefern, die einen Baldachin über uns bildeten. Der Boden war von ihren Nadeln übersät. Der Wind wehte durch die Kiefern und ließ sie leise rauschen. Das Geräusch erinnerte mich an meine Kindheit, und ich lächelte.

»Noch mehr Bäume.« Onkel Havram zupfte an den Troddeln der Polster herum.

»Solange Sie keine Axt bei sich haben, Sir, dürfte uns nichts passieren«, meinte Suiden. Er klang fast ironisch. »Wir sind im Park der Burg und nähern uns der Burg selbst.«

Der Vizeadmiral warf ihm einen kalten Blick zu. »Vielen Dank, Hauptmann Suiden. Sie haben mich wirklich beruhigt.«

Ich verkniff mir sofort das Lächeln, während auf Hauptmann Javes' Gesicht eines erschien, wenngleich auch nur kurz. Er hatte offenbar seinen Humor wiedergefunden. Er drehte sich vom Fenster weg, um sich mit seinem Offizierskameraden zu verbrüdern, und dabei fing er meinen Blick auf. Ich senkte ihn hastig, war aber wohl nicht schnell genug. »Ich muss schon sagen, Leutnant.«

Ich unterdrückte ein Seufzen, und als ich Javes wieder ansah, bemerkte ich seinen fragenden Blick. »Jawohl, Sir?«

»Mir ist gerade etwas eingefallen. Wir sind in den Grenzlanden. Warum haben wir uns nicht verwandelt?«

»Verwandelt?«, erkundigte sich Onkel Havram, dessen Miene sich verfinsterte.

»Stand davon nichts in den Mitteilungen, Sir?«, erkundigte sich Javes. »Von dem, was in der Botschaft der Grenzlande geschehen ist?«

»Oh, aye.« Die Stirn des Vizeadmirals glättete sich. »Aye. Der König hat geschrieben, dass Sie sich alle in Tiere verwandelt haben.«

»Ich war ein Wolf«, erklärte Javes und deutete auf Suiden. »Er war ein Drache.«

»Tatsächlich!« Die Lippen des Vizeadmirals zuckten verdächtig, als er mich ansah. »Kein Wunder, dass du zusammengezuckt bist, Junge, als ich Seine Hoheit einen Seedrachen genannt habe.«

»Jawohl, Sir«, erwiderte ich tonlos und warf meinem Onkel einen vorwurfsvollen Blick zu. Warum musste er mich so vorführen? Er zwinkerte mir zu.

»Warum haben wir uns nicht verwandelt, Hase?«, wiederholte Javes seine Frage.

Ich sah den Hauptmann an, schluckte und warf dann einen Blick auf Suiden. Aber sie waren beide so, wie sie in Freston gewesen waren. Mit Ausnahme von Suidens grünen Drachenaugen und den gelben Wolfslichtern von Javes. »Ich weiß es nicht, Sir.« Meine Handfläche begann zu brennen, und ich blickte auf die Rune.

»Offenbar wissen Sie es doch.« Suidens Stimme knirschte. Ich sah hoch. In der Mitte seiner Augen loderten Flammen. Er war nicht nur über diese Bemerkung mit dem Seedrachen verärgert, sondern es gefiel ihm überhaupt nicht, wenn man ihn belog.

Aber ich log nicht. Ich wusste wirklich nicht, warum niemand verwandelt worden war.

»Glauben Sie, es lag daran, dass der Faena bei uns war, als wir an Land gegangen sind?«, fragte Havram stirnrunzelnd. »Der König schrieb, die Katze könnte diese Sache offenbar kontrollieren.«

Das klang plausibel. »Vielleicht, Sir.« Die Rune auf meiner Hand brannte aber immer noch. Ich hielt sie ans Fenster, um sie im Licht zu betrachten, und begegnete dem starren Blick der Ehrenwerten Esche.

»Hölle und Verdammnis!«, schrie ich und hätte mich fast auf Javes' Schoß geworfen, als ich zurückzuckte. »Ich wünschte, sie würde damit aufhören!«

»Ja.« Suidens Haut straffte sich über seinen Wangenknochen, und er holte tief Luft. »Aber wenn ich mich recht entsinne, hat sie es das letzte Mal getan, um eine Frage zu beantworten, auf die sonst niemand eine Antwort wusste. Oder jedenfalls Sie nicht.«

Faena beantworteten keine Fragen. Sie lösten eine Antwort aus, indem sie erleuchtete Fragen stellten, welche die Leute dazu zwangen, aus verzweifelter Notwehr die richtigen Antworten zu finden. Andererseits konnte der Tod die Perspektive ändern. Ich glitt zum Fenster, zögerte und öffnete es dann.

»Junge ...« Havram verstummte, als die Ehrenwerte Esche mit ihrer Geisterhand in die Kutsche griff und fast meinen Zopf berührte. Dann war sie verschwunden. Als ich hinaussah, schritt sie wieder neben der Kutsche her und hielt mühelos mit den trabenden Pferden Schritt.

»Sie waren es!«, sagte Javes. »Sie haben uns verwandelt.«

»Wie kommen Sie darauf, Javes?«, erkundigte sich mein Onkel. Suidens finstere Miene glich der seinen.

Javes sah den Hauptmann an. »Wann fing Hases Haar an zu wachsen?«

»Laut Sro Katze, als er begann, seine Macht zu ...« Suiden unterbrach sich und starrte mich finster an.

Ich wollte es schon abstreiten, als sich das Brennen in meiner Hand verstärkte. Dann erinnerte ich mich plötzlich an den metallischen Geschmack in meinem Mund, immer wenn meine Gabe wirkte, und auch daran, dass ich diesen Geschmack an jenem Morgen in der Botschaft im Mund hatte. Aber ich hatte das auch geschmeckt, als Slevoic seine Macht entwickelte, also hätte ich auch auf das Wirken eines anderen reagieren können. Nur hatte Laurel bei seiner Rune geschworen, dass er es nicht gewesen war, und Slevoic war es ganz sicher nicht. Damit blieb nur ich übrig. »Ich weiß nicht, was ich getan habe«, erklärte ich und keuchte im nächsten Moment, als das Brennen in meiner Hand nachließ. Einen Moment saß ich nur schwer atmend da. »Ebenso wenig, warum es gerade dann passiert ist.« Ich massierte meine schmerzende Hand.

Onkel Havrams Brauen schienen über seiner Nase zusammenzuwachsen. »Laut der Mitteilung des Königs ist es in dem Moment geschehen, als Slevoic es für sicher hielt, Sie herauszufordern, Hauptmann Suiden, korrekt?«

»Ja.« Suiden wirkte nachdenklich. »Das stimmt. Sir.«

»Also hat es ihn wahrscheinlich daran gehindert, die Kontrolle über Ihre Soldaten zu übernehmen und Hase alles um die Löffel zu schlagen«, fuhr Havram fort.

»Ha, ha, Sir«, murmelte ich. Mein Onkel warf mir einen unschuldigen Blick zu.

»Ja, das stimmt.« Auch Javes wirkte nachdenklich. »Es hat auch die Verräter ans Licht gezerrt. Teram, Kommandeur Blödmann ...«

Der Vizeadmiral lachte schnaubend.

»... und Gherat waren gezwungen zu reagieren, obwohl sie höchstwahrscheinlich noch längst nicht bereit waren.«

»Allerdings«, nahm Suiden den Faden auf. »Was zur Vereitelung der Rebellion und der vollkommenen Zerschlagung des Schmugglerrings führte.«

»Aber«, ich massierte immer noch meine Hand, »wären die Verwandlungen nicht gewesen, würde Basel noch leben.«

»Nein, das stimmt nicht, Leutnant«, widersprach Suiden. »Sie haben Ryson doch gehört. Ich vermute, Basel war zum Tode verurteilt, als er Slevoic und Ryson dabei überrascht hat, wie sie diese Fahlen Tode einsammelten ...«

»Was?« Der Vizeadmiral richtete sich stocksteif auf. »Fahle Tode?«

»Slevoic hielt es für angeraten, fünfzehn von ihnen in Hases Stube loszulassen, Sir«, erklärte Suiden. »Nachdem Entführung, Vergiftung, Meuchelmörder und ein sabotiertes Schwert nicht funktioniert haben.«

Vizeadmiral Havram quollen fast die Augen aus den Höhlen. »Davon stand nichts in den Mitteilungen des Königs!« Er sah mich wütend an. »Was hat dein Onkel Maceal unternommen, als er davon erfuhr?«

Ihm antwortete beredtes Schweigen.

»Verstehe«, sagte Havram schließlich gedehnt und blickte aus dem Fenster.

»Aber im Moment mache ich mir mehr Sorgen, weil Sro Faena sagte, die Verwandlungen wären geschehen, weil wir in der Botschaft der Grenzlande waren.« Suiden riss seinen Blick von dem Vizeadmiral los.

»Vielleicht konnte das, was Hase getan hat, ja nur in der Botschaft geschehen«, nahm Javes Suidens Stichwort auf.

»Vielleicht«, stimmte der Hauptmann ihm zu. »Trotzdem war das nur ein Teil der Wahrheit. Was bedeutet, dass die Katze zwar nicht lügen, aber sehr wohl genau auswählen kann, welchen Teil der Wahrheit sie uns mitteilt und welchen nicht.«

»Oder aber er hat wirklich geglaubt, dass es an dem Ort lag, nicht daran, was Hase machte.« Javes versuchte, sich zu erinnern. »Er sagte, und zwar recht nachdrücklich, dass kein Bann gewirkt wurde, um uns zu verwandeln, und dass dies auch nur geschah, weil wir wurden, was wir schon waren.«

»Ja.« Suiden sah mich an. »Ich mache mir außerdem Sorgen, Leutnant, wie hart die Rune Ihnen zusetzt.«

Das bereitete mir ebenfalls ein wenig Kopfzerbrechen. Ich massierte meine Hand weiter, etwas zarter. »Jawohl, Sir.«

»Sie könnten irgendwann in eine Situation kommen, in der die Wahrheit Sie oder uns umbringen könnte.« Er starrte aus dem Fenster auf seiner Seite und seufzte dann. »Darüber muss ich mit der Katze reden.«

Plötzlich machte ich mir sehr viele Sorgen. »Ja ... jawohl, Sir.«

»Bis dahin, Leutnant«, mischte sich Javes ein, »nehmen Sie doch bitte davon Abstand, uns in einen Zoo zu verwandeln, ja?«

Wir verließen den Schatten des Parks und fuhren ins Sonnenlicht. Die Pferde machen sich an den letzten Aufstieg zur

Burg. Da ich mit dem Rücken zur Burg saß, konnte ich sie zwar nicht sehen, während wir uns ihr näherten, bemerkte jedoch die Umrisse ihres Schattens auf dem Boden, der allmählich ebener wurde. Dann änderte sich das Geräusch der Hufschläge und Kutschräder vor uns, und kurz darauf rollten wir wieder über eine andere Oberfläche. Ich sah hinaus. Wir fuhren auf einer Zugbrücke über einen mit Wasser gefüllten Burggraben. Ratternd und mit einem Rumms rollten wir in das Torhaus. Als ich hochsah, flogen die Fallgitter an mir vorbei, und im nächsten Moment ratterten wir über den Burghof.

Als wir durch das Tor fuhren, kehrte Onkel Havram mit einem Ruck aus seiner Gedankenverlorenheit in die Wirklichkeit zurück. »Wir sind da«, sagte er und verzog den Mund, als ich blinzelte. Wieder sah er meinem Pa sehr ähnlich. »Aye, ich weiß. Eine recht offensichtliche Bemerkung. Aber wir sind hier Fremde, selbst du, Hase, an einem Ort, der zwar nicht direkt feindselig, aber uns auch nicht übermäßig freundlich gesonnen ist. Ich glaube, der Rat, den du der Kanzlerin gegeben hast, ist exzellent: Sprich nur, wenn du angesprochen wirst, und gehe behutsam vor. Dem kann ich nur hinzufügen, dass wir alle unsere Köpfe gesenkt und die Augen offen halten sollten.«

»Jawohl, Sir«, antwortete ihm ein Chor aus rauen Männerstimmen.

Die Kutschen erreichten das Tor der inneren Festungsmauer, und wir fuhren in den Burgfried. Dort stoppten wir nach einem Schrei. Schritte kamen näher, und der Schlag der Tür wurde aufgerissen. Ein Elfensoldat stand daneben und nahm Haltung an. Vizeadmiral Havram kletterte als Erster hinaus, gefolgt von den Hauptleuten Suiden und Javes. Sie alle sahen den Soldaten an, der einfach durch sie hindurchblickte.

»Hier läuft gar nichts«, murmelte ich und stieg aus. Jeff trat zu mir, und wir sahen uns in dem großen Hof des Burgfrieds um, betrachteten die Mosaiken und die Muster der Pflastersteine, während wir auf weitere Anweisungen warteten. Die beinahe im selben Augenblick kamen.

»Wenn Ihr mir bitte folgen würdet, Ehrenwerter Faena?«, sagte der Eorlkommandeur zu Laurel. Wir anderen folgerten, dass uns dies einschloss, also folgten wir der Katze und dem Eorl die Treppe hinauf, an Wachen vorbei und durch dicke wundervoll geschnitzte Türen.

»Holz, Junge«, sagte Havram leise. Er ging direkt vor mir.

»Es ist ein Geschenk, Sir«, erwiderte ich ebenso leise. »Von mehreren Bäumen, und wegen seiner Seltenheit umso kostbarer.«

Die Marmortreppe hob sich hell gegen den grauen Stein der Festungsmauern ab. Licht spendeten geschlitzte Fenster, die so hoch waren, dass ein Bogenschütze dort einen bequemen Stand hatte. Eorl Pellan bog am oberen Ende der Treppe ab und marschierte zu einer weiteren Doppeltür aus Holz (welch eine Zurschaustellung von Reichtum!), die offen stand und hinter der uns zwei Wachen anstarrten. Im nächsten Moment fanden wir uns in der Audienzhalle wieder, in der sich die Höflinge drängten, Elfeneorls und Elfenladys. Der Runenzirkel auf dem Boden war ein Zwillingsbruder desjenigen in Ivers Palast. Dahinter saß Loran, Fyrst von Elan auf dem erhöhten Thron. Das Breitschwert seiner Familie schimmerte an der Wand hinter ihm, und die Banner seines Geschlechts und die anderer Elfengeschlechter hingen von der hohen Gewölbedecke herab.

Eorl Pellan führte uns an den Höflingen des Fyrst vorbei, blieb kurz vor dem Runenzirkel stehen und verbeugte sich. »Euer Gnaden, ich bringe Euch Laurel Faena.«

Der Fyrst nickte und sah Laurel an, der sich ebenfalls verbeugte. »Willkommen zu Hause, Faena. Ich nehme an, Eure Reise war erfolgreich?« Sein Blick glitt über uns, richtete sich auf mich, wollte weitergleiten und zuckte zurück, blieb an der Feder des Paktes hängen. Eine Furche erschien zwischen seinen Brauen, die sich noch verstärkte, als er die Ehrenwerte Esche und Basel sah, Letzteren nach wie vor in Hirschgestalt.

»Ja, Euer Gnaden«, antwortete Laurel. »Sie war in einigen Aspekten höchst zufriedenstellend.«

»Gut. Ich nehme an, wir sollten das Wichtigste zuerst erledigen.« Seine Gnaden gab ein Zeichen, und ein Elfenwächter öffnete eine Tür. Heraus trat Magus Kareste in Begleitung neun weiterer Magier. »Hier ist er, Magus Kareste«, sagte der Fyrst so kühl, als würde er einen entlaufenen Hund an seinen Besitzer zurückgeben. »Euer entlaufener Schüler, zurückgebracht von Laurel Faena. Wie er es versprochen hatte.«

58

Während meiner militärischen Karriere hatte ich es meist vermeiden können, mir ernsthafte Verletzungen zuzuziehen. Ich hatte mir vor allem Prellungen und Abschürfungen eingehandelt. Einmal jedoch, während ich Bergbanditen bekämpfte, war ich von einem der Gesetzlosen schwer verletzt worden. Er schwor darauf, seine Klinge sehr scharf zu halten, und hatte mir das Bein bis auf den Knochen aufgeschlitzt. Genau das gleiche Gefühl wie damals durchströmte mich jetzt: eine eisige Betäubung, aber kein Schmerz. Der würde später kommen, wenn ich begriff, dass das Blut, das so reichlich spritzte, meins war. Ich blieb vollkommen regungslos stehen, währen ich den Fyrst anstarrte, und merkte nur benommen, dass Suiden und die anderen mich umringten.

Seine Gnaden der Fyrst musterte mich ruhig und unbeteiligt. »Ich schlage vor, Ihr nehmt ihn, Magus, bevor er oder seine Gefährten versucht sind, etwas Dummes zu tun.«

Es blitzte, und der metallische Geschmack in meinem Mund sagte mir, dass die Gabe aktiv war. Ich versuchte, meinen Kopf zu bewegen, wurde jedoch daran gehindert. Ohne nachzudenken, schob ich die Bindung zur Seite und sah den Magus an.

Die Jahre hatten es mit Magus Kareste nicht sonderlich gut gemeint. Aber sie hatten ihn auch nicht unfreundlich behandelt. Er sah immer noch so aus wie damals, als ich ihn verlassen hatte. Sein kurzgeschorenes silbergraues Haar und sein silbergrauer Bart umrahmten ein dünnes, blasses Gesicht, das niemals die Sonne gesehen zu haben schien. Hellgraue Augen unter silbergrauen Brauen starrten mich auf eine Art und Weise an, die mich sehr an den Blick von Obruesk erinnerte – nur statt zu brennen, wirkten sie wie Eiskugeln. Sie glitzerten, als ich die Bindung abschüttelte, die er und seine Magier auf mich hatten legen wollen. Dann zuckte der Blick des Magus zu der Feder. Er zog die Brauen zusammen, sein Kopf ruckte herum, und er sah den Fyrst an, während er die Lippen zusammenpresste, um seinen Protest zurückzuhalten.

»Was habt Ihr getan, Laurel Faena?« Die Stimme des Fyrst klang immer noch kühl. »Als Ihr aufbracht, wurde Euch ausdrücklich verboten, Euch in den Lehrvertrag des Schülers einzumischen.«

»Ich habe nichts getan, Euer Gnaden, was den Magus daran hindern würde, seinen Schüler zurückzufordern.« Laurel hob die Hand; seine Wahrheitsrune glühte.

Magus Karestes Lippen waren jetzt nicht mehr zu sehen, da er versuchte, all den Worten Einhalt zu gebieten, die er nur zu gern herausgeschrien hätte. Seine Gnaden ignorierte ihn. »Dennoch trägt er Eure Feder und ist von Geistern umgeben.«

»Die Feder ist nur die eines Mahl-Paktes, Ehrenwerter Fyrst«, sagte Laurel, »und hat nichts mit dem Mondvolk zu tun.«

»Und die Rune auf der Hand des Schülers, Faena?« Der Fyrst gab seinem Eorl ein Zeichen, und Pellan trat zu mir. Er griff zwischen Suiden und Javes hindurch, packte meine Hand und hob sie hoch, die Handfläche zum Fyrst gerichtet. »Ich kann ihre Macht bis hierher spüren«, erklärte Seine Gnaden. »Was sagt Ihr dazu?«

Karestes Lippen verloren den Kampf. »Euer Gnaden, das ist inakzeptabel!« Die Stimme des Magus erinnerte mich an eisige Gebiete in den Oberen Reichen, als sie durch die Halle fegte. »Der Faena hat sein Wort gebrochen …!«

Stimmengemurmel und Zischen brandeten auf, aber es war nicht klar, ob es sich gegen den Faena oder den Magus richtete. Der Eorl ließ meine Hand sinken, als der Fyrst mit einem Finger auf die Lehne seines Throns tippte. Schlagartig kehrte Ruhe in der Halle ein. Dann richtete Seine Gnaden den Blick auf Laurel. »Also, Faena? Was habt Ihr auf diese Vorwürfe zu antworten?«

»Hase hat seine volle Macht entwickelt, nachdem ich ihn gefunden habe, Ehrenwerter Fyrst«, gab Laurel zurück, »und die Rune war notwendig, damit er sich selbst und anderen keinen Schaden zufügte. Aber weder die Rune noch die Feder sollten Magus Kareste daran hindern, ihn zurückzufordern.«

»Wisst Ihr denn, was ihn daran hindert?« Der Fyrst hob seine geschwungenen Brauen.

»Dreimal hat Hase einem anderen Treue geschworen«, erwiderte Laurel. »Einmal, als er in die Königliche Armee eintrat, einmal, um seine Pflichten und Ämter zu bekräftigen, und einmal in dem elfischen Runenzirkel im Palast von Morendyll, das jetzt Iversly genannt wird. Und dreimal gelobte er seine Loyalität dem König von Iversterre, einem Elfenkönig, Euer Gnaden, der ebenso dunkel ist wie Ihr und ebensolche goldenen Augen besitzt. Das hat Hase geschworen, und der Runenzirkel flammte auf, so hell wie die Mittagssonne.« Laurel zeigte dem Magus seine Reißzähne. »Ohne mein Drängen, ohne meine Erklärungen, ohne dass ich auch nur ein Wort gesagt hätte, Euer Gnaden. Aus freiem Willen hat er es geschworen. Sic!«

»Faena«, sagte der Fyrst, und Laurel wandte sich grollend von dem Magus ab. »Also haben wir hier einen Schüler, der seinen Lehrvertrag gebrochen hat und sich weigert, zu seinem rechtmäßigen Meister zurückzukehren. Was soll ich nun tun? Ihm erlauben zu gehen? Was ist dann mit den anderen unzufriedenen Schülern, denen es gelänge, ihrem Band zu entkommen? Soll ich ihnen auch erlauben, frei herumzustreunen?«

»Das würde Chaos nach sich ziehen, Euer Gnaden«, warf Eorl Pellan ein.

»Ja, das würde es«, stimmte der Fyrst zu.

»Hase hat sich nicht seinem Meister verweigert ...«, begann Laurel.

»Nein?«, unterbrach ihn der Fyrst. »Es sieht aber bemerkenswert danach aus, Faena.«

»Er hat nur den einen durch den anderen ersetzt, Euer Gnaden.«

»Abgesehen einmal davon, ob sein neuer Meister die notwendige Ausbildung des Schülers leisten könnte, Faena, soll ich wirklich den rechtskräftigen Vertrag, den seine Eltern unterzeichnet haben, für null und nichtig erklären? Und das, nur weil er unzufrieden ist?«

»Mit Eurer Erlaubnis, Euer Gnaden?«, fragte Laurel, griff, als der Fyrst nickte, in seine Gürteltasche und holte einen kleinen Beutel heraus. Er ging zu Eorl Pellan und reichte ihm den Sack. Der Eorl blickte hinein und blinzelte. »Von Dragoness Moraina, Euer Gnaden«, sagte Laurel, während der Eorl auf das Podest stieg und das Säckchen dem Fyrst reichte. Seine Gnaden schüttete den Inhalt des Sacks in seine Hand. Edelsteine funkelten auf seiner Handfläche.

»Jeder einzelne wurde von ihr ausgesucht«, erklärte Laurel. »Sie sollten mehr als genug wert sein, um Hases Lehrvertrag zu kaufen.«

»Das dürfte wohl so sein«, erwiderte der Fyrst, ließ die Edelsteine wieder in das Säckchen gleiten und legte es auf die Armlehne seines Stuhls. »Vorausgesetzt, der Magus möchte ihn verkaufen.« Er hob die Hand, als Laurel den Mund öffnete. »Ich kann ihn nicht dazu zwingen, ebenso wenig wie ich jemanden dazu zwingen kann, mir ein Pferd zu verkaufen, dessen Gang ich mag.« Ein kaltes Lächeln huschte über sein Gesicht. »Das ist gegen das Gesetz, Faena.«

»Selbst wenn das Pferd missbraucht wurde, Euer Gnaden?«, erkundigte sich der Faena.

»Missbraucht?« Der Fyrst wandte sich an Kareste. »Gab es Missbrauch, Magus?«

»Nein, Euer Gnaden.« Magus Karestes kalte Stimme wehte erneut wie ein Winterhauch durch die Halle. »Meinem Schüler wurde auf keine Art und Weise von mir Schaden zugefügt.«

»Stimmt das, Schüler?« Der Fyrst sah mich an.

»Es gab einen Vogel, Euer Gnaden«, erwiderte ich, während ich staunte, wie gelassen meine Stimme klang.

»Einen Vogel«, wiederholte der Fyrst und zog bei meiner Nicht-Antwort leicht die Brauen zusammen.

»Ja, Euer Gnaden. Der Magus schickte König Jusson von Iversterre einen Botenvogel, mit dem er um meine Rückkehr bat. Der Vogel starb in der Hand des Königs.«

Es wurde still in der Halle, und der Fyrst beugte sich auf seinem Thron vor. »Warum ist er gestorben?«

»Weil der Vogel mit einem Zauber belegt war, Euer Gnaden, damit er nicht schlief noch äße, bevor er den König erreichte.«

Die dunklen Augen des Fyrst zogen sich zusammen. »Stimmt das, Magus?«

»Euer Gnaden, ich habe den Vogel mit einem Zauber belegt, der ihm keinerlei Schaden hätte zufügen dürfen.« Der Magus hob die Brauen. »Hat mein Schüler den Vogel tatsächlich sterben sehen?«

»Also, Schüler, hast du den Vogel sterben sehen?«, wollte der Fyrst wissen, als ich nichts sagte.

Ich schüttelte den Kopf und fragte mich, ob ich das Blut auf dem Marmorboden sehen würde, falls ich hinunterblickte.

»Wie Ihr seht, Euer Gnaden, bloßes Hörensagen«, erklärte der Magus. »So wie der Ehrenwerte Faena uns versicherte, dass er nichts getan hat, was die Bindung meines Schülers an mich behindert, so versichere ich Euch, dass ich nichts getan habe, was den Tod des Vogels verursacht hätte.«

»Bitte sagt Seiner Gnaden«, mischte sich plötzlich Lord Esclaurs Stimme in das Grollen von Laurel, »dass ich gesehen habe, was passiert ist.«

»Ach?« Der Fyrst wartete nicht auf Laurels Intervention. »Und was habt Ihr gesehen, Mensch?«

Esclaur verbeugte sich. »Ich war anwesend, als der Vogel eintraf, Euer Gnaden. Er bestand nur noch aus Federn und Knochen, und sein Herz hörte auf zu schlagen, als Seine Majestät die Botschaft von seinem Bein nahm. König Jusson hat ein Gespür für … für Magie, und er nahm sie an dem Vogel wahr.« Er warf mir mit gesenktem Kopf einen Seitenblick zu. »So wie er fühlte, dass Lord Hase seine volle Macht entwickelte. Es gab Donnerschläge bei strahlend blauem Himmel, Euer Gnaden, in der ganzen Stadt.«

»Warum sollten wir dieser Person glauben …«, begann Kareste.

»So wie Lord Hase sich im Palast des Königs in den Kreis der

Zeugen stellte, um die Wahrheit seiner Loyalität zu König Jusson zu beschwören«, Esclaur hielt inne, holte einmal tief Luft und fuhr dann fort, »so bin auch ich bereit, die Wahrheit meiner Worte zu beschwören, falls Euer Gnaden das wünschen.«

Der Fyrst faltete die Hände, legte die Zeigefinger an seine Lippen und starrte auf Esclaur herunter. »Euer König spürt also die Gabe«, sagte er, das Angebot des Edelmannes ignorierend. »Und das in einem Land, das behauptet, die Gabe existiere nicht. Oder sei, falls doch, von Bösem. Euer König jedoch gibt zu, dass er es vermag.«

»Ja, Euer Gnaden«, antwortete Esclaur. »Er war in Veldecke und hat sie dort gespürt, also wusste er, was es war, als er den Vogel berührte.«

»Er beherrscht auch das Gedanken-Sehen, Ehrenwerter Fyrst«, mischte sich Laurel ein, »was er ebenfalls vor Zeugen zugegeben hat. Er ist ein Elfenkönig, Euer Gnaden, so dunkel und golden, wie Leutnant Falkin hier blond und nördlich ist.«

Der Fyrst richtete seinen Blick auf den Ersten Offizier.

»Und er ist ein Verwandter von Hase, den er in aller Öffentlichkeit Cousin nannte, selbst als Hase seine Macht unter Beweis stellte«, schloss Laurel.

»Der Vogel war nur ein wenig verzaubert, Euer Gnaden«, sagte der Magus in das Schweigen hinein, »ich habe seinen Tod nicht ...«

Der Fyrst hob die Hand, und der Magus verstummte. Dann hob der Fyrst den Beutel mit den Edelsteinen, wog ihn einige Male in seiner Hand, bevor er ihn dem Eorl reichte. »Gebt das Magus Kareste, Kommandeur Pellan. Als Entschädigung für den Lehrvertrag seines Schülers, des Menschen namens Hase, Sohn von Lerche und Zweibaum. Es möge in der Acta notiert werden, dass alle Bindungen zwischen den beiden hiermit auf mein Verdikt hin aufgelöst sind.«

Das Gesicht des Magus schien wie ein Eissturm, bestand nur aus scharfen Kanten und gefrorenen Flächen. »Euer Gnaden ...!«

»Schweigt, Magus!« Zum ersten Mal zeigte der Fyrst Emotionen. »Ihr wandelt auf einem gefährlich schmalen Grat, auf dessen anderer Seite die Verbannung wegen Hexerei gähnt, weil Ihr in Eurer Überheblichkeit getötet habt, als Ihr Eure Gabe anwendetet.«

»Euer Gnaden, wenn der Vogel gestorben ist, geschah das nicht absichtlich ...«

»Ich weiß nicht, ob das nicht noch schlimmer wäre! Weil es Euch nicht kümmerte, solange Ihr nur bekamt, was Ihr wolltet!« Der Fyrst lehnte sich auf seinem Thron zurück und sah den Magus finster an. »Wegen des Todes des Vogels werdet Ihr das verlieren, das zu erlangen Ihr die Welt auf den Kopf gestellt habt!«

Das Gesicht des Magus verzerrte sich noch mehr. »Dann fechte ich Eure Entscheidung an, Euer Gnaden, vor dem Hohen Rat!« Die Höflinge schnappten erschreckt nach Luft und murmelten. »Wie es mein Recht ist!«

»Wie es Euer Recht ist, Magus!«, gab der Fyrst zu. Er tippte erneut auf die Lehne seines Throns, und das Flüstern erstarb. »Bis es so weit ist, halte ich es für besser, wenn Ihr Euch zurückzieht, bis Ihr über Eure verständliche Enttäuschung wegen meines für Euch ungünstigen Urteilsspruchs hinweggekommen seid.« Magus Kareste wollte etwas erwidern, aber der Fyrst sprach weiter. »Hase, Sohn von Lerche und Zweibaum, wird bei mir bleiben, bis der Hohe Rat sein Urteil gefällt hat. Das möge ebenfalls in der Acta notiert werden. So geschehe es!«

Magus Kareste blieb nichts mehr übrig, als sich zu verbeugen und zuzustimmen, vor allem, da die Wachen des Fyrst neben ihm standen, um ihn und seine Kollegen aus der Halle zu eskortieren. Der Fyrst wartete, bis sich die Tür hinter ihnen geschlossen hatte, und sah mich an. Seine Miene war wieder vollkommen emotionslos. »Es scheint, als hättet Ihr ein paar sehr mächtige Freunde gewonnen, junger Mensch.«

»Ja, Euer Gnaden«, murmelte ich.

»Ihr werdet sie brauchen, weil Ihr Euch auch einige sehr mächtige Feinde gemacht habt.«

»Ja, Euer Gnaden.«

»Donnerschläge am blauen Himmel, also?« Der Fyrst stützte sein Kinn auf seine Faust und ignorierte Berles unterdrückten Schrei wegen seiner verblüffenden Ähnlichkeit mit König Jusson. »Vielleicht seid Ihr ja auch bereits mächtig genug, um Euch nicht hinter Hecken verbergen zu müssen.«

Darauf sagte ich nichts.

»Er hat einen Dschinn-Sturm aufgehalten, Ehrenwerter Fyrst«, sprang Laurel in die Bresche, »der ohne Vorwarnung über uns hereinbrach.«

»Einen Dschinn-Sturm?« Die dunklen Augen des Königs wichen nicht eine Sekunde von meinen. »Dann ist es kein Wunder, dass der Magus seinen Schüler um jeden Preis wiederhaben will.« Er seufzte, als er sich auf seinem Thron zurücklehnte. »Ich nehme an, ich muss mich um seine Veranlagung kümmern, weil ich nicht zulassen kann, dass er herumspaziert und mit seiner Gabe in Schwierigkeiten stolpert.«

»Da ich bereits mit seiner Ausbildung begonnen habe, Euer Gnaden«, erklärte Laurel, »bitte ich darum, sie fortsetzen zu dürfen.«

Der Fyrst hob eine Braue. »Ihr wollt ihn als Schüler?« Ein sardonischer Ausdruck huschte über das Gesicht des Elfs. »Ich glaube nicht, dass Ihr im Augenblick die ihm liebste Person seid, Laurel Faena. Was, wenn ihm in den Sinn kommt, Euch ebenfalls zu verlassen?«

»Es gibt eine Verpflichtung, Euer Gnaden, einen Pakt, den er respektieren wird.«

»Das stimmt.« Der Fyrst zuckte mit den Schultern. »Wenn Ihr ihn wollt ... Es möge in der Acta notiert werden, dass der Mensch Hase, Sohn von Lerche und Zweibaum, bis zum Urteilsspruch des Konzils der Obhut von Laurel Faena vom Weiler der Schwarzen Hügel übergeben wird. So geschehe es!« Damit war ich für ihn erledigt, und er sah Laurel Faena wieder an. »Nun, Ehrenwerter Faena, erzählt mir von diesem Dschinn-Sturm ...«

»Die Lady möge uns retten!«

Schreie und Alarmrufe erklangen, und ich drehte mich herum, um zu sehen, was passierte.

»Groskin scheint die erste Ladung vom Schiff gebracht zu haben«, meinte Javes und griff nach seinem Lorgnon. Dann warf er dem Fyrst einen Blick zu und hielt inne.

Das Einhorn und der Leopard schritten durch die Halle, an der Spitze eines Stroms von Geistern, und sie alle kamen direkt auf mich zu.

»Das hier betrifft den Hauptgrund, warum ich nach Iversterre geschickt wurde«, sagte Laurel zu dem Fyrst, der aufgestanden war und jetzt die Geister anstarrte, die seinen Thronsaal füllten. »Wir haben ihre Leichen in Iversly gefunden und haben sie nach Hause gebracht. Aber die Mondperiode ist angebrochen. Ausnahmslos jeder dieser Geister hat den Menschen Hase auserkoren, für Gerechtigkeit zu sorgen.«

59

Der Fyrst hörte regungslos zu, wie Laurel seine Ermittlungen in Iversterre und die Ergebnisse schilderte, und zuckte nicht einmal mit der Wimper, als der Faena von dem umfassenden Schmugglerring berichtete. Dann nahm er König Jussons schriftliche und auch mündlich wiedergegebene Bitte um Entschuldigung entgegen, die ihm Kanzlerin Berle überreichte beziehungsweise mit ernsten Worten vortrug. Und er lauschte auch ihrer Rede über den Wunsch nach Frieden zwischen den Grenzlanden und Iversterre, während sein Blick ständig zwischen der Kanzlerin und den Geistern, die mich umringten, hin und her glitt. Als Berle jedoch anhub, über die Einrichtung einer ständigen Botschaft zu sprechen, hob der Fyrst die Hand. »Das solltet Ihr vor dem Hohen Rat schildern.« Er sah auf die Kanzlerin herunter. Seine Miene war eisig und unbewegt. »Da dies die gesamten Grenzlande angeht, nicht nur Elanwryfindyll.«

Kanzlerin Berle verbeugte sich. »Gewiss, Euer Gnaden.«

»Glücklicherweise ist es an uns, den Rat zu beherbergen. Er tritt in etwa zwei Wochen zusammen. Bis dahin«, der Fyrst ließ seinen Blick über uns alle gleiten, »biete ich Euch die Gastfreundschaft meines Burgfrieds und der Stadt an. Seid willkommen.« Er hob eine Hand, und ein Bursche, der den Haushofmeister-Zwillingen König Jussons verdammt ähnlich sah, nur dass er spitze Elfenohren hatte, trat vor.

»Wie verfahren wir mit meinen Männern auf den Schiffen, Euer Gnaden?«, erkundigte sich Hauptmann Suiden, der neben mir stand. »Können sie ebenfalls an Land gehen?«

Der Fyrst zog die Brauen zusammen, als er den Hauptmann ansah. Aber Suiden erwiderte ungerührt seinen Blick. Seine grünen Augen funkelten den Dunkelelf an, und in der Miene Seiner

Gnaden schlug der Ausdruck leichter Indignation in Verwirrung um. »Ich kenne Euch ...« Er sah Laurel hilfesuchend an.

»Das ist der älteste Sohn des Amir von Tural, Euer Gnaden«, sprang der Faena ihm zu Hilfe. »Prinz Suiden.«

»Ich habe den Prinz kennengelernt, bevor er Tural verließ.« Der Fyrst runzelte immer noch die Stirn. »Aber ich kann mich nicht erinnern, dass seine Augen grün gewesen wären.«

»Viele Dinge haben sich verändert, seit ich Tural verlassen habe, Euer Gnaden«, erklärte Suiden mit einer leichten Verbeugung. »Im Augenblick jedoch kümmert mich weniger meine Augenfarbe, als vielmehr das Wohlergehen meiner Männer, die seit Wochen auf See waren. Darf ich sie an Land bringen?« Er deutete auf Kanzlerin Berle. »Sie gehören zum Personal der Botschaft, falls diese eingerichtet werden kann.«

»Verstehe.« Der Fyrst dachte einen Augenblick nach. »Ja«, erklärte er dann. »Auch ihnen bieten wir unsere Gastfreundschaft, ihnen und«, er sah den Vizeadmiral an, »auch den Seeleuten.«

»Danke, Euer Gnaden.« Vizeadmiral Havram verbeugte sich, aber er sah aus, als wäre es ihm lieber, seine Matrosen und Offiziere so fern wie möglich von der Elfenstadt zu halten.

Ein kaum merkliches Lächeln huschte über das Gesicht des Dunkelelfs. »Keine Angst, Vizeadmiral.« Er hob die Hand, und Eorl Pellan trat auf das Podest. »Mein Kommandeur wird dafür sorgen, dass Eure Matrosen die Sitten und Gebräuche eines Landurlaubs verstehen.« Er sah den Eorl an. »Bringen Sie die Schiffsoffiziere her, Pellan. Und die Soldaten Seiner Hoheit«, fügte er mit einem Seitenblick hinzu.

Der Kommandeur verbeugte sich und verließ die Halle, nachdem er einige Elfen seiner Leibgarde ausgesucht hatte.

»Sir?«, murmelte Leutnant Falkin. Onkel Havram zögerte, offenbar hin- und hergerissen zwischen dem Wunsch, bei mir zu bleiben, und der Notwendigkeit, Pellan zu begleiten. Schließlich seufzte er und schüttelte den Kopf. »Nein, Leutnant. Die Schiffskapitäne werden sich um alles Notwendige kümmern.« Er bemerkte den Blick des Fyrst und deutete mit der Hand auf mich. »Das Kind meines Bruders, Euer Gnaden.«

»Ihr seid also verwandt«, erwiderte der Fyrst und sah mich an. Dann hob er erneut die Hand, und der Zwilling des Haushofmeisters trat vor. »Mein Großkämmerer wird Euch zu Euren Gemächern führen.« Er ließ seinen Blick über die Geister gleiten, die sich hinter mir aufgebaut hatten, und sah dann seinen Haushofmeister an. »Die vierte Etage des Westflügels.«

Als sich der Haushofmeister verbeugte, fragte ich mich, ob diese Gemächer wohl so weit wie nur möglich von den Privatgemächern des Fürsten entfernt waren – und die Brauen Seiner Gnaden zuckten hoch. »Ich verstehe!«, murmelte er gedehnt und warf Laurel einen kurzen Seitenblick zu. »Ich werde nach Euch schicken, sobald Ihr Euch eingerichtet habt. Es gibt einiges, was ich mit Euch besprechen möchte.«

Niemand sagte etwas, als der Haushofmeister uns durch die Doppeltür aus der Audienzhalle, ins Haupttreppenhaus und hinauf in die vierte Etage führte. Auf dem Weg bedeutete er Dienern, die uns begegneten, uns zu folgen. Ich hielt meinen Blick auf Javes gerichtet, der vor mir ging. Die wundervollen Mosaiken, Halbreliefs und Gobelins an den Wänden registrierte ich nur aus dem Augenwinkel, als flüchtige Eindrücke von Formen, Farben und Stoffen. Der Haushofmeister erreichte eine weitere Doppeltür – »Noch mehr geweihtes Holz?«, murmelte mein Onkel – und öffnete sie mit einer Verbeugung. Dahinter befand sich ein großer Gemeinschaftsraum, eher ein kleiner Saal, mit einem großen Kamin an der Stirnseite und verschiedenen Türbogen auf beiden Längsseiten, vor denen schwere Vorhänge hingen.

»Wir müssen einige Gemächer doppelt belegen«, sagte Kanzlerin Berle, die bereits die Türbogen durchgezählt hatte. Die Geister folgten uns in die Halle, während der Haushofmeister einige Lakaien überwachte, die ein Feuer im Kamin anzündeten.

»Torf«, sagte der Faena, der Onkel Havrams Interesse an dem Kamin bemerkte.

»Oh, aye.« Der Vizeadmiral verzog spöttisch den Mund. »Wenn Holz so kostbar ist, dann dürften sie es ja schwerlich verbrennen.« Er wartete nicht auf die Antwort des Faena, sondern sah die Kanzlerin an. »Zählt mich nicht mit, Berle. Wir und die anderen Offiziere schlafen auf unseren Schiffen.«

Der Kamin wurde von zwei Fenstern gesäumt. Die Sonne stand so tief, dass sie hindurchschien, aber trotzdem entzündeten die Diener Kerzen an den Wänden des Saals. Schon bald erfüllte der süßliche Duft von Bienenwachs, gemischt mit Myrrhe, die Luft. Dann kamen andere Lakaien herein, mit frischen Handtüchern, Bettwäsche, Parfümkugeln voll getrockneter Blätter, Gewürze und Öl sowie frischen Blumen, die sie in Vasen überall im Gemeinschaftssaal und in den Schlafgemächern verteilten. Wasser wurde ebenfalls gebracht. Diener füllten es in einen großen Kessel, den sie an einen Haken in den Kamin hängten, um es zum Kochen zu bringen. Der Haushofmeister leerte einen kleinen Schlauch in das Wasser, und als es sich erwärmte, erfüllte der Duft von Rosen den Raum.

»Hübsche Teppiche«, erklärte Esclaur, der die bunten Teppiche betrachtete, die den grauen Schieferboden bedeckten. »Perdans?«

»Nein, sie stammen aus unseren eigenen Werkstätten«, erklärte der Faena. »Wie ich bereits ausführte, sind die Textilien der Grenzlande den Produkten aus Iversterre und auch Tural ebenbürtig.«

Zwei Diener trugen Tabletts mit Krügen und Bechern herein. Als sie an mir vorbeigingen, stieg mir der Duft von erwärmtem Wein in die Nase. Wir folgten dem Aroma mit unseren Blicken und sahen zu, wie die beiden Diener die Tabletts auf einen Tisch in der Nähe des Kamins abstellten. Ihnen folgten andere Diener mit einem Tablett voller Käse, verschiedenen Früchten und frischem Brot, das noch dampfte.

»Ein kleiner Imbiss, der uns hilft, die Zeit bis zum Dinner zu überbrücken«, erklärte Doyen Allwyn. »Sieht gut aus.«

Die anderen murmelten zustimmend.

Die Diener waren fertig. Der Haushofmeister ging noch einmal durch den Raum, um sich zu überzeugen, dass alles dem Standard der Burg entsprach. Zufrieden scheuchte er die Lakaien hinaus, und nachdem er uns versichert hatte, dass er uns rechtzeitig zum Dinner abholen würde, verbeugte er sich und schloss die Türen, die mit einem leisen Klicken hinter ihm ins Schloss fielen.

Alle Anwesenden drehten sich herum und sahen Laurel Faena an, der unsere Blicke gelassen erwiderte. Nur sein Schwanz zuckte hin und her.

Onkel Havram hob die Hand, als verschiedene Leute Luft holten, und hinderte sie so daran zu sprechen. Dann sah er Laurel finster an. »Was für ein Spiel treibt Ihr da, Botschafter?« Er sprach sehr leise.

»Das ist kein Spiel, Ehrenwerter Vizead ...«

Ich hörte schwache Schreie und das Scharren von Stühlen und Tischbeinen, als ich Laurel ansprang. Wir fielen hin und rollten uns über den Boden, während ich versuchte, eine Faust, ein Knie oder einen Fingernagel in eine Stelle zu graben, an der es wehtat. Laurel war jedoch größer als ich, hatte längere Gliedmaßen und war fast anderthalb mal so schwer. Schon kurz nach meinem Angriff saß er auf mir und starrte mich an. Seine Pfoten drückten meine Arme auf den Teppich, und er hockte auf meinen Beinen.

Ich bog den Rücken durch und versuchte ihn abzuwerfen.

»Lass mich verdammt noch mal los, du hinterhältiger, pockenverseuchter, räudiger Sohn einer flohverseuchten Hexe!«

Laurel grollte und legte die Ohren flach an den Kopf.

»Lasst ihn aufstehen, Sro Katze.« Suiden tauchte hinter Laurels Schulter auf.

Laurel stand langsam auf, die Ohren immer noch flach angelegt. Ich erhob mich ebenfalls, ohne mir die Mühe zu machen, mein Haar oder meine Kleidung zu glätten. Suiden legte mir seine Hand auf die Schulter, um zu verhindern, dass ich mich erneut auf den Faena stürzte.

»Das ist kein Spiel.« Laurel sah sich kurz um und erblickte seinen Stab, der hinter Leutnant Falkin an der Wand lag. Er wollte ihn holen, aber Falkin trat nicht zur Seite. Sie starrten einander an.

»Wie zum Teufel nennt Ihr das dann?«, wollte Havram wissen und gab Falkin ein Zeichen, dass er Platz machen sollte. »Ihr schwört alle Eide, dass Ihr Hase vor dieser Made ...«

»Magus«, verbesserte Laurel ihn, der seinen Stab aufhob.

»Wie auch immer«, knurrte mein Onkel und machte eine abfällige Handbewegung. Ich trat ein Stück zur Seite, damit ich den Faena im Auge behalten konnte. »Aber kaum sind wir hier, stellt sich heraus, dass er Euch selbst geschickt hat.«

»Nein, das hat er nicht«, widersprach Laurel. »Ich wurde vom Hohen Rat geschickt.«

»Betreibt keine Haarspaltereien mit mir, Katze.« Havrams Stimme war immer noch leise. »Ihr wisst genau, was ich meine.«

»Ja, Ehrenwerter Vizeadmiral.« Laurels Blick zuckte kurz zu mir, dann sah er weg. »Das weiß ich.«

Die Stimme meines Onkels wurde noch leiser. »Und es kümmert Euch nicht?«

»Doch, es kümmert mich ...«

»Ihr habt gelogen!«, mischte ich mich ein. »Und zwar von Anfang an.«

Laurel seufzte und machte sich daran, seine Perlenstränge zu entwirren. »Nein, ich habe nicht gelogen. Ich habe nur nicht alles gesagt.«

»Glaubt Ihr, das ist besser?«, erkundigte ich mich. »Dass es alles rechtfertigt?«

»Nein. Ich rechtfertige mich nicht. Ich habe nichts zu rechtfertigen.« Laurel sah mich an, und diesmal wich er meinem Blick nicht aus. »Aber vielleicht etwas zu erklären.«

»Was gibt es da zu erklären?« Ich strich mir das Haar aus dem Gesicht. »Wie komisch Ihr es fandet, die Menschen zu düpieren?«

»Euch düpieren?«, fragte Laurel grollend. »Hat der Magus Euch zurückbekommen?«

Na ja, nicht wirklich, oder? »Aber ...«

»Ich habe getan, was ich geschworen habe. Euer Lehrvertrag ist aufgelöst, und zwar auf Befehl des Fyrst.«

»Jedenfalls bis der Hohe Rat zusammentritt«, murmelte Javes, dessen gelbe Wolfsaugen starr auf die Katze gerichtet waren.

»Vielleicht wäre es das Beste, wenn wir uns alle setzten und die Angelegenheit diskutierten«, schlug Doyen Allwyn vor, als Laurel und ich unsere Münder öffneten.

»Ja.« Kanzlerin Berle ging zum Tisch, auf dem die Speisen und Getränke standen. Sie nahm einen Becher und schenkte sich Wein ein. »Ich möchte wirklich gern hören, warum ich den Versicherungen des Botschafters, dass er guten Willens und wir in Sicherheit sind, weiterhin Glauben schenken sollte.« Sie zog einen Stuhl heran, setzte sich und häufte Käse, Brot und Weintrauben auf einen Teller.

Ich blieb stehen, während die anderen sich zu ihr gesellten, aber Onkel Havram packte mich an einem, Hauptmann Suiden am anderen Arm, und Jeff schob mich von hinten zu einem Stuhl, auf den ich dann recht unsanft gesetzt wurde.

Laurel saß auf der anderen Seite des Tisches zwischen Kanzlerin Berle und Vizeadmiral Havram, lehnte seinen Amtsstab gegen den Stuhl und behielt mich im Auge. Falkin baute sich hinter dem Vizeadmiral auf, den Blick seiner grauen Augen auf den Faena gerichtet.

»Also, Botschafter?«, fragte Havram.

»Wie gesagt, es ist kein Spiel.«

»Was ist es dann?« Suiden stand hinter mir, flankiert von Javes und Esclaur.

»Es gibt zwei große Gruppen in den Grenzlanden, Ehrenwerte Leute«, begann Laurel, ohne seinen Blick von mir zu nehmen. »Die eine will Krieg, und wir, die anderen, wollen Frieden.« Die Ehrenwerte Esche glitt an seine Seite, wo sie stehen blieb und mich ebenfalls anstarrte.

»Krieg wegen des Schmuggels?«, erkundigte sich Kanzlerin Berle, während sie an ihrem Wein nippte.

»Unter anderem, ja«, antwortete Laurel.

»Aus welchen Gründen sonst noch?«, erkundigte sich Esclaur.

»Weil Iversterre einst uns gehörte und wir ein Land waren«, sagte Laurel. »Es gibt sehr viele hier, die der Meinung sind, dass es uns auch wieder gehören sollte.« Er fuhr mit seiner Tatze über seinen Kopf, ohne mich aus den Augen zu lassen. »Sie nutzen diesen Schmuggel als einen Aufruf zur Vereinigung und haben bereits detaillierte Kriegspläne geschmiedet, um diesmal einen verfrühten Bruch der Allianz wie beim letzten Krieg zu verhindern.«

»Bruch?«, warf die Kanzlerin ein, nahm eine Scheibe Käse und legte sie auf ein Stück Brot.

»Die Allianz brach auseinander, nachdem Iversterre um Frieden gebeten hat, weil wir uns nicht einigen konnten, was als Nächstes zu tun wäre«, erklärte Laurel und sah die Kanzlerin an. Aber sein Blick glitt sofort wieder zu mir zurück. »Doch Euer Ehrenwerter Vater sprach vor dem Hohen Rat, Hase. Er war sehr beredt in seinem Aufruf zu Diplomatie und konnte genügend Mitglieder überzeugen, dass ich nach Iversterre entsendet werden und vielleicht eine friedliche Lösung finden könnte.«

»Die darin bestand, die Berge um Freston zu durchkämmen, bis Ihr mich gefunden hattet?«, erkundigte ich mich.

Laurel seufzte. »Der Magus hat sehr viele Freunde im Hohen Rat, und als er sah, wie die Abstimmung ausgehen würde, hat er ihn überredet, Eure Rückkehr zur Bedingung zu machen, auch nur über Frieden nachzudenken.«

Ich schüttelte den Kopf, empfand jedoch zum ersten Mal seit geraumer Zeit etwas anderes als Ärger. »Aber warum? Ich bin nur ein Bauernjunge aus der Provinz und ganz sicher nicht der erste Schüler, der den Bindungen seines Lehrvertrags entkommt. Warum all diese Mühe, nur um mich zurückzubekommen?«

»Wie viele Magier waren im Thronsaal, Hase?«, erkundigte sich Laurel.

»Wie bitte?«

»Wie viele Magier hatte Kareste in der Halle des Fyrst bei sich?«

»Neun«, erwiderte ich, nachdem ich im Kopf durchgerechnet hatte.

»Also macht das mit dem Magus zusammen zehn. Zehn voll ausgebildete Meister-Magier, nicht wahr? Es waren keine Schüler dabei, nicht einmal ältere Zaubergesellen.«

Ich nickte und sah ihn fragend an.

»Dennoch habt Ihr ihre vereinten magischen Bemühungen abgeschüttelt, als wären sie nur ein bloßes Ärgernis«, erläuterte

Laurel. »So wie Ihr es das erste Mal getan habt, als sie Euch gesucht haben.«

Mein Stirnrunzeln verstärkte sich.

»Damals, in der Botschaft in Iversly«, erinnerte mich Laurel. »Ihr seid sehr mächtig, Hase. Sehr, sehr mächtig.«

»Na schön, ich bin mächtig. Fein. Aber wie ich schon auf dem Schiff sagte: Dass der Hohe Rat seine Zeit damit verschwendete, Euch nach mir auf die Suche zu schicken, ergibt keinen Sinn, Faena.« Ich deutete mit meiner Hand auf die Geister, die uns umringten. »Nicht, wenn sie wollten, dass dieses Gemetzel aufhört.«

»Ja, das weiß ich«, gab Laurel zu.

»Ihr wisst es!« Ich lachte kurz auf. »Vielleicht bin ich ja nicht der Einzige, der hier düpiert wurde.«

Laurel grollte. »Ich habe bereits zugegeben, dass mir gewisse Dinge vorenthalten wurden ...«

»Nein! Wirklich? Das muss Euch aber mächtig wurmen, Ehrenwerter Faena.«

»Also, Botschafter«, mischte sich Onkel Havram ein, als Laurels Miene sich verdüsterte. »Ihr wurdet also vom Hohen Rat geschickt, um im Namen dieser Made ...«

»Magus«, sagte Laurel.

»... Hase zu suchen.« Mein Onkel hob fragend die Brauen. »Aber wenn er sich vor allen versteckt hat, woher wusstet Ihr dann, wo er war?«

»Magier sind nicht die Einzigen, welche über die Gabe verfügen, Ehrenwerter Vizeadmiral. Wie ich Hase bereits sagte, gelang es mir, ihn aufzuspüren.« Laurel wühlte in seiner Tasche herum und zog ein kleines Holzpferdchen heraus, auf dem die Bissspuren eines zahnenden Kindes deutlich zu sehen waren. Ich erstarrte, als die Ehrenwerte Esche zärtlich mit einem geisterhaften Finger darüberfuhr.

»Euer Vater hat es mir gegeben ...«, begann Laurel.

»Mein Pa?« Erneut überkam mich diese merkwürdige Betäubung.

»Sein Vater hat Euch geholfen, seinen Sohn für einen Meister zu finden, vor dem sein Sohn voller Entsetzen geflüchtet ist?« Kanzlerin Berle füllte ihren Becher neu. »Was für eine Familie ...!« Sie verstummte schlagartig, als sie den Blick des Vizeadmirals auf sich spürte.

»Nein«, antwortete Laurel. »Nicht für den Magus.« Die Miene der Raubkatze wurde weich. »Und es war nicht nur Euer Vater, der mir half, Hase, sondern Eure gesamte Familie; außerdem Bruder Paedrig, Dragoness Moraina sowie die Ehrenwerte Esche.« Laurel deutete mit der Tatze auf den Geist der Baumelfe. »Sie hat sich an Euer Spielzeug erinnert.«

»Geweihtes Holz?« Havram sah das Spielzeug an, und der Geist der Ehrenwerten Esche lächelte.

»Moraina hat jeden einzelnen Edelstein, mit dem Euer Lehrvertrag gekauft werden sollte, persönlich aus ihrem Schatz ausgewählt, Hase, und sie hat dabei fröhlich gesummt!« Laurel hob die Brauen, während er den Kopf auf die Seite legte. »Die Ehrenwerte Esche wünschte mir eine erfolgreiche Jagd.« Das Lächeln des Geistes verstärkte sich. »Bruder Paedrig bestand darauf, mich zu segnen, obwohl ich nicht Eurer Kirche angehöre. Und Eure Familie ...« Die Perlen klickten, als Laurel den Kopf schüttelte. »Bringt ihn nach Hause, sagten sie. Bringt ihn sicher heim.«

Der Raum verschwamm vor meinen Augen, und ich sah weg. »Ihr hättet es mir sagen sollen.«

»Sicher.« Laurel seufzte erneut. »Das hätte ich tun können.«

»Die ganze Zeit habt Ihr nur gesagt: ›Vertraut mir‹ und ›Ich schwöre es Euch‹«, fuhr ich fort. »Wie kann ich das tun?« Ich holte tief Luft und fühlte einen Schmerz, als wäre ich bis auf die Knochen entblößt worden. »Warum sollte ich es tun?«

»Ich hatte Angst, Hase«, erklärte Laurel. »Dass Ihr nicht mitkommen würdet, wenn ich es Euch erzählte, und dass wir außerdem durch die Beschuldigung, ich hätte mich in Euren Lehrvertrag eingemischt, die Chance auf Frieden verlieren könnten.«

»Aber Ihr wurdet trotzdem beschuldigt«, sagte Esclaur, »und die Made …«

»Magus.«

»… hat Hase nicht behalten. Gibt es also jetzt Krieg?«

»Warum?« Laurel sah den Edelmann fragend an. »Ich habe mein Wort gehalten und Lord Hase in die Grenzlande zurückgebracht. Und ganz gleich, was Kareste behauptet hat, habe ich mich nicht in die Bindungen seines Schülers eingemischt. Es war die Entscheidung des Fyrst, ihn aus der Obhut des Magus zu befreien.« Laurel schüttelte den Kopf. »Einen Vogel zu töten! Wie schändlich!«

»Und Ihr hattet nichts damit zu tun«, murmelte Javes.

»Aber nein. Der Magus hat es geschafft, dies alles ganz allein zu bewerkstelligen.« Laurel zeigte seine Reißzähne. Dann sah er mich an, und sein Lächeln erlosch. »Hase …«

»Warum wollt Ihr Iversterre nicht zurückhaben, Botschafter?«, erkundigte sich Kanzlerin Berle.

Laurel seufzte erneut, blickte von mir zur Kanzlerin und zuckte mit den Schultern. »Wir brauchen es nicht.« Er registrierte die ungläubigen Blicke der Anwesenden. »Wir brauchen es wirklich nicht. Wir können uns ernähren, exportieren unseren Überschuss, haben florierende Industrien, treiben einen regen Handel unter anderem mit dem Qarant. Wir prosperieren, Ehrenwerte Leute. Ein Krieg neigt dazu, so etwas zu verändern.«

»Selbst wenn Ihr gewinnt?«, fragte Javes nüchtern.

»Wir haben das letzte Mal auch gewonnen, und der Sieg hätte uns fast zerrissen, weil wir uns darüber stritten, wer was bekam.« Laurel schüttelte erneut den Kopf, dass die Perlenzöpfe flogen und die Federn flatterten. »Nein, nein und nochmals nein. Wir brauchen Euer Land nicht. Wir haben hier mehr als genug.« Seine Ohren zuckten mutwillig. »Außerdem brauchen wir nur abzuwarten, weil Ihr Euch ebenfalls in Feenwesen verwandelt. Dann braucht Ihr uns viel dringender!«

Ich stand auf, während die anderen damit beschäftigt waren, diese letzte Bemerkung zu verdauen. »Es war ein langer Tag, Sirs. Ich ziehe mich zurück.« Ich salutierte und ging zu einem Türbogen, den ich willkürlich ausgesucht hatte.

»Leutnant ...«, sagte Suiden.

»Junge ...«, sagte Onkel Havram.

»Hase ...«, sagte Laurel. Er sah kurz die anderen an, bevor er mich wieder musterte. Ich erwiderte seinen Blick über meine Schulter. »Uns bleiben noch zwei Wochen, um Euch auf Euer Erscheinen vor dem Hohen Rat vorzubereiten.«

Bei seinen Worten drehte ich mich ganz herum und starrte den Faena an. »Was wollt Ihr damit sagen?«

Laurel stand auf und deutete auf Javes. »Der Ehrenwerte Hauptmann hat sehr zutreffend festgestellt, dass dies nur eine Galgenfrist ist, bis Kareste vor dem Hohen Rat die Entscheidung des Fyrst anficht. Wir müssen den Ratsmitgliedern zeigen, dass Ihr keinen Meister braucht.«

»Würde sie denn ein toter Vogel nicht kümmern?«, fragte Suiden.

»Der Magus besitzt viele Freunde im Hohen Rat«, antwortete Laurel. »Wer weiß, wie der letztlich abstimmen wird?«

»Vor allem, da man Euch, Botschafter, beauftragt hat, ihm seinen Schüler zurückzubringen«, mischte sich Kanzlerin Berle ein, die ironisch lächelte. »Ich weiß, dass es mich ungeheuerlich verärgern würde, wenn man meine Anweisungen so verzerren würde.« Sie kaute ihre letzte Traube und wischte sich die Hände mit einer Leinenserviette ab. »Ihr seid wirklich über einen schmalen Grat gewandelt, Botschafter, und habt jedem ein bisschen versprochen. Sagt, wusste König Jusson von all dem?«

»Nein.« Laurel sah die Kanzlerin scharf an.

»Kurz und bündig, hm?«, staunte Kanzlerin Berle. »Es ist wahrlich verblüffend, was man mit einer einzigen Frage herausfinden könnte, und dennoch haben wir hier noch ein Geheimnis, das unser erlauchter König nicht kennt.«

»Ihr kanntet es ebenfalls nicht, Ehrenwerte Kanzlerin«, merkte Laurel an. Berle wollte etwas erwidern, aber der Faena sprach weiter. »Ein Herrscher kann nur so gut regieren, wie seine Berater ihn beraten, und auch wenn Euer König in der Vergangenheit vielleicht ein wenig unklug entschieden hat, mit wem er sich umgibt, scheint er sich dieses Mangels mittlerweile bewusst zu sein.« Der Faena verbeugte sich, trat rasch zu mir und packte meinen Arm.

»Ich habe Eurem Vater und Eurer Mutter feierlich gelobt, Lord Hase, Euch sicher nach Hause zu bringen.« Er schob mich zu einem Türbogen. »Wir haben vor dem Dinner noch mehr als genug Zeit für eine Lektion.«

»Ich bin nicht in der Stimmung für eine verfluchte Meditation«, erwiderte ich und versuchte, mich loszureißen. Ich stemmte die Hacken in den Teppich, und Laurel, der mich losließ, sah mich gereizt an.

»Wollt Ihr zurück zu Eurem früheren Magus?«, verlangte er zu wissen.

»Nein ...«

»Gehen Sie und nehmen Sie diese Unterrichtsstunde, Leutnant«, sagte Suiden hinter mir. »Das ist ein Befehl.«

»Politik, Sir?«

»Überleben, Leutnant«, antwortete Suiden. »Sowohl Ihres als auch das des Königreichs.«

»Aber ...«

»Gehorche deinem Hauptmann, Junge«, brummte Onkel Havram von seinem Stuhl aus. »Es sei denn, du hättest einen besseren Vorschlag. Hast du einen?«

Ich starrte meinen Onkel an und zermarterte mir das Hirn. Nach einem Moment ließ ich den Kopf hängen und schüttelte ihn. »Nein, Sir.«

Laurel packte erneut meinen Arm, sanfter diesmal, und führte mich zu einem Raum neben dem Kamin.

»Jeffen, Sie begleiten die beiden«, befahl Hauptmann Suiden.

60

Wir gingen durch ein kleines Vorzimmer zu einem anderen, hinter einem Vorhang verborgenen Türbogen, der zum Schlafgemach führte. Es war wie der Rest des Burgfrieds von nüchterner Eleganz. In dem massiven Vier-Pfosten-Bett hätte ohne Weiteres die Bevölkerung eines ganzen Dorfes schlafen können. Es besaß Vorhänge, welche die kalte Nachtluft abhielten. Dann gab es bunte Teppiche und zwei Ohrensessel vor einem Kamin, in dem bereits ein Torffeuer brannte. Auf einem Tisch standen Blumen, in einer Ecke ein Waschtisch, ein freistehender, mannshoher Spiegel und ein riesiger Kleiderschrank. Als ich ihn öffnete, sah ich eine Parfümkugel, viele Schubladen und eine Kleiderstange. Ich drehte mich wieder herum, und während ich das wundervolle Holz betrachtete, schoss mir durch den Kopf, dass der Fyrst von Elanwryfindyll ein außerordentlich wohlhabender Elf war.

Wir setzten uns an den Tisch und starrten uns einen Augenblick an. »Also.« Laurel stellte die Vase auf den Boden. »Ihr habt Euch in der Halle des Fyrst ausgezeichnet verhalten.« Er griff in seine Tasche und zog einen Beutel mit Flusskieseln heraus. »Lasst uns untersuchen, was Ihr getan habt und wie Ihr es tatet.«

Es war die anstrengendste Lektion, die ich jemals erlebt hatte. Selbst als frischgebackener Rekrut in der Königlichen Armee Seiner Majestät war es nicht so schlimm gewesen. Als wir endlich fertig waren, schmerzte jede Faser meines Körpers. Während der Lektion schlenderten Geister durch die Kammer. Die Ehrenwerte Esche, Basel und das Einhorn jedoch blieben die ganze Zeit, während der Faena und ich uns am Tisch gegenübersaßen. Es war dunkel geworden, und das Gemach wurde nur noch von dem Kaminfeuer erleuchtet, als Javes hereinkam.

»Der Haushofmeister war da und hat uns gesagt, dass die Dinnerstunde naht. Also macht eine Pause«, sagte der Hauptmann.

Auf Laurels Nicken hin ließ ich die Kerzen sich entzünden und die runden Kiesel einen nach dem anderen in Laurels Tatze fallen. Dann stieß ich mich vom Tisch ab. Meine Beine zitterten, als wäre ich mit voller Marschausrüstung und meinem Pferd auf dem Rücken einen Berg hinaufgelaufen. Ich streckte mich, dehnte meine Muskeln, während die gedämpften Gespräche im Gemeinschaftsraum allmählich in mein Bewusstsein drangen. Den Geräuschen und Stimmen nach zu urteilen, waren Groskin und die restlichen Schiffsoffiziere eingetroffen, zusammen mit den Botschaftsangehörigen und unserem Gepäck. Der Vorhang teilte sich erneut, und einer der Lakaien der Burg kam herein. Er hatte einen großen Krug mit dem heißen Rosenwasser aus dem Kessel im Hauptraum dabei. Andere Diener folgten und schleppten Groskins, Jeffs und meine Kleidertruhen herein.

Javes hob das Lorgnon und betrachtete das dampfende Wasser. »Der Haushofmeister war so freundlich anzudeuten, dass wir uns gründlich waschen sollten, weil die Elfen das, sagen wir, Aroma von stinkenden Menschen nicht sonderlich gut vertragen können.« Der erste Lakai stellte den Krug auf den Waschtisch und ging hinaus, gefolgt von den anderen. Sie kamen gleich darauf mit mehr Krügen, Becken und Seife zurück. Dann trat einer an den Kleiderschrank, öffnete eine Schublade und nahm Handtücher heraus.

»Jawohl, Sir«, antwortete ich und zog Wams und Hemd aus.

Nachdem ich gewaschen und angezogen war, bedeutete Laurel mir, mich vor ihn zu stellen. Ich starrte erst ihn und dann die blauweißen Bänder an, die er in einer Tatze hielt. Die Farben des Hauses von Iver. »König Jusson hat sie mir mitgegeben.«

»Wusste er, dass der Magus Euch geschickt hat?«, fragte ich, während ich die Bänder anstarrte.

»Nein«, gab Laurel zu. »Er wusste es nicht.« Er machte eine Geste, und ich drehte mich um; dann nahm er mein Haar, flocht es geschickt zu einem Zopf und arbeitete die Bänder darin ein. »Er hat sie mir mitgegeben, damit jeder hier begreift, dass Ihr sein Gefolgsmann seid und seinem Haus die Treue geschworen habt, Lord Hase ibn Chause e Flavan.«

Ich antwortete nicht, und als er mit meinem Haar fertig war, förderte er saphirfarbene Manschettenknöpfe aus seinem Beutel zutage. »Von der Ehrenwerten Moraina«, murmelte er, als er sie an meinen Manschetten befestigte. Er griff erneut in den Beutel, zog eine mit Saphiren und Diamanten besetzte Spange heraus, mit der er meinen Zopf an meinem Wams befestigte, und sorgte auch dafür, dass die funkelnden Juwelen sichtbar waren. »Sie wollte außerdem sicherstellen, dass jeder weiß, dass Ihr in ihrer Gunst steht, Hase Zweibaums'sohn.«

»Schicke Klunker, Leutnant«, meinte Javes, als wir zu den anderen in den Gemeinschaftsraum gingen, gefolgt von den Geistern. Hauptmann Suiden sagte nichts, aber er sah mich erstaunt an, während Onkel Havram leise pfiff und Lord Esclaur sein Lorgnon hob.

»Der Gunstbeweis eines Drachen«, erklärte Laurel.

»Spielt das eine Rolle, Botschafter?«, fragte Kanzlerin Berle, der die Juwelen sichtlich gefielen. Sie hob die Brauen, als sie die Bänder in meinem Zopf sah.

»Allerdings, Kanzlerin, eine große sogar«, erwiderte Laurel. »Es zeigt, wer Hase ist und wer zu ihm steht.« Er warf einen Blick auf die Ehrenwerte Esche, Basel und den Rest der Geister. »Wenn Ihr bitte hierbleiben würdet, Ehrenwerte. Es wäre höchst … nachteilig, wenn die Erinnerung an Eure Ermordungen uns beim Dinner verfolgen würde.«

Ich blinzelte überrascht, als eine Welle über die Geister zu laufen schien, als sie allesamt nickten. Die anderen starrten den Faena erstaunt an. Selbst Suiden. Leutnant Falkins Hand zuckte, als wollte er sich vor dem Bösen schützen.

Laurel lächelte schwach. »Ich habe den Aspekt Erde, also kann ich sie fragen – solange es nur eine Bitte ist, selbstverständlich.« Er musterte uns einmal, verbeugte sich, offenbar zufrieden mit unserem Äußeren, und deutete dann auf den Haushofmeister, der geduldig an der Tür wartete. »Seid ihr dann so weit?«

Jeff wurde zur Kaserne geführt, wo er mit den Soldaten essen sollte. Wir anderen folgten dem Haushofmeister, der uns in die Große Halle Seiner Gnaden führte, in der jetzt Tische aufgebaut waren. Alle Blicke richteten sich schlagartig auf uns, als wir eintraten, und das laute Stimmengemurmel verstummte, während der Haushofmeister die Botschaftsangehörigen aussortierte und sie an die unteren Tische setzte, an denen die niederen Amtsdiener und höheren Amtsschreiber saßen. Die Schiffsoffiziere sowie die Leutnants Groskin und Falkin wurden an die mittleren Tische zu den niederen elfischen Adligen verwiesen. Alle Blicke dort glitten über Falkins nordelfische helle Haut und sein helles Haar, als der Erste Offizier sich dem Tisch näherte, und ich sah finstere Mienen auf einigen Gesichtern. Ich wollte ihm folgen, besorgt, dass es schon bei der Suppe zu Feindseligkeiten kommen könnte, aber der Haushofmeister hielt mich auf. Ich wurde mit den anderen zur Stirnwand der Halle geführt. Dort wollte ich mich zu Hauptmann Javes, Lord Esclaur und Doyen Allwyn an den Tisch unter dem des Fyrst setzen, wurde jedoch erneut daran gehindert und unnachgiebig zusammen mit Laurel, Vizeadmiral Havram, Hauptmann Suiden und Kanzlerin Berle auf das Podest geleitet, auf dem der Hohe Tisch des Fyrst stand. Ziemlich verdattert setzte ich mich auf einen Stuhl neben Hauptmann Suiden und überlegte, wer wohl seinen Stuhl an uns verloren hatte.

»Keine Sorge, Hase Zweibaums'sohn«, sagte der Fyrst an Suiden vorbei, der zur Linken Seiner Gnaden Platz genommen hatte. »Niemand wird Euch herausfordern, weil Ihr seinen Platz eingenommen habt.« Er hob seine eleganten Brauen, als er die Bänder in meinem Haar und meinen Schmuck bemerkte.

»Jawohl, Euer Gnaden«, murmelte ich, schüttelte meine Serviette aus und legte sie auf meinen Schoß. Wenn ich mich etwas vorbeugte, konnte ich Laurel, Onkel Havram und Kanzlerin Berle auf der anderen Seite des Fyrst sehen. Zwischen ihnen saßen die hohen Eorls Seiner Gnaden. Während Laurel sich leise mit dem Eorl neben ihm unterhielt, starrten Havram und Berle die Elfe an, die zur Rechten von Loran saß. Bekümmert über ihre Unhöflichkeit versuchte ich, die Aufmerksamkeit der Kanzlerin oder meines Onkels zu erlangen. Dann drehte sich die Elfe herum, und ich starrte sie selbst an. Aber hallo!

»Ich möchte Euch meine Gemahlin vorstellen«, erbarmte sich der Fyrst unser. »Ihre Gnaden Molyu.«

Molyus Gesicht war ein wenig runder als das ihres Gemahls, sie hatte das übliche schwarze Haar, die geschwungenen Brauen und die hervortretenden Wangenknochen. Nur die üblichen schwarzen Augen hatte sie nicht. Ihre waren golden, und ich fühlte, wie sich mein Rückgrat versteifte. Außerdem fühlte ich einen Ellbogen in meiner Seite. Ich nickte respektvoll.

»Euer Gnaden.«

»Prinz Suiden, Hase Zweibaums'sohn«, erwiderte Molyu mit einem Nicken. Sie hatte eine erstaunlich volle Altstimme.

Dann hörte ich ein Kratzen, als die Stühle auf meiner linken Seite besetzt wurden.

»Das ist also der Mensch, der Magus Kareste den Schaum vor den Mund treibt«, sagte eine helle Stimme. Ich riss meinen Blick von Ihrer Gnaden los und sah einen Elf mit einer schwarzen Haarmähne neben mir sitzen. Er wandte mir sein recht jugendliches Gesicht zu, und ich fragte mich, wie alt er wohl wirklich war.

»Mein Zauberer Wyln«, stellte der Fyrst uns vor.

Suiden und ich murmelten einen Gruß, während ich den Impuls unterdrückte, mit meinem Stuhl von ihm wegzurücken.

»Soweit ich weiß, esst Ihr kein Fleisch, Zweibaums'sohn«, bemerkte der Fyrst und zog meine Aufmerksamkeit wieder auf sich.

»Nein, Euer Gnaden, das ist richtig«, antwortete ich. Ein Diener reichte uns heiße, in Zitronenwasser getränkte Tücher. Ich nahm eines, wischte meine Hände ab und ließ es in den Korb fallen, mit dem ein anderer Diener folgte.

»Ich habe die Köchin entsprechend informiert. Sie hat Euch ein besonderes Gericht zubereitet.« Der Fyrst ließ das benutzte Tuch in den Korb fallen. »Ich hoffe, dass es Euch zusagt.«

»Danke, Euer Gnaden. Davon bin ich überzeugt.« Ich faltete die Hände in meinem Schoß und konzentrierte mich aufs Atmen.

»Der König von Iversterre nennt Euch also seinen Cousin?«, erkundigte sich Wyln und hob eine makellose Braue. Andere Lakaien stellten Teller mit heißem Brot vor uns auf den Tisch.

»Ja, Ehrenwerter Zauberer.« Ich wartete, bis der Fyrst sich ein Brot nahm, dann Wyln und Suiden, bevor ich mir ebenfalls ein Stück abbrach. Ich ließ es auf meinen Brotteller fallen, als die Finger von der Hitze brannten. »Vierundsechzig Linien zum Thron.«

»Ein Elfenkönig zudem, sagte der Faena, Wyln«, meinte Seine Gnaden sinnend. Ich sagte nichts, bis er mich ansah und erneut die Bänder in meinem Haar betrachtete. »Stimmt das nicht, Hase Zweibaums'sohn?«

»Doch, Euer Gnaden. Er ähnelt ein wenig Eurem Eorlkommandeur.« Ich ließ meinen Blick suchend durch die Halle gleiten und bemerkte Eorl Pellan, der an dem Tisch direkt unter unserem saß. Er schien mein Interesse zu spüren, denn er hob den Kopf und starrte mich an.

»Aber Ihr, sein enger Cousin, habt überhaupt nichts Elfisches an Euch«, meinte Wyln, der ebenfalls auf die Farben des Hauses Iver blickte. Eine Reihe von Dienern marschierte im Gänsemarsch in die Halle, mit Terrinen beladen. Ich sog das Aroma ein. Fischsuppe. »Das ist sehr interessant, denn ich habe meinen Stammbaum gründlich durchforstet, Zweibaums'sohn, und habe keinen Menschen entdeckt, der irgendwo lauerte.«

»Ja, Ehrenwerter Zauberer, das ist merkwürdig, aber ich kenne den Grund dafür ebenfalls nicht.« Ich wich etwas zur Seite, damit der Lakai meine Schale füllen konnte, und hoffte inständig, dass mein Magen mich nicht durch Knurren in Verlegenheit brachte.

»Sie haben spekuliert, Leutnant, dass der Grund dafür, dass Seine Majestät elfischen Ursprungs ist, vielleicht etwas mit Vererbung und Landrecht zu tun haben könnte«, mischte sich Hauptmann Suiden ein. Er fing meinen panischen Blick auf und lächelte. »Es war nach Reiter Basels Bestattung.«

»Oh.« Ich erinnerte mich vage. »Jawohl, Sir.«

»Tatsächlich?« Der König tauchte seinen Löffel in die Suppe und führte sie zum Mund. Ein Seufzen lief durch den Thronsaal, als alle sich auf das Essen stürzten. Augenblicklich erfüllten Stimmengemurmel und das Klappern von Löffeln auf Porzellan den Saal. »Aber warum sollte der König von Iversterre überhaupt ein Elf sein?«

Ich hatte den Mund voll Suppe und Brot und blickte erneut auf Hauptmann Suiden. »Antworten Sie Seiner Gnaden, Leutnant.«

Ich schluckte, und mir saß plötzlich ein Kloß im Hals. »Jawohl, Sir.« Ich sah an meinem Hauptmann vorbei den Fyrst an. »Das Volk von Iversterre verwandelt sich in Feenwesen, Euer Gnaden.«

Der Fyrst ließ seinen Löffel langsam in seine Schale sinken. »Wie bitte?«

Molyu, die mit dem Eorl zu ihrer Rechten geplaudert hatte, unterbrach das Gespräch, drehte den Kopf in meine Richtung und sah mich mit aufgerissenen goldenen Augen an, während Wyln ein ersticktes Geräusch von sich gab, als hätte er sich verschluckt, und anschließend leise hustete.

»Sro Laurel glaubt, es liegt daran, dass Iversterre einst zu den Grenzlanden gehörte und das Land seine Bevölkerung jetzt nach seinem eigenen Bild formt.« Suiden lächelte. »Was auch immer der Grund sein mag, Euer Gnaden, meine gesamte Truppe wurde verwandelt. Wie Hauptmann Javes immer wieder gern betont, wurde er in einen Wolf verwandelt, während ich zu einem Drachen mutierte.« Er legte den Kopf auf die Seite, wodurch er mich an Dragoness Moraina erinnerte, wenn sie mir ein kniffliges Rätsel stellte. »Habt Ihr Euch nicht gewundert, dass Hase ein Zauberer wurde, und dazu noch ein sehr mächtiger, obwohl er nur in der ersten Generation aus Iversterre abgewandert ist? Einem Land ohne Magie?«

Das Gesicht des Fyrst war ausdruckslos. Dann schien er sich an seine Suppe zu erinnern und führte den Löffel zum Mund. »Nein, Euer Hoheit, das kann ich nicht behaupten.« Er schob den Rest des Brots in seinen Mund und gestattete sich ein schwaches Lächeln. »Das gesamte menschliche Königreich verwandelt sich in ein Feenland?« Das Lächeln wurde stärker. »Wie ironisch.« Er brach ein weiteres Stück Brot von dem Laib. »Wie absolut und wundervoll ironisch.« Sein Blick zuckte zu dem Hauptmann. »Und Ihr, Euer Hoheit? Ihr wurdet ein Drache.«

»Offensichtlich, Euer Gnaden.«

»Wie? Ihr wurdet weder in Iversterre noch in den Grenzlanden geboren.«

Suiden zuckte mit den Schultern. »Ich weiß es nicht, Sro Fyrst. Vielleicht genügte es, dass ich fünfundzwanzig Jahre in Iversterre lebte.« Er leerte die Schale mit seiner Suppe. »Aber ganz gewiss war ich ...«

»Sind Sie immer noch«, murmelte ich sehr leise in meine Schale.

»... ein Drache.« Suiden drehte sich zu mir herum. »Welche Rasse, sagten Sie gleich, Leutnant?«

Ich hob den Blick und begegnete Suidens funkelnden Augen. Er hatte es gehört. »Obsidian, Sir.«

Das Gesicht des Fyrst wurde noch ausdrucksloser als üblich, während der Blick seiner Augen sich wachsam auf den Hauptmann richtete. »Obsidian.« Wyln hüstelte erneut, griff nach seinem Weinpokal und räusperte sich, während Molyus erstaunter Blick zu Suiden glitt.

»Ihr habt das gesehen, Zweibaums'sohn?« Ihre Gnaden beugte sich etwas vor, damit sie mich besser betrachten konnte. »Ihr habt diese Verwandlungen gesehen?«

Ich nickte. »Jawohl, Euer Gnaden.«

»Er sah es bereits, bevor wir uns körperlich verwandelten«,

sagte Suiden lächelnd. Er widmete sich dem Rest seiner Suppe. »Sro Laurel meinte, dass Leutnant Hase die Gabe des Wahrsehens hat.«

»Tatsächlich?« Die schwarzen Augen des Fyrst richteten sich auf meine und schienen mich zu durchbohren. »Über das Offensichtliche hinaus?«

»Da fragt man sich unwillkürlich, Euer Gnaden«, bemerkte Suiden beiläufig, während er sich zur Seite beugte, damit der Lakai seine leere Schale abräumen konnte, »woher Hases intensive Abneigung gegen seinen alten Meister kommt.«

»Ja, das fragt man sich.« Wyln hatte offenbar alle Hindernisse in seinem Hals runtergespült und trank jetzt noch einen Schluck. »Also sagt, Zweibaums'sohn, Ihr habt einen Dschinn-Sturm aufgehalten? Wie?«

»Ich wurde der Wind, Ehrenwerter Zauberer.«

Diesmal sank Wylns Pokal langsam zum Tisch herunter. »Der Wind?«

»Er spricht mit Euch, Leutnant, stimmt das?«, erkundigte sich Suiden.

»Jawohl, Sir.«

»Das tut er? Was sagt er denn?«, fragte Wyln.

Ich sah von meinem Teller hoch, um ihm zu antworten, und starrte in meine Spiegelbilder in den schwarzen Augen des Zauberers. Während ich hinsah, veränderten sich meine Reflexionen, verwandelten sich in Flammen, und ich beugte mich fasziniert vor. Ein kurzer Windstoß fuhr zwischen uns, ich blinzelte und lehnte mich zurück. Mein Herz schlug mir bis zum Hals.

»Versucht das noch einmal, und ich zerreiße Euch in Stücke«, sagte ich sehr leise.

Der Zauberer trank noch einen Schluck Wein. »Ach, tatsächlich?« Er lächelte mich freundlich, fast amüsiert an. »Ganz allein?«

Ich erwiderte das Lächeln, während ich zu dem Messer griff, das ich auf meinen Rücken geschnallt hatte. »Manchmal reicht es, wenn man allein ist.«

»Lassen Sie das, Leutnant«, knurrte Suiden. Ich ließ meine Hand sinken, während ich meinen Hauptmann ansah und dem Blick des Fyrst und seiner Gattin begegnete, während Suiden an mir vorbeisah und den Zauberer anstarrte. »Zeigt Ihr so Eure Gastfreundschaft? Indem Ihr einen meiner Männer provoziert?«

»Ich bitte um Vergebung, Ehrenwerter Prinz«, sagte Wyln, während er sich von einem Lakai in Butter geröstete Krabben und Gemüse vorlegen ließ. Den gedämpften Schellfisch in Soße und den überbackenen Fisch, der mit kunstvoll wie Wellen geformtem Gemüse umringt war, lehnte er mit einem Kopfschütteln ab. »Meine einzige Entschuldigung ist meine Neugier.« Er wartete, während ihm der Lakai Wein nachschenkte. Als der Mann weiterging, sah Wyln den Fyrst an. »Ihr habt ihn in Laurel Faenas Obhut übergeben, Euer Gnaden?«

Der Fyrst spießte ein Stück Fisch auf seine Gabel, nickte, und sofort widmeten sich die anderen Gäste ihren Tellern. Dann sah er den Zauberer an. »Ja. Er hat darum gebeten.«

Wyln kniff abschätzig die Augen zusammen. »Vielleicht wäre es das Beste, Euer Gnaden, wenn Ihr mir gestatten würdet, während des Aufenthalts von Zweibaums'sohn auf ihn aufzupassen. Denn Laurel, so fähig er zweifellos auch sein mag, ist letztlich und endlich ein Berglöwe.«

Der Fyrst spießte eine Krabbe auf und zuckte mit einer Achsel. »Da mögt Ihr recht haben, Wyln, aber es steht in der Acta, dass Hase Zweibaum in Laurel Faenas Obhut übergeben wurde. Solange es keinen zwingenden Grund gibt, wie zum Beispiel die magische Ermordung von Vögeln, kann ich das nicht ändern.«

»Das stimmt, mein Gemahl«, mischte sich Molyu ein. »Aber

Wyln spricht weise. Laurel Faena ist eine Raubkatze und hat dementsprechend nur die Kenntnisse einer Katze hinsichtlich der Gabe.« Sie sah mich nachdenklich an. »Vielleicht gibt es einen anderen Weg, der das Gesetz nicht verletzt.«

»Nun, ich kann Wyln bitten, Zweibaums'sohn als *Cyhn* zur Seite zu stehen, da er ein Cousin von jemandem ist, der mit mir verwandt sein könnte.« Der Fyrst zuckte mit einer Achsel, während er erneut die Bänder in meinem Haar mit einem Blick streifte. »Jedenfalls könnte ich so argumentieren.«

Verwandt? Ich starrte in Molyus goldene Augen. »Ehm ...«

»›Verwandt‹, Euer Gnaden?« Hauptmann Suiden kam mir zuvor und kniff seine Augen argwöhnisch zusammen.

»Nahestehend, Prinz Suiden«, antwortete der Fyrst. »Genau genommen ist ein *Cyhn* ein Mentor; er zeigt einem Neuankömmling in einem Haushalt, wie er sich zurechtfinden kann. Man könnte es auch eine Art von Patenschaft nennen.«

»Hase hat bereits viele Leute um sich, die ihm sagen, wie er sich verhalten soll, Euer Gnaden«, erwiderte Suiden. »Vielleicht sind es sogar schon zu viele, weil jeder seine eigene Vorstellung davon hat, wie er sich verhalten sollte.«

»Einschließlich Eurer Person, Euer Hoheit?«, erkundigte sich Wyln.

»Als er noch ein unbedeutender Bauernjunge aus den Grenzlanden war, an den niemand auch nur einen zweiten Gedanken verschwendet hat, wurde er in meine Obhut übergeben. Und bisher habe ich ihn noch nicht im Stich gelassen, Sro Wyln.«

Der Fyrst legte seine Gabel auf den leeren Teller, der daraufhin sofort von einem Lakaien abgeräumt wurde. »Er wird auch in Eurer Obhut verbleiben, Prinz Suiden, jedenfalls was die meisten Belange angeht. Wir reden nur von seiner Gabe, mit der Ihr nicht im Geringsten umgehen könnt. Laurel Faena dagegen vermag es. Doch wie meine Gemahlin bereits ausführte, ist der

Faena eine Raubkatze, mit dem Wissen einer Raubkatze hinsichtlich der Gabe.«

»Also kennt sich Sro Wyln besser darin aus?« Hauptmann Suiden legte ebenfalls die Gabel auf den Teller, und erneut verschwand dieser augenblicklich in den Händen eines Lakaien. »Kann – und vor allem wird – ein Elf einem Menschen zeigen, wie er sich zurechtfindet? Ich habe von den Streichen gehört, Sro Fyrst, die Elfenzauberer Menschen spielen.«

Ich auch. Ich hielt meinen Kopf über den Teller gebeugt, während ich aß, und warf dem Zauberer einen Seitenblick zu. Er lächelte freundlich.

»Ich verspreche, Prinz Suiden, dass ich mit Zweibaums'sohn keine Spielchen treiben werde«, meinte Wyln immer noch amüsiert. »Er muss seinen Mantel nicht umkehren, um mich zu verwirren.« Er rieb sich das Kinn. »Allerdings verblüfft es mich, Euer Hoheit, warum Ihr Euch dagegen wehrt, dass ich mich Eurem Leutnant auch nur nähere, während Ihr nichts dagegen habt, dass Laurel Faena sich seiner annimmt, obwohl er doch die Wahrheit ein wenig, sagen wir, gebeugt hat, um Magus Karestes entlaufenen Schüler zurückzubringen.«

»Das ist weil ...«, begann ich.

»Hase hat Laurels Verhalten mit Fäusten und Worten kommentiert«, fuhr Suiden mir über den Mund. »Und hatte anschließend jedoch nichts dagegen, allein mit ihm zu sein. Ihr dagegen sitzt neben ihm, er nimmt Abstand von Euch und hätte Euch fast mit seinem Messer bedroht.« Er trank einen Schluck Wein. »Ich habe gelernt, auf seine Reaktionen zu achten, Sro Wyln. Jedenfalls meistens.«

»Seht Ihr hinter das Offensichtliche, Zweibaums'sohn?«, erkundigte sich Molyu. »Oder ist es nur Angst vor einem elfischen Zauberer?«

Wylns Lächeln verstärkte sich, als er sah, wie ich mich um eine

Antwort bemühte, die weder ihn noch die Elfenzauberer im Allgemeinen beleidigte. »Ich brauche keinen Paten, Euer Gnaden«, erwiderte ich schließlich.

»Dem kann ich nicht zustimmen, junger Mensch«, sagte Ihre Gnaden. »Da Ihr bereit wart, einen Gast unter unserem Dach anzugreifen und ein Messer an unserem Tisch zu zücken. Das Erlernen von guten Manieren ist zumindest eine sehr große Notwendigkeit.«

»Aber ...« Ich unterdrückte einen Schrei, als Hauptmann Suiden gegen meinen Knöchel trat. Und zwar kräftig.

»Dragoness Moraina hat ebenfalls einen Anspruch auf Hase«, sagte Suiden, der meine schmerzverzerrte Miene ignorierte. Er deutete auf meine Manschettenknöpfe und meine juwelenbesetzte Haarspange. »Ein Gunstbeweis.«

»Ihr habt wirklich unglaubliche Verbindungen, Zweibaums'sohn«, bemerkte der Fyrst und richtete den Blick seiner schwarzen Augen auf Suiden. »Ich sehe nicht, dass sich ein *Cyhn* und andere Ansprüche auf Zweibaums'sohn gegenseitig ausschließen, Euer Hoheit. Außerdem wird *Cyhn* jeden Schaden für Euer Mündel verhindern, weil ich Hase dadurch als Mitglied meines Haushalts bestätigt habe, mit jedem Schutz, den das nach sich zieht.«

»Dann habe ich keinerlei Bedenken mehr, Sro Fyrst«, sagte Suiden, der mir zur Abwechslung auf die Zehen trat, als ich protestieren wollte. Er warf mir einen finsteren Seitenblick zu, bevor er den Fyrst ansah. »Solange klar ist, dass es nur um die Ausbildung von Hases Gabe geht.«

»Das ist klar«, stimmte der Fyrst zu. Er winkte, und ein Schreiber erhob sich von einem der unteren Tische. Zahlreiche Hälse verdrehten sich, als der Mann zu uns hastete, und als er unseren Tisch erreicht hatte, herrschte Schweigen in der Halle. Der Fyrst erhob sich, bedeutete den Gästen, sitzen zu bleiben, und blickte den Schreiber an. »Es möge in der Acta notiert werden, dass Wyln, der Zauberer von Elanwryfindyll, als *Cyhn* dem menschlichen Mann, Hase ...«

Man hätte ein Elfenhaar fallen hören können.

»... Sohn von Lerche und Zweibaum und enger Cousin von Jusson, Ivers Sohn, dem König von Iversterre, an die Seite gestellt wird.«

Wyln stand auf und erhob seinen Weinpokal. »Ich stimme hiermit zu.« Er sah mich an und hob eine Braue.

Ich hätte einfach sitzen bleiben und auf Fyrst, Ihre Gnaden Molyu und den Zauberer pfeifen können, weil sie mich gegen meinen Willen sozusagen adoptiert hatten. Bedauerlicherweise hätte das mich und alle meine Gefährten in die Hölle verdammt, in die Seine Gnaden uns geworfen hätte, zusammen mit unserer Chance auf Frieden. Ich stand langsam auf, nahm meinen Weinkelch und sagte mir, dass ich das nächste Mal einfach verschwinden würde, selbst wenn hundert Faena versuchten, mir heimzuleuchten.

»Ich stimme hiermit zu«, wiederholte ich wenig begeistert.

»So sei es!«, sagten Wyln und ich gleichzeitig, hoben unsere Kelche respektive Pokale und leerten sie.

»So sei es!«, dröhnte es durch die Halle, als der Haushalt des Fyrst, angeführt von ihm selbst, die jeweiligen Trinkgefäße ansetzte und leerte. Ich wich Eorl Pellans scharfem Blick aus, als er seinen Kelch sinken ließ, und blickte am Fyrst vorbei, wo ich den erstaunten Blicken meines Onkels und Kanzlerin Berles begegnete. Laurels Blick dagegen wirkte unergründlich. Schließlich sah der Faena vom Fyrst zu mir, nickte fast unmerklich und hob erneut seinen Kelch. Ich sah Hauptmann Suiden an und erschrak. Er lächelte wieder und erinnerte mich sehr an die Ehrenwerte Dragoness Moraina, wenn sie ausgezeichnet gespeist hatte.

»Gut«, sagte der Fyrst. Seine Gnaden wollte sich hinsetzen, zögerte und streifte mich mit einem kurzen Blick. Dann sah er den Schreiber an. »Notiert auch, dass Hase, Sohn von Lerche und Zweibaum, zugestimmt hat, seinen *Cyhn* nicht mit einem Messer oder anderen scharfen Gegenständen zu bedrohen. Sic!«

61

»Was zum Teufel haben Sie da getan?«, blaffte Onkel Havram, sobald sich die Türen des Gemeinschaftssaales hinter uns geschlossen hatten, und funkelte Hauptmann Suiden mit seinen blauen Augen wütend an.

»Das ist nur eine weitere Schutzschicht, Sir«, erwiderte Suiden, der immer noch schwach lächelte, während die Clanmale auf seinem Gesicht im Licht der Kerzen leuchteten. »Ganz offenkundig war Seine Gnaden entschlossen, Leutnant Hase in Sro Wylns Obhut zu übergeben. Ich habe nur ein wenig gefeilscht.«

»Gefeilscht!« Onkel Havram blaffte immer noch. »Und wenn Sie nun abreisen wollen und die einfach behaupten, dass Hase ihnen gehört und bleiben muss?«

»Der Fyrst hat gesagt, dass der Leutnant weiterhin uns unterstellt ist, bis auf seine Gabe. Sro Wyln soll nur für seine Ausbildung sorgen.«

»Es klafft manchmal ein himmelweiter Unterschied zwischen dem, was gesagt, und dem, was getan wird, Euer Hoheit«, warf Lord Esclaur ein. Er wirkte ebenfalls besorgt. »Lord Hase ist ein naher Verwandter des Königs und hat ihm dreimal Treue geschworen. Wenn die Elfen ihn als Geisel nehmen …«

»Es ist eine Patenschaft, Lord Esclaur«, unterbrach Suiden ihn gelassen, »mit festgelegten Bedingungen und Beschränkungen, von denen die wichtigste lautet ...«

»Dass diese Patenschaft endet, wenn das Mündel sein entsprechendes Alter erreicht«, beendete Laurel den Satz des Hauptmanns. Er sah aus, als hätte er gerade eine Brieftaube verspeist. »Oder auf andere Art unter Beweis stellt, dass er keinen Meister benötigt. Was Lord Hase tun wird, wenn der Hohe Rat zusammentritt. Sehr gut, Ehrenwerter Hauptmann. Ganz ausgezeichnet.«

»Wie schön, dass wenigstens einer begeistert ist«, murrte ich. Ich trat ans Fenster und blickte in die Nacht hinaus.

»Sirs, habt Ihr die Lady gesehen, die zur Rechten des Fyrst saß?«, erkundigte sich Groskin.

»Seine Gemahlin, Ihre Gnaden Molyu«, meinte Laurel, der ein Ohr zu der geschlossenen Tür drehte. Ich fragte mich, wer wohl draußen stand und lauschte.

»Ja, Botschafter. Aber die Augen Ihrer Gnaden waren golden!«

»Auch wenn dies nicht so vorherrschend ist wie schwarze Augen«, erwiderte Laurel, »ist diese Augenfarbe unter Dunkelelfen keineswegs ungewöhnlich.«

»Oh.« Groskins Miene veränderte sich, als ihm dämmerte, was das über König Jusson aussagte. Dann zuckte sein Blick zu Falkin. In der Spiegelung des Fensters wirkte der Leutnant noch viel mehr wie ein nördlicher Elf. Was fehlte, waren nur die Kriegerzöpfe, die sein Gesicht umrahmten.

»Wir alle haben uns verändert.« Ich richtete meinen Blick auf den zunehmenden Mond, der sich hell vom dunklen Himmel abhob. »Und nichts ist so, wie es scheint.« Ich sehnte mich nach meiner alten Pritsche in der Kaserne von Freston zurück, weit weg von der nüchternen Pracht im Burgfried des Fyrst.

»Der Fyrst wird nicht zulassen, dass Euch etwas geschieht,

Hase«, behauptete Laurel, dessen Spiegelbild neben meinem im Fenster auftauchte. »Ebenso wenig wie der Zauberer. Es ist eine Frage der Ehre, vor allem, da Ihr aus der Obhut des Magus befreit wurdet, wegen seines, hrmm, achtlosen Umgangs mit dem Botenvogel. Sie werden schwerlich zugeben wollen, einen größeren Verstoß begangen zu haben, indem sie ihr Patenkind missbrauchten.«

Ich zuckte mit den Schultern, mehr aus Resignation denn aus dem Wunsch zu widersprechen. Im Großen und Ganzen hatte der Faena recht. Da der Zauberer zum Königshof gehörte, hatte der Fyrst mich letztlich zu seinem Verwandten erklärt, mit all dem Schutz, auf den ein Familienmitglied ein Recht hatte. Natürlich bedeutete das auch, dass ich den Regeln dieses Hofes unterworfen war, und in mir regte sich ein gewisses morbides Interesse, wie sich das wohl darstellen würde.

Die nächsten Tage verstrichen wie im Fluge. Die Botschaftsangehörigen von Iversterre schlugen in unserem kleinen Gemeinschaftssaal eine Art improvisiertes Lager auf. Es besuchte uns zwar keiner der Elfeneorls, dafür jedoch gaben sich etliche hochrangige Schreiber und Hofbeamte die Klinke in die Hand. Einige, weil sie tatsächlich etwas zu erledigen hatten, andere dagegen, weil sie sich überzeugen wollten, dass wir nicht unsere Namen oder andere Obszönitäten in die Mauern des Frieds gemeißelt hatten. Kanzlerin Berle wurde zwei Tage später in der Frühe zu einer privaten Audienz zum Fyrst bestellt, ohne Lord Esclaur. Sie blieb ein paar Stunden weg, und als sie wiederkam, hatte sie ihre undurchdringliche Miene aufgesetzt. Als Hauptmann Javes sie fragte, murmelte sie, es wäre ein typisches erstes Treffen gewesen. Aber mir fiel auf, dass sie gelegentlich ins Leere starrte und eine Furche zwischen ihren Brauen erschien. Dennoch, der Fyrst schien Kanzlerin Berle erneut zu sich gebeten zu haben, denn sie verschwand ein paar Tage später wieder, diesmal eskortiert von Eorl Pellan. Ich sah ihnen nach und hoffte, dass die Kanzlerin nichts tat oder sagte, was die Ehre des Kommandeurs oder seinen Sinn fürs Protokoll verletzte. Beide Punkte waren für Elfen höchst heikle Bereiche.

Aber ich hatte nicht viel Zeit, über die Angelegenheiten der Kanzlerin nachzugrübeln, weil meine Tage wie in einem Wirbelwind verstrichen und sich nur gelegentliche Oasen der Ruhe fanden. Zum Beispiel ein Abend allein mit Onkel Havram. Er erzählte von seiner Kindheit mit meinem Pa, von den Morgengebeten mit Doyen Allwyn, wie er mit Groskin und Jeffen zu der Kaserne geschlichen war, um etwas Zeit mit den Kameraden zu verbringen, und über die Mahlzeiten. Denn seit wir in der ersten Nacht allen präsentiert worden waren, nahmen wir unsere Mahlzeiten im Gemeinschaftsraum ein, alle bis auf Hauptmann Suiden. Vielmehr Prinz Suiden, der offenbar an einer sehr hohen Stelle in der Thronfolge des Amir von Tural gestanden hatte. Was er, dachte ich, als ich ihm hinterhersah, wie er dem Haushofmeister zu einem Essen mit dem Fyrst folgte, vielleicht immer noch tut. Trotz ihrer eigenen privaten Audienzen mit dem Fyrst blickte Kanzlerin Berle dem Hauptmann missbilligend nach. Ganz offenbar gefiel es ihr nicht, dass Seine Gnaden einen niederen Hauptmann der Freston-Bergpatrouille, ganz gleich, wie seine Abstammung auch sein mochte, einer Gesandten des Königs von Iversterre vorzog. Dann kam mir ein anderer Gedanke, als mein Blick auf die grünen Augen des Hauptmanns fiel, als der unsere Kammer verließ. Es könnte auch sein, dass der Grund für die Gunst des Fyrst gar nichts mit irgendwelchen menschlichen Belangen zu tun hatte.

Mochte der Hauptmann-Drache-Prinz auch bei unseren Essen fehlen, der Zauberer Wyln versäumte kein einziges. Er tauchte vor dem Frühstück auf und verließ uns erst nach meiner Nachtmeditation. In den folgenden Tagen arbeiteten Laurel und er zusammen, während sie mich mit einer Lektion nach der anderen quälten, durch die ich meine Gabe beherrschen sollte.

»Noch einmal, Hase«, sagte Laurel, der meine umherschweifende Aufmerksamkeit wieder auf sich lenkte. Wyln murmelte etwas davon, wie schade es wäre, bei einem solch schönen Wetter drinnen zu hocken, und schlug vor, dass wir die Lektion in einem der Terrassengärten der Burg abhalten sollten.

Es war die Zeit um die Sommersonnenwende, und wir saßen auf Steinbänken um einen Steintisch herum. Die Sonne wärmte mit ihren Strahlen meinen Rücken. Um uns herum gab es einen wahren Dschungel aus Blumen, die gegen das Muster der gepflasterten Wege in dem Garten kämpften, und wir waren von hohen Bäumen umringt. Jeff war einstweilen von seinem Posten abgelöst worden, und Hauptmann Javes spielte mit Doyen Allwyn Schach. Die Ehrenwerte Esche, Basel und das Einhorn saßen unter einer hohen Eiche und schienen für den Moment wenig Interesse an meinen Aktivitäten zu haben. Der Wind frischte erneut auf, zupfte an der Feder, die ich auf Laurels Geheiß ständig trug, und erstarb dann.

Auf Befehl des Faena legte ich meine hohlen Hände aneinander und konzentrierte mich darauf, sie mit demselben klingenden Läuten zu füllen, das ich empfunden hatte, als ich gegen den Dschinn-Sturm gekämpft hatte.

»Kontrolliert es, Zweibaums'sohn«, sagte Wyln.

Ich arbeitete daran, sämtliche Vibrationen außerhalb meiner Hände zu löschen.

»Gut. Füllt sie, so gut Ihr könnt«, sagte Wyln.

Meine Hände begannen zu singen, Ton legte sich über Ton, während ihre Ränder zu verschwimmen begannen.

»Und jetzt lasst es frei«, befahl Wyln.

Ich nahm meine Hände weg, und eine kleine, wirbelnde Kugel

hing vor mir. Ein tiefer Akkord ertönte aus ihr, der in mir widerhallte. Ich lächelte, als der Wind meine Schultern liebkoste. Die Kugel sank und stieg dann wieder auf Augenhöhe.

»Ausgezeichnet«, schnurrte Laurel.

»Allerdings«, sagte Wyln. Er legte ebenfalls seine hohlen Hände aneinander, und im nächsten Moment schwebte eine knisternde Flammenkugel neben meiner in der Luft. Laurel lachte, doch statt seine Pfoten zusammenzulegen, beschrieb er mit einer ausgestreckten Kralle einen Kreis vor sich. Ich sah zu, wie sich die Kugel aufblähte, braungrün schillerte und vor Leben pulsierte, das in Sonnen, Monden und Jahreszeiten gemessen zu werden schien. Basels Geist erhob sich und kam auf seinen eleganten Hirschbeinen zu uns herüber. Er stupste seine durchscheinende Nase gegen die Kugel, und ich roch den fruchtbaren Duft von Erde und süßem Gras.

Wyln betrachtete den Hirsch. »Es ist eigentümlich, dass die Geister Zweibaums'sohn Euch gegenüber den Vorzug geben, Laurel.«

»Ja«, gab der Faena zu. »Das hat mich ebenfalls verblüfft.« Er sah zu, wie Basel mit der Erdkugel spielte. »Zuerst dachte ich, der Grund wäre, dass der Mondsoldat von demselben Mann ermordet wurde, der auch Hase gequält hat.«

»Aber er ist ein Weißer Hirsch, der Herold der Lady Gaia«, meinte Wyln. »Er sollte sich viel mehr zu Eurem Aspekt hingezogen fühlen als ein normaler Geist.« Er beobachtete Basel noch länger. »Er fühlt sich zu Euch hingezogen, und doch hat er Zweibaums'sohn auserkoren.«

»Trotz meines Aspektes, und obgleich ich ein Faena bin«, stimmte Laurel ihm zu. Er rutschte ein Stück auf der Bank zur Seite, damit er die Ehrenwerte Esche und das Einhorn sehen konnte. »Sie alle, selbst die Katzen, ja selbst die Ehrenwerte Esche, haben Hase auserkoren.«

»Wurdet Ihr im Herbst geboren, Zweibaums'sohn?« Wyln betrachtete die Luftkugel.

»Ja, Ehrenwerter *Cyhn*.«

»Nun, das passt.« Wyln runzelte ganz leicht die Stirn. »Allerdings sollte man dann erwarten, dass Ihr auch erst im Herbst Eure ganze Macht entfaltet.«

»Man hat schon davon gehört, dass jemand außerhalb der entsprechenden Jahreszeit zur Reife gelangt«, meinte Laurel.

»Das ist wahr.« Aber Wyln runzelte immer noch die Stirn. »Selten, aber nicht gänzlich unmöglich.«

»Ihr wurdet im Sommer geboren, Ehrenwerter *Cyhn?*«, erkundigte ich mich.

Wyln streckte einen Finger aus und erlaubte dem Feuerball, sich darauf niederzulassen. »Ja, und ich erlangte auch im Sommer meine Macht. Die Zeit der Herrschaft der Sonne über die Erde. Zeit des Wachsens, der Reife und des Versprechens von Fülle. Zeit wilder Feiern und Jagden, Zeit der Courage. Die Schmiede von Prüfungen, Läuterung und Reinigung.«

»Ausbalanciert ist er der Schmelztiegel, der kräftige Herzschlag, die Freude und die Kraft eines Volkes«, sagte Laurel. »Unausgewogen ist er launisch und wankelmütig, gierig und boshaft wie ein verzogenes Junges.«

Wyln grinste tatsächlich. »Nun, wir wollen lieber nicht davon sprechen, was Euer Aspekt unausgewogen bedeuten würde, Faena.«

»Nekromantie«, sagte Laurel. »Schwarze Magie.« Er sah Basel an und seufzte. »Es ist ganz gut, dass das Mondvolk Hase vorzieht, stimmt's? Mit so vielen auf einmal wäre ich stark versucht, in Bereiche vorzudringen, die ich tunlichst meiden sollte.«

Ich erschauerte, als ich mich an Geschichten von Erdmagiern erinnerte, die zu Nekromanten wurden, vor denen selbst die Toten nicht sicher waren. Dann erinnerte ich mich auch an andere Geschichten und daran, wie Karestes eisiger Blick mich in der Halle des Fyrst gleißend gemustert hatte. »Ich habe gehört, dass Wassermagier noch gefährlicher sind, wenn sie die Grenze überschreiten.«

»Nicht gefährlicher, Hase«, erwiderte Laurel. »Aber es kann nicht schaden, sie im Auge zu behalten.«

»Allerdings«, stimmte Wyln ihm zu. »Geboren im tiefsten Winter. Die Zeit der Stürme und Abgeschiedenheit, der Askese und Herrschaft des Geistes über das Fleisch. Die Hüter der Zeit und der Maßstäbe, die Herrn der Illusion, der Spiegelbilder, der Träume. Ausbalanciert ist ein Wassermagier ein Richter, der meisterhafte Architekt, der fröhliche Trickbetrüger, der Sturmbringer. Unausgewogen ...« Wylns Miene verfinsterte sich. »Die schlimmsten Praktikanten der Schwarzen Magie scheinen immer Wassermagier gewesen zu sein, weil sie so flammend gut sind, was die Details angeht.« Seine Stirn glättete sich, als er mich ansah. »Und nun zu Euch, Sohn von Zweibaum ...«

»Laurel hat es mir bereits ausführlich geschildert, Ehrenwerter *Cyhn*«, sagte ich hastig und hoffte zu vermeiden, Barde genannt und vielleicht aufgefordert zu werden, ein Lied zum Besten zu geben.

Laurel lachte fauchend. »Das habe ich, wahrhaftig.«

Wyln ignorierte uns beide. »Ausbalanciert seid Ihr ein Krieger des Liedes und der Schlacht, der mit erhobenem Schwert den Herd verteidigt, der Herr der Ernte und der Fülle, des Weines, des Feierns und des Tanzes, der Erinnerung und der Weitsicht. Unausgewogen dagegen seid Ihr der Meister der Furcht.«

Ich blinzelte überrascht.

»Macht Euch keine Sorge, Zweibaums'sohn, Ihr seid sehr balanciert«, meinte Wyln. »Und wir werden dafür sorgen, dass Ihr es auch bleibt ...«

Der Zauberer unterbrach sich und wandte den Kopf. Ebenso

wie Hauptmann Javes und Laurel. Der Berglöwe spitzte die Ohren. Ich drehte meinen Kopf ebenfalls und hörte nach einem Moment den fernen Klang von Hörnern.

»Die Mitglieder des Hohen Rates treffen ein«, sagte Laurel.

»Jetzt schon?«, fragte ich erschreckt. »Wir haben doch noch mehr als eine Woche Zeit, oder nicht?«

»Bis zum formellen Beginn des Konzils, allerdings.« Laurel streckte seine Tatze aus. Die Erdkugel sank darauf herab und löste sich sanft auf. »Aber vor und nach den Sitzungen des Rates finden viele politische Diskussionen statt. Außerdem wollen sie vielleicht an den Feierlichkeiten zur Mittsommersonnenwende teilnehmen.« Seine Ohren zuckten, und er seufzte. »Wir hören für heute besser auf, damit wir uns auf die Vorladungen vorbereiten können, die zweifellos nicht lange auf sich warten lassen.«

»Nervös, Faena?«, erkundigte sich Wyln, der seine Feuerkugel auf dieselbe Weise verschwinden ließ und mir anschließend zeigte, wie es ging.

»Ja«, gab Laurel zu.

»Ich nehme an, mir wäre ebenfalls unbehaglich zumute, wenn ich dem Hohen Rat erklären müsste, warum das, was er befohlen hat, nicht ausgeführt wurde«, meinte Wyln und lächelte sanft, während er aufstand.

»Nein, Euch wäre nicht unbehaglich.« Laurel erhob sich ebenfalls. »Und mir ebenso wenig, jedenfalls nicht deshalb.« Er bedeutete mir, ebenfalls aufzustehen. »Sicher, wenn ich vor den Ältesten meines Clans stehen würde oder, schlimmer noch, vor meiner Großmutter …« Er lachte fauchend, während er seinen Stab aufhob. Die Ehrenwerte Esche und das Einhorn kamen auf uns zu, und er beobachtete sie, wie sie über das Gras glitten. »Nein, ich bin aus anderen Gründen nervös.«

Darüber schien Wyln sich nur noch mehr zu amüsieren.

»Wir haben wirklich eine wahre Sphinx als Gesellschaft, Zweibaums'sohn.«

Hauptmann Javes und der Doyen gingen mit uns zur Burg zurück. Als wir die Haupttreppe erreichten, wollten wir in unsere Gemächer weitergehen, aber Wyln hielt uns auf. »Nein, wir warten auf Seine Gnaden.« Er bemerkte den Blick, den ich dem Hauptmann und dem Doyen zuwarf. »Oh, Eure Aufsichtspersonen dürfen uns begleiten, Zweibaums'sohn.« Ohne auf eine Antwort zu warten, drehte er sich um und ging zur Audienzhalle, jedenfalls dachte ich das. Doch er bog vor den großen Doppeltüren ab und führte uns an den geschlossenen Türen der Halle vorbei um eine Ecke zu einer schmaleren Treppe. An deren Ende Wachen standen, die zur Seite traten, als sie Wyln sahen. Der Zauberer öffnete die Tür, ohne anzuklopfen, und betrat den Raum. Aber nur Laurel folgte ihm, während Javes, Allwyn, die Geister und ich auf der Schwelle stehen blieben und in den Raum spähten. Als ich die heraldischen Banner an den Wänden des Gemachs sah, trat ich einen Schritt zurück. Javes und die anderen ebenfalls. Wir würden die Privatgemächer des Fyrst nicht ohne Aufforderung Seiner Gnaden betreten. Am besten mit einer Einladung auf einem Samtkissen, untermalt von schmetternden Fanfaren.

»Ich muss schon sagen«, meinte Javes. »Warum treffen wir uns nicht einfach, wenn Sie fertig sind. Ich möchte mich Seiner Gnaden nicht aufdrängen, wenn er wichtige Besucher empfängt, hm? Sie wissen schon, Staatsangelegenheiten und dergleichen.«

»Ihr habt sie uns selbst beschert«, sagte der Fyrst hinter uns. Wir wirbelten herum und sahen, wie er die Treppe heraufkam, gefolgt von Wachen. »Ausgezeichnet.« Die Wachen gesellten sich zu denen neben der Tür, und Seine Gnaden scheuchte uns in das Foyer. »Hinein, nur hinein.«

Wir folgten dem Fyrst durch das kleine Foyer in einen Raum, der aussah, als wäre es der Konferenzraum des Fyrst. Dort führte er uns an Regalen vorbei, die von Büchern und Schriftrollen förmlich überquollen. Es gab einen Kartentisch, noch einen Tisch mit geschnitzten Stühlen und einige Stühle vor einem Kamin. »Tee«, befahl er einem Diener, der lautlos aufgetaucht war und nach einer Verbeugung ebenso lautlos wieder verschwand. Dann bedeutete uns der Fyrst, uns zu setzen. Als wir gehorchten, fiel mir auf, dass es genug Stühle für alle gab, die Geister ausgenommen, die ohnehin stehen blieben. Obwohl wir zu sechst um das Feuer saßen, fühlte ich mich nicht bedrängt, im Gegenteil. Ich fühlte mich wohl, obwohl ich stocksteif dasaß.

»Wyln und Laurel haben mich darüber informiert, Hase Zweibaumssohn, dass Ihr ein sehr geschickter Schüler seid und Eure Fähigkeit, die Gabe zu meistern, sich überdurchschnittlich schnell entwickelt«, verkündete Seine Gnaden beiläufig, als der Diener mit einem Servierwagen zurückkehrte, auf dem Tee und kleine Delikatessen standen.

»Ja, Euer Gnaden«, erwiderte ich.

»Das ist gut.« Der Fyrst sah den Diener an. »Danke, wir bedienen uns selbst.« Er wandte seine Aufmerksamkeit erneut mir zu. »Also, wie ist es, wieder in den Grenzlanden zu sein, nach ... wie vielen Jahren, fünf?«

»Ja, Euer Gnaden«, wiederholte ich. Dann wagte ich tollkühn, meine Antwort ein wenig auszuschmücken. »Ich muss zugeben, dass Elan für mich ebenso fremd ist wie Iversly, da ich nie die Stadtstaaten an der Küste besucht habe.«

»Verstehe«, meinte der Fyrst. »Soweit ich verstanden habe, besitzt Eure Familie einen Hof in der Domäne von Dragoness Moraina, richtig?«

»Jawohl, Euer Gnaden«, sagte ich und verstummte, als ich das schwache Klicken der Außentür hörte.

Der Fyrst lächelte. »Von einem Bauernhof also, aber alles andere als ein Hinterwäldler, denke ich.«

»Nein«, mischte sich Hauptmann Javes ein. »Hase ist weder dumm noch naiv, Euer Gnaden.« Seine gelben Wolfsaugen glühten, als er den Fyrst ansah. »Ebenso wenig wie ich, hoffe ich. Warum habt Ihr uns hierhergebeten? Und warum jetzt?«

»Ich kenne den Prinzen«, erwiderte Seine Gnaden, »und ich weiß genug über den Priester. Die Kanzlerin und der Edelmann sind leicht zu durchschauen. Aber ich habe keine Ahnung von Eurer Rolle in dieser Angelegenheit. Und dennoch spielt Ihr eine wichtige Rolle, hm?« Der Fyrst lehnte sich zurück und faltete die Hände vor sich, die Ellbogen auf die Lehnen seines Stuhl gestützt. »Wer seid Ihr, Hauptmann Javes?«

Javes zögerte und zuckte dann leicht mit der Achsel. »Das ist kein Geheimnis, Euer Gnaden. Ich bin ein Kaufmannssohn, der das Glück hatte, in der Königlichen Armee Seiner Majestät bis zum Hauptmann aufzusteigen.«

»Ein Kaufmannssohn, der das Vertrauen eines Königs genießt«, bemerkte der Fyrst, »und ein einfacher Garnisonshauptmann, der im königlichen Rat sitzt und zu geheimen Missionen entsandt wird.« Seine Gnaden sah den Blick, den Javes Laurel zuwarf, und lächelte. »Ihr könnt Kanzlerin Berle als Informantin beschuldigen, Javes Kaufmannssohn.« Er hob die Brauen. »Ich frage noch einmal: Wer seid Ihr?«

Javes sah den Fyrst einen Moment an. Dann lächelte er selbst. »Mein Vater handelt mit dem Qarant, Euer Gnaden.«

»Das tun Hunderte, vielleicht Tausende andere Kaufleute ebenfalls ...«, begann der Fyrst.

»Und meine Mutter stammt aus dem Qarant. Aus dem Geschlecht Damas.«

Diesmal starrte der Fyrst Javes an. »Verstehe«, sagte er schließlich. »Eine prominente Qarant-Familie. Nicht von Adel, nein, aber sehr mächtig.« Er hob die Brauen erneut. »Dennoch akzeptiert Euer König Euch in seinem inneren Kreis? Wie überaus egalitär.«

»Schwerlich, Euer Gnaden«, erwiderte Javes, dessen Stimme ebenso trocken klang wie die des Fyrst. »Eher pragmatisch. Seine Majestät unterhält ausgezeichnete Verbindungen zu allen wichtigen Händlerfamilien, und mein Papa ist der Vorsitzende der Händlergilde.« Er wagte sogar ein dümmliches Grinsen. »Seine Majestät weiß sehr wohl, dass ein Königreich nicht durch Turniere und ritterliche Lieder regiert werden kann.«

»Pragmatisch?«, konterte der Fyrst. »Er schickt den Sohn einer mächtigen Kaufmannsfamilie, die ausgezeichnete Beziehungen zu einem noch mächtigeren Handelskonsortium unterhält, einen turalischen Drachenprinzen und …«, der Fyrst drehte den Kopf und sah mich an, »einen Zauberlehrling, der sowohl ein Sohn der Grenzlande als auch sein nahestehender Cousin ist, zu uns, um seine Sache zu vertreten. Euer König ist so raffiniert wie ein ganzer Haufen Ratsmitglieder zusammen.«

Ich hob den Kopf und sah Laurel an. Ich wusste, dass der Faena dem Fyrst von meinem Treueschwur Jusson gegenüber berichtet hatte. Aber mein Blick begegnete dem von Wyln, der mir amüsiert zulächelte.

»Kanzlerin Berle …«, versuchte es Javes.

»Nein«, fuhr der Fyrst ihm in die Parade. »Kanzlerin Berle ist eine reine Formalität, ein Zugeständnis an seinen Hof. Und außerdem könnt Ihr mir nicht weismachen, dass Lord Esclaur nicht deshalb in ihr Gefolge geschmuggelt wurde, um dafür zu sorgen, dass die Ehrenwerte Kanzlerin die Anweisungen ihres Königs nicht überschreitet.« Er lächelte schwach. »Mit Jusson Ivers'sohn Schach zu spielen dürfte sehr spannend sein.«

»Er ist elfisch«, meinte Wyln nachdrücklich.

»Ja«, stimmte Seine Gnaden zu. Offenbar war er mit Hauptmann Javes fertig, drehte sich auf seinem Stuhl herum und sah mich an. »Die ersten Mitglieder des Hohen Rates haben sich kaum den Staub von der Reise aus den Kleidern geklopft, als sie auch schon verlangt haben, Euch zu sehen, Hase Zweibaums'sohn.« Er grinste sardonisch, als er nach der Teekanne griff. »Es scheint, als wäre Magus Kareste recht umtriebig gewesen, aber ich habe sie vertröstet, vorläufig.« Er goss Tee in eine Tasse und reichte sie mir. Ich zögerte, nahm sie dann behutsam aus seiner Hand und wartete, bis alle anderen ebenfalls versorgt waren und getrunken hatten, bevor ich ebenfalls trank. Der Fyrst bemerkte es, und sein Lächeln verstärkte sich, während er seine Tasse vollschenkte. »Bis dahin werdet Ihr meiner Gemahlin und mir bei der Feier zur Mittsommersonnenwende Gesellschaft leisten.«

Ich vergaß den Tee und glotzte den Fyrst erstaunt an. »Ich ... Euer Gnaden?«

»Ihr seid *Cyhn* unseres Hauses, Zweibaums'sohn.« Er nippte an seinem Tee und warf mir über den Rand der Tasse einen rätselhaften Blick zu. »Es würde Irritationen hervorrufen, wenn Ihr uns keine Gesellschaft leisten würdet.«

Javes runzelte die Stirn, und der Fyrst hob die Hand. »Keine Sorge, ich werde mit Prinz Suiden sprechen ...« Der Fyrst unterbrach sich. Er, Wyln und Laurel drehten sich auf ihren Stühlen herum und blickten zur Tür des Foyers. Nach einem Augenblick hörte auch ich die Unruhe auf der Treppe und zog nach einem Blick auf Hauptmann Javes die Füße unter meinen Stuhl hervor, bereit, nötigenfalls aufzustehen. Javes folgte meinem Beispiel, als die Tür aufschwang und Hafenmeisterin Lin sowie Onkel Havram hereinkamen. Gefolgt von einem der Hafenwächter. Der Fyrst stand auf und bedeutete uns anderen, sitzen zu bleiben. Er sagte nichts, während er die Fee ansah.

»Ich bitte mein Eindringen zu entschuldigen, Euer Gnaden«,

begann die Hafenmeisterin, die sich verbeugte, als sie den Fyrst erreichte. »Aber ich muss Euch darüber informieren ...«

Erneut gab es Unruhe am Eingang, und im nächsten Moment sprang der Geist des Leoparden, der sich gewöhnlich bei Groskin aufhielt, in den Raum und gesellte sich zu Basel, dem Einhorn und der Ehrenwerten Faena an meine Seite. An der Tür drängten sich noch weitere Geister.

»Obruesk ist entkommen«, erklärte Onkel Havram.

62

»Die Mannschaften der Menschenschiffe wurden schärfstens bewacht, Ehrenwerter Fyrst«, beteuerte Hafenmeisterin Lin. »Über ihr Kommen und Gehen wurde Buch geführt, um jedweden Zwischenfall zu verhindern. Gestern Nacht hat ein Mannschaftsmitglied die *Furchtlos* verlassen und ist in die Stadt gegangen. Als er nicht zurückkehrte, haben wir eine gründliche Suche durchgeführt. Er konnte nirgendwo gefunden werden, was uns zu der Annahme veranlasste, dass er nicht gefunden werden wollte, vor allem, da wir abgelegte Seemannskleidung in einer dunklen Gasse gefunden haben.« Sie nickte, und der Hafenwächter hob eine Jacke, ein Hemd und eine Hose hoch, die normalerweise von den Matrosen der Königlichen Marine Seiner Majestät getragen wurden.

»Wer ist er, Vizeadmiral?«, erkundigte sich der Fyrst nach einem flüchtigen Blick auf die Kleidungsstücke.

»Ein abtrünniger Geistlicher, Euer Gnaden«, antwortete Doyen Allwyn, bevor Havram antworten konnte.

»Aye«, knurrte Onkel Havram. »Er muss ein Mannschaftsmitglied überredet haben, ihn laufen zu lassen. Da die ranghöheren

Offiziere alle hier beschäftigt waren, gab es niemanden, der diese Dummheit verhindern konnte.«

»Aber warum?«, fragte ich, was die Blicke sämtlicher Anwesender auf mich zog. »Sirs, warum sollte er das Schiff verlassen. Hier gibt es nichts für ihn zu finden, genau genommen erwartet ihn hier sogar das glatte Gegenteil.«

»Wahrscheinlich hat er es aus demselben Grund getan wie die meisten Leute, die ein Schiff heimlich verlassen, Junge«, antwortete Havram. »Er will nicht zurückkommen.«

»Aber alle seine Anhänger befinden sich doch in Iversterre …«

Der Fyrst hob die Hand, und ich verstummte.

»Warum erzählen Sie mir das, Hafenmeisterin?«, fragte der Fyrst. »Warum erzählen Sie es nicht Kommandeur Pellan?«

»Wir können Eorl Pellan ebenfalls nicht finden, Euer Gnaden«, antwortete Lin. »Ebenso wenig seinen Leutnant und seinen Sergeant. Wir haben versucht, es dem Kommandeur der Stadtwache oder seinem Stellvertreter zu erklären, aber die sind ebenfalls verschwunden.« Sie runzelte die Stirn. »Ich hatte das Gefühl, dass wir das Euch melden müssten. Dieser Priester könnte eine Gefahr darstellen, vor allem, weil sich der Hohe Rat hier in Kürze versammelt.«

»Ist er eine Gefahr, Vizeadmiral?«, erkundigte sich der Fyrst.

»Das weiß ich nicht genau, Euer Gnaden«, antwortete Havram. »Ich glaube zwar nicht, aber wer weiß schon, welchen Unsinn Seine Eminenz in einer Stadt der Grenzlande anrichtet, wo er all das findet, was er in seinen Hasspredigten angeprangert hat.«

»Also sollten wir uns Sorgen machen«, erklärte Seine Gnaden. »Und sei es nur, weil dieser Mensch einen Tumult in der Stadt auslösen könnte.« Er winkte einen Mann der Burgwache zu sich. »Organisieren Sie eine Suche. Verteilen Sie die Beschreibung des

Priesters.« Er sah die Hafenmeisterin fragend an. »Sie haben eine Beschreibung erhalten?«

Hafenmeisterin Lin verbeugte sich erneut. »Jawohl, Euer Gnaden.«

Die Braue des Fyrst sank wieder herunter. »Sehr gut. Kümmern Sie sich darum.«

Die Hafenmeisterin verbeugte sich zum dritten Mal und zog sich zurück. Der Hafenwächter und die Burgwache folgten ihr.

»Das war wirklich interessant«, murmelte Wyln, nachdem die Tür ins Schloss gefallen war. »Ich frage mich, worauf Pellan sich da eingelassen hat.«

Der Fyrst schüttelte den Kopf, und sein Zauberer verstummte. Dann sah er Doyen Allwyn an. »Wer ist dieser Priester?«, fragte er erneut.

»Wie ich sagte, Euer Gnaden, ein abtrünniger …«

»Nein, das stimmt nicht.« Der Fyrst runzelte die Stirn und betrachtete die Geister, die immer noch in den Raum strömten, trotz der geschlossenen Tür. Sie zwängten sich einfach zwischen der Tür und dem Rahmen hindurch. »Jedenfalls ist es nicht die ganze Wahrheit. Versucht es noch einmal.«

Doyen Allwyn runzelte die Stirn, blickte dann zu Boden und seufzte tief. »Er ist unser Erzdoyen, Euer Gnaden.«

»Der Erzdoyen ist der Stellvertreter des Patriarchen und nur diesem verantwortlich, korrekt?«, erkundigte sich der Fyrst.

Allwyn nickte. »Ja, Euer Gnaden.«

»Also ein sehr mächtiger Ältester Euer Kirche. Und doch hat er, wenn ich richtig informiert wurde, auf Eurem Schiff als ein … Kaplan gedient? Ist das nicht ein Armeediensttgrad?«

Allwyn nickte wieder. »Jawohl, Euer Gnaden.«

»Warum?«

»Der Patriarch hat ihn auf diesen Posten versetzt, Euer Gnaden«, sagte Allwyn. »Als Strafe, damit er Gehorsam lernt.«

»Und um Gehorsam zu lernen, wurde er unter Arrest gestellt?«

Der Doyen schüttelte den Kopf. »Nein, Euer Gnaden«, erwiderte er zerknirscht. »Das geschah aus einem anderen Grund.«

»Aus welchem Grund?« Onkel Havram wollte etwas sagen, aber der Fyrst hob die Hand. »Lasst den Doyen diese Frage beantworten.«

Doyen Allwyn erwiderte beschämt den Blick des Fyrst. »Er hat Lord Hase als Ungläubigen denunziert, nachdem Seine Lordschaft uns vor dem Dschinn-Sturm gerettet hat, und sagte, es wäre Gottes Wille, dass die Welt von seiner Gegenwart ... befreit würde.«

»Es scheint eine gewisse Wirkung auf gewisse Menschen zu haben, wenn sie sehen, wie jemand sich in Wind verwandelt«, murmelte Javes.

Wyln sah erst Javes und dann mich an, aber der Fyrst ignorierte den Hauptmann und wandte sich an Laurel. »Warum habt Ihr mir davon nichts erzählt, Faena? Meint Ihr nicht auch, ich sollte wissen, wer sich in meinem Hafen aufhält?«

»Ich habe Kommandeur Pellan darüber informiert, Euer Gnaden«, gab Laurel zurück und hob seine Hand. Die Rune der Wahrheit strahlte, und meine Rune erwärmte sich. »Auf dem Weg zur Burg, am Tag unserer Ankunft.« Er schüttelte den Kopf, und seine Perlen klickten. »Es wäre mir nie in den Sinn gekommen, dass er diese Information nicht weitergegeben hat.«

Wyln sprang von seinem Stuhl auf und ging rasch zur Tür, wobei er den Geistern auswich.

»Was wurde mir noch verschwiegen?«, wollte der Fyrst wissen. »Welche Informationen wurden noch zurückgehalten?« Er ließ sich auf seinen Stuhl sinken und stützte das Kinn auf die Faust. Erneut erinnerte er mich stark an König Jusson. »Warum fangt Ihr nicht damit an, welches grauenvolle Vergehen sich ein hoher Ältester Eurer Kirche hat zuschulden kommen lassen, dass er letzten Endes ins Exil geschickt wurde?«

»Es gab eine Rebellion, Euer Gnaden«, sagte Suiden von der Tür. Groskin stand an seiner Seite. »Der Erzdoyen hat sich auf die falsche ... Seite gestellt.«

Wyln war unterwegs zu seinem Stuhl und wirbelte bei Suidens Worten herum. Der Wachmann, der neben dem Hauptmann und dem Leutnant stand, verbeugte sich. »Sie waren bereits auf der Treppe, Ehrenwerter Fyrst, Ehrenwerter Zauberer. Wachmann Dercha hat sich auf die Suche nach Kommandeur Pellan gemacht.«

Leutnant Groskin sah sich suchend um, bis er den Geist des Leoparden sah – und mich. Seine Miene hellte sich auf. »Da ist er ja, Sir. Bei Hase, wie ich dachte.«

Der Blick des Fyrst haftete auf Suidens Gesicht. »Eine Rebellion?«

»Ja, Euer Gnaden.« Suiden suchte sich einen Weg zwischen den Geistern. Groskin folgte ihm. »Das Haus von Flavan hat sich gegen König Jusson erhoben.«

»Warum?«, erkundigte sich der Fyrst.

»Weil Seine Majestät keinen direkten Erben hat und Lord Teram ibn Flavan e Dru nur vierzig Linien zum Thron aufweisen kann, Euer Gnaden«, sagte Suiden, als er uns erreichte. »Im Unterschied zu Hases vierundsechzig, der sich außerdem als überraschend widerstandsfähig gegen diverse Mordversuche erwiesen hat.«

Wyln drehte den Kopf in meine Richtung und starrte mich an.

»Flavan *e Dru*? Das Haus von Dru war ebenfalls darin verwickelt?« Der Fyrst runzelte die Stirn.

»Dru hat die Mittel für Waffen, Pferde und Söldner beschafft, Euer Gnaden«, erklärte Suiden. »Einiges, da er Lordkämmerer war, durch Veruntreuung, hauptsächlich jedoch durch Schmuggel.«

Die Falten auf der Stirn des Fyrst verschwanden, als seine Miene ausdruckslos wurde. »Dru war in die Schmuggelgeschäfte verwickelt«?

Alle aus Iversterre sahen den Fyrst verdutzt an. »Hat Kanzlerin Berle Euch bei Eurer Konferenz nichts davon gesagt, Euer Gnaden?«, erkundigte sich Suiden schließlich sehr vorsichtig.

»Nein«, antwortete der Fyrst knapp. »Sie sagte nur, dass der ›Ring‹ zerschlagen worden und die Verantwortlichen gefangen genommen worden wären.« Er sah die Geister an. »Dru hat dies zu verantworten?«

»Unter anderem dies, ja«, bestätigte Hauptmann Javes, »Euer Gnaden.«

»Was noch?« Wylns Stimme klang leise, als er jetzt ebenfalls die Geister musterte.

»Er hat seinen Cousin als Werkzeug bei den Mordanschlägen auf Lord Hase benutzt«, antwortete Javes.

»Derselbe Cousin hat auch den Weißen Hirsch ermordet, Ehrenwerter Fyrst, Ehrenwerter Zauberer.« Laurel deutete auf Basel.

»Sagtet Ihr nicht, Hoheit, dass dieser Slevoic auch ein Hexer wäre?«, warf Allwyn ein, der sich ein wenig erholt hatte.

»Ja«, antwortete Suiden. »Er entwickelte seine volle Macht bei der Rebellion, während er einen Panzer aus Drachenhaut trug und einen Stab mit sich führte, der aus einer ermordeten Baumelfe angefertigt wurde.«

»Slevoic ibn Dru.« Die Augen des Fyrst zogen sich zusammen.

Wieder starrten wir den Fyrst von Elan an. »Ihr kennt ihn, Euer Gnaden?« Suiden klang wieder äußerst zurückhaltend.

»Er hat uns vor einigen Jahren besucht, in Begleitung des turalischen Botschafters im Königreich der Menschen«, erwiderte Wyln.

»Slevoic war hier?« Javes richtete sich kerzengerade auf, während er zwischen Wyln und dem Fyrst hin- und herblickte.

»Sro Kenalt«, sagte Suiden im selben Moment. »Einer meiner Cousins«, setzte er hinzu, als er den fragenden Blick des Fyrst bemerkte. Die Clanmale des Hauptmanns hoben sich als dunkle Narben von seiner grauen Gesichtshaut ab. »Ich sollte Euch mitteilen, Euer Gnaden, dass es so aussieht, als hätte Tural mit Gherat gemeinsame Sache gemacht.« Er holte tief Luft. »Waren und Sklaven …«

»Sklaven!« Wyln sprang auf. Sein schwarzen Augen loderten, während der Fyrst sich auf seinem Stuhl vorbeugte. Seine Augen waren immer noch schmale Schlitze.

»… wurden aus Iversterre herausgeschmuggelt, während die turalische Marine mit unserer Katz und Maus gespielt hat«, beendete Suiden seinen Satz.

»Das ist korrekt, Ehrenwerter Fyrst«, warf Laurel ein. »Der Dschinn-Sturm wurde sehr wahrscheinlich von einem turalischen Hexer gewirkt und sollte verhindern, dass wir hier eintreffen.«

Ich hatte geschwiegen, als zuerst Doyen Allwyn und dann Hauptmann Suiden die Missetaten ihrer Ältesten und Familien zugegeben hatten. Dann hatte ich überlegt, was dem Fyrst erzählt und was ihm verschwiegen worden war – und was passieren würde, wenn gewisse Dinge angesprochen würden, wenn ich in diesem Moment vor dem Hohen Rat stand. Jetzt sah ich den Fyrst an und begegnete seinem scharfen Blick.

»Ja, Zweibaums'sohn?«

Ich öffnete den Mund, und kein Laut kam heraus. Also holte ich tief Luft und setzte noch einmal an. »Hat die Kanzlerin Euch gesagt, Euer Gnaden, dass ein naher Verwandter von mir und dem Vizeadmiral ebenfalls in den Schmuggel verwickelt war?«

»Nein, das hat sie nicht«, antwortete der Fyrst.

Ich versuchte, den Kloß herunterzuschlucken, der mir in der Kehle saß, und kämpfte gleichzeitig gegen den Drang an, dem strengen Blick des Fyrst auszuweichen. »Der älteste Bruder meines Vaters, Euer Gnaden, Lord Maceal von Chause.«

»Gehörte er ebenfalls zu den Rebellen?«, erkundigte sich der Fyrst.

»Nein, Euer Gnaden«, kam mir Onkel Havram zuvor. Seine Lippen waren schmerzverzerrt. »So edel ist er nicht. Mein Bruder liebt einfach nur sein Silber.«

Ich atmete erneut tief durch. »Ich bin außerdem ein naher Verwandter von Teram ibn Flavan. Er ist der Sohn des Bruders meiner Mutter.«

In der Stille des Raumes konnte ich hören, wie der Wind draußen auffrischte und um die Gebäude des Burgfrieds pfiff.

»Darf ich fragen, was Slevoic hier wollte, Euer Gnaden?«, brach Javes das Schweigen.

»Diese Frage hat der Hohe Rat zu beantworten«, erwiderte der Fyrst. Seine Miene war so kalt und distanziert wie am ersten Abend, als wir ihn in der Halle sahen. Er sah Laurel an. »Und all das habt Ihr mir vorenthalten, Faena? Warum?«

Laurel hatte die Ohren angelegt, als er auf die Geister deutete, die sich in dem Raum drängten. »Wusstet Ihr, Euer Gnaden, dass sie hier alle von *einer* Schiffsladung kommen?« Er deutete mit einem Nicken auf den Geist der Ehrenwerten Esche, die neben meinem Stuhl stand. »Als ich abreiste, lebte die Ehrenwerte Esche noch, und es ging ihr ausgezeichnet, aber als ich Iversly erreichte, erwartete mich ihre Leiche bereits, abgelagert und zu einem Amtsstab der Kirche verarbeitet. Mit Glöckchen behängt. Wie Hase Zweibaums'sohn wiederholt betont hat: Fünf

Jahre lang konnte der Hohe Rat die Schmuggler nicht finden, die unser Volk töten und verkaufen!« Er grollte tief in seiner Brust. »Und wie konnte es diesen Schmugglern gelingen, eine Faena zu ermorden?«

Der Fyrst von Elan, Loran, und der Zauberer Wyln drehten sich um und sahen die Ehrenwerte Esche an. Ihre Mienen verfinsterten sich.

»Ich habe bei meiner Ankunft in Iversly außerdem feststellen müssen, dass König Jusson keineswegs die Absicht hatte, den Friedensvertrag zwischen Iversterre und uns zu brechen«, fuhr Laurel fort. »Im Gegenteil. Als der Ehrenwerte Jusson feststellte, dass der Vertrag verletzt wurde, hat er mich beauftragt, einen Weg zu finden, einen Krieg zu verhindern.«

»Worauf wollt Ihr hinaus, Faena?«, fragte der Fyrst, dessen Miene zusehends düsterer wurde.

»Weiterhin fand ich heraus, dass Dragoness Moraina nicht nur eine der Unterzeichnerinnen des Vertrags ist«, Laurel ignorierte die Frage Seiner Gnaden, »sondern dass sie auch eine Korrespondenz mit König Jussons Großvater geführt hat.«

»WAS?« Die distanzierte Haltung des Fyrst ging zum Teufel, als er von seinem Stuhl aufsprang und Laurel anstarrte, während Wyln langsam den Kopf schüttelte.

Laurels Augen glühten. »Hat man mir das erzählt? Hat man mir irgendetwas davon gesagt? Mitnichten! Stattdessen wurde ich in die Schwarzen Berge des menschlichen Königreichs geschickt, um Hase zu suchen. Man hielt mich sogar von Veldecke fern, wo eine Fee vergewaltigt und ermordet wurde – und obwohl der Faena, der dort wandelte, wusste, wer es getan hat, hat er niemanden dafür zur Verantwortung gezogen.«

Der Fyrst und Wyln wandten gleichzeitig ihre Köpfe und sahen Groskin an, der heftig zusammenzuckte.

»Oh nein, Euer Gnaden«, sagte Laurel. »Er war der Einzige,

der nicht daran beteiligt war. Er wurde jedoch bestraft, weil er die Schuldigen benannte.« Laurel lehnte sich auf seinem Stuhl zurück. »Ihr sagt, ich hätte Euch Informationen vorenthalten. Das stimmt wohl. Aber ich hebe mir meine Fragen und meine Anmerkungen für das vollständige Konzil des Hohen Rats auf.« Laurels Schnurrhaare glitten zurück, als er seine Reißzähne zeigte. »Dann jedoch werde ich alle höchst ausführlich befragen, Euer Gnaden, selbst die Ratsrepräsentanten der Dunkelelfen.«

»Tatsächlich?«, fragte Wyln, dessen flammende Augen den glühenden von Laurel an Helligkeit in nichts nachstanden.

»Nein, Wyln«, sagte der Fyrst und legte dem Zauberer die Hand auf die Schulter. Wyln lenkte ein. »Der Faena kann alle Fragen stellen, die er stellen will, denn ich selbst bin sehr an den Antworten interessiert.«

Ich blieb stumm, und in der Stille konnten wir Trompeten hören. Der Fyrst sah zum Fenster hinüber. »Mehr Ratsmitglieder treffen ein. Ich muss sie begrüßen.« Sein Blick glitt zu uns zurück. »Der einzige Weg, ein Geheimnis zwischen zweien zu bewahren, ist der Tod eines von beiden ...«

Javes lächelte unmerklich, während sein Blick die Geister streifte.

»... und selbst das ist nicht sicher.« Der Fyrst wandte sich zum Gehen. »Dennoch, ich möchte Euch darum bitten, das, was wir heute hier besprochen haben ...« Er unterbrach sich, als sein Blick auf die Burgwache fiel, die Hauptmann Suiden geholt hatte. Der Mann stand immer noch im Zimmer. Dann glitt Lorans Blick zur Tür, wo die anderen Wachen sich drängten und uns anstarrten.

Einer trat vor und blieb stehen, als die Geister ihm den Weg versperrten. »Sklaven, Euer Gnaden?«, fragte er.

Der Fyrst zögerte und nickte dann. »Es scheint so.«

Die Wachen stöhnten unwillkürlich auf, ein Laut, den der Wind aufzugreifen schien. »Verkauft auf den turalischen Sklavenmärkten«, flüsterte ein anderer. Suidens Gesicht umwölkte sich vor Scham.

Die Trompeten schmetterten erneut, und der Fyrst blickte wieder zum Fenster. »Noch mehr Neuankömmlinge. Wenn das so weitergeht, wird der Rat sehr bald vollzählig sein, und der Faena kann seine Fragen stellen.« Er sah Wyln an. »Ich muss hinuntergehen und die neu eingetroffenen Ratsmitglieder begrüßen, die zweifellos allesamt den Sohn von Zweibaum sehen wollen. Wenn ein solches Ansinnen an Euch gestellt wird, lehnt es ab.«

Wyln nickte. »Jawohl, Euer Gnaden.«

Dann wandte sich der Fyrst an mich. »Ihr haltet Euch dicht an Euren *Cyhn*, junger Mensch. Besser noch, haltet Euch dicht an Euren *Cyhn* und den Faena. Lauft nicht allein umher und lasst Euch von niemandem fortlocken.«

Ich nickte und fühlte mich plötzlich ziemlich beengt, vor allem, als zwei Burgwachen auf ein Zeichen Seiner Gnaden sich an uns hefteten. Die Trompeten schmetterten erneut, signalisierten die Ankunft eines weiteren Ratsmitgliedes, und der Fyrst ging zur Tür. »Ich werde nach Euch schicken, sobald ich Zeit habe«, sagte er. Es war nicht ganz klar, wen er mit »Euch« meinte, aber mich beschlich das unangenehme Gefühl, dass es an mich gerichtet war.

63

Onkel Havram kehrte auf sein Schiff zurück, um, wie er sagte, »eine Untersuchung einzuleiten, wie es dem Erzdoyen gelingen konnte, seinen aufmerksamen Wachen zu entkommen.« Er sah mich besorgt an. »Aber ich komme wieder, Junge.« Als er sich umwandte, lächelte er Hauptmann Suiden gequält zu. »Hätte zulassen sollen, dass Sie Seine verdammte Eminenz über die Planke gehen oder ihn zumindest ein bisschen von der Rahnock baumeln ließen.« Er wartete nicht auf Suidens Erwiderung, was auch ganz gut war, denn der Hauptmann antwortete nicht. Aber er stand auf, weil Laurel vorgeschlagen hatte, dass wir die Gemächer des Fyrst verlassen sollten. Als ich ging, sah ich mich noch einmal in dem Raum um. Auf Schlachtfeldern gibt es oft weniger Verwundete, schoss mir durch den Kopf.

Laurel, Wyln und ich gingen nicht in den Garten hinab, weil der Wind mittlerweile kräftig heulte, sondern folgten Suiden, Javes und Allwyn in unser Quartier. Als ich eintrat, erwartete ich eigentlich, Kanzlerin Berle dort zu sehen, aber abgesehen vom Botschaftspersonal saß nur Lord Esclaur am Kamin, mit einem Pokal Wein und einem Buch.

»Wo ist die Kanzlerin?«, erkundigte sich Javes.

»Berle hat das Dampfbad entdeckt.« Esclaur legte das Buch weg, stand auf und reckte sich. »Sie meint, dort würden Steine erhitzt und mit Wasser übergossen, und man sitzt in dem daraus resultierenden Dampf. Soll sehr entspannend sein, aber für mich klingt das zu sehr nach Sommer in Iversly.«

Ich rang mir ein Lächeln ab. »Ich weiß nicht, wie entspannend die Kanzlerin es finden wird, da es für alle zugänglich ist.« Ich bemerkte Esclaurs fragenden Blick. »Männer und Frauen, Eorls und Diener teilen sich alle dasselbe Bad.«

»Ich muss schon sagen!« Auf Lord Esclaurs Gesicht rangen Staunen und Vergnügen miteinander. Als sein Blick jedoch auf die Geister fiel, die in unser Quartier strömten, wurde er schlagartig wieder ernst. »Sie sind vor einer Weile davongeschwebt, als hätte jemand ›Feuer‹ gerufen.« Sein Blick glitt wieder zu mir. »Alles in Ordnung, Hase?«

Ich wollte die Frage schon bejahen, natürlich, aber kein Laut drang über meine Lippen. Ich blinzelte, holte tief Luft und sagte: »Nein.«

Er runzelte die Stirn, während er mich anstarrte, und seine Miene verfinsterte sich, als er die anderen betrachtete. »Was ist passiert?«

»Eine Abrechnung, Lord Esclaur«, antwortete Doyen Allwyn. Er versuchte ebenfalls zu lächeln, aber seine Lippen wollten ihm nicht so recht gehorchen. »Ich werde beten und meditieren. Segenswünsche.« Der Doyen verschwand in seinem Gemach.

»Kanzlerin Berle hat Seiner Gnaden verschwiegen, wer hinter dem Schmuggelring steckte, Sro Esclaur, und ihm auch die Hintergründe nicht geschildert.« Suidens Stimme klang erschöpft, und er fuhr sich mit einer Hand über das Gesicht. »Also blieb diese Aufgabe an uns hängen.« Er trat zum Tisch und goss sich Wein in einen Kelch.

»Wie bitte?«

»Man fragt sich unwillkürlich, was Berle dem Fyrst eigentlich genau erzählt hat, oder?«, merkte Javes an. Esclaurs Blick zuckte zu Wyln, der ruhig neben mir stand und uns beobachtete. Javes lachte barsch. »Oh, sie haben uns so gründlich durchschaut, dass wir jetzt keine Geheimnisse mehr vor ihnen haben.« Er leistete Suiden beim Wein Gesellschaft. »Zu allem Überfluss ist Obruesk entkommen.«

»WIE BITTE?«

»Irgendein frommer Seemann hat offenbar das Flehen Seiner

Eminenz erhört, ihn als Matrosen verkleidet und ihm geholfen, von dem Schiff zu türmen.« Javes trank einen Schluck Wein. »Er rennt jetzt in der Stadt herum, nachdem er seine Seemannskleidung gegen eine andere Verkleidung ausgetauscht hat.«

»Das alles ergibt keinen Sinn, Sirs«, meldete ich mich zu Wort. »Er kann hier absolut nichts ausrichten.«

Javes zuckte mit den Schultern. »Vielleicht hat er von den Dampfbädern gehört und startet jetzt einen Kreuzzug dagegen.«

»Aber ...«

»Aber«, fuhr Laurel mir über den Mund, »Geheimnisse und Enthüllungen einmal beiseite«, er machte Anstalten, mich zur Tür meines Gemachs zu schieben, begleitet von Wyln, »es gibt noch vieles, was wir erledigen müssen.«

»Warum?«, erkundigte sich Suiden.

Wir drehten uns herum und sahen den Hauptmann an, als der seinen leeren Kelch auf den Tisch stellte. Javes wollte ihn wieder füllen, aber Suiden legte seine Hand darauf, als er uns anstarrte.

»Ehrenwerter Hauptmann?«, fragte Laurel.

»Warum?«, wiederholte Suiden. Er klang milde neugierig. »Glaubt Ihr wirklich, Faena, dass Ihr die Entscheidung des Hohen Rates beeinflussen könnt?«

»Wissen Sie etwas, Suiden?«, erkundigte sich Javes. Er stellte seinen Becher ebenfalls ab, während er uns musterte.

Suiden zuckte mit den Schultern. »Denken Sie nach, Javes. Der Fyrst hat Hases Lehrvertrag aufgelöst, weil er es wollte, nicht wegen irgendwelcher Argumente, dreifacher Treueschwüre oder Juwelen aus Drachenhorsten.«

»Aber der tote Vogel«, wandte Esclaur ein.

»Das war nur ein willkommener Vorwand, Sro Esclaur. Seine Gnaden hat sich nicht einmal die Mühe gemacht zu überprüfen, ob Sie die Wahrheit sagten, was er ganz leicht hätte tun können, entweder durch Laurel oder den Kreis der Zeugen, obwohl Sie sich ja schon freiwillig dazu bereit erklärt hatten.« Suiden sah Wyln und Laurel an. »Es schien ihn weit mehr zu interessieren, dass König Jusson ein Elfenzauberer wäre ...«

»Aber nein.« Wyln lächelte. »Kein Zauberer. Sagen wir, er hat eine angeborene Gabe.«

»... und dass Hase sein Cousin ist und ihm Treue geschworen hat. Ich glaube, dass der Fyrst in dem Moment beschlossen hat, Hase, wenn schon nicht für sich selbst, dann doch zumindest außerhalb der Reichweite ...«

»Des Magus.« Laurel warf Wyln einen Seitenblick zu.

»... des Magus zu halten.« Suiden zuckte erneut mit den Schultern. »Bis dahin war Seine Gnaden mehr als bereit gewesen, Hase seinem Meister zurückzugeben. Und es interessierte ihn nicht die pockenverseuchte Bohne, was irgendjemand sonst wollte oder dachte.«

»Und obwohl Ihr das wusstet, Ehrenwerter Prinz, habt Ihr nur zu gern einen *Cyhn* für Euren, ehm, Euer Mündel ausgehandelt«, meinte Wyln.

»Schutz ist Schutz, Sro Wyln. Trotzdem, mich beruhigte die Weigerung des Fyrst, Laurel fallen zu lassen und Euch an seiner Stelle einzusetzen«, erwiderte Suiden. »Ich frage mich, warum er das wohl getan hat.«

»Eure Gelassenheit, Ehrenwerter Prinz, mit der Ihr darauf reagiert habt, dass Laurel verschwieg, wer ihn schickte, überrascht mich aufs Neue.« Wyln ignorierte sowohl Suidens Frage als auch Laurel, der sich umdrehte und ihn anfunkelte.

»Wie gesagt, ich vertraue Hases Instinkten. Er kehrt Laurel ohne Sorge den Rücken zu. Euch dagegen lässt er nicht aus den Augen.«

In der Stille hörte ich den Wind heulen, und eine Bö ließ die

Fensterläden rattern. Javes zuckte zusammen, sah sich um und runzelte die Stirn, als er sah, dass uns die Botschaftsangehörigen mit großen Augen anstarrten. »Ich glaube, wir sollten dieses Gespräch besser an einem weniger öffentlichen Ort führen, was?« Ohne auf eine Antwort zu warten, drehte er sich um und ging in das Schlafgemach, das er mit Suiden teilte.

Der Raum war ebenso verschwenderisch mit Holz ausgestattet wie die Kammer, die ich mit Groskin und Jeff teilte. Groskin folgte uns mit dem Weinkrug und den Kelchen auf einem Tablett. Er stellte sie auf den Tisch und wollte hinausgehen.

»Bleiben Sie, Leutnant«, sagte Suiden und deutete auf die Tür. Groskin baute sich daneben auf. Der Geist des Leoparden bezog auf der anderen Seite Stellung.

»Hat man Euch jemals die Geschichte des Volks erzählt, Hoheit?«, erkundigte sich Wyln, während er Wein einschenkte.

»Ich weiß, dass Iversterre einst zu den Grenzlanden gehörte und dass es viele gibt, die es wiederhaben wollen«, sagte Suiden.

»›Wiederhaben‹?« Wyln stellte den Weinkrug mit einem Ruck ab, während er Suiden ansah. Das Feuer im Kamin spiegelte sich in seinen Augen. »Es war mein Heim, Hoheit, nicht etwas, das mir aus der Tasche gefallen ist. Was jetzt Iversly ist, war einst Morendyll, das Juwel an der See, und Fyrst Loran regierte dort als der Hochkönig der Elfen. Es gibt Mosaiken in den Wänden des Palastes, die Molyu, meine Schwester, seine Gemahlin, eigenhändig dort eingearbeitet hat. Gärten, Laubengänge und Lauben, die sie und meine anderen Schwestern entworfen und angepflanzt haben. Meine eigene Gemahlin wurde dort geboren und wuchs auf, so entzückend wie eine sonnengeküsste Rose, und dort heiratete ich sie auch.« Die Flammen in seinen Augen tanzten, als er einen Schluck Wein trank. »Fragt mich, wo meine Frau jetzt ist, Ehrenwerter Prinz. Fragt nach meinen Kindern.«

Keiner sagte einen Ton.

Der Zauberer senkte den Kelch und lächelte freundlich. »Soweit ich weiß, befinden sich die Stallungen der Königlichen Garnison über der Grube, in die man ihre Leichen warf, zusammen mit dem anderen Abfall.«

Erneut war kein Laut zu hören.

»Ihr sagt, dieser Mensch vertraut mir nicht«, fuhr Wyln fort, »dass er mir nicht den Rücken zuwendet, mit seinen vierundsechzig Linien zum Hause Iver. Zu demselben Iver, der mich aus meinem Heim vertrieb, meine Familie tötete, dessen Priester den Mord an ihnen als eine Läuterung des Landes lobpriesen, das ihnen von ihrem Gott verheißen worden wäre.« Der Zauberer zuckte mit den Schultern. »Vielleicht tut der Sohn von Zweibaum ja gut daran, vorsichtig zu sein.«

Der Wind peitschte um die Burg und rüttelte an den Fenstern. Ich erinnerte mich an das, was Jusson gesehen hatte, als ich ihn berührte, fuhr mit dem Finger über mein Spiegelbild in dem auf Hochglanz polierten Holz und hoffte inständig, dass ich nicht wie mein ferner Vorfahr aussah.

»Keine Sorge, Zweibaums'sohn, Ihr seht nicht so aus«, meinte Wyln beiläufig, als er noch einen Schluck Wein trank.

»Waren wir Narren, dass wir hergekommen sind?«, erkundigte sich Javes nach einem Moment.

»Der Ehrenwerte Faena glaubt das nicht, stimmt's, Laurel?« Wyln wandte sich an die Raubkatze.

»Ihr könnt den Eimer so weit herunterlassen, wie Ihr wollt, Wyln, aber dieser Brunnen ist trocken«, brummte Laurel. »Ich weigere mich, mit Euch zu debattieren.« Er sah Javes an. »Man hat mich beschuldigt, vorschnell und leichtfertig mit meinen Versprechungen umzugehen, Ehrenwerter Hauptmann, aber ich habe einen Pakt geschlossen und einen Eid geleistet. Beide habe ich bis jetzt eingehalten.«

»Wenn der Hohe Rat zusammentritt«, sagte Esclaur und sah

Laurel nachdenklich an, »könnte es sehr gut sein, dass Eure Schwüre für null und nichtig erklärt werden.«

»Ich habe nicht Frieden versprochen«, erwiderte Laurel. »Und auch niemandem von Euch etwas versichert oder Eurem König. Ich habe jedoch geschworen, Hase von dem Magus fernzuhalten, und das werde ich auch tun.«

»Und ich habe gelobt, sein Pate zu sein«, meinte Wyln, der sich anschickte aufzustehen. »Ungeachtet von Zweibaums'sohns Vorfahren.«

»Warum?«, wiederholte Suiden seine Frage von vorhin.

Wyln ließ sich wieder auf seinen Stuhl zurücksinken und verzog gereizt sein Gesicht. »Warum was?«

»Wenn Hases Vorfahr Eure Familie getötet und Euch Euer Heim genommen hat, wenn die Menschen Euch solche Qual bereitet haben und Ihr uns so sehr hasst, warum habt Ihr dann Hase als *Cyhn* akzeptiert?«

Wyln seufzte. »Ihr seid schlimmer als ein Kind mit Eurem ständigen Fragen nach dem ›Warum‹.«

Suiden sah Wyln nur an, der in seinen Weinkelch blickte, während sich eine Falte zwischen seinen Brauen bildete. Schließlich zuckte der Zauberer mit den Schultern, leerte seinen Kelch und ließ ihn dann sinken. Statt jedoch den Hauptmann anzusehen, richtete er seinen scharfen Blick auf mich.

»Es gibt eine Theorie, dass die menschliche Gabe aus einer sonderbaren Alchemie zwischen Elf und Mensch erwächst. Dass diese mit der Gabe der Magie Geborenen eine Spur Elfenblut in ihren Adern haben und dass die Gabe sich umso stärker in ihnen zeigt, je größer diese Spur ist.«

Ich starrte den Zauberer unwillkürlich an.

»Wollt Ihr behaupten, dass Hase Elfenblut in seinen Adern hat?«, erkundigte sich Suiden. Er und Laurel waren die Einzigen, die ihre Augen nicht weit aufgerissen hatten.

»Seine Gnaden hat es bei dem Dinner in der ersten Nacht angedeutet, als Ihr wegen des *Cyhn* verhandelt habt, Hoheit.« Wyln beugte sich vor, griff über den Tisch und nahm überraschend sanft mein Kinn zwischen die Finger. Ich erschrak, als ich seinem Blick begegnete, aber der Zauberer war mehr daran interessiert, meine Gesichtszüge zu betrachten, als mich zu verzaubern. »Vierundsechzig Linien zu einem Elfenkönig, einem König, mit dem Seine Gnaden verwandt sein könnte. Mit dem ich verwandt sein könnte ...«

Wyln unterbrach sich, als wir einen Tumult vor dem Gemeinschaftssaal hörten, der sich uns eindeutig näherte. Er ließ die Hand sinken, und wir blickten alle zur Tür, als sich der Vorhang teilte und Hafenmeisterin Lin in den Raum trat. Sie hatte ihre Flügel gefaltet, als sie durch den Vorhang kam, und breitete sie jetzt aus. Ich betrachtete die Schmetterlinge in ihrem Haar und auf ihren Schultern, und in dem Moment fiel mir die Antwort auf die Frage von Lordkommandeur Thadro ein, wer schon gern ein Schmetterling sein wollte. Feen wollten das.

Die Schmetterlinge lösten sich von ihr und flogen auf mich zu, als Wyln seufzte. »Das wird langsam zur Gewohnheit, Hafenmeisterin. Warum sucht Ihr nicht den entflohenen Priester?«

»Weil wir zuerst Kommandeur Pellan gefunden haben, Ehrenwerter Zauberer«, antwortete Lin. »Das heißt, er und die Stadtwache haben meine Wachen und Eure Burgwachen gefunden. Ich konnte ihnen nur knapp entkommen.«

»Wie bitte?« Wyln runzelte die Stirn.

»Eine beschlussfähige Sitzung des Hohen Rates wurde einberufen. Sie haben verfügt, Seine Gnaden den Fyrst unter Hausarrest zu stellen ...«

Wyln sprang so hastig auf, dass sein Stuhl umkippte.

»... um sich der Anklage zu stellen, einen Menschen aufgenommen zu haben, welcher der Vergewaltigung und des Mordes an einer Fee beschuldigt wird ...«

Groskin schnappte nach Luft und zuckte zusammen, als hätte man ihn geschlagen.

»... und einen anderen Menschen als *Cyhn* zu akzeptieren, der beschuldigt wird, Schwarze Magie zu praktizieren ...«

»Wie bitte?«, flüsterte ich, als der Wind draußen kreischte und gegen die Fenster hämmerte.

»... sowie denen Gastfreundschaft zu gewähren, die des Schmuggels und Sklavenhandels schuldig sind ...«

»Warum hätte man uns auch auslassen sollen?«, murmelte Javes.

»... während ihm gleichzeitig Laurel vom Clan der Schwarzen Berge half und ihn beriet, der nicht nur seine Pflicht dem Rat gegenüber nicht erfüllt hat, sondern sich auch der Verfehlung schuldig gemacht hat, seinen Schwur als Faena zu verletzen.« Die Hafenmeisterin drehte ihren Kopf herum, als die Schmetterlinge auf meinen Schultern landeten. Ihr Gewicht verband mich mit der Erde. Dann richtete sie den Blick ihrer violetten Augen auf mich. »Der Rat hat Kommandeur Pellan geschickt, um Euch zu verhaften. Er muss jeden Moment hier eintreffen.«

64

»Kommandeur Pellan kommt hierher, um uns in Gewahrsam zu nehmen?«, fragte Suiden, als wir aus dem Schlafgemach in den Gemeinschaftssaal stürmten. Wyln sah die Fee an. In seinen Augen loderten Flammen.

»Ja, Hoheit«, antwortete Lin, die beobachtete, wie die Geister mich umringten. »Er hat den Fyrst an den Rat ausgeliefert. Wie Laurel Faena bereits feststellte, ist Vertrauen eine sehr mächtige und zweischneidige Waffe.« Sie wartete nicht auf eine Antwort, sondern deutete mit einem Nicken auf die Schmetterlinge auf meinen Schultern. »Zwei Schwestern von mir, Sohn von Lerche und Zweibaum. Sie sind dem Botenvogel des Magus gefolgt und haben Euch so in der Königlichen Stadt gefunden.«

»Warum?«, stieß ich hervor, während ich damit beschäftigt war, den Verrat von Pellan an seinem Fyrst zu verdauen.

Die Flügel der Fee wippten, als sie mit den Schultern zuckte. »Dragoness Moraina ist nicht die Einzige, die das Weitsehen beherrscht. Wir waren neugierig, und außerdem wollten wir uns selbst eine Meinung bilden.«

»Neugierig worauf …?«, begann Javes, als die Tür des Gemeinschaftsraums aufflog und Kommandeur Pellan hereinkam. Er blieb wie angewurzelt stehen, als er sah, dass wir über sein Auftauchen nicht überrascht waren. Die Hauptleute Suiden und Javes bauten sich vor uns auf, und der Zauberer trat zu ihnen, während Laurel und Groskin mich flankierten.

»Was macht Ihr hier, Neffe?«, fragte Wyln. Seine Stimme klang ruhig, aber seine Augen loderten immer noch.

Kommandeur Pellan hob eine Hand, und mehrere Elfen der Stadtwache traten durch die offene Tür. Dann nahm er einen Beutel vom Gürtel. Seine Miene war unbewegt. »Ihr werdet alle vor den Hohen Rat gerufen …«

»Vor der festgesetzten Zeit.« Laurels Schwanz zuckte. »Ohne dass alle Ratsmitglieder anwesend sind.«

»Eine besondere Sitzung wurde anberaumt …«, setzte Pellan an.

»Oh«, unterbrach ihn diesmal Esclaur. »Diese Art Sitzungen kenne ich. Sie werden insgeheim abgehalten, ohne Zeugen … ich meine, ohne Öffentlichkeit.«

»... um die Vorwürfe des Mordes, der Sklaverei, der Praktizierung Schwarzer Magie und andere Anklagen zu verhandeln«, beendete Pellan seinen Satz.

»Habt Ihr ihnen wirklich Seine Gnaden ausgeliefert, Pellan?«, erkundigte sich Wyln. Er schien es tatsächlich wissen zu wollen. Die beiden Burgwachen traten zu ihm.

Pellan sah seinen Onkel an, zum ersten Mal, seit er den Raum betreten hatte. »Was hätte ich sonst tun sollen? Es geschah auf Befehl des Rates.«

»Verstehe«, erwiderte Wyln. »Ihr, ein Verwandter des Fyrst, empfandet also keinerlei Skrupel, ihn zu hintergehen, während Hafenmeisterin Lin, die nicht einmal unserer Rasse angehört, ihren Treueeid respektiert hat.«

Ich erinnerte mich wieder an die kleine Fee und sah mich suchend nach ihr um. Doch der Wind, der wütend gegen die Fenster schlug, lenkte mich ab. Ich sah hin, und die Fenster klapperten heftiger, so hart, dass die Riegel ratterten. Ich runzelte die Stirn.

»Ihr glaubt, ich hätte meine Eide gebrochen?« Der Kommandeur warf mir einen kalten Blick zu, und die Geister drängten sich enger um mich, bis ich von einem undurchdringlichen Kreis umringt war. »Der Fyrst hat einen Menschen zum *Cyhn* gemacht, einen Nachfahren des Menschen, der unsere Familien ermordete und uns unser Geburtsrecht nahm. Erinnerst du dich noch an den Bruder meiner Mutter? An die Flammen und die Soldaten und an die qualvollen Schreie, als unser Blut vergossen wurde? Daran, dass keine Gnade gezeigt und selbst die Kleinsten abgeschlachtet wurden?«

»Pellan war noch ein Kind, als wir Morendyll verließen«, erklärte Wyln an uns andere gewandt. »Aber er erinnert sich an unsere Flucht sehr genau, und auch daran, dass seine Eltern nicht fliehen konnten.«

Pellan deutete auf die Wachen, die hinter ihm standen. »Nicht nur meine Eltern, sondern auch ihre Mütter und Väter, Schwestern und Brüder, Ehrenwerter Onkel. So wie deine Gemahlin und Kinder. Selbst die Tochter des Fyrst. Sein einziges Kind wurde ermordet, und doch nimmt er einen Sohn von Iver Bluthand in sein Haus auf.«

Wyln lächelte den Kommandeur an. »Sagt, habt Ihr ihn gefragt, warum er das tat?«

»Das war nicht nötig«, zischte Pellan. »Ich habe den Faena gehört. Weil er ein Cousin eines Menschenkönigs ist, der wie ein Elf aussieht.« Er zuckte mit den Schultern. »Ihre Gnaden Molyu kann keine Kinder mehr bekommen. Vielleicht liegt dieser Makel auch bei Seiner Gnaden selbst. Also will er seine Linie mit menschlichem Abschaum weiterführen.« Er deutete auf die Wachsoldaten. »Ihr seht vielleicht, dass die Stadt darüber nicht allzu erfreut ist.«

»Aber mit Euch wären sie froh, Verräter, als ihrem neuen Fyrst?«, erkundigte sich Wyln.

Pellan lächelte ebenso liebenswürdig wie sein Onkel. »Jedenfalls die, auf die es ankommt.« Er gab ein Zeichen, und die Wachen umringten uns. Zwei marschierten in das Gemach des Doyen. »Ihr werdet vor den Rat gerufen«, sagte Pellan erneut.

Die Stadtwachen kamen in den Gemeinschaftssaal zurück und stießen den Doyen vor sich her.

»Mylords, was geht hier …?« Doyen Allwyn verstummte, als eine Stadtwache ihm die Faust hart zwischen die Schultern rammte, sodass der Doyen gegen den Tisch stolperte. Er unterdrückte einen Schmerzensschrei, als ein Stuhl gegen seine Rippen prallte.

»Jeder Widerstand wird rücksichtslos gebrochen«, erklärte Pellan.

Doyen Allwyn wollte sich aufrichten, aber die zweite Stadtwache schleuderte ihn zu Boden, wo er auf Händen und Knien landete. Dann hob der Elf den Fuß, um ihn zu treten.

Ich hörte das Klappern von Scheiden und warf einen Blick über meine Schulter. Javes, Esclaur und Suiden hielten ihre Schwerter in der Hand, während sie sich den Stadtwachen näherten. Groskin hatte ein Messer in jeder Hand. »Komm schon, Burschi«, knurrte er den Elf vor sich an. »Bitte.«

Ich zog ebenfalls mein Schwert, aber die Stadtwachen achteten nicht auf mich. Die Fenster ratterten erneut unter einem Windstoß. Ich drehte mich zu ihnen herum und ging ein paar Schritte auf sie zu.

Laurel trat neben den Doyen, und sein tiefes Grollen vibrierte in meinen Knochen, während Wyln, flankiert von den beiden Burgwachen, auf Kommandeur Pellan zuging. Seine langen Finger zogen feurige Spuren in der Luft. »Das wird jetzt aufhören ...«

»Allerdings«, stimmte Pellan zu, öffnete den Beutel, den er in der Hand hielt. Eine leichengrüne Kugel mit grellroten und mattschwarzen Flecken schwebte heraus. Als sie in die Luft stieg, scharten sich die Geister hinter die Ehrenwerte Esche, rissen ihre gespenstischen Augen weit auf und wichen zurück, weit zurück. Wyln blieb wie angewurzelt stehen und wurde leichenblass, während Laurels Grollen abbrach, als hätte jemand einen Hahn zugedreht.

Die Fenster ratterten erneut, und mit dem Schwert in der Hand schob ich mich an Stadtwachen und Geistern vorbei, umrundete die Botschaftsangehörigen, die sich vor dem Kamin zusammenscharten und allesamt Pellan beobachteten.

»Sohn meiner Schwester, ihr einziges Kind, was hast du da getan?«, flüsterte der Zauberer.

Ich hatte die Fenster erreicht. Der Wind schlug gegen die Scheiben, und die Riegel klapperten. Ich hob meine Hand.

»Das würde ich nicht tun, Menschenhexer«, sagte Kommandeur Pellan. Ich drehte mich herum. Die Kugel schwebte unmittelbar vor meinem Gesicht. Ich zuckte zurück, und mein Hinterkopf schlug gegen den Kaminsims. »Es ist ein sehr langsamer, schmerzvoller Tod.«

»Schwarze Magie!«, stieß ich hervor, ohne auf die Beule an meinem Hinterkopf zu achten, als ich an dem sich langsam drehenden Kristall des Jenseits vorbei zum Eorlkommandeur blickte.

Pellan zuckte wieder mit den Schultern. »Eure Schuld, weil Ihr in Eurem Aspekt so stark seid.« Er sah auf die klappernden Fenster. »Selbst jetzt noch schreit der Wind seine Enttäuschung darüber hinaus, dass er nicht zu Euch kann.«

»Der Rat«, sagte Laurel und blickte auf die Kugel. Er hob unwillkürlich die Tatze und machte eine abwehrende Geste. Die Rune in seiner Handfläche leuchtete grell. »Er hat Hase blockiert.«

Ich sah auf meine Rune hinab. Sie war dunkel.

»Was ist das?« Suiden hatte die Augen zusammengezogen und hielt sein Schwert vor sich.

»Der Kristall des Jenseits«, erklärte Wyln. »Es ist die Verderbnis der Pestilenz und des Grabes.«

Pellan lächelte schwach und sah seinem Zaubereronkel erneut recht ähnlich. »Wäre der Mensch bei seinem Meister geblieben, hätte er die Blockade früher erkannt, sie vielleicht sogar überwinden können. Statt dessen jedoch habt Ihr und diese Katze beschlossen, ihn für Euch zu behalten. Was Ihr ihn nicht lehren konntet, ist sein Untergang geworden.« Sein Lächeln verschwand, als er die Stadtwachen ansah. »Entwaffnet sie.«

Die Wachen nahmen uns unsere Schwerter und Messer ab. »Ihr seid verdammt worden, Laurel von den Schwarzen Hügeln«, sagte Pellan, »und all Eure Ämter und Privilegien wurden Euch aberkannt.«

»Dieses Recht haben sie nicht«, sagte Laurel, der vor Wut seine Krallen zeigte. Er fauchte wütend den Elf an, der nach seinem Stab griff.

Der Kommandeur machte eine Handbewegung, und der Kristall schwebte nur noch eine Haaresbreite vor meiner Nase. Ich musste mich zusammenreißen, damit ich weder zurücktrat noch schielte. »Eure Wahl, Katze«, sagte Pellan. Er quittierte Laurels Knurren mit Schulterzucken, als dem Faena der Stab entrissen wurde. »Beschwert Euch beim Rat«, sagte er, als die Wache ihm Laurels Stab reichte.

Wir wurden aus dem Gemeinschaftssaal geführt. Pellan ließ zwei Elfen als Wache für die verängstigten Botschaftsangehörigen zurück, die sich um den Kamin scharten. Die Geister versuchten uns zu folgen, aber Pellan drohte mir erneut mit dem Kristall, und sie traten in den Saal zurück. Als wir die Treppe erreichten, wollte ich Doyen Allwyn einen Arm reichen, weil er stark humpelte, was unseren Wachen nicht gefiel. Ich spürte, wie sich die Luft hinter mir veränderte, und duckte mich, als einer der Elfen nach meinem Kopf schlug, und sein Hieb traf nur meine Schulter. Ich stolperte, fiel gegen die Wand und konnte gerade noch verhindern, dass ich die Treppe hinabstürzte. Ich spannte meine Muskeln an, um zurückzuschlagen, aber dieser verdammte Kristall schwebte sofort wieder vor mir.

»Ganz ruhig, Hase«, sagte Laurel, der sich zwischen mich und den Elf gestellt hatte. Der hob erneut die Faust zum Schlag, aber Laurel sah an ihm vorbei Pellan an. »Ich bin noch Angehöriger meines Clans, Kommandeur. Ich würde zu gern sehen, wie der Hohe Rat das ebenfalls für null und nichtig erklärt.«

Der Clan der Schwarzen Hügel musste wahrlich einflussreich sein, denn Pellan runzelte die Stirn. »Keine Gewalt«, murmelte er.

Der Elf zögerte und ließ dann den Arm sinken. Laurel quittierte das mit einem kurzen Zucken seines Ohres und half dann Allwyn die Treppe hinab.

Der Kommandeur führte uns über mehrere Treppen, die immer schmaler und dunkler wurden, je weiter wir hinabstiegen. Schließlich erreichten wir einen Gang, der ebenso schmal und schlecht erleuchtet war und dem wir bis zu mehreren Türen folgten. Es roch zwar nicht nach Verlies, aber ich erwartete dennoch, Ketten und Käfige zu sehen, als die Tür geöffnet wurde. Stattdessen fanden wir uns in einem hellen, geräumigen Gemach wieder, das ebenso prachtvoll möbliert war wie der Rest der Burg. Einige Wachen folgten uns hinein, und Pellan schloss die Tür hinter uns und drehte den Schlüssel um. Einen Moment später schimmerte das Schloss auf, als es mit einem Wachzauber belegt wurde. Dann ertönten Schritte auf dem Steinboden, als der Kommandeur Wyln und die Burgwachen abführte. Zwei Stadtwachen bezogen Posten an gegenüberliegenden Stellen des Gemachs, aber wir achteten nicht auf sie, weil wir nur Augen für Kanzlerin Berle und Erzdoyen Obruesk hatten, die an einem Tisch am Kamin saßen, wo sie Tee und Süßigkeiten genossen.

Der Erzdoyen stellte seine Tasse ab und lächelte uns an. »Heil Euch allen, Messirs.« Er erwiderte meinen Blick und nickte. »Lord Hase.«

»Berle?« Esclaur wollte auf sie zugehen, wurde jedoch von einem Elf zurückgestoßen.

»Ich würde ihnen gehorchen, Esclaur«, sagte die Kanzlerin und tupfte sich den Mund mit einer Serviette ab. »Wir wollen doch keinen diplomatischen Zwischenfall provozieren.«

Esclaur keuchte knurrend. »Sie ungeheuerliche, verräterische ...« Er verstummte, als der Soldat ihn schlug, und stolperte.

Die Kanzlerin musterte uns mit ihren Fuchsaugen, bis ihr Blick an Laurel hängen blieb. »Nun, es scheint, dass nicht alle Versprechen gehalten werden, Botschafter, stimmt's? Selbst wenn man es noch so sehr will.«

Laurel grollte, aber niemand wagte, ihn zum Schweigen zu bringen. Dieser Clan der Schwarzen Hügel musste wirklich sehr respekteinflößend sein. »Der Tag ist noch nicht vorbei, Kanzlerin.«

»Welch Optimismus«, staunte die Kanzlerin und griff nach einem Keks.

»Welch Verrat«, konterte Javes, bevor Laurel etwas antworten konnte. Der Soldat der Stadtwache kühlte sein Mütchen an Javes, weil er es nicht wagte, an den Faena Hand anzulegen, packte den Arm des Hauptmanns, bog ihn ihm auf den Rücken und zwang Javes auf die Knie herunter.

»Aber nein, kein Verrat.« Berle ignorierte den Schmerz des Hauptmanns. »Wir wollen den Thron nicht usurpieren. Wir wollen seine Macht ein wenig beschneiden, das ja, die Macht ein wenig anders verteilen, damit die Fehler und Makel einer Person das Königreich nicht bis in die Grundfesten erschüttern können.« Sie gab einen missbilligenden Laut von sich. »König Jusson hat solch unseligen Charakteren freien Lauf gelassen! Hätte er etwas besser aufgepasst, hätten wir keine Gesetzlosigkeit, keine Rebellion und keinen drohenden Krieg mit unseren Nachbarn zu erwarten!«

»Sehr wahr, Kanzlerin, sehr wahr«, erklärte Obruesk. Er nahm einen anderen Keks vom Teller. »Andererseits, ohne die Unaufmerksamkeit Ihrer Majestät gäbe es diese Chance auf einen Wechsel nicht.«

»Wechsel?«, fragte die zweite Person, vor der die Wachen sich hüteten.

»Der Hohe Rat wird auf einen Krieg gegen uns verzichten, wenn wir gewisse Veränderungen in der Regierung von Iversterre vornehmen«, antwortete Berle. »Vor allem die Einrichtung eines Parlaments, durch das alle Amtsvergaben und Gesetzesvorlagen laufen werden.«

»Ist das Ihre Idee oder die des Rats?«, erkundigte sich Suiden.

»Oh, ich habe die Idee vielleicht initiiert.« Berle trank einen Schluck Tee. »Aber der Rat hat sofort die Vorteile erkannt.«

»Wessen Vorteile?«, fragte Suiden weiter. »Ihre, wenn Sie Großwesir werden?«

»Das ist ein turalisches Amt.« Obruesk wischte sich die Hände an einer Serviette ab. »Wir haben einen Premierminister.«

»Und Kanzlerin für Auswärtiges ist nicht so schlecht für die Tochter eines einfachen Gouverneurs aus einem unbedeutenden Haus«, meinte Berle. »Ich bin mit meiner Position durchaus zufrieden.«

»Verstehe.« Esclaur trat von der Wache neben ihm weg. »Jusson ist ein Strohmann, während Ihre Kumpane das Reich regieren und Sie die graue Eminenz hinter dem Thron ehm, dem Rat spielen.«

»Nicht nur ich, Esclaur«, erwiderte Berle. »Es gibt noch andere Personen, unter ihnen ein gewisser Vizeadmiral, die sehr besorgt über Lord Gherats Einfluss nicht nur auf den König, sondern auch auf den Lordadmiral und andere hohe Würdenträger waren.«

Bitte nicht, dachte ich, als ich die Kanzlerin anstarrte. Nicht Onkel Havram.

»Dessen Einfluss zwar jetzt gebrochen ist, aber Sie hätten Gherat ohnehin entmachtet«, meinte Javes.

»Weil Jusson einfach kein Urteilsvermögen besitzt und vollkommen willkürlich entscheidet, wer dem Thron nahesteht«, meinte Berle und sah mich an. »Also werden wir dafür sorgen, dass die Vorlieben Ihrer Majestät keinerlei Auswirkungen haben.«

»Sie glauben wirklich, dass der König das zulässt?«, erkundigte sich Suiden. »Oder auch nur die Großen Häuser?«

»Oder der Patriarch und die Kirche?«, warf Doyen Allwyn ein.

»Ach, Pietr.« Obruesks tiefe Stimme erfüllte den Raum. »Er ist kein schlechter Mann, keine Frage, aber schwach und leicht zu beeinflussen.«

Ich blinzelte, als ich versuchte, Obruesks Charakterisierung mit dem Mann zusammenzubringen, den ich auf dem Kai kennengelernt hatte. Vergeblich.

»Er hat einen angeklagten Hexer freundlich behandelt, ja ihn sogar gesegnet.« Obruesk schüttelte den Kopf. »Er hat vor der Verfolgung all jener die Augen verschlossen, die es wagten, sich der Verderbtheit in hohen Ämtern zu widersetzen. Hat sogar erlaubt, dass Holz aus den Grenzlanden eingeschmuggelt und als Amtsstäbe der Kirche im ganzen Reich verwendet wurde.«

»Natürlich sind Ihre Hände sauber«, meinte Esclaur. »Es ist verblüffend, dass alle, angefangen vom Patriarchen bis zum Doyen, Amtsstäbe aus Elfenholz besaßen, nur Sie nicht.«

»Ja, nicht wahr?«, erwiderte Obruesk. »Das mag daran liegen, dass ich den Ruf nach Reinheit und Rechtschaffenheit ernst genommen habe, ungeachtet dessen, was es kosten mag. Im Gegensatz zu anderen Ältesten der Kirche.« Er sah Doyen Allwyn ernst an. »Vielleicht wird es Zeit für den Patriarchen, zurückzutreten, damit die Kirche sich unter einer strengeren Führung erholen kann.«

»Eurer zum Beispiel?« Groskins Stimme war ein dumpfes Knurren.

Obruesk lächelte. »Unter anderem.«

»Nein! Nicht Onkel Orso!«

Obruesk lächelte nur, nahm einen Pfirsich und biss hinein.

»Meistens sind es die einfachen Sünden, die eine Person entehren, edle Leute«, erklärte Doyen Allwyn. »Hütet Euch vor Neid gepaart mit unbeherrschtem Ehrgeiz.«

»Sie und Teram Flavans Sohn«, erklärte Laurel, »haben an derselben Brust gesaugt.«

»Allerdings. Sie alle sind Sensenmänner und werden das Königreich in Stücke reißen.« Esclaurs Blick war auf die Kanzlerin gerichtet.«

»Aber nein, wir doch nicht«, sagte Berle. »Der König hat uns durch sein Verhalten in diese bedrohliche Lage gebracht. Unseren Bemühungen ist es zu verdanken, dass wir gerettet werden und gleichzeitig ein stärkeres Königreich schaffen.«

»Selbstverständlich«, erklärte Suiden. »Und Ihre Wünsche und Begierden haben nichts damit zu tun.«

»Mir wurde aufgetragen, den Frieden zu wahren«, meinte Berle beiläufig. »Das habe ich getan. Und das hier ist der Preis. Was den König und die Großen Häuser angeht ...«, sie zuckte ebenso beiläufig mit den Schultern, »das ist alles in dem Angebot enthalten, Messirs. ›Gebt nach oder sterbt in einem Krieg, den ihr nicht gewinnen könnt und in dem alles zerstört wird, was euch lieb und teuer ist.‹ So etwas wirkt für gewöhnlich ausgezeichnet.«

Ich senkte den Kopf und starrte auf den Boden, als sich eine Vision vor meine Augen schob, ein Bild von einem Iversterre, das durch einen Krieg mit den Grenzlanden und einen Bürgerkrieg verwüstet wurde. Ob die Kanzlerin bei ihrer Einschätzung der Reaktion der Großen Lords naiv war oder wirklich eine Närrin? Oder verschloss sie absichtlich die Augen davor, wie diese Adligen für ihr Volk und ihr Land kämpfen würden. Dann war sie eine vorsätzliche Närrin.

Der Wind verstärkte sich, kreischte und schlug gegen die Scheiben. Alle in dem Raum blickten zu den Fenstern, und zwei Wachen, die dicht davorstanden, rückten unwillkürlich ein Stück zur Seite. In dem relativ ruhigen Raum fiel mir auf, dass ich die Schmetterlinge nicht mehr spüren konnte, und ich sah auf meine Schultern. Sie waren fort. Ebenso wie Hafenmeisterin Lin. Hatte Pellan sie mitgenommen? In dem Moment öffnete sich die Tür zum Korridor, und ich hörte ein Klirren. Als ich mich umsah, trat eine Stadtwache mit Ketten und Fesseln auf mich zu.

»Ah.« Es raschelte, als Kanzlerin Berle sich in ihrem Stuhl zurechtsetzte. »Wie bei allen Verhandlungen gab es auch hier ein Geben und Nehmen, und ich fürchte, dass Sie, Lord Hase, soeben genommen worden sind.«

Obruesk lachte, als ich einen Schritt zurücktrat.

»Andererseits sind Sie ein entlaufener Schüler, und ungeachtet aller Versprechungen und Ihrer Verbindungen zu toten, fernen Königen, sollten Sie in die Obhut Ihres Meisters zurückgegeben werden.«

Ich trat noch einen Schritt zurück. Eine Stadtwache schlug mir in den Rücken. Der Schmerz strahlte bis in meine Beine aus. Er schlug erneut zu, und ich fiel mit einem lauten Stöhnen zu Boden, wo ich einem gut gezielten Stiefeltritt auswich. Die Kristallkugel schwebte über meinem Gesicht, und ich rollte mich immer weiter herum. Mein Entsetzen gab mir die Kraft, mein Wams an den Nähten aufzureißen. Als das Klirren von Handschellen, Schreie und Laurels tiefes Knurren den Raum erfüllten, kniete ich mich hin und warf mein Wams über diese Scheußlichkeit. Sollte sie doch meine Kleidung verseuchen, wie sie wollte. Dann packte ich die Enden meines Wamses und stand auf, während der Wind kreischend gegen die Fenster schlug und es in dem Raum still wurde.

»Zum Teufel«, sagte Groskin in die Stille hinein. Als ich hochsah, bemerkte ich Doyen Allwyn, der auf dem Boden lag. Ein Soldat hatte seinen Stiefel in seinen Rücken gestemmt, beugte sich vor, packte das Haar des Doyen und hob den Kopf an. Blut troff aus Allwyns Mund, als der Wachsoldat ein Messer unter seinem Ohr ansetzte. Der Blick des Doyen begegnete meinem. Er schämte sich sichtlich dafür, dass er nicht härter hatte kämpfen können.

Groskin und Suiden senkten die Stühle, die sie gepackt hatten, und Laurel ließ seine Tatze sinken. Esclaur stand an der Wand, den Arm merkwürdig abgewinkelt, Javes stand vor ihm. Ein Auge schwoll bereits so stark an, dass er fast nichts mehr sehen konnte. Esclaur ließ den Kopf sinken, und Javes schloss auch das andere Auge, als ich mein Wams losließ und hochgezogen wurde. Ich stand wehrlos da, während die Wachen meine Handgelenke fesselten, mir Stiefel und Strümpfe auszogen und mir auch Fesseln um die Knöchel legten. Sie schnitten tief in meine Haut ein. Eine Stadtwache riss die Feder der Verpflichtung aus meinem Zopf, warf sie zu Boden und zermalmte sie unter ihrem Stiefelabsatz. Dann legte er mir einen eisernen Kragen um den Hals, der mit Nieten befestigt wurde. Kanzlerin Berle lächelte mich spöttisch an, während sie ihren Tee trank.

Die Tür wurde geöffnet, und die Kanzlerin stand auf. »Ist der Rat bereit, Eorlkommandeur?«

»Ja.« Pellan betrat den Raum. Er sah zu der Stadtwache hinüber, die ihren Dolch an Doyen Allwyns Hals hielt.

»Der Mensch widersetzte sich, als die Fesseln hereingebracht wurden, Kommandeur Eorl Pellan«, sagte die Wache.

Pellan nickte, durchquerte den Raum und ging zu der anderen Tür. »Führt sie ab.«

Als die Wachen uns in den nächsten Raum stießen, bemerkte ich ein Muster auf dem Boden. Der Kreis der Zeugen. Ich sah mich um und stellte fest, dass wir den Thronsaal, die große Audienzhalle, durch einen Seiteneingang betreten hatten. Pellan bedeutete uns, vor einem langen Tisch stehen zu bleiben, der dem Thron gegenüber auf einem Podest aufgebaut war. Daran saßen oder standen die Mitglieder des Hohen Rates, jedenfalls ein Teil von ihnen.

Kanzlerin Berle trat an uns vorbei nach vorn und verbeugte sich. Sie machte klar, dass sie nicht zu uns gehörte. »Edle Lords«, begann sie.

»Wenn Ihr die Güte hättet, Kanzlerin«, unterbrach sie ein Elf, der in der Mitte am Tisch saß. In sein hellblondes Haar waren Bänder geflochten, die ihn als Clanführer eines nördlichen Elfenstamms auswiesen. Ich betrachtete ihn. Kannte ich ihn? Aber die Kristallkugel, die offenbar mein Interesse an dem Rat bemerkt hatte, schwebte vor mein Gesicht, und ich senkte den Kopf.

»Wir müssen noch einige Dinge erledigen, bevor wir beginnen können«, sagte der Elf. Laurel neben mir grollte. »Seid Ihr so weit, Kareste?«

Mein Kopf ruckte hoch; ich scherte mich nicht mehr um böse Kristallkugeln. Magus Kareste saß am Ende des Tisches, obwohl er kein Ratsmitglied war. Er bemerkte meinen Blick und lächelte eisig, als er seine Hand auf einen Gegenstand vor sich legte. Ich blinzelte, als ich Laurels Stab erkannte, und Karestes Lächeln verstärkte sich, bevor er sich dem Elf zuwandte. »Ja, ich bin bereit, Ilenaewyn.«

Der Elf nickte, das Portal der Halle wurde geöffnet, und Kareste stand auf. Er hob Laurels Stab und seine leere Hand. Laurels Grollen explodierte in ein lautes Bellen, und ein Wachsoldat, offenbar ermutigt durch die Gegenwart des Rats, schlug ihm mit dem Handrücken ins Gesicht. Die Katze stürzte zu Boden. Ich drehte mich mit klirrenden Ketten herum und riss vor Schreck den Mund auf.

Die Geister kamen in die Halle. Aber statt ihres üblichen Gleitens, Strömens und Laufens war es ein stockender Marsch, als sie um jeden Schritt zu kämpfen schienen, den sie machten. Die Ehrenwerte Esche presste die Arme an ihre Seite und hatte den

Kopf in den Nacken gelegt, als sie sich gegen das, was sie in die Halle zerrte, zur Wehr setzte. Basel hatte das Geweih gesenkt, als auch er mit steifen Beinen weiterging, das Einhorn, der Leopard und alle anderen Geister wehrten sich ebenfalls verbissen. Ich trat ein Stück zur Seite, damit ich den Magus sehen konnte. Seine eisgrauen Augen funkelten, als er Laurels Stab in einem komplizierten Muster bewegte und dabei murmelte. Dann rammte er den Stab fest auf den Boden. Es war unerträglich mit anzusehen, wie sich die Geister verzerrten, ihre Münder sich in einem gewaltigen, lautlosen Schrei aufrissen und dehnten, aber es dauerte nur einen Moment. Dann waren sie verschwunden.

»Nein.« Ich ignorierte sowohl den metallischen Geschmack in meinem Mund als auch die Kristallkugel, die vor mir schwebte und mir den Blick auf den Magus verwehrte.

Kareste warf den Stab auf den Tisch, bevor er sich setzte. »Ein Sammeln, ein Binden, ein Bannen. Das ist ein Kinderspiel bei Geistern, vor allem, wenn man den Aspekt Erde hat.« Er lächelte erneut eisig. »Den besitze ich zwar nicht, aber zum Glück habe ich einen Stab, der einst jemandem gehörte, der diesen Aspekt besaß.«

»Widerlicher Nekromant!«, brüllte Laurel und rappelte sich auf. »Ihr habt sie zweimal ermordet!« Seine Rune glühte weiß, und ihr Licht strahlte, als er seine Tatze auf den Magus richtete. »Im Namen von Lady Gaia erkläre ich Euch für verflucht …«

Kareste sah Laurel an, als wäre der Berglöwe Pferdedung, in den er soeben getreten war, dann drehte er sich zu dem Nordelf herum. »Ich bin fertig, Ilenaewyn.«

»Sehr gut«, antwortete Ilenaewyn. Er sah Pellan an. »Bringt die erste Gruppe herein.«

Pellan verbeugte sich, gab den Wachen an den Türen ein Zeichen, und der Fyrst, Molyu und Wyln wurden in die Halle geführt. Molyu sah sich um, bemerkte unsere mitgenommene Gruppe. Ich hörte, wie Berle nach Luft schnappte, als sie die glühenden goldenen Augen der Elfe sah, die denen von König Jusson so sehr glichen.

Die Wachen führten sie zum Podest, und Ilenaewyn beugte sich vor, als er sie betrachtete. »Eine Bindung wurde Ihrer Gnaden Molyu verordnet. Der Hohe Rat will Euer Ehrenwort, dass Ihr Euch gut benehmt, sonst wird sie unsere Missbilligung zu spüren bekommen.« Er wartete einen Moment, aber die drei schwiegen und starrten den Nordelf ungerührt an. Er nickte dem Magus zu. »Tut Euer Werk.«

Kareste deutete auf Molyu, die sich versteifte und vor Schmerz die Lippen zusammenpresste.

Javes warf einen Seitenblick auf die Kanzlerin. »Ihre neuen Verbündeten, Berle«, murmelte er.

Die Kanzlerin zuckte mit einer Achsel. »Man kann keine Eier frühstücken, ohne sie zu zerbrechen.«

»Euer Ehrenwort, Loran, Wyln«, sagte Ilenaewyn. Er wartete einen Moment, gab Kareste dann erneut ein Zeichen, und Ihre Gnaden grunzte, während ihr Gesicht sich verzerrte. Ein Blutstropfen quoll aus ihrem Augenwinkel. Er war dunkelrot.

»Ich gebe mein Ehrenwort«, sagte er, und Kareste ließ seine Hand sinken.

»Noch nicht«, befahl Ilenaewyn und sah Wyln an. »Ihr auch, Zauberer.« Wyln sagte nichts, und Ilenaewyn gab erneut ein Zeichen. Kareste hob seine Hand, ballte die Faust, und Ihre Gnaden zuckte erneut zusammen, grunzte, und der Tropfen floss aus ihrem Augenwinkel.

»Ich gebe mein Ehrenwort«, sagte Wyln. Kareste ließ die Hand sinken. Molyus Anspannung verflüchtigte sich sofort, aber ihre Augen blieben auf Ilenaewyn gerichtet, während ihr der Blutstropfen über die Wange lief.

»Gut«, sagte Ilenaewyn befriedigt. »Bringt sie zu den anderen Gefangenen.«

Die Stadtwachen führten den Fyrst, Ihre Gnaden und den Zauberer zu uns herüber. Als sie mich erreichten, blieben sie stehen und ignorieren den Versuch der Wache, sie hinter uns zu führen. Loran drehte sich herum und musterte den Hohen Rat. Seine Miene war gelassen, als würde er nicht gefangen in seiner eigenen Halle stehen und hätte zugesehen, wie seine Gemahlin gefoltert wurde. Molyu jedoch musterte mich prüfend, ließ ihren Blick über die Kristallkugel des Jenseits und die Ketten gleiten, während Wyln Pellan betrachtete. Seine Miene war ruhig, aber seine Augen loderten. Der Kommandeur runzelte die Stirn und wollte auf ihn zugehen.

»Lasst sie, Pellan«, unterbrach ihn Ilenaewyn. Der Kommandeur blieb stehen. »Sie sind machtlos.« Er achtete nicht weiter auf uns, sondern musterte die anderen Ratsmitglieder am Tisch. »Sind wir bereit?«

Die Ratsmitglieder nickten bejahend.

»Gut.« Ilenaewyn sah Pellan an. »Bringt sie herein.«

Pellan gab ein Zeichen, und die Wachen öffneten die andere Tür zur Halle. Lord Gherat ibn Dru und Botschafter Kenalt kamen herein. Erzdoyen Obruesk lächelte, verbeugte sich leicht vor Kanzlerin Berle und ging dann zu den beiden an das Podest.

Ich ignorierte meinen eisernen Kragen, warf den Kopf zurück und lachte schallend. »Narren!«, rief ich. »Dreimal verfluchte Narren!« Ein Wachsoldat schlug mir ins Kreuz, und ich krümmte mich vor Schmerz, während mir die Tränen vor Lachen über die Wangen liefen.

65

Diesmal riss Kanzlerin Berle vor Staunen den Mund auf, als sie Gherat, Obruesk und Kenalt anstarrte, die sich vor dem Rat aufbauten und aus deren Haltung klar ersichtlich war, dass sie sich als willkommene Gäste fühlten.

»Tja, Berle«, meinte Javes, der sein Lorgnon gerettet hatte, das er jetzt an sein unversehrtes Auge hob. »Ich dachte, Sie wären die einzige Überläuferin hier.«

»Sie wirken ein bisschen mitgenommen, Javes«, meinte Gherat und lächelte. »Das sieht Ihnen gar nicht ähnlich, wo Sie doch sonst immer wie aus dem Ei gepellt sind.« Er sah Lord Esclaur an und schüttelte den Kopf. »Sie sind auch ein wenig zerzaust, Esclaur. Hatten Sie einen harten Tag?«

»Was ...?« Die Kanzlerin unterbrach sich und nahm dann einen zweiten Anlauf. »Mylords«, ihre Stimme klang rau, »was geht hier vor?«

»Ist das nicht offensichtlich, Berle?«, lispelte Esclaur mit seiner geplatzten, blutenden Lippe. Obwohl ein Arm gebrochen war, hob er mit dem anderen sein eigenes Lorgnon, das er ebenfalls gerettet hatte, und betrachtete das Trio vor dem Podest. »Sie wurden aufs Kreuz gelegt, sozusagen.«

Ilenaewyn, der mit den anderen Ratsmitgliedern konferiert hatte, hob den Kopf. »Was hier vor sich geht, Kanzlerin, ist eine Untersuchung aufgrund der Anklage, dass diejenigen, die Jusson von Iversterre nahestehen, mit seinem Wissen und seiner Zustimmung am Mord und an der Versklavung des Volkes beteiligt waren.«

»Aber ich ...« Berle schluckte und setzte erneut an. »Ich habe Euch doch alles über Dru erzählt, und auch, dass der König nichts davon wusste.«

»Das habt Ihr allerdings«, antwortete ein Gnom und strich sich über seinen Bart. »Aber wir glauben Euch nicht.«

Gherat lächelte herzlich.

»Priester Obruesk und Gherat von Dru haben beide vor dem Rat ausgesagt, wie der Menschenkönig zum ›Wildern‹ als Sport und um des Profits willen ermuntert hat«, sagte eine Quellnymphe, die Wasserlilien trug. Sonst nichts. Sie sah mich an. »Wie sie ebenfalls bezeugt haben, dass er Hase Zweibaums'sohns Hexereien unterstützt hat.«

»Ein Hexer«, sagte Kenalt schockiert. Er sah Suiden an. »Mein lieber Cousin, was hast du da nur getan, hm? Und alles nur wegen einer Konkubine, hm? Wenn du deinen Fehler doch zugeben und den Amir um Verzeihung gebeten hättest!« Er schüttelte den Kopf, und die Perlenschnüre in seinem Haar klackten. »Aber jetzt! Freund von Schwarzmagiern und anderen Bösewichten. Und dazu noch ein Schmuggler! Wo du doch einst der Erbe des Reiches warst.«

Suiden sagte nichts, sondern sah seinen Cousin nur mit seinen grünen Augen an.

Kenalt wandte sich an den Rat und verbeugte sich, während er mit den Händen herumfuchtelte. »Sroene, es tut mir außerordentlich leid, berichten zu müssen, dass Prinz Suiden mittels rücksichtsloser Geschäftspartner Waren und Sklaven, die aus den Grenzlanden entwendet wurden, auf unseren Märkten verkauft hat. Dem wurde Einhalt geboten, und der Amir ist dabei, die Übeltäter zu verfolgen und einer gerechten Strafe zuzuführen.«

»Danke, Botschafter Sro Kenalt«, sagte Ilenaewyn. »Folglich ist klar, dass das menschliche Königreich uns erneut mit einer so ungeheuren Brutalität Gewalt angetan hat, dass der Rat keine andere Erwiderung sieht, als den Krieg zu …«

»Nein!« Berle ballte die Fäuste. »Ihr könnt doch nicht …!«

Ein Wächter schlug Kanzlerin Berle mit der flachen Hand ins

Gesicht. Sie zuckte heftig zusammen, sowohl vor Schreck als auch wegen des Schmerzes. Suiden trat vor sie, und der Soldat hob erneut die Faust.

»Schlagen Sie ihn nicht!«, befahl Ilenaewyn. »Trotz Sro Kenalts Beteuerungen hat der Amir von Tural den Prinzen nicht enterbt. Ich bin überzeugt, dass er froh sein wird, seinen Thronfolger einigermaßen gesund wiederzusehen.« Er ignorierte Kenalts finstere Miene und sah mich an. »So wie auch Kareste froh sein dürfte, seinen Schüler zurückzubekommen.«

Der Wind heulte auf und rüttelte lange und fest an den Fenstern.

»Hört, wie der Wind nach ihm schreit«, sagte eine Sylphide. Ihre Stimme klang wie das Rascheln von Blättern im Sommerwind. Der Luftgeist sah mich mit ihren großen, himmelblauen Augen an, durch die Wolken zu ziehen schienen, und mir wurde klar, wer mich blockierte. »Seid Ihr sicher, dass dies klug ist?«

»Was meint Ihr damit?«, erkundigte sich die Quellnymphe.

»Den Menschen dem Magus zu übergeben«, antwortete die Sylphide. »Schon einmal ist ihm die Flucht gelungen.«

»Ich hege ebenfalls Bedenken«, zischte ein Feuerdrache. »Es hat eines Kristalls des Jenseits, Ketten und eines Elementars bedurft, ihn zu binden.« Er breitete seine raschelnden, ledernen Schwingen aus. »Aber wo sollen wir ihn sonst lassen?«

»Nirgendwo«, schlug eine Fee vor, deren Flügel durchscheinend wie Gaze waren. Sie richtete den Blick ihrer moosgrünen Augen ebenfalls auf mich. »Entweder Kareste oder Tod.«

»Keine Angst, Ehrenwertes Volk«, sagte Kareste. »Diesmal wird Hase so fest gebunden, dass er bleiben wird.« Er lächelte eisig. »Der Kristall des Jenseits allein wird für seinen Gehorsam sorgen.«

Ilenaewyn nickte und lehnte sich auf seinem Stuhl zurück,

während er Berle ansah. »Wir werden Euch mit unserer Kriegserklärung zu Eurem König zurückschicken, Kanzlerin.«

Kanzlerin Berle hatte die Hand auf die Wange gelegt. »Aber das Parlament ...«, flüsterte sie.

Ilenaewyn ignorierte sie und richtete seine Aufmerksamkeit auf uns. »Bringt die Angeklagten vor den Rat.« Er wartete, bis die Wachen uns vor das Podest geschleift, gestoßen und geschubst hatten. »Der Rat wird hören, was Ihr zu Eurer Verteidigung zu sagen habt, bevor wir ein Urteil fällen.«

»Welche Anklagen betreffend?«, erkundigte sich der Fyrst. »Wurden sie bereits öffentlich bekannt gemacht?«

Ilenaewyn lächelte und streckte eine Hand aus. Der Gnom legte eine Schriftrolle hinein. »Diese Anklagen, Loran, die Pellan übergeben und von ihm veröffentlicht wurden. Was er bezeugen wird.«

»Einschließlich der Beschuldigungen des menschlichen Priesters?«, fragte der Fyrst. »Er kann sie erst vor Kurzem erhoben haben, da er gerade erst aus dem Schiffsgefängnis entflohen ist. Hattet Ihr bereits die Zeit, seine Anklage aufzuschreiben und öffentlich zu machen? Wird Pellan das ebenfalls bezeugen?«

Ilenaewyns Lächeln erlosch, und er warf dem Fyrst einen gereizten Blick zu. Dann wandte er sich an Pellan. »Bringt Papier, Feder und Tinte.« Pellan nickte und schickte einen Wachsoldaten los. Ilenaewyn winkte Obruesk an den Tisch. Gherat und Kenalt folgten ihm, und wir wurden wieder weggeführt.

»Warum machen sie sich solche Mühe?«, wollte Esclaur wissen. »Sie werden uns ohnehin töten. Sollen sie's doch tun, und die Pocken sollen diesen verdammten Quatsch holen!«

Ich nahm an, dass Esclaurs Haltung daher rührte, dass er zu lange dem Einfluss des Königshauses ausgesetzt war, für das ein ritterlicher Tod, jedenfalls wenn man den Epen der Barden glauben konnte, besser als ein Sieg war. Ich jedoch wollte keine vielversigen Traueroden durch meinen Heldentod inspirieren. Ich wollte nicht mal einen Vierzeiler. Ich wollte leben, und zwar ohne den Magus. Der Kristall des Jenseits behinderte immer noch meinen Blick auf den Rat, aber ich konnte Kareste sehen. Er triumphierte zwar nicht, aber er strahlte eine schrecklich subtile Genugtuung aus, die mich an eine Spinne in ihrem Netz erinnerte, die ein ausgedehntes Mahl einer besonders dicken und saftigen Fliege erwartet.

Aber mehr noch als der Gedanke, wieder in die Hände des Magus zu geraten, mehr als Berles Verrat, mehr als der drohende Tod meiner Freunde und der Krieg mit den Grenzlanden schlich sich das Bild der Ehrenwerten Esche in meine Gedanken und das der anderen Geister, als sie dem Ruf des Magus Folge leisten mussten, ihr Entsetzen und ihre qualvollen, lautlosen Schreie, als sie verbannt wurden. Wut durchströmte mich, bildete einen Knoten in meiner Brust. Ich holte tief Luft, um sie zu lindern – und nahm einen schwachen Geruch von süßem Gras und fruchtbarer Erde wahr. Ich warf Laurel einen Seitenblick zu, aber er starrte den Rat an, während sein Schwanz erregt hin und her zuckte.

»Sie müssen die Form wahren, selbst wenn die Essenz entstellt ist, Esclaur, Sohn der Dhawn«, erwiderte Wyln. »Damit sie ohne Schuld dastehen, wenn die richtige Sitzung beginnt und sie verkünden, dass wir wegen zahlreicher Verbrechen gegen das Volk exekutiert worden sind.«

Ich warf einen Blick zum Tisch des Rates, um herauszufinden, ob der Geruch von jemandem kam, der ebenfalls den Aspekt Erde besaß, aber die verdammte Kristallkugel schwebte vor meinem Gesicht herum. Ich senkte den Kopf, und erneut stieg mir der Geruch in die Nase, erfüllte meine Lungen. Er kam von der Stelle, an der ich stand.

»Aber warum?« Berles Stimme war nur ein gequältes Flüstern. Sie drückte die Hand immer noch auf ihre geschwollene Wange. »Wegen des Schmuggels?« Der Blick ihrer weit aufgerissenen Fuchsaugen zuckte zu Gherat. »Glauben sie wirklich, dass ich gelogen habe? Dass Dru unschuldig ist?«

»Nein, Kanzlerin«, beantwortete der Fyrst ihre Frage. »Ihr habt Euch heimlich mit gewissen Ratsmitgliedern getroffen, richtig? Bevor sie offiziell angereist sind?«

Berles unversehrte Wange lief rot an. »Lord Pellan hat mich zu ihnen gebracht, Euer Gnaden«, gab sie zu.

»Und sie haben Euch gebeten, mir nicht zu verraten, dass Dru in den Schmuggel verwickelt war?«, fuhr der Fyrst fort.

»Ja, Euer Gnaden. Sie sagten, dass es jede Chance auf Frieden unterminieren würde, wenn das herauskäme.«

»Nein. Aber es würde ihre Position unterminieren.« Der Fyrst warf einen Blick auf den Rat. »Sie wissen genau, wer die Bäume fällt und wohin alles gegangen ist, weil sie es selbst initiiert haben.«

»Ihr eigenes Volk?« Javes' unverletztes Auge war kreisrund, als er den Fyrst musterte. »Sie haben ihr eigenes Volk ermordet und versklavt und dann an uns verkauft? Warum um alles in der Welt?«

»Es ist ein Stachel, Javes Kaufmannssohn«, sagte Molyu. Sie trat von einem Fuß auf den anderen, sodass sie mir den Blick auf den Rat verstellte. »Sie werden Eurem König die Schuld geben und dadurch das Volk so aufwiegeln, dass sie diesmal, wenn sie in den Krieg ziehen, nicht aufhören werden, bis das gesamte Königreich ins Meer gespült worden ist.«

Ich holte erneut tief Luft, fühlte mich berauscht.

»Wenn Ihr weiterplappert, werde ich Molyu an die Türen des Saals nageln lassen«, erklärte Ilenaewyn, der sein Gespräch mit dem Erzdoyen unterbrochen hatte.

»Ihr wollt die Sicherheit für unser Ehrenwort töten, obwohl wir es nicht gebrochen haben«, fragte der Fyrst. »Das wäre nicht klug.«

»Und dann werde ich den Priester umbringen und Eure Gesichter in sein Blut tauchen!«, fuhr Ilenaewyn gereizt hoch. Ein Wachsoldat legte sein Messer Doyen Allwyn an den Hals.

»Soll das eine Drohung sein?« Wyln klang aufrichtig interessiert.

»Nicht für mich«, gab Doyen Allwyn gefasst zurück. »Meine Seele ist bereit, Gott gegenüberzutreten.« Er sah Obruesk an. »Eure auch, Eminenz?«

»Vielleicht werden ein paar Flammen sie überzeugen, den Mund zu halten«, meinte der Feuerdrache, bevor der Erzdoyen antworten konnte.

»Ihr wollt mir mit Flammen drohen, Senass?«, erkundigte sich Wyln, dessen Interesse offenbar sehr vielschichtig war. Er drehte sich um und sah die Wachen an, die, Ehrenwort hin oder her, zurücktraten.

»Vielleicht sollten wir sie einfach umbringen«, sagte die Fee. »Wir haben den Prinz und den Schüler. Die anderen brauchen wir nicht.« Sie lächelte und zeigte ihre spitzen, scharfen Zähne. »Wie wäre es mit einem Fluchtversuch? So was kann tödlich enden.«

Ich holte erneut Luft, während der Duft der Erde mich umhüllte, und sah mich plötzlich hinter dem Pflug auf dem Hof meiner Eltern. Die Sonne schien warm auf meinen Rücken, während ich dem Pferd folgte, und der fruchtbare Ackerboden sang von Frühling und Neuanfang. Ich stolperte, sah hinab und bemerkte einen Zweig, der aus dem Boden ragte. Eine reife Frucht hing daran. Meine Hand zuckte zu der glatten, vollen Frucht, ich schloss meine Finger darum und zog sacht. Als ich es tat, löste sich auch der Zweig aus dem Boden, und als ich ihn mit der anderen Hand umfing, sah ich, dass es eigentlich ein Stab war, ein Amtsstab aus Eschenholz ...

»*Wo hat er den her?*«, brüllte Ilenaewyn.

Mein Kopf ruckte hoch, und ich sah den Kristall des Jenseits auf mich zufliegen. Ich schlug ihn mit dem Stab zur Seite, dass meine Ketten klirrten.

»Haltet ihn auf!« Kareste sprang so hastig hoch, dass sein Stuhl umfiel.

Laurel brüllte und schlug mit den Krallen zu, als er versuchte, zum Tisch zu gelangen und seinen eigenen Stab in die Hände zu bekommen. Kareste schnappte ihn sich jedoch vorher und wich zurück, während er mit der freien Hand herumfuchtelte, die Finger krümmte und etwas murmelte. Der Feuerdrache stieß eine Feuerlanze in Richtung des Berglöwen aus, die Laurel mit einer Tatze ablenkte. Die Quellnymphe kreischte, als die Flammen den Tisch trafen, legte die hohlen Hände aneinander und schöpfte Wasser auf die Flammen.

Die Ratsmitglieder kippten den versengten, nassen Tisch um. Einige gingen dahinter in Deckung, während andere sich ins Getümmel stürzten. Wer eine Waffe hatte, zückte sie. Der Feuerdrache holte tief Luft, um erneut Flammen auszustoßen, stolperte dann jedoch zurück und riss die Augen weit auf. Er wirbelte herum und sah Wyln. Der Dunkelelf-Zauberer lächelte wie immer liebenswürdig, während er einen Feuerschweif in der Luft hinterließ und sich der geflügelten Schlange stellte.

Der Kristall des Jenseits fegte auf mich zu, und ich schlug ihn diesmal in die andere Richtung davon. Die Fenster zitterten, als der Wind erneut zu einem kreischenden Heulen anschwoll. Die Sylphide erhob sich über den Tumult und flog auf mich zu. Aus ihren Augen sprühten Blitze. Ich hob den Stab, und der Elementargeist krachte in eine Mauer.

»Er hat einen Menschen als *Cyhn* angenommen. Einen Nachfahren des verfluchten Iver.« Pellan schritt an den Wachsoldaten vorbei, versuchte, sie gegen den Fyrst aufzuhetzen. Er zog sein Schwert und baute sich vor seinem Onkel auf. »Wir werden seine verseuchte Linie durch eine reinblütige ersetzen!«

»Wessen? Deine?« Der Fyrst hob die Hand, und das große Schwert seines Hauses schimmerte in seiner Halterung an der Wand. Im nächsten Moment lag es in seiner Hand, und er hob es vor sich. »Nein, Pellan. Das glaube ich nicht.«

Der Kristall des Jenseits kreiste erneut um mich herum, und ich schlug ihn ein drittes Mal fort. Der Geruch von Erde und fruchtbarem Ackerboden, von Lehm verstärkte sich, und als ich in meine Hand blickte, bemerkte ich die Kristallkugel, die ich darin hielt.

Suiden und Javes rannten auf den Hohen Rat zu, und Gherat warf sich ihnen mit gezücktem Schwert entgegen. Javes zog an dem Griff seines Lorgnons und hielt einen dünnen Dolch in der Hand. Er sprang vor, rammte Gherat die Waffe in den Arm, und der ließ vor Überraschung sein Schwert fallen. Suiden hob es auf, ohne sein Tempo auch nur zu verlangsamen, und stürzte sich im nächsten Moment auf Kenalt und Ilenaewyn. Das Klirren ihrer Schwerter steigerte den Lärm in der Halle noch. Groskin war an allen vorbeigeschlichen und hatte den Wächter zu Boden geworfen, der Doyen Allwyn den Dolch an die Kehle gesetzt hatte. Die anderen Wachen näherten sich ihnen, während sie sich raufend auf dem Boden wälzten. Esclaur hatte sich Berle geschnappt, hielt sein eigenes Lorgnon-Messer in der Hand und zerrte sie zum Podest, wo Obruesk kauerte, fern von Schwertern und Magie.

Ich schlug beiläufig die Kristallkugel des Jenseits ein weiteres Mal zur Seite, während ich in die Erdsphäre starrte, die voller Leben pulsierte. Ich öffnete die Hand, und sie erhob sich …

»NEIN!« Welche Magie Kareste auch gewirkt haben mochte,

er schleuderte sie auf mich, einen gezackten Blitz, der durch die Halle auf mich zuzuckte. Alle anderen sprangen nach rechts und links zur Seite, ließen sich auf den Boden fallen, um ihm auszuweichen.

»Runter, Hase!«, brüllte Laurel.

»Schnell, Zweibaums'sohn!«, schrie Wyln.

Der Wind kreischte, und die ganze Burg wurde erschüttert.

Ich beobachtete nur die Erdkristallkugel, hob den Stab und wehrte den Bann des Magus' ab. Er traf ein Fenster, das Glas zersplitterte, und der Wind erstarb schlagartig.

Die Erdkristallkugel hatte anscheinend ihren höchsten Punkt erreicht und schwebte jetzt, sich langsam um sich selbst drehend, nach unten. Sie berührte den Boden und war verschwunden.

Einen Moment herrschte absolute Stille; dann lachte Ilenaewyn, als er aufstand und sich den Staub aus den Kleidern klopfte. »Na, das war ein schöner Knall.« Die anderen Ratsmitglieder lachten ebenfalls, während sie mir verächtliche Blicke zuwarfen. Einige spähten über den Rand des umgekippten Tisches. »Es scheint so, als wurde dieser Menschling überschätzt!«, knurrte der Elf. »Vom Rest seiner Rasse weiß ich es jedenfalls.« Er hob sein Schwert vom Boden auf, drehte sich um …

Und stand einem schwarzen Drachen gegenüber, dessen Flügel golden schimmerten. Der Elf ließ sein Schwert fallen, das Suiden mit einer Klaue auffing, während er Kenalt in der anderen hielt. Der Drachenprinz zeigte seine ausgezeichnet gepflegten Zähne, während Flammen aus seinen Nüstern züngelten, und Ilenaewyn wich entsetzt in eine Ecke des Saals zurück. Mit einem mächtigen Schwung seiner Arme und Schwingen trieb der Hauptmann-Drache den Rest des Rates ebenfalls in die Ecke, wo sie sich neben den Nordelf kauerten.

Ich zog die eisernen Handschellen ab, ließ sie auf den Boden fallen und befreite mich von den Fußfesseln. Der Eisenkragen folgte ihnen klappernd. Dann blickte ich hoch, erwartete, einen wütenden Wind in der Halle zu hören, aber es war still. Ich blickte in meine Hand. Die Rune war dunkel.

»Euer Luftaspekt ist blockiert, Zweibaums'sohn«, sagte Molyu und berührte zögernd meinen Arm.

Ach ja, richtig! Ich runzelte die Stirn und sah mich um.

Laurel hatte das Podest erreicht und stand dem Magus gegenüber. Beide zielten mit Hand und Tatze aufeinander – ein vielleicht nicht ganz klassisches Patt. Wyln stand ebenfalls mit erhobener Hand da, während um ihn und den Feuerdrachen Flammen züngelten. Ein grauer Wolf mit einem geschwollenen Auge lief vor Gherat auf und ab und knurrte drohend, sobald der Lord von Dru sich bewegte und versuchte, um den Wolf herum an seinen Dolch zu gelangen, der auf dem Boden lag. Im Schatten des Podestes sah ich zwei Paar glühende Augen, eines blau wie das eines Schneewolfs, das andere braun wie das eines Rotfuchses. Obruesk rutschte verstohlen auf das Messer zu, das Esclaur hatte fallen lassen, und sofort fletschte der Schneewolf seine Fänge und knurrte ihn an. Der Erzdoyen zuckte hastig zurück.

Ich blickte in die andere Richtung, wo ein schwarzer Panther vor Allwyn kauerte. Seine goldenen Augen waren auf die Stadtwachen gerichtet, und er rührte sich nicht. Nur die Spitze seines Schweifs zuckte. Allwyn stand hinter der Raubkatze und hielt ein Schwert in der Hand. Hinter ihnen befand sich der Kreis der Zeugen, vor dem Thron des Fyrst. Als ich über die Ketten trat und dorthin lief, folgte mir der Kristall des Jenseits, und ich schlug ihn erneut weg. Meine nackten Füße klatschten auf dem Marmorboden, bis ich abbremste und in den Kreis trat, je einen Fuß auf eine der Waagschalen gesetzt. Aber die Runen blieben dunkel.

»Ihr lasst diese Entweihung zu?«, fragte Pellan, dessen hohe Stimme durch die Halle hallte. »Diese Anmaßung?« Die Stadtwachen, die vor dem großen Langschwert des Fyrst zurückgewichen waren, zischten, zückten ihre Waffen, und einige von ihnen wollten sich auf mich stürzen. Als Laurel ihnen einen Seitenblick zuwarf, überlegten sie es sich anders. Der Magus nutzte die Unaufmerksamkeit des Faena, bewegte seine Hand und murmelte etwas.

Ich griff erneut nach dem Wind, fühlte Widerstand und drehte mich zu der Sylphide herum, die immer noch an der Wand klebte. Da ich jetzt im Runenzirkel stand, konnte ich den dünnen Faden sehen, der von ihr zu einem dichten Gewebe um mich herum führte, das fast wie Gaze wirkte. Ich legte den Stab in meine Armbeuge, packte das Gewebe mit beiden Händen und zog.

»NEIN!« Kareste schleuderte mir erneut seine Hand entgegen.

Etwas riss, und die Sylphide kreischte, wand sich krampfhaft. Es knallte in meinen Ohren, und ich war von weißem Licht umgeben, als die Runen aufglühten, ihre Symbole als Lichtzeichen an die hohe Decke warfen. Ich hob meine Hand, während die Rune der Wahrheit auf meiner Handfläche so hell ergleißte wie die Sonne, und der Bann des Magus' wurde in den Boden abgelenkt. Der Marmor knackte und brach.

»Vierundsechzig Linien zu einem Elfenkönig«, erklärte der Fyrst.

»Rassenmischung!«, schrie Pellan. »Eine unheilige Vermischung mit einer niederen Rasse!«

Es fauchte und rauschte, als der Wind in die Halle strömte und mich umwirbelte, seine Wut und seine Frustration herausheulte, weil man ihn von mir ferngehalten hatte. Mein Körper begann zu vibrieren, ich erhob mich vom Boden, aber Molyu legte mir erneut behutsam eine Hand auf den Arm. Ich kam zu mir, sah sie an und bemerkte die blassen Fäden, die sie wie ein Kokon umhüllten. Ich streifte sie ihr sanft ab, und sie lächelte.

»Nein, Sohn meiner Schwester«, sagte Wyln zu Pellan, ohne den Feuerdrachen aus den Augen zu lassen. Der wand sich, versuchte einen Weg an Wyln vorbei zu finden, und Wyln schoss Flammen auf ihn ab. »Keine Missgeburt, sondern eine wahre Geburt.«

Dann blitzte es einmal kurz auf, wo der Bann des Magus' den Boden gespalten hatte. Ich blickte hin, aber der Riss war verschwunden.

»Ja«, brummte Laurel. »Lady Gaia selbst ruft, und das Königreich der Menschen hat geantwortet. Sic! Sie sind Feengestalten geworden, und ihr König ein Elf, dunkel und golden.«

»Die Katze verhöhnt ...«, begann Pellan.

»Dunkel und golden«, wiederholte der Fyrst. »Meine Tochter war also nicht verloren, als Morendyll fiel, und jetzt ist ihr Blut Teil des Königlichen Geschlechts von Iver.«

Molyu legte sanft ihre Finger unter mein Kinn, wie Wyln es zuvor getan hatte, und betrachtete prüfend mein Gesicht.

»Einer von meinem Geschlecht sitzt auf dem Thron des menschlichen Königreiches«, sagte Seine Gnaden, »und Zweibaums'sohn hier ist sein Cousin; folglich gehört auch er zu meinem Geschlecht.«

»Ein Bastard!«, spie Pellan heraus, trat vor und hob sein Schwert. »Eine obszöne Beleidigung.« Er stürzte sich auf seinen Onkel.

Der Fyrst parierte den Schlag mit einer kaum sichtbaren Bewegung. Pellan wich zurück und umkreiste Seine Gnaden. Loran verfolgte ihn, wartend, entspannt. »Obszön? Erneut widerspreche ich Euch. Er hat den Runenzirkel zum Leben erweckt, ihn mit Licht erfüllt, so wie er es in Morendyll tat. Und wie es Euch niemals gelungen ist, Pellan.« Der Fyrst fletschte die Lippen und zeigte seine Zähne, während seine Stimme ruhig und gelassen klang. »Er ist mein, so wie Jusson Ivers'sohn der meine ist, und verflucht sei jeder, der mir einen von beiden nimmt.«

»Der Fluch wird Euch treffen, Fyrst und *Cyhn* von Obszönitäten.« Pellan sprang erneut vor, hoffte offensichtlich, den Fyrst überrumpeln zu können, aber Loran erwartete ihn. Ihre Schwerter klirrten so laut, dass ihr Lärm die ganze Halle erfüllte. Ich sah einen Moment zu, bemerkte den Unterschied von Jahrhunderten der Erfahrung, als der Kommandeur, der recht gut kämpfte, von seinem Onkel deklassiert wurde. Offenbar bemerkte das auch eine Stadtwache, denn der Soldat schlich sich an den unbewachten Rücken des Fyrst heran, einen Dolch in der Hand. Ich sah genauer hin. Verdammt, es war mein Stiefelmesser! Der Wind murmelte wütend, und die Stadtwache erstarrte mitten im Schritt. Ebenso wie der Kommandeur und Seine Gnaden.

»Lass mich los.« Der Fyrst sah mich gereizt an. Dann, befreit, hob er sein großes Schwert, ignorierte seinen Neffen und Möchtegernmörder und ging zu der Stelle hinüber, wo Ilenaewyn und die restlichen Ratsmitglieder von Suiden bewacht wurden. Ich wollte ihm folgen, aber als ich den Runenkreis verließ, summte sofort der Kristall des Jenseits um mich herum. Ich hatte es satt und hob meinen Stab.

»Nicht, Zweibaums'sohn. Ihr wollt es bestimmt nicht irgendwohin schlagen, wo es niemand findet.« Wyln hielt immer noch den Feuerdrachen in Schach. »Bannt sie, damit sie später sicher vernichtet werden kann.«

Die Luft um die leichengrüne Kugel verfestigte sich, und sie erstarrte in der Schwebe.

»Sehr gut«, meinte Wyln. »Wenn Ihr mir jetzt hier ein wenig helfen könntet?«

Es gab einen sehr kurzen Tumult, als einige Ratsmitglieder, die überlebt hatten, zu fliehen versuchten. Einen Augenblick später jedoch wurden sie alle, der Magus, die Stadtwachen, Obruesk und Gherat von einer soliden Luftschicht festgehalten. Laurel fuhr mit seiner Tatze über Kareste, und ich sah die weißen Linien seiner Bindung. Dann riss er ihm den Stab aus der Hand, knurrte dem Magus etwas zu, was selbst Wyln zu erschrecken schien, der ihn mit großen Augen anstarrte. Dann drehte sich der Faena mit einem verächtlichen Zucken seines Ohres und Schwanzes herum, sprang vom Podest und kam zu mir. Er musterte mich staunend. »Ihr habt die Verwandlungen gewirkt, obwohl Euer Aspekt die Luft ist.« Er sah den Stab an, den ich in der Hand hielt, und berührte ihn behutsam. »Und Euch wurde ein Stab zum Geschenk gemacht ...« Er sah in mein Gesicht. »Ihr wart das in der Botschaft in Iversly, richtig? Ihr habt alle in Feen und Fabelwesen verwandelt.«

»Ich ...«

»Ehrenwerter Laurel«, knurrte Groskin, »der Doyen ist schwer verletzt.«

Der Faena drehte sich herum und eilte zu Doyen Allwyn, der auf dem Boden lag. Groskin sah einen Moment zu und schlich dann zu Erzdoyen Obruesk, der hinter dem Podest des Hohen Rates wie erstarrt hockte. Der Erzdoyen stöhnte vor Schrecken auf, als der schwarze Panther vor ihm auftauchte.

»Sagt, Ilenaewyn, warum sollte ich Euch nicht auf der Stelle den Kopf von den Schultern schlagen?«, erkundigte sich der Fyrst, der sich vor dem Nordelf aufgebaut hatte.

»Das kann er Euch nicht sagen, Euer Gnaden«, mischte sich Wyln ein, aus dessen Fingern Funken stoben.

»Genau.« Der Fyrst hob sein Breitschwert, bereit, Elfenjustiz walten zu lassen, wie es sein Recht war. Ilenaewyn verdrehte die Augen, als er mit dem Blick der Klinge folgte.

»Nicht, mein Gemahl.« Über Molyus Gesicht zog sich eine dünne, getrocknete Blutspur. »Ihr habt Euer Ehrenwort gegeben. Wollt Ihr es jetzt brechen?«

»Ein Ehrenwort, das durch Folter erzwungen wurde, meine Schwester«, wandte Wyln ein.

»Die meisten Ehrenworte werden unter Zwang gegeben, mein Bruder.« Molyu lächelte ebenso liebenswürdig wie der Zauberer. »Wir werden dieses Ehrenwort, Ilenaewyn und den Rest vor den Hohen Rat bringen, damit er darüber richte, und so bleibt unsere Ehre unangetastet.« Der Fyrst zögerte, ließ das Schwert sinken, und Ilenaewyn schloss die Augen.

»Ah, Euer Gnaden, es ist für Euch anscheinend einfacher als für mich«, sagte Hafenmeisterin Lin von der offenen Tür. Schmetterlinge flatterten um ihren Kopf herum. »Denn ich würde seinen Kopf am liebsten auf einen Pflock spießen.« Hinter ihr strömten Burgwachen, Amtsdiener und Bedienstete in den Saal. Sie alle starrten Pellan und die Stadtwache finster an, als sie die große Halle füllten.

»Wo habt Ihr gesteckt, Ehrenwerte Hafenmeisterin?«, erkundigte ich mich, als zwei Schmetterlinge auf meinen Schultern landeten.

»Aus irgendeinem Grund haben der Kommandeur und die Stadtwachen mich und meine Schwestern nicht gesehen, deshalb konnten wir entkommen und die Burgwachen sowie die Diener alarmieren«, antwortete Lin. »Aber die Portale der Halle waren durch einen Bann geschützt, und wir brauchten etwas länger, um ihn zu brechen.« Sie sah sich um und erblickte die Fee aus dem Rat, die mitten im Flug erstarrt war. Sie lächelte.

»Schwester«, sagte die Fee. »Sieh nur, wie der Mensch uns behandelt. Bitte ...«

Lins Lächeln verstärkte sich, und sie zeigte spitze Zähne. Plötzlich machten die Schmetterlinge auf meinen Schultern mich nervös. »Ich habe es dir gesagt, Ro, richtig? Aber du wolltest nicht hören.« Lin zuckte mit den Schultern und schüttelte ihre Flügel. »Jetzt musst du die Konsequenzen tragen.«

Ich ging zu Suiden, der immer noch auf seinen Hinterbeinen kauerte und Kenalt vor sich hochhielt. Der turalische Botschafter baumelte an zwei Klauen in der Luft, die seine Seidenjacke hielten. In der anderen Hand hielt der Hauptmann ein Siegel, das er anstarrte. Er bemerkte mein Interesse und ließ das Siegel sinken, damit ich es besser erkennen konnte. »Ein Mittel, um Stürme zu rufen, mit meinen eigenen Insignien darauf.«

Ich betrachtete das Siegel genauer. »Mit Ihren eigenen Insignien, Sir?« Das Emblem sah aus wie ein Drache im Flug. Ich sah Suiden erstaunt an.

Der Drache fauchte, ohne den Blick von dem Siegel zu wenden. »Ich bin Prinz und Thronfolger, Leutnant. Das hier sorgte dafür, dass der Dschinn mich finden konnte, und alle, die bei mir waren.« Er sah seinen Cousin an. »Du musst einen Hexer verdammt gut für das hier bezahlt haben, Kenalt.«

Der Botschafter schwieg.

»Warum, Cousin?«

»Noch eine einfache Sünde, Sir«, sagte ich, als Kenalt sich weiterhin in Schweigen hüllte. »Neid. Wie Sie selbst sagten, Sie sind Prinz und Thronfolger des Amir. Er nicht.«

Laurel grollte zustimmend, als er Allwyn half, sich aufzurichten. »Leute wollen immer das haben, was ihnen nicht gehört, und ergreifen, was sie nicht einmal berühren sollten.«

Kenalt schwieg verstockt, und Suiden holte so tief Luft, dass seine Flanken bebten. Er warf einen kurzen Blick auf Javes und Esclaur, der auf drei Beinen humpelte. Berle huschte hinter ihnen her und trottete zu ihm. Die Rotfüchsin glitt vor den Drachenprinzen und legte sich platt auf den Boden, zitternd. Sie war plötzlich ganz klein und pelzig und hatte sich wohl ausgerechnet, dass er das kleinste aller Übel war, die sich in diesem Raum befanden.

Loran hatte sich von Ilenaewyn abgewendet und blickte jetzt seiner Frau ins Gesicht, legte seine Hand unter ihr Kinn. Mit dem Daumen strich er über das getrocknete Blut. »Geht es dir gut, Gemahlin?«

Molyu schlang ihre Finger um seine Hand. »Ja, Gemahl.«

»Gut.« Loran ließ ihr Kinn los, verschränkte jedoch seine Hand mit ihrer und hielt sie dicht an seiner Seite. Dann drehte er sich zu dem Kommandeur herum, der immer noch wie erstarrt mit erhobenem Schwert dastand. »Ich nehme an, du bittest mich, auch keine Hand an Pellan zu legen.«

»Der einzige Sohn meiner Schwester, Gemahl«, sagte Molyu.

»Wirst du dich auch für den Magus einsetzen?«, erkundigte sich Wyln. »Er ist weder Ratsmitglied noch ein Verwandter.«

»Ich möchte um seinen Kopf bitten, Ehrenwerte Leute«, sagte Laurel, der sich immer noch um Allwyns Wunden kümmerte. »Er hat Lady Gaia entehrt, meinen Stab und damit den Baum, der ihn mir schenkte.«

»Es muss doch jemanden geben, den wir umlegen können«, knurrte Wyln, dessen Finger zuckten.

»Gherat«, schlug Javes vor.

»Obruesk«, sprang Esclaur bereitwillig in die Bresche. Doyen Allwyn, der sich einen Moment Laurels Aufmerksamkeit entzog, gab ein zustimmendes, tief empfundenes Brummen von sich.

Suiden hielt Kenalt, dessen Arme und Beine in der Luft baumelten, dem Zauberer hin, während Kanzlerin Berle nervös zu dem Drachen aufsah und meinem Blick begegnete. Sie presste sich sofort wieder flach an den Boden.

Der Fyrst streichelte erneut das Gesicht seiner Gemahlin, ging dann zu seinem Thronpodest, stieg hinauf und setzte sich auf seinen Thron. Er legte das Schwert über seine Knie und blickte in die Halle. »Wo ist mein Schreiber?«

Derselbe Amtsschreiber, der mein *Cyhn* notiert hatte, löste sich aus einem Haufen von Bediensteten, niederen Hofbeamten und Burgwachen, die damit beschäftigt waren, die Stadtwachen zu entwaffnen und gefangen zu nehmen, und eilte zu Seiner Gnaden.

»Es möge in der Acta notiert werden, dass ich Hase, Sohn von Lerche und Zweibaum, sowie Jusson vom Hause von Iver als zu meinem Geschlecht zugehörig erkläre ...«

Ilenaewyn schrie wütend auf.

»Ihr Geschlecht sei mein Geschlecht, ihre Eide meine Eide, ihre Schulden werde ich erstatten, was ihnen geschuldet, werde ich eintreiben, die sie lieben, werde ich lieben, und die sie hassen, werde ich zur Rechenschaft ziehen. So geschehe es!«

»Verräter an Eurer Rasse«, knurrte Pellan, der sich gegen seine Bande aus Luft wehrte.

»Nein, das ist er nicht«, sagte Suiden, einen Moment von Kenalt abgelenkt. »Ihr habt keine Ahnung, was der Fyrst getan hat, stimmt's? Ilenaewyn dagegen schon.« Der Drache wandte den Kopf und betrachtete den Nordelf. »Jedes Haus mit Anspruch auf Macht hat zumindest eine Linie zum Hause Iver. Das gesamte Königreich stammt vom Fyrst ab. Oder jedenfalls seine herrschende Klasse.«

»Aber ich habe sechzehn Linien«, begann Esclaur. »Selbst Gherat hat zehn ...« Er verstummte und kniff den Schwanz zwischen die Beine, als er den Fyrst anstarrte. Dann winselte er.

»Doch diese Linien gehen auf Iver zurück.« Berle wagte es, sich aufzusetzen. »Und er ist nicht mit dem Fyrst verwandt.«

»Iver hat wohl kaum seine Kinder allein gezeugt, hm?« Suiden sah Berle an, die sich sofort wieder in einen Bettvorleger verwandelte. »Den Thronfolger zu heiraten, ob freiwillig oder nicht, ist eine erprobte Methode, einen Thron zu sichern. Durch die Gesetze der Erstgeburt, die bei Menschen und Elfen gleich lauten, ist Iversterre durch die Nachkommen des Fyrst regiert worden.«

Vererbung und Landrecht und das Recht des Erstgeborenen, an die Stelle seiner Eltern zu treten. Ich starrte den Vater unseres Königreichs und meinen, wenngleich auch etwas entfernten, Großpapa an, der mich eindringlich musterte. Ich fühlte eine Berührung auf meinem Arm, drehte den Kopf und begegnete dem goldenen Blick Ihrer Gnaden Molyu.

»Da der Fyrst nicht tot ist«, fuhr Suiden fort, »kann er bestimmen, dass die Erbschaft noch nicht seinen Erben gehört, sondern Iversterre ihm gehört. Ganz Iversterre.«

Ilenaewyn schrie wütend auf. Sein Gesicht war entstellt vor Zorn.

»Nein, es gehört nicht dem Fyrst«, korrigierte Wyln den Hauptmann. »Es gehört seinem Geschlecht, was nach dem Recht der Elfen etwas anders ist, wenngleich auch genauso bindend.« Er lächelte den blonden Nordelf Ilenaewyn gewohnt liebenswürdig an. »Was andere wirklich ziemlich ärgern muss, vor allem die, welche Iversterre für sich haben wollten, stimmt's, Ilenaewyn?«

»Ein Geschlecht aus Mischlingen, Bastarden, gezeugt durch Vergewaltigung und dazu unehelich«, knurrte Pellan, bevor Ilenaewyn antworten konnte. Pellans Blick glitt zu dem blonden Nordelf. »Wenigstens haben die nördlichen Clans ihre Stammbäume rein gehalten.«

In dem Moment stürmte der Erste Offizier Falkin durch die geöffneten Doppeltüren in die Audienzhalle. Sein hellblondes Haar schimmerte in der Sonne, die durch das zerbrochene Fenster in den Raum schien, und seine schrägen, grauen Augen über den hervortretenden Wangenknochen seines elfischen, schmalen Gesichts waren kreisrund, als er rutschend zum Stehen kam.

Ich lächelte und zeigte mein prachtvolles Gebiss. »Ach wirklich, Eorl Pellan? Glaubt Ihr das, hm?«

66

»Ich suche Vizeadmiral Havram ...« Falkin verstummte, während sein Blick durch die Halle zuckte und mich schließlich inmitten meines persönlichen Wirbelsturms fand, umflattert von Schmetterlingen. »Hase?« Er sah an mir vorbei und riss die Augen auf. »*Lord Gherat?*« Dann bemerkte er eine Bewegung im Augenwinkel, drehte sich herum und sah Botschafter Sro Kenalt, der an Suidens Krallen baumelte. Falkins Lippen bewegten sich, aber kein Laut kam aus seinem Mund.

»Das helle Haar des Leutnants, das sehr an Nordelfen erinnert, wurde vom Faena bereits hinlänglich erwähnt, Sohn meiner Schwester«, sagte Wyln, als Pellan erstaunt schwieg.

»Übertriebener Ehrgeiz neigt dazu auszuwählen, was man sieht und hört, Wyln«, erklärte der Fyrst gelassen.

Falkin ignorierte sie, während er die Halle und die darin Versammelten musterte. Seine Augen wurden noch runder, als er den in der Luft erstarrten Rat und das große Schwert auf den Knien des Fyrst bemerkte. »Was ... was ist passiert?«

Seine Gnaden stützte das Kinn auf die Faust und antwortete an meiner Stelle. »Ein Komplott, Leutnant, in dem versucht wurde, das menschliche Königreich und Lady Gaia zu stürzen und alles zu verfluchen, was sich den Verschwörern in den Weg stellte.«

»Und jetzt ist dieser Fluch auf sie zurückgefallen«, grollte Laurel, als er sich daranmachte, Javes und Esclaur zu untersuchen. Er hob

Javes' Gesicht sanft an, damit er das geschwollene Auge des Wolfs betrachten konnte. »Weil sie Kristalle des Jenseits erzeugten und Geister bannten, und das vor Ablauf der Mondperiode.«

»Dann ist es nur gut, dass wir früher eingetroffen sind«, dröhnte eine Stimme. Ich fuhr herum. Dragoness Moraina schob gerade Kopf und Schultern durch die Doppeltür und hatte die Schwingen über ihrem Rückgrat gefaltet. Der Blick ihrer strahlend saphirblauen Augen glitt über uns und blieb einen Moment an Suiden haften, während sie sich durch die Tür quetschte. Ihre Krallen klackten laut auf dem Marmorboden. Als das Licht aus dem zerbrochenen Fenster auf ihre grauen, blauen und kohlschwarzen Schuppen fiel, verbeugten wir uns und traten zurück, damit sie Platz hatte. Als ich das tat, bemerkte ich erneut dort ein Blitzen, wo der Marmor geborsten war, runzelte die Stirn und bückte mich, um es genauer in Augenschein zu nehmen.

»Hase!«

»Pa?« Ich fuhr hoch und sah, wie mein Vater die Halle betrat. »Pa!« Ich stürzte auf ihn zu, während er mir entgegenkam. Onkel Havram ging an seiner Seite. Mir verschwamm alles vor den Augen, als er mich auffing und mich fest umarmte, was meinem verletzten Rücken nicht sonderlich guttat. Zudem knackten meine Rippen protestierend.

»Junge, ich bin froh, dass es dir gut geht.« Onkel Havram sah mir prüfend ins Gesicht.

»Gut?« Pa wich ein Stück zurück und hielt mich auf Armeslänge von sich fort. »Sieh ihn doch an!« Er wirkte besorgt.

Ich konnte mir vorstellen, wie ich aussah: mitgenommen, zerzaust, barfuß und mit aufgelöstem Haar. Ganz zu schweigen von dem Stab und den Schmetterlingen.

»Sieh dich an!« Pas Stimme veränderte sich. »Du bist gewachsen. Du bist wirklich gewachsen.« Er berührte die leere Schwertscheide an meiner Hüfte. »Und ein Soldat.« Er wurde jedoch wieder bekümmert, als er die Prellungen und Abschürfungen an meinen Handgelenken berührte. »Gab es einen Kampf? Bist du verletzt?«

»Mir geht's gut, Pa, mir geht's gut.« Ich betrachtete ihn ebenfalls, bemerkte die grauen Strähnen in seinem Haar und die tiefen Furchen in seinem Gesicht. Erneut trübte sich mein Blick. »Ist Ma auch hier?«

»Nein. Philine und Harmonie haben beschlossen, dass sie als Zwillinge auch gleichzeitig heiraten, empfangen und gebären sollten. Deine Mutter ist bei ihnen. Ich bin mit Dragoness Moraina und Bruder Paedrig gekommen.«

Ich lächelte, als ich an meine Schwestern dachte, und sah mich in der Halle um, bis ich den kleinen, rundlichen Bruder erblickte, der neben Doyen Allwyn kniete.

»Ich habe sie vor der Burg getroffen«, sagte Onkel Havram. »Bis zum Schiff habe ich es gar nicht erst geschafft, weil ich am Kai abgefangen wurde. Man sagte mir, meine Anwesenheit in der Burg wäre dringend erforderlich.« Er rieb sich den Arm. »Sie waren auch nicht gerade sanft, obwohl sie ihre Haltung gründlich geändert haben, als wir den Park verließen und ein Drache vor ihnen landete.« Onkel Havrams Augen zeigten immer noch sein Staunen. »Die Bäume sind zurückgewichen, um ihr Platz zu machen, Junge ...«

»*Cyhn* Hase Zweibaums'sohn, bringt Eure Familie zu mir«, sagte der Fyrst, und der Tumult in der Halle legte sich, während uns alle ansahen.

Mein Pa warf mir einen schnellen Seitenblick zu, als er das *Cyhn* hörte, während er, Onkel Havram und ich uns dem Thron näherten. Als wir uns verbeugten, traten Molyu und Wyln zu uns. Seine Gnaden und der Zauberer musterten meinen Pa und meinen Onkel aufmerksam.

»Ihr seht Euch sehr ähnlich«, bemerkte Seine Gnaden.

Er hatte recht. Wir waren alle drei groß und schlank, hatten das gleiche schmale Gesicht und dunkles Haar. Der einzige Unterschied war, dass mein Onkel blaue Augen hatte, im Unterschied zu den braunen von Pa und mir. Meine Brüder, Schwestern und ich brachten meine kleine, blonde und nach acht Kindern etwas rundliche Mutter fast zur Verzweiflung. Sie behauptete immer, sie hätte so viel Arbeit mit uns gehabt, aber es würde sich kein bisschen an uns zeigen.

»*Cyhn*«, grollte Moraina, die neben Suiden saß. Sie klang sehr zufrieden. »Ihr habt Hase in Euer Haus aufgenommen?«

»Ich habe ihn und seine Familie als zu meinem Geschlecht zugehörig erklärt«, antwortete der Fyrst und streifte Ilenaewyn mit einem kurzen, leicht amüsierten Seitenblick. »Einschließlich des Menschenkönigs.«

»Was?« Mein Pa sah Moraina an. »Was meint Ihr damit …?« Er unterbrach sich und starrte Suiden an, vielmehr das, was an Suidens Krallen zappelte.

»Also wirklich«, brummte Onkel Havram. »Nun seht euch das an. Sro Kenalt und …«, er sah zum Podest hinüber, »Gherat. In Fleisch und Blut.«

»Obruesk hat sich in die Ecke verkrochen, Sir.« Ich streckte meine Hand aus. »Es war Eorlkommandeur Pellan, der ihm zur Flucht verhalf.«

»Obruesk? Hier?« Bruder Paedrig erhob sich und eilte zum Podest, blieb jedoch wie angewurzelt stehen, als er fast gegen den Kristall des Jenseits stieß, der nach wie vor in der Luft hing. Unwillkürlich trat er einen Schritt zurück. »Wer hat diese Scheußlichkeit gewirkt?«

Finger, Klauen und andere Körperglieder richteten sich auf den mit einem Schutzzauber gebannten und erstarrten Magus. Bruder Paedrig zog die Augen zusammen. »Wie konntet Ihr das wagen!«

»Er hat ihn geschaffen, um Hase zu beherrschen, Ehrenwerter

Paedrig«, sagte Laurel, der Esclaurs Bein schiente. »Und durch ihn uns.«

»In was zum Teufel bist du da hineingeraten?«, flüsterte Onkel Havram, während mein Pa mich entsetzt ansah.

»In so ziemlich alles«, erwiderte ich flüsternd.

»Was ist das?« Falkin starrte den Kristall an.

»Etwas Böses«, antwortete Moraina. »Und Verbotenes.« Sie sah zwischen Wyln und Laurel hin und her. »Wer hat es berührt? Sind die Personen noch zu identifizieren?«

»Pellan war einer«, sagte Wyln. »Aber er war klug genug, ihn in einem Beutel zu tragen.«

»Wir müssen alles einsammeln, was damit in Berührung gekommen ist, und uns anschließend um die magischen Nebeneffekte kümmern«, sagte der Fyrst. »Bis dahin würde ich gern mit Euch sprechen, Ehrenwerte Moraina ...«

»Ein Hexer?« Falkin riss sich mit einem Ruck aus seiner Verblüffung. »Ihr meint Slevoic?« Er sah sich in der Halle um, entdeckte Havram und eilte zu ihm. »Das wollte ich Ihnen eben sagen, Sir. Ich habe Slevoic in der Stadt gesehen, zusammen mit Kommandeur Pellan.«

Wyln hatte Falkin missbilligend angesehen, weil er den Fyrst unterbrochen hatte, aber jetzt veränderte sich seine Miene schlagartig. »Slevoic ibn Dru?« Er drehte sich um und warf einen Blick auf den Kommandeur. »Mit Pellan?«

Seine Gnaden erhob sich. Das Licht blitzte auf seiner Klinge, als er die Treppe des Podestes hinabeilte. »Ihr habt noch einen Zauberer und Mörder in meine Stadt gebracht?«

»Ein Mörder ...«, begann Pellan.

»Er hat den Weißen Hirschen ermordet«, erklärte Laurel. »Er hat seine Kehle aufgeschlitzt und sein heiliges Blut auf dem Boden vergossen.« Die Raubkatze legte die Ohren an. »Selbst seine eigenen Leute nennen ihn den Scheußlichen.«

»Er ist viel mehr als nur scheußlich, Sro Katze«, erklärte Suiden und wandte sich an Falkin. »Haben Sie gesehen, wohin er gegangen ist?«

Falkin schnappte nach Luft, als Suidens Stimme aus dem Maul des sehr großen, sehr wilden schwarz-goldenen Drachen kam, der neben Moraina hockte.

Onkel Havram neben mir erstarrte. »Ein turalischer Drache«, flüsterte er.

»Und war er, abgesehen von dem Kommandeur, allein?«, erkundigte sich Javes, der zu Falkin trottete.

Der Erste Offizier wirbelte herum und glotzte den Wolf mit der schwarzen Augenklappe an.

»Ja, ja, ja, ich bin ein Wolf. Esclaur ist auch einer. Also?«

Esclaur senkte sein Maul und grinste wölfisch mit hängender Zunge, als er seinen Kopf elegant drehte, trotz seines geschienten Vorderlaufs. »Heil Ihnen, Leutnant Falkin.«

»Antwortet Drachenprinz Suiden«, forderte der Fyrst den verdatterten Ersten Offizier auf, »und Javes Wolf Kaufmanns'sohn.«

Falkins Stimme klang dünn und pfeifend. »Er und Eorlkommandeur Pellan waren zu Pferde unterwegs, Euer Gnaden. Es schien, als wären sie vom Hafen gekommen und hierher unterwegs. Ich habe schon früher versucht durchzukommen, aber die Stadtwachen haben die Mannschaft aufgehalten und wieder auf die Schiffe getrieben.«

»Hierher unterwegs?«, wiederholte Wyln und hob seine Brauen. Er trat rasch zu seinem Neffen, und diesmal war von seiner humorvollen Liebenswürdigkeit nichts zu sehen. »Wo ist er?« Pellan konnte sich zwar nicht rühren, erweckte aber trotzdem den Anschein, als würde er vor der grimmigen Miene seines Onkels zurückzucken. Dann riss er sich zusammen, starrte den Zauberer finster an und blieb stumm.

»Sohn meiner Schwester.« Molyu trat zu dem Kommandeur. »Wo hast du den anderen Hexer ...?« Ihre Gnaden unterbrach sich und starrte ihn an. »Pellan, was ist das da auf deiner Hand?«

Wylns Blick zuckte zu Pellans Schwerthand. Im nächsten Moment packte er Molyu, riss sie rasch an sich und wich mit ihr bis zu der Stelle zurück, an welcher der Fyrst stand. Unmittelbar danach loderte eine Wand aus Flammen hoch und umringte die drei. »Die Lady möge uns retten! Er wurde von dem Kristall des Jenseits berührt!«

Laurel, der gerade meine Prellungen und Abschürfungen untersuchte, fuhr herum. Sein Nackenhaar richtete sich auf. »Alle weg von ihm, sofort!«

Ein weiter Kreis bildete sich um den Kommandeur. Sämtliches Blut wich aus Pellans Gesicht, als die Wachen, die um ihn herum ebenfalls eingefroren waren, sich bemühten, von ihm wegzukommen.

»Der Magus hat versprochen, dass es ungefährlich wäre«, flüsterte Pellan, dessen Brust sich unter seinen verängstigten Atemzügen hastig hob und senkte. »Er sagte, er hätte einen Schutzzauber darumgelegt.«

Ich konnte eine Verfärbung auf Pellans Handrücken erkennen. Während ich sie beobachtete, breitete sich der Fleck aus und wanderte seinen Arm hinauf, bis er unter seinem Ärmel verschwand.

»Der Magus hat gelogen«, sagte der Fyrst.

Die Verwesung erschien kurz darauf auch auf Pellans anderer Hand, überzog seine Finger.

»Das einzige Kind meiner Schwester!«, stieß Molyu verzweifelt hervor, »wird bei lebendigem Leib von der Fäulnis gefressen! Soll ich alles verlieren, was mir noch von ihr geblieben ist?« Sie sah Laurel durch die Flammen hindurch an. »Helft ihm, Faena, ich flehe Euch an!«

»Nein, Euer Gnaden«, mischte sich Hafenmeisterin Lin ein, bevor Laurel antworten konnte. »Es tut mir leid, dass Euer Neffe infiziert wurde, aber das Gesetz schreibt unmissverständlich vor, dass jeder, der sich freiwillig der Schwarzen Magie verschreibt, nicht vor ihren Auswirkungen gerettet werden darf.« Lin ließ ihren Blick durch den Thronsaal gleiten. »Wir müssen diesen Raum versiegeln und alle unter Quarantäne stellen, die mit dieser Scheußlichkeit in Berührung gekommen sind.«

»Ihr vergesst Euch, Hafenmeisterin.« Molyus Augen wirkten wie geschmolzenes Feuer inmitten der Flammen.

Mittlerweile war die Fäulnis auch Pellans anderen Arm hinaufgewandert, und der erste Fleck zeigte sich an seinem Hals. Ein süßlicher Hauch von verwesendem Fleisch stieg mir in die Nase.

»Ich bin die Hafenmeisterin, das stimmt, und als solche Euer Gnaden und dem Fyrst untertan«, erwiderte Lin, während sie einen Knicks machte. Dann richtete sie sich auf. »Aber ich bin auch«, sie warf der im Flug erstarrten Fee einen kurzen Seitenblick zu, »Königin Mabs neu ernannte Vertreterin im Hohen Rat, und in dieser Funktion sage ich Euch, dass Ihr ihn nicht retten könnt.«

Eine der Stadtwachen neben Pellan schrie auf und verdrehte vor Entsetzen die Augen, um den dunklen Fleck auf seinem Handgelenk sehen zu können.

»Es breitet sich aus«, stellte Moraina fest.

»Meine Stadt«, sagte Fyrst Loran. »Mein Volk!« Er drehte sich zu den Stadtwachen herum. »Hisst die schwarze Flagge auf dem Hauptturm«, wies er sie durch die Flammen hindurch an, »und schließt das Tor zur Burg. Sofort!« Zwei Wachen rannten zur Tür, doch der eine stolperte und stürzte zu Boden.

»Meine Güte«, stieß Javes schwach hervor. »Er muss ein Schwert von den Infizierten an sich genommen haben.«

Einen Moment herrschte Schweigen, als die Anwesenden über seine Worte nachdachten. Dann schrie eine der Bediensteten auf und streckte verzweifelt eine Hand von sich weg.

»Nicht nur die Wachen«, bemerkte Moraina. Sie drehte ihren Schädel, um den Magus anzublicken. »Es scheint, Kareste, dass Eure Pläne Euch aus der Hand geglitten sind.« Sie legte den Kopf schief. »Oder wolltet Ihr genau das? Dass alle an der Pestilenz sterben?«

Der Magus blieb stumm, aber seine eisgrauen Augen funkelten, als er uns ansah. Ich bemerkte eine Bewegung und runzelte die Stirn. Mir schien, als hätten seine Finger gerade gezuckt.

Pellan lachte. »Die Diener sagten, dass die Menschen Kareste ›Made‹ nannten. Welch eine Anmaßung, meinten sie.« Er lachte wieder, und ich sah, dass sein Zahnfleisch heftig blutete. »Und wie wahr.«

Jetzt nahm ich eindeutig wahr, wie Karestes Finger zuckten. Ich drehte mich zu meinem Pa herum, um ihn zu fragen, ob er es auch gesehen hatte, aber im nächsten Moment durchfuhr mich blankes Entsetzen. »Oh, süßer, gnädiger Himmel!«

»Was ist los, Hase?« Mein Vater sah mich verständnislos an.

Ich packte seinen Arm. Ich war von der Stadtwache in Ketten gelegt, geschlagen und anderweitig berührt worden. Dann waren mein Pa und mein Onkel gekommen und hatten mich umarmt. Ich sah Onkel Havram an, der ebenfalls dunkle Flecken auf der Haut hatte. Ich sah wieder auf die Hand meines Vaters hinab, zu den dunklen Flecken auf seinem Handgelenk, und streckte meine Hand danach aus.

»Nicht, Hase! Fasst es nicht an!« Laurel griff nach mir und verfehlte mich.

Der Fleck ließ sich wie verrottetes Tuch von Pas Hand abziehen und hing dann von meinen Fingern herunter, wand sich wie suchend. Ich sah mich hastig um, erblickte das Feuer des Zauberers, machte einen Bogen um Laurel, lief dorthin, packte eine Handvoll Flammen und schüttelte die Fäulnis hinein.

Die Flammenwand teilte sich, und Wyln stand neben mir. »Macht es heißer.«

Die Flamme in meiner Hand verwandelte sich in ein gelblich-weißes Lodern.

»Gut. Jetzt begrenzt sie«, sagte Wyln.

Die Flamme schrumpfte zu einem Feuerball, der so gleißend war, dass ich meine Augen zusammenkneifen musste. Ich lief zu meinem Pa und zog im Licht des Feuerballs die restlichen Fäulnisflecken von ihm ab, die ich anschließend in die Flammen warf. Dann hielt ich den Ball hoch, untersuchte meinen Onkel und machte das Gleiche bei ihm.

»Der Sohn meiner Schwester«, sagte Molyu hinter der Flammenwand. »Bitte.« Die Hafenmeisterin öffnete den Mund, aber Ihre Gnaden kam der Fee zuvor. »Bringt es vor den Rat, Lin!«

Ich wollte zum Kommandeur gehen, der schwach in seinen Luftfesseln hing, wurde jedoch von einem dünnen Netz aus fahlen Linien abgelenkt, noch feiner als jene, die Molyu eingehüllt hatten. Sie waren in dem grellen Licht zu sehen und schienen jeden in der Halle zu umgarnen. Ich bückte mich, zog an einer – und der Magus zuckte zusammen. Ich sah genauer hin. Alle Stränge führten zu ihm.

»Verfluchte Spinne! Du saugst sie aus!«

Jetzt bewegte Kareste seine Finger ganz offen, drängte gegen die Luftbänder, bewegte die Lippen. Ich hockte mich hin und riss mit einer Hand an dem Netz, aber die Stränge schaukelten nur einmal in der Luft und sanken dann wieder zu Boden. Frustriert stand ich auf und schleuderte meinen Feuerball darauf. »Brenne!«

»Nicht! Ihr werdet alle umbringen!«, schrie Ilenaewyn, der sich gegen seine Luftfesseln wehrte. Die anderen stießen ebenfalls Laute der Panik aus. »Haltet ihn auf!«

»Ruhe«, befahl Moraina. »Wir sind bereits so gut wie tot!«

Feuer lief an den Strängen entlang, und der Magus streckte die Hände aus. Frost strahlte von dem Podest aus, auf dem er stand, und überzog den Boden. Das Feuer verdunkelte sich von Gelb zu einem matten Rot.

»Heißer, Zweibaums'sohn«, sagte Wyln. »Lasst es heißer brennen.«

Laurels Bindung um Kareste brach mit einem klirrenden Geräusch wie zerberstendes Eis; der Magus trat vom Podest herunter und näherte sich mir. Suiden wollte ihm den Weg versperren, doch seine Beine gaben unter ihm nach. Moraina schwankte neben ihm, während dunkle Flecken auf ihrem Rücken erschienen.

Ich wandte mich zu ihnen um. »Hauptmann! Moraina!«

Wyln packte meinen Arm. »Das Feuer, Zweibaums'sohn. Macht es heißer!«

Als sie sahen, dass die Drachen schwankten, liefen einige Hofdiener und Wachen zum Portal, sanken jedoch ausgelaugt zu Boden, bevor sie es erreichten. Fäulnisflecken schimmerten dunkel auf ihrer Haut. Mittlerweile hüllte ein kleiner Schneesturm den Magus ein, und der Frost breitete sich vor seinen Füßen weiter aus. Das Feuer drohte zu erlöschen.

Ich starrte Suiden und Moraina durch den Schneesturm des Magus an, dachte an den Eisdrachen Gwyyn, der seinen Horst in der Flanke eines Feuerberges in den Oberen Reichen hatte. Eines Feuerberges, der direkt bis ins Herz der Erde führte, wo heißes, geschmolzenes Magma brodelte. Ich bückte mich und berührte einen Strang. Das Feuer leuchtete rot auf, dann orange, durchzogen von flackernden gelben Zungen, und der Magus stolperte zurück.

»Heißer«, sagte Wyln.

Ich dachte an die Sonne, die im Sommer auf meinen Rücken brannte, so heiß, dass der Himmel vor Hitze weiß glühte. Die Stränge verfärbten sich gelb, und Dampf stieg vom Boden auf. Der Magus streckte die Hände aus, und noch mehr Leute schwankten; etliche fielen einfach dort zu Boden, wo sie standen. Die Stränge wurden matter.

»Noch heißer«, sagte Wyln.

Ich dachte an die Verbindung von Sonne und Erde, an die Esse des Schöpfers, in der das Leben geschmiedet wurde – blendend heißer Stahl unter dem Hammer des Meisters, der auf den Amboss hinabsauste. Ich rief, und Wind fegte über den Boden, wie aus einem Blasebalg, und die Stränge glühten auf, bis sie vor Hitze und Licht sangen. Der Magus wurde zurückgedrängt, das Gesicht schweißüberströmt.

»Das ist es, Hase«, sagte Laurel, der neben Wyln getreten war. »Bindet sie zusammen, Erde, Wind und Feuer.«

Ich band sie zusammen, eine dreifache Bindung, die über die Stränge raste, und schloss die Augen vor ihrem Gleißen, legte schützend meine Hand darauf. Ich fühlte, wie die Rune aufflammte, heiß und wild, zwischen zwei Herzschlägen; dann erlosch sie, und es wurde kühl in der Halle. Ein sanfter Wind umschmeichelte mich, und ich schwankte. Wyln stützte mich, bevor ich fiel.

Die Flammen um den Fyrst erloschen, und er eilte zu uns, während Wyln erneut seine Finger unter mein Kinn legte und mir forschend ins Gesicht blickte. »Erde, Wind *und* Feuer!«, wiederholte er fast ehrfürchtig. »Von meinem Geschlecht ...«

»Ich will Eure Lobpreisung nicht unterbrechen, Ehrenwerter Zauberer«, sagte Moraina, während sie sich aufrichtete. »Aber wir sind noch nicht fertig.« Suiden neben ihr rappelte sich ebenfalls langsam auf.

Alle starrten die Dragoness an, alle, außer mir. Ich glitt durch Wylns Hände und klappte auf dem Boden zusammen, während ich mich aufs Atmen konzentrierte und den metallischen Geschmack in meinem Mund zu überwinden suchte. Pa stellte sich neben mich, gefolgt von Onkel Havram. Hinter ihnen sah ich jedoch erneut ein Blitzen, wo die Hexerei des Magus den Marmorboden gespalten hatte. Müde drehte ich den Kopf und richtete meinen Blick auf die Stelle.

»Was meint Ihr, Ehrenwerte Moraina?«, erkundigte sich Wyln, dessen Hand auf meinem Kopf ruhte.

»Der Zauberer, über den sich alle so ergrimmen«, antwortete Moraina. Sie richtete den Blick ihrer saphirblauen Augen auf Falkin. Der Leutnant fuhr zusammen und klappte seinen Mund mit einem vernehmlichen Klacken zu. »Slevoic habt Ihr ihn genannt?«

»Ja«, antwortete Molyu, bevor Falkin seine Sprache wiedergefunden hatte. Sie ging zu Pellan und tippte gegen seine Wange. »Wo steckt er, hm?«

Pellan liefen die Tränen über die Wangen, als er Ihre Gnaden ansah. Offenbar löste es recht starke Emotionen aus, wenn man eine zweite Chance bekam. Er betrachtete seine Tante einen Moment und senkte dann den Kopf. »Er ist bei dem Magus. Als Schüler.« Er schloss die Augen.

»Warum überrascht mich das nicht?«, meinte Javes. Der Wolf sah zu dem Magus hinüber, der auf Hände und Knie gesunken war und erschöpft nach Luft rang. »Ihr seid ein schlechter Mensch. Ich würde Euch beißen, wenn ich nicht sicher wäre, eine Fleischvergiftung zu bekommen.«

»Wo ist er, Kareste?«, fuhr der Fyrst ihn an.

Einige Burgwachen näherten sich dem Magus, der seinen Kopf hob und sie aus seinen eisigen Augen anstarrte. Sie blieben stehen und sahen Seine Gnaden an.

»Ich glaube, Ihr solltet Kareste berühren, Laurel Faena«, meinte der Fyrst kühl. »Wenn ich Hand an ihn lege, wird nicht allzu viel von ihm übrig bleiben.«

Laurel trat zu dem Magus, und die Wahrheitsrune glühte in seiner Tatze auf.

Alle brütende Boshaftigkeit wich aus dem Gesicht des Magus, wich panischem Entsetzen, als er versuchte, dem Faena auszuweichen, und sich aufrichtete. »NEIN!«

»Das sagt er ganz schön oft, also wirklich«, bemerkte Esclaur, als die Wachen die Arme des Magus packten und ihn festhielten, damit Laurel sich ihm nähern konnte.

Ich sah zu, wie Laurel seine Tatze auf Karestes Stirn legte, wurde jedoch erneut von einem Flackern abgelenkt. Es gelang mir, mich aufzurichten, ich löste mich aus dem Griff von Pa und Wyln und ging zu dem Riss in dem Marmorboden. Ich hockte mich auf meine Fersen, den Stab in einer Hand, und starrte auf den Boden.

»Was seht Ihr, Zweibaums'sohn?«, erkundigte sich Wyln, der mir mit meinem Pa gefolgt war. Laurel zögerte. Seine Tatze schwebte unmittelbar über der Stirn des Magus', als er sich umdrehte und zu uns hinsah.

Erneut sah ich das Licht in dem Spalt. Ein erdiger Geruch stieg aus den Trümmern hoch, erinnerte an Sommer im Wald.

Laurel blähte witternd die Nasenflügel, und er ließ seine Tatze sinken. »Ich bin gleich wieder da«, sagte er zu Kareste. »Rührt Euch nicht von der Stelle.« Er eilte zu mir. Die Perlen in seinen Zöpfen und an seinem Stab klickten, als er neben mir stehen blieb. Er witterte noch einmal, und seine Reißzähne blitzten, als er lächelte.

»Was ist das?«, erkundigte sich Wyln.

»Ein Übergang«, sagte Laurel und hob seine Tatze. »Macht es mir nach, Hase.«

Ich hob ebenfalls meine Hand und fühlte, wie jemand sie packte.

»Und jetzt zieht.«

Ich stand auf und zog.

»Hase ...« Pas Stimme klang ehrfürchtig. »Was ist aus dir geworden?«

»Ich ...«, begann ich und verstummte, als ich in das Antlitz der Ehrenwerten Esche starrte. Sie streckte die Hand aus, bis sie meinen Stab fast berührte, und lächelte.

Die korrupten Ratsmitglieder schrien erneut panisch auf und kämpften gegen ihre Bindungen, als die anderen Geister dem der Baumelfe folgten, in die Halle schwebten, die Zähne gefletscht, Krallen entblößt, Hörner gesenkt. Basel, der zwischen Mensch und Hirsch hin und her zuckte, ging auf Kareste zu. Während ich den Geist der Baum-Faena anstarrte, streckte ich den Arm aus, und Basel blieb stehen. Seine Augen glühten rot vor Wut.

»Nekromantie«, stieß einer der Amtsdiener hervor und machte ein Zeichen gegen das Böse. Andere murrten, zischten und wiederholten seine Geste. »Geister aus ihrer Ruhe zu reißen ist Schwarze Magie, Mondperiode oder nicht.«

»Nein, es ist keine Nekromantie«, sagte Doyen Allwyn, der ein Stück von mir entfernt auf dem Boden saß. »Es ist ein Rufen. Dies sind die Phantome, die der Magus verbannt hat, und sie sind jetzt zurückgekehrt. Rachedurstig.«

Ich sah auf die Hand der Ehrenwerten Esche, die in meiner ruhte, Wahrheitsrune auf Wahrheitsrune. Meine Augen weiteten sich, als ich sah, wie ... Die Ehrenwerte Esche schüttelte den Kopf, löste sich sanft von mir, und die Vision verblasste zur Erinnerung an einen Traum, den ich vielleicht einmal gehabt hatte. Andere Dinge blieben mir dafür sehr lebhaft in Erinnerung.

»Ihr habt sie getötet!« Ich wirbelte zu Kareste herum, der schlaff zwischen den Wachen hing. »Ihr habt sie gebunden, eine Axt genommen und sie gefällt! Wegen ihres Stabes!«

Laurel grollte, zeigte seine Reißzähne und fuhr seine Krallen aus.

Ich ging auf den Magus zu, flankiert von Basel und der Ehrenwerten Esche. »Ihr habt den Sohn der Ehrenwerten Moraina ermordet, wegen seiner Knochen und seines Schatzes!«

Moraina brüllte erstickt auf.

Das Einhorn trabte neben mich. »Sie habt Ihr ebenfalls ermordet! Wegen ihres Horns!« Der Leopard sprang neben mir auf das Podest. »Und ihn tötetet Ihr wegen seiner Krallen!« Der Rest der Geister drängte sich hinter mich, als ich meinen Stab hob. »Alles um der Macht willen! Alles wegen dieser pockenverseuchten Macht!«

»Hase, halt!« Laurel hatte mich eingeholt und stellte sich vor mich.

»Gebt ihn mir!«, heulte ich und versuchte, um den Faena herumzukommen. »Ich schneide ihm das Herz heraus und esse es mit einem Silberlöffel!«

Laurel gab mir einen Stoß mit seiner Tatze. »Der Magus wird durch Lady Gaia gerichtet!«

Als ich den Magus ansah und tief Luft holte, hob Kareste plötzlich den Kopf und starrte mich mit seinen eisigen Augen an. Dann riss er sich von den überraschten Wachen los, und ich wurde durch einen kreischenden Schneesturm vom Podest gefegt. Offenbar hatte Kareste bis jetzt die Luft angehalten. Ich rutschte über den Boden, wirbelte um meine Achse, und als ich zum Halten kam und mich aufrichtete, sah ich nur noch, wie Leute zur Seite geschleudert wurden, als der Schneesturm aus dem Thronsaal fegte.

»KARESTE!«, brüllte ich. Mein Schrei ließ die restlichen Fenster der Halle zerbersten.

»Hase, wartet …«

Ich griff nach dem Wind und war verschwunden.

67

Ich strömte die Stufen hinunter, aus dem Burghof, strich durch das innere Tor, über den Hof und zum Haupttor hinaus. Alles wirkte verschwommen, während ich dem rasenden Schneesturm folgte. Wir fegten über den Burggraben, dessen Wasser gefror, als der Magus darüberstürmte. An der Brücke bildeten sich Eiszapfen. Er nahm Kurs auf den Park, die Zweige und Nadeln der Kiefern überzogen sich mit Raureif.

Wir rasten über den festgestampften Sand der Straße, dessen Körner zu Eiskristallen wurden. Kareste blieb immer dicht vor mir, außerhalb meiner Reichweite. Dann bog er in den Wald ab, fegte zwischen den Stämmen der Bäume hindurch, und ich hörte, wie die Waldbewohner verzweifelt versuchten, dem tödlichen Sturm zu entkommen. Einigen gelang es nicht. Ich flog an gefrorenen Vogelnestern vorbei, einem erfrorenen Igel, einer Ricke mit ihren beiden Kitzen. Schließlich galoppierten wir donnernd auf eine große Lichtung. Der von Kiefernadeln übersäte Boden knisterte vor Reif, und die Bäume darum herum wurden schwarz vom Frost. Kareste blieb unvermittelt stehen, verwandelte sich wieder in einen Mann und stellte sich mir. Ich hielt ebenfalls inne, nahm Gestalt an und ignorierte den eisigen Boden unter meinen Füßen.

»Wenn das nicht unser Lord Auswurf Süßbacke ist.«

Mein Kopf ruckte herum. Da stand Slevoic, angetan mit dem Panzer aus Drachenhaut, an der Spitze der aufrührerischen Truppen, einen glimmenden Stumpen in der einen Hand, Prudence Eiches Leichnam in der anderen. »Tückischer«, sagte ich. »Sie tauchen wirklich an den verblüffendsten Orten auf.«

Slevoic sah Kareste an und hielt ihm den Stab von Prudence Eiches Leichnam hin, bevor er seinen Blick wieder auf mich richtete. »Ich sagte dir doch, du solltest aufpassen, wem du den Rücken zukehrst.«

Kareste riss Slevoic den Totenstab aus der Hand und lächelte eisig. Er sprach zum ersten Mal seit meiner Rückkehr in die Grenzlande direkt mit mir. »Offensichtlich ist der Kapitän der *Kühn* ein guter Freund von Lord Gherat und dem freien Handel nicht unbedingt abgeneigt.« Er drückte die Spitze des Stabs in den Boden. Die schwarzen Augenhöhlen der toten Baumelfe lagen tief in ihrem vor Qualen verzerrten Gesicht.

»Genau«, meinte Slevoic. »Es ist nicht das erste Mal, dass er mich in die Grenzlande geschmuggelt hat. Und diesmal direkt unter Suidens verfluchter Nase.«

Als er sprach, drang mir der scharfe Geruch von verbranntem Holz in die Nase. Hinter den Pferden und anderen Anzeichen eines Lagers bemerkte ich, dass die Bäume rund um die Lichtung Brandspuren aufwiesen.

Slevoic deutete meine Miene richtig und zuckte mit den Schultern. »Ich habe dieses Baumproblem während des Krieges mit den Grenzlanden nie so richtig verstanden, Auswurf.« Er zog an seinem Stumpen, und einen Augenblick lang umhüllte ihn ein Schein aus Feuer. »Ein bisschen Brandschatzung wirkt wahre Wunder bei solchen Missgeburten.«

Mein Blick zuckte zu Kareste zurück, und ich sah gerade noch, wie ein Tentakel von ihm zu Slevoic schoss. Ich hob rasch die Hand mit der Wahrheitsrune, und das Eis an den Bäumen fing die Spiegelung auf. Die Rebellen schrien auf, als blendendes Licht die Lichtung erfüllte, aber Kareste lächelte nur eisig, während Slevoic laut lachte.

»Was soll das bewirken?«, erkundigte er sich.

»Es soll uns zwingen, die Wahrheit über uns selbst zu erkennen«, sagte Kareste. Ich sah, wie sich die Tentakel um die Soldaten wickelten. Diejenige zwischen ihm und Slevoic schwoll derweil zu einer dicken, pulsierenden Schnur an. Der Magus ernährte sich erneut.

»Ach ja, Groskin sagte so etwas.« Slevoic zog erneut an seinem Stumpen. Seine blauen Augen und sein offenes Gesicht wirkten sanft und freundlich. »Ich kenne bereits die Wahrheit über mich, Auswurf. Und sie gefällt mir. Sie gefällt mir sogar sehr.«

»Wenn er ein Faena wäre und uns mit seiner Rune berühren würde ...«, meinte Kareste. Sein Lächeln gefror, und er sah mich eindringlich an. »Ich will ihn lebend, falls möglich. Wenn nicht, dann will ich seine Leiche unversehrt.«

»Ja, Magus.« Slevoic leckte sich die Lippen. Er ließ den Stumpen fallen, und Flammen fauchten hoch, umhüllten ihn. Dampf stieg auf, als die Flammen auf den gefrorenen Boden trafen, und ich fühlte das Entsetzen des Waldes vor einem drohenden Feuerkampf.

»Sie zeigt nicht nur die Wahrheit über einen selbst, Tückischer«, sagte ich, ohne die Hand mit der Rune sinken zu lassen. »Sondern die Wahrheit.« Ich deutete mit einem Nicken auf den Tentakel, der jetzt so dick wie mein Unterarm war. »Was glauben Sie, ist das?«

Der brennende Mann sah sich um und blickte dann auf den Boden. »Was zur pockenverseuchten Hölle ...?«

»Er saugt Sie aus«, erklärte ich. »Er mag seine Opfer jung und zart, gewürzt mit der Gabe.«

Slevoic schlug gegen den Tentakel; er schwoll an. »Nein.« Er packte ihn mit beiden Händen und zog daran. »Hört auf!« Er zückte sein Schwert, holte aus ... Aber Kareste schnippte mit den Fingern, und Slevoic verdrehte die Augen, als er zusammenbrach. Dampfschwaden stiegen auf, und es zischte, als sein brennender Leib zu Boden fiel. Die Soldaten schrien auf, rissen sich los und flohen. Sie kamen bis zum Waldsaum, wo sie ausgelaugt zu Boden sanken.

Kareste sah mich an. »Und jetzt du, Schüler.« Seine Stimme klang wie ein Wintersturm in den Oberen Reichen.

Ich wartete nicht, bis er fertig war, sondern sprang ihn an und ... prallte gegen eine Eiswand.

Kareste lächelte, als ich zurückfiel. »Kein Faena oder Zauberer, hm. Keine Schwerter, keine Kristallkugeln oder Drachen. Keine Regeln, kein ›Du sollst nicht‹.«

Ich versuchte, zur Seite auszuweichen, und traf auf eine weitere Wand aus Eis.

»Ich habe dich dreimal, nein, viermal unterschätzt«, sagte Kareste und zog eine Drachenkralle aus der Tasche. Er warf sie in den Dampf, der von Slevoic aufstieg.

Ich streckte eine Hand hinter mir aus, und meine Finger berührten Eis. Das Gleiche auf der anderen Seite. Auch der Boden war fest gefroren und schnitt mich von der Erde ab.

Kareste rammte den Totenstab tiefer in die Erde, und Prudences Mund bewegte sich, als er Macht sammelte. »Aber ich glaube, jetzt habe ich dich endlich richtig eingeschätzt.« Der Dampf nahm Form an, gefror, während er sich bildete.

Nachdem ich mich davon überzeugt hatte, dass auch über mir eine Eisschicht hing, dachte ich einen Moment nach, hielt meinen Stab vor mich und suchte meine Mitte. Als ich die Balance gefunden hatte, hörte ich, wie der Wind eine Frage stellte. Wie ein Faena stellte ich eine Gegenfrage. Der Wind schlug um, als er meine Bitte aufs Meer hinaustrug.

»Du kontrollierst drei Aspekte, Schüler«, sagte Kareste. »Nun, ich ebenfalls. Wasser.« Er schnippte mit den Fingern, und erneut wirbelte Schnee auf. »Erde.« Er rammte den Stab wieder in den Boden, und die Erde schrie auf. »Und Feuer.« Er deutete auf Slevoic. »Was unsere Gaben angeht, sind wir uns gleich. Ich jedoch bin mehr, habe mehr. Mehr Wissen, mehr Erfahrung und vor allem: dies hier.«

Der eisige Dampf wurde dichter und bildete Schwingen, als sich aus dem Dampf ein Drache formte.

»Hast du dich nie gefragt, warum du keine Drachengeister oder die von Baumelfen sahst, obwohl du Teile ihrer Leichen hattest?«, erkundigte sich Kareste. »Sie gehören mir, so wie du einst mir gehört hast und auch wieder gehören wirst.« Er machte eine Handbewegung, und der Drachengeist setzte sich in Bewegung, in meine Richtung. Sein Eis schimmerte grün, purpurn und rosa, und seine Augenhöhlen waren so schwarz wie die des Totenstabs. Als er näher kam, riss er sein Maul auf, und ein Abgrund gähnte mir entgegen. »Gib nach oder lass dich verschlingen. Auch dann habe ich dich.«

Der Wind kehrte zurück. Er übermittelte mir nicht nur die Antwort des Meeres, sondern auch die der Zisternen, Brunnen, Rinnsale, Bäche, Flüsse, Ströme und der Wasserfälle aus dem ganzen Land; sie alle murmelten, sangen, plätscherten, lachten, rauschten und brausten, als sie mich jetzt fragten. Ja, hauchte ich ausatmend. Sie dröhnten heran, bis ich bis zum Überfließen voll war. Ich hob meinen Blick zum Himmel, und Kareste runzelte die Stirn.

»Was ...?« Er unterbrach sich, als er Hufgetrappel hörte, und warf einen Seitenblick zum Rand der Lichtung. »Anscheinend bekommen wir Publikum.« Der Drachengeist zögerte.

Einen Herzschlag später ritten der Fyrst, Wyln, Jeffen und der Rest der Truppe mitsamt der Burgwache auf die Lichtung. Javes, Groskin und Laurel rannten neben ihnen her, und ihnen folgten Basel, die Ehrenwerte Esche und die anderen Geister. Ich hörte das Rauschen von ledernen Schwingen, als auch schon Dragoness Moraina, Suiden und Hafenmeisterin Lin landeten, zusammen mit Hunderten von Schmetterlingen, die sich in den Bäumen niederließen.

Kareste hob die Hand und zielte auf mich. »Das ist nah genug.

Noch näher, und er ... Nun, den Rest kann ich mir wohl sparen, hm?«

»Hase!«, brüllte Suiden.

»Nein.« Moraina streckte ihre Schwinge aus und hielt ihn auf. Ihr saphirner Blick zuckte zwischen Kareste und dem Drachengeist hin und her. »Lasst den jungen Menschen seine Meisterschaft beweisen.«

»Ich dachte, dass hätte er schon getan«, mischte sich Javes ein.

»Hat er, gewiss, über Erde, Wind und Feuer«, antwortete Moraina gelassen.

Wyln und Laurel fuhren herum und starrten Moraina an, während Lins Mund ganz rund wurde, als sie ein lautloses »Oh« ausstieß.

»Scheiß auf Meisterschaft!« Jeff versuchte, an Laurel vorbeizureiten, aber der Faena griff ihm in die Zügel. »Da stürzt sich ein böser Geist auf ihn.«

»Mein Sohn, der Poet«, brummte Moraina. »Was hat man dir angetan?«

»Sirs«, sagte Groskin gleichzeitig. »Da drüben.« Er deutete mit einem Nicken auf die Rebellen.

Javes sah ebenfalls hin. »Oh, also wirklich!«

Suiden war ihren Blicken gefolgt, gab ein Zeichen, und obwohl ein Drache ihnen einen Befehl gegeben hatte, oder vielleicht gerade deswegen, gingen mehrere Reiter und Burgwachen am Rand der Lichtung entlang zu der Stelle, wo die Rebellen am Boden lagen.

»Was ist das?« Der Fyrst richtete sich in seinen Steigbügeln auf und blickte über den immer noch brennenden Slevoic auf die versengten Bäume. »Wer hat es gewagt, Feuer an meine Bäume zu ...«

»Das Gequatsche kann einen in den Wahnsinn treiben!«,

brüllte Kareste. Er hob seine Hand, und der Schneesturm wirbelte schneller um ihn herum. »Noch ein Wort, und ich schwöre Euch, ich schicke Euch einen Schneesturm auf den Hals, der ...« Er verstummte schlagartig, als ein warmer Wind über uns hinwegfegte, der nach Regen und Meer duftete. Als er den Kopf hob, sah er die dunklen Wolken, die sich am Himmel auftürmten und aus denen im nächsten Moment dicke Tropfen fielen, die mit einem leisen Platschen auf dem gefrorenen Boden landeten. Als Slevoic von ihnen getroffen wurde, zischten die Flammen auf, und auch der Drachengeist begann zu wabern.

»Das Wetter scheint umzuschlagen«, bemerkte Lin und hielt ihre Hand in den Regen.

Kareste ignorierte die Fee, riss den Totenstab aus dem Boden und schüttelte ihn drohend. Der Schnee, der ihn umwirbelte, erhob sich in die Luft, und einen Moment lang verwandelten sich die Tropfen in Schneeflocken. Der Eisdrache verfestigte sich erneut. Doch dann frischte der Wind auf und verstärkte sich zu einem warmen Sommersturm. Die Tropfen fielen immer schneller, bis es ein richtiger Monsunregen war, der den Tau auf den Bäumen schmolz. Sie erwachten und rührten sich.

»Kann ein Luftaspekt dies bewirken?« Der Fyrst hatte ebenfalls seine Hand ausgestreckt.

»Nein, Euer Gnaden.« Laurel trat vor und beobachtete mich. »Er kann den Sturm bringen, das schon, aber er kann nicht kontrollieren, was der Sturm mit sich bringt. Das kann nur ein Wassermagier.«

»Erde, Wind, Feuer und Wasser!«, stieß Wyln hervor.

Ich drückte gegen die Eiswand vor mir, fühlte, wie sie nachgab und zerbarst, und trat über die Scherben in den Regen. Als Kareste hörte, wie das Eis barst, sah er zu mir und keuchte. »Was zum ...?« Sein Blick glitt hastig über die Lichtung: Dann wirbelte er herum und sah hinter sich.

»Wohin ist Hase verschwunden?«, knurrte Groskin, während andere Soldaten aufschrien. Sie suchten ebenfalls die Lichtung nach mir ab.

Der warme Regen verstärkte sich zu einem heftigen Prasseln, kleine Rinnsale liefen unter dem Eis auf den von Nadeln übersäten Boden und spülten den letzten Frost hinweg. Ein glockenhelles Klirren ertönte, als der Eiskäfig zusammenbrach. Der Geist des Eisdrachen begann zu verblassen, während die Flammen um den Tückischen zischend flackerten und schließlich erloschen.

»Ich glaube, das ist Slevoic.« Javes spähte mit seinem gesunden Auge durch den Regen.

»Der jetzt ein Festmahl für den Magus geworden ist«, bemerkte Wyln.

»Die Pocken sollen Slevoic holen!« Jeff versuchte, Laurel die Zügel seines Pferdes zu entreißen. »Wo ist Hase geblieben?«

Ryson trat zu Groskin, als der schwarze Panther witternd den Kopf hob und dann die Nase rümpfte.

Kareste machte erneut eine Geste, und der Schneesturm um ihn herum dehnte sich abermals aus, der Drache verfestigte sich wieder. Aber der Wind wehte, der warme Regen prasselte auf die Lichtung, und der Schneesturm verlor immer mehr an Kraft, als die Flocken schmolzen. Ein Regentropfen fiel auf Kareste, färbte sein Haar dunkel, und er zuckte zusammen.

»Nein!«

Noch mehr Tropfen landeten auf ihm.

»Ich bin der Meister Magus!«

Karestes Blick zuckte über die Lichtung, bis sein Blick an Moraina hängen blieb. Er fletschte die Zähne und fuchtelte mit der Leiche von Prudence Eiche herum; der Drachengeist wandte sich zu der Dragoness um. »Zeig dich, Schüler, sonst lasse ich diesen Geist auf seine Mutter los!«

»Können wir denn nichts tun?«, erkundigte sich Falkin und rutschte unruhig in seinem Sattel hin und her.

Es krachte, als wäre ein Knochen gebrochen; die Drachenklaue flog durch die Luft und landete vor Morainas Tatzen. Sie hob sie auf, schloss zärtlich ihre Klaue darüber. Der Drachengeist hielt inne und drehte sich dann zu Kareste um. In seinen leeren Augenhöhlen glühte plötzlich ein rotes Licht auf.

Kareste trat einen Schritt zurück, während sich seine Augen weiteten. Er hob den Stab von Prudence Eiches Leichnam hoch, um ihn in die Erde zu rammen, doch bevor ihm das gelang, wurde er ihm aus der Hand geschlagen; er landete im Wald. Es krachte erneut, das Geräusch eines brechenden Zweiges, und der Geist eines Baumelf, der noch Eichenblätter im Haar hatte, tauchte am Rand der Lichtung auf. Die Bäume raschelten mit ihren Blättern, ächzten und schienen sich zu bewegen.

»Haltet ein«, befahl der Fyrst ihnen. »Zweibaums'sohn beweist seinen Mut.«

Durchnässt bis auf die Haut suchte Kareste die Lichtung ab; sein Blick glitt über Slevoic, zuckte jedoch sofort zu mir, als ich mich neben dem Tückischen aus dem Regen materialisierte.

»Du!« Kareste hob die Hand, seine Finger zu Klauen gekrümmt.

Ich ließ den Stab fallen, packte Slevoics Schwert, das neben ihm lag, hob es mit zwei Händen hoch über meinen Kopf und durchtrennte mit einem Hieb den Tentakel, der den Tückischen mit dem Magus verband. Kareste zuckte heftig zusammen und heulte seine Wut und seine Verblüffung heraus, als sein Bann knisternd in seiner Hand erstarb. Er griff nach mir, aber ich verschwand, tauchte an der gegenüberliegenden Seite wieder auf, schlug erneut zu und durchtrennte auch die Tentakel zu den Rebellen. Der Magus fuhr zusammen und heulte noch lauter.

»All dies bewerkstelligt er ganz allein, Kareste«, grollte Moraina. »Ohne Faena, Zauberer, Drachen oder Kristallkugeln.«

Ich warf das Schwert zu Boden und trat vor Kareste, hob meine Hand.

»Weiß Hase schon, dass er nicht mit seiner Gabe töten darf?«, erkundigte sich Wyln beiläufig.

»Sollte er. Eigentlich«, erwiderte Laurel ebenso gelassen.

Meine Faust traf Karestes Kinn, und ich hörte, wie die Zähne in seinem Mund aufeinanderschlugen. Er segelte zurück und verdrehte seine Augen, als er landete. Ich ging zu ihm, riss ihn an der Robe hoch und hämmerte ihm noch einmal meine Faust unter das Kinn; doppelt genäht hält eben besser. Und weil er gerade da war, verpasste ich ihm bei der Gelegenheit gleich noch einen dritten Kinnhaken.

»Gut. Das dürfte genügen, Zweibaums'sohn«, meinte der Fyrst. »Seid so nett und lasst dem Faena noch etwas übrig.«

Ich ließ Kareste los, der mit einem lauten Platschen in eine Pfütze fiel. Der Eisdrache und Prudence Eiche schwebten zu mir und starrten auf den Magus hinunter, der in dem Schlamm lag, der zwischen den Nadeln aus dem Boden quoll. Das Einhorn, der Leopard und andere Geister schwebten zu uns und umringten ihn.

Slevoic stöhnte leise, als er zur Besinnung kam. Basel schwebte in Menschengestalt zu ihm, sodass Slevoic, als er die Augen aufschlug, in das Gesicht des Geistes starrte. Der Tückische schrie auf, fuhr zurück, rollte sich herum, sprang auf und schwankte. Sein entsetzter Blick richtete sich nicht nur auf Basel, sondern auch auf Suiden und Moraina, die ihn scharf ansahen. Er machte eine kurze Handbewegung und wurde sofort von lodernden Flammen umhüllt. »Bleibt zurück, sonst brenne ich diesen ganzen verfluchten Wald nieder.«

»Was für eine armselige Drohung«, bemerkte Wyln und hielt liebenswürdig lächelnd seine Hand in den Regen.

Ich seufzte, hob meinen Stab und sah Slevoic an. »Die Bäume wurden während des letzten Krieges nicht verbrannt, Tückischer, weil die Königliche Armee sehr schnell feststellen musste, dass Holz nicht gut brennt, wenn es vollkommen durchnässt ist. Es ist schon erstaunlich, was ein bisschen Wassermagie vollbringen kann, hm?«

»Müssen wir Hase den ganzen Kampf allein ausfechten lassen?«, erkundigte sich Suiden.

»Nein«, grollte Moraina und beäugte Slevoics Hautpanzer.

»Gut«, knurrte Suiden und machte einen Schritt auf den Tückischen zu.

Diesmal schrie Slevoic gellend und stürmte davon, verschwand zwischen den Bäumen. Ich wollte ihn verfolgen.

»Das«, meinte Wyln bedächtig, »würde ich nun wirklich nicht tun. Sie sind im Augenblick nicht gerade sonderlich glücklich, hm?«

Ich blieb wie angewurzelt stehen, als mir die Geschichten einfielen, in denen wütende Wälder sich erhoben hatten, und starrte in die Dunkelheit hinter den Regenschleiern auf der Lichtung. Ich war froh, dass ich nicht an Slevoics Stelle war. Hinter mir jedoch trommelten plötzlich Hufe auf den feuchten Boden. Ryson galoppierte vorbei, verfolgte den Tückischen.

Schaffickender ... »Ryson, nicht! Verdammt noch mal, halt! Das ist ein Befehl, verflucht!« Ich rannte zur Baumgrenze und blieb stehen. Basel jedoch schoss an mir vorbei, gefolgt von der Ehrenwerten Esche und einigen anderen Geistern, die allesamt vom Wald verschluckt wurden. Ich starrte in die Dunkelheit, konnte jedoch nichts erkennen.

»Kommt, Hase«, sagte Wyln. »Hier könnt Ihr nichts tun.« Er ritt zu mir, wendete sein Pferd und stellte sich zwischen mich und den Wald. »Selbst ich würde sie nicht verfolgen. Schon gar nicht jetzt, und erst recht nicht wegen meines Feueraspekts.« Er führte mich sanft zur Mitte der Lichtung zurück, als ein langer, qualvoller Schrei ertönte, der langsam erstarb. Dann herrschte Stille.

»Die Pocken sollen ihn holen«, flüsterte Jeff.

»Euer Soldat war mutig, aber dumm«, bemerkte der Fyrst. »Wir werden seiner gedenken ...« Er brach ab, als die Schatten sich bewegten und einige Augenblicke später Ryson auftauchte. Basel und die Ehrenwerte Esche flankierten ihn. Ich schlug den Blick vor der schrecklichen Genugtuung nieder, die sich auf Basels geisterhaftem Gesicht abzeichnete, doch er landete auf dem Panzer aus Drachenhaut, der über Rysons Sattel lag. Als er näher kam, sah ich, dass die Streifen darauf Blut waren, welches der Regen wegspülte.

»Die Bäume haben mir das gegeben«, meinte Ryson. »Für seine Mutter, sagten sie.« Er schluckte deutlich hörbar, trotz des Regens. »Ich hätte den Stab auch mitgebracht, aber Basel und Lady Eschenbaum schienen das nicht für eine gute Idee zu halten.«

»Wir bergen ihn später«, erklärte der Fyrst. »Nachdem sie sich etwas beruhigt haben.«

Ich sah zu Kareste hinüber, um den sich die Geister von Prudence Eiche und Drache Gwyyn drängten. Der Magus lag immer noch ausgestreckt auf dem Boden, und ich sah, wie Laurel sich ihm vorsichtig näherte, die Ohren flach an den Kopf angelegt. Das Gespenst des Eisdrachen drehte seinen Schädel zu Ryson herum.

»Vielleicht sollten Sie der Ehrenwerten Moraina die Drachenhaut geben, Ryson«, sagte ich und trat dichter an Wyln heran. »Jetzt.« Der Zauberer sah mich an und warf dann Suiden einen selbstgefälligen Blick zu.

Während Ryson hastig zur Dragoness ritt, brachte Jeff eines der Pferde der Rebellen zu mir. »Geht es dir gut?«

Ich war plötzlich sehr müde, nickte aber. »Ja, denke schon.« Ich wollte aufsteigen.

»Hase, deine Augen!«

Ich verharrte mit einem Fuß im Steigbügel und starrte zu Jeff hoch. »Was ist ...?«

Wyln beugte sich zu mir, nahm – natürlich – mein Kinn zwischen seine Finger und drehte sanft mein Gesicht zu sich herum. Die anderen drängten sich um mich.

»Das Zeichen seiner Meisterschaft über das Wasser«, murmelte Moraina, die sich an dem Gerangel um mein Kinn beteiligte und mein Gesicht mit einer ihrer Krallen zu sich drehte. »Was für ein hübsches Blau, wie einige Edelsteine, die ich besitze ...«

»Hase, Wyln, ich brauche Euch«, sagte Laurel, der immer noch neben Kareste stand. Er sah die Hafenmeisterin an. »Euch ebenfalls, Lin.«

Ich unterdrückte ein Seufzen, reichte Jeff meine Zügel und ging zu dem Faena. Dabei ließ ich die Geister nicht aus den Augen, bereit, mich augenblicklich und in Windeseile zurückzuziehen. Ich sah zu, wie Wyln mit Feuer, Laurel mit Erde und zu meiner Überraschung Lin mit Wind Zauber über Kareste wirkten. Schließlich sah Laurel mich an. »Wasser, Hase.«

Ich zögerte, zeichnete dann den Lauf eines Flusses in die Luft, der schnell und reißend ins Meer strömte.

»Ausgezeichnet«, meinte Laurel, als ich fertig war, bückte sich und ohrfeigte den Magus, bis der die Augen aufschlug. »Na, sind wir wach, ja?«, erkundigte sich Laurel.

Kareste starrte ihn aus seinen eisigen Augen wütend an und schwieg, während er die Hände krümmte und seine Bindungen prüfte.

»Sehr gut.« Laurel richtete sich auf und hob seine Tatze, in der die Wahrheitsrune hell leuchtete. »Für Euer Wirken des Verbotenen, dafür, dass Ihr Blut mit Eurer Gabe vergossen habt, für Eure Entweihung von Lady Gaia erkläre ich Euch als verflucht und verkünde hiermit Ihr Urteil.« Er tippte mit dem Ende des

Stabes auf die Erde, und trotz des Regens hörte es sich an wie der Schlag eines Richterhammers. »Ihr seid gebunden, Kareste. Von Erde, Wind, Feuer und Wasser seid Ihr gebunden, bis Lady Gaia Erbarmen mit Euch zeigt.«

Laurel trat zurück und bedeutete uns, das Gleiche zu tun, dann schwenkte er seinen Amtsstab. Es rumpelte, dann brachen Wurzeln aus dem Boden, bogen sich über den Magus, bohrten sich auf der anderen Seite wieder in die Erde und schnürten ihn ein.

»So mögt Ihr gebunden sein«, wiederholte Laurel, »in Gabe und Leib.« Er lächelte, dass seine Reißzähne blitzten. »Aber damit Ihr Euch nicht einsam fühlt«, er deutete auf Prudence Eiche, den Drachen Gwyyn und die anderen Geister, die uns umringten, »werden sie Euch auf Geheiß und nach dem Willen von Lady Gaia Gesellschaft leisten. Mondperiode oder nicht. Bis sie anders entscheiden.«

Laurel kehrte dem Magus den Rücken zu, zuckte mit Ohr und Schwanz und ging, nachdem er sich vor den Geistern verbeugt hatte, zu dem Fyrst und den anderen zurück. Wyln, Lin und ich folgten ihm, und im nächsten Moment verließen wir die Lichtung, zu Fuß und zu Pferde, während die Schreie und die Flüche des Magus hinter uns verklangen.

»Gut gemacht«, sagte der Fyrst. »Ich kann dem nur noch eines hinzufügen.« Er drehte sich zu mir herum. »Ein klein wenig trockener, bitte, Zweibaums'sohn.«

»Jawohl, Euer Gnaden.« Die Wolken lösten sich augenblicklich auf.

»Nur nicht über dem Magus.«

Ich lächelte. »Sehr wohl, Euer Gnaden.«

Er starrte mich unverändert an, und ich hörte auf zu lächeln. »Euer Gnaden?«

»Sie haben wirklich einen ausgesprochen hübschen Blauton«, bemerkte der Fyrst.

Ich unterdrückte ein Seufzen, als ich nicht nur Jeffs, sondern auch Javes', Groskins und das Kichern meiner restlichen Kameraden und der Burgwachen hörte. Selbst in Suidens Kehle rumpelte es verdächtig.

»Ganz wie Ihr meint, Euer Gnaden.«

68

»Haben Sie den Verstand verloren, Leutnant?« Von irgendeiner Belustigung, die Suiden angesichts meiner blauen Augen empfunden haben mochte, war nichts mehr zu spüren. Seine eigenen grünen Augen flammten, als er mich anstarrte, während ich bäuchlings auf einem Tisch lag. Er und alle anderen hatten sich zurückverwandelt, also musste ich mich dem Zorn meines Hauptmanns in seiner menschlichen Gestalt stellen. Viel besser machte es das wohl auch nicht.

Wir befanden uns im Badehaus der Burg, in dem es einen Dampfraum, Wannen mit heißem, warmem und kaltem Wasser gab und eine kleine Krankenstation, in der kleinere Verletzungen behandelt wurden. Ich wurde dort und nicht in der Krankenstation der Burg selbst verarztet, weil das Dampfbad neben der Kaserne im Erdgeschoss lag und alle, die nicht in die Krankenstation passten, sich auf dem Burghof vor der Waffenkammer aufbauen und durch verschiedene Öffnungen zusehen konnten. Dragoness Moraina beanspruchte einen Fensterplatz für sich allein. Die Feen und die Fabelwesen, nicht gerade Vorbilder an Sittsamkeit, jedenfalls was mich betraf, schienen nichts daran zu finden, dass Laurel und der Burgheiler mich untersuchten und anschließend badeten, um meine Schmerzen und Wunden zu lindern, und das alles öffentlich. Jeff hatte viel zu kichern. Es passierte etwas Aufregendes, und sie wollten dabei sein. Selbst der Barde Seiner Gnaden ließ es sich nicht nehmen zu erscheinen. Die Laute hatte er über die Schulter geschlungen und sich den Zutritt zur Krankenstation durch die Androhung satirischer Verse erpresst. Zweifellos schmiedete er gerade Verse, um zukünftigen Generationen das Wissen zu erhalten, wie ich nackt aussah.

Laurel trug eine Salbe auf meinen geschundenen Rücken auf, nachdem er meine Handgelenke und Fußknöchel bereits behandelt hatte. Wyln stand neben ihm, eine Tasse des gleichen widerlichen Tees in der Hand, den ich auf dem Schiff hatte trinken müssen. Ein ganzer Topf von der Brühe blubberte auf einem Feuerkorb. Und nach den Mienen auf den mich umringenden Gesichtern zu schließen, gab es diesbezüglich kein Entkommen.

»Er war ein Meister-Magier«, nahm der Fyrst den Faden dort auf, wo Suiden ihn hatte fallen lassen, »der sich den Dunklen Künsten verschrieben hat. Auch wenn die ganze Sache ausgezeichnet ausgegangen ist, war es nicht weise von Euch, ihm allein zu folgen, Zweibaums'sohn.«

»Offenbar hält sich Hase für unbesiegbar, weil er die Gabe besitzt, Euer Gnaden«, assistierte Javes.

»Nein«, warf sich Onkel Havram für mich in die Bresche. »Alle Jungs in seinem Alter halten sich für unsterblich und benehmen sich wie Vollidioten.«

»Das stimmt allerdings.« Esclaur musste natürlich seinen Senf dazugeben, obwohl er schon einen geschienten Arm in einer Schlinge hatte.

Wenigstens sagte mein Pa nichts, aber als ich hochblickte, bemerkte ich, dass sich die Sorgenfalten auf seinem Gesicht vertieft hatten, während er zusah, wie Laurel meine Wunden pflegte. Er legte mir sanft die Hand auf den Kopf. »Geht es dir gut, Hasi?«

»Ja, Pa.« Ich lächelte unwillkürlich, trotz Suidens finsterer Miene, als Pa meinen Kosenamen aus frühester Jugend benutzte, zuckte jedoch zusammen, als Laurel eine schmerzhafte Stelle berührte.

»Starrsinnig kopflos«, setzte Suiden zu einer neuen Tirade an. »Schaflutschend hohlköpfig, pockenverseucht hirnlos, kuhköderdämlich, stinkfischig blödärschig, matschbirnig dumm, Leutnant!«

Jeff und meine Kameraden standen am Fenster und staunten nicht schlecht, während Groskin die Lippen bewegte, als er sich die Schimpfworte des Hauptmanns einzuprägen suchte. Ryson dagegen spielte den großen Unsichtbaren, was ihm allerdings nicht gelang. Er schimmelte schon wieder, und der Hauptmann brauchte nur an seiner Nase entlangzublicken. »Und Sie, Soldat! Was zur pockenverseuchten Hölle haben Sie sich bei Ihrem Verhalten gedacht?«

Ryson warf einen Blick auf Laurel und schielte dann auf seine Füße. »Wenn ich Slevoic fangen würde, müsste das zeigen, dass ich nicht mehr, also, zu ihm hielt, und dass die anderen dann vielleicht wieder mit mir reden würden, Sir.«

Suiden sah Laurel scharf an. »Verbreitet Ihr Güte und Erleuchtung unter meinen Männern, Sro Katze?«

Laurel beendete ungerührt seine Arbeit, legte mir ein Handtuch über die Schultern und half mir dann, mich aufzusetzen. Ich war sehr froh, dass ich wenigstens meine Hose wieder hatte anziehen dürfen. »Ich bin ein Faena, richtig? Und Faena tun so was. Sie bringen Balance und dergleichen mehr.«

»Balance«, wiederholte ich, spreizte meine Finger und strich über die Rune, die unter meiner Fingerspitze warm wurde. »Ich habe die Rune Kareste und Slevoic vorgehalten, Laurel, aber es ist nichts passiert.« Ich verzog den Mund. »Slevoic sagte, ihm gefiele, was er wäre.«

Mein Vater drückte sanft meine Schulter.

Laurel seufzte und wischte sich Salbe von einer Tatze. »Es gibt immer jene, die ihr Gewissen so sehr geschändet haben – normalerweise durch einen schrecklichen Mangel, wie die Gier des Magus nach Macht oder das Vergnügen des Tückischen am Schmerz anderer –, dass es keinen Sinn macht, die Rune gegen sie zu erheben. Genauso gut könnte man versuchen, Fische im Meer zu ersäufen.«

»Aber habt Ihr sie nicht auch gegen Kareste erhoben?«, fragte ich und strich erneut über die Rune. »Vorher, in der Halle, während des Kampfes?« Die Rune wurde wärmer und begann zu glühen. Mein Vater starrte auf meine Hand.

»Nein«, erklärte Laurel. »Wie ich Euch sagte, Hase, Ihr seid nicht der Einzige, der Mentha-Blätter kauen musste. Mein Kampf mit dem Magus wurde durch unsere Gabe ausgefochten.« Sein Schnurrbart zuckte zurück, als er seine Reißzähne zeigte. »Kareste hat meinen Stab benutzt, um Scheußlichkeiten zu wirken, also bin ich ihm als einer vom Aspekt Erde entgegengetreten, im Namen von Lady Gaia.« Laurel ging zu seinem Stab, der neben meinem an der Wand lehnte. »Hat die Ehrenwerte Esche Euch nie gelehrt, einen Stab zu lesen?«

»Einen Stab lesen?«

»Was die Federn, Tuchstreifen und Perlen zu bedeuten haben, Hase.« Laurel nahm den Stab und hob ihn mehrmals hoch, dass es nur so klickte und flatterte. »Oder die Tatsache, dass er geschnitzt ist.«

Ich starrte den Berglöwen einen Moment an, dann klappte mein Unterkiefer herunter. »Sie haben den Führer der Faena geschickt, um mich zu holen?«

»Lass nie von einem Novizen die Arbeit eines Meisters tun.« Laurel senkte den Stab. »Was Ihr Euch allerdings hättet fragen sollen, ist, wessen Stab Ihr da habt.«

Ich blickte zu meinem schlichten Stab aus Eschenholz hinüber und fühlte, wie sich meine Nackenhaare sträubten.

»Was habt Ihr gesehen, Hase?«, fragte Laurel, und unsere Zuschauer in den Logen und Rängen beugten sich gebannt vor.

»Er kam aus dem Boden«, sagte ich tonlos. »Ich pflügte gerade ein Feld, und er erhob sich vor mir. Eine Frucht hing daran.«

»Der Erdkristall?«, erkundigte sich Wyln.

»Ja, Ehrenwerter *Cyhn*.«

»Wie mystisch«, antwortete Wyln. »So ganz anders als Feuer.«

»Lady Gaia hat damit gezeigt, dass sie Hase akzeptiert«, meinte Laurel, und ein Murmeln erhob sich im Hof.

Ich unterdrückte den Gedanken, was Doyen Allwyn und Bruder Paedrig wohl dazu sagen würden. »Es ist der Stab der Ehrenwerten Esche?« Meine Stimme klang ehrfürchtig.

»Ja«, antwortete Laurel. »Es muss dem Magus einen gewaltigen Schrecken versetzt haben, Euch damit zu sehen.« Seine Schnurrhaare federten zurück. »Einen sehr großen Schrecken.«

»Darauf wette ich«, brummte Onkel Havram.

»Aber ich dachte, jeder bekommt seinen eigenen Stab«, meinte Javes, der den Stab durch sein Lorgnon betrachtete. »Sagtet Ihr nicht, dass Euch der Eure bei einer Zeremonie überreicht wurde?«

»Normalerweise stimmt das auch«, antwortete Laurel und lehnte seinen Amtsstab wieder an die Wand. »Doch ab und zu wird ein Stab weitergereicht. So wie auch ab und zu ein Großer auftaucht, der mehr als nur einen Aspekt besitzt.« Er musterte mich prüfend. »Ihr habt die Erde schon einmal heraufbeschworen, richtig? In der Botschaft in Iversly, als sich alle zum ersten Mal verwandelten.«

Groskin, Jeff und die anderen sahen mich an. Missbilligend.

»Ja«, antwortete Javes an meiner Stelle. »Auch wenn Ihr selbst damals etwas anderes gesagt habt.«

Laurel seufzte. »Ich mag im Besitz der Wahrheit sein, Ehrenwerter Hauptmann, aber nicht der ganzen Wahrheit. Niemand würde das überleben. Ich wusste nur, dass ich keinen Zauber gewirkt hatte, und glaubte nicht, dass Hase es könnte. Also nahm ich an, dass Lady Gaia selbst eine Rolle gespielt hat. Wie sie es bereits getan hatte.« Sein Blick richtete sich wieder auf mich. »Und da meine Rune nicht glühte, war sie es vielleicht auch.«

»Vielleicht.« Suiden klang uninteressiert. Er kehrte zu dem zurück, was er für wichtig hielt, und nagelte mich mit seinem Blick förmlich fest. »Aber es kümmert mich nicht, ob der Himmel selbst herabsteigt und Ihren Ruhm verkündet, Leutnant. Sie werden nicht mehr allein herumspazieren. Haben Sie mich verstanden?«

»Jawohl, Sir.«

»Ich fragte: HABEN SIE MICH VERSTANDEN, LEUTNANT?«

»SIR, JAWOHL, SIR!«

»Guut.« Suiden lehnte sich gegen den Tisch und verschränkte langsam die Arme, als Javes sich räusperte. Suiden warf einen kurzen Blick auf den Vizeadmiral und den Fyrst und richtete sich hastig wieder auf.

Ein Lächeln huschte über das Gesicht des Fyrst, bevor er mich ansah. »Ich fand es höchst interessant, wie Ihr in dem Regensturm verschwunden seid, Zweibaums'sohn. Diese List war eines Meisters würdig.«

»Und hinlänglich bekannt, Euer Gnaden«, warf Suiden ein, dessen grüne Augen wieder glühten.

Das stimmte.

»Er geht also nicht nur in den Bergen verloren, was?« Javes musterte mich durch sein Lorgnon. »Der Leutnant ist dafür bekannt, dass er sich vor den Augen aller verbergen kann.«

»Das stimmt, Sir«, warf Jeff ein, der mich ebenfalls anstarrte. »Alle reden noch darüber, wie er einmal direkt vor Slevoic stand und der Tückische ihn nicht sah, bis es zu spät war und er nichts mehr anstellen konnte.«

»Er ist durch die bewachten Tore von Veldecke geschlüpft«, meinte Groskin, »und keiner hat ihn gesehen.« Er betrachtete mich nachdenklich. »Wahrscheinlich sind Sie auch so der Karawanenmeisterin und ihrem Leibwächter entkommen.«

Sehr wahrscheinlich, ja.

»Und auch andere ... Die Hafenmeisterin ist dem Kommandeur entkommen, ohne dass er sie gesehen hätte«, meinte Javes.

»Er konnte einem immer unter der Nase entkommen«, erinnerte sich Pa und sah mich besorgt an.

»Aber ich habe nichts gemacht«, protestierte ich. »Jedenfalls nicht damals. Es ist einfach nur passiert.«

»Es passiert ganz schön viel ›nur so‹ um dich herum, Junge«, stellte Onkel Havram fest.

»Das stimmt.« Pa seufzte. »Deshalb haben wir uns auch von Kareste überzeugen lassen, Hase zu ihm in die Lehre zu geben.«

»Die ungeschliffene Gabe kann unberechenbar und beunruhigend sein, weshalb diejenigen, welche mit ihr geboren werden, geschult werden müssen«, erklärte Wyln. »Trinkt Euren Tee, Hase.«

»Aber Sirs«, meinte Jeff, während ich den bittersüßen Tee hinunterwürgte, »ich verstehe zwar, warum er bei dem Magus verschwunden ist, aber wieso hat er uns in den Bergen irregeführt.«

»Nicht warum, Reiter Jeffen«, sagte Suiden und sah Laurel an. »Die Frage ist, wer.«

»Ich?« Laurel legte die Ohren an, während er meine Tasse füllte. »Was habe ich getan?«

»Ich wusste nicht einmal, dass er kommen würde«, sagte ich im selben Moment. Und bedachte den Tee mit einem Stirnrunzeln.

»Nein, aber Eure Aspekte wussten es.« Wyln reichte mir den Honigtopf. »Damit hielten sie Euch dort, wo Ihr wart, bis zum günstigsten Moment, an dem Laurel Faena Euren Weg kreuzte.«

Die Vorstellung, dass Elemente denken konnten, verwirrte mich. Außerdem überstieg sie meinen Horizont. »Das können sie?«

»Sie haben es jedenfalls mit euch gemacht«, erklärte Wyln.

»Was genau hat wer gemacht?«, wollte Javes wissen.

»Erde, Wind, Feuer und Wasser.« Wyln sah Suidens finstere Miene. »Illusionen werden vom Wasser gewirkt, Euer Hoheit. Es ist die Spiegelung und Brechung des Lichts, wie bei der Oberfläche eines Sees, bei dem Ihr ebenfalls nicht seht, was sich darunter befindet, selbst wenn Ihr wisst, dass es dort ist.« Er sah mich wieder an. »Vier Aspekte«, meinte er. Seine Miene war selbstzufrieden, und sein Blick ... irgendwie besitzergreifend.

Laurel grollte, als er seine Medizin in den Beutel packte. »Und beinahe wäre er Kareste in die Hände gefallen. War sogar eine kurze Zeit in seiner Gewalt.« Er sah den bestürzten Ausdruck meines Vaters. »Nein, Ehrenwerter Zweibaum, es ist nicht Eure Schuld. Die Ehrenwerte Esche sagte es uns, sagte es mir, aber keiner von uns hörte ihr zu. Außerdem hätte Kareste eigentlich die beste Person sein sollen, bei der Hase hätte lernen können.« Er schüttelte den Kopf, und seine Perlen klickten. »Ich wusste, dass er nach Macht strebte, aber ich wusste nicht, dass er in seiner Gier nach noch mehr Macht auf die Dunklen Künste zugriff.«

»Was wird mit ihm geschehen, Laurel?« Ich stellte meine Tasse ab und seufzte erleichtert, als sie nicht augenblicklich wieder gefüllt wurde.

»Er wird bleiben, wo er ist, bis Lady Gaia etwas anderes entscheidet«, antwortete Laurel. Sein Ton implizierte, dass dies frühestens kurz vor Ablauf einer Ewigkeit der Fall sein würde.

Der Vizeadmiral sah den Fyrst an. »Wenn ich mir die Kühnheit erlauben darf, Euer Gnaden, was passiert jetzt?«

Laurel blickte aus dem Fenster, nahm mein Hemd und reichte es mir mit der wortlosen Aufforderung, mich zu Ende anzukleiden.

»Ilenaewyn und die anderen wurden zunächst einmal in den Kerker geworfen«, erwiderte Seine Gnaden. »Bis auf Obruesk.« Er sah zu, wie ich mich in meine Stiefel zwängte und mich anschickte, sie zu verschnüren. »Bruder Paedrig bat um den Kirchenältesten, deshalb haben wir ihn mit dem Bruder und dem anderen Priester in ein Gemach verlegt.«

Ich hielt bei der Vorstellung inne, dass der Erzdoyen mit Bruder Paedrig und Doyen Allwyn in einem engen Raum zusammen war, und empfand beinahe so etwas wie Mitleid mit ihm. Ich machte mich an den anderen Stiefel. »Wenn ich fragen darf, Euer Gnaden, geht es dem Doyen gut?«

Der Fyrst sah Laurel an, der seine Medizin weggepackt hatte. »Noch nicht«, erwiderte der Berglöwe, »aber sein Zustand bessert sich. Er braucht Ruhe und umsichtige Pflege, damit seine Verletzungen rasch heilen können.«

Ich stand auf, zog mir den Waffenrock über den Kopf und setzte mich wieder hin, damit Laurel meinen Zopf flechten konnte. Offenbar hatte er Zeit gefunden, meine Feder wiederzubeschaffen, denn er zog sie, wenngleich etwas zerzaust, aus der Tasche und flocht sie in mein Haar.

»Bedauerlicherweise«, sagte der Fyrst, »können wir gegen Botschafter Sro Kenalt nichts unternehmen.«

Suiden stieß ein drohendes Grollen aus, und seine Augen leuchteten sehr grün.

»Nein«, betonte der Fyrst. »Wir können nichts gegen ihn unternehmen, Euer Hoheit. Sonst werden sich andere bemüßigt fühlen, unsere Botschafter ebenfalls zu misshandeln.« Er lächelte schwach. »Also werden wir ihn mit einer deutlich formulierten Protestnote zurücksenden, eine Entschuldigung verlangen und darauf pochen, dass alle unsere Sklaven zurückgegeben werden.«

»Glaubt Ihr wirklich, dass Ihr auch nur eins von beiden bekommen werdet, Euer Gnaden?«, erkundigte sich Onkel Havram skeptisch.

»Javes Wolf Kaufmanns'sohn hat uns ein Empfehlungsschreiben an den Patriarchen der Familie seiner Mutter ausgestellt«, erklärte der Fyrst.

Suiden, Onkel Havram und Esclaur sahen Javes an, und alle hatten die Stirn gerunzelt.

»Sie ist eine Qarant, von den Damas. Eine Tochter des Geschlechts.«

Die Stirnfalten verschwanden schlagartig, und die Gesichter wurden ausdruckslos.

»Wir werden die Damas bitten einzuschreiten, ihren beträchtlichen Einfluss in unserem Interesse zu benutzen. Selbstverständlich müssen wir ihnen dafür die gesamte Geschichte erzählen, einschließlich Sro Kenalts Rolle, fürchte ich.«

Suiden lachte tatsächlich; es war ein tiefes Lachen, und seine Augen funkelten.

»Nun, also wirklich, ich denke, das schuldet Ihr ihnen tatsächlich«, murmelte Onkel Havram, dessen blaue Augen ebenfalls funkelten.

»Weiß Berle von Ihrer Mutter, Javes?«, erkundigte sich Lord Esclaur.

Javes schüttelte den Kopf. »Nein. Obwohl sie nur die Tochter eines Gouverneurs eines unbedeutenden Hauses ist, scheint ein Kaufmannssohn zu plebejisch für ihren erlesenen Geschmack zu sein, daher hat sie sich nie die Mühe gemacht nachzuforschen.«

Esclaur holte tief Luft. »Darf ich es ihr erzählen? Bitte.«

»Wo ist die Kanzlerin eigentlich?«, erkundigte sich Onkel Havram.

»Mit ihrem diplomatischen Gefolge in unserem alten Quartier, unter strengster Bewachung«, erwiderte Javes. »Wo sie, wie Doyen Allwyn sagte, über die Dummheit der Sünde des Hochmuts reflektieren kann.«

»Sie wird zurückkehren«, erklärte der Fyrst. »mit einem Vertreter meines Hofs, der bis in die letzte Einzelheit beschreiben wird, was sie getan hat. Denn auch sie ist die Gesandte eines fremden Landes.«

»Aye?« Onkel Havram sah Wyln an. »Werdet Ihr das sein, Ehrenwerter Wyln?« Seine Stimme war gelassen, aber ich spürte seine Sorge bei der Vorstellung, dass ein Elfen-Zauberer mit dem Feueraspekt an Bord eines seiner Windgleiter gehen könnte.

Wyln schüttelte jedoch den Kopf. »Nein, ich nicht. Es wird jemand sein, der die Autorität besitzt, für die gesamten Grenzlande zu sprechen – sehr wahrscheinlich ein Mitglied des Hohen Rates.« Er lächelte liebenswürdig. »Außerdem bleibe ich bei Zweibaums'sohn.«

Es war ein langer Tag gewesen, und es waren eine Menge interessanter Dinge passiert, und meine Gedanken waren abgedriftet. Doch unvermittelt war ich hochkonzentriert. »Bei mir ... Ehrenwerter *Cyhn*?«

»Ja, denn ich bin Euer *Cyhn*. Entweder gehe ich mit Euch, oder Ihr bleibt hier bei mir.«

Nach einem erschreckten Blick auf Wyln schien Laurel plötzlich vollkommen damit beschäftigt zu sein aufzuräumen, während Javes, Esclaur und Havram erst den Zauberer und dann Suiden anfunkelten. Suiden ignorierte ihre anklagenden Blicke. »Das jedoch wird enden, sobald der Hohe Rat offiziell Hases Meisterschaft festgestellt hat.«

»Zweibaums'sohns Meisterschaft ist in der Tat etwas, was der Hohe Rat feststellen wird«, kam der Fyrst Wyln zuvor. »Aber ich bin derjenige, der die Dauer seiner *Cyhn* festsetzt.« Die Augen Seiner Gnaden funkelten verdächtig. »Er gehört zu einem elfischen Haus, Ehrenwerter Prinz, und bei unserer Rasse unterscheidet sich das Erreichen eines reifen Alters in einigen Belangen von der Volljährigkeit Eurer Rasse. Erstens dauert es länger. Sehr viel länger.«

Elfen lebten ewig, vorausgesetzt, sie wurden nicht tödlich verletzt. Ich starrte den Fyrst an und sah mich als graubärtigen Tattergreis, bis man mir endlich erlaubte, allein abends wegzugehen.

»Keine Angst, Zweibaums'sohn«, meinte Wyln sichtlich amüsiert. »Ich werde dafür sorgen, dass Ihr genug Zeit zum Spielen habt.«

Der Fyrst lachte leise über Suidens fassungslose Miene. Dann jedoch wurde Seine Gnaden wieder ernst, als er, jedenfalls für seine Verhältnisse, mächtig die Stirn runzelte und zu dem Fenster blickte, das Dragoness Moraina mit Beschlag belegt hatte. »Wo wir gerade von Dingen sprechen, die getan und nicht getan wurden. Ehrenwerte Moraina, habt Ihr tatsächlich einen Vertrag mit dem menschlichen Königreich unterzeichnet?«

Ein Seufzer des Entsetzens wisperte über den Burghof.

»Nein«, antwortete Dragoness Moraina.

»Natürlich nicht!«, rief einer der Eorls des Fyrst erleichtert. Der Barde Seiner Gnaden jedoch starrte die Dragoness mit großen Augen an, zog seine Laute von der Schulter und schlug sie leise an. Er schien zu spüren, dass ihn gleich eine Muse küssen würde.

»Ich habe einen Schreiber beauftragt.«

Auf dem Hof kehrte schlagartig Ruhe ein, die nur von dem leisen Spiel des Barden aufgelockert wurde. Selbst der Wind ging in Deckung.

»Warum, Ehrenwerte Moraina?«, wollte der Fyrst wissen.

»Was einst verloren war, kommt zurück, Euer Gnaden«, erwiderte Moraina. »Was einst Feenland war, wird jetzt erneut Feenland, unter einem Elfenkönig. Und zwar unter einem, der mit uns sehr eng verbunden ist. Wie vorausgesehen wurde ...«

»Wollt Ihr damit sagen, Ehrenwerte Moraina«, fragte Laurel sehr behutsam, »dass Ihr auf eine Weissagung gestoßen seid, die besagt, dass dieses Land wieder zu unserem Land würde? Und dafür habt Ihr Eure Überzeugung gegen die Verwendung der Schrift aufgegeben?«

»Nein, keine Weissagung«, erklärte Moraina. »Keine obskuren Plappereien, die jeder Dummkopf, Fanatiker und Verrückte manipulieren könnte. Ich habe eine Weitsicht gewirkt, und dies veranlasste mich, einen Schreiber zu verpflichten.« Sie legte mit einem leisen Rauschen ihre Schwingen an. »Es war nötig, den eifernden Glauben des menschlichen Königreichs zu kontrollieren, dass das, was einst unser war, jetzt ihres sein sollte, bis diese Voraussicht sich bestätigte. Ich hielt einen Vertrag für das geeignetste Mittel.« Sie seufzte. »Mir wäre niemals in den Sinn gekommen, dass wir es waren, die aufgehalten werden mussten.«

»Aber warum?«, fragte Wyln. »Warum wolltet Ihr den Menschen nicht erlauben, uns anzugreifen? Angesichts dessen, was beim letzten Mal geschah, als sie es versuchten, hätten wir das Land viel früher zurückbekommen.«

»Ja. Vielleicht«, erwiderte Moraina. »Andererseits vielleicht auch nicht. Jetzt jedenfalls haben wir es, und zwar ohne einen einzigen ergrimmten Schlag. Dafür jedoch mit starken Banden, die uns vereinen.«

»Ein Drache, der für den Frieden spricht«, murmelte Javes. »Außergewöhnlich.«

»Man nennt es Weisheit«, konterte Moraina.

»Ein Dunkelelf, der nur einem Geschlecht verbunden ist, und das, sofern ich es richtig verstanden habe, durch ein verhasstes Haus«, sagte Suiden, der sich allmählich von dem Schock erholte, dass er mein Leben an die Elfen verschachert hatte. »Ein König, der das ganze Land regiert, niemandem verantwortlich ist, ungeachtet der Erklärung des Fyrst. Werden die nördlichen Clans dieses Band akzeptieren, Sra Moraina? Oder die ganzen Grenzlande?«

Morainas saphirblaue Augen richteten sich auf den Drachenprinzen. »Wer hat von dem König von Iversterre gesprochen?«

Es wurde erneut ruhig.

»Also gut!«, rief ein anderer Eorl. »Von wem sprecht Ihr dann?«

Moraina schwang ihren mächtigen Schädel in meine Richtung.

Der gesamte Burghof lachte schallend. Immerhin hatten sie soeben noch meinen nackten Hintern gesehen. Lin jedoch, die in einem anderen Fenster lehnte, nickte bestätigend. Der Barde bemerkte es, und seine Finger flogen förmlich über die Saiten seiner Laute.

»Wie soll er diese gewaltige Aufgabe der Einigung denn bewerkstelligen?«, rief der erste Eorl.

»Verpflichtet Laurel Faena durch einen Mahl-Pakt«, erwiderte Moraina, deren strahlende Augen auf mich gerichtet blieben. »Ein dreifacher Treueschwur an König Jusson. *Cyhn* von Zauberer Wyln. Von Loran zum Angehörigen des Geschlechtes des Fyrst erklärt. Leutnant in der Königlichen Armee Seiner Majestät unter dem Befehl von Hauptmann Prinz Suiden. Ibn Chause und eso Flavan. Auserwählter der Mondgeister. Neffe von Vizeadmiral Havram ibn Chause. Geborener Magier. Sohn von Zweibaum und Lerche. Die Rune der Wahrheit in seiner Hand. Vierundsechzig Linien zum Thron. Getauft und unterwiesen in der Lehre der menschlichen Kirche. Schüler von Bruder Paedrig. Empfänger meiner Gunst. Und ein viertes Mal seinem Cousin, dem König, durch einen Eid verpflichtet, Frieden zu bringen.«

Der Wind wehte durch die offenen Fenster herein und trug flatternde Schmetterlinge in den Raum.

»Es scheint zudem, dass Königin Mab ebenfalls Interesse an ihm hat«, setzte Moraina hinzu.

Lin lächelte und zeigte ihre Zähnchen.

»Er muss gar nichts mehr tun«, fuhr die Dragoness fort. »Er hat es bereits vollbracht, indem er sich so sehr mit Feen und Menschen verwoben hat, dass nicht einmal Lady Gaia dies entwirren könnte.« Sie lächelte ebenfalls. »Weil er so sehr der Unsere ist wie einer vom menschlichen Königreich, werden wir ebenfalls einen Anteil von dem haben, was er ist; so wird er zu der Brücke, die unsere Länder verbindet; und er wird uns dorthin zurückführen, wo unsere beiden Völker neu beginnen können.«

Es wurde erneut still auf dem Hof. Offenbar waren alle fast gegen ihren Willen beeindruckt.

»Die Lerche, die emporsteigt, Ehrenwerte Moraina?«, fragte ich, als ich mich an meinen Traum an Bord der *Furchtlos* erinnerte.

Morainas Lächeln wurde sanft, jedenfalls für einen Drachen. »Ja, junger Mensch. Falls wir dieses Glück haben.«

Am Rand des Hofs gab es Unruhe, und Moraina drehte sich um. Die Leute traten zur Seite und verbeugten sich, als Molyu auf uns zukam. Sie hatte das Blut aus ihrem Gesicht entfernt, aber von ihrem Auge über ihre Wange hinab verlief eine rote Linie. In der Tür blieb sie stehen, und ich sah, wie hinter ihr die Sonne in den letzten Resten der Sturmwolken versank. Das Ende des letzten Frühlingstages war fast erreicht. Und das der Mondperiode.

Der Blick Ihrer Gnaden richtete sich auf den Fyrst, und sie lächelte. »Es wird Zeit, mein Gemahl.«

Die Sonne stand tief am Horizont über dem Meer, als etliche mit Seide ausgeschlagene Karren, die mit Pelzen, Häuten, Knochen und Holz beladen waren, die Burg verließen. Am Anfang der Kolonne ritten Seine Gnaden Loran, der Fyrst von Elanwryfindyll, prachtvoll gewandet, sein Langschwert auf dem Rücken. Laurel Faena folgte ihm und hielt die Zügel eines Pferdes, das ebenfalls mit Seidentüchern geschmückt war und auf dem die Leiche von Prudence Eiche und die Haut des Drachen Gwyyn lagen. Nachdem die Kolonne ratternd die Brücke über den Burggraben überquert hatte, waren die einzigen Geräusche das gedämpfte Schlagen der Hufe und das Mahlen der Räder auf dem sandigen Weg. Dazu die leisen Schritte unserer Stiefel, da es der menschlichen Gesandtschaft erlaubt worden war, hinter den Wagen zu gehen. Lord Esclaur kam zuerst, als Gesandter von König Jusson IV., danach Vizeadmiral Havram als Vertreter der Königlichen Marine, dann die Hauptleute Suiden und Javes, danach der Rest der Truppe.

Es war dunkel und still im Park, und die Dämmerung wurde erst gestört, als es zwischen den Bäumen aufblitzte. Zunächst vereinzelt, dann immer häufiger, als die Geister, die wir auf der Lichtung zurückgelassen hatten, sich der Prozession anschlossen. Schließlich bildeten sie einen dichten Strom hinter uns. Wir verließen den Pfad, traten auf die gepflasterten Straßen hinaus, aber selbst dort war es still. Ich sah nach unten. Gras und Wiesenblumen bedeckten die Steine.

Wir marschierten durch die Stadt, deren Bürger die Straßen säumten, barhäuptig und mit gesenkten Köpfen, als der Leichenzug vorbeikam, bis wir schließlich an einen Platz gelangten, der an das Meer grenzte. Dort gesellten sich die Bürger zu uns. Dragoness Moraina, Wyln, Molyu, mein Pa und andere Würdenträger halfen, die Leichen auf einen Scheiterhaufen zu schichten. Als die Sonne schließlich im Meer versank, wurden die letzten Riten für die Geister abgehalten, die mit uns gekommen waren. Basel stand neben mir, mit hoch erhobenem Geweih, auf der anderen Seite die Ehrenwerte Esche, neben ihr das Einhorn; der Leopard stand neben Groskin, und der Rest hatte sich zwischen den Lebenden verteilt. Sie alle waren still, als verschiedene Priester die Zeremonie für die Toten abhielten. Zu meiner Überraschung war Bruder Paedrig der Letzte, der redete, und sein süßer Tenor war ein heller Kontrapunkt zu dem tiefen Rauschen des Meeres.

»In die letzte Umarmung, auf dass er in das zurückkehrt, aus dem wir geschaffen sind«, sagte der Bruder.

»In die letzte Umarmung.« Ich blinzelte und war ebenso überrascht wie die Soldaten, als der Fyrst, Wyln, Dragoness Moraina und die Fee der Stadt in unsere Antwort einstimmten.

»Bis zu dem Tag, an dem wir auferweckt werden«, fuhr Bruder Paedrig fort.

»Bis zum Jüngsten Tag, wenn wir auferstehen«, intonierten wir. Der Leopard stand auf, reckte sich und rieb liebevoll seinen Kopf an Groskin. Dann drehte sich der Geist um und ging langsam auf den Rand des Platzes zu, auf das Meer. Groskin folgte ihm mit dem Blick. Seine Augen glitzerten golden.

»Und alle Verderbtheit in der reinigenden Erde bleibt«, sagte Bruder Paedrig.

»Wo alles vor Freude glänzt und Gottes Ruhm widerspiegelt«, antwortete der Chor. Andere Geister lösten sich ebenfalls aus der Menge und glitten zum Wasser.

»Die Erde möge euch aufnehmen«, betete Bruder Paedrig.

»Die Erde umhülle euch und gewähre euch Sicherheit«, brummten wir. Die Ehrenwerte Esche griff an mir vorbei und berührte Basel. Basel sah sie an, ging dann auf seinen zierlichen

Hirschbeinen zu ihr, und auch das Einhorn folgte ihnen, als sie zum Rand des Platzes glitten und dann darüber hinwegtraten.

»Friede«, sagte Bruder Paedrig.

»Friede und Ruhe sei mit euch«, antworteten wir. Ich wandte den Kopf und sah, wie sie über das Wasser in die letzten Strahlen der untergehenden Sonne schwebten.

»Auf Wiedersehen, Basel, Ehrenwerte Esche«, sagte ich und schmeckte salzige Tropfen auf meinen Lippen. Ich wischte mir über das Gesicht, als der Fyrst, Laurel, Suiden und Moraina Fackeln nahmen und den Scheiterhaufen entzündeten. Als er brannte, erhob sich der Umriss eines Drachen daraus, spreizte die Schwingen und erhob sich, flog über die Wellen davon. Auf seinem Rücken erkannte ich eine Baumelfe mit Eichenblättern in ihren Haaren.

»Ruhet in Frieden.«

69

Laurel und ich erreichten den Kamm des Bergpfades und blickten auf Freston hinab, während der Wind lachte und an unseren Kleidern zupfte. Das heißt, an meinen, da der Faena nur sein Fell, Federn und Perlen trug, die von seinen Ohren herunterhingen. Sie schaukelten sanft und klickten, als er die Ohren spitzte und die Bergstadt betrachtete, die sich in der seltenen Wärme eines Herbsttages sonnte. »Und so fängt es also an«, erklärte Laurel.

Das tat es. Ich lächelte, als ich den vertrauten Anblick in mich aufnahm, aber dann warf ich einen sehnsüchtigen Blick über die Schulter zurück, auf die Grenzlande und meine Familie, die wir vor ein paar Wochen verlassen hatten.

»Was ist das für ein Gebäude mit den gelben Ziegeln, Zweibaums'sohn?«, wollte Wyln wissen, der sein Pferd neben mir gezügelt hatte.

»Das ist ein Theater, Ehrenwerter *Cyhn*«, antwortete ich. Der Wind lachte erneut, zupfte an den Bändern meines Zopfes und fuhr durch meine Federn und die Flügel der Schmetterlinge.

»Ein Spielhaus?« Wyln beugte sich im Sattel vor und betrachtete das Gebäude interessiert.

Die Hauptleute Suiden und Javes sahen ebenfalls auf die Stadt hinab. Ihre Blicke richteten sich allerdings auf die verblassten purpurroten Ziegel der Garnison – und auf König Jussons Banner, das darüber flatterte. Ich fragte mich, wie Kommandeur Ebners Schnauzbart wohl einen königlichen Besuch verkraften würde. Suiden warf mir einen tadelnden Blick zu. »Kusch, Leutnant.«

»Zu Befehl, Sir.«

Jeff, der neben Laurel anhielt, kicherte.

Groskin lenkte sein Pferd ebenfalls neben uns. Seine Augen leuchteten golden in der Nachmittagssonne. Der Rest der Truppe hielt hinter uns an. Unsere Pferde hoben ihre Köpfe. Vielleicht witterten sie die Stallungen der Garnison, das Versprechen von Striegeln, warmen Ställen und Heu. Groskins Pferd schnaubte leise und knabberte an Laurels Ohr. »Nach Hause, Sirs«, sagte Groskin.

»Ja. Geben Sie den Befehl zum Abrücken, Leutnant«, sagte Suiden und ritt auf den Pfad. Der Wind hob den Schweif seines Pferdes, der ihnen wie der eines Kometen auf ihrem Ritt nach Hause folgte.

blanvalet

»Temeraire ist ein wunderbares Geschöpf!«

Terry Brooks

Roman. 512 Seiten. Übersetzt von Marianne Schmidt
ISBN 978-3-442-26572-5

Lesen Sie mehr unter: **www.blanvalet.de**

blanvalet

Ein unvergessliches Epos um Freiheit, Würde und die Hilflosigkeit der Mächtigen!

Roman. 608 Seiten. Übersetzt von Tim Straetmann
ISBN 978-3-442-24361-7

Roman. 672 Seiten.
Übersetzt von Tim Straetmann
ISBN 978-3-442-24362-4

Roman. 736 Seiten.
Übersetzt von Tim Straetmann
ISBN 978-3-442-24363-1

Lesen Sie mehr unter: **www.blanvalet.de**

blanvalet

Die neue Drachen-Saga voller Abenteuer, Magie und großer Gefühle!

Roman. 420 Seiten. Übersetzt von Katharina Volk
ISBN 978-3-442-26576-3

Roman. 420 Seiten.
Übersetzt von Katharina Volk
ISBN 978-3-442-26577-0

Roman. 420 Seiten.
Übersetzt von Katharina Volk
ISBN 978-3-442-26578-7

Lesen Sie mehr unter: **www.blanvalet.de**

blanvalet

Drizzt Do'Urden ist zurück!

Roman. 512 Seiten. Übersetzt von Regina Winter
ISBN 978-3-442-26580-0

Lesen Sie mehr unter: **www.blanvalet.de**

blanvalet

Wenn die Magie vergeht, stirbt auch die Hoffnung!

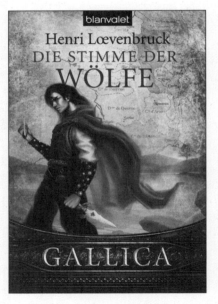

Roman. 448 Seiten. Übersetzt von Maike Claußnitzer
ISBN 978-3-442-26600-2

Lesen Sie mehr unter: **www.blanvalet.de**